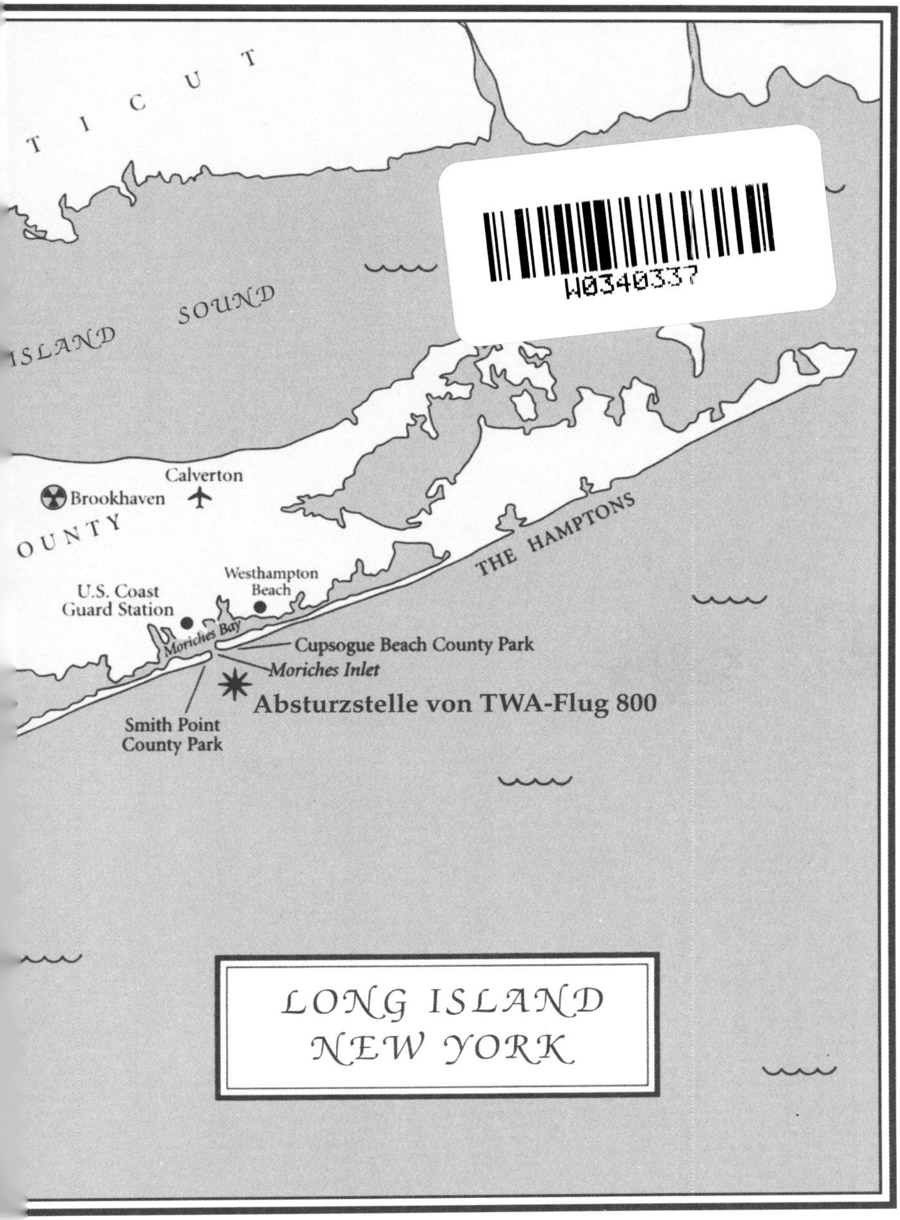

T I C U T
ISLAND SOUND
Calverton
Brookhaven
OUNTY
THE HAMPTONS
Westhampton Beach
U.S. Coast Guard Station
Moriches Bay
Cupsogue Beach County Park
Moriches Inlet
Absturzstelle von TWA-Flug 800
Smith Point County Park
LONG ISLAND
NEW YORK

Nelson DeMille

NACHTFLUG

Nelson DeMille

NACHTFLUG

Roman

Aus dem Amerikanischen
von Georg Schmidt

Ullstein

Für Sandy
Zu guter Letzt …

Anmerkung des Autors

Das vorliegende Buch ist ein Roman, der auf Tatsachen beruht: dem Absturz von TWA-Flug 800, der sich am 17. Juli 1996 vor der Küste von Long Island, New York, ereignete.

Die handelnden Personen in diesem Roman sind frei erfunden, allerdings gibt es auch ein paar Anspielungen auf real existierende Personen.

Die Ereignisse des 17. Juli 1996, die ich in diesem Buch beschreibe, und die anschließende Untersuchung des Absturzes beruhen auf den veröffentlichten Berichten sowie auf meinen persönlichen Interviews mit Ermittlern, die den Fall bearbeiteten, und mit Augenzeugen des Absturzes.

Die offizielle Ursache des Absturzes war ein technischer Defekt, doch es gibt auch Theorien, die dieser Darstellung widersprechen und auf eine andere, beklemmendere Ursache hindeuten. Ich habe versucht, sämtliche Seiten dieser Kontroverse darzustellen und hinsichtlich der Augenzeugenberichte, des Beweismaterials und der Einzelheiten der anschließenden Untersuchung so genau wie möglich zu sein. Allerdings habe ich mir gelegentlich, wenn es widersprüchliche Beweise gab, gewisse dramaturgische und literarische Freiheiten herausgenommen.

Dieses Buch ist im Gedenken an die Passagiere und Besatzungsmitglieder von TWA-Flug 800 geschrieben, die am Abend des 17. Juli 1996 ihr Leben verloren, aber auch an ihre Familien und Angehörigen sowie an die Hunderte von Männern und Frauen, die an den Rettungs- und Bergungsmaßnahmen und den anschließenden Untersuchungen und Ermittlungen wegen der Ursache dieser Tragödie beteiligt waren.

ERSTES BUCH

17. Juli 1996

LONG ISLAND, NEW YORK

Sie war darauf besonders scharf,
Doch das behalt für dich,
Weil keiner davon wissen darf
Als höchstens du und ich.

LEWIS CARROLL *»Alice im Wunderland«*

1

Bud Mitchell fuhr mit seinem Ford Explorer die Dune Road entlang. Vor ihm stand ein Schild mit der Aufschrift CUPSOGUE BEACH COUNTY PARK – OPEN DAWN TO DUSK. Jetzt war Abenddämmerung, aber Bud fuhr trotzdem über einen leeren Parkplatz, auf dessen gegenüberliegender Seite sich ein breiter Naturpfad befand, der teilweise durch einen zusammengerollten Zaun versperrt war. Auf einem Schild stand NO VEHICLES.

»Bist du sicher, daß du das machen willst?« sagte er zu der Frau auf dem Beifahrersitz.

»Ja«, erwiderte Jill Winslow. »Ich finde es aufregend.«

Bud nickte ohne große Begeisterung. Er kurvte um den Zaun herum und fuhr mit Allradantrieb auf dem sandigen Pfad weiter, der durch hohe, mit Gras bewachsene Dünen führte.

Ein außereheliches Techtelmechtel sollte für sie beide eigentlich aufregend genug sein, dachte er, aber Jill sah das nicht so. Ihren Mann zu betrügen war für sie nur der Mühe wert, wenn Lust und Liebesrausch besser und aufregender waren als daheim. Ihn hingegen törnte der Tabubruch an, wenn er mit der Frau eines anderen schlief.

Irgendwann um seinen vierzigsten Geburtstag herum hatte Bud Mitchell zu seinem Erschrecken festgestellt, daß Frauen anders gestrickt waren. Jetzt, fünf Jahre später und zwei Jahre nachdem er sich auf diese Affäre eingelassen hatte, wurde ihm klar, daß Jills Phantasien und seine sich nicht so leicht miteinander in Einklang bringen ließen. Dennoch, Jill Winslow war schön, allzeit bereit und willig, vor allem aber, und das war das wichtigste, war sie die Frau eines anderen, und das wollte sie auch bleiben. Für ihn wiederum bedeutete sicherer Sex, daß er es mit einer verheirateten Frau trieb.

Ein zusätzlicher Reiz bestand für Bud darin, daß er und seine Frau Arlene in den gleichen gesellschaftlichen Kreisen verkehrten wie Jill und ihr Mann Mark. Wenn sie alle vier in geselliger Runde beisammensaßen, war ihm das weder peinlich noch hatte er ein schlechtes Gewissen – ganz im Gegenteil, er kam sich toll vor, sein Selbstbewußtsein kannte keine Grenzen, und er genoß insgeheim sein Wissen darum, daß er jeden Zentimeter von Jill Winslows prachtvollem nackten Körper gesehen hatte.

Aber *so* geheim war die Sache natürlich nicht, sonst hätte es nicht so viel Spaß gemacht. Anfangs, als sie beide noch nervös waren, Angst hatten, man könnte sie ertappen, hatten sie einander geschworen, niemandem etwas zu erzählen. Danach hatten sie beide durchklingen lassen, daß sie sich ein paar guten Freunden anvertrauen müßten, und sei es auch nur, damit sie ihnen ein Alibi für ihre Abwesenheit von Heim und Herd lieferten. Bud fragte sich immer, welche ihrer Freundinnen Bescheid wußten, und spaßeshalber versuchte er es bei gesellschaftlichen Zusammenkünften zu erraten.

Sie waren mit zwei Autos von der Gold Coast von Long Island, wo sie beide wohnten, ins rund fünfundfünfzig Meilen entfernte Westhampton angereist, hatten sich auf einem Dorfparkplatz getroffen, wo Jill ihren Wagen abgestellt hatte, und waren von dort aus mit Buds Explorer in ein Hotel gefahren. Bud hatte sie bereits im Hotel gefragt, was ihr Alibi war, aber nur eine einsilbige Antwort erhalten, deshalb fragte er jetzt noch einmal: »Wo bist du heute abend?«

»Beim Abendessen mit einer Freundin, die ein Haus in East Hampton hat. Morgen gehen wir einkaufen. Letzteres stimmt«, fügte sie hinzu, »da du morgen früh heim mußt.«

»Kommt die Freundin damit klar?«

Sie seufzte gereizt. »Ja. Mach dir darüber keine Gedanken.«

»Okay.« Bud fiel auf, daß sie ihn nie nach seinem Alibi fragte, so als wollte sie es gar nicht wissen. Er rückte freiwillig damit heraus. »Ich bin mit ein paar Freunden beim Hochseeangeln. Schlechter Handyempfang auf dem Ozean.«

Jill zuckte die Achseln.

Bud Mitchell war sich darüber im klaren, daß sowohl er als auch Jill ihre etwas langweiligen Ehepartner auf ihre Art liebten, so wie sie auch ihre Kinder und ihr behagliches, gutbürgerliches Leben liebten. Sie liebten auch einander, jedenfalls sagten sie sich das, wenn auch nicht so sehr, daß sie alles hinschmeißen wollten, um sieben Tage die Woche zusammen zu sein. Drei-, viermal im Monat reichte ihnen.

Der Pfad endete an einer Sanddüne, und Bud hielt an.

»Fahr zum Strand«, sagte Jill.

Bud bog von dem sandigen Pfad in Richtung Ozean ab.

Der Explorer holperte einen leichten Hang hinab, zwischen Gestrüpp und Seegras hindurch, als er um eine hohe Düne steuerte. Er blieb auf der anderen Seite der Düne stehen, wo das Fahrzeug vom Pfad aus nicht gesehen werden konnte. Die Uhr am Armaturenbrett zeigte 19:22 an.

Die Sonne stand tief über dem Atlantischen Ozean, und er stellte fest, daß das Meer so glatt wie ein Teich war. Der Himmel war klar bis auf ein paar vereinzelte Wölkchen.

»Schöner Abend«, sagte er zu Jill.

Sie öffnete die Tür und stieg aus. Bud stellte den Motor ab und folgte ihr.

Sie betrachteten den langen, weißen Sandstrand, der hier knapp fünfzig Meter breit war. Golden funkelte der Ozean im Licht der untergehenden Sonne, und der Strandhafer raschelte in der sanften, ablandigen Brise.

Bud blickte sich um und überzeugte sich davon, daß sie allein waren. Die Dune Road war der einzige Weg zu dieser Wallinsel, und er hatte ein paar Autos gesehen, die vom Strand aus zurück in Richtung Westhampton gefahren waren, aber keines, das in dieser Richtung unterwegs gewesen war.

Die schmale Insel endete knapp hundert Meter weiter westlich am Moriches Inlet, und auf der anderen Seite der Meerenge konnte er den Küstensaum des Smith Point County Park auf Fire Island sehen.

Es war Mittwoch, daher waren die Ausflügler, die am Wochenende nach Hampton kamen, längst wieder in der Stadt, und alle anderen gönnten sich um diese Zeit einen Cocktail. Zudem war der Weg eine halbe Meile weiter hinten für alle Fahrzeuge gesperrt. »Ich glaube, wir haben den Strand für uns«, sagte Bud.

»Das habe ich dir doch gesagt.«

Jill ging um den Explorer herum und öffnete die Heckklappe. Bud gesellte sich zu ihr, und gemeinsam holten sie ein paar Sachen heraus, darunter eine Decke, eine Kühlbox, eine Videokamera und ein Stativ.

Sie fanden eine geschützte Stelle zwischen zwei mit Gras bewachsenen Dünen, und Jill breitete die Decke aus und stellte die Kühlbox ab, während Bud Stativ und Kamera aufbaute. Er nahm den Objektivdeckel ab, blickte durch den Sucher und richtete die Kamera auf Jill, die barfuß und im Schneidersitz auf der Decke saß. Die letzten Sonnenstrahlen tauchten die Szenerie in rötliches Licht, und Bud stellte das Zoom scharf und drückte auf den Aufnahmeknopf.

Er begab sich zu Jill auf die Decke, als sie eine Flasche Weißwein entkorkte. Er holte zwei Weingläser aus der Kühlbox, und sie goß ihnen ein.

Sie stießen an, und Bud sagte: »Auf die Sommerabende und auf uns beide.« Sie tranken einen Schluck und küßten sich.

Sie waren sich beide bewußt, daß die Videokamera alles aufnahm, was sie sagten und taten, und sie waren ein bißchen befangen. »Kommst du öfter hierher?« fragte Jill, um das Eis zu brechen.

Bud lächelte und erwiderte: »Zum ersten Mal. Was ist mit dir?«

Sie lächelten einander an, und die Stille wurde beinahe unangenehm. Bud fand es ganz und gar nicht gut, daß die Kamera auf sie gerichtet war, aber die Sache hatte den Vorteil, daß sie das Video später abspielen konnten, wenn sie wieder in ihrem Hotelzimmer in Westhampton waren und im Bett miteinander schliefen. Vielleicht war das gar keine so schlechte Idee.

Sie tranken ein zweites Glas Wein, und als das Tageslicht weiter schwand, kam Jill zur Sache. Sie stellte ihr Glas auf die Kühlbox, stand auf und streifte ihr Stricktop ab.

Bud stand ebenfalls auf und zog sein Hemd aus.

Jill ließ ihre Khakishorts fallen und kickte sie weg. Ein paar Sekunden lang stand sie in BH und Höschen da, während Bud sich auszog, dann nahm sie den BH ab und schlüpfte aus ihrem Höschen. Sie wandte sich der Kamera zu, riß die Arme hoch, kreiste ein paarmal mit dem Bekken, sagte dann »Ta da!« und verbeugte sich in Richtung Kamera.

Sie umarmten einander, küßten sich und strichen sich mit den Händen über die bloße Haut.

Jill drehte Bud quer zum Objektiv, blickte dann zur Kamera und sagte: »Blowjob. Erster Take.« Sie sank auf die Knie und nahm ihn in den Mund.

Bud wurde steif und bekam weiche Knie. Er wußte nicht, was er mit den Händen machen sollte, deshalb legte er sie auf ihren Kopf und fuhr mit den Fingern durch ihre glatten braunen Haare.

Bud rang sich ein Lächeln ab, weil er wußte, daß die Kamera seinen Gesichtsausdruck einfing, und er wollte glücklich wirken, wenn sie das Video später abspielten. Aber eigentlich fühlte er sich eher albern bis unbehaglich.

Er konnte in gemischter Gesellschaft durchaus ein bißchen schlüpfrig werden, während sie normalerweise leise und zurückhaltend war, auch wenn sie gelegentlich lächelte oder eine witzige Bemerkung einwarf. Im Bett allerdings überraschte sie ihn nach wie vor mit ihren sexuellen Extravaganzen.

Sie spürte, daß er kurz davor war zu kommen, ging in

die Hocke und sagte: »Das hätten wir im Kasten. Szene zwei. Wein bitte.«

Bud holte die Weinflasche.

Sie legte sich auf den Rücken, streckte die Beine in die Luft und sagte: »Eine Frauenverkostung.« Sie spreizte die Beine und sagte: »Gieß aus.«

Bud kniete sich zwischen ihre Beine und goß den Wein aus, dann grub er ohne weitere Regieanweisungen seine Zunge in sie.

Jill atmete jetzt schwer, brachte aber noch einen Satz zustande. »Ich hoffe, du hast die Kamera richtig eingestellt.«

Bud holte kurz Luft und warf einen Blick zur Kamera. »Ja.«

Sie nahm die Flasche und goß sich den restlichen Wein über den Körper. »Leck ab.«

Er leckte den Wein von ihrem straffen Bauch und den Brüsten und strich mit der Zunge über ihre Nippel.

Nach ein paar Minuten setzte sie sich auf und sagte: »Ich bin klebrig. Los, wir gehen baden.«

Bud stand auf und sagte: »Ich glaube, wir sollten lieber gehen. Wir duschen im Hotel.«

Ohne darauf einzugehen, stieg sie auf die schützende Düne und blickte hinaus aufs Meer. »Komm schon. Stell die Kamera hier auf und laß uns baden gehen.«

Bud wußte, daß er lieber nicht widersprechen sollte, deshalb ging er rasch zu der Videokamera, schaltete sie aus, trug sie dann samt Stativ auf die Düne und stieß die drei Beine in den Sand.

Bud ließ den Blick über den Sand, das Meer und den Himmel schweifen. Der Horizont schimmerte noch hell von der untergehenden Sonne, aber Meer und Himmel waren jetzt dunkelblau und lila. Über ihm funkelten die ersten Sterne, und er bemerkte die blinkenden Lichter eines hoch fliegenden Flugzeugs und den matten Schimmer eines großen Schiffes in der Ferne. Der Wind hatte aufgefrischt und kühlte seinen nackten, verschwitzten Körper.

Jill blickte durch den Sucher und regelte die Lichtempfindlichkeit, stellte dann den Autofocus auf unendlich und das Zoom auf lange Brennweite. Sie drückte auf den Aufnahmeknopf und sagte: »Das ist so herrlich.«

»Vielleicht sollten wir lieber nicht nackt runter zum Strand gehen«, sagte Bud. »Dort könnten Leute sein.«

»Na und? Wen kümmert's, solange wir keinen kennen.«

»Yeah, aber wir sollten lieber was zum Anziehen –«

»Das Leben ist gefährlich, Bud.«

Teils rutschend, teils hüpfend stieg sie den Hang der Düne hinab bis zum Strand.

Bud betrachtete bewundernd ihren prachtvollen nackten Körper, als sie zum Wasser rannte.

Sie drehte sich zu ihm um und rief: »Komm schon!«

Er rannte den Hang hinab und über den Strand. Er kam sich albern vor mit seinem im Wind schlackernden Ding.

Er holte sie ein, als sie das Wasser erreicht hatte, worauf sie ihn zu der Kamera auf der Düne umdrehte. »Bud und Jill schwimmen mit den Haien«, rief sie und winkte. Sie nahm seine Hand und lief mit ihm in den ruhigen Ozean.

Nachdem der erste Kälteschock überwunden war, genoß er das angenehm frische, reinigende Naß. Sie blieben stehen, als ihnen das salzige Seewasser bis zur Hüfte reichte, und wuschen einander Bauch und Rücken ab.

Jill blickte hinaus auf die See. »Das ist ja zauberhaft.«

Bud stand neben ihr, und gemeinsam starrten sie wie gebannt auf das glasige Meer und den lila Himmel, die sich vor ihnen ausbreiteten.

Rechts von ihnen bemerkte Bud die blinkenden Lichter eines Flugzeugs, das etwa acht bis zehn Meilen vor der Küste von Fire Island in einer Höhe von etwa viereinhalbtausend Meter flog. Bud betrachtete das Flugzeug, auf dessen Tragflächen sich die letzten Strahlen der untergehenden Sonne spiegelten, als es näher kam. Es zog vier weiße Kondensstreifen hinter sich her, und Bud nahm an, daß es am John F. Kennedy Airport gestartet war, rund sechzig Meilen weiter westlich, und in Richtung Europa unterwegs war. Es war ein Augenblick, der nach einem Schuß Romantik verlangte, deshalb sagte er: »Ich wünschte, ich wäre in dem Flugzeug und würde mit dir nach Paris oder Rom fliegen.«

Sie lachte. »Du kriegst doch schon die helle Panik, wenn du eine Stunde lang in einem Hotel bist. Wie willst du denn dann Rom oder Paris erklären?«

»Ich kriege keine *Panik*«, versetzte Bud mißmutig. »Ich bin nur vorsichtig. Deinetwegen. Los, gehen wir.«

»Gleich.« Sie kniff ihn in den Hintern und sagte: »Bei diesem Video brennt bestimmt der Fernseher durch.«

Er war immer noch sauer und ging nicht darauf ein.

Sie nahm seinen Penis in die Hand und sagte: »Komm, wir machen es hier.«

»Äh ...« Er blickte den Strand auf und ab, dann zu der Sanddüne und der Kamera, die auf sie gerichtet war.

»Komm schon. Bevor jemand kommt. Genau wie in der Strandszene in ›Verdammt in alle Ewigkeit‹.«

Ihm fielen tausend gute Gründe ein, die gegen Sex an einem öffentlichen Strand sprachen, aber Jill hatte den einen Grund, der dafür sprach, fest im Griff.

Sie nahm seine Hand und führte ihn an Land, wo die sanfte Brandung über den nassen Sand spülte.

»Leg dich hin«, sagte sie.

Bud legte sich in den Sand, wo die Wellen über seinen Körper laufen konnten. Sie legte sich auf ihn, gab das Tempo vor und übernahm den Großteil der Arbeit, als sie langsam und in gemächlichem Rhythmus, so wie sie es mochte, miteinander schliefen.

Bud wurde durch die Brandung, die ihm über Gesicht und Körper spülte, etwas abgelenkt, und er war auch ein bißchen besorgt, weil sie so offen und ungeschützt am Strand lagen. Aber binnen einer Minute schrumpfte seine ganze Welt auf den Bereich zwischen ihren Beinen, und er hätte es nicht mal gemerkt, wenn ein Tsunami über ihn hereingebrochen wäre.

Eine Minute später kam sie zum Höhepunkt, und er ergoß sich in sie.

Schwer atmend blieb sie ein paar Sekunden auf ihm liegen, dann kniete sie sich rittlings über ihn und setzte sich auf. Sie wollte etwas sagen, erstarrte dann mitten im Satz und schaute hinaus aufs Meer. »Was ...?«

Er setzte sich rasch auf und verfolgte ihren Blick hinaus aufs Wasser, über seine rechte Schulter hinweg.

Irgend etwas stieg aus dem Wasser auf, und es dauerte einen Moment, bis er erkannte, daß es sich um einen rötlich-orange glühenden Feuerschweif handelte, der eine weiße Rauchfahne hinter sich herzog. »Was zum Teufel ...?« Es sah aus wie eine Feuerwerksrakete, die vom 4. Juli übriggeblieben war, aber es war groß, zu groß – und es kam aus dem Wasser.

Sie sahen beide zu, als es rasch aufstieg, schneller wurde und gen Himmel schoß. Es schien im Zickzack zu fliegen, dann beizudrehen.

Plötzlich tauchte ein Lichtblitz am Himmel auf, gefolgt von einem gewaltigen Feuerball. Sie sprangen auf und starrten wie gebannt hinaus, als brennende Trümmer von der Explosionsstelle herabregneten. Etwa eine halbe Minute später hallte der Donner zweier Explosionen in rascher Folge über das Wasser, so daß sie unwillkürlich zusammenzuckten. Danach herrschte Stille.

Der mächtige Feuerball schien eine Zeitlang in der Luft zu schweben, dann fiel er herab und zerbarst in zwei, drei brennende Teile, die mit unterschiedlicher Geschwindigkeit nach unten stürzten.

Eine Minute später hing nur mehr schwarz-weißer Qualm am Himmel, der vom Schein des Feuers, das meilenweit entfernt auf dem Wasser brannte, von unten erleuchtet wurde.

Buds Herz raste, als er auf den lodernden Horizont starrte, dann zum Himmel, dann wieder aufs Wasser.

Jill flüsterte: »O mein Gott ... was ...?«

Bud stand reglos da und begriff immer noch nicht ganz, was er gerade gesehen hatte, aber rein gefühlsmäßig wußte er, daß es etwas Furchtbares war. Und im nächsten Moment wurde ihm klar, daß das hier, was immer es auch sein mochte, so gewaltig und laut gewesen war, daß es Leute zum Strand locken würde. Er nahm Jill am Arm und sagte: »Nichts wie weg von hier. Schnell.«

Sie drehten sich um, rannten über den Sandstreifen und die Düne hinauf. Bud schnappte sich die Videokamera samt Stativ, als Jill bereits die andere Seite der Düne hinunterrutschte. Bud folgte ihr und rief: »Zieh dich an! Zieh dich an!« Beide zogen sich in aller Eile an und rannten zum Explorer, Bud mit dem Stativ unterm Arm, Jill mit der Kamera in der Hand. Die Decke und die Kühlbox ließen sie zurück.

Sie warfen die Videoausrüstung auf den Rücksitz und sprangen vorne rein, dann ließ Bud den Explorer an und legte den Gang ein. Beide atmeten schwer. Er ließ die Scheinwerfer ausgeschaltet, als er mit durchdrehenden Rädern zum Pfad zurückfuhr und scharf nach rechts abbog. Vorsichtig steuerte er in der Dunkelheit den Naturpfad entlang, über den Parkplatz und dann auf die Dune Road, wo er die Scheinwerfer einschaltete und Gas gab.

Keiner von ihnen sagte ein Wort.

Ein Polizeiwagen, der sich aus entgegengesetzter Richtung näherte, raste an ihnen vorbei.

Keine fünf Minuten später sahen sie die Lichter von Westhampton auf der anderen Seite der Bucht. »Bud, ich glaube, da ist ein Flugzeug explodiert«, sagte Jill.

»Vielleicht ... vielleicht war es auch eine riesige Feuerwerksrakete ... von einem Frachtkahn aus abgeschossen.« Und er fügte hinzu: »Vielleicht haben die ... du weißt schon ... ein Feuerwerk abgebrannt.«

»Feuerwerksraketen explodieren nicht so. Feuerwerksraketen brennen nicht auf dem Wasser.« Sie warf ihm einen kurzen Blick zu und sagte: »Irgendwas Großes ist in der Luft explodiert und ins Meer gestürzt. Es war ein Flugzeug.«

Bud erwiderte nichts.

»Vielleicht sollten wir zurückfahren«, sagte Jill.

»Warum?«

»Vielleicht ... sind ... Menschen davongekommen. Sie haben Schwimmwesten, Rettungsflöße. Vielleicht können wir helfen.«

Bud schüttelte den Kopf. »Das Ding hat sich einfach in seine Einzelteile aufgelöst. Es muß in ein paar tausend Meter Höhe gewesen sein. Außerdem«, fügte er hinzu, »sind die Cops schon dort. Die brauchen uns nicht.«

Jill antwortete nicht.

Bud stieß auf die Brücke, die in die Ortschaft Westhampton Beach führte. Noch fünf Minuten bis zu ihrem Hotel.

Jill wirkte einen Moment lang gedankenverloren, dann sagte sie: »Dieser Lichtschweif – das war eine Rakete. Ein Geschoß.«

Bud ging nicht darauf ein.

»Es sah aus, als ob eine Rakete vom Wasser aus abgeschossen wurde und ein Flugzeug getroffen hat«, sagte sie.

»Na ja ... wir erfahren es bestimmt in den Nachrichten.«

Jill warf einen Blick auf den Rücksitz und sah, daß die Videokamera noch lief und ihr Gespräch aufzeichnete.

Sie beugte sich nach hinten und griff nach der Kamera. Sie spulte die Kassette zurück, schaltete auf Wiedergabe, schaute dann in den Sucher und sah sich das Video im Schnelldurchlauf an.

Bud warf ihr einen kurzen Blick zu, sagte aber nichts.

Sie drückte auf Pause und sagte: »Ich kann es sehen. Wir haben die ganze Sache auf Video.« Sie spulte die Kassette mehrere Male vor und wieder zurück. »Bud ... halt an und schau dir das an.«

Er fuhr weiter.

Sie legte die Videokamera hin und sagte: »Wir haben die ganze Sache auf Video. Die Rakete, die Explosion, die herabstürzenden Trümmer.«

»Aha? Was siehst du sonst noch?«

»Uns.«

»Genau. Lösch es.«

»Nein.«

»Jill, lösch die Kassette.«

»Okay ... aber erst wir müssen sie uns im Hotelzimmer anschauen. Danach löschen wir sie.«

»Ich will es nicht sehen. Lösch es. Sofort.«

»Bud, das könnte ein ... Beweisstück sein. Jemand muß das sehen.«

»Bist du verrückt? Niemand muß ein Video sehen, auf dem wir miteinander vögeln.«

Sie antwortete nicht.

Bud tätschelte ihr die Hand und sagte: »Okay, wir sehen es uns auf unserem Zimmer an. Danach sehen wir, was in den Nachrichten kommt. Anschließend entscheiden wir, was wir damit machen. Okay?«

Sie nickte.

Bud warf ihr einen Blick zu. Jill Winslow, das wußte er, war eine Frau, die sich möglicherweise richtig verhalten und das Band den Behörden übergeben würde, ungeachtet dessen, was sie sich damit antat. Von ihm ganz zu schweigen. Wenn sie das Video allerdings in seiner ganzen unverblümten Deutlichkeit sah, so dachte er, dann kam sie vielleicht zur Besinnung. Wenn nicht, mußte er ein bißchen sanfte Gewalt anwenden.

Er sagte: »Weißt du, der ... wie nennt man das doch? Die Black Box. Der Flugschreiber. Wenn sie den finden, wissen sie, was mit dem Flugzeug passiert ist, jedenfalls besser als wir, egal, was auf dem Band zu sehen ist. Der Flugschreiber. Der ist besser als ein Videorecorder.«

Sie ging nicht darauf ein.

Er fuhr auf den Parkplatz des Bayview Hotel. »Wir wissen nicht mal, ob es ein Flugzeug war«, sagte er. »Mal sehen, was sie in den Nachrichten sagen.«

Sie stieg aus dem Explorer und ging mit der Kamera in der Hand zum Hotel.

Er stellte den Motor ab und folgte ihr. Ich jedenfalls habe nicht vor, genauso abzustürzen und zu verbrennen wie dieses Flugzeug, dachte er.

ZWEITES BUCH

Fünf Jahre später

LONG ISLAND, NEW VORK

Eine Verschwörung ist keine Theorie,
es ist eine Straftat.

2

Jeder mag Rätsel. Mit Ausnahme von Cops. Rätsel, die rätselhaft bleiben, können einem Cop die Karriere verhageln.

Wer hat John F. Kennedy ermordet? Wer hat das Lindbergh-Baby entführt? Warum hat mich meine erste Frau verlassen? Ich weiß es nicht. Es waren nicht meine Fälle.

Ich bin John Corey, ehemals Detective bei der Mordkommission in New York, jetzt in Diensten der Antiterror-Task Force der Bundespolizei, ein Dasein, das man nur als zweiten Akt eines einaktigen Lebens bezeichnen kann.

Hier ist ein weiteres Rätsel: Was geschah mit TWA-Flug 800? Auch das war nicht mein Fall, aber meine zweite Frau war seinerzeit, im Juli 1996, damit befaßt, als TWA 800, eine große Boeing 747, auf dem Weg nach Paris mit 230 Passagieren und Besatzungsmitgliedern an Bord vor der Küste von Long Island explodierte und mit sämtlichen 230 Insassen in den Atlantik stürzte.

Meine zweite Frau heißt Kate Mayfield, und sie ist FBI-Agentin und ebenfalls in Diensten der ATTF, und dadurch haben wir uns auch kennengelernt. Nicht viele Menschen können von sich behaupten, daß sie einem arabischen Terroristen dankbar sein müssen, weil er sie zusammengebracht hat.

Ich fuhr mit meinem Jeep Grand Cherokee, einem umweltpolitisch anrüchigen Spritsäufer mit Acht-Zylinder-Motor, auf dem Long Island Expressway in Richtung Osten. Neben mir auf dem Beifahrersitz saß meine oben erwähnte zweite und hoffentlich auch letzte Frau, Kate Mayfield, die aus beruflichen Gründen ihren Mädchennamen behalten hatte. Aus nämlichen beruflichen Gründen hatte sie mir angeboten, auch ihren Familiennamen anzunehmen, da meiner in Kreisen der ATTF verrufen war.

Wir wohnen an der East 72nd Street in Manhattan, im gleichen Apartment, in dem ich einst mit Robin gelebt hatte, meiner ersten Frau. Kate ist Anwältin, genau wie Robin, was einen anderen Mann und seinen Psychiater vermutlich dazu verleitet hätte, mir eine gewisse Haßliebe zu attestieren, die ich möglicherweise für Anwältinnen und dem Rechtswesen im allgemeinen mit all seinen komplexen Erscheinungsformen empfand. Meine Freunde sagen, ich vögle gern mit Anwältinnen. Was auch immer.

»Danke, daß du mitkommst«, sagte Kate. »Es wird nicht allzu angenehm werden.«

»Kein Problem.« Wir waren an diesem warmen, sonnigen Julitag in Richtung Strand unterwegs, aber wir wollten uns weder sonnen noch schwimmen gehen. Vielmehr wollten wir an einem Gedenkgottesdienst für die Opfer von Flug 800 teilnehmen. Dieser Gottesdienst findet alljährlich am 17. Juli statt, dem Tag des Absturzes, und dies war der fünfte Jahrestag. Ich war noch nie bei dieser Feierstunde gewesen, und ich hatte auch keinen Grund dazu. Aber Kate war, wie schon gesagt, mit dem Fall befaßt gewesen, und deswegen nahm sie, ihren Aussagen zufolge, jedes Jahr daran teil. Mir kam der Gedanke, daß mehr als fünfhundert Ermittler von allen möglichen Polizeidienststellen an dem Fall mitgearbeitet hatten, und ich war davon überzeugt, daß sie nicht an jeder, wenn überhaupt an einer Gedenkfeier teilnahmen. Aber gute Ehemänner glauben ihrer Frau aufs Wort. Wirklich.

»Was hast du bei dem Fall gemacht?« fragte ich Kate.

»Ich habe hauptsächlich Augenzeugen vernommen«, erwiderte sie.

»Wie viele?«

»Ich weiß es nicht mehr. Jede Menge.«

»Wie viele Zeugen haben das gesehen?«

»Über sechshundert.«

»Ehrlich? Was war deiner Meinung nach die eigentliche Ursache des Absturzes?«

»Ich darf nicht über diesen Fall sprechen.«

»Warum nicht? Er ist offiziell abgeschlossen, und offiziell war es ein Unglück, ausgelöst durch einen technischen Defekt, der zu einer Explosion des mittleren Treibstofftanks führte. Also?«

Sie ging nicht darauf ein, deshalb erinnerte ich sie: »Ich habe die höchste Geheimhaltungsstufe.«

»Informationen dürfen nur an Auskunftsberechtigte weitergegeben werden«, sagte sie. »Wieso willst du das wissen?«

»Weil ich neugierig bin.«

Sie blickte durch die Windschutzscheibe und sagte: »Du mußt bei Ausfahrt 68 abbiegen.«

Ich bog bei Ausfahrt 68 ab und fuhr auf dem William Floyd Parkway in Richtung Süden. »William Floyd ist ein Rockstar. Stimmt's?«

»Er war einer der Unterzeichner der Unabhängigkeitserklärung.«

»Bist du dir sicher?«

»Du denkst an Pink Floyd«, sagte sie.

»Stimmt. Du hast ein gutes Gedächtnis.«

»Und wieso kann ich mich dann nicht mehr daran erinnern, weshalb ich dich geheiratet habe?« fragte sie.

»Ich bin lustig. Und sexy. Und schlau. Schlau ist sexy. Genau das hast du gesagt.«

»Ich kann mich nicht mehr daran erinnern.«

»Du liebst mich.«

»Ich liebe dich. Sehr sogar. Aber du bist auch eine Nervensäge«, fügte sie hinzu.

»Mit dir zu leben ist auch nicht gerade einfach, meine Süße.«

Sie lächelte.

Ms. Mayfield war vierzehn Jahre jünger als ich, und der kleine Generationsunterschied war manchmal interessant, manchmal auch nicht.

Ich will in diesem Zusammenhang auch erwähnen, daß Kate Mayfield ziemlich hübsch ist, auch wenn es natürlich ihre Intelligenz war, die mich zuallererst reizte. Zum zweiten fielen mir ihre blonden Haare, die tiefblauen Augen und die elfenbeinzarte Haut auf. Sehr wohlgeformt. Sie trainiert viel in einem örtlichen Fitneßclub und geht zu Kursen, die sich Bikram-Yoga, Spin, Step und Kickboxen nennen, was sie manchmal in unserer Wohnung übt und dabei auf meinen Unterleib zielt, ohne wirklich zuzutreten, auch wenn immer die Möglichkeit besteht. Sie ist versessen auf körperliche Fitneß, während ich darauf versessen bin, mit meiner 9mm Glock am Schießstand herumzuballern. Ich könnte eine lange Liste von Sachen aufstellen, die wir nicht gemein haben – Musik, Essen, die

Einstellung zur Arbeit, die Position des Klodeckels und so weiter und so fort –, aber aus irgendeinem Grund, den ich selbst nicht begreife, lieben wir uns.

Ich wandte mich wieder dem vorherigen Thema zu und sagte: »Je mehr du mir über Flug 800 erzählt, desto eher findest du deinen inneren Frieden.«

»Ich habe dir schon alles erzählt, was ich weiß. Laß das Thema bitte sein.«

»Ich kann nicht gegen dich aussagen. Ich bin dein Mann. So lautet das Gesetz.«

»Nein, tut es nicht. Wir reden später darüber. Der Wagen könnte verwanzt sein.«

»Dieses Auto ist nicht verwanzt.«

»Du könntest ein Mikro tragen«, sagte sie. »Ich muß dich nachher erst einer Leibesvisitation unterziehen.«

»Okay.«

Wir lachten beide. Ha ha. Ende der Debatte.

Eigentlich hatte ich weder ein persönliches noch ein berufliches Interesse an Flug 800, jedenfalls nicht mehr als jeder andere normale Mensch, der diesen ebenso tragischen wie eigenartigen Unglücksfall in den Nachrichten verfolgt hatte. Der Fall war von Anfang an voller Widersprüche und Ungereimtheiten gewesen, weshalb er auch noch fünf Jahre später ein heißes Thema von hohem Nachrichtenwert war.

Erst zwei Abende zuvor hatte Kate mehrere Nachrichtensendungen eingeschaltet, um die Geschichte einer Gruppe zu verfolgen, die sich FIRO nannte – Flight 800 Independent Researchers Organization (Unabhängige Recherche-Organisation zu Flug 800) – und soeben einige neue Erkenntnisse veröffentlicht hatte, die sich nicht mit den offiziellen Schlußfolgerungen der Regierung deckten.

Die Gruppe bestand größtenteils aus vertrauenswürdigen Leuten, die für diverse Zivilbehörden an der Untersuchung des Unglücks mitgewirkt hatten, sowie aus Freunden und Angehörigen der toten Passagiere und Besatzungsmitglieder. Dazu kamen natürlich die üblichen Spinner mit ihren Verschwörungstheorien.

FIRO machte der Regierung im wesentlichen das Leben schwer, was mir natürlich zutiefst zusagte.

Außerdem waren sie mediengewandt, deshalb hatte FIRO anläßlich des fünften Jahrestags Interviews mit acht Augenzeugen des Absturzes aufgezeichnet, und einige davon hatte ich zwei Abende zuvor mit meiner zappenden Gemahlin im Fernsehen gesehen. Diese Zeugen legten sehr überzeugend dar, daß TWA-Flug 800 von einer Rakete vom Himmel geholt worden war. Von seiten der Regierung gab man keinen Kommentar dazu ab, erinnerte aber alle daran, daß der Fall gelöst und abgeschlossen war. Ein technischer Defekt. Ende der Geschichte.

Ich fuhr weiter gen Süden, zum Atlantischen Ozean. Es war kurz nach 19 Uhr, und der Gedenkgottesdienst fing Kate zufolge um 19.30 Uhr an und endete um 20.31 Uhr, dem Zeitpunkt des Absturzes.

»Hast du jemanden gekannt, der umgekommen ist?« fragte ich Kate.

»Nein.« Im nächsten Moment fügte sie hinzu: »Aber ich habe einige Angehörige kennengelernt.«

»Aha.« Kate Mayfield hält, soweit ich das nach einjähriger Ehe beurteilen kann, ihren Beruf und ihre persönliche Meinung streng voneinander getrennt. Daher war nicht ganz nachvollziehbar, daß sie einen halben Tag FA nahm – was im FBI-Jargon Freizeitanspruch heißt und von jedem anderen als Urlaub bezeichnet wird –, um an einem Gedenkgottesdienst für Leute teilzunehmen, die sie nicht kannte.

Kate kapierte, worauf ich mit meiner Frage und meinem Schweigen hinauswollte, und sagte: »Manchmal muß ich mir ein bißchen menschlich vorkommen. Dieser Job ... manchmal ist es tröstlich festzustellen, daß das, was man für eine Übeltat hielt, einfach ein tragischer Unglücksfall war.«

»Richtig.«

Ich will nicht behaupten, daß ich an diesem Punkt immer neugieriger auf diesen Fall wurde, aber da ich meine Brötchen größtenteils mit Herumschnüffeln verdient habe, nahm ich mir vor, einen gewissen Dick Kearns anzurufen.

Dick war ein Polizist bei der New Yorker Mordkommission, mit dem ich jahrelang zusammengearbeitet hatte, bevor er beim NYPD ausschied und anschließend zur Antiterror-Task Force ging, wo er als Special Contract Agent diente, was mittlerweile auch ich bin. Dick hatte ebenso wie Kate Zeugen zum Absturz der TWA-Maschine vernommen.

Das FBI hatte diese Task Force 1980 als Reaktion auf die in New York verübten Bombenanschläge einer puertorikanischen Gruppe namens FALN sowie der Black Liberation Army gegründet. Die Welt hat sich seither verändert, und heute ist die Antiterror-Task Force vermutlich zu neunzig Prozent mit nahöstlichem Terrorismus befaßt. Da spielt heutzutage die Musik, und da bin auch ich, und Kate ebenfalls. Ich hatte eine großartige zweite Karriere vor mir, wenn ich nur lang genug lebte.

Die Zusammenarbeit bei dieser gemeinsamen Task Force sieht so aus, daß sich das FBI Personal von der New Yorker Polizei pumpt und ausgeschiedene Cops, aber auch Polizisten im aktiven Dienst anwirbt, die jede Menge Laufarbeit, Observierungen und Routineangelegenheiten erledigen dürfen, damit die überbezahlten und überqualifizierten FBI-Agenten auf das wirklich raffinierte Zeug angesetzt werden können.

Der Mischmasch aus diesen völlig verschiedenen Kulturen klappte anfangs nicht besonders gut, aber im Lauf der Jahre hat sich eine Art Arbeitsverhältnis entwickelt. Immerhin haben Kate und ich uns ineinander verliebt und geheiratet. Wir sind das Vorzeigepaar der ATTF.

Der Knackpunkt dabei ist, daß die Cops, die sich die FBIler ins Haus holten, damit sie die Handlangerdienste übernahmen, Zugang zu allerhand Informationen bekamen, die früher nur unter Mitarbeitern des FBI kursierten. Ergo war Dick Kearns, mein Bruder in Blau, vermutlich eher bereit, mir Auskünfte zu geben als meine FBI-Gemahlin.

Und warum, könnte man fragen, wollte ich diese Auskünfte überhaupt haben? Sicherlich nicht, weil ich glaubte, ich könnte das Rätsel um TWA-Flug 800 lösen. Eine halbe Tausendschaft Männer und Frauen war jahrelang mit dem Fall befaßt gewesen, der Fall war fünf Jahre alt, er war abgeschlossen und die offizielle Feststellung klang höchst logisch: ein losgerissenes oder durchgescheuertes Stromkabel in einem Treibstoffanzeiger im Haupttank, das Funken schlug und die Düsentreibstoffdämpfe entzündete, die den Tank zerrissen und das Flugzeug zerstörten. Alle Spuren deuteten darauf hin.

Fast alle.

Und dann war da noch der Lichtschweif, den so viele Menschen gesehen hatten.

Wir überquerten die kurze Brücke, die Long Island mit Fire Island verband, einer langen, vorgelagerten Wallinsel, die angeblich höchst interessante Sommergäste anlockte.

Die Straße führte in den Smith Point County Park, eine Gegend, in der es allerlei Latschenkiefern und Eichen, mit Gras überwucherte Sanddünen und möglicherweise auch ein paar wilde Tiere gab, die ich nicht mochte. Ich bin ein Großstadtjunge.

Wir kamen zu einer Stelle, an der sich die Straße von der Brücke mit einem Strandweg kreuzte, der parallel zum Meer verlief. Auf einem sandigen Areal in der Nähe stand ein großes Zelt, dessen Seitenwände hochgeklappt waren, damit die Meeresbrise durchziehen konnte. Ein paar hundert Leute hatten sich in und vor dem Zelt versammelt.

Ich stieß auf einen kleinen Parkplatz, der voller offiziell aussehender Autos stand. Ich fuhr mit Allradantrieb weiter, einen Sandweg entlang und schuf mir einen Parkplatz, indem ich eine jämmerliche Latschenkiefer niederbügelte.

»Du hast den Baum überfahren«, sagte Kate.

»Welchen Baum?« Ich hängte mein »Official Police Business«-Schild an die Windschutzscheibe, stieg aus und ging mit Kate zurück zum Parkplatz. Die Autos, die dort standen, wurden entweder von einem Chauffeur gefahren oder hatten ebenfalls Dienstschilder an der Windschutzscheibe.

Wir gingen weiter, auf das offene Zelt zu, dessen Silhouette sich vor dem Meer abzeichnete.

Kate und ich trugen Khakishorts und Strickhemden, und ich hatte ebenso wie Kate gute Laufschuhe an. »Möglicherweise laufen wir ein paar anderen Agenten über den Weg, die mit dem Fall befaßt waren«, sagte Kate, als wir auf das Zelt zugingen.

Verbrecher mögen vielleicht zum Tatort zurückkehren, vielleicht auch nicht, aber ich weiß ganz genau, daß Cops häufig zum Schauplatz ihrer ungelösten Fälle zurückkehren. Manchmal geradezu zwanghaft. Aber das hier war kein Kriminalfall, wie ich mir in Erinnerung rufen mußte – es war ein tragischer Unglücksfall.

Die Sonne stand tief über dem Horizont im Südwesten, der Himmel war klar, und ein kühler Wind wehte vom Meer her. Manchmal ist ein bißchen Natur nicht übel.

Wir gingen zu dem offenen Zelt, in dem sich rund dreihundert Leute versammelt hatten. Ich bin von Berufs wegen schon bei zu vielen Gedenkgottesdiensten und Beerdigungen gewesen und gehe nicht freiwillig hin, wenn ich nicht muß. Aber hier war ich nun.

Kate sagte: »Die meisten Familienmitglieder tragen Fotos ihrer toten Angehörigen. Aber auch wenn es nicht so wäre, würde man sie erkennen.« Sie nahm meine Hand, und wir gingen zum Zelt. »Sie sind nicht hier, um mit dieser Sache fertig zu werden«, sagte sie. »Mit so was wird man nicht fertig. Sie sind hier, um einander beizustehen und zu trösten. Um ihr Leid zu teilen.«

Jemand reichte uns ein Programm. Es waren keine Stühle mehr übrig, deshalb stellten wir uns an die dem Ozean zugewandte offene Längsseite des Zeltes.

Ziemlich genau gegenüber dieser Stelle, etwa acht Meilen weiter draußen, war eine riesige Passagiermaschine explodiert und ins Meer gestürzt. Hinterher waren noch wochenlang Flugzeugtrümmer und persönliche Habseligkeiten an diesen Strand gespült worden. Manche Leute sagten, auch Körperteile wären angespült worden, aber darüber hatten die Medien nichts berichtet.

Ich entsann mich noch, daß ich seinerzeit gedacht hatte, dies sei das erste amerikanische Flugzeug, das von Feindeshand innerhalb der Grenzen der Vereinigten Staaten zerstört worden war. Und daß es außerdem das zweite

Attentat ausländischer Terroristen auf amerikanischem Boden war – das erste war der Bombenanschlag auf den Nordturm des World Trade Center im Februar 1993.

Und dann, als die Tage, Wochen und Monate verstrichen, setzte sich allmählich eine andere Erklärung für den Absturz durch: technischer Defekt.

Niemand glaubte es, aber alle wollten daran glauben. Ich glaubte es und glaubte es doch nicht.

Ich schaute hinaus zum Horizont und versuchte mir vorzustellen, was dieser Schweif gewesen war, den so viele Leute auf das Flugzeug hatten zuschießen sehen, kurz bevor es explodiert war. Ich habe keine Ahnung, was sie sahen, aber ich weiß, daß man ihnen sagte, sie hätten gar nichts gesehen.

Ein Jammer, dachte ich, daß niemand diesen kurzen Moment auf Film gebannt hat.

3

Ich war, wie gesagt, schon bei vielen Beerdigungen und Gedenkgottesdiensten gewesen, aber über dieser Feierstunde für die 230 toten Männer, Frauen und Kinder hing nicht nur der Dunsthauch des Todes, sondern auch eine lastende Ungewißheit, die unausgesprochene Frage, was vor fünf Jahren tatsächlich zum Absturz dieses Flugzeuges geführt hatte.

Die erste Ansprache hielt eine Frau, die laut Programm als Geistliche an einer interkonfessionellen Kapelle am Kennedy Airport tätig war. Sie versicherte den Freunden und Angehörigen, daß sie ihr Leben getrost in vollen Zügen auskosten dürften, auch wenn es ihre Lieben nicht könnten.

Danach sprachen ein paar andere Leute, und in der Ferne hörte ich die Wellen, die sich am Strand brachen.

Geistliche unterschiedlichen Glaubens sprachen Gebete, die Leute weinten, und Kate drückte meine Hand. Ich warf ihr einen kurzen Blick zu und sah, daß ihr Tränen über die Wangen liefen.

Ein Rabbi, der von den Toten sprach, sagte: »Und nach wie vor staunen wir, wie diese Menschen, die so viele Jahre tot sind, so lange Zeit so schön bleiben können.«

Ein anderer Sprecher, ein Mann, der seine Frau und seinen Sohn verloren hatte, sprach über die toten Kinder, Frauen und Männer, die Familien, die gemeinsam geflogen waren, die Brüder und Schwestern, Väter und Mütter, die meisten davon einander fremd, aber jetzt für alle Ewigkeit im Himmel miteinander vereint.

Der letzte Sprecher, ein protestantischer Pfarrer, stimmte den 23. Psalm an, in den alle einstimmten. »Und ob ich schon wanderte im finstern Tal …«

Dudelsackbläser der Polizei, alle in Kilts, spielten »Amazing Grace«, und damit endete die Gedenkfeier im Zelt.

Danach gingen alle, weil sie das schon seit Jahren so machten, ohne weitere Anweisung hinunter zum Strand.

Kate und ich gingen mit ihnen.

Am Meeressaum zündeten die Angehörigen der Opfer eine Kerze für jeden der 230 Toten an, bis sich die in der sanften Brise flackernden Lichter den ganzen Strand entlang erstreckten.

Um 20.31 Uhr, dem Zeitpunkt des Absturzes, reichten sich die Angehörigen entlang des Strandes die Hände.

Ein Hubschrauber der Küstenwache richtete seinen Suchscheinwerfer auf den Ozean, und von einem Kutter der Küstenwache warfen die Besatzungsmitglieder dort, wo der Suchscheinwerfer die Wogen anstrahlte, Kränze ins Wasser.

Manche Familienmitglieder knieten nieder, andere wateten ins Wasser und fast alle warfen Blumen in die Brandung. Menschen schlossen einander in die Arme.

Einfühlungsvermögen und Empfindsamkeit sind nicht gerade meine Stärken, aber der Anblick dieser Menschen, die gemeinsam trauerten und sich gegenseitig Trost spendeten, drang durch meine von Todeserfahrung gehärtete Hülle wie die warme Meeresbrise durch eine Fliegendrahttür.

Kleine Menschengruppen zogen vom Strand weg, und Kate und ich gingen zum Zelt zurück.

Ich entdeckte Bürgermeister Rudy Giuliani und eine Horde Lokalpolitiker und Amtsträger aus New York, die wegen der Reporter, die sie umschwärmten und um eine zitierbare Stellungnahme baten, leicht zu erkennen waren. Ich hörte, wie ein Reporter Rudy fragte: »Herr Bürgermeister, sind Sie immer noch der Meinung, daß es ein Terrorakt war?«, worauf Mr. Giuliani erwiderte: »Kein Kommentar.«

Kate sah ein Paar, das sie kannte, entschuldigte sich und ging hin, um mit den beiden zu sprechen.

Ich stand auf dem Plankenweg in der Nähe des Zeltes und betrachtete die Menschen, die allmählich vom Strand zurückkehrten, wo immer noch die Kerzen brannten. Der Helikopter und das Boot waren verschwunden, aber ein paar Leute blieben noch am Strand, und manche standen nach wie vor im Wasser und schauten hinaus auf die See. Andere standen in kleinen Gruppen beisammen, redeten miteinander, umarmten sich und weinten. Diesen Menschen fiel es offenkundig schwer, diesen Ort zu verlassen, der so nahe an der Stelle lag, wo ihre Angehörigen vom sommerlichen Himmel in den herrlichen Ozean gestürzt waren.

Ich war mir nicht ganz sicher, warum ich hier war, aber durch diese Erfahrung war diese fünf Jahre zurückliegende Tragödie für mich zweifellos weniger theoretisch und wesentlich realer geworden. Und das, nehme ich an, war der Grund, weshalb Kate mich mitgenommen hatte; das hier war ein Teil ihrer Vergangenheit, und sie wollte, daß ich diese Seite von ihr verstand. Es sei denn, sie hatte etwas anderes im Sinn.

Im Alltag ist Kate Mayfield etwa genauso gefühlsbetont wie ich, also nicht allzusehr. Aber diese Tragödie war ihr offensichtlich persönlich nahegegangen, und sie hatte sie, wie ich vermutete, beruflich gefrustet. Sie wie alle anderen hier wußte nicht, ob sie um die Opfer eines Unglücks oder eines Massenmordes trauerte. In dieser kurzen Feierstunde spielte es vielleicht keine Rolle; aber letztendlich spielte es doch eine Rolle, für die Lebenden wie für die Toten. Und auch für dieses Volk.

Während ich auf Kate wartete, kam ein Mann mittleren Alters, der eine legere Hose mit passendem Hemd trug, auf mich zu.

»John Corey«, sagte er, und es war keine Frage.

»Nein«, erwiderte ich, »Sie sind nicht John Corey. Ich bin John Corey.«

»Das habe ich doch gemeint.« Ohne mir die Hand zum Gruß zu bieten, sagte er zu mir: »Ich bin Special Agent Liam Griffith. Wir arbeiten im gleichen Laden.«

Er kam mir bekannt vor, aber im Grunde genommen sehen für mich alle FBI-Agenten gleich aus, selbst die Frauen.

»Was führt Sie hierher?« fragte er mich.
»Was führt *Sie* hierher, Liam?«
»Ich habe zuerst gefragt.«
»Ist das eine dienstliche Frage?«
Mr. Griffith erkannte eine kleine verbale Falle auf Anhieb. »Ich bin als Privatmann hier«, erwiderte er.
»Ich auch.«
Er blickte sich um und sagte dann zu mir: »Ich nehme an, Sie sind mit Ihrer Frau hier.«
»Gut geraten.«
Wir schwiegen beide eine Weile und starrten uns an. Ich liebe diese Macho-Wettkämpfe im gegenseitigen Anglotzen, und ich bin gut darin.
Zu guter Letzt sagte er: »Ihre Frau war, wie sie Ihnen erzählt haben dürfte, nie ganz zufrieden mit der abschließenden Erklärung zu diesem Fall.«
Ich erwiderte nichts.
»Die Regierung ist damit zufrieden«, fuhr er fort. »Sie – und auch Sie – sind für die Regierung tätig.«
»Danke für den heißen Tip.«
Er schaute mich an und sagte: »Manchmal muß man auch auf das Selbstverständliche verweisen.«
»Ist Englisch Ihre erste Fremdsprache?«
»Okay, lassen Sie sich eins gesagt sein – der Fall ist abgeschlossen. Es genügt, wenn private Gruppen und Individuen Ergebisse der Regierung in Frage stellen. Das ist ihr gutes Recht. Aber Sie, ich und Ihre Frau – wir alle in Diensten der Bundespolizei – dürfen denjenigen keinen Glauben schenken, die andere und möglicherweise sogar paranoide Theorien über das haben, was hier vor fünf Jahren geschehen ist.«
»Hey, mein Guter, ich bin bloß mitgefahren. Meine Frau ist hier, um der Toten zu gedenken und die Angehö-

rigen zu trösten. Wenn hier einer Paranoia hat, dann sind Sie es.«

Mr. Griffith wirkte ein bißchen eingeschnappt, bewahrte aber die Ruhe. »Vielleicht haben Sie nicht ganz verstanden, worauf ich hinauswill. Es geht nicht darum, was hier geschehen beziehungsweise nicht geschehen ist. Es geht um Ihren Status als Agent in Diensten der Bundesregierung.« Und er fügte hinzu: »Wenn Sie morgen ausscheiden – oder gefeuert werden –, könnten Sie diesen Fall in Ihren Mußestunden untersuchen, solange Sie wollen. Als Privatmann wäre das Ihr gutes Recht, und wenn Sie neue Beweise finden sollten, die dazu führen, daß dieser Fall von seiten der Regierung wieder aufgerollt wird, dann kann ich Ihnen nur Gottes Segen dabei wünschen. Aber solange Sie für die Regierung tätig sind, werden Sie keinerlei Erkundigungen anstellen, niemanden befragen, keine Akten einsehen oder auch nur über diesen Fall nachdenken, auch nicht in Ihrer Freizeit. Nun, haben Sie das verstanden?«

Ich vergesse ständig, daß fast alle Special Agents Anwälte sind, aber wenn sie etwas sagen, fällt es mir wieder ein. »Sie machen mich neugierig«, sagte ich. »Hoffentlich war das nicht Ihre Absicht.«

»Ich erkläre Ihnen nur die Rechtslage, Mr. Corey, damit Sie später, falls es darauf ankommen sollte, keine Unwissenheit vorschützen können.«

»Hey, mein Guter, ich war über zwanzig Jahre Polizist, und ich lehre am John Jay College Strafrecht. Ich kenne die Scheißgesetze.«

»Gut. Ich werde das in meinem Bericht vermerken.«

»Wenn Sie schon mal dabei sind, können Sie auch gleich vermerken, daß Sie mir erzählt haben, Sie wären als Privatmann hier. Und danach können Sie mir meine Rechte vorlesen.«

Er lächelte doch tatsächlich, wechselte dann die Rolle und spielte den guten Cop. »Ich mag Sie«, ließ er mich wissen.

»Tja, Liam, ich mag Sie auch.«

»Betrachten Sie dieses Gespräch als guten Ratschlag von einem Kollegen. Es wird keinen Bericht geben.«

»Ihr Jungs laßt doch nicht mal einen fahren, ohne einen zehnseitigen Bericht zu schreiben.«

Ich glaube, jetzt mochte er mich nicht mehr. »Sie gelten als schwierig und nicht teamfähig«, sagte er. »Das wissen Sie auch. Im Moment sind Sie wegen des Falls Asad Khalil der Goldjunge. Aber das war vor über einem Jahr, und seither haben Sie nichts Spektakuläres mehr zustande gebracht. Khalil ist noch immer auf freiem Fuß, und das gilt im übrigen auch für die Typen, die Ihnen in Morningside Heights drei Kugeln verpaßt haben. Wenn Sie eine Lebensaufgabe brauchen, Mr. Corey, dann suchen Sie diese Leute, die Sie umbringen wollten. Das sollte genügen, um Sie zu beschäftigen und Ihnen Ärger zu ersparen.«

Einen Bundesagenten auszuknocken ist nicht ratsam, aber wenn sie diesen herablassenden Tonfall anschlagen, sollte ich es vielleicht doch mal machen. Bloß einmal. Aber nicht hier. »Ficken Sie sich ins Knie«, schlug ich Mr. Griffith vor.

»Okay«, sagte er, als hielte er das für eine gute Idee. »Okay, Sie können davon ausgehen, daß Sie unter Beobachtung stehen.«

»Sie können mir gestohlen bleiben«, erwiderte ich.

Er drehte sich um und ging.

Bevor ich das Gespräch mit Mr. Griffith verarbeiten konnte, kam Kate zu mir und sagte: »Die beiden haben ihre einzige Tochter verloren. Sie war nach Paris unterwegs, zu einem Sommerseminar.« Und sie fügte hinzu:

»Auch nach fünf Jahren hat sich nicht das geringste geändert, und das sollte es auch nicht.«

Ich nickte.

»Was wollte Liam Griffith mit dir bereden?« fragte sie.

»Darüber darf ich nicht sprechen.«

»Wollte er wissen, was wir hier machen?«

»Woher kennst du ihn?« fragte ich.

»Er arbeitet mit uns zusammen, John.«

»Welche Abteilung?«

»In der gleichen wie wir. Terrorismus aus Nahost. Was hat er gesagt?«

»Warum kenne ich ihn dann nicht?«

»Weiß ich nicht. Er ist viel unterwegs.«

»Hat er an dem TWA-Fall mitgearbeitet?«

»Darüber darf ich nicht sprechen. Wieso hast du ihn nicht gefragt?«

»Ich wollte ja. Kurz bevor ich ihm gesagt habe, er soll sich ins Knie ficken. Danach war die Gelegenheit vorbei.«

»Das hättest du nicht sagen sollen.«

»Warum ist er hier?«

Sie zögerte kurz, dann erwiderte sie: »Um festzustellen, wer hier ist.«

»Ist er so was wie ein Typ für Interne Angelegenheiten?«

»Ich weiß es nicht. Kann sein. Ist mein Name gefallen?«

»Er sagt, du warst nicht zufrieden mit der abschließenden Feststellung der Regierung zu diesem Fall.«

»Das habe ich nie zu irgend jemandem gesagt.«

»Ich bin mir sicher, daß er darauf gekommen ist.«

Sie nickte, und wie eine gute Anwältin, die nicht mehr

hören will, als sie bereit ist, unter Eid zu wiederholen, ließ sie das Thema fallen.

Kate blickte hinaus auf den Ozean, dann hinauf zum Himmel. »Was ist deiner Meinung nach hier passiert?«

»Ich weiß es nicht.«

»Ich *weiß*, daß du es nicht weißt. Ich war mit dem Fall befaßt, und ich weiß es auch nicht. Was *denkst* du?«

Ich nahm ihre Hand, und wir machten uns auf den Weg zum Jeep. »Ich glaube, wir müssen den Lichtschweif erklären«, sagte ich zu ihr. »Ohne den Lichtschweif deutet die Mehrzahl der Beweise auf einen technischen Defekt hin. Mit dem Lichtschweif haben wir eine andere, durchaus glaubwürdige Theorie – eine Luftabwehrrakete.«

»Und welcher gibst du den Vorzug?«

»Ich ziehe immer die Fakten vor.«

»Tja, wir haben es mit zweierlei Fakten zu tun – die Augenzeugen und ihre Aussagen hinsichtlich des Lichtschweifs, und die Spuren, die keinerlei Hinweise auf einen Raketentreffer erkennen lassen, wohl aber gewisse Anzeichen, die darauf hindeuten, daß es durch eine unglückselige Verkettung von Umständen zu einer Explosion des mittleren Treibstofftanks kam. Welche Fakten sagen dir mehr zu?«

»Ich traue Augenzeugen nicht immer«, erwiderte ich.

»Und was ist, wenn über zweihundert von ihnen das gleiche gesehen haben?«

»Dann müßte ich mit einem ganzen Haufen Leute sprechen.«

»Du hast vorgestern abend acht von ihnen im Fernsehen gesehen.«

»Das ist nicht das gleiche, wie wenn ich sie persönlich befrage.«

»Ich habe es getan. Ich habe zwölf von ihnen vernommen, ich habe ihre Stimmen gehört und ihnen in die Augen geschaut. Schau mir in die Augen«, sagte sie zu mir.

Ich blieb stehen und schaute sie an.

»Ihre Worte und ihre Gesichter gehen mir nicht mehr aus dem Sinn«, sagte sie.

»Vielleicht wäre es ganz gut, wenn du dich darum bemühst«, erwiderte ich.

Wir kamen zum Jeep, und ich hielt Kate die Tür auf. Ich stieg ein, ließ den Motor an und setzte auf den Sandweg zurück. Die Latschenkiefer schnellte wieder hoch, größer und voller als zuvor. Ein Trauma tut der wilden Tier- und Pflanzenwelt gut. Der Stärkste setzt sich durch.

Ich schloß mich einer langen Schlange von Fahrzeugen an, die von der Gedenkfeier wegfuhren.

Kate schwieg eine Weile, dann sagte sie: »Ich rege mich immer auf, wenn ich hierherkomme.«

»Ich kann mir vorstellen, warum.«

Langsam fuhren wir auf die Brücke zu.

Mit einem Mal erinnerte ich mich wieder an ein Gespräch, das ich nicht lange, nachdem wir uns kennengelernt hatten, mit Special Agent Kate Mayfield geführt hatte. Wir waren mit dem Fall Asad Khalil befaßt, den mein neuer Freund Liam unlängst angesprochen hatte. Mr. Khalil, ein Libyer, war nach Amerika gekommen, weil er eine Reihe Piloten der U.S. Air Force umbringen wollte, die ein paar Bomben auf sein Vaterland abgeworfen hatten. Jedenfalls glaube ich, ich habe mich über die vielen Überstunden oder so was Ähnliches beschwert, und Kate hatte zu mir gesagt: »Weißt du, als die ATTF mit der Explosion der TWA-Maschine befaßt war, hat sie rund um die Uhr gearbeitet, sieben Tage die Woche.«

Ich hatte damals vielleicht ein bißchen spöttisch, möglicherweise auch aufgrund einer gewissen Vorahnung entgegnet: »Und das war nicht mal ein Terroranschlag.«

Kate hatte nichts darauf erwidert, und ich erinnerte mich, wie ich damals dachte, daß meines Wissens niemand auf bestimmte Fragen bezüglich TWA 800 eingegangen war und daß manche davon nach wie vor unbeantwortet waren.

Und da waren wir nun, ein Jahr später, mittlerweile verheiratet, und sie sagte immer noch nicht viel dazu. Aber sie wollte mir irgend etwas mitteilen.

Ich fuhr auf die Brücke und kroch im dichten Verkehr weiter. Links lag die Great South Bay, rechts die Moriches Bay. Die Lichter von der fernen Küste spiegelten sich auf dem Wasser. Sterne funkelten am klaren Abendhimmel, und durch die offenen Fenster drang der Geruch nach salziger Luft.

Vor genau fünf Jahren war eine große Passagiermaschine an einem herrlichen Sommerabend, ganz ähnlich wie dieser hier, elfeinhalb Minuten nach dem Start am Kennedy Airport auf dem Flug nach Paris mit 230 Passagieren und Besatzungsmitgliedern mitten in der Luft explodiert, in brennenden Trümmern ins Wasser gestürzt und hatte die See in Brand gesetzt.

Ich versuchte mir vorzustellen, wie das für die Augenzeugen ausgesehen haben mußte. Mit Sicherheit muß es ein Anblick gewesen sein, der so weit außerhalb aller Vorstellungskraft lag und alles übertraf, was sie je gesehen hatten, daß sie es weder begreifen noch nachvollziehen konnten.

Ich sagte zu Kate: »Ich hatte einen Augenzeugen einer Schießerei, der gesagt hat, er wäre drei Meter vom Täter entfernt gewesen, der aus etwa anderthalb Meter Entfernung einmal auf das Opfer geschossen hätte. Tatsächlich aber hatte eine Überwachungskamera den ganzen Vorfall aufgezeichnet, und auf den Bildern sah man, daß der Zeuge rund neun Meter vom Täter entfernt war. Der Täter wiederum war etwa sechs Meter vom Opfer entfernt und gab drei Schüsse ab.« Und unnötigerweise fügte ich hinzu: »In Extremsituationen und bei traumatischen Erlebnissen begreift der Verstand nicht immer, was die Augen sehen und die Ohren hören.«

»Es waren Hunderte von Augenzeugen.«

»Die Macht der Suggestion«, sagte ich, »beziehungsweise Pseudoerinnerungen oder der Wunsch, dem Vernehmenden zu gefallen, beziehungsweise, in diesem Fall, der Nachthimmel und eine optische Täuschung. Such es dir aus.«

»Das muß ich nicht. Im offiziellen Bericht hat man auf all das zurückgegriffen, mit besonderer Betonung auf optische Täuschung.«

»Ja. Daran erinnere ich mich.« Die CIA hatte die Explosion sogar in einem höchst spekulativen Animationsfilm rekonstruiert, den man im Fernsehen gezeigt hatte und der den Lichtschweif zu erklären schien. Soweit ich mich entsann, war dieser Animation zufolge der Lichtschweif, den über zweihundert Menschen auf das Flugzeug hatten zuschießen sehen, in Wirklichkeit *vom* Flugzeug ausgegangen, und zwar infolge des brennenden Treibstoffs, der aus dem zerfetzten Tank strömte. In dem Film wurde das damit erklärt, daß es nicht die eigentliche Explosion war, auf die die Zeugen aufmerksam geworden waren – es war der *Donner* der Explosion, der nach etwa fünfzehn bis dreißig Sekunden zu ihnen drang, je nachdem, wo sie sich aufhielten. Und als sie dann in die Richtung blickten, aus der das Geräusch kam, sahen sie den brennenden Strom aus Düsentreibstoff, den man irrtümlich für eine aufwärts schießende Rakete halten konnte. Außerdem stieg der Rumpf der Maschine den Radarbeobachtungen zufolge nach der Explosion tatsächlich ein paar tausend Fuß auf, und dieser brennende Teil des Flugzeugs könnte ebenfalls wie eine nach oben jagende Rakete gewirkt haben.

Eine optische Täuschung, jedenfalls nach Aussage der CIA. Für mich war das ausgemachter Blödsinn, aber die Animation sah besser aus, als sie klang. Ich mußte mir das Video noch mal ansehen.

Und ich mußte mich wie schon vor fünf Jahren fragen, warum es die CIA war, die den Animationsfilm gemacht hatte, und nicht das FBI. Worum ging es bei dem Ganzen?

Wir kamen zur anderen Seite der Brücke und stießen auf den William Floyd Parkway. Ich schaute auf die Uhr am Armaturenbrett und sagte: »Wir sind erst gegen elf wieder in der Stadt.«

»Noch später, wenn du möchtest.«

»Soll heißen?«

»Noch einen Abstecher. Aber nur, wenn du möchtest.«

»Reden wir über einen Quickie in einem Stundenhotel?«

»Keineswegs.«

Ich meinte mich zu entsinnen, daß Liam Griffith mir ausdrücklich geraten hatte, ich sollte mir diesen Fall nicht als Freizeitbeschäftigung aussuchen. Er hatte nicht gesagt, was passieren würde, wenn ich seinen Rat nicht annahm, aber vermutlich handelte es sich um nichts Erfreuliches.

»John?«

Ich mußte eher an Kates berufliche Zukunft denken als an meine – sie verdient mehr als ich. Vielleicht sollte ich ihr verraten, was Griffith gesagt hatte.

»Okay, fahren wir heim«, sagte sie zu mir.
»Okay, noch einen Abstecher«, sagte ich zu ihr.

4

Wir bogen vom William Floyd Parkway ab und fuhren auf dem Montauk Highway in Richtung Osten. Kate lotste mich durch die freundliche Ortschaft Westhampton Beach.

Wir überquerten die Brücke über die Moriches Bay, die zu einer schmalen Wallinsel führte, wo wir auf die einzige Straße abbogen, die Dune Road, und uns in Richtung Westen hielten. Neue Häuser säumten die Straße – Häuser am Meer zur Linken, Häuser mit Meerblick zur Rechten.

»Das hier war vor fünf Jahren noch kaum erschlossen«, sagte Kate.

Eine beiläufige Feststellung möglicherweise, aber wahrscheinlich meinte sie damit, daß dies zum Zeitpunkt des Absturzes eine eher abgeschiedene Gegend gewesen war und ich das bei allem, was ich demnächst zu hören und zu sehen bekam, berücksichtigen sollte.

Keine zehn Minuten später wies mich ein Schild darauf hin, daß ich mich in den Cupsogue Beach County Park begab, der bei Anbruch der Dämmerung offiziell geschlossen war, aber da ich offiziell in inoffiziellem dienstlichem Einsatz unterwegs war, fuhr ich auf den großen Parkplatz.

Kate lotste mich über den Parkplatz hinweg zu einem Sandweg, eigentlich eher eine Art Naturpfad, der einem Schild zufolge für Fahrzeuge aller Art gesperrt war. Der

Pfad wurde teilweise durch einen aufrollbaren Zaun versperrt, weshalb ich auf Allradantrieb schaltete und um den Zaun herumkurvte, bis meine Scheinwerfer wieder den Pfad erfaßten, der jetzt etwa so breit wie der Jeep war und durch Gestrüpp und Dünen führte.

Am Ende des Pfads sagte Kate: »Bieg hier ab, in Richtung Strand.«

Ich fuhr zwischen zwei Dünen hindurch, einen leichten Hang hinab und bügelte unterwegs eine Latschenkiefer nieder.

»Paß bitte auf die Pflanzen auf. Halte dich an die Düne da rechts.«

Ich fuhr am Rand der Düne entlang, und sie sagte: »Bleib hier stehen.«

Ich hielt an, und sie stieg aus.

Ich stellte den Motor ab, schaltete die Scheinwerfer aus und folgte ihr.

Kate stand vor dem Jeep und schaute auf den dunklen Ozean hinaus. »Okay«, sagte sie, »am Abend des 17. Juli 1996 bog ein Fahrzeug, das höchstwahrscheinlich Allradantrieb hatte, genau wie deins, vom Weg ab und hielt etwa genau hier.«

»Woher weißt du das?«

»Durch einen Bericht der Polizei von Westhampton. Kurz nachdem das Flugzeug abgestürzt war, wurde ein Polizeiwagen, ein SUV, hierhergeschickt, und man sagte dem Polizisten, er solle zum Strand laufen und sehen, ob er irgendwie helfen könne. Er traf um zwanzig Uhr sechsundvierzig hier ein.«

»Wie helfen?«

»Zu dem Zeitpunkt kannte man die genaue Absturzstelle noch nicht. Es bestand die Möglichkeit, daß es Überlebende geben könnte, Menschen mit Schwimmwesten oder in Rettungsflößen. Dieser Polizist hatte einen tragbaren Suchscheinwerfer dabei. Er bemerkte Reifenspuren im Sand, die etwa hier endeten. Er dachte sich nichts weiter dabei und ging runter zum Strand.«

»Hast du diesen Bericht gesehen?«

»Ja. Es gab Hunderte von schriftlichen Berichten zu allen möglichen Vorkommnissen im Zusammenhang mit diesem Absturz. Berichte von Dutzenden örtlicher Polizeidienststellen, aber auch von der Küstenwache, von Berufs- und Privatpiloten, Fischern und so weiter. Aber dieser ist mir aufgefallen.«

»Warum?«

»Weil er einer der ersten und einer der unwichtigsten war.«

»Deiner Meinung nach aber nicht. Hast du mit dem Polizisten gesprochen?«

»Ja. Er sagte, er sei runter zum Strand gelaufen.« Sie ging ebenfalls hinunter, und ich folgte ihr.

Am Wasser blieb sie stehen, deutete hinaus und sagte: »Da drüben sind Fire Island und der Smith Point County Park, wo gerade der Gedenkgottesdienst stattfand. Draußen am Horizont sah der Polizist das brennende Kerosin auf dem Wasser. Er richtete seinen Scheinwerfer aufs Wasser, sah aber nur den ruhigen, glasigen Meeresspiegel. Er schrieb in seinem Bericht, daß er nicht damit rechnete, irgendwelche Überlebenden zu sehen, die zur Küste kamen, jedenfalls nicht so schnell und vermutlich nicht so weit von der Absturzstelle entfernt. Jedenfalls beschloß er, auf eine Sanddüne zu steigen, wo er eine bessere Aussicht hatte.«

Sie drehte sich um und ging auf eine Düne zu, die in der Nähe des Jeeps aufragte. Ich folgte ihr.

»Okay«, sagte sie, als wir zum Fuß der Düne kamen,

»er hat mir berichtet, daß er Spuren sah, die darauf hindeuteten, daß unlängst Menschen rauf- oder runtergeklettert waren – beziehungsweise rauf und runter. Dieser Typ wollte gar nicht den Spuren folgen; er hat nur einen Aussichtspunkt gesucht, von dem aus er das Wasser überblicken konnte. Deshalb ist er auf die Düne gestiegen.«

»Heißt das, daß ich ebenfalls raufsteigen muß?«

»Folge mir.«

Wir kletterten die Düne hinauf, und ich bekam Sand in die Schuhe. Als junger Detective habe ich häufig Tathergänge nachgestellt, was manchmal anstrengend ist und einem die Klamotten versaut. Heute arbeite ich eher mit Köpfchen.

Als wir oben standen, sagte sie: »Da unten, in der schmalen Senke zwischen dieser und der nächsten Düne, sah der Polizist eine Decke.« Wir liefen den flach abfallenden Hang hinab.

»Hier etwa«, sagte sie. »Eine Bettdecke. Wenn man hier in der Gegend wohnt, besitzt man wahrscheinlich eine ordentliche Stranddecke aus Baumwolle. Hier aber handelte es sich um eine Kunstfaserdecke, vermutlich aus einem Hotel oder einem Motel.«

»Hat sich jemand in den hiesigen Hotels und Motels danach erkundigt?«

»Ja, ein ATTF-Team. Sie fanden mehrere Hotels und Motels, die diese Deckenmarke verwendeten. Schließlich konnten sie die Sache auf ein Hotel eingrenzen, in dem ein Zimmermädchen gemeldet hatte, daß eine Bettdecke fehlte.«

»Wie hieß das Hotel?«

»Hast du vor, die Sache weiterzuverfolgen?«

»Nein. Genaugenommen haben sowohl du wie auch Liam Griffith gesagt, daß sie mich nichts angeht.«

»Das ist richtig.«

»Gut. Übrigens – warum sind wir hier?«

»Ich dachte, du fändest das vielleicht interessant. Du könntest das in eines deiner Seminare am John Jay einbauen.«

»Du denkst doch immer an mich.«

Sie ging nicht darauf an.

Inzwischen hatte John Corey natürlich angebissen, und Kate Mayfield holte den Fisch gemächlich ein. Ich glaube, auf diese Weise bin ich im Hafen der Ehe gelandet, beide Male.

Sie fuhr fort: »Auf der Decke stand eine Kühlbox, die laut Polizeibericht halb geschmolzenes Eis enthielt. Außerdem befanden sich zwei Weingläser, ein Korkenzieher und eine leere Weißweinflasche auf der Decke.«

»Was für Wein?«

»Ein teurer französischer Pouilly Fumé. Kostete damals etwa fünfzig Dollar.«

»Hat jemand Fingerabdrücke von der Flasche genommen?« fragte ich.

»Ja. Und auch von den Weingläsern und der Kühlbox. Etliche gute Abdrücke. Von zwei Personen. Das FBI hat sie über Computer laufen lassen, wurde aber nicht fündig.«

»Lippenstift?« fragte ich.

»Ja, an einem Glas.«

»Irgendwelche Hinweise auf Sex auf der Decke?«

»Man hat weder Samenspuren noch Kondome gefunden«, erwiderte Kate.

»Vielleicht hatten sie Oralsex, und sie hat alles geschluckt.«

»Danke für den Hinweis. Okay, die Spurensicherung hat männliche und weibliche Hautschuppen auf der Dekke gefunden, dazu Körperhaare, Kopfhaare und ein paar Schamhaare, folglich war dieses Paar irgendwann nackt.« Sie fügte hinzu: »Aber die Haare und die Haut könnten auch von jemand anders stammen, da es sich allem Anschein nach um eine Hoteldecke handelte.«

»Irgendwelche unbestimmbare Fasern?«

»Jede Menge. Aber was die Herkunft angeht, kommen auch hier wieder Dutzende von Möglichkeiten in Frage.« Und sie fügte hinzu: »Außerdem etwas Weißwein auf der Decke.«

Ich nickte. Zeug, das man auf einer Hoteldecke fand, taugte nicht unbedingt als verwertbare Spur. »Sand?« fragte ich.

»Ja. Teilweise noch feucht. Sie waren also möglicherweise unten am Strand.«

Ich nickte und fragte: »Hat dieser Polizist irgendwelche Fahrzeuge gesehen, die vom Strand kamen?«

»Ja, er erwähnte, daß er an einem hellen Ford Explorer vorbeifuhr, neuestes Modell, der ihm auf der Dune Road aus dieser Richtung entgegenkam. Aber da er auf einen Notruf reagierte, nicht auf eine gemeldete Straftat, achtete er weder auf das Kennzeichen noch auf die Insassen des Fahrzeugs. Man ging dem auch nicht weiter nach.«

Ich nickte. Ford Explorer waren hier in der Gegend so alltäglich wie die Möwen, deshalb war es weder den Aufwand noch die Mühe wert, das Fahrzeug zu überprüfen.

»Okay«, sagte Kate zu mir, »das war's in etwa. Möchtest du eine Rekonstruktion der Vorgänge an diesem Abend versuchen?«

»Ehe ich mich an einer mündlichen Rekonstruktion versuche, sollten wir vielleicht die Gunst der Stunde nutzen und die Sache nachstellen«, erwiderte ich.

»John, benimm dich.«

»Ich versuche mich ja nur in den Hergang reinzuversetzen.«

»Komm schon. Es wird allmählich spät. Rekonstruiere es.« Sie lächelte. »Nachstellen können wir die Sache später.«

Ich lächelte ebenfalls. »Okay, wir haben einen Mann und eine Frau. Sie sind möglicherweise in einem hiesigen Hotel abgestiegen, dessen Namen ich vielleicht später erfahre. Der teure Wein deutet auf gehobenen Mittelstand und mittleres Alter hin. Sie beschließen, zum Strand zu gehen, und schnappen sich die Decke vom Hotelbett. Sie haben allerdings eine Kühlbox dabei, deshalb war die Sache vielleicht auch geplant. Sie kennen diese abgelegene Stelle, haben vielleicht auch davon gehört oder sind zufällig darauf gestoßen. Ich glaube, sie sind am späten Nachmittag oder am frühen Abend hergekommen.«

»Wieso?«

»Na ja, ich kann mich noch erinnern, wo ich war, als ich von dem Absturz gehört habe. Es war ein strahlender Sommertag, und du hast keinerlei Sonnenöl oder -creme an der Decke, der Flasche oder den Weingläsern erwähnt.«

»Richtig. Fahr fort.«

»Okay. Dieser Mann und die Frau, die möglicherweise einen Ford Explorer fahren, sind also irgendwann vor zwanzig Uhr einunddreißig, dem Zeitpunkt des Absturzes, hierhergekommen. Sie haben die Decke ausgebreitet, die Kühlbox aufgemacht, die Weinflasche rausgenommen, sie geöffnet, sich zwei Gläser eingegossen und die Flasche geleert. Irgendwann haben sie sich möglicherweise ausgezogen und sich übereinander hergemacht.«

Sie erwiderte nichts, deshalb fuhr ich fort. »Okay, aufgrund des feuchten Sandes, den man auf der Decke gefunden hat, dürfen wir vermuten, daß sie runter zum Wasser gegangen sind, nackt oder angezogen. Irgendwann – um zwanzig Uhr einunddreißig genauer gesagt – sahen und hörten sie eine Explosion am Himmel. Ich weiß nicht, wo sie zu der Zeit standen, aber als ihnen klar wurde, daß dieses aufsehenerregende Ereignis Leute an den Strand locken würde, sind sie schleunigst aufgebrochen und waren weg, bevor die Polizei um zwanzig Uhr sechsundvierzig hier eintraf. Die beiden Fahrzeuge sind möglicherweise auf der einzigen Straße, die zu diesem Strand führt, aneinander vorbeigefahren.« Und ich fügte hinzu: »Meiner Einschätzung nach waren diese beiden Leute nicht miteinander verheiratet.«

»Wieso?«

»Die Sache ist zu romantisch.«

»Sei nicht so zynisch. Vielleicht wollten sie sich gar nicht davonmachen. Vielleicht wollten sie Hilfe holen.«

»Aber sie sind weitergeflüchtet. Sie wollten nicht zusammen gesehen werden.«

Sie nickte. »Darüber herrschte allgemeine Übereinstimmung.«

»Unter wem?«

»Unter den FBI-Agenten der Antiterror-Task Force, die diese Sache vor fünf Jahren untersucht haben.«

»Ich will *dich* mal was fragen. Warum sind diese beiden Leute so wichtig, daß sich das FBI soviel Mühe gemacht hat.«

»Sie waren möglicherweise Zeugen des Absturzes.«

»Na und? Es gab sechshundert Augenzeugen, die die Explosion gesehen haben. Mehr als zweihundert von ihnen haben gesagt, daß sie einen Lichtschweif sahen, der vor der Explosion auf die Maschine zuschoß. Wenn das

FBI zweihundert Leuten nicht geglaubt hat, warum sind dann diese beiden Unbekannten so wichtig?«

»Oh, ich habe was vergessen. Eine letzte Einzelheit.«

»Ach.«

»Auf der Decke lag außerdem ein Objektivdeckel aus Plastik, der von einer JVC-Videokamera stammte.«

Ich betrachtete einen Moment lang das Gelände und den Himmel, während ich das verdaute. »Hast du jemals was von diesen Leuten gehört?« fragte ich sie.

»Nein.«

»Und das wirst du auch nie. Gehen wir.«

5

Wir fuhren durch die Ortschaft Westhampton zurück. »Nach Hause?« fragte ich.

»Noch ein Abstecher. Aber nur, wenn du möchtest.«

»Wie viele weitere Abstecher kommen noch?«

»Zwei.«

Ich warf der Frau, die neben mir auf dem Beifahrersitz saß, einen kurzen Blick zu. Es war Kate Mayfield, meine Ehefrau. Ich erwähne dies, weil sie manchmal Special Agent Mayfield und hin und wieder im Zwiespalt mit sich selber ist.

In diesem Moment, das konnte ich erkennen, war sie Kate, deshalb war dies auch der Augenblick, um ein paar Sachen zu klären.

»Du hast mir gesagt, daß mich dieser Fall nichts angeht«, legte ich ihr dar. »Dann hast du mich zu dem Strand mitgenommen, an dem dieses Pärchen offenbar den Absturz gesehen und möglicherweise auf Video aufgezeichnet hat. Könntest du mir diesen offenkundigen Widerspruch vielleicht erklären?«

»Nein.« Und sie fügte hinzu: »Das ist kein Widerspruch. Ich dachte nur, du fändest das vielleicht interessant. Wir waren in der Nähe des Strandes, deshalb habe ich ihn dir gezeigt.«

»Okay. Was könnte ich beim nächsten Abstecher interessant finden?«

»Das wirst du sehen, wenn wir dort sind.«

»Willst du, daß ich mir diesen Fall vornehme?« fragte ich.

»Darauf kann ich dir keine Antwort geben.«

»Tja, dann zwinkere einmal für ja, zweimal für nein.«

»Du mußt verstehen, John«, erinnerte sie mich, »daß ich mich nicht mit diesem Fall befassen darf. Ich bin festangestellte FBI-Agentin. Ich könnte fliegen.«

»Was ist mit mir?«

»Macht es dir etwas aus, wenn du fliegst?«

»Nein. Ich kriege fünfundsiebzig Prozent Berufsunfähigkeitspension von der New Yorker Polizei. Steuerfrei.« Und ich fügte hinzu: »Ich bin sowieso nicht scharf darauf, für dich zu arbeiten.«

»Du arbeitest nicht *für* mich. Du arbeitest *mit* mir.«

»Was auch immer.« Ich fragte noch einmal: »Was erwartest du von mir?«

»Paß einfach auf und hör zu, danach kannst du tun, was du möchtest. Aber ich will nichts davon wissen.«

»Was ist, wenn ich festgenommen werde, weil ich rumschnüffle?«

»Die können dich nicht festnehmen.«

»Bist du dir da sicher?«

»Absolut. Ich bin Anwältin.«

»Vielleicht versuchen sie mich umzubringen.«

»Das ist doch lächerlich.«

»Nein, ist es nicht. Unser ehemaliger CIA-Teamgefährte Ted Nash hat ein paarmal gedroht, mich umzubringen.«

»Das glaube ich nicht. Außerdem ist er tot.«

»Es gibt noch mehr von der Sorte.«

Sie lachte.

Ganz und gar nicht komisch. Ich fragte noch einmal: »Kate, was erwartest du von mir?«

»Nimm dir diesen Fall als Teilzeithobby vor.«

Was mich wieder daran erinnerte, daß Mr. Liam Griffith, mein Kollege von der ATTF, mir ausdrücklich davon abgeraten hatte. Ich fuhr an den Straßenrand und sagte: »Kate. Schau mich an.«

Sie schaute mich an.

»Du führst mich an der Nase herum, meine Süße«, sagte ich zu ihr. »Ich mag das nicht.«

»Tut mir leid.«

»Was genau erwartest du von mir, Liebling?«

Sie dachte einen Moment lang nach und erwiderte: »Paß einfach auf und hör zu. Danach entscheidest *du*, was du tun möchtest.« Sie rang sich ein Lächeln ab und sagte: »Sei einfach John Corey.«

»Dann sei du einfach Kate«, sagte ich.

»Ich versuch's ja. Diese Sache ist so ... so verkorkst. Ich bin regelrecht hin- und hergerissen ... Ich möchte nicht, daß wir ... daß du in Schwierigkeiten gerätst. Aber dieser Fall macht mir seit fünf Jahren zu schaffen.«

»Er macht einer Menge Menschen zu schaffen. Aber der Fall ist abgeschlossen. Wie die Büchse der Pandora. Belaß es dabei.«

Sie schwieg eine Weile, dann sagte sie leise: »Ich glaube nicht, daß der Gerechtigkeit Genüge getan wurde.«

»Es war ein *Unglück*«, erwiderte ich. »Mit Gerechtigkeit hat das gar nichts zu tun.«

»Glaubst du das?«

»Nein. Aber wenn ich mir über jeden Fall den Kopf zerbrechen würde, bei dem der Gerechtigkeit nicht Genüge getan wurde, wäre ich in Daueranalyse.«

»Das ist nicht *irgendein* Fall, und das weißt du auch.«

»Stimmt. Aber ich will nicht derjenige sein, der seinen Schwanz ins Feuer steckt, um festzustellen, wie heiß er wird.«

»Dann fahren wir nach Hause.«

Ich fuhr wieder auf die Straße, und nach etwa einer Minute sagte ich: »Okay, wohin soll's gehen?«

Sie lotste mich zum Montauk Highway, Richtung Westen, und danach gen Süden, zum Meer.

Die Straße endete vor einem eingezäunten Areal mit einem Maschendrahttor und einem Wachhaus. Meine Scheinwerfer fielen auf ein Schild mit der Aufschrift UNITED STATES COAST GUARD STATION – CENTER MORICHES – RESTRICTED AREA.

Ein uniformierter Küstenwächter mit Pistolenhalfter kam aus dem Wachhaus, öffnete das Tor und hob dann die Hand. Ich hielt an.

Die Typ näherte sich, worauf ich meinen FBI-Ausweis hochhielt, den er kaum eines Blickes würdigte, dann schaute er zu Kate und sagte: »Weiterfahren«, ohne nach dem Grund unseres Besuches zu fragen.

Offenbar wurden wir erwartet, und alle außer mir kannten den Grund unseres Besuchs. Ich fuhr durch das offene Tor und folgte einer geteerten Straße.

Vor uns stand ein malerischer weißer Schindelbau mit

rotem Giebeldach und einem viereckigen Aussichtsturm – ein typisches altes Küstenwachgebäude.

»Park da drüben«, sagte Kate.

Ich parkte auf dem Platz vor dem Gebäude, stellte den Motor ab, und wir stiegen aus dem Jeep.

Ich folgte Kate zur Rückseite des Gebäudes, die dem Wasser zugewandt war. Ich blickte über die in Flutlicht getauchte Anlage hinweg, die sich auf einer in die Moriches Bay ragenden Landzunge befand. Am Wasser standen ein paar Bootshäuser, und rechts daneben erstreckte sich ein langer Kai, an dessen Pfahlwerk zwei Boote der Küstenwache vertäut waren. Eines der Boote sah aus wie das, das an der Gedenkfeier teilgenommen hatte. Von dem Typ am Tor einmal abgesehen, wirkte der ganze Stützpunkt wie ausgestorben.

»Hier wurde unmittelbar nach dem Absturz der Kommandostand eingerichtet«, sagte Kate zu mir. Und sie fuhr fort: »Sämtliche Rettungsboote kamen durch das Moriches Inlet hierher und luden die Trümmer der Maschine ab, die dann per Lkw zu dem Hangar auf dem Marinestützpunkt Calverton gebracht wurden, wo man sie wieder zusammensetzte.« Sie fügte hinzu: »Hierher hat man auch die Toten gebracht, bevor sie ins Leichenschauhaus kamen.« Sie schwieg eine Weile, dann sagte sie: »Ich habe hier ab und zu gearbeitet, zwei Monate lang. Ich habe in einem Motel in der Nähe gewohnt.«

Ich erwiderte nichts, dachte aber darüber nach. Ich kannte ein paar Männer und Frauen vom NYPD, die wochen- und monatelang Tag und Nacht an diesem Fall gearbeitet hatten, aus ihren Koffern lebten, Alpträume wegen der Leichen hatten und in der hiesigen Kneipe zuviel tranken. Niemand, so sagte man mir, hatte diesen Fall unbeschadet überstanden. Ich schaute zu Kate.

Sie blickte mich auch an und wandte sich gleich wieder ab. Sie sagte: »Die Leichen ... Leichenteile ... Kinderspielzeug, Kuscheltiere, Puppen, Koffer, Rucksäcke ... viele junge Leute, die zu einem Sommerseminar nach Paris wollten. Ein Mädchen hatte Geld in ihre Socke gestopft. Eines der Rettungsboote hatte ein Schmuckkästchen aufgefischt, in dem sich ein Verlobungsring befand. Irgend jemand wollte sich in Paris verloben ...«

Ich legte den Arm um Kate, und sie schmiegte den Kopf an meine Schulter. Wir standen eine Weile da und schauten hinaus auf die Bucht. Sie ist eine taffe Frau, aber selbst taffe Menschen sind manchmal aufgewühlt.

Sie richtete sich auf, und ich ließ sie los. Sie ging in Richtung Kai und sprach dabei. »Als ich hierherkam, am Tag nach dem Absturz, sollte diese Station geschlossen werden, und sie wurde schon eine ganze Weile nicht mehr instand gehalten. Das Gras reichte mir bis zur Taille. Binnen weniger Tage war hier alles voll, Kleinbusse, Fernmeldewagen, Spurensicherungswagen, Ambulanzen, ein großes Rotkreuz-Zelt, das da drüben stand, Lkw, mobile Pathologien ... wir hatten transportable Duschen, um die ... die Giftstoffe abzuwaschen ... Etwa eine Woche später hat man draußen auf dem Rasen zwei geteerte Hubschrauberlandeplätze angelegt. Es war eine gute Reaktion. Eine hervorragende Reaktion. Ich war richtig stolz darauf, mit diesen Leuten zu arbeiten. Der Küstenwache, dem NYPD, der Orts- und Staatspolizei, dem Roten Kreuz und vielen einheimischen Fischern und Bootsbesitzern, die Tag und Nacht gearbeitet und Leichen und Trümmer gesucht haben ... es war erstaunlich, wirklich.« Sie schaute mich an und sagte: »Wir sind ein tüchtiges Volk. Weißt du? Wir sind selbstsüchtig, egozentrisch und verwöhnt. Aber wenn die Kacke am Dampfen ist, laufen wir zu Bestform auf.«

Ich nickte.

Wir kamen zum Ende des Kais, und Kate deutete nach Westen, dorthin, wo an diesem Abend vor fünf Jahren TWA-Flug 800 über dem Ozean explodiert war. Sie sagte: »Wenn es ein Unglück war, dann war es ein Unglück, und die Leute von Boeing, der nationalen Verkehrssicherheitskommission und alle anderen, die für Flugsicherheit zuständig sind, können den Fehler abstellen, und vielleicht muß sich dann niemand mehr den Kopf darüber zerbrechen, daß mitten im Flug der Haupttank explodieren könnte.« Sie holte tief Luft und fügte hinzu: »Aber wenn es Mord war, dann müssen wir das wissen, bevor wir dafür sorgen, daß der Gerechtigkeit Genüge getan wird.«

Ich dachte einen Moment lang nach, dann erwiderte ich: »Ich habe Mörder gesucht, als so gut wie keiner dachte, daß ein Mord begangen worden war.«

»Glück gehabt?«

»Einmal. Manches ergibt sich erst Jahre später. Man rollt den Fall wieder auf.« Ich fragte sie: »Hast du irgendwas?«

»Vielleicht.« Und sie fügte hinzu: »Ich habe dich.«

Ich lächelte. »Ich bin nicht *so* gut.«

»Das Gute an dir ist, daß du diese Sache unvoreingenommen, mit frischem Blick und klarem Kopf untersuchen kannst. Wir alle waren anderthalb Jahre lang damit beschäftigt, bis er abgeschlossen wurde, und ich glaube, wir waren überwältigt vom Ausmaß dieser Tragödie und von dem ganzen Papierkrieg – den Berichten der Spurensicherung, den widersprüchlichen Theorien, dem Kompetenzgerangel, dem Druck von außen und dem Medienirrsinn. Es gibt bestimmt einen einfacheren Weg, eine Art Abkürzung durch diesen ganzen Mist. Jemand muß ihn finden.«

Tatsache ist, daß ich die meisten Fälle mittels Routine, mühseliger Polizeiarbeit, aufgrund von kriminaltechnischen Berichten und dergleichen mehr gelöst habe. Aber ab und an hatte es auch etwas mit Glück zu tun, wenn man den goldenen Schlüssel entdeckte, der einem den kürzesten Weg durch den ganzen Mist erschloß. Das kommt vor, aber nicht in so einem Fall.

Kate wandte sich vom Wasser ab und blickte wieder zu dem weißen Stationsgebäude der Küstenwache in der Ferne. Etliche Fenster waren erleuchtet, aber ich sah keine Menschenseele. »Ziemlich ruhig hier«, bemerkte ich.

»Die Station wird wieder stillgelegt«, erwiderte sie. »Diese Anlage wurde zu Beginn des Zweiten Weltkriegs gebaut, weil man von hier aus Jagd auf deutsche U-Boote machen wollte, die vor der Küste auf Lauer lagen. Dieser Krieg ist vorbei, der Kalte Krieg ebenfalls, und der Absturz von TWA 800 ist fünf Jahre her. Das einzige, was das Überleben dieser Station garantieren könnte, wäre eine terroristische Bedrohung oder ein Terroranschlag.«

»Richtig. Aber wir wollen auch keinen fabrizieren.«

»Nein. Aber du arbeitest lange genug bei der Antiterror-Task Force, um zu wissen, daß eine echte Gefahr besteht, der weder die Regierung noch das Volk Beachtung schenken.«

Ich erwiderte nichts.

»Unweit von hier sind das biologische Forschungslabor auf Plum Island, das Brookhaven National Laboratory, der Marinestützpunkt Groton, wo U-Boote stationiert sind, und das Kernkraftwerk New London auf der anderen Seite des Long Island Sound«, sagte sie. »Und wir sollten den Anschlag auf das World Trade Center im Februar 1993 nicht vergessen.«

Ich erwiderte: »Wir sollten auch Mr. Asad Khalil nicht

vergessen, der mich nach wie vor umbringen will. Beziehungsweise uns.«

Sie schwieg einen Moment und starrte ins Leere, dann sagte sie: »Ich habe das Gefühl, daß da draußen irgendwas im Schwange ist, daß uns eine unmittelbare Gefahr droht. Etwas weitaus Größeres als Asad Khalil.«

»Das will ich nicht hoffen. Der Typ war der größte und schlimmste Drecksack, dem ich jemals über den Weg gelaufen bin.«

»Meinst du? Was ist mit Osama Bin Laden?«

Arabische Namen sind nicht meine Stärke, aber den kannte ich. In der Kaffeebar bei der ATTF hing sogar ein Fahndungsplakat von ihm. »Yeah«, erwiderte ich, »der Typ, der hinter dem Anschlag auf die USS *Cole* steckte.«

»Er ist auch für den Anschlag auf eine Kaserne der US-Army in Riad, Saudi-Arabien, im November 1995 verantwortlich, bei dem fünf amerikanische Soldaten umkamen. Dann, im Juni 1996, steckte er hinter dem Bombenanschlag auf die Khobar Towers, einem Apartmentkomplex in Dhahran, Saudi-Arabien, in dem amerikanisches Militärpersonal untergebracht war. Neunzehn Todesopfer. Er plante die Bombenanschläge auf die US-Botschaften in Kenia und Tansania im August 1998, bei denen 224 Menschen getötet und weitere fünftausend verletzt wurden. Und zuletzt ließ er vor neun Monaten von sich hören – mit dem Anschlag auf die USS *Cole* im Oktober 2000, bei dem siebzehn Matrosen umkamen. Osama Bin Laden.«

»Ein ziemliches Strafregister. Was hat er seither getrieben?«

»Sich in Afghanistan aufgehalten.«

»Zur Ruhe gesetzt?«

»Darauf würde ich nicht wetten«, erwiderte Kate.

6

Wir liefen zurück zum Jeep. »Wohin jetzt?« fragte ich.

»Wir sind hier noch nicht fertig.«

Ich dachte, Kate wollte diesen Abstecher nur unternehmen, um in Erinnerungen zu schwelgen und mich an einen Ort zu bringen, der mich inspirieren sollte. Offenbar steckte mehr dahinter.

»Du wolltest doch einen Zeugen befragen«, sagte sie zu mir.

»Ich möchte viele Zeugen befragen.«

»Heute abend mußt du dich mit nur einem zufrieden geben.« Sie deutete auf die Hintertür des Schindelbaus der Küstenwache. »Die führt auf den Aussichtsturm. Oberstes Stockwerk.«

Anscheinend wollte sie nicht mitkommen, also ging ich durch die Fliegendrahttür am Fuß des Turms und stieß auf die Treppe.

Ich stieg hinauf. Vier Stockwerke, was mich an die fünf Treppen des Mietshauses an der Lower Eastside von Manhattan erinnerte, in dem ich aufgewachsen bin. Ich hasse Treppen.

Der letzte Treppenabsatz führte mitten in den rundum verglasten Aussichtsraum hinauf. In dem Raum brannte kein Licht, aber ich konnte ein paar Tische und Sessel erkennen, einen Schreibtisch mit Telefonen und ein aus Militärbeständen stammendes Funkgerät, das in der Stille leuchtete und summte. Hier war keiner.

Durch die Panoramafenster konnte ich das Geländer eines Laufgangs sehen, der sich rund um den viereckigen Turm zog.

Ich öffnete eine Fliegendrahttür und ging hinaus.

Ich lief um den Turm herum und blieb an der südwestlichen Ecke stehen. Auf der anderen Seite der Moriches Bay konnte ich die äußeren Wallinseln und das Moriches Inlet sehen, das Fire Island von den Dünen von Westhampton und dem Cupsogue Beach County Park trennt, wo jemand, wie es im vulgären Polizeijargon heißt, mit seiner Büchse am Strand gebumst und möglicherweise einen Videobeweis aufgezeichnet hat, durch den sich der ganze Fall mit einem Schlag wiederaufrollen ließe.

Hinter den Wallinseln war der Atlantische Ozean, wo ich die Lichter kleiner Boote und großer Schiffe sah. Sterne funkelten am Himmel, und im Osten und Westen schwebten die Lichter von Flugzeugen die Küste entlang.

Ich konzentrierte mich auf eine Maschine, die in Richtung Osten unterwegs war, und sah zu, wie sie vis-à-vis vom Smith Point County Park auf Fire Island vorüberflog. Sie war etwa sechs bis acht Meilen vor der Küste und stieg langsam auf etwa zehn- bis zwölftausend Fuß. Etwa dort war TWA-Flug 800 auf der üblichen Flugroute vom Kennedy Airport in Richtung Europa plötzlich mitten in der Luft explodiert.

Ich versuchte mir vorzustellen, was es gewesen war, das mehr als zweihundert Menschen aus dem Wasser aufsteigen und auf das Flugzeug hatten zuschießen sehen.

Vielleicht begegnete ich demnächst einem dieser Menschen – oder jemand anderem.

Ich ging in den Aussichtsturm zurück und setzte mich auf einen Drehstuhl an einen Schreibtisch mit Blick zur Treppe. Nach ein paar Minuten hörte ich Schritte auf den knarrenden Stufen. Aus Gewohnheit und weil ich allein war, zog ich meinen für den Freizeitgebrauch bestimmten 38er Smith & Wesson aus dem Knöchelholster und steckte ihn hinten unter dem Strickhemd in den Hosenbund. Ich sah den Kopf und die Schultern eines Mannes, der die Treppe heraufkam, mit dem Rücken zu mir. Er kam in den Raum, blickte sich um und sah mich.

Selbst in dem schummrigen Licht konnte ich sehen, daß er um die sechzig war, groß und gut aussehend, kurze graue Haare hatte und eine braune Hose und einen blauen Blazer trug. Ich hatte den Eindruck, daß er mal beim Militär gewesen war.

Er ging auf mich zu, und ich stand auf. Als er näher kam, sagte er: »Mr. Corey, ich bin Tom Spruck.« Wir schüttelten uns die Hand.

»Man hat mich gebeten, mit Ihnen zu sprechen«, sagte er.

»Wer?«

»Miss Mayfield.«

Eigentlich war sie *Ms.* Mayfield, beziehungsweise Special Agent Mayfield und manchmal auch Mrs. Corey, aber dafür konnte er nichts. Jedenfalls war der Typ eindeutig beim Militär gewesen. Vermutlich ein Offizier. Special Agent Mayfield wußte, wie man sich gute Zeugen rauspickt.

Da ich nichts sagte, ergriff er das Wort. »Ich war Zeuge der Ereignisse am 17. Juli 1996. Aber das wissen Sie ja.«

Ich nickte.

»Wollen Sie lieber hierbleiben oder rausgehen?« fragte er mich.

»Hierbleiben. Nehmen Sie Platz.«

Er rollte einen Drehstuhl an den Schreibtisch und setzte sich. »Wo soll ich anfangen?« fragte er.

Ich setzte mich hinter den Schreibtisch und erwiderte: »Erzählen Sie mir ein bißchen was von sich.«

»Na schön. Ich bin ehemaliger Marineoffzier, Marineakademie Annapolis, im Rang eines Captain in Ruhestand gegangen. Ich habe einst F-4 Phantoms geflogen, von Flugzeugträgern aus. Ich habe in drei Dienstzeiten zwischen 1969 und 1972 hundertundfünfzehn Einsätze über Nordvietnam geflogen.«

»Dann wissen Sie ja, wie Pyrotechnik in der Dämmerung über dem Wasser aussieht.«

»Selbstverständlich.«

»Gut. Wie sah das am 17. Juli 1996 aus?«

Er starrte durch das Glasfenster in Richtung Ozean und sagte. »Ich war in meinem Sunfish – das ist ein kleines Ein-Mann-Segelboot –, da wir jeden Mittwochabend inoffizielle Regatten in der Bucht veranstalten.«

»Wer ist wir?«

»Ich gehöre der Westhampton Yacht Squadron an der Moriches Bay an – und wir haben gegen acht Uhr abends mit dem Segeln aufgehört. Alle wollten zum Grillen zurück zum Club, aber ich habe beschlossen, durch das Moriches Inlet auf den Ozean zu segeln.«

»Warum?«

»Die See war ungewöhnlich ruhig, und der Wind wehte mit sechs Knoten. Man hat nicht oft solche Bedingungen, bei denen man sich mit einem Sunfish auf den Ozean wagen kann.« Er fuhr fort: »Gegen acht Uhr zwanzig hatte ich die Meerenge hinter mir und war draußen auf See. Ich ging auf westlichen Kurs, an der Küste von Fire Island entlang und vis-à-vis vom Smith Point County Park.«

»Ich muß Sie mal kurz unterbrechen. Haben Sie das auch öffentlich zu Protokoll gegeben?«

»So habe ich es dem FBI erklärt. Ich weiß nicht, ob das öffentlich ist oder nicht.«

»Haben Sie jemals eine öffentliche Erklärung abgegeben, nachdem Sie mit dem FBI gesprochen hatten?«

»Das habe ich nicht getan.« Und er fügte hinzu: »Man hat mir gesagt, ich sollte das nicht tun.«

»Wer?«

»Der Agent, der mich zuerst vernommen hat, danach auch die anderen Agenten bei den anschließenden Vernehmungen.«

»Aha. Und wer hat Sie zuerst vernommen?«

»Ihre Frau.«

Seinerzeit war sie noch nicht meine Frau, aber ich nickte und sagte: »Fahren Sie bitte fort.«

Er warf wieder einen Blick auf den Ozean und fuhr fort: »Ich saß im Sunfish und habe zum Vorliek des Segel shochgeschaut, was man in einem Segelboot die meiste Zeit über macht. Es war sehr still und ruhig, und ich genoß den Törn. Sonnenuntergang war offiziell um zwanzig Uhr einundzwanzig, aber ENAD – Ende der nautischen Abenddämmerung – war erst um zwanzig Uhr fünfundvierzig. Ich warf einen Blick auf meine Uhr, eine Digitaluhr, die beleuchtet ist und genau geht, und sah, daß es zwanzig Uhr dreißig und fünfzehn Sekunden war. Ich beschloß, zu wenden und vor Einbruch der Dunkelheit wieder in die Meerenge einzufahren.«

Captain Spruck stockte, wirkte einen Moment lang nachdenklich und sagte dann: »Ich habe zu meinem Segel aufgeblickt, und dabei ist mir etwas am Himmel im Südwesten aufgefallen. Es war ein heller Lichtschweif, der zum Himmel aufstieg. Das Licht war rötlich-orange und könnte irgendwo hinter dem Horizont aufgestiegen sein.«

»Haben Sie irgend etwas gehört?«

»Nein. Der Lichtschweif kam aus dem Ozean hoch, in Richtung Land und etwas auf meinen Standort zu. Er stieg steil empor, in einem Winkel von etwa fünfunddreißig bis vierzig Grad, und er schien zu beschleunigen, auch wenn das wegen des Winkels und mangels eines Orientierungspunkts im Hintergrund schwer festzustellen war. Aber wenn ich die Geschwindigkeit schätzen müßte, würde ich sagen, es waren etwa hundert Knoten.«

Ich fragte: »Sie haben das alles in ... in wie vielen Sekunden errechnet?«

»In etwa drei Sekunden. Im Cockpit eines Jagdbombers hat man etwa fünf Sekunden Zeit.«

Ich zählte im Kopf bis drei, und mir wurde klar, daß man nicht soviel Zeit hat, wenn man einer Kugel ausweichen muß.

Captain Spruck fügte hinzu: »Aber wie ich dem FBI schon gesagt habe, waren für mich zu viele Variable und Unbekannte dabei, als daß ich mir hinsichtlich meiner Berechnungen hundertprozentig hätte sicher sein können. Ich kannte weder den Ausgangspunkt des Objekts, noch seine genaue Größe oder seine Entfernung von mir, daher konnte ich die Geschwindigkeit bloß schätzen.«

»Sie sind sich also nicht ganz sicher, was Sie gesehen haben?«

»Ich weiß, was ich gesehen habe.« Er schaute durch das Fenster und sagte: »Ich habe so viele feindliche Boden-Luft-Raketen auf mich und meine Staffelkameraden zukommen sehen, daß ich ein Gespür für diese Dinger gekriegt habe.« Er lächelte verkniffen und sagte: »Wenn sie auf einen zukommen, wirken sie größer, schneller und näher, als sie tatsächlich sind.« Und er fügte hinzu: »Man muß das durch zwei teilen.«

Ich lächelte und sagte: »Jemand hat mal eine kleine Beretta auf mich gerichtet. Ich dachte, es wäre eine 357er Magnum.«

Er nickte.

»Aber Sie haben eindeutig einen Lichtschweif gesehen?« fragte ich.

»Dessen bin ich mir sicher. Ein heller, rötlich-oranger Lichtschweif, und am höchsten Punkt des Schweifs war ein weißglühender Punkt, was für mich darauf hindeutete, daß ich vermutlich den Zündpunkt eines Feststofftriebwerks und dahinter den rot-orangen Feuerschweif sah.

»Ohne Scheiß?«

»Ohne Scheiß.«

»Haben Sie das ... Projektil gesehen?«

»Das habe ich nicht gesehen.«

»Rauch.«

»Eine weiße Rauchfahne.«

»Haben Sie das Flugzeug bemerkt – die 747, die anschließend abgestürzt ist?«

»Ich habe sie bemerkt, kurz bevor ich den Blick auf den Lichtschweif gerichtet habe. Ich konnte den Lichtschimmer sehen – den letzten Sonnenschein, der sich auf ihrer Aluminiumhaut spiegelte, und ich habe die Flugzeuglichter gesehen und die vier Kondensstreifen.«

»Okay ... zurück zu dem Lichtschweif.«

Captain Spruck fuhr fort: »Ich habe mir diesen rot-orangen Streif genau angesehen, als er weiter aufgestiegen ist –«

»Entschuldigen Sie. Was war Ihr *erster* Eindruck?«

»Mein erster, zweiter und nachhaltiger Eindruck war, daß es sich um eine Boden-Luft-Rakete handelte.«

Ich hatte versucht, das Wort mit »R« zu vermeiden, aber hier war es. »Warum?« fragte ich. »Warum keine Sternschnuppe? Ein Blitz? Eine Feuerwerksrakete?«

»Es war eine Boden-Luft-Rakete.«

»Die meisten Leute haben gesagt, sie hätten zunächst

den Eindruck gehabt, es handle sich um ein Überbleibsel vom vierten Juli –«

»Es war nicht nur eine Rakete, es war eine *Lenk*rakete. Sie ist beim Aufsteigen leicht im Zickzack geflogen, als ob sie ihren Kurs korrigiert, dann schien sie eine halbe Sekunde langsamer zu werden und drehte deutlich erkennbar nach Osten bei – in meine Richtung –, schien dann zu verschwinden, möglicherweise hinter einer Wolke, aber vielleicht hatte sie auch ihren Treibstoff verbraucht und war in eine ballistische Flugbahn übergegangen oder mir war die Sicht durch das Ziel verdeckt.«

Das *Ziel*. Eine Boeing 747 der TWA, ausgewiesen als Flug 800 nach Paris, mit 230 Menschen an Bord war zum *Ziel* geworden.

Wir beide schwiegen eine Zeitlang, während ich den Wert von Captain Thomas Sprucks Aussage abwägte. Und wie ich es gelernt hatte, berücksichtigte ich dabei sein Auftreten im allgemeinen, den Eindruck, den er hinsichtlich seiner Aufrichtigkeit hinterließ, und seine Intelligenz. Was seine Glaubwürdigkeit als Zeuge anging, bekam Captain Spruck in sämtlichen Kategorien Bestnoten. Manchmal jedoch kippen auch gute Zeugen am Ende um – so zum Beispiel ein sehr intelligenter Mann, den ich anfangs für einen guten und wichtigen Zeugen bei einem Vermißtenfall hielt, bis er seine Aussage mit der Vermutung abschloß, daß die verschwundene Person von Außerirdischen entführt worden sei. Ich hatte in meinem Bericht pflichtgemäß mit einer Fußnote vermerkt, daß ich davon nicht ganz überzeugt sei.

Außerdem verlieren Zeugen bei der Befragung leicht die Fassung, deshalb bat ich Captain Spruck: »Sagen Sie mir noch mal, wie weit dieses Objekt von Ihnen entfernt war.«

Geduldig antwortete er: »Wie schon gesagt, bin ich mir nicht ganz sicher, aber ich glaube, daß es ursprünglich hinter dem Horizont hervorkam, was auf dem Wasser und bei ruhiger See eine Blickachse von etwa sechs Meilen wäre. Aber es hätte natürlich auch weiter weg sein können.«

»Sie haben also den Ausgangspunkt des ... sagen wir mal, des Abschusses nicht gesehen?«

»Nein.«

»Wie hätte das ausgesehen? Ich meine, wieviel Leuchtkraft wäre dabei entstanden?«

»Eine ganze Menge. Ich hätte den Lichtschimmer am dunklen Horizont sehen können, selbst wenn es zehn, zwanzig Meilen von meinem Standort entfernt gestartet wäre.«

»Aber das haben Sie nicht?«

»Ehrlich gesagt, weiß ich nicht, was mir zuerst aufgefallen ist – das Aufblitzen beim Abschuß oder der rot-orange Lichtschweif, der am Horizont aufstieg.«

»Haben Sie irgend etwas gehört?«

»Nein. Ein Raketenstart ist nicht *so* laut, vor allem von weitem, wenn der Wind in Richtung Abschußstelle weht.«

»Aha. Und wie hoch war dieses Objekt, als Sie zum erstenmal erkannten, daß es sich um einen aufsteigenden Lichtschweif handelt?«

»Das kann ich nicht sagen, solange ich die Entfernung nicht weiß. Die Höhe errechnet sich aus der Entfernung und dem Aufstiegswinkel vom Horizont. Simple Trigonometrie.«

»Richtig.« Ich war hier nicht ganz in meinem Element, aber auf die Verhörtechnik hatte das keinerlei Einfluß. »Nennen Sie mir einen Schätzwert«, sagte ich.

Er dachte einen Moment lang nach und sagte: »Etwa fünfzehnhundert bis zweitausend Fuß über dem Wasser, als ich es zum erstenmal sah. Dieser erste Eindruck bestätigte sich, als ich seinen Aufstieg verfolgte und ein Gefühl für seine Geschwindigkeit und die Flugroute bekam. Es stieg in gerader Linie auf, nicht im Bogen, mit leichten Zickzack-Korrekturen und dann mit einer deutlichen Kursänderung, als es sich ausrichtete.«

»Auf was ausrichtete?«

»Auf sein Ziel?«

»Okay ...« Ich fragte ihn: »Haben Sie jemals die Animation gesehen, in der die CIA darstellt, was ihrer Meinung nach geschehen ist?«

»Jawohl. Ich habe eine Kopie davon.«

»Yeah, ich muß mir auch eine besorgen. Okay, in dieser Animation, heißt es, daß wegen eines Kurzschlusses die Treibstoffdämpfe im Haupttank explodierten. Richtig? Und das, was sämtliche Augenzeugen sahen, war brennender Treibstoff, der aus einem zerfetzten Tragflächentank der Maschine nach *unten* ausströmte – kein Lichtschweif, der nach *oben* stieg, auf das Flugzeug zu. Mit anderen Worten, die Leute haben das verkehrt herum wahrgenommen. Sie *hörten* die Explosion, bevor sie sie sahen, blickten dann auf und hielten den brennenden Treibstoff, der ausströmte, irrtümlich für eine aufsteigende Rakete. Was halten Sie davon?«

Er schaute mich an, reckte dann den Daumen in die Luft und fragte mich: »Das ist oben. Richtig?«

»Als ich es das letzte Mal überprüft habe, ja.« Ich sagte zu ihm: »Die andere Möglichkeit, die ebenfalls in dieser Animation dargestellt wird, bezieht sich darauf, daß die Maschine tatsächlich noch ein paar tausend Fuß aufstieg, und das, was die Augenzeugen sahen, war das aufsteigende, brennende Flugzeug, was für die Leute am Boden aussah wie der Lichtschweif einer emporschießenden Rakete.« Ich fragte ihn: »Was halten Sie davon?«

»Ich kenne den Unterschied zwischen einem Lichtschweif, der beim Aufsteigen beschleunigt, eine weiße Rauchfahne hinter sich herzieht, und dem Todeskampf eines brennenden Flugzeugs. Ich habe beides gesehen.«

Ich hatte das beunruhigende Gefühl, daß sich Special Agent Mayfield bei der Befragung von Captain Spruck besser angestellt hatte als ich. »Ist das im wesentlichen die gleiche Aussage, die Sie auch gegenüber Ms. Mayfield gemacht haben?«

»Ja.«

»Hat sie gute Fragen gestellt?«

Er schaute mich an, als hätte ich gerade eine blöde Frage gestellt, erwiderte aber höflich: »Das hat sie.« Und er fügte hinzu: »Wir sind die Abfolge der Ereignisse über eine Stunde lang durchgegangen. Sie hat gesagt, sie käme wieder, und ob ich bitte noch mal über alles, was ich gesehen habe, nachdenken und sie anrufen könnte, falls mir irgendwas Neues einfallen sollte.«

»Und, haben Sie das gemacht?«

»Nein. Zwei Gentlemen – FBI-Agenten – haben mich am nächsten Tag aufgesucht und mir erklärt, daß sie eine ergänzende Vernehmung durchführen wollten und daß sich Agent Mayfield andere Zeugen vorgenommen hätte. Offenbar führte sie die ersten Vernehmungen durch ... den Zeitungsberichten zufolge gab es sechs- bis achthundert Zeugen, und etwa zweihundert davon haben den Lichtschweif gesehen. Die andern sahen nur die Explosion.«

»Das habe ich auch gelesen. Und diese beiden Typen – haben Sie ihre Namen erfahren?«

»Ja. Und ich habe ihre Karten.« Er zog zwei Visitenkarten aus der Hosentasche und gab sie mir. Ich schaltete die Schreibtischlampe ein und las die erste Karte. *Liam Griffith.* Das überraschte mich irgendwie, aber nicht übermäßig. Die zweite Karte überraschte mich wirklich. Es war eine FBI-Karte, aber der Name eines CIA-Mannes stand darauf – Mr. Ted Nash, um genau zu sein. Das war der Gentleman, den ich bei dem Fall auf Plum Island kennengelernt und mit dem ich dann im Fall Asad Khalil zusammengearbeitet hatte. Ted hatte viele lästige Angewohnheiten, aber zwei stachen heraus – zum einen hatte er immer die Hosentasche voller Visitenkarten und Papiere, die ihn als Bediensteten jedweder Regierungsbehörde auswiesen, die ihm je nach Lust und Laune gerade in den Kram paßte; die zweite lästige Angewohnheit waren seine kaum verhohlenen Drohungen, meiner Wenigkeit das Lebenslicht auszublasen, wenn ich ihm wieder einmal stank, was ziemlich oft vorkam. Jedenfalls hatten Ted und ich all das hinter uns gebracht, wenn auch hauptsächlich deshalb, weil er tot war.

»Darf ich diese Karten behalten?« sagte ich zu Captain Spruck.

»Ja. Miss Mayfield hat gesagt, ich kann sie Ihnen geben.«

»Gut. Haben Sie auch Ms. Mayfields Karte?«

»Nein. Mr. Nash hat sie an sich genommen.«

»Wirklich? Okay, und worüber haben die beiden Typen mit Ihnen geredet?«

»Sie hatten sich die auf Band aufgezeichneten Aussagen angehört, die ich gegenüber Miss Mayfield gemacht hatte, und sagten, sie wollten sie noch mal mit mir durchgehen.«

»Haben Sie jemals eine Abschrift Ihrer auf Band aufgezeichneten Aussage zur Unterschrift vorgelegt bekommen?«

»Nein, das habe ich nicht.«

Sehr ungewöhnlich. »Okay, hatten diese Typen auch einen Kassettenrecorder dabei?« sagte ich.

»Ja. Im Grunde genommen wollten sie, daß ich das wiederhole, was ich tags zuvor ausgesagt hatte.«

»Und, haben Sie das getan?«

»Jawohl. Sie haben versucht, Widersprüche zwischen dem, was ich ihnen sagte und was ich zu Miss Mayfield gesagt hatte, zu finden.«

»Haben sie welche gefunden?«

»Nein.«

»Haben sie Sie nach Ihrer Sehkraft gefragt?«

»Mehrmals. Ich hatte damals eine hervorragende Weitsicht, und die habe ich noch immer.«

»Haben sie Sie gefragt, ob Sie getrunken oder Drogen genommen haben?«

»Jawohl. Ich habe ihnen erklärt, daß ich diese Frage als beleidigend empfinde. Ich nehme keine Drogen, und ich segle nicht, wenn ich getrunken habe.«

Um die Stimmung etwas aufzuheitern, sagte ich: »Ich trinke nur mit anderen Leuten, oder wenn ich allein bin.«

Es dauerte drei Sekunden, bis er den Witz kapierte, dann lachte er ein bißchen.

Ich sagte zu ihm: »Mit anderen Worten – und ich meine das keineswegs abwertend –, sie haben also versucht, Ihre Aussage zu erschüttern.«

»Das nehme ich an. Sie haben mir erklärt, das wäre ihre Pflicht, falls ich jemals als Zeuge vor Gericht zitiert werden sollte.«

»Das stimmt. Und wie ging die Vernehmung zu Ende?«

»Sie sagten, sie melden sich wieder bei mir, und rieten mir nachdrücklich, in der Zwischenzeit keinerlei öffentliche Stellungnahme gegenüber der Presse oder jemand anderem abzugeben. Ich war damit einverstanden.«

»Haben Sie sie wiedergesehen?«

»Ja. Eine Woche später. Sie hatten einen dritten Mann dabei, den sie als Mr. Brown von der nationalen Verkehrssicherheitskommission vorstellten, aber seine Karte habe ich nicht bekommen.«

»Worüber haben sie diesmal mit Ihnen geredet?«

»Über das gleiche. Wir sind meine Aussagen noch mal eine Stunde lang durchgegangen – eine ziemlich lange Zeit für einen Vorfall, der knapp zwei Minuten gedauert hat. Dieses Mal teilten sie mir mit, daß die Explosion ihrer Meinung nach ein Unfall war, verursacht durch einen technischen Defekt.«

»Was für einen technischen Defekt?«

»Das haben sie nicht gesagt, und ich habe nicht danach gefragt.«

»Warum nicht?«

»Ich weiß, was ich gesehen habe.«

»Richtig. Sie sagen also, daß das, was Sie gesehen haben – einen Lichtschweif und die anschließende Explosion des Flugzeugs – miteinander in Zusammenhang stand.«

»Das habe ich überhaupt nicht gesagt. Wie könnte ich auch?«

»Ich weiß es zu schätzen, daß Sie sich an die Fakten halten. Dann könnte es also möglicherweise reiner Zufall gewesen sein, daß dieses Flugzeug explodierte, als Sie den Lichtschweif sahen.«

»Ein Höllenzufall.«

»Und dennoch könnte es so sein. Wie sind Sie mit diesen Typen verblieben?«

»Ich hatte inzwischen meinerseits ein paar Fragen. Ich habe sie nach den Radarbeobachtungen gefragt, nach anderen Augenzeugen, nach Militärmanövern draußen auf dem Ozean –«

»Was für Militärmanöver?«

»Das kam doch in sämtlichen Medien. Draußen auf dem Ozean ist eine mehrere tausend Quadratmeilen große militärische Übungszone, W-105 genannt, die in dieser Nacht für Manöver genutzt wurde.«

»Ja, ich kann mich dran erinnern. Und, haben diese Typen eine Ihrer Fragen beantwortet?«

»Nein, sie haben gesagt, sie dürften über diesen Vorfall nicht sprechen, solange die Ermittlungen noch im Gang wären.«

»Haben sie Sie wenigstens einigermaßen freundlich abblitzen lassen?«

»Sie waren höflich, aber bestimmt.« Und er fügte hinzu. »Der eine Kerl allerdings, dieser Nash, der war nicht höflich. Er war …«

»Herablassend?« bot ich an. »Rotzig. Ein Arsch.«

»So was in der Richtung.«

Das war mein guter alter Ted. Nur ein Ted Nash konnte auf die Idee kommen, er könnte bei einem ausgebildeten Berufsoffizier und Kampfpiloten Minderwertigkeitsgefühle auslösen. »Wie sind die mit Ihnen verblieben?«

»Sie haben mir noch einmal geraten, keinerlei Aussagen in der Öffentlichkeit zu machen, und gesagt, sie melden sich wieder.«

»Haben sie das getan?«

»Nein.«

»Wenn Sie eine Aussage in der Öffentlichkeit gemacht hätten, da gehe ich jede Wette ein, hätten die ziemlich schnell vor Ihrer Tür gestanden.«

Er erwiderte: »Sie waren sich darüber im klaren, daß ich in meiner Position – als Offizier der Reserve – das tue, was die Regierung von mir verlangt.«

Ich nickte. »Und dabei haben Sie es also belassen?« fragte ich ihn. »Ich meine, ob Sie sich damit abgefunden haben?«

»Nun ja ... ich habe angenommen, daß die Ermittlungen vorangehen, und wenn sie mich brauchen, werden sie sich schon melden. Es gab so viele andere Augenzeugen ... und dann hat man die Flugzeugtrümmer geborgen und in Calverton wieder zusammengesetzt ... Ich dachte mir, daß sie der Sache näher kämen ... FBI-Agenten haben hier in der Gegend jeden vernommen und nach verdächtigen Personen gefragt, Leuten, die an diesem Abend mit einem Boot aus einem der Yachthäfen ausgelaufen sind, sie haben die Herkunft eines jeden Passagiers in der Maschine überprüft ... Ich habe das alles in den Nachrichten verfolgt ... Es war eine umfassende Untersuchung ... daher habe ich gewartet. Und ich warte noch immer«, fügte er hinzu.

»Der Fall ist abgeschlossen«, erklärte ich ihm. »Niemand wird sich jemals wieder bei Ihnen melden.«

»Ihre Frau hat sich gemeldet«, sagte er. »Und jetzt auch Sie.«

»Nein, haben wir nicht.«

Er nickte, dann sagte er zu mir: »Ich war im Lauf der Jahre immer wieder versucht, Nash oder Griffith anzurufen.«

»Ted Nash ist tot«, erwiderte ich.

Das überraschte ihn sichtlich, aber er ging nicht darauf ein.

»Und an Ihrer Stelle würde ich Liam Griffith nicht anrufen«, schob ich nach.

Er nickte.

Ich stand auf und sagte: »Ich gehe raus. Sie können mir Gesellschaft leisten oder gehen.«

Ich ging durch die Fliegendrahttür und trat auf den Laufgang, stellte mich ans Geländer und kehrte der Tür den Rücken zu. Einem aussagewilligen Zeugen eine kurze Pause zu gönnen und ihm die Gelegenheit zu geben, darüber nachzudenken, worauf er sich einläßt, kommt immer gut an. Zumal auch ich bei dieser Gelegenheit darüber nachdenken konnte, worauf ich mich einließ.

7

Der Wind hatte aufgefrischt, und die Temperatur sank.

Ich hörte, wie die Fliegendrahttür hinter mir geöffnet wurde, und ohne mich umzudrehen, sagte ich: »Glauben Sie, daß bei einem Militärmanöver etwas schiefging?«

»Nein.«

»Ich dachte, das wäre seinerzeit eine der gewichtigeren Verschwörungstheorien gewesen.«

Er stellte sich neben mich und erwiderte: »Es ist absolut unmöglich, einen Unglücksfall dieser Größenordnung zu vertuschen. Hunderte von Seeleuten und Fliegern müßten eingeweiht werden, wenn man den Abschuß einer Rakete vertuschen wollte, die versehentlich oder aufs falsche Ziel abgefeuert wurde.«

Ich erwiderte nichts, worauf er fortfuhr: »Der durchschnittliche Matrose redet schon zuviel, wenn er *nüchtern* ist. Wenn er betrunken ist, erzählt er jedem, was in seinem

Marschbefehl steht, plus Flottenstärke, Kampfkraft und was er sonst noch alles weiß. Was glauben Sie denn, woher der Spruch ›Seemannsgarn versenkt Schiffe‹ kommt?«

»Okay. Und wenn ich sagen würde, arabische Terroristen, wie würden Sie dazu stehen?«

»Wenn ich nicht mal gesehen habe, wo die Rakete herkam, woher soll ich dann wissen, welcher Nationalität oder Religionszugehörigkeit die Leute waren, die sie abgeschossen haben?«

»Guter Konter. Wie wär's, wenn ich sagen würde, es handelt sich um irgendeine Gruppe, die den Vereinigten Staaten Übles will.«

»Dann würde ich sagen, daß unmittelbar hinter der 747 der TWA eine 747 der El Al flog und daß der El Al-Flug Verspätung hatte und möglicherweise das eigentliche Ziel war.«

»Wirklich? Daran kann ich mich nicht erinnern.«

»Das stand in sämtlichen Zeitungen. Eine weitere Theorie.«

»Richtig. Es gab allerhand Theorien.«

»Wollen Sie etwas über die Explosion wissen?« fragte mich Captain Spruck.

»Ja, aber die Explosion interessiert mich nicht so sehr wie der Lichtschweif. Eins muß ich Sie fragen – fünf Jahre sind vergangen, seit Sie all das gesehen haben. In diesen fünf Jahren haben Sie allerhand gelesen und gehört. Richtig? War dabei irgend etwas, das Sie dazu bewogen hat, Ihre erste Aussage noch mal zu überdenken? Sie wissen schon, daß Sie zum Beispiel dachten, Sie hätten seinerzeit einen Fehler gemacht oder für das, was Sie gesehen haben, könnte es möglicherweise auch eine andere Erklärung geben, aber mittlerweile haben Sie Ihre Aussage verinnerlicht und wollen keinen Rückzieher machen, weil

Sie dann nicht besonders gut dastehen würden. Verstehen Sie?«

»Ich verstehe das durchaus. Ich bin weder stur noch selbstgefällig, Mr. Corey, aber ich weiß, was ich gesehen habe. Keine sechzehn Stunden später saß Miss Mayfield in meinem Wohnzimmer und hat mich gefragt, was ich gesehen habe. Seinerzeit hatte ich noch keinen anderen Augenzeugenbericht zu diesem Vorfall gehört – nichts, das mich in irgendeiner Weise hätte beeinflussen können.«

»Aber schon damals gab es Zeitungsberichte, in denen es hieß, daß man einen Lichtschweif gesehen hatte.«

»Ja, aber ich habe unmittelbar nach dem Vorfall mit meinem Handy den nächsten Stützpunkt der Küstenwache angerufen und alles gemeldet, was ich gesehen habe. Zu dem Zeitpunkt war ich meines Wissens der einzige Mensch auf Erden, der das gesehen hat.«

»Guter Einwand.«

»Den Einwand habe ich auch gegenüber den Leuten vom FBI vorgebracht, die mich ständig gefragt haben, inwieweit meine Wahrnehmung im nachhinein durch die anschließenden Presseberichte beeinflußt worden wäre. Wie, zum Teufel, sollte meine unmittelbare Meldung bei der Küstenwache im nachhinein durch die Presseberichte beeinflußt worden sein?« Und er fügte hinzu: »Mein Anruf bei der Küstenwache ist vermerkt, aber ich habe nie gesehen, was der Diensttuende eingetragen hat.«

Vermutlich hat er »Spinner« hingeschrieben, dachte ich, den Eintrag aber aufgrund der anschließenden Anrufe und Ereignisse aus dem Logbuch getilgt.

»Außerdem«, fuhr Captain Spruck fort, »bin ich meines Wissens nur einer von zwei Zeugen, die schon mal leibhaftig, in Farbe und aus nächster Nähe eine Boden-Luft-Rakete gesehen haben.«

Der Mann war einfach perfekt. Zu perfekt? »Wer war der andere Mann, der schon mal eine echte Rakete aus nächster Nähe und in voller Farbenpracht gesehen hat?« fragte ich Captain Spruck.

»Ein Mann, der Spezialist für elektronische Kriegsführung war. Er hat eine öffentliche Aussage gemacht, die ganz und gar mit meiner persönlichen Meinung übereinstimmt.«

»Kennen Sie den Mann?«

»Nein. Ich habe nur seine Aussagen in der Zeitung gelesen. Er war enttäuscht, als er sah, in welche Richtung die Ermittlungen liefen, vielleicht auch frustriert, weil die Augenzeugenberichte nicht berücksichtigt wurden, deshalb ist er an die Öffentlichkeit gegangen.«

»Wie heißt der Mann?«

»Das kann Ihnen Ihre Frau sagen. Aber Sie können es auch nachschlagen.«

»Richtig.«

»Ich habe das nicht nötig gehabt«, erklärte mir Captain Spruck. »Ich hatte nichts davon, als ich etwas von einem Lichtschweif gesagt habe. Ich hätte auch nur die Küstenwache anrufen können, melden, daß ich meiner Meinung nach einen Flugzeugabsturz gesehen hatte, und die entsprechende Position durchgeben – was ich auch sofort gemacht habe. Aber danach habe ich den Lichtschweif beschrieben, worauf mir der Diensttuende ein bißchen komisch kam. Ich nannte ihm meinen Namen, die Anschrift und Telefonnummer. Er dankte mir und legte auf. Am nächsten Tag, um zwölf Uhr mittags, stand Ihre Frau vor meiner Tür. Sie ist übrigens sehr nett«, warf er ein. »Sie können sich glücklich schätzen.«

»Oh, ich danke Gott jeden Tag.«

»Das sollten Sie auch.«

»Richtig. Okay, Sie haben also ein paar Probleme damit, daß man Ihren Augenzeugenbericht nicht für bare Münze genommen und im Abschlußbericht verwertet hat. Sie haben das Gefühl, man hat Ihnen nicht geglaubt, oder das FBI sei zu dem Schluß gekommen, daß Sie sich geirrt hätten oder durch den Anblick dessen, was Sie gesehen haben, verwirrt waren.«

»*Die* waren verwirrt. Was ich gesehen habe, Mr. Corey, nur damit das klar ist, war eine Boden-Luft-Rakete, die offenbar ihr Ziel zerstört hat – eine Passagiermaschine vom Typ Boeing 747 –, und seither ist nichts geschehen, das meine Darstellung erschüttern kann oder mich gar bereuen ließe, daß ich Meldung gemacht habe.«

»Ein bißchen bereuen Sie es anscheinend doch. Sie haben gerade gesagt, ›Ich habe das nicht nötig gehabt‹.«

»Ich ... diese Sache ist ziemlich schwierig gewesen ... Ich habe meine Pflicht getan und tue sie auch weiterhin, wenn man mich darum bittet.« Er schaute mich an und fragte: »Wenn dieser Fall abgeschlossen ist, warum sind Sie dann hier?«

»Ich versuche nur, an meinem freien Tag meine Frau glücklich zu machen.« Natürlich war mittlerweile auch Mr. John Corey nicht glücklich mit der offiziellen Version der Ereignisse, dank Ms. Mayfield und Captain Spruck.

Captain Spruck erklärte mir: »Die anderen Leute, mit denen ich segeln war, sind zum Grillen in den Yachtclub zurückgekehrt – etwa fünfzehn Mann, denen ihre Gattinnen und Angehörigen Gesellschaft geleistet haben. Etwa zwölf dieser Leute, die auf dem Rasen hinter dem Club standen oder auf der Veranda saßen, haben diesen Lichtschweif gleichzeitig gesehen. Das war keine Massenhalluzination.«

»Wissen Sie, Captain, ich glaube, niemand bezweifelt, daß die zweihundert Menschen, die den Lichtschweif sahen, ihn auch tatsächlich gesehen haben. Die Frage ist nur: Was war es? Und hatte es irgendwas mit der Explosion und dem Absturz der 747 zu tun?«

»Ich habe Ihnen gesagt, was es war.«

»Okay«, sagte ich zu ihm, »dann kommen wir auf den Lichtschweif zurück. Das letzte Mal, als wir ihn sahen, war er einen Moment lang verschwunden. Richtig?«

»Ganz recht. Und auch das läßt sich mit einer Rakete in unmittelbarer Nähe des Ziels erklären, wenn sich das Ziel zwischen dem Beobachter und der Rakete befindet. Können Sie folgen?«

»Yeah. Die Maschine war vor der Rakete.«

»Richtig. Oder der Treibstoff war verbraucht, und die Rakete befand sich jetzt auf einer ballistischen Flugbahn. Aber gehen wir ein paar Sekunden zurück. Bevor ich gesehen habe, wie die Rakete den Kurs wechselte, und bevor sie verschwand, fiel mir wieder die 747 auf.« Und er fuhr fort: »Mein Instinkt ... meine Ausbildung und Erfahrung sagten mir, daß diese Rakete auf einem Kurs flog, auf dem sie mit dem Flugzeug in Berührung kommen mußte.« Er holte tief Luft und sagte: »Ich sage Ihnen ganz ehrlich, mir ist schier das Blut gefroren, und mein Herz hat einen Schlag ausgesetzt.«

»Und mit einem Mal waren Sie wieder über Nordvietnam.«

Er nickte und sagte: »Aber nur einen Moment lang ... dann habe ich mich wieder auf das Flugzeug konzentriert und teils auf die Maschine, teils auf den Lichtschweif geachtet. Der Lichtschweif verschwand, wie ich schon sagte, und zwei Sekunden später sah ich dann einen Lichtblitz, der vom Flugzeug ausging, etwa in Rumpfmitte, irgendwo in der Nähe der Tragflächen, und eine Sekunde später sah ich dann eine gewaltige Explosion, die das Flugzeug in mindestens zwei Teile zerriß.«

»Wie erklären Sie sich diese Abfolge der Ereignisse?«

»Nun ja«, erwiderte er, »wenn die Abfolge der Ereignisse mit einer Explosion des Haupttanks begann, dann dürfte die erste Explosion durch den Einschlag der Rakete erfolgt sein, durch den die Treibstoffdämpfe im Haupttank detoniert sind, und durch diese Explosion fing einer der Tragflächentanks Feuer – der linke nach Aussage der Sachverständigen, die das Unglück untersucht haben –, was wiederum die katastrophale Explosion auslöste.«

»Sind Sie sofort zu diesem Schluß gekommen?« fragte ich ihn.

»Nein. Ich habe eine Zeitlang nur auf das Flugzeug geachtet, als es auseinanderbrach ...« Einen Moment lang schienen ihm die Worte zu fehlen, um den Anblick zu beschreiben, dann sagte er: »Der ... der Bug löste sich und fiel fast senkrecht in die See. Dann, als der schwere Bug fehlte, aber die Triebwerke noch liefen, da noch Treibstoff in den Treibstoffleitungen war, stieg der Hauptteil des Rumpfes ein paar Sekunden lang empor und blieb weiter im Steigflug ... dann kippte er über die Tragfläche ab und ging in einen raschen Sinkflug über ...«

Ich ließ ein paar Sekunden verstreichen, dann sagte ich: »Ich nehme an, Sie haben schon gesehen, wie Flugzeuge von Boden-Luft-Raketen abgeschossen wurden.«

»Jawohl. Sieben insgesamt. Aber keine so große.«

»Hat Sie das ein bißchen erschüttert?«

Er nickte, dann sagte er: »Hoffentlich sehen Sie niemals ein Flugzeug vom Himmel stürzen, aber wenn ja, werden Sie den Anblick nicht mehr los.«

Ich nickte.

Captain Spruck blickte zum Himmel hinaus und sagte: »Von dem Zeitpunkt, als ich die Explosion sah, bis zu dem Zeitpunkt, als ich sie hörte, vergingen etwa dreißig, vierzig Sekunden.« Er schaute mich an und sagte: »Der Schall pflanzt sich alle fünf Sekunden eine Meile fort, daher habe ich mir ausgerechnet, daß ich etwa sieben Meilen von der Explosion weg war – Höhe und Entfernung. Fast jeder, der den Lichtschweif gesehen hat, sah ihn, *bevor* er die Explosion hörte, nicht umgekehrt, wie es einem die öffentliche Darstellung glauben machen will.«

Ich lehnte mich mit dem Hintern ans Geländer und kehrte dem Ozean den Rücken zu. Captain Spruck blieb stehen und blickte wie ein Schiffskapitän hinaus auf die See, aufmerksam, als ob er Wache stand, dachte ich, aber gleichzeitig wie gebannt vom dunklen Meer und dem Himmel. »Der Treibstoff brannte jetzt auf dem Wasser«, sagte er, als spräche er mit sich selbst, »und der Himmel wurde von Feuerbränden erhellt ... schwarzer und weißer Rauch quoll auf ... Ich habe mir überlegt, ob ich zur Absturzstelle segeln soll, aber für einen Sunfish ist das ein langer Törn auf dem Ozean ... und wenn ich so weit käme, könnte ich den Sunfish eventuell nicht um den brennenden Treibstoff steuern.« Er schaute mich an und sagte: »Ich wußte, daß es keine Überlebenden geben würde.«

Ich schwieg eine Weile, dann fragte ich ihn: »Können Sie einschätzen, was für ein Raketentyp das gewesen sein könnte? Ich meine, wenn es eine Rakete war. Zum Beispiel eine mit Hitzesuchkopf, wissen Sie? Wie heißt der andere Typ?«

»Radar- oder infrarotgesteuert. Soll ich Ihnen eine kurze Nachhilfestunde über Boden-Luft-Raketen geben?«

»Yeah.«

»Na ja, ich kann Ihnen sagen, was für eine Rakete es

nicht war. Es war keine Rakete mit Wärmesteuerung, die man von der Schulter aus abfeuert.«

»Woher wissen Sie das?«

»Zum einen ist die Reichweite zu kurz, als daß sie ein dreizehntausend Fuß hohes Ziel erfassen könnte. Außerdem sucht sich eine Rakete mit Wärmesteuerung die größte Hitzequelle aus – das Triebwerk –, und alle vier Triebwerke der 747 wurden ohne wesentliche Beschädigungen geborgen. Bleiben also radar- oder infrarotgesteuerte übrig. Radargesteuerte können wir ausschließen, weil eine radargesteuerte Rakete ein starkes Radarsignal ausstrahlt, das von einem anderen Radar erfaßt würde – vor allem von den vielen Militärradars, die in dieser Nacht in Betrieb waren –, und man hat an keinem Radarschirm, weder am Boden noch in der Luft, ein Objekt gesehen, das auf die 747 zuschoß. Es *gab* einen anomalen Blip, den ein Luftkontrollradar in Boston ein einziges Mal erfaßt hat, aber den hielt man für eine Fehlanzeige. Es könnte allerdings tatsächlich eine Infrarotrakete gewesen sein, deren Radarecho aufgrund der geringen Größe und der hohen Geschwindigkeit nahezu unsichtbar wäre. Mit anderen Worten, was wir gesehen haben, könnte möglicherweise eine infrarotgesteuerte Boden-Luft-Rakete der dritten Generation gewesen sein, die von einem Boot oder einem Flugzeug abgeschossen wurde – allerdings ist ein Boot eher wahrscheinlich.«

Ich dachte über all das nach und fragte dann: »Wer hat solche Raketen, und wie kommt man an eine ran?«

»Nur die USA, Rußland, England und Frankreich stellen solche hochentwickelten Boden-Luft-Raketen her. Während es auf dem Schwarzmarkt wahrscheinlich Hunderte von Raketen mit Wärmesteuerung gibt, die man von der Schulter abfeuert, werden diese infrarotgesteuerten

Langstreckenraketen streng überwacht und an kein anderes Land weitergegeben oder verkauft. In Rußland ist die Überwachung allerdings nicht so gut, daher wäre es möglich, daß eine dieser Infrarotraketen für das entsprechende Geld in die falschen Hände gelangt ist.«

Als ich meinen ersten Kursus in Raketenkunde verdaut hatte, fragte ich ihn: »Haben Sie das gegenüber den Leuten vom FBI erwähnt?«

»Nein. Seinerzeit wußte ich das alles noch nicht. Meine Erfahrungen mit Boden-Luft-Raketen waren auf die alten sowjetischen SA-2 und SA-6 beschränkt, die die Nordvietnamesen auf mich abgeschossen haben.« Und er fügte hinzu: »Deren Treffsicherheit war eher bescheiden, weshalb ich noch hier bin.«

»Richtig. Dann haben Sie sich also über infrarotgesteuerte Raketen kundig gemacht ... und zwar wann?«

»Hinterher. Die sind nicht geheim. Jane's hat jede Menge Infos darüber.«

»Wer ist Jane?«

»*Jane's*. Ein Verlag, der Bücher über Waffen auf der ganzen Welt herausgibt. Sie wissen schon, Jane's Kriegsschiffe zum Beispiel, Jane's luftgestützte Waffensysteme und so weiter. Von Jane's gibt's auch ein Buch über Raketen und Raketengeschosse.«

»Richtig. *Diese* Jane. Was haut an dieser Darstellung nicht hin?« fragte ich. »Warum hat man sie verworfen?«

»Das müssen Sie mir sagen, Mr. Corey.«

»Okay, ich sage Ihnen mal was, das Sie und jeder, der etwas darüber gelesen hat, schon wissen. Erstens hat man an keinem der geborgenen Wrackteile irgendwelche Sprengstoffrückstände gefunden. Zweitens hat man keine typischen Zertrümmerungsspuren an Metall, Sitzen oder ... Menschen festgestellt, die auf die Explosion eines Sprengkopfes hindeuten. Drittens, und das ist am überzeugendsten, haben weder die Taucher noch die Baggerschiffe, die den Meeresboden absuchten, nur ein Stück von einer Rakete gefunden. Wenn man auch nur ein einziges Stück von einer Rakete gefunden hätte, stünden wir jetzt nicht hier.«

»Das stimmt.«

»Demnach haben also rund zweihundert Menschen, Sie eingeschlossen, Captain, einen roten Lichtschweif gesehen – aber am Wrack und im Trümmerfeld fand man keinerlei Hinweise auf eine Rakete. Was hat das zu bedeuten?«

Er schaute mich eine Weile an, lächelte und sagte dann: »Ihre Frau hat mir erzählt, daß Sie Ihre eigenen Schlüsse ziehen müssen – daß Sie durch nichts zu beeinflussen sind und allem zynisch und skeptisch gegenüberstehen, was jemand sagt, mit Ausnahme dessen, was Sie selber schlußfolgern.«

»Sie ist ein Schatz. Sie wollen also, daß ich meine eigene Schlußfolgerung daraus ziehe, weshalb man keine Sprengstoffrückstände und Raketenteile gefunden hat?«

»Ja. Aber schließen Sie daraus nicht, daß es keine Rakete gab.«

»Okay ...« Ich dachte einen Moment lang nach und sagte dann: »Vielleicht wurde die Rakete bei der Explosion buchstäblich pulverisiert.«

Er schüttelte den Kopf und klärte mich auf. »Verdammt, sogar Stoff hat die Explosion überstanden. Neunzig Prozent der 747 wurden geborgen und bis auf ein paar wenige Ausnahmen auch die 230 Leichen. Raketen werden nicht pulverisiert. Sie zerplatzen in Hunderte von Trümmern, manche klein, manche groß, von denen jedes einzelne von einem Experten als Teil einer Rakete identifiziert werden kann. Außerdem hinterlassen hochbrisante Sprengstoffe, wie Sie gerade sagten, charakteristische Spuren.«

»Richtig. Hey, vielleicht war es ein Laserstrahl. Sie wissen schon, so eine Art Todesstrahl.«

»Das ist gar nicht so unmöglich, wie Sie möglicherweise meinen. Aber das war es nicht. Ein Laser- oder Plasmastrahl trifft fast augenblicklich und hinterläßt keine Rauchfahne.«

Er schaute mich unverwandt an, und mir wurde klar, daß ich immer noch am Zug war. Ich dachte einen Moment lang nach, dann sagte ich: »Nun ja ... vielleicht ist die Rakete nicht explodiert. Vielleicht hat sie das Flugzeug einfach durchschlagen und ist weitergeflogen, weit über das Trümmerfeld hinaus, das man abgesucht hat. Durch den Aufschlag ist der Treibstoff explodiert. Was halten Sie davon?«

»Ich glaube, Sie sind da auf etwas gestoßen, Mr. Corey. Was Sie da beschreiben, bezeichnet man als kinetische Rakete. Durchschlägt wie ein Pfeil oder eine Kugel alles, was ihr in die Quere kommt, aber mit solcher Wucht, daß sie einfach weiterfliegt. Kein Sprengkopf. Nur kinetische Energie und die anschließenden Verzögerungskräfte, die alles durchschlagen, was vor ihr liegt. Damit könnte man ein Flugzeug vom Himmel holen, wenn man irgendwas trifft, das wichtig für die Flugfähigkeit ist.«

»Ist an einem Flugzeug nicht alles wichtig für die Flugfähigkeit?«

»Nein. Es ist ganz hilfreich, wenn man keine Löcher in der Maschine hat, aber manchmal schadet es auch nichts, wenn welche drin sind.«

»Ernsthaft? Wenn also ein Treibstofftank von einer kinetischen Rakete durchbohrt wird –«

»Der Treibstoff würde selbstverständlich austreten und an Stellen landen, wo er nichts verloren hat. Das für sich allein muß nicht unbedingt eine Explosion auslösen, weil sich Kerosin nicht so leicht entzündet. Aber die Dämpfe im Tank könnten sich entzünden, und alle sind sich darin einig, daß der mittlere Treibstofftank zuerst hochgegangen ist. Es könnte also sein, daß eine kinetische Rakete die Klimaanlage der 747 durchschlagen hat, die sich unmittelbar hinter dem mittleren Treibstofftank befindet. Die Rakete hat die Klimaanlage zerfetzt und anschließend den mittleren Treibstofftank, und dadurch gerieten die beschädigten Stromkabel mit den Dämpfen in Berührung, was die Explosion eines sogenannten Luft-Treibstoff-Gemischs auslöste. Die wiederum zerriß einen der Tragflächentanks. Die Rakete durchschlug das Flugzeug, flog weiter und stürzte schließlich in den Ozean, meilenweit vom Trümmerfeld entfernt.«

Ich erwiderte nichts, was Captain Spruck als Skepsis auslegte.

Leicht unwirsch sagte er: »Schauen Sie, es ist ganz einfach. Mehr als hundert Leute sehen einen Lichtschweif, und irgendwann sprechen etliche Leute von einer Rakete. Dann aber findet man keinerlei Spuren von einer Rakete, also schließt das FBI eine Rakete aus. Sie hätten aber sagen sollen, daß man keine Hinweise auf eine Rakete mit *Sprengkopf* gefunden hat. Das hat nichts mit Raketenforschung zu tun ...« Er kicherte kurz. »... Na ja, vielleicht doch.« Er erklärte es mir. »Kinetische Projektile sind nicht gerade eine neue Technologie. Ein Pfeil ist ein kinetisches Projektil. Ebenso eine Musketen- oder Revolverkugel. Es tötet einen, weil es den Körper durchschlägt.«

Meinen Körper hatten sogar drei Kugeln auf einmal

durchschlagen, allerdings traf keine von ihnen meinen Haupttank. »Warum so eine Rakete?« fragte ich ihn.

»Ich weiß es nicht. Vielleicht war das alles, was sie kriegen konnten. Das Militär kann sich sein Kriegsgerät je nach Bedarf und Ziel aussuchen. Andere Gruppierungen können das nicht immer.«

Ich fragte mich, wen er mit »sie« meinte, aber weder er noch ich wußten es, und vielleicht gab es »sie« gar nicht. »Wozu sind solche Raketen überhaupt da?« fragte ich. »Was ist gegen einen zuverlässigen Sprengkopf einzuwenden?«

»Die Leitsysteme sind heutzutage so genau, daß man keinen Sprengkopf braucht, um ein Flugzeug oder sogar eine andere Rakete runterzuholen, und Raketen ohne Sprengkopf sind billiger und sicherer in der Handhabung, und sie haben mehr Platz für den Treibstoff.« Er fügte hinzu: »Eine kinetische Rakete wäre die ideale Waffe, wenn man ein Flugzeug aus dem Verkehr ziehen will, ohne Spuren zu hinterlassen. Das Gerät für geheime Kommandounternehmen.«

Ich dachte über all das nach und fragte mich, ob Captain Spruck recht oder unrecht hatte, ob er womöglich die einzig mögliche Erklärung gefunden hatte, die zu seinen wie auch den Aussagen der anderen Augenzeugen paßte. »Warum hat das FBI diese Möglichkeit nicht einmal in Betracht gezogen.«

»Ich weiß es nicht. Fragen Sie sie.«

Ja, richtig. »Sie glauben also, daß irgendwo da draußen eine Rakete liegt?« sagte ich zu Captain Spruck.

Er erwiderte: »Ich schoß einen Pfeil in die Luft, doch wo er fiel, das weiß ich nicht.«

»Heißt das ja?«

»Ich glaube, daß die Überreste einer halbwegs intakten kinetischen Rakete am Meeresboden liegen. Sie war vermutlich etwa dreieinhalb Meter lang, schmal und wahrscheinlich schwarz gestrichen. Sie liegt meilenweit von dem Trümmerfeld entfernt, das die Navy- und FBI-Taucher abgekämmt haben und wo die Schwimmbagger eingesetzt waren. Und niemand sucht nach dieser Rakete, weil man nicht glaubt, daß sie existiert, und selbst wenn man das täte, wäre es so, als ob man die sprichwörtliche Stecknadel im Heuhaufen sucht.«

»Wie groß ist der Heuhaufen?«

»Der Flugbahn der Rakete nach zu schätzen, nachdem sie das Flugzeug durchschlagen hat, könnten da gut und gern hundert Quadratmeilen Meeresboden in Frage kommen.« Und er fügte hinzu: »Soweit wir wissen, könnte sie bis Fire Island geflogen sein und sich dort tief in den Sand gebohrt haben. Das Loch würde niemand auffallen, und Sand hat es längst wieder aufgefüllt.«

»Nun ja ... selbst wenn dem so wäre, würde niemand eine zig Millionen Dollar teure Suchaktion nach dem Ding auf die Beine stellen.«

Captain Spruck, der offensichtlich auch darüber nachgedacht hatte, erwiderte: »Ich glaube schon, wenn die Regierung davon überzeugt wäre, daß diese Rakete existiert.«

»Na ja, das ist ja der Haken dabei, nicht wahr? Ich meine, es ist fünf Jahre her, der Fall ist abgeschlossen, im Weißen Haus sitzt ein neuer Mann und das Geld ist knapp. Aber ich werde mal mit meinem Wahlkreisabgeordneten reden, wenn ich rausfinde, wo er steckt.«

Captain Spruck überhörte meine flapsigen Sprüche. »Glauben Sie an diese Erklärung?« fragte er mich.

»Äh ... ja, aber darauf kommt es nicht an. Der Fall ist abgeschlossen, und auch mit einer noch so tollen Theorie wird man ihn nicht wieder aufrollen. Man bräuchte einen handfesten Beweis, damit man die Taucher und die Schwimmbagger wieder da rauskriegt.«

»Ich habe keine Beweise, abgesehen von dem, was ich mit eigenen Augen gesehen habe.«

»Richtig.« Captain Spruck, Offizier im Ruhestand, hat möglicherweise zuviel Zeit, dachte ich. »Sind Sie verheiratet?«

»Jawohl.«

»Was hält Ihre Frau davon?«

»Sie ist der Meinung, daß ich alles getan habe, was ich konnte. Wissen Sie, wie frustrierend das ist?« fragte er mich.

»Nein, sagen Sie's mir.«

»Wenn Sie das gesehen haben, was ich gesehen habe, würden Sie's verstehen.«

»Vermutlich. Wissen Sie, ich glaube, die meisten Leute, die das gleiche gesehen haben wie Sie, haben einfach weitergelebt wie bisher.«

»Nichts wäre mir lieber. Aber diese Sache macht mir schwer zu schaffen.«

»Captain, ich glaube, daß Sie diese Sache zu persönlich nehmen und daß Sie sauer sind, weil Sie ziemlich von sich eingenommen sind, und zum erstenmal in Ihrem Leben nimmt Sie niemand ernst.«

Captain Spruck ging nicht darauf ein.

Ich warf einen Blick auf meine Uhr und sagte: »Na denn, danke, daß Sie sich die Zeit genommen haben, um mit mir zu sprechen. Darf ich Sie anrufen, wenn mir noch etwas einfällt oder wenn ich noch eine Frage habe?«

»Ja.«

»Übrigens, kennen Sie diese Gruppe, die sich FIRO nennt?«

»Selbstverständlich.«

»Gehören Sie dazu?«

»Nein.«

»Warum nicht?«

»Man hat mich nicht gefragt.«

»Warum nicht?«

»Ich habe es Ihnen doch erklärt – ich bin niemals an die Öffentlichkeit gegangen. Wenn ja, hätte ich sie alle am Hals.«

»Wen?«

»Die FIRO *und* das FBI.«

»Bestimmt.«

»Aber mir geht es nicht um öffentliches Aufsehen, Mr. Corey. Mir geht es um die Wahrheit. Um Gerechtigkeit. Ich nehme an, Ihnen auch.«

»Tja ... Wahrheit und Gerechtigkeit sind ja gut und schön. Aber schwerer zu finden als eine Rakete am Grunde des Ozeans.«

Er erwiderte nichts, deshalb fragte ich ihn pro forma: »Wären Sie bereit, bei einer Anhörung auszusagen?«

»Darauf warte ich seit fünf Jahren.«

Wir schüttelten uns die Hand, dann wandte ich mich ab und ging zur Tür des Wachturms. Unter der Tür drehte ich mich noch mal zu Captain Spruck um und erinnerte ihn: »Dieses Gespräch hat nie stattgefunden.«

8

Kate war im Jeep, als ich zurückkam, und sprach in ihr Handy. Ich hörte, wie sie sagte: »Ich muß los. Ich rede morgen mit dir.«

Ich stieg ein und fragte: »Wer war das?«

»Jennifer Lupo. Von der Dienststelle.«

Ich ließ den Jeep an und fuhr zurück zum Tor.

»Wie war es?« fragte sie.

»Interessant.«

Schweigend fuhren wir eine Weile die dunkle, schmale Straße entlang, die von der Station der Küstenwache wegführte. »Wohin?« fragte ich.

»Nach Calverton.«

Ich schaute auf die Uhr am Armaturenbrett. Es war kurz vor elf Uhr nachts. »Ist das der letzte Abstecher?« erkundigte ich mich.

»So ist es.«

Wir fuhren in Richtung Calverton, eine Kleinstadt an der Nordküste von Long Island, Standort einer ehemaligen Flugzeugfabrik von Grumman Aircraft und einer Marinewerft, zu der 1996 die Trümmer der TWA-Boeing 747 zur Rekonstruktion transportiert worden waren. Ich war mir nicht sicher, warum ich mir das ansehen sollte, aber ich nehme an, es mußte einfach sein.

Ich stellte das Radio an, suchte einen Oldie-Sender und hörte mir Johnny Mathis an, der »The Twelfth of Never« sang. Klasse Song, klasse Stimme.

Manchmal möchte ich ein ganz normales Leben führen – ohne Waffe, Dienstmarke und Verantwortung. Nachdem ich unter etwas unangenehmen Umständen beim NYPD aufgehört hatte, hätte ich aus dem Polizeidienst ausscheiden können und sollen. Aber Dom Fanelli, mein dämlicher ehemaliger Partner, verkuppelte mich mit der Antiterror-Task Force.

Anfangs betrachtete ich das als eine Art Übergangsstation zum zivilen Leben. Ich meine, das einzige, was ich vermißte, waren meine Kumpel vom NYPD, die Kameradschaft und all das. Und das hatte die ATTF kaum zu bieten: Die FBIler sind sonderbar. Anwesende ausgeschlossen.

Und was dieses Thema angeht, war meine Beziehung zu Special Agent Mayfield im Sudkessel der unbestreitbar wichtigen Arbeit, die wir leisteten, gediehen und gereift. Folglich fragte ich mich, ob unsere Ehe halten würde, wenn ich einen Job auf einem Fischerboot annahm, während sie nach wie vor Terroristen jagte.

Soviel Nabelbeschau sollte für einen Monat reichen. Ich schaltete in Gedanken auf dringendere Anliegen um.

Wir beide waren uns darüber im klaren, daß wir die Grenze überschritten hatten, die eine auftrags- und ordnungsgemäße Ermittlung von einer unbefugten Schnüffelei auf eigene Faust voneinander trennt. Wenn wir jetzt aufhörten, ließe man uns das, was wir seit der Gedenkfeier getrieben hatten, vermutlich noch einmal durchgehen. Aber wenn wir nach Calverton fuhren und diese Spur weiterverfolgten, waren wir demnächst arbeitslos und hatten ein Verfahren am Hals.

Kate fragte mich: »Hat der Mann erwähnt, daß Liam Griffith und Ted Nash ihn anschließend noch mal vernommen haben?«

Ich nickte.

»Fandest du seinen Augenzeugenbericht zwingend?«

»Er konnte fünf Jahre dran rumfeilen.«

»Er konnte nur knapp sechzehn Stunden daran feilen, als ich ihn vernommen habe, und er war immer noch ein bißchen mitgenommen. Mich hat er überzeugt.« Und sie fügte hinzu: »Ich habe noch elf andere Augenzeugen vernommen. »Sie alle bestätigten im wesentlichen die Aussagen der anderen, und nicht einer von ihnen kannte die anderen.«

»Ja, das ist mir klar.«

Wir fuhren etwa zwanzig Minuten lang weiter, während der Oldie-Sender Songs dudelte, die ich mit Tanzabenden auf der High School und heißen Sommernächten auf den Straßen und Gehsteigen von New York verband, mit einer Zeit, als es auf Flughäfen noch keine Metalldetektoren gab, bevor Flugzeuge von sogenannten Terroristen vom Himmel geballert wurden. Einer Zeit, als die einzige Gefahr, die Amerika bedrohte, weit weg war, nicht so nah, wie sie jetzt allem Anschein nach gerückt war.

»Darf ich das abstellen?« fragte Kate. Sie schaltete das Radio aus und sagte: »Ein paar Meilen von hier entfernt ist das Brookhaven National Laboratory. Zyklotronen, Linearbeschleuniger, Laserkanonen und Elementarteilchen.«

»Nach Labor bin ich nicht mehr mitgekommen.«

»Es gibt eine Theorie – einen Verdacht –, daß man in diesem Labor an diesem Abend mit einem Plasma erzeugenden Gerät experimentiert hat – einem Todesstrahl – und daß das der Lichtschweif war, der TWA 800 zum Absturz brachte.«

»Tja, dann laß uns doch hinfahren und sie fragen. Wann machen die dicht?«

Sie ignorierte mich wie üblich und fuhr fort: »Es gibt sieben Haupttheorien. Willst du die Theorie über die Methangasblase aus der Tiefsee hören?«

Ich hatte ein beunruhigendes Bild vor Augen, meinte Wale zu sehen, die in einem Umkleideraum unter Wasser ihre Fürze anzünden. »Vielleicht später?« sagte ich.

Kate lotste mich auf eine Straße, die zu einem großen Tor und einem Wachhäuschen führte. Ein privater Wachmann hielt uns an, und wie vor der Station der Küstenwache beachtete er mich gar nicht, warf nur einen Blick auf Kates FBI-Ausweis und winkte uns dann durch.

Wir fuhren auf ein weitläufiges, nahezu baumloses Gelände mit ein paar großen Industriebauten hier und da, jeder Menge Strahler und mindestens zwei langen, betonierten Rollbahnen.

Im Rückspiegel sah ich, wie der Wachmann per Handy oder Walkie-talkie mit jemandem redete. »Kannst du dich an die Episode von *Akte X* erinnern, in der Mulder und Scully in diese geheime Anlage eindringen und –«

»Ich *will* nichts über *Akte X* hören. Das Leben ist keine Episode von *Akte X*.«

»Meins schon.«

»Versprich mir, daß du ein Jahr lang keine Vergleiche mit *Akte X* anstellst.«

»Hey, ich habe nicht mit Plasma-Todesstrahlen und Methangasblasen angefangen.«

»Bieg hier rechts ab. Halte vor dem Hangar.«

Ich stieß mit dem Jeep vor eine kleine Seitentür neben dem mächtigen Schiebetor eines sehr großen Flugzeughangars. »Wie schmuggeln wir uns durch das bewachte Tor?« fragte ich Kate.

»Wir haben die entsprechenden Papiere.«

»Noch mal.«

Sie schwieg einen Moment, dann erwiderte sie: »Selbstverständlich wurde das alles vorbereitet.«

»Von wem?«

»Es gibt ein paar Leute ... Leute von der Regierung, die mit der offiziellen Darstellung der Ereignisse unzufrieden sind.«

»Eine Art Untergrundbewegung? Eine Geheimorganisation?«

»Leute.«

»Gibt's einen geheimen Gruß?«

Sie öffnete die Tür und wollte aussteigen.

»Moment.«

Sie drehte sich zu mir um.

»Gehörst du dieser FIRO-Gruppe an?«

»Nein, ich gehöre keiner Organisation an, mit Ausnahme des Federal Bureau of Investigation.«

»Du hast aber gerade was anderes gesagt.«

»Es ist keine Organisation«, sagte sie. »Sie hat auch keinen Namen. Aber wenn man wollte, könnte man sie als ›Leute, die zweihundert Augenzeugen glauben‹ bezeichnen.« Sie schaute mich an und fragte: »Kommst du mit?«

Ich stellte den Motor ab, schaltete die Scheinwerfer aus und folgte ihr.

Über der kleinen Tür war eine Lampe angebracht, die ein Schild mit der Aufschrift AUTHORIZED PERSONNEL ONLY anstrahlte.

Sie drehte den Türknauf um, als wüßte sie, daß nicht abgeschlossen war, und wir betraten den riesigen Raum, dessen gewachster und gewienerter Holzboden eher an eine Turnhalle als an einen Flugzeughangar erinnerte. Die vordere Hälfte, wo wir standen, war in Dunkelheit getaucht. Aber an der Rückseite brannten etliche Reihen Neonröhren. Unter den Leuchtkörpern stand die rekonstruierte Boeing 747 der Trans World Airlines. »Hier hat Grumman früher Kampfflugzeuge vom Typ F-14 gebaut«, sagte Kate, »daher war es der ideale Ort, um die 747 wieder zusammenzusetzen.«

Wir standen in der Dunkelheit und starrten sie an. Ich war sprachlos, was mir in meinem ganzen Leben erst ein paarmal passiert ist.

Der weiß lackierte Rumpf schimmerte im Lichtschein, und auf dem zerrissenen Aluminium auf der linken, uns zugewandten Seite prangten die roten Lettern ANS WOR.

Der vordere Teil samt dem Cockpit war vom Rumpf abgetrennt, die rekonstruierten Tragflächen lagen auf dem gewienerten Boden des Hangars, und das Heck stand rechts daneben, ebenfalls vom Rumpf getrennt. Genau so war das Flugzeug auseinandergebrochen.

Quer über den Holzboden waren riesige Planen ausgebreitet, auf denen haufenweise Kabel, Drähte und andere Trümmer lagen, die ich nicht identifizieren konnte.

»Diese Halle ist so groß, daß die Leute mit Fahrrädern gefahren sind, um schneller herumzukommen und Zeit zu sparen.«

Wir gingen langsam durch den Hangar, auf die Überreste der riesigen Maschine zu.

Als wir näher kamen, sah ich, daß sämtliche Scheiben aus den Fenstern geflogen waren, und ich konnte jetzt auch die zerfetzten Einzelteile der Aluminiumhaut erkennen, die man sorgfältig wieder zusammengesetzt hatte, einige so groß wie ein Scheunentor, andere kleiner als ein Eßteller.

Der mittlere Bereich, wo der Haupttank explodiert war, war am schwersten beschädigt; dort klafften große Löcher im Rumpf.

Etwa zehn Meter vor dem Flugzeug blieben wir stehen, und ich blickte zu ihm auf. Selbst jetzt, da es ohne Fahrwerk am Boden stand, war es so hoch wie ein zweistökkiges Haus.

»Wie lange hat das gedauert?« fragte ich Kate.

»Alles in allem etwa drei Monate«, erwiderte sie.

»Warum steht es nach fünf Jahren immer noch hier?«

»Ich bin mir nicht sicher ... aber ich habe unter der Hand gehört, daß man beschlossen hat, es zum Ausschlachten auf einen Schrottplatz zu bringen. Das wird viele Leute aufbringen, die mit dem Abschlußbericht nach wie vor nicht zufrieden sind – die Angehörigen der Toten eingeschlossen, die jedes Jahr vor dem Gedenkgottesdienst hierherkommen. Sie waren auch heute morgen hier.«

Ich nickte.

Kate betrachtete das rekonstruierte Flugzeug. Sie sagte: »Ich war hier, als man mit der Rekonstruktion begann ... Man hat Gerüste aufgebaut, Holzstreben und Drahtnetze, an denen man die Einzelteile anbrachte ... Die Leute, die damit befaßt waren, haben es Jetasaurus rex genannt. Sie haben unglaubliche Arbeit geleistet.«

Das hier war nur schwer zu fassen – einerseits war es ein riesiger Passagierjet, ein Objekt, das man nicht näher untersuchen muß, um zu wissen, was es war. Aber dieses Ding hier war größer als die Summe seiner Teile. Erst jetzt bemerkte ich die mächtigen, versengten Reifen, die verbogenen Fahrwerkstreben, die vier gewaltigen Düsentriebwerke, die etwas abseits von der Maschine nebeneinander aufgereiht waren, die am Boden liegenden Tragflächen, die vielfarbigen Drähte rundum und die Fiberglasisolation, die in einer Art Muster ausgelegt worden war. Alles war mit Etiketten oder bunter Kreide gekennzeichnet.

Kate sagte: »Jeder Gegenstand hier wurde eingehend untersucht – rund dreißig Tonnen Metall und Plastik, zweihundertfünfzig Kilometer Drähte, Kabel und Hydraulikleitungen. In diesem Rumpf hat man den ganzen Innenraum des Flugzeugs rekonstruiert – die Sitze, die Galleys, die Toiletten, die Auslegeware. Alles, was man aus dem Ozean geholt hat, über eine Million Einzelteile, wurde wieder zusammengesetzt.«

»Warum? Irgendwann muß man doch zu dem Schluß gekommen sein, daß es ein technischer Defekt war.«

»Man wollte alle anderen Theorien aus der Welt schaffen.«

»Tja, das ist nicht gelungen.«

Sie ging nicht darauf ein, sondern sagte versonnen: »Etwa sechs Monate lang roch es hier nach Kerosin, Seetang, totem Fisch und ... allem möglichen.«

Ich war davon überzeugt, daß sie es noch immer roch.

Schweigend standen wir vor dem weißen, beinahe gespenstisch wirkenden Flugzeug. Ich schaute durch die leeren Fensterhöhlen, dachte an die 230 Passagiere, die nach Paris unterwegs waren, versuchte mir die letzten Sekunden vor der Explosion vorzustellen, den Moment der Explosion und die letzten paar Sekunden, nachdem die Explosion das Flugzeug mitten in der Luft auseinandergerissen hatte. Hatte irgend jemand den ersten Feuerball überlebt?

Kate sagte leise: »Manchmal glaube ich, wir werden nie erfahren, was passiert ist. Ein andermal glaube ich, irgend etwas wird sich von selbst ergeben.«

Ich erwiderte nichts.

»Hast du die vielen fehlenden Bauteile am mittleren Rumpfabschnitt gesehen?« sagte sie. »Das FBI, die nationale Verkehrssicherheitskommission, die Leute von Boeing, von TWA, aber auch Sachverständige von außerhalb haben versucht, ein Eintritts- und Austrittsloch zu finden, beziehungsweise irgendeinen anderen Hinweis, daß die

Explosion durch etwas anderes als das Luft-Treibstoff-Gemisch ausgelöst wurde. Aber sie konnten nichts finden. Deshalb kamen sie zu dem Schluß, daß die Maschine nicht von einer Rakete getroffen wurde. Hättest du das daraus auch schließen können?«

»Nein. Zu viele fehlende oder zerfetzte Bauteile«, sagte ich. »Außerdem hat der Mann, mit dem ich gesprochen haben, eigene Recherchen angestellt, was du bestimmt weißt, und aufgrund seiner absoluten Überzeugung, daß er eine Rakete gesehen hat, kam er zu dem Schluß, daß die Rakete keinen Sprengkopf hatte.«

»Es *gab* keine Rakete«, sagte jemand hinter uns.

Ich drehte mich um und sah einen Mann aus der Dunkelheit treten. Er trug Anzug und Krawatte, schritt energisch durch den Hangar ins Licht und kam auf uns zu. Wieder sagte er: »Es gab keine Rakete.«

»Ich glaube, wir sind aufgeflogen«, sagte ich zu Kate.

9

Nun ja, wie sich herausstellte, waren wir nicht von der Bundesgedankenpolizei auf frischer Tat ertappt worden.

Der Mann, der sich zu uns gesellte, hieß Sidney R. Siben, war Untersuchungsexperte der nationalen Verkehrssicherheitskommission und sah nicht aus wie jemand, der einem seine Rechte vorliest und Handschellen anlegt, selbst wenn er welche gehabt hätte.

Im Licht und von nahem besehen, war er nicht so jung, wie ich aufgrund seines flotten Ganges gedacht hatte. Er war gut gekleidet, wirkte intelligent, wenn auch vielleicht ein bißchen arrogant oder zumindest selbstsicher. Ein Typ nach meinem Geschmack.

Kate erklärte, daß sie und Sid sich im Verlauf der Untersuchung kennengelernt hatten.

»Waren Sie gerade in der Gegend und wollten sich mal kurz im Hangar umsehen?« fragte ich.

Er schaute Kate fragend an, worauf sie zu ihm sagte: »Du bist früh dran, Sid, und ich hatte noch nicht die Gelegenheit, John zu sagen, daß du kommst.«

»Beziehungsweise warum«, fügte ich hinzu.

Kate sagte zu mir: »Ich wollte, daß du die offizielle Version von einem der Männer hörst, die den Abschlußbericht verfaßt haben.«

»Wollen Sie wissen, was tatsächlich passiert ist?« fragte mich Sidney. »Oder wollen Sie weiter den Verschwörungstheorien glauben?«

»Das ist eine Fangfrage«, erwiderte ich.

»Nein, keineswegs.«

»Bei welchem Team ist der Typ?« fragte ich Kate.

Mit einem leicht genervten Tonfall, so als wollte sie sagen, Schatz, was redest du denn schon wieder, antwortete Kate: »Es gibt keine *Teams*, John. Nur offene Meinungsverschiedenheiten. Sid hat sich bereit erklärt, mit dir über deine Anliegen und Zweifel zu sprechen.«

Die meisten Anliegen und Zweifel, die ich zu diesem Fall hatte, waren mir erst unlängst von Ms. Mayfield in den Kopf gesetzt worden, die ihrerseits allem Anschein Mr. Siben erzählt hatte, daß man mir den Kopf waschen und sämtliche Zweifel und Verschwörungstheorien austreiben müßte. Leider hatte sie vergessen, mir Bescheid zu sagen. Aber da ich kein Spielverderber sein wollte, sagte ich zu Sidney: »Na ja, wissen Sie, ich dachte immer, es gäbe ein paar Haken bei der offiziellen Version. Ich meine, es gibt sieben Haupttheorien zu der Frage, was die Explosion der Maschine verursacht hat – eine Rakete, eine Methangasblase, ein Plasma-Todesstrahl ... und ... so weiter. Nun glaubt Kate aber fest an die offizielle Darstellung, und ich –«

»Ich will Ihnen erklären, was passiert ist, Mr. Corey.«

»Okay.«

Er deutete auf etwas, das in der hinteren Ecke stand. Ich schaute hin und sah einen großen, limonengrünen Gegenstand am Boden.

»Das ist der mittlere Treibstofftank einer 747«, erklärte mir Mr. Siben mit. »Nicht der Tank aus diesem Flugzeug, der wurde in ein Labor gebracht. Sondern ein anderer, den wir hierhergeschafft haben, damit diese Rekonstruktion vollständig ist.«

Ich schaute mir den Treibstofftank an. Ich hatte ihn mir etwa so groß wie den Benzintank eines Lastwagens vorgestellt, aber das Ding hatte die Ausmaße einer Garage.

»Die Einzelteile des eigentlichen Treibstofftanks, die geborgen werden konnten, wurden in ein Labor gebracht, wo man sie *eingehend* untersuchte«, fuhr Mr. Siben fort. Er schaute mich *eingehend* an und sagte: »Erstens hat man keinerlei Sprengstoff-Rückstände oder Spuren anderer Chemikalien gefunden, die darauf hindeuten könnten, daß die Explosion durch etwas anderes als durch Treibstoffdämpfe erfolgt wäre. Können Sie mir folgen?«

Ich wiederholte pflichtschuldigst: »Man hat keinerlei Sprengstoff-Rückstände oder Spuren anderer Chemikalien gefunden, die darauf hindeuten könnten, daß die Explosion durch etwas anderes als durch Treibstoffdämpfe erfolgt sein könnte.«

»Ganz recht. Zweitens fand man am Metall des Treibstofftanks keinerlei Hinweise auf eine Explosion mit hoher Reaktionsgeschwindigkeit – keine Eindellungen, keinerlei typische Metallverwerfungen oder -ausfransungen. Können Sie mir folgen?«

»Man fand keinerlei Hinweise –«

»Drittens fand man am Treibstofftank keinerlei Hinweise darauf, daß er von einer Rakete durchschlagen wurde – weder ein Eintritts- noch ein Austrittsloch, was man am sogenannten Ausblättern erkennt – wie bei einer Blumenblüte –, was auch ein Geschoß ohne Sprengkopf ausschließt – eine kinetische Rakete.« Er schaute mich an und sagte: »Soweit ich weiß, glauben Sie, daß eine kinetische Rakete zum Einsatz gekommen sein könnte.«

Ich hatte noch nicht mal von einer kinetischen Rakete *gehört*, bevor ich mit Captain Spruck gesprochen hatte, aber Kate hatte das Stück, das heute abend gespielt wurde, geschrieben, bevor ich wußte, daß ich darin mitspielte. »Wo ist der Originaltreibstofftank?« fragte ich Mr. Siben.

»Im Lagerraum eines Labors in Virginia.«

»Wieviel konnte man davon bergen?«

Er schaute mich an und erwiderte. »Etwa neunzig Prozent.«

»Wäre es möglich, Mr. Siben, daß sich das Eintritts- und das Austrittsloch in den zehn Prozent befinden, die man nicht geborgen hat?«

»Wie groß ist die Wahrscheinlichkeit für so was?«

»Zehn Prozent.«

»Genaugenommen, und wenn man es statistisch betrachtet, liegt die Wahrscheinlichkeit weit unter zehn Prozent, wenn man bedenkt, daß zwei eindeutige Löcher vorhanden sein müßten, eins beim Eintritt, eins beim Austritt, beide einander gegenüberliegend, aber an dem zu neunzig

Prozent rekonstruierten Treibstofftank keins von beiden zu erkennen war.«

»Okay, ein Prozent. Demnach bestünde trotzdem die Möglichkeit.«

»Meiner Meinung nach nicht. Na schön, wir haben auch am Rumpf nach den entsprechenden Eintritts- und Austrittslöchern gesucht …« Er nickte zu dem wieder zusammengesetzten Flugzeug hin, »… und wir fanden keinerlei typische Löcher mit einwärts oder auswärts verbogenem Metall.«

Ich erwiderte: »Offensichtlich fehlen die wichtigsten Teile des Flugzeugs – vor allem der Teil, in dem sich die Explosion ereignete.«

»Nicht alle fehlen. Der gesamte Innenraum des Rumpfes wurde rekonstruiert, wie Sie später noch sehen können, wenn Sie möchten. Der Boden, die Auslegeware, die Sitze, die Ablagen fürs Handgepäck, die Decke, die Toiletten, die Galleys und alles weitere. Sie können mir nicht weismachen, daß sich eine kinetische Rakete mitten durch den Rumpf dieses Flugzeuges bohren konnte, ohne eine Spur vom Ein- oder Austritt zu hinterlassen.«

Natürlich hatte Mr. Siben vermutlich recht. Hier hatten wir also den klassischen Fall eines unerschütterlichen Zeugen – Captain Spruck – wider die unerschütterlichen Beweise, dargelegt von Mr. Siben. Die Beweisführung war völlig widersprüchlich, und mir sagte, um ehrlich zu sein, eher Mr. Sibens Darstellung zu.

Ich warf einen Blick zu Kate, die nachdenklich wirkte, aber vielleicht auch im Zwiespalt mit sich selber war. Selbstverständlich hatte sie das schon hundertmal durchgemacht, und aus irgendeinem Grund tendierte sie für sich persönlich zu der Theorie von der kinetischen Rakete.

Ich versuchte mich zu erinnern, was ich über die beweiskräftigen Spuren wußte und was Spruck gesagt hatte. »Was ist mit den Klimaanlagen in der Nähe des Haupttanks?« fragte ich.

»Was soll damit sein?«

»Nun ja, wo sind sie?«

Er deutete rechts neben den Treibstofftank. »Dort. Rekonstruiert.«

»Und?«

»Kein Hinweis auf hochbrisanten Sprengstoff, keine Spur vom Einschlag einer kinetischen Rakete. Wollen Sie einen Blick darauf werfen?«

»Wieviel fehlt davon?«

»Ebenfalls etwa zehn Prozent.«

»Nun ja, Mr. Siben, die fehlenden Teile könnten aber einen wichtigen Hinweis enthalten. Und wenn ich ein Verschwörungstheoretiker wäre, würde ich sagen, daß man tatsächlich irgendwas gefunden hat und es verschwinden ließ.«

Er wirkte ungehalten und erwiderte: »Jedes Stück dieses Flugzeugs, das von Navy- und FBI-Tauchern, von einheimischen Fischerbooten und Baggerschiffen geborgen wurde, wurde sorgfältig erfaßt, fotografiert und zur weiteren Katalogisierung hier eingelagert. Hunderte von Männern und Frauen waren an diesem Vorgang beteiligt, und niemand, außer ein paar Verschwörungsspinnern, hat unterstellt, daß man irgend etwas verschwinden ließ. Sämtliche Gegenstände, die in kriminaltechnische Labors verbracht wurden, sind aktenmäßig erfaßt.« Er schaute mich an und fügte hinzu: »Die einzigen Stücke, die nicht erfaßt wurden, liegen noch am Grunde des Ozeans. Das hier war eine erstaunlich erfolgreiche Bergungsaktion, bei einer Meerestiefe von bis zu fünfunddreißig Meter, und was noch fehlt, bietet keinerlei Überraschungen.«

»Dennoch«, erwiderte ich, »wenn das hier eine Mordermittlung wäre, würde ein Gerichtsmediziner nur widerwillig auf Unglücksfall befinden und ein Verbrechen ausschließen.«

»Ist dem so?«

»Ja, dem ist so.«

»Was bräuchten Sie dazu noch?«

»Ich müßte wissen, *warum* Sie meinen, daß es ein Unglück war und kein Verbrechen. Daß es keine Hinweise auf ein Verbrechen gibt, beweist nicht, daß es ein Unglück war. Haben Sie irgendwelche Beweise, daß es ein Unglück war?«

»*Beweise* nicht, abgesehen davon, daß sich diese Explosion an einer Stelle ereignete, an der es mit höchster Wahrscheinlichkeit zu einer folgenschweren Explosion kommen konnte – in einem leeren Haupttank voller hochbrisanter Dämpfe. Wenn Sie einen Vergleich wollen, dann müssen Sie sich ein Haus vorstellen, das abbrennt. Brandstiftung oder ein Unfall? Brandstiftung kommt selten vor, Unfälle hingegen passieren ständig. Der Brandermittler stellt sehr schnell fest, daß das Feuer im Keller ausbrach. Er geht sofort zu dem Raum mit den technischen Geräten, wo die meisten Brände ausbrechen – Heizungsbrenner, Klimaanlage, Verteilerkasten oder eingelagerte feuergefährliche Stoffe. Er sucht nicht nach einem Molotowcocktail, der durchs Fenster geworfen wurde. Seine Ermittlung konzentriert sich auf die wahrscheinlichste Ursache, basierend auf dem äußeren Erscheinungsbild, seiner jahrelangen Erfahrung und der Wahrscheinlichkeit, daß sich Unfälle dort ereignen, wo sie sich für gewöhnlich und auf die übliche Art und Weise ereignen.«

Er schaute mich an, als bräuchte ich noch einen weiteren Vergleich, was nicht der Fall war, aber ich hatte ebenfalls einen auf Lager. »Die sichere Wohngegend hat sich verändert, Mr. Siben. Sie ist jetzt eine gefährliche Gegend, und daß Molotowcocktails durchs Fenster geworfen werden, ist nicht mehr ausgeschlossen.«

»Sie als Kriminalist«, sagte er, »suchen nach einem Verbrechen und erwarten auch eins vorzufinden. Ich als Sicherheitsingenieur suche nach einer Sicherheitslücke oder einem Pilotenfehler als Ursache eines Flugzeugunglücks und erwarte auch etwas Diesbezügliches vorzufinden – und ich bin immer fündig geworden. Ich bin mir durchaus bewußt, daß auch die Möglichkeit einer Straftat besteht. Aber Hunderte von Kriminalisten waren mit diesem Fall befaßt, und nicht einer von ihnen hat einen konkreten Hinweis oder auch nur ein Indiz gefunden, das auf ein Verbrechen hingedeutet hätte – kein feindlicher Raketenangriff, kein Raketentreffer durch sogenanntes freundliches Feuer und auch keine Bombe an Bord. Warum also glauben die Leute nach wie vor, daß es etwas anderes als ein Unglück war? Und wer könnte so etwas Ungeheuerliches vertuschen wollen? Und warum? Das begreife ich einfach nicht.«

»Ich auch nicht.« Genaugenommen muß man bei einer kriminalistischen Ermittlung immer nach dem Warum fragen. Wenn es ein Terroranschlag war, wüßten wir warum – sie mögen uns nicht. Aber warum sollte die Regierung einen Terroranschlag vertuschen wollen?

Wenn es sich andererseits aber um einen Unglücksfall durch freundliches Feuer handelte, konnte ich durchaus einsehen, warum die Jungs, die versehentlich eine Rakete auf eine amerikanische Passagiermaschine abgeschossen hatten, die Sache vertuschen wollten. Aber wie Captain Spruck sagte, würde praktisch niemand in der Militärhierarchie oder bei der Regierung bei einem Vertuschungsmanöver dieser Größenordnung mitmachen.

Kate, die eine Zeitlang geschwiegen hatte, sagte zu Mr. Siben: »John möchte anscheinend wissen, wie der Haupttank explodieren konnte.«

Mr. Siben nickte und schaute zu dem Flugzeug, dann auf den limonengrünen Tank und sagte zu mir: »Fangen wir zunächst bei dem nahezu leeren Haupttank an, in dem sich nur mehr rund zweihundertdreißig Liter Treibstoff befinden, die am Boden herumschwappen, so daß die Absaugpumpen nicht rankommen. Dazu kommen dann diese hochbrisanten Dämpfe im Tank –«

»Entschuldigen Sie. Warum war der Treibstofftank leer?«

»Weil man den zusätzlichen Treibstoff auf diesem Flug nicht brauchte. Die Tragflächentanks werden zuerst gefüllt, der mittlere Treibstofftank nur, wenn er benötigt wird. Dieser Flug nach Paris war nur leicht beladen, was Passagieraufkommen und Fracht angeht, und laut Vorhersage herrschte gutes Wetter und Rückenwind. Wenn die Zuladung, das Passagier- und Frachtaufkommen, schwerer gewesen wäre und/oder schlechte Witterungsbedingungen oder Gegenwind geherrscht hätten, wäre der Tank voller Kerosin A gewesen, das ziemlich schwer zu entzünden ist. Treibstoff*gase* hingegen sind explosiv. Diese Tatsache allein paßt also schon zu der Darstellung, daß es einen Kurzschluß gab, der die Dämpfe entzündete und so die Explosion auslöste, auf die die Spuren nachhaltig hindeuten.«

»Was für einen Kurzschluß? Ich meine, sollte ich meinen Flug nach Bermuda lieber absagen?«

Mr. Siben lächelte nicht über meinen dämlichen Witz. »Es gibt vier plausible und sogar bewiesene Ablaufmöglichkeiten«, sagte er. »Erstens, ein Kurzschluß in den Stromkabeln oder dem Motor der Absaugpumpe; zweitens gibt es immer statische Elektrizität; drittens sind da die Treibstoffanzeiger, die elektronisch betrieben werden; und viertens sind da die Stromleitungen des Tanks. Mit anderen Worten, in und um den großen Tank da drüben befinden sich Stromleitungen und elektrische Geräte. Wenn der Tank voll gewesen wäre, hätte ein Funken den Düsentreibstoff nicht entzünden können. Aber bei den Dämpfen sieht das anders aus.«

»Das sagten Sie bereits.«

»Und ich werde es auch weiter sagen. Das sind die Gesetze der Physik, Mr. Corey, und die können durch Theorien nicht über den Haufen geworfen werden.«

»Yeah, aber wir *wissen* nicht –«

»Nein, wir *wissen* es nicht. Aber wir *glauben*, daß ein Draht durchgescheuert war und irgendwo ein Kurzschluß auftrat, sei es innerhalb oder außerhalb des Tanks, und daß es durch einen Stromstoß zu einer Lichtbogenbildung kam – einem Überschlagen von Funken –, und das, was anfangs nur als entfernte Möglichkeit in Betracht gezogen wurde – der Kurzschluß und der daraus resultierende Funkenüberschlag an der einen Stelle, an der dies katastrophale Folgen haben könnte – wurde Realität. Es ist vorher schon zweimal bei einer Boeing vorgekommen – einmal am Boden, daher konnten wir genau sehen, was passiert war. In diesem Fall« – er blickte auf die 747 – »entzündeten sich die Dämpfe mitten in der Luft und verursachten eine Explosion, die für sich allein möglicherweise noch keine katastrophalen Folgen hätte haben müssen, aber offenbar pflanzte sie sich mit soviel Druck und Hitze seitwärts fort, daß der Treibstoff im linken Tragflächentank entzündet wurde und ebenfalls explodierte, wodurch wiederum ein kontrollierter Flug nicht mehr möglich war.«

»Und all das«, fragte ich und deutete auf die 747, »haben Sie daraus geschlossen?«

»Absolut. Sämtliche Hinweise waren vorhanden, sobald wir festgestellt hatten, daß sich die ursprüngliche Explosion im leeren mittleren Treibstofftank ereignete.« Und er fügte hinzu: »Das wird in gewissem Maße durch die Augenzeugen bestätigt, von denen einige von einer kleinen Explosion berichteten, gefolgt von einem riesigen Feuerball. Die Wucht der Explosion löste eine Druckwelle aus, durch die der vordere Teil des Rumpfes abgerissen wurde. Auch dies wurde von Menschen am Boden beobachtet.«

Interessant, dachte ich, daß die Augenzeugen, die das Auseinanderbrechen der Maschine mitten im Flug, was nur schwer zu fassen gewesen sein dürfte, zur Untermauerung von Theorie A zitiert werden, während man die Aussagen einer Vielzahl der gleichen Zeugen, die einen unverkennbaren Lichtschweif gesehen hatte, nicht berücksichtigte. Aber da sich Mr. Siben freiwillig zur Verfügung stellte, wies ich nicht darauf hin.

Ich schaute Kate an und fragte: »Kaufst du das alles ab?«

Sie zögerte kurz und erwiderte dann: »Ja ... bis zu einem gewissen Punkt. Aber wie Sid dir sicher berichten kann, hat man mit einer alten 747 am Boden Versuche unternommen, um die Abfolge der Ereignisse in einem Treibstofftank nachzustellen, und man konnte keine Explosion erzeugen.«

Ich schaute Sid an und sagte: »Was ist damit?«

Ohne auch nur einen Moment zu zögern, erwiderte Mr. Siben: »Man kann am Boden nicht die Bedingungen nachstellen, wie sie in einer fliegenden Maschine in dreizehntausend Fuß Höhe herrschen. Es war ein unsinniger Test.«

»Wenn Sie eine Explosion erzeugt hätten, würden Sie ihn nicht für unsinnig halten.«

»Doch.«

Der Typ war durch nichts zu erschüttern. Ich wünschte, ich hätte so einen Zeugen aufbieten können, als ich bei der Polizei war. Ich dachte an Captain Spruck und fragte: »Wenn sich eine kinetische Rakete von unten in das Flugzeug gebohrt, die Klimaanlagen durchschlagen und lebenswichtige Stromkabel in und um den Tank beschädigt hätte, würde das zu einer Explosion der Dämpfe im mittleren Treibstofftank führen?«

Ein paar Sekunden lang erwiderte er nichts, dann sagte er: »Schon möglich. Aber es gibt keinerlei Hinweise darauf.«

»Gibt es irgendwelche Hinweise auf einen Kurzschluß?«

»Ein Kurzschluß würde nach einer Explosion mitten in der Luft und über dem Wasser nur wenige Spuren hinterlassen. Ein Raketeneinschlag würde weitaus mehr Spuren hinterlassen, die kaum zu übersehen wären.«

»Das ist mir klar. Grundsätzlich sieht es also so aus, daß der einzige Hinweis auf die offizielle Ursache des Absturzes das Fehlen jeglicher Hinweise auf irgendwas anderes ist.«

»Vermutlich könnte man das so sagen.«

»Ich hab's doch gesagt.«

»Schauen Sie, Mr. Corey, ich hätte, um ganz offen und ehrlich zu sein, liebend gern Hinweise auf eine Bombe oder Rakete gefunden. Desgleichen Boeing, TWA und die Versicherungsunternehmen. Wissen Sie warum? Weil ein technischer Defekt nahelegt, daß jemand seine Arbeit nicht anständig gemacht hat. Daß man bei der Bundesluftfahrtbehörde den potentiellen Schwachpunkt nicht erkannt hat. Daß die Sicherheitsingenieure bei Boeing die Sache hätten voraussehen müssen. Daß man bei TWA bei der Wartung mehr und besser auf dieses potentielle Problem hätte achten müssen.« Er schaute mir in die Augen und sagte: »Im tiefsten Grunde unseres Herzens haben wir uns alle gewünscht, daß es sich um eine Rakete handelte, weil wegen einer Rakete niemand der Luftfahrtindustrie die Schuld geben könnte.«

Wir blieben ein paar Sekunden lang auf Blickkontakt, dann nickte ich schließlich. Ich hatte vor fünf Jahren darüber nachgedacht und konnte mich entsinnen, daß ich zum gleichen Schluß gelangt war. Ich könnte hinzufügen, daß Leute, die viel fliegen, lieber das höchst unwahrscheinliche Risiko, von einer Rakete getroffen werden, in Kauf nehmen würden, als sich Sorgen um Sicherheitsmängel des Flugzeugs machen zu müssen. Auch mir wäre es, wenn ich ehrlich war, lieber, wenn es eine Rakete gewesen wäre.

»Flugzeuge fallen nicht einfach vom Himmel«, sagte Mr. Siben zu mir. »Es muß einen Grund dafür geben, und für ein Flugzeugunglück gibt es vier mögliche Ursachen –« Er listete seine Punkte auf und zählte sie diesmal an den Fingern ab. »Erstens, ein Pilotenfehler, was sich aber mit einer Explosion in der Luft nicht vereinbaren läßt und wozu auch keine Erkenntnisse anhand des Flugschreibers oder Cockpit-Recorders vorliegen. Zweitens, höhere Gewalt – Blitzschlag oder Witterungseinflüsse, was an diesem Abend nicht in Frage kommt –, beziehungsweise ein Einschlag schneller Partikel, also ein Meteorit, was als entfernte Möglichkeit in Betracht käme, desgleichen Weltraumschrott, also Trümmer von einem Satelliten oder einer Booster-Rakete. Das wäre möglich, aber es gibt keinerlei Materialspuren, die darauf hindeuten, daß das Flugzeug von etwas getroffen wurde. Drittens, ein Anschlag –« Er war jetzt beim Mittelfinger angelangt, und wenn ich empfindlich gewesen wäre, hätte ich meinen können, er wollte mir damit sagen: »Sie mit Ihrer Rakete können mich mal.«

Er fuhr fort: »Viertens, technischer Defekt.« Er schaute mich an und sagte: »Ich habe mein ganzes berufliches Ansehen in die Waagschale geworfen und auf einen technischen Fehler gesetzt, und ich habe gewonnen. Wenn Sie glauben, es war ein Raketenangriff, möchte ich die Beweise sehen.«

»Haben Sie schon mal mit einem Augenzeugen gesprochen?«

»Nein.«

»Das sollten Sie aber.«

Ohne auf den Vorschlag einzugehen, sagte er zu mir: »Ich will Ihnen noch was sagen, das gegen einen Raketenangriff spricht. Da wir uns schon mal in Theorien ergehen, warum sollte ein Terrorist ein Flugzeug so weit vom Flughafen entfernt abschießen? Mit einer leicht zu bedienenden und mühelos zu beschaffenden, von der Schulter aus abgefeuerten Rakete mit Hitzesuchkopf – was man beim Militär als Rakete bezeichnet, die man abfeuert und vergißt, weil sie von selbst ins Ziel findet – hätte man dieses Flugzeug im Umkreis von fünf Meilen um den Flughafen jederzeit herunterholen können. Um dieses Flugzeug aber aus dreizehntausend Fuß Höhe und acht Meilen vor der Küste abzuschießen, dazu braucht man eine hochmoderne, kompliziert zu bedienende Boden-Luft-Rakete mit Radar- oder Infrarotleitsystem, die nahezu unmöglich zu beschaffen ist. Richtig?«

»Richtig.«

»Da haben Sie's also.«

»Ich hab's kapiert.«

Kate sagte zu mir: »Ich habe eine Kopie des Abschlußberichts zu dem Fall, die du lesen kannst.«

»Und halten Sie sich von den versponnenen Verschwörungstheoretikern und ihren Büchern, ihren Videos und ihrem Internet-Irrsinn fern.«

Höchste Zeit, daß ich Mr. Siben beruhigte. »Na ja, ich habe nie was von dem Verschwörungszeug gelesen oder gesehen, und ich habe es auch nicht vor«, sagte ich. »Ich halte es auch nicht für wahrscheinlich, daß ich Ihren Bericht lese, der bestimmt gut fundiert und überzeugend ist. Ich habe lediglich meine unmaßgebliche – und, wie sich herausstellte, unfundierte – Meinung gegenüber Ms. Mayfield geäußert, meiner Frau und Vorgesetzten, was mir beruflich wie auch privat einige Sorgen bereitet hat, und deshalb bin ich heute abend hier. Und sie ebenfalls. Ich danke Ihnen also, Mr. Siben, daß Sie sich die Zeit genommen und mich aufgeklärt haben. Meiner Meinung nach haben Sie und alle anderen, die mit diesem Fall befaßt waren, Ihre Sache hervorragend gemacht und sind zum richtigen Schluß gelangt.«

Er musterte mich einen Moment lang und fragte sich, dessen bin ich mir völlig sicher, ob ich ihn auf den Arm nehmen wollte. Er warf einen kurzen Blick zu Kate, die ihm beruhigend zunickte.

Ich bot Mr. Siben die Hand zum Gruß, worauf er einschlug und fest zudrückte. Dann schüttelte er Kate die Hand, die sich bei ihm bedankte, drehte sich um und ging in die Dunkelheit.

Dann machte er einen auf Jimmy Durante, kehrte um und ging wieder ins Licht. Ich dachte, er würde sagen:

»Gute Nacht, Mrs. Calabash, wo immer Sie auch sind.« Statt dessen rief er mir zu: »Mr. Corey. Können Sie diesen Lichtschweif erklären?«

»Nein, kann ich nicht«, erwiderte ich. »Können Sie's?«

»Optische Täuschung.«

»Das ist es.«

Er machte kehrt und verschwand wieder im Dunkeln. Als er bei der Tür war, hallte seine Stimme durch den stillen Hangar. »Nein, das ist es *nicht*. Verdammt noch mal«, sagte er.

10

Kate und ich standen in dem stillen Hangar, während mir Mr. Sibens Abschiedsworte immer noch in den Ohren widerhallten. Ich meine, der Typ hatte mich schon halb überzeugt, dann läßt er beim Gehen noch einen Hirnfurz ab, und ich bin wieder da, wo ich angefangen habe.

Kate ging auf das Flugzeug zu und sagte: »Schauen wir uns das Innere an.«

Die rekonstruierte 747 stand auf einem hölzernen Gestell, an dem hier und dort mehrere Treppen angebracht waren, die zu den offenen Türen im Rumpf führten. Ich folgte ihr einige Stufen hinauf in den hinteren Bereich der Kabine.

»Man hat die Innenausstattung der Kabine wieder in den Rumpf eingebaut, um im Zuge der Untersuchungen feststellen zu können, inwieweit die Schäden am Rumpf mit den Schäden an der Kabine übereinstimmen«, sagte Kate.

Ich ging durch die Kabine nach vorn, wo der vordere Teil des Rumpfes samt dem Cockpit hätte sein müssen, aber der stand in einem anderen Teil des Hangars, so daß dort nur ein großes Loch klaffte, durch das ich die hintere Hangarwand sehen konnte.

Mir wurde klar, daß die Passagiere in dem Augenblick, als die Maschine zerbrach, gesehen hatten, wie das Cockpit abriß und der Himmel vor ihnen auftauchte, gefolgt vom heulenden Wind, der die Kabine auseinanderriß.

Und in dem abstürzenden Cockpit saßen der Kapitän, der Co-Pilot und der Bordingenieur an den Instrumenten und Steuerknüppeln eines Flugzeugs, das nicht mehr mit ihrem Cockpit verbunden war. Was dachten sie? Was machten sie? Ich spürte, wie mein Herz raste.

Die Kabine der mächtigen 747 war ein alptraumhaftes Abbild eines Flugzeuginnenraums – zersprungene Decken und Lampen, herunterhängende Handgepäckfächer, offene Fensterhöhlen, zusammengestückelte Schotten, zermalmte Toiletten und Galleys, zerfetzte und verbrannte Trennvorhänge, reihenweise umgekippte und zerrissene Sitze, zusammengeflickte Auslegeware am Boden. Alles wurde von hölzernen Streben und Drahtnetzen zusammengehalten. Noch immer hing ein leichter Geruch nach irgend etwas Unangenehmen in der Luft.

Leise sagte Kate: »Als die Einzelteile aus dem Ozean auftauchten, leiteten Leute von Boeing und der nationalen Verkehrssicherheitskommission die Rekonstruktion. Zu den Leuten, die sich freiwillig zu der Aufgabe meldeten, gehörten Piloten, Flugbegleiter und Ingenieure – Mitarbeiter von Fluggesellschaften, die das Innere einer Boeing 747 genau kannten.« Und sie fuhr fort: »Jedes Einzelteil eines Flugzeugs hat eine Fabriknummer, daher war das hier zwar schwierig, aber nicht unmöglich.«

»Dazu hat allerhand Geduld gehört«, bemerkte ich.

»Viel Engagement und viel Liebe. Rund vierzig Passagiere waren Angestellte von TWA.«

Ich nickte.

»Aufgrund des Sitzplans von TWA wußten wir in etwa, wo jeder Passagier saß. Anhand dessen haben die Pathologen eine Computerdatei und digitalisierte Fotos erstellt und die Verletzungen, die ein jeder Passagier erlitt, mit den Schäden an den Sitzen verglichen und festzustellen versucht, ob diese Verletzungen wie auch die Schäden an den Sitzen durch eine Bombe oder Rakete verursacht worden sein könnten.«

»Erstaunlich.«

»So ist es. Niemand kann etwas an der Arbeit aussetzen, die sämtliche Beteiligten an diesem Projekt geleistet haben. Es ging weit über alles bislang Dagewesene hinaus. Hiermit hat man absolutes Neuland betreten und Geschichte geschrieben, was die Untersuchung von Flugzeugunglükken betrifft. Das war das einzig Gute, das bei dieser Tragödie herauskam.« Und sie fügte hinzu: »Niemand fand eine heiße Spur, die auf einen Anschlag hingedeutet hätte, aber man fand viele Beweise, die dagegen sprachen. Der wichtigste davon war, daß keinerlei Sprengstoff-Rückstände an Bord waren.«

»Ich dachte, man hat ein paar Chemikalienspuren gefunden, die auf Sprengstoffspuren hindeuteten. Soweit ich mich erinnere, hat das einen Riesenwirbel verursacht.«

Kate erwiderte: »Man hat ein paar Fehlanzeigen bekommen, zum Beispiel durch den Klebstoff, der in den Materialien der Sitzbespannung und der Auslegewaren enthalten war und gewisse chemische Ähnlichkeiten mit

Plastiksprengstoff aufwies. Außerdem hat man in dieser Kabine ein paar echte Treffer gelandet, aber wie sich herausstellte, wurde die Maschine einen Monat vor dem Absturz in St. Louis zur Ausbildung von Sprengstoffhunden benutzt.«

»Sind wir uns da ganz sicher?«

»Ja. Der Hundeführer wurde vom FBI vernommen, und er sagte aus, daß möglicherweise ein paar Semtex-Rückstände zurückgeblieben sein könnten.«

Wir gingen den rechten Gang entlang, zwischen den verkohlten und zerrissenen Sitzen hindurch, auf denen hin und wieder Flecken waren, nach denen ich lieber nicht fragen wollte. Auf einigen Sitzen lagen außerdem Rosen und Nelken, und Kate sagte zu mir: »Einige der Menschen, die du bei dem Gedenkgottesdienst gesehen hast, waren heute morgen hier, um nahe der Stelle zu sein, wo ihre Angehörigen saßen ... Ich war auch mal hier ... und die Leute knieten neben den Sitzen und sprachen sie an ...«

Ich legte ihr die Hand auf die Schulter, und wir standen eine Weile schweigend da und gingen dann weiter den Gang entlang.

Wir blieben in der Mitte der Kabine stehen, in dem Bereich über dem Haupttank, dort, wo links und rechts die Tragflächen gewesen waren. In diesem mittleren Abschnitt war der Rumpf unterhalb der Stelle, wo der Treibstofftank explodiert war, schwer beschädigt, aber sämtliche Sitze und ein Großteil der Auslegeware waren geborgen worden.

»Wenn eine Rakete mit oder ohne Sprengstoff hier durchgedrungen wäre, müßte man doch irgendeine Spur davon sehen, aber es gibt keine«, sagte Kate. »Weder hier in der Kabine noch an der Außenhaut des Rumpfes, weder am mittleren Haupttank noch an der Klimaanlage unterhalb des Treibstofftanks.«

Ich schaute mir den Boden an, dann die Sitze, die Decke und die herabhängenden Handgepäckfächer. »Trotzdem, hier fehlen jede Menge Teile«, sagte ich.

»Stimmt ... aber trotzdem sollte man meinen, daß Captain Sprucks Rakete irgendeine Spur von ihrem Eintritt und Austritt hätte hinterlassen müssen, als sie sich durch dieses ganze Zeug gebohrt hat.« Schweigend blickte sie sich inmitten der zertrümmerten Überreste der Kabine um, dann sagte sie: »Aber es *könnte* sein, daß sie sich hier durchgebohrt hat und daß sämtliche Hinweise darauf bei der Explosion und dem anschließenden Absturz aus dreizehntausend Fuß Höhe vernichtet wurden.« Sie schaute mich an.

Ich dachte einen Moment lang nach, dann sagte ich: »Deswegen sind wir hier.«

Wir gingen zum vorderen Teil der Kabine und traten in die Erste Klasse, wo die Sitze breiter waren. Hier war das Flugzeug auseinandergebrochen, mitten durch diesen vorderen Bereich und durch das rekonstruierte Oberdeck. Eine verbogene Wendeltreppe, umgeben von zertrümmerten Plastikwänden, führte hinauf.

Kate schwieg eine Zeitlang, dann sagte sie: »TWA-Flug 800, unterwegs zum Flughafen Charles de Gaulle in Paris, zehn Minuten nach dem Start am Kennedy Airport, bei einer Geschwindigkeit von rund sechshundertfünfzig Kilometern pro Stunde im Steigflug auf elftausend Fuß, etwa acht Meilen vor der Südküste von Long Island.«

Sie holte tief Luft und fuhr fort: »Wir wissen anhand der Passagiere, die noch an angeschnallt waren, daß zumindest zwölf von ihnen die Plätze wechselten – das ist bei einem Nachtflug üblich, um eine leere Sitzreihe in der Mitte zu ergattern, wo man sich langlegen kann.«

Ich drehte mich um und schaute zurück zu den Sitzen in der Touristenklasse. Am Abend des 17. Juli 1996 war dieses Flugzeug nur halbvoll gewesen – ein kleiner Trost –, daher dürfte es etliche leere Reihen mit drei nebeneinander liegenden Sitzen gegeben haben. Heute abend waren sie alle leer.

Kate fuhr fort: »Der Pilot, Kapitän Ralph Kevorkian, hatte den Flugbegleitern unmittelbar vor der Explosion erlaubt aufzustehen. Wir können davon ausgehen, daß sie alle ihre Plätze verlassen hatten und den Getränkeservice vorbereiteten.« Sie warf einen Blick zu der nächsten Galley und sagte: »Die Taucher haben die eingeschaltete Kaffeemaschine aus diesem Bereich gefunden.«

Ich erwiderte nichts.

Sie fuhr fort: »Um zwanzig Uhr achtundzwanzig zeichnete der Voice-Recorder im Cockpit auf, wie Kapitän Kevorkian sagte: ›Schaut euch diese verrückte Kraftstoff-Flußanzeige von Nummer vier an‹, womit Triebwerk Nummer vier gemeint war. Dann sagt er wieder: ›Seht ihr diese verrückte Kraftstoff-Flußanzeige?‹ Weder der Co-Pilot noch der Bordingenieur antworteten. Dann, um zwanzig Uhr dreißig, wies die Flugkontrolle Boston Flug 800 an, auf fünfzehntausend Fuß zu steigen, was der Co-Pilot, Kapitän Steven Snyder, bestätigte. Danach sagte Kapitän Kevorkian: »Schub auf Steigflug. Steigen auf eins-fünftausend.« Der Bordingenieur, Oliver Krick, sagte: ›Gebe Power‹, und das waren die letzten Worte, die aufgezeichnet wurden. Um zwanzig Uhr einunddreißig und zwölf Sekunden erreichte das Flugzeug eine Höhe von 13760 Fuß ... dann explodierte es.«

Ich schwieg eine Weile, dann fragte ich: »Was hat es mit der verrückten Kraftstoff-Flußanzeige auf sich?«

Sie zuckte die Achseln. »Weiß ich nicht. Die meisten

Piloten sagen, es könnte eine kurzfristige Fehlanzeige am Cockpit-Instrument gewesen sein. Aber es könnte auch ein Hinweis auf einen ernsthaften technischen Defekt sein.«

Ich nickte.

Sie fuhr fort: »Der Pilot einer kleinen Pendlermaschine bemerkte in etwa sechzehntausend Fuß Höhe TWA 800, als die Maschine etwa zwanzig Meilen entfernt war und auf ihn zuflog. Er sagte, er habe gedacht, die 747 hätte die Startlichter noch an, obwohl sie eigentlich bei zehntausend Fuß ausgeschaltet werden sollten. Außerdem sagte er, das Licht habe heller gewirkt als gewöhnlich, bis ihm dann klarwurde, daß das helle Licht, das er sah, nicht die Startbeleuchtung war – das Licht befand sich in der Nähe von Triebwerk Nummer zwei der 747, und er dachte, das Triebwerk hätte Feuer gefangen. Er blinkte seinerseits mit seinen Lichtern, um die 747 zu warnen, und in diesem Moment sei die Maschine in einem Feuerball explodiert.«

Ich dachte einen Moment lang nach und sagte: »Das klingt so, als hätte es ein technischer Defekt sein können.«

Kate nickte und fuhr dann fort: »Zur gleichen Zeit blickte ein Passagier in einem Jet der US Air aus dem Fenster und sah etwas, das wie eine aufsteigende Leuchtrakete wirkte. Etwa zehn Sekunden später bemerkte dieser Passagier in der Gegend, in der er zuletzt die Leuchtrakete gesehen hatte, eine kleine Explosion, und eine Sekunde darauf gab es dann eine gewaltige Explosion.«

»Das klingt nach einer Rakete«, bemerkte ich.

Sie nickte erneut. »Dieser Passagier war Spezialist für elektronische Kriegsführung bei der U.S. Navy.«

Ich erinnerte mich, daß Captain Spruck einen Spezialisten für elektronische Kriegsführung erwähnt hatte.

Kate sagte: »Eine weitere Luftbeobachtung – zwei

Hubschrauberpiloten der Nationalgarde auf einem Routineübungsflug. Sie waren draußen über dem Ozean und flogen in Richtung Norden, zurück zu ihrem Stützpunkt auf Long Island. Diese Jungs waren allem Anschein nach der Explosion am nächsten, rund sieben Meilen entfernt und ein paar tausend Fuß tiefer als die 747, die direkt auf sie zuflog. Der Pilot behauptet, er habe einen rot-orangen Lichtschweif gesehen, wie eine Leuchtrakete, der von West nach Ost aufstieg, die gleiche Richtung, in der die 747 unterwegs war. Sein Co-Pilot bestätigt diese Beobachtung, und er meldete sich sogar über Bordsprechanlage bei seinem Bordingenieur und sagte: ›Hey, was ist das für ein Feuerzauber?‹ Eine Sekunde später bemerkten der Pilot und der Co-Pilot eine kleine, gelblich-weiße Explosion, gefolgt von einer zweiten, nahezu grellweißen Explosion ... danach, so berichten sie, gab es eine dritte, einen gewaltigen Feuerball ... damit hätten wir also drei statt der zwei Explosionen, die die meisten Menschen sahen. Aber wie schon gesagt, sie waren am nächsten dran, und sie waren erfahrene Militärpiloten, die eigentlich wissen sollten, was sie sahen.«

»Ist dieser Helikopter zur Absturzstelle geflogen?« fragte ich.

»Ja. Sie waren die ersten, die dort eintrafen. Sie kreisten über der Stelle, sahen aber keinerlei Anzeichen auf Überlebende.« Und sie fügte hinzu: »Diese beiden Piloten haben später ihren Bericht bezüglich des Lichtschweifs widerrufen. Dann kehrte der ranghöhere Pilot, nachdem er aus der Nationalgarde ausgeschieden war, zu seiner ursprünglichen Darstellung zurück.«

Ich nickte. Offenbar hatte jemand Druck auf die Piloten der Air National Guard ausgeübt, damit sie ihren ursprünglichen Bericht änderten.

Kate blickte sich in dem dreidimensionalen Puzzle um, das einst eine Boeing 747 gewesen war. Sie sagte: »Also muß um zwanzig Uhr einunddreißig Minuten und zwölf Sekunden, fast zwölf Minuten nach dem Start, irgend etwas zu einer Explosion der Treibstoffdämpfe im Haupttank geführt haben. Der Tank zerplatzte, und durch die Wucht der Explosion wurden das Cockpit und die vordere Hälfte der Ersten Klasse vom Rumpf abgetrennt – genau hier –, und das Cockpit stürzte in den Ozean hinab.«

Ich starrte auf das klaffende Loch, wo das Cockpit hätte sein müssen, und ein kalter Schauer lief mir über den Rücken.

Late sagte: »Als das Cockpit weg war, verlagerte sich das Schwergewicht, und das Heck sackte nach unten. Die Turbinen liefen noch, und das enthauptete Flugzeug stieg um etwa viertausend Fuß – dann rollte es seitlich weg und stürzte ab, die Tragflächentanks barsten, und der Treibstoff entzündete sich, was den riesigen Feuerball erzeugte, den über sechshundert Menschen sahen.« Sie stockte kurz, dann fuhr sie fort: »Dieser Ablauf der Ereignisse basiert größtenteils auf nachweislichen Spuren und teilweise auf Satelliten- und Radarbeobachtungen. Allerdings deckt sich das nicht ganz mit dem, was die Augenzeugen sahen, und es entspricht auch nicht hundertprozentig der Animation von seiten der CIA.«

»Was ist mit dem Flugschreiber?«

»Der fiel im gleichen Augenblick aus, als sich die erste Explosion ereignete und das Cockpit von der Maschine gerissen wurde.« Sie fuhr fort: »Eigentlich haben wir also dreierlei Faktenmaterial, das nicht gänzlich übereinstimmt. In der CIA-Animation heißt es, daß es sich bei dem, was die Zeugen sahen – dem Lichtschweif – um den brennenden Rumpf handelte, der nach der Explosion aufstieg. Aber die Spuren und die Satellitenaufnahmen deuten darauf hin, daß die Maschine nicht brannte, bevor sie in den Sturzflug überging. Was den Strom aus brennendem Kerosin angeht, der nach Darstellung der CIA ebenfalls irrtümlich für einen aufsteigenden Lichtschweif gehalten wurde – das scheint mir ein bißchen zuviel des Guten zu sein. Ich meine, was haben die Augenzeugen gesehen und irrtümlich für einen Lichtschweif gehalten? Das steigende, brennende Flugzeug oder den nach unten ausströmenden Treibstoff?« Sie schaute mich an. »Oder keins von beiden.«

»Manchmal«, sagte ich, »kann man auch zu viele Zeugen haben. Ein paar Dutzend Menschen sahen, wie Rabbi Meir Kahane in aller Öffentlichkeit erschossen wurde, und nachdem der Verteidiger mit ihnen fertig war, hatten keine zwei Personen das gleiche gesehen und die verwirrten Geschworenen ließen den Todesschützen davonkommen.« Ich fügte hinzu: »Und dann wäre da noch das Attentat auf Kennedy.«

Sie dachte eine Weile nach. »Du stehst doch auf beweiskräftige Spuren«, erinnerte sie mich. »Sidney hat dir beweiskräftige Spuren geliefert. Findest du die gut?«

»Handfeste Beweise sind hervorragend«, erwiderte ich, »aber sie müssen auch mit anderen Fakten übereinstimmen.«

Wir gingen den linken Gang entlang und kehrten in den hinteren Teil des Flugzeugs zurück, dann stieg ich die Holztreppe hinab, weil ich aus dem Flugzeug hinauswollte, das nicht nur gruslig, sondern auch unglaublich bedrückend war.

Kate folgte mir, und wir verließen den Hangar und traten hinaus in die kühle Nachtluft, wo es mir augenblicklich wieder besser ging. Ich stieg in den Jeep, und Kate setzte sich neben mich. Ich ließ den Motor an, schaltete die Scheinwerfer ein und stieß zurück zum Tor.

Während wir fuhren, fragte ich: »Was hatte die CIA mit diesem Fall zu tun?«

»Anfangs, als man noch von einer Bombe oder Rakete ausging, waren sie überall und haben nach ausländischen Terroristen gesucht.«

»Wenn ausländische Terroristen in den USA sind, ist das FBI dafür zuständig«, merkte ich an.

»Das stimmt. Aber wie du weißt, sind auch in unserer Organisation Leute von der CIA. Du erinnerst dich doch an Ted Nash.«

»Ich erinnere mich an Ted. Und ich erinnere mich auch daran, daß du ein paarmal mit ihm zum Abendessen ausgegangen bist.«

»Einmal.«

»Völlig egal. Warum hat er Captain Spruck vernommen?«

»Ich weiß es nicht. Das ist ein bißchen ungewöhnlich.«

»Was hat Ted dir beim Abendessen erzählt?«

»John, steigere dich nicht in die Sache hinein, nur weil ich einmal mit Ted Nash ausgegangen bin. Wir hatten nie was miteinander.«

»Selbst wenn, wäre es mir egal. Er ist tot.«

Sie kam wieder aufs Thema zurück und sagte: »Nachdem das FBI und die Verkehrssicherheitskommission zu dem Schluß gelangten, daß der Absturz ein Unglück war, hätte die CIA eigentlich verschwinden müssen. Aber dem war nicht so, und es war die CIA, die diese Videoanimation herstellte, die im Fernsehen gezeigt wurde.« Und sie fügte hinzu: »Unter der Hand hieß es, daß das FBI nicht mit dieser Animation in Verbindung gebracht werden wollte.«

»Warum nicht?«

»Ich nehme an, weil sie zu spekulativ war. Sie hat mehr Fragen aufgeworfen, als sie beantwortete, und sie sorgte für viel Unmut bei den Augenzeugen, die sagten, daß die Animation nicht annähernd dem entspräche, was sie gesehen hatten. Sie wühlte die ganze Sache nur wieder auf.«

Wir fuhren durch das Tor, und Kate lotste mich in Richtung Long Island Expressway. Ich sagte: »Jetzt, da ich mit Captain Spruck gesprochen habe, muß ich mir diese Animation noch mal ansehen.«

»Ich habe eine Kopie davon.«

»Gut.« Ich dachte einen Moment lang nach, dann sagte ich zu ihr: »Eigentlich halten wir Ausschau nach diesem Paar am Strand. Und wir können nur hoffen, daß sie sich bei etwas Unanständigem gefilmt haben, daß ihr Video, wenn es denn eins gab, noch existiert und daß wir irgendwo hinter den nackigen Hintern dieses Paares erkennen können, was mit Flug 800 passiert ist.«

»Das ist so ziemlich das einzige, was uns dabei helfen könnte, diesen ganzen Wust widersprüchlicher Fakten und Beweise zu durchdringen und den Fall wieder aufzurollen.« Und sie fügte hinzu: »Aber er würde auch wieder aufgerollt werden, wenn irgendeine Organisation glaubwürdig behaupten würde, sie hätte diese Maschine abgeschossen.«

»Haben sich nicht ein paar nahöstliche Terrorgruppen zu dem Absturz bekannt?«

»Bloß die üblichen Verdächtigen«, erwiderte sie. »Aber keiner von ihnen hatte die nötigen Insiderinformationen, die ihren Behauptungen irgendeine Glaubwürdigkeit hätte verleihen können. Sie haben nicht einmal die öffentliche Mitteilung richtig hingekriegt. Im Grunde genommen hat sich niemand, der auch nur annähernd glaubwürdig wäre, zu einem Anschlag bekannt. Und das wiederum verleiht der Schlußfolgerung, daß ein technischer Defekt vorlag, eine gewisse Glaubwürdigkeit. Andererseits«, fuhr sie fort, »gibt es neue Terrorgruppen, die sich nicht zu ihren Anschlägen bekennen. Sie sind nur auf Tod und Zerstörung aus. Wie dieser Bin Laden und seine Al Qaida.«

»Das stimmt.« Ich dachte wieder an das Paar am Strand und fragte Kate: »Warum konntest du Romeo und Julia nicht finden?«

»Man hat mich nicht darum gebeten.«

»Du hast doch gesagt, du hättest gewußt, in welchem Hotel sie möglicherweise abgestiegen sind.«

»Ich weiß es auch.« Sie schwieg einen Moment, dann sagte sie: »Offen gestanden, war ich nicht direkt mit diesem Teil der Ermittlungen befaßt. Ich habe nur zufällig den Bericht des einheimischen Polizisten gesehen und habe aus eigener Initiative telefonisch ein bißchen nachgehakt. Danach wurde ich ganz schnell aus dem Verkehr gezogen.«

»Aha ... dann weißt du also nicht, was sich aus dieser Spur ergeben hat?«

»Nein.«

Ich glaube nicht an Verschwörungstheorien, und schon gar nicht, wenn es um Regierungsbedienstete und Militärs geht, die nicht in der Lage sind, sich auf irgend etwas zu einigen, geschweige denn ein Geheimnis wahren können, beziehungsweise nichts unternehmen, das ihren Posten oder Pensionsanspruch gefährden könnte.

Die einzige Ausnahme war die CIA, für die das ganze Leben aus Trug und Täuschung, Verschwörungen und Umtrieben am Rande der Legalität besteht. Dafür werden sie bezahlt.

Trotz meiner Nöte mit dem FBI mußte ich zugeben, daß sie ehrliche Kerle waren, gute Bürger und gesetzestreue Menschen – wie mein geliebtes Weib, das jeden Moment einen mittleren Nervenzusammenbruch kriegen konnte, weil sie sich einen Schritt zu weit vorgewagt hatte.

»Wenn wir diese Sache weiterverfolgen«, sagte Kate, als spräche sie mit sich selbst, »haben wir nicht mehr viel Zeit, bevor sie uns auf die Schliche kommen.«

Ich ging nicht darauf ein. »Heim?«

»Heim.«

Ich stieß auf die gen Westen führende Auffahrt des Long Island Expressway und fuhr nach Manhattan zurück. Um diese Tageszeit herrschte nur leichter Verkehr, und wir kamen gut voran. Ich ging auf die äußere Spur und beschleunigte ohne Rücksicht auf die erlaubte Höchstgeschwindigkeit.

Früher war ich derjenige, der Leute verfolgt hatte, aber mein Dasein hatte sich verändert, daher schaute ich in Rück- und Seitenspiegel, scherte dann jählings über zwei Spuren scharf nach rechts und bog an der nächsten Ausfahrt ab.

Niemand folgte uns.

Ich fuhr eine Zeitlang die Versorgungsstraße entlang, dann stieß ich wieder auf den Expressway.

Kate ging nicht direkt auf meine Abschüttelmanöver ein, sagte aber: »Vielleicht sollten wir die Sache sein lassen.«

Ich erwiderte nichts.

»Was meinst du?« fragte sie mich.

»Was springt für mich dabei raus?«

»Nichts als Ärger.«

»Das ist ein sehr überzeugendes Argument.«

11

Wir fuhren eine Weile schweigend dahin, dann sagte Kate: »Was Sidney Siben angeht – ich dachte mir, du solltest die offizielle Version aus erster Hand hören.«

»Ich weiß deine Fairneß zu schätzen. Was soll ich deiner Meinung nach jetzt tun?«

»Schlaf drüber.«

»Jetzt?«

»Nein. Du fährst. Ich schlafe.« Sie kippte den Sitz zurück, streifte die Schuhe ab und schloß die Augen. Frauen können in weniger als zehn Sekunden einschlafen.

Ein paar Minuten später fuhr ich am Tor des Brookhaven National Laboratory vorbei und sagte laut: »Hey, was sind die sieben Theorien?«

»Hä ...?«

»Wach auf. Leiste mir Gesellschaft. Wie lauten die sieben Theorien?«

Sie gähnte und sagte: »Erste Theorie ... freundliches Feuer ... in dieser Nacht fanden See- und Luftmanöver des Militärs statt ... Angeblich wurde eine Zieldrohne gestartet ... die Rakete hat die Drohne verfehlt und versehentlich die 747 aufs Korn genommen ... beziehungsweise die Drohne selbst hat das Flugzeug getroffen ... unwahrscheinlich. Zu viele Zeugen an Bord der Schiffe.«

»Okay. Theorie zwo.«

»Theorie zwei. Elektromagnetische Schwingungen ... bei Militärmanövern entstehen starke elektromagnetische

Felder, die ein Flugzeug theoretisch erfassen können ... erklärt den Lichtschweif nicht.«

»Drei.«

»Drei. Ein ausländisches Unterseeboot, das unter Wasser eine Rakete abgeschossen hat.«

»Was ist gegen diese Theorie einzuwenden?«

»Geh zurück zu Theorie eins. Militärmanöver in dieser Gegend, einschließlich Übungen zur U-Boot Abwehr ... folglich wäre ein ausländisches U-Boot nicht unbemerkt entkommen.«

»Was ist mit *unseren* U-Booten?«

»Das gehört zu Theorie eins. Theorie vier. Ein Meteorit oder Weltraumschrott. Möglich, aber nicht wahrscheinlich. Wo sind wir?«

»Bei fünf.«

»Fünf. Das ist die Methangasblase. Ein natürlich vorkommendes, unsichtbares Gas, das vom Meeresboden aufstieg und durch die Triebwerke der 747 entzündet wurde. Sehr abgedreht. Stimmt nicht mit den Spuren überein. Und dann wäre da noch Theorie sechs, der Plasma-Todesstrahl. Brookhaven National Laboratory. So albern, daß etwas dran sein könnte. Aber Brookhaven sagt nein.«

»Sieben.«

»Sieben. Die Frachtluke der 747 ... einige Spuren deuten darauf hin, daß sie *vor* der Explosion abgeplatzt ist, was einen jähen Druckabfall verursacht haben könnte, der wiederum die Kettenreaktion auslöste, die zu der Explosion führte. Aber höchstwahrscheinlich erfolgte die Explosion zuerst. Gute Nacht.«

»Moment. Was ist mit einer Terroristen-Rakete?«

»Das ist ein Kapitel für sich.«

»Okay. Aber ich muß ständig dran denken, was dein

Freund Sidney gesagt hat. Warum sollte man ein Flugzeug so weit vom Flughafen entfernt abschießen? Und warum sollte die Regierung einen Terroranschlag vertuschen *wollen*? Bei einem Terroranschlag auf hoher See wären alle aus dem Schneider, man spart Millionen an Versicherungsansprüchen, von den Millionensummen für das Umrüsten des mittleren Treibstofftanks ganz zu schweigen. Verdammt, wenn es sich um eine Verschwörung von seiten der Regierung handelt, sollte es darum gehen, einen Terroranschlag zu *erfinden*, statt den Leuten weiszumachen, es wäre ein technischer Defekt gewesen. Es sei denn, die Regierung wollte keine Panik auslösen und nicht zugeben, daß ein schweres Versagen seitens der Nachrichtendienste vorlag, was wiederum die CIA ins Spiel brachte und ...« Ich warf einen Blick zu Kate. *»Hallo?«*

Sie schnarchte.

Und so war ich allein mit meinen Gedanken, die allmählich auf Hochtouren liefen.

Ich drückte die Pausentaste in meinem Hirn, dann auf Zurückspulen und nahm mir noch einmal die Gedenkfeier vor und meinen Kollegen Liam Griffith. Ich würde es nicht für ausgeschlossen halten, daß Kate die Begegnung mit Griffith arrangiert hatte, bei der er mir so dumm gekommen war, daß mich der Fall auf einmal interessierte. Andererseits war es vielleicht auch einfach das, was es war: ein FBI-Typ, der mir steckte, daß ich nicht neugierig werden sollte, und es auch genauso meinte.

Ich warf einen Blick zu Kate, die im Schlaf sehr engelhaft wirkte. Meine Süße würde doch ihren geliebten Gatten nicht austricksen. Oder?

Szene zwei. Cupsogue Beach County Park, Dämmerung. Ein Pärchen am Strand.

Hatten sie den Lichtschweif und die Explosion tatsächlich gesehen und auf Video aufgenommen? Ich fragte mich auch, warum man sie nicht ausfindig gemacht hatte.

Aber vielleicht hatte man das.

Szene drei. Stützpunkt der Küstenwache, Moriches Bay. Captain Tom Spruck, ein zuverlässiger und selbstsicherer Zeuge.

Genau das wollte mir nicht aus dem Kopf gehen. Dieser Typ war einer von rund zweihundert Männern, Frauen und Kindern, die alle, einzeln oder gruppenweise, von unterschiedlichen Standorten aus, das gleiche gesehen hatten. *Da ist oben. Richtig?*

Und schließlich Szene vier. Calverton, Flugzeughangar. Mr. Sidney Siben, Sicherheitsingenieur bei der nationalen Verkehrssicherheitskommission. Der ehrliche und unerschütterliche Zeuge. Oder? Mr. Sidney Siben hatte bei seinem Abgang gewisse Zweifel geäußert. *Optische Täuschung. Das ist es. Nein, das ist es nicht. Verdammt noch mal.*

Worum ging es überhaupt?

Das unerwünschte Bild einer rekonstruierten Boeing 747 nahm vor meinem inneren Auge Gestalt an. Ich ging in Gedanken durch den geborstenen Rumpf, lief wieder die Gänge entlang, über den zusammengeflickten Teppichboden und zwischen den leeren Sitzreihen hindurch. Wie die Gerichtsmediziner immer sagen: »Die Toten sprechen zu uns.«

Das tun sie in der Tat, und zwar auf eine Art und Weise, daß sie bei einer Anhörung oder vor Gericht sogar Zeugnis ablegen können.

Die 747 hatte den Großteil ihrer Geheimnisse preisgegeben. Desgleichen die geborgenen Leichen. Die Zeugen hatten ihre Aussagen gemacht. Die Sachverständigen hatten gesprochen. Der Haken dabei war, daß nicht alle das gleiche sagten.

Soweit ich mich entsinnen konnte, hatte manch ein Beteiligter durch diesen Fall seine Karriere und seinen Ruf ruiniert, beschädigt oder gefährdet, und ich wollte nicht, daß Kate und ich ebenfalls dazu gehörten.

Ich schaute zu Kate. Wir waren seit einem Jahr verheiratet, und dieser Fall war bislang noch nicht zur Sprache gekommen, aber jetzt fiel mir ein, daß sie letzten Juli ohne mich zu der Gedenkfeier gegangen war. Ich fragte mich, warum sie bis zum Jahrestag gewartet hatte, ehe sie mich einweihte. Vielleicht war ich bis dato auf Bewährung gewesen, oder irgend etwas Neues war aufgetaucht. Jedenfalls hatte ich einen kurzen Eindruck von einer Interessengruppe erhalten, die nicht lockerlassen wollte, was diesen Fall anging.

Dieser Fall war seit jeher für jeden gefährlich gewesen, der mit ihm in Berührung kam. Hier ging es um einen Plasma-Todesstrahl, eine explosive Gasblase, eine Phantomrakete, freundliches Feuer, elektromagnetische Schwingungen, eine hochbrisante Mischung aus Treibstoff und Luft und eine optische Täuschung.

Meine sämtlichen Instinkte sagten mir, daß ich in meinem eigenen wie auch in Kates Interesse alles vergessen mußte, was ich heute abend gehört und gesehen hatte. Aber hier ging es nicht um Kate, um mich oder um irgend jemand anderen, ob in Diensten der Regierung oder nicht.

Es ging um *sie*. Um zweihundertunddreißig Menschen. Und um ihre Angehörigen und Verwandten, die Leute, die Rosen auf die Sitze des Flugzeugs gelegt hatten, die Kerzen angezündet hatten, in den Ozean gewatet waren und

Blumen ins Meer geworfen hatten. Und um die Menschen, die nicht bei der Feierstunde gewesen waren, die daheim saßen und weinten.

12

Daheim. Ich wohne in einem Hochhaus an der East 72nd Street, zwischen der Second und der Third Avenue. Mein nur mit einem doppelten Einkommen erschwingliches Apartment liegt im 34. Stock, und von meinem Balkon aus, wo ich jetzt, um zwei Uhr morgens, mit einem Glas Scotch in der Hand stand, konnte ich nach Süden über ganz Manhattan hinwegblicken.

Zwischen den Wolkenkratzern in Midtown sah ich die Bowery und einen Teil der Lower East Side, wo ich aufgewachsen war, an der Henry Street, genauer gesagt, unweit der Sozialbauten.

Jenseits von Chinatown konnte ich die Gerichtsgebäude und Gefängnisse erkennen, dazu One Police Plaza, wo ich einst gearbeitet hatte, und Federal Plaza, wo ich jetzt arbeitete.

Genaugenommen war ein Großteil meiner persönlichen Geschichte da unten ausgebreitet – John Corey, wie er als Kid in den finsteren Straßen der Lower East Side gespielt hatte, John Corey als frischgebackener Cop in der Bowery, John Corey als Detective bei der Mordkommission und zu guter Letzt John Corey als Contract Agent bei der Antiterror-Task Force der Bundespolizei.

Und jetzt einfach John Corey, seit einem Jahr zum

zweitenmal verheiratet, wohnhaft im Apartment seiner ersten Frau Robin, die nun mit ihrem Chef zusammenlebte, einem totalen Schmock, der zuviel Geld mit der Verteidigung von finanziell erfolgreichem Gesocks verdiente.

Am unteren Zipfel von Manhatten erhoben sich die Wolkenkratzer der Wall Street wie Stalagmiten in einem Höhlensee. Und zur Rechten ragten die Zwillingstürme des World Trade Center vierhundert Meter hoch in den Himmel.

Am 26. Februar 1993 fuhren Terroristen aus dem Nahen Osten mit einem Kleinbus voller Sprengstoff in die Tiefgarage des Nordturms, parkten den Van und verzogen sich. Um 12.18 Uhr explodierte der Van, wobei sechs Menschen getötet und weitere tausend verletzt wurden. Wäre der Turm eingestürzt, hätte es Tausende von Todesopfern gegeben. Das war der erste Anschlag, den ausländische Terroristen jemals auf amerikanischem Boden begangen hatten. Es war außerdem ein Weckruf, aber niemand hörte darauf.

Ich ging ins Wohnzimmer meines Apartments.

Die Einrichtung erinnerte mit dem vielen Pink und Grün, den Muschelschalenmotiven und den kratzigen Teppichen ein wenig an eine Hotellobby in Palm Beach.

Kate sagt, bei der erstbesten Gelegenheit kommt das alles raus. Was nicht rauskommt, ist das einzige Stück, das ich gekauft habe – mein brauner, lederner La-Z-Boy-Fernsehsessel. Er ist ein wunderbares Teil.

Ich goß mir einen weiteren Scotch ein und drückte auf die Abspieltaste meines Videorecorders.

Ich setzte mich in meinen La-Z-Boy und schaute auf den Bildschirm.

Eine Collage aus allerlei Bildern mit unpassender Musik tauchte auf. Das hier war ein einstündiges Video, das laut Kate von einer Gruppe von Verschwörungstheoretikern hergestellt worden war, die die Theorie von einem Raketenangriff propagierten. Die Kassette enthielt nach Kates Worten auch die CIA-Animation.

In einem Filmausschnitt vom Interview eines Nachrichtensenders sagte der ehemalige Leiter der nationalen Verkehrssicherheitskommission, es sei noch nie dagewesen, daß das FBI die Untersuchung leitete. Der Kongreß, so sagte er, habe der nationalen Verkehrssicherheitskommission ein eindeutiges Mandat zur Untersuchung von Flugzeugunglücken erteilt.

Das Schlüsselwort, das der dämliche Nachrichteninterviewer nicht mitbekam, war »Unglück«. Offensichtlich dachten einige Leute in der Regierung, es handle sich um ein Verbrechen, was wiederum genau der Grund dafür war, weshalb das FBI und nicht die Verkehrssicherheitskommission die Untersuchung und die Rekonstruktion des Flugzeugs übernommen hatte.

Danach sagte irgendein Experte, daß der leere Haupttank keine so starke Explosion verursacht haben könnte, weil er nur »einen Fingerhut voll Treibstoff« enthalten habe.

Aber Mr. Siben hatte mir erklärt, daß gut zweihundert Liter Treibstoff übriggeblieben sein könnten, die von der Absaugpumpe nicht entsorgt wurden. Auf jeden Fall waren es die brisanten Dämpfe, nicht der Treibstoff selbst, die offenbar die erste Explosion verursacht hatten.

Folglich hatten wir bereits in den ersten paar Minuten des Videos einige Fehler oder vielleicht auch Tatsachenverdrehungen.

Ich schaute genauer hin, als sich eine Reihe von Leuten, die nicht näher vorgestellt wurden, in dunklen Andeutungen über das Verschwinden von Flugzeugteilen aus dem Hangar in Calverton ergingen, über fehlende Sitze, die vom Meeresgrund geborgen worden waren und nie wieder gesehen wurden, und über Aluminiumbauteile, die bei der Rekonstruktion einfach eingesetzt und festgehämmert wurden, wodurch die typischen Merkmale der Explosion verändert worden seien.

Es war auch von der 747 der El Al die Rede, die unmittelbar hinter der TWA 747 geflogen war, von Laborberichten über Reste eines Sprengkopfes und Rückstände von Raketentreibstoff sowie »fehlgeleitete« Marineraketen. Jemand sprach von einem vage formulierten Drohbrief einer Terrorgruppe aus dem Nahen Osten, der nur wenige Stunden vor dem Absturz des TWA-Fluges eingegangen sei, und es gab allerhand Spekulationen über weitere verfälschte und/oder nicht beachtete Hinweise.

In diesem sogenannten Dokumentarfilm wurden etliche Argumente vorgebracht, aber nicht alle paßten so zusammen, daß eine klare Linie erkennbar wäre. Man hatte einfach alles mögliche Zeug reingepackt, um zu sehen, was hängenblieb. Beziehungsweise, um es etwas vorurteilsloser zu formulieren, man hatte bei dieser Darstellung sämtlichen Theorien gleich viel Gewicht beigemessen, mit Ausnahme der offiziellen Darstellung, wonach ein technischer Defekt den Absturz verursacht hatte.

Das Video ging näher auf die Manöver ein, die am Abend des 17. Juli 1996 in einer unter der Bezeichnung W-105 ausgewiesenen Zone vor der Küste von Long Island stattgefunden hatten. Ich dachte, die Macher dieses Videos würden demnach schlußfolgern, daß es eine »fehlgeleitete« Rakete war, die TWA 800 abgeschossen hatte. Aber ein ehemaliger Navy-Mann sagte etwas ganz Ähnliches wie Captain Spruck: »Nie und nimmer hätte ein Unglück von diesem Ausmaß von Hunderten oder gar Tausenden von Militärs vertuscht werden können.« Und ich fragte mich einmal mehr, warum diese Kriegsspiele bei den Verschwörungstheorien eine so wichtige Rolle spielten. Vermutlich sind Vertuschungsmanöver von seiten der Regierung einfach interessanter als die Blödheit der Regierung.

Ein heikler Punkt wurde in dem Video allerdings angeschnitten. Demnach waren sämtliche Schiffe in der Nähe der Absturzstelle per Radar erfaßt worden, und bei den anschließenden Ermittlungen hatte man alle identifiziert und überprüft – mit einer Ausnahme. Ein schnelles Boot hatte dieses Seegebiet unmittelbar nach der Explosion mit hoher Geschwindigkeit verlassen, und niemand – weder die Navy noch das FBI, die Küstenwache oder die CIA – hatten dieses Boot jemals identifiziert oder gefunden. Wenn das zutraf, dann könnte es dieses Boot gewesen sein, von dem die Rakete – falls es denn eine Rakete war – abgefeuert wurde.

Auf dem Video waren jetzt drei Farbfotos zu sehen, alle von Leuten aufgenommen, die an diesem Abend andere Leute fotografiert hatten, aber unabsichtlich irgendwas im Hintergrund einfangen hatten, das wie ein kurzer Lichtschweif am Nachthimmel wirkte. Der Sprecher mutmaßte, daß dies der Feuerschweif einer Rakete sein könnte.

Der Haken bei Fotos ist, daß sie nichts beweisen, vor allem, wenn sie zufällig geknipst wurden.

Bei bewegten Bilder hingegen – Videos oder Filmen – sah die Sache anders aus, und ich mußte wieder an das Pärchen am Strand denken.

Der überzeugendste Teil der Darstellung waren Originalaufnahmen von sechs Augenzeugen.

Einige dieser Augenzeugen wurden dort interviewt, wo sie ihren Worten zufolge standen, als sie den in den Himmel aufsteigenden Lichtschweif gesehen hatten. Alle wirkten glaubwürdig und beharrten auf dem, was sie gesehen hatten. Ein paar von ihnen regten sich auf, und eine Frau brach in Tränen aus.

Alle schilderten mit ein paar leichten Abweichungen ziemlich genau das gleiche: Sie schauten zufällig aufs Meer hinaus, als sie einen feurigen Lichtschweif sahen, der aus dem Ozean aufstieg, schneller wurde, dann in einer leichten Explosion verging, gefolgt von einem riesigen Feuerball, der anschließend ins Meer stürzte.

Und jetzt kam die Animation der CIA. Ich stellte meinen Scotch ab und schaute mir die animierte Darstellung an, zu der ein Typ den Kommentar sprach, dessen Tonfall noch unausstehlicher war als das pedantische Drehbuch.

Zunächst wurde das Innere des leeren Haupttanks gezeigt, samt den Treibstoffrückständen zwischen den Scheidewänden am Boden des Tanks. Dann erwähnte der Sprecher hochbrisante Dämpfe, dann war ein Funken zu sehen, der irgendwo im Tank entstanden war. Dann die Explosion.

Die Explosion des Luft-Treibstoff-Gemischs riß die linke Seite des Haupttanks auf und entzündete den Treibstoff im linken Tragflächentank, was wiederum eine heftige Explosion auslöste, die dargestellt wurde wie im Comic, wenn es einen gewaltigen Rums gibt.

Der Sprecher erklärte, daß sich aufgrund der Erschütterung und des Explosionsdrucks die »Nasenpartie losgelöst« habe und weggebrochen sei.

Aber weil man sich damit nicht begnügen wollte, versuchte man danach in Bild und Kommentar zu erklären, was die Augenzeugen tatsächlich gesehen hatten, auch wenn der Sprecher nicht erwähnte, daß es über zweihundert Zeugen gab.

Wenn ich diese Animation und den Kommentar richtig verstand, wollte die CIA damit sagen, daß die zweihundert Augenzeugen das Flugzeug nicht im Moment der Explosion wahrgenommen hatten; was ihre Aufmerksamkeit auf sich zog, war vielmehr das *Geräusch* der Explosionen, das dreißig bis vierzig Sekunden später zu ihnen drang. Als sie dann aufblickten, sahen sie zweierlei: das in Brand geratene Flugzeug, das zunächst höher stieg, bevor es ins Meer stürzte, und/oder den ausströmenden, brennenden Treibstoff, der sich möglicherweise auf dem ruhigen Wasser spiegelte. Mit anderen Worte, jeder, der dieses Ereignis sah, nahm es in umgekehrter Reihenfolge wahr.

Anschließend tauchten wieder ein paar Zeugen auf dem Bildschirm auf, und der erste sagte: »Wie kann ein Flugzeug, das von vierzehntausend auf siebzehntausend Fuß steigt, aussehen wie eine mit hoher Geschwindigkeit aus dem Wasser aufsteigende Rakete?«

Ein ehemaliger Nationalgardist sagte: »Der Schweif, den ich gesehen habe, hat etwa drei, vier, fünf Sekunden gebraucht, um auf vierzehntausend Fuß zu steigen. Er flog mit Überschallgeschwindigkeit.«

Ein Typ, den ich aus der Pressekonferenz der FIRO kannte, die ich drei Abende zuvor gesehen hatte, wurde vor seinem Haus auf Long Island interviewt, wo er gestanden hatte, als er das Unglück sah. Er sagte: »Diese Animation hat keinerlei Ähnlichkeit mit dem, was ich gesehen habe. Nicht einmal annähernd.«

Eine Frau, die auf einer Brücke interviewt wurde, auf der sie an diesem Abend gestanden hatte, sagte: »Ich habe den brennenden Treibstoff gesehen, der vom Himmel fiel, aber erst, nachdem ich den Lichtschweif sah, der sich nach *oben* bewegte.«

Ich dachte wieder an Captain Sprucks Worte: *Da ist oben. Richtig?*

Ich hielt das Video an, lehnte mich zurück und dachte nach.

Die CIA-Animation warf mehr Fragen auf, als sie beantwortete, sie entbehrte jeder Logik und sie widersprach mittels Zeichentrick dem, was die Leute schworen, gesehen zu haben. Je weniger man sagt und zeigt, desto besser ist es manchmal. Möglicherweise hätte ich die offizielle Darstellung geglaubt – ungeachtet der Augenzeugen –, wenn dieses überflüssige Machwerk der CIA nicht gewesen wäre.

Ich drückte auf die Abspieltaste, und das Band lief weiter.

Kate, die einen knappen Teddy trug, kam ins Wohnzimmer. »Komm zu Bett, John.«

»Ich bin nicht müde.«

Sie holte einen Schemel, setzte sich neben mich und nahm meine Hand. Die letzten Minuten des Videos sahen wir uns gemeinsam an.

Der Schluß der Pseudo-Dokumentation war nicht ganz klar, endete sie doch mit Fragen und ließ die Möglichkeit einer Fortsetzung offen.

Ich schaltete den Videorecorder aus, und wir saßen in dem dunklen, stillen Zimmer hoch über den Straßen von New York.

»Was meinst du?«

»Meiner Meinung nach ist dieses Video zu etwa vierzig Prozent unrichtig und zu vierzig Prozent manipulativ. Wie ein Oliver-Stone-Film.«

»Und der Rest?« fragte sie.

»Gerade so viel Wahrheit, daß man ins Grübeln kommt. Was ist mit dem verschwundenen Schnellboot?« fragte ich.

»Das gibt's wirklich«, erwiderte sie. »Ein paar einwandfreie Radarbeobachtungen berichten von einem Boot, das sich unmittelbar nach der Explosion mit hoher Geschwindigkeit – dreißig Knoten – von der Absturzstelle entfernte.« Und sie fügte hinzu: »Die meisten Privatboote in der Gegend fuhren *zur* Absturzstelle, um zu sehen, ob sie helfen konnten. Die Militärboote blieben auf Position, bis man ihnen befahl, sich zur Absturzstelle zu begeben. Die Küstenwache und das FBI gaben an diesem Abend einen öffentlichen Aufruf an alle Bootseigner durch, die sich in der Gegend befanden, und baten sie, sich zu melden, ihre Position anzugeben und zu schildern, was sie sahen. Jeder hat es getan, bis auf dieses eine Boot, das als Dreißig-Knoten-Boot bekannt wurde.«

»Dann ist das also das Boot, von dem vermutlich die Rakete abgefeuert wurde.«

»So lautet die Theorie.«

»Vielleicht haben die Leute auf diesem Boot das gleiche gemacht wie das Pärchen am Strand und sind deshalb abgehauen«, wandte ich ein. »Ich bin mir sicher, daß an diesem Sommerabend jede Menge Männer und Frauen draußen unterwegs waren, die nicht zusammengehörten.«

»Du meinst also, die einzige Rakete mit Hitzesucher, die es gab, war zwischen den Beinen von irgendeinem Typ.«

»Klingt, als könnte es von mir stammen.«

Sie lächelte und sagte: »Allerdings bist du nicht der Erste, der auf diesen Gedanken gekommen ist. Was hältst du von der CIA-Animation?«

»Irgendwas scheint da nicht recht zusammenzupassen.«

Sie nickte, dann erklärte sie mir: »Weißt du, nicht alle Augenzeugen haben das gleiche beschrieben. Manche haben *zwei* Lichtschweife gesehen. Viele sahen einen Lichtschweif, der höher als das Flugzeug stieg, dann im Bogen herunterkam und die Maschine von oben traf. Andere sahen, wie der Schweif direkt aus dem Wasser aufstieg und die Unterseite des Flugzeugs traf. Die meisten Menschen berichten von zwei Explosionen – die erste, kleinere Explosion, gefolgt von dem riesigen Feuerball. Aber manche berichten auch von drei Explosionen. Manche Leute sagen, sie sahen, wie der Bug abbrach, aber die meisten nicht. Manche sagen, die Maschine schien nach der ersten Explosion mitten in der Luft stehenzubleiben, manche nicht. Einige sahen, wie das brennende Flugzeug nach der Explosion nach oben stieg, was durch die Radarbeobachtungen bestätigt wird, aber die meisten berichten, daß sie sofort ins Meer gestürzt sei, während andere aussagen, sie wäre über die Tragfläche abgekippt. Mit anderen Worten, nicht alle Augenzeugen stimmen in allen Einzelheiten überein.«

»Deswegen verstehe ich nicht, warum die CIA aufgrund derart widersprüchlicher Aussagen eine so spekulative Animation machen konnte«, erwiderte ich. »Man bräuchte ein Dutzend verschiedener Animationen, um all den unterschiedlichen Aussagen gerecht zu werden.«

Kate entgegnete: »Ich glaube, die CIA ging von einer Voraussetzung aus – der offiziellen Schlußfolgerung, wonach es keine Rakete gab. Dann stellten sie diese Schlußfolgerung so dar, wie sich die Sache nach Aussage von ein paar Luftfahrtexperten zugetragen haben könnte oder sollte. Die Darstellungen der Augenzeugen waren für die CIA irrelevant. Man sagte einfach: ›*Das* habt ihr gesehen.‹«

»Richtig. Auf diesem Video hat jemand gesagt, daß man die Augenzeugen nie zu einer Aussage bei den offiziellen und öffentlichen Anhörungen vorgeladen hat. Ist das wahr?«

»So ist es. Ich will dir noch was sagen. Das FBI hat nicht viele ergänzende Vernehmungen der Augenzeugen durchgeführt. Dutzende von Zeugen haben uns ständig angerufen und darum gebeten, noch einmal vernommen zu werden. Viele Augenzeugen waren enttäuscht und gingen an die Öffentlichkeit, mußten aber feststellen, daß die Medien nicht mehr an der Sache interessiert waren, nachdem man von seiten der Regierung erklärt hatte, daß es sich um einen technischen Defekt handelte.« Und sie fügte hinzu: »In all den Jahren, die ich im Polizeidienst bin, habe ich noch nie erlebt, daß man so vielen glaubwürdigen Zeugen so wenig Glauben schenkte.«

Ich dachte darüber nach und erinnerte sie dann: »Je mehr Zeugen man hat, desto mehr abweichende Aussagen hat man. Am Ende heben sie sich gegenseitig auf. Ich habe lieber einen, vielleicht auch zwei gute Zeugen als zweihundert.«

»Ich habe dir einen besorgt.«

»Richtig. Aber die Menschen sehen das, worauf sie geeicht sind. Ich will dir mal sagen, was im Sommer 1996 passiert ist. Drei Wochen vor TWA 800 wurde ein Bombenanschlag auf die Khobar Towers, den Sitz des US-Militärs in Saudi-Arabien, verübt. Das FBI war wegen der Olympischen Sommerspiele in Atlanta in höchster Alarmbereitschaft, und in den Nachrichten war ständig von möglichen Anschlägen durch den Iran und ein Dutzend unterschiedlicher Terrorgruppen die Rede. Was also war das erste, das du gedacht hast, als TWA 800 abgestürzt ist? Das erste, was ich wahrscheinlich gedacht habe, daß es ein Terroranschlag war – und damals haben wir uns noch nicht mal gekannt.«

»Wir dachten das, was über zweihundert Menschen nach eigener Aussage tatsächlich sahen«, erwiderte sie. »Das war keine Massenhalluzination.«

»Richtig. Aber es hätte eine optische Täuschung sein können.«

»John, ich habe ein Dutzend Augenzeugen vernommen, und meine Kollegen haben zweihundert weitere vernommen. So viele Leute können nicht der gleichen optischen Täuschung aufsitzen.«

Ich gähnte und sagte: »Ich danke dir für einen interessanten Tag. Es ist spät, und ich bin müde.«

Sie stand auf und fuhr mir mit den Fingern durch die Haare. »Halte mich noch ein Weilchen wach«, sagte sie.

Ich kam plötzlich wieder zu Kräften, wuchtete mich aus dem La-Z-Boy und ging schnurstracks ins Schlafzimmer.

Wir gingen ins Bett und liebten uns mit viel Inbrunst, wie man es macht, wenn man überdreht ist und nach einem harten und frustrierenden Tag ein bißchen überschüssige Energie ablassen will. Das zumindest war etwas, das wir im Griff hatten, etwas, das wir zu einem glücklichen Ende bringen konnten.

13

Am nächsten Morgen saßen wir in der Küche – ich in meinem verlotterten Bademantel, Kate noch immer in ihrem sexy Teddy –, tranken Kaffee und lasen die Zeitung. Strahlender Sonnenschein fiel durch die Fenster.

Als Robin ausgezogen war, hatte ich die *Times* abbestellt und die *Post* abonniert, in der alles steht, was ich an Nachrichten brauche, aber seit Kates Einzug ist die *Times* wieder da.

Ich trank einen Schluck Kaffee und las in der *Times* einen Bericht über die Gedenkfeier, an der wir gestern teilgenommen hatten. Der Artikel begann mit: »Fünf Jahre, nachdem Trans World Airlines-Flug 800 in brennenden Trümmern vom Himmel fiel und hier in der Nähe ins Meer stürzte, begaben sich die Angehörigen von einigen der 230 Menschen, die bei dem Absturz starben, auf ihre alljährliche Pilgerfahrt ans East End von Long Island, um zu beten und der Toten zu gedenken.

Sie kamen, um nahe dem letzten Ort zu sein, an dem ihre Freunde und Liebsten noch lebten. Sie kamen, um die grünen Wellen an den Strand wogen zu sehen. Sie kamen, um das rot-weiße Haus der Küstenwache zu sehen, das ein Stück weiter in East Moriches steht, zu dem die Leichen der Opfer gebracht wurden.«

Und weiter ging es in dem krampfhaft schwülstigen Text: »Beim ersten Gedenkgottesdienst hier, nur Tage nach dem schockierenden Absturz und inmitten der allgemeinen Unsicherheit, ob er durch einen technischen Defekt oder durch eine Bombe verursacht worden war, hatte lähmende Stille geherrscht … Viele konnten nur ins Wasser waten und eine Blume hineinwerfen, mehr nicht.«

Weiter unten las ich: »Sie müssen sich sogar mit Verrückten herumschlagen, sagte Frank Lombardi, der den Angehörigen Beistand leistet. In den letzten Tagen, so sagte er, seien die Familien von einem Mann angerufen worden, der gesagt habe, er wisse, wer der Terrorist sei, der die Maschine abgeschossen habe. ›Und wenn sie ihm 300 000 $ in bar geben, dann würde er ihnen verraten, wer es war‹, sagte Mr. Lombardi. ›Ist das nicht abartig? Es ist unglaublich, daß jemand ein derart übles Spiel mit den Gefühlen dieser Menschen treibt.‹ (Die nationale Verkehrssicherheitskommission kam zu dem Schluß, daß eine Explosion in einem Treibstofftank, möglicherweise durch einen Kurzschluß ausgelöst, den Absturz verursachte.)«

Ich las den Artikel zu Ende und gab Kate die Zeitung, die sie schweigend las. Sie blickte auf und sagte: »Manchmal denke ich, ich bin eine dieser Verrückten, wenn auch mit besten Absichten.«

»Übrigens«, fragte ich sie, »wie hieß das Hotel, in dem das Pärchen möglicherweise abgestiegen ist?«

Sie erwiderte: »Alles, was du gestern gesehen und gehört hast, ist öffentlich zugänglich oder, wie bei Captain Sprucks Aussage, aufgrund des Rechts auf Informationsfreiheit jederzeit in Erfahrung zu bringen. Der Name dieses Hotels existiert offiziell nicht.«

»Aber wenn es so wäre, wie hieße es dann?«

»Es hieße Bayview Hotel, in Westhampton Beach«, erwiderte sie.

»Und was hast du in diesem Hotel erfahren?«

»Wie schon gesagt, ich war gar nicht in dem Hotel. Das war nicht mein Fall.«

»Wie hast du dann erfahren, wie das Hotel heißt?«

»Ich habe von mir aus ein paar örtliche Hotels und Motels angerufen und mich nach einer fehlenden Decke erkundigt. Viele Leute, die ich anrief, sagten, das FBI sei bereits dagewesen und habe ihnen eine Decke gezeigt. Ein Typ im Bayview Hotel sagte, er habe dem FBI mitgeteilt, daß ihm eine Decke fehlte und daß es sich bei der, die man ihm zeigte, möglicherweise um diese Decke handeln könnte, aber sicher sei er sich nicht.«

Ich nickte und fragte: »Und das ist alles, was bei dieser Spur rausgesprungen ist?«

»Der Typ im Bayview hat gesagt, das FBI habe sich die Anmeldekarten seiner Gäste, die Kreditkartenbelege und seinen Computer vorgenommen und die Mitarbeiter befragt.« Sie fügte hinzu: »Er versicherte mir, daß er dies, wie angewiesen, gegenüber keiner Menschenseele erwähnen würde. Dann fragte er mich, ob wir die Typen gefunden hätten, die die Rakete abgefeuert hätten.«

»Noch nicht. Wie heißt der Typ?«

»Leslie Rosenthal. Direktor des Bayview Hotel.«

»Warum bist du der Sache nicht weiter nachgegangen?«

»Na ja, wenn man einen Treffer landet, trifft's einen manchmal selber. Mr. Rosenthal, aber vielleicht war's auch jemand anders vom Hotelpersonal, mit dem ich telefoniert habe, rief seine Kontaktperson beim FBI an, oder das FBI hat möglicherweise von sich aus nachgehakt – jedenfalls werde ich am nächsten Tag in ein Büro im achtundzwanzigsten Stock von Federal Plaza Nummer 26 zitiert, in dem ich noch nie gewesen bin. Zwei Typen vom OPR, die ich vorher noch nie gesehen hatte und seither auch nicht mehr gesehen habe, erklärten mir, daß ich in diesem Fall meine Dienstbefugnisse überschritten hätte.«

Ich nickte. Das OPR ist das Office of Professional Responsibility beim FBI, also das Büro für dienstliches Verantwortungsbewußtsein, was ganz nett klingt, tatsächlich aber eine lupenreine Orwellsche Bezeichnung ist. Das OPR ist vergleichbar mit der Abteilung für interne Angelegenheiten bei der New Yorker Polizei: Schnüffler, Spitzel und Spione. Ich hatte zum Beispiel keinerlei Zweifel, daß Mr. Liam Griffith ein OPR-Typ war. »Haben dir diese Typen eine Versetzung nach North Dakota angeboten?« sagte ich zu Kate.

»Das wäre sicher eine Möglichkeit gewesen. Aber sie blieben ganz ruhig und versuchten das Ganze als kleinen Ermessensirrtum meinerseits hinzustellen. Sie lobten mich sogar für meine Initiative.«

»Bist du befördert worden?«

»Man hat mir höflich, aber nachdrücklich empfohlen, daß ich mich einordnen sollte. Sie teilten mir mit, daß andere Agenten mit dieser Spur befaßt seien und daß ich mit der Vernehmung der Augenzeugen fortfahren und mich mit dieser Aufgabe begnügen sollte.«

»Du bist gut davongekommen. Einer meiner Vorgesetzten hat mal einen Briefbeschwerer nach mir geschmissen.«

»Wir sind da ein bißchen subtiler. Auf jeden Fall habe ich den Wink verstanden, und ich wußte auch, daß ich auf etwas gestoßen war.«

»Und warum bist du der Sache dann nicht weiter nachgegangen?«

»Weil ich mich an meine Befehle gehalten habe. Hast du nicht gehört, was ich gesagt habe?«

»Ach, die wollten dich bloß auf die Probe stellen, um zu sehen, aus welchem Holz du geschnitzt bist. Die wollten von dir hören, daß du die Sache nicht fallenläßt.«

»Yeah, richtig.« Sie dachte einen Moment lang nach und sagte: »Zu dem Zeitpunkt habe ich logischerweise angenommen, wenn irgendwas dabei herauskäme, würde das in einem internen Memo auftauchen, gefolgt von einer Pressekonferenz. Vor fünf Jahren dachte ich nicht an eine Verschwörung oder ein Vertuschungsmanöver.«

»Jetzt aber schon.«

Sie ging nicht darauf ein, sondern sagte zu mir: »Jeder, der mit diesem Fall befaßt war, war tief betroffen, aber ich wußte, daß die Leute, die die Augenzeugen vernahmen, auf besondere Weise betroffen waren. Wir waren die einzigen, die mit den Leuten sprachen, die diesen Vorfall gesehen hatten, über zweihundert Personen, die etwas beschrieben, was ihrer Meinung nach eine Rakete oder ein Flugkörper gewesen sein könnte, und keiner von uns konnte das, was wir von den Zeugen gehört hatten, mit dem Abschlußbericht oder der CIA-Animation in Einklang bringen.« Und sie fügte hinzu: »Die Bosse bei der ATTF hatten einige Schwierigkeiten mit den Leuten, die die Vernehmungen durchgeführt haben, und ich war nicht die einzige, die in dieses Büro zitiert wurde.«

»Interessant. Wie seid ihr bei den Vernehmungen vorgegangen?« fragte ich.

»Anfangs war es das reinste Chaos«, erwiderte Kate. »Innerhalb von vierundzwanzig Stunden wurde eine Task Force aus Hunderten von New Yorker Polizisten und FBI-Mitarbeitern von Manhattan an die Ostküste von Long Island verfrachtet. Es gab nicht genügend Unterkünfte, daher schliefen einige Agenten in ihren Autos, andere in den Anlagen der Küstenwache, wo man Schlafsäle eingerichtet hatte, und einige Agenten fuhren abends nach Hause, wenn sie in der Nähe wohnten. Ich habe zwei Nächte lang mit vier anderen Frauen in einem Büro der

Küstenwachstation an der Moriches Bay geschlafen, bis man für mich und einen anderen FBI-Agenten ein Hotelzimmer besorgte.«

»Wer war das?«

»Frage mich nicht nach den Namen der Leute, mit denen ich gearbeitet habe.«

Eigentlich wollte ich die Namen von FBI-Leuten gar nicht erfahren, da die sowieso nicht mit mir sprechen würden. Aber beim NYPD sah die Sache anders aus. »Hast du direkt mit jemand vom NYPD zusammengearbeitet?«

»Mit ein paar Leuten, anfangs.« Und sie fuhr fort: »Wir hatten es zunächst mit über siebenhundert guten Zeugen zu tun und mit rund hundert, bei denen wir uns nicht ganz schlüssig waren. Und am Anfang konnten wir nicht gleich feststellen, welche Zeugen einen Lichtschweif und welche Zeugen nur die Explosion gesehen hatten. Schließlich haben wir die Zeugen nach ihrer Glaubwürdigkeit und aufgrund dessen, was sie von dem Absturz sahen, eingeteilt. Innerhalb von ein paar Tagen hatten wir über zweihundert Zeugen, die behaupteten, sie hätten einen Lichtschweif gesehen.«

»Und das waren die Zeugen, die das FBI vernommen hat?«

»Richtig. Aber anfangs, in dem ganzen Durcheinander, bekam das NYPD eine Menge guter Zeugen, und das FBI bekam eine Menge schlechter Zeugen.«

»Eine schreckliche Vorstellung.«

Ohne darauf einzugehen, fuhr sie fort: »Wir bekamen das auf die Reihe, und die Zeugen, die den Lichtschweif gesehen hatten, wurden nur vom FBI vernommen. Danach wurden die handverlesenen Zeugen – etwa zwanzig Personen, die darauf beharrten, daß sie einen Lichtschweif aus dem Ozean hätten aufsteigen sehen, wie zum Beispiel Captain Spruck – an eine höhere Abteilung des FBI weitergereicht.«

»Und an die CIA. Zum Beispiel an Ted Nash.«

»Allem Anschein nach.«

»Hatte irgendeiner dieser Zeugen einen Unfall?«

Sie lächelte. »Nicht einer.«

»Tja, da geht meine Theorie dahin.«

Ich dachte darüber nach, und mir wurde etwas klar, das ich aufgrund meiner jüngsten Erfahrungen und Beobachtungen ohnehin wußte: Die Detectives des NYPD, die in Diensten der Antiterror-Task Force standen, wurden meistens mit der anfänglichen Laufarbeit betraut. Wenn sie auf etwas stießen, gaben sie das an einen FBI-Agenten weiter. So gefiel es Gott.

Ich sagte zu Kate: »Ich gehe jede Wette ein, daß die Leute – sowohl vom NYPD als auch vom FBI –, die die Vernehmungen durchgeführt und mit Menschen gesprochen haben, die diesen Lichtstreif sahen, den Kern der Gruppe bilden, die nicht daran glaubt, daß es ein Unglück war.«

»Es gibt keine Gruppe.« Sie stand auf und ging ins Schlafzimmer, um sich für die Arbeit anzuziehen.

Ich trank meinen Kaffee aus und begab mich ebenfalls ins Schlafzimmer.

Ich schnallte meine 9mm Glock um, die mir gehört und eine Kopie meiner alten Dienstwaffe von der Polizei ist. Kate schnallte ihre Glock um, eine FBI-Dienstwaffe mit 40er Kaliber. Ihre ist schwerer als meine, aber ich fühle mich sehr sicher, daher stört mich das nicht besonders.

Wir zogen unsere Jacketts an, sie schnappte sich ihren Aktenkoffer, ich schnappte mir den Sportteil der *Post*, dann verließen wir das Apartment.

Vor meinem inneren Auge sah ich sechs Typen vom

OPR an der Federal Plaza Nummer 26, die ihre Knöchel knacken ließen, während sie auf uns warteten.

14

Alfred, unser Portier, besorgte uns ein Taxi, und wir traten die halbstündige Fahrt zu unserem Arbeitsplatz an der Federal Plaza 26 in Lower Manhattan an. Es war neun Uhr morgens, und an diesem warmen, sonnigen Julitag lichtete sich der Berufsverkehr allmählich.

Wir sollen in einem Taxi nicht über vertrauliche Dinge sprechen, vor allem dann nicht, wenn der Fahrer Abdul heißt, wie dieser Typ, dessen Name auf seiner Taxilizenz stand, deshalb fragte ich Abdul aus reinem Zeitvertreib: »Wie lange sind Sie schon in diesem Land?«

Er warf mir einen kurzen Blick zu und erwiderte dann: »Oh, etwa zehn Jahre, Sir.«

»Was ist Ihrer Meinung nach mit TWA-Flug 800 passiert?«

»John«, sagte Kate.

Ich beachtete sie nicht und wiederholte die Frage.

Abdul antwortete zögernd: »Oh, was für eine schreckliche Tragödie war das.«

»Richtig. Glauben Sie, die Maschine wurde von einer Rakete abgeschossen?«

»Ich weiß es nicht, Sir.«

»Ich glaube, die Israelis haben sie abgeschossen und es so hingestellt, als wären es die Araber gewesen. Was halten Sie davon?«

»Na ja, das ist schon möglich.«

»Genau wie bei dem Bombenanschlag auf das World Trade Center.«

»Möglich ist es.«

»John.«

»Sie glauben also«, sagte ich zu Abdul, »daß es eine Rakete war.«

»Na ja ... viele Leute haben diese Rakete gesehen.«

»Und wer könnte eine so leistungsstarke Rakete haben?«

»Ich weiß es nicht, Sir.«

»Die Israelis. Genau die.«

»Na ja, möglich ist es.«

»Was steht denn in Ihrer arabischen Zeitung da vorn auf dem Sitz?«

»Oh ... ja, da wird der Jahrestag dieser Tragödie erwähnt.«

»Was schreiben sie darüber? Ein Unfall durch das amerikanische Militär? Oder waren es die Juden?«

»Sie sind sich nicht ganz sicher. Sie trauern um die Toten und suchen nach Erklärungen.«

»Yeah, ich auch.«

»Okay, John«, sagte Kate.

»Ich versuche mich ja nur ein bißchen warmzulaufen.«

»Warum versuchst du nicht ein bißchen den Mund zu halten?«

Schweigend fuhren wir in Richtung Federal Plaza 26, und ich las den Sportteil.

Die Bundesregierung und all ihre Bediensteten haben sehr viel Feingefühl, was die Rechte und das Wohlbefinden sämtlicher Minderheiten, frischgebackener Einwanderer, amerikanischer Ureinwohner, Hundewelpen, Wälder und gefährdeter Schleimklumpenarten angeht. Mir hingegen geht dieses Feingefühl ab, und mein progressives Denkvermögen ist irgendwann um die Zeit stehengeblieben, als die Dienstvorschriften für die Polizei umgeschrieben wurden und man fortan kein Geständnis mehr aus einem Verdächtigen rausprügeln durfte.

Jedenfalls kommunizierten Special Agent Mayfield und ich miteinander, wenn auch nicht auf der gleichen Wellenlänge, und mir war im letzten Jahr aufgefallen, daß wir auch voneinander lernten. Sie gebrauchte das S-Wort häufiger und bezeichnete immer mehr Leute als Arschlöcher, während ich mehr Einfühlungsvermögen in die inneren Nöte von Leuten entwickelte, die Scheißkerle und Arschlöcher waren.

Wir kamen zur Federal Plaza 26, wo ich Abdul bezahlte und ihm fünf Dollar Trinkgeld gab, weil ich ihn so in die Klemme gebracht hatte.

Wir betraten das Foyer des vierzigstöckigen Gebäudes durch den Eingang am Broadway und gingen zu den Sicherheitsaufzügen.

Federal Plaza beherbergt einen ganzen Wust von Regierungsbehörden, die reinste Buchstabensuppe, deren eine Hälfte die Steuern eintreibt, damit sie die andere Hälfte ausgeben kann. Die Stockwerke zweiundzwanzig bis achtundzwanzig, in denen sich die Büros diverser Polizei- und Nachrichtendienste befinden, sind nur über spezielle Aufzüge zu erreichen, die durch dickes Plexiglas, hinter dem Wachposten stehen, vom Foyer getrennt sind. Ich zeigte dem Wachmann meinen Ausweis viel zu schnell vor, als daß er ihn hätte sehen können – ich mache das immer so –, und gab dann einen Zifferncode in das Tastenfeld ein, worauf sich die Plexiglastür öffnete.

Kate und ich traten ein und gingen zu den sieben Aufzügen, die zu den Stockwerken zweiundzwanzig bis achtundzwanzig führen. Keiner der Wachmänner wollte sich unsere Ausweise genauer ansehen.

Wir stiegen in einen leeren Aufzug und fuhren in den sechsundzwanzigsten Stock. »Sei darauf gefaßt, daß wir getrennt in das Büro von jemand zitiert werden.«

»Wieso? Meinst du, man ist uns gestern abend gefolgt?«

»Wir werden's erfahren.«

Die Fahrstuhltür öffnete sich im sechsundzwanzigsten Stock. In dem kleinen Foyer waren keine Wachmänner, und vielleicht war das auch nicht nötig, wenn man schon so weit gekommen war.

Allerdings waren Überwachungskameras an der Decke angebracht, aber derjenige, der die Monitore beaufsichtigte, verdiente wahrscheinlich sechs Kröten die Stunde und hatte keinen Schimmer, auf was oder wen er achten sollte. Vorausgesetzt er war wach.

Allerdings mußten Kate und ich erneut einen Ziffern-code in ein Tastenfeld eingeben, um auf unseren Flur zu gelangen.

Die Sicherheitsvorkehrungen für die Stockwerke zweiundzwanzig bis achtundzwanzig an der Federal Plaza 26 waren also, um fair zu sein, gut, aber nicht hervorragend. Ich meine, ich hätte auch ein Terrorist sein können, der Kate eine Knarre in den Rücken rammte, und ich war ohne allzuviel Mühe in diesen Flur gelangt.

Genaugenommen waren die Sicherheitsvorkehrungen hier wie auch wahrscheinlich überall sonst in den letzten zwei Jahrzehnten trotz eindeutiger Hinweise, daß ein Krieg im Gang war, kaum verbessert worden.

Die Öffentlichkeit nahm nur am Rande war, daß wir uns im Krieg befanden, und den Regierungsbehörden, die diesen Krieg führen sollten, war weder offiziell noch von anderer Seite in Washington erklärt worden, daß das, was auf der Welt vor sich ging, tatsächlich ein Krieg gegen die Vereinigten Staaten und ihre Verbündeten war.

Washington und die Medien hatten sich dazu entschlossen, jeden Terroranschlag als ein einzelnes Vorkommnis zu betrachten, das in kaum einem oder gar keinem Zusammenhang zu anderen stand, obwohl jeder Beschränkte oder Politiker, wenn er lang genug darüber nachdachte, ein gewisses Muster erkennen konnte. Jemand mußte die Truppen sammeln, beziehungsweise irgendein Vorkommnis mußte so viel Aufsehen erregen, daß jeder aufwachte.

Zumindest war das meine Meinung, die ich mir in dem einen kurzen Jahr gebildet hatte, in dem ich hier war, wobei ich den Vorteil hatte, ein Außenseiter zu sein. Cops achten auf bestimmte Muster, die auf einen Serienkiller oder organisiertes Verbrechen hindeuten. Die FBIler hingegen betrachteten Terroranschläge als das Werk desorganisierter Gruppen von Unzufriedenen oder psychopathischer Einzeltäter.

Aber genau das war es nicht; es war etwas weitaus Bedrohlicheres, gut geplant und organisiert von Leuten, die bis spät in die Nacht aufbleiben und lange Listen mit allerlei Sachen aufschrieben, mit denen sie uns fertigmachen konnten.

Meine Meinung war allerdings nicht weit verbreitet und wurde von vielen der Leute, die in den Stockwerken zweiundzwanzig bis achtundzwanzig arbeiteten, nicht geteilt, und wenn doch, dann vertrat jedenfalls niemand diesen Standpunkt in einem Memo oder brachte ihn bei einer Besprechung vor.

Ich blieb bei einem Wasserspender stehen, schlürfte ein paar Schluck und sagte zu Kate: »Wenn wir von einem

Boß oder dem OPR befragt werden, ist es am besten, wenn wir die Wahrheit sagen und nichts als die Wahrheit.«

Sie erwiderte nichts.

»Wenn du lügst, werden deine und meine Lügen nicht übereinstimmen. Nur die ungeschönte Wahrheit bewahrt uns davor, daß wir uns einen Anwalt nehmen müssen.«

»Das weiß ich. Ich bin Anwältin. Aber –«

»Wasser?« bot ich ihr an. »Ich halte den Hebel.«

»Nein danke. Schau –«

»Ich drücke dein Gesicht nicht ins Wasser. Ich versprech's.«

»John, du kannst mich mal, und werde endlich erwachsen. Hör mal, wir haben doch gar nichts angestellt.«

»Genau das ist unsere Story, und an die halten wir uns. Was wir letzte Nacht gemacht haben, geschah nur deshalb, weil wir engagierte und allzeit bereite Agenten sind. Wenn du befragt wirst, hast du keinerlei Schuldgefühle, und du wirkst und benimmst dich auch nicht so. Tu so, als wärst du stolz auf dein Pflichtbewußtsein. Damit verwirrst du sie.«

»So spricht ein echter Soziopath.«

»Ist das gut oder schlecht?«

»Das ist nicht komisch.« Und sie fügte hinzu: »Man hat mir vor fünf Jahren ausdrücklich erklärt, daß ich mich nicht in diesen Fall einmischen soll.«

»Du hättest darauf hören sollen.«

Wir gingen weiter, und ich sagte zu ihr: »Meiner Einschätzung nach legen sie nicht gleich los, wenn sie uns auf dem Kieker haben. Die werden uns im Auge behalten, zusehen, was wir machen und mit wem wir reden.«

»Bei deinem Gerede komme ich mir vor wie eine Kriminelle.«

»Ich sage dir bloß, wie du mit dem, was du angeleiert hast, umgehen sollst.«

»Ich habe gar nichts *angeleiert.*« Sie schaute mich an und sagte: »John, es tut mir leid, wenn ich dich –«

»Mach dir darüber keine Gedanken. Ein Tag ohne Ärger ist für John Corey wie ein Tag ohne Sauerstoff.«

Sie lächelte und küßte mich auf die Wange, dann ging sie zu ihrem Arbeitsplatz in der großen Legebatterie mit den vielen Kabuffs und grüßte unterwegs ihre Kollegen.

Mein Arbeitsplatz war auf der anderen Seite des Raums – abseits von den FBI-Typen –, inmitten meiner Kollegen vom NYPD, teils Detectives im aktiven Dienst, teils ausgeschiedene Contract Agents wie ich.

Während ich dort die Gesellschaft von Leuten meines Schlags genoß, kündete diese räumliche Trennung von FBI und NYPD von einer Kluft zwischen den Kulturen, die weitaus breiter war als drei Meter Teppichboden.

Hier zu arbeiten war schon schlimm genug, als ich noch keine Ehefrau auf der hochbesoldeten Seite des Raumes hatte, und ich brauchte dringend eine Abgangsstrategie, aber ich wollte nicht einfach den Dienst quittieren. Wenn ich in TWA 800 herumstocherte, wurde ich möglicherweise gefeuert, was mir nur recht war und sich für Kate nicht so darstellen würde, als wollte ich mich aus unserem schönen Arbeitsverhältnis herausmogeln, das sie aus irgendeinem sonderbaren Grund gut fand. Ich meine, ich bringe jeden, den ich kenne, in Verlegenheit, manchmal sogar andere Polizisten, aber Kate schien auf irgendeine verquere Art stolz darauf zu sein, mit einem der Problemcops im sechsundzwanzigsten Stockwerk verheiratet zu sein.

Vielleicht war das von ihrer Seite aus einfach eine Art Rebellion, mit der sie Jack Koenig, dem FBI-VSA – Verantwortlicher Special Agent beim FBI, manchmal von den

Detectives der Polizei auch liebevoll als VAG bezeichnet (Verantwortliche Arschgeige) –, und auch den anderen Bossen klarmachen konnte, daß sie noch nicht ganz domestiziert war.

Tja, das waren meine tiefgründigen Gedanken an diesem Tag, und es war noch nicht mal zehn.

Ich zog meinen Schlips zurecht und dachte über einen passenden Gesichtsausdruck nach. Mal sehen ... ich steckte möglicherweise bis zu den Ohren in der Scheiße, deshalb sollte ich meiner Meinung nach möglichst frisch und frohgemut wirken.

Ich kriegte die richtige Miene hin und schlenderte zu meinem Schreibtisch.

15

Ich grüßte meine Kollegen namentlich, hängte meine Anzugjacke an einen Haken im Kabuff und ließ mich an meinem Arbeitsplatz nieder.

Ich schaltete meinen Computer ein, gab mein Paßwort ein und las meine E-Mails, hauptsächlich interne Memos. Manchmal tauchte eine Art Orwellsche Mitteilung am Bildschirm auf, die einen vor einem neuen Gedankenverbrechen der Regierung warnte.

Ich hörte meinen Anrufbeantworter ab, auf dem eine Nachricht von einem palästinensisch-amerikanischen Informanten war, Codename Gerbil, der sagte, er hätte eine wichtige Mitteilung für mich, über die er am Telefon nicht reden könnte.

Mr. Emad Salameh war genaugenommen eine nahezu nutzlose Informationsquelle, und ich kam nie recht dahinter, ob er sich nur wichtig vorkommen wollte, ob er ein Doppelagent war oder ob er nur ab und zu zwanzig Kröten extra brauchte. Vielleicht mochte er mich einfach. Ich wußte, daß er auf italienisches Essen stand, weil er immer ein italienisches Restaurant aussuchte, in dem ich ihm dann ein Mittag- oder Abendessen spendieren durfte.

Die beiden letzten Anrufer hatten einfach aufgelegt, so daß auch ihre Nummern nicht angegeben waren, was mich immer neugierig macht.

Ich blätterte ein paar Papiere auf meinem Schreibtisch durch.

Die größte Herausforderung bei diesem Job besteht darin herauszufinden, was man machen soll. Wie ein weiser Mann (ich) mal sagte: »Der Haken beim Nichtstun ist, daß man nicht weiß, wann man fertig ist.«

Bei der Mordkommission hat man immer eine ganze Ladung unerledigter alter und aktueller Mordfälle, während man bei Terroranschlägen die Tat vorauszusehen versucht.

Nach dem Fall Asad Khalil vor einem Jahr wurde ich einem Spezialteam zugeteilt, dem auch Kate angehörte und dessen einziger Auftrag darin bestand, diesen Fall weiterzuverfolgen.

Aber nach einem Jahr waren uns die Hinweise und Anhaltspunkte ausgegangen, und die Spur war kalt. Da er das Geld der Regierung nicht verschwenden wollte, hatte unser Boß, Jack Koenig, Kate, mir und den anderen Agenten im Team unterschiedliche Aufgaben zugeteilt.

Ich war von der Antiterror-Task Force eigens als Spezialist für Mordfälle angeheuert worden, nur für den Fall, daß sich ein terrorbedingter Mord ereignete, was seit dem

Fall Asad Khalil nicht passiert war. Daher war ich jetzt hauptsächlich mit Observierungsaufgaben beschäftigt, was die meisten NYPD-Typen für das FBI machten. Kate war mit Gefahrenanalyse befaßt, was immer das auch bedeuten mochte.

Das Spezialteam hatte einst ein eigenes kleines Zimmer nahe der Kommando- und Kontrollzentrale gehabt, in dem wir auf engstem Raum zusammenarbeiteten und Kate mir am Schreibtisch gegenübersaß, so daß ich jeden Tag in ihre wunderschönen blauen Augen schauen konnte. Aber jetzt waren wir getrennt, und ich mußte Harry Muller anschauen, einen ehemaligen Mitarbeiter der Nachrichtendienstlichen Einheit des NYPD. »Harry«, sagte ich zu ihm, »was ist ein gemäßigter Araber?«

Er blickte zu mir auf. »Was?«

»Ein Typ, dem die Munition ausgegangen ist.«

Er kicherte und sagte: »Den hast du mir schon mal erzählt.« Dann riet er mir: »Du mußt aufpassen, was du sagst. Was ist der Unterschied zwischen einem arabischen Terroristen und einer Frau mit PMS?«

»Was denn?«

»Mit einem arabischen Terroristen kann man vernünftig reden.«

Ich kicherte ebenfalls und sagte: »Den habe ich dir auch erzählt. Zwei Dienstvergehen. Rassistische *und* sexistische Verunglimpfung.«

Die arabische und moslemische Bevölkerung von New York, darauf sollte ich hinweisen, besteht zu achtundneunzig Prozent aus aufrechten und redlichen Bürgern, und ein Prozent sind nützliche Idioten für das andere Prozent, das die schlimmen Finger stellen.

Ich überwache und vernehme hauptsächlich die nützlichen Idioten, und wenn ich einen Hinweis auf die richtig schlimmen Finger kriege, gebe ich ihn ans FBI weiter, das manchmal die CIA verständigt, die ihrerseits das FBI verständigen soll, wenn man auf interessante Hinweise stößt. Aber in Wirklichkeit halten sie sich gegenseitig nicht auf dem laufenden und mich schon gar nicht. Das ist ziemlich frustrierend, und es war einer der Gründe dafür, daß mir dieser Job nicht mehr gefiel, seit Koenig das Spezialteam praktisch aufgelöst hatte. Vielleicht war es auch einer der Gründe, weshalb Kate mir den Absturz von TWA 800 vor die Nase gesetzt und ich prompt angebissen hatte.

Auch die CIA hat Agenten zur ATTF abgestellt, wie zum Beispiel den verblichenen Ted Nash, aber man sieht nicht viele von ihnen; sie haben ihre Büros in einem anderen Stockwerk, beziehungsweise auf der anderen Straßenseite, am Broadway 290, und sie steigen je nach Bedarf und Lage ein und wieder aus. Ich freue mich immer am meisten, wenn sie aussteigen, und im Moment schienen sie sich rar zu machen.

»Was hast du gestern gemacht?« fragte mich Harry.

»Ich war bei der Gedenkfeier für TWA 800 draußen auf Long Island.«

»Warum?«

»Kate hat an dem Fall mitgearbeitet. Sie geht jedes Jahr hin. Warst du auch mit dem Fall befaßt?«

»Nein.«

»Aber da hättest du was erleben können. Fünfhundert Leute haben sich an dem Fall den Arsch aufgerissen, und dann stellt sich raus, daß es ein technischer Defekt war.«

Harry erwiderte nichts.

»Manchmal werden wir bei diesem Job zu paranoid«, fügte ich hinzu.

»Wir sind nicht paranoid genug.«

»Richtig. Woran arbeitest du?« fragte ich.

»Irgendeine dämliche arabische Wohlfahrtsorganisation draußen in Astoria«, erwiderte er. »Sieht so aus, als ob sie irgendeiner Terrortruppe in Übersee Geld zukommen lassen.«

»Ist das illegal?«

Er lachte. »Wie zum Teufel soll ich das wissen? Ich nehme an, daß Illegales dabei ist, daß sie für eine bestimmte Sache Geld sammeln und irgendwas anderes damit machen. Das verstößt gegen irgendein Bundesgesetz. Der Haken dabei ist, daß das Geld angeblich an eine anerkannte Wohlfahrtsorganisation in Übersee geht, und *danach* fließt es an irgendeine Stelle, wo es nicht hingehört. Das ist so ähnlich, wie wenn ich versuche, aus dem Scheckheft meiner Frau schlau zu werden. Aber die Finanzexperten beim FBI finden das faszinierend. Was machst du?«

»Ich mache einen Einführungskursus über islamische Kultur.«

Er lachte wieder.

Ich wandte mich dem Zeug auf meinem Schreibtisch zu. Ich mußte allerhand Memos lesen, abzeichnen und weiterleiten, was ich tat.

Die interessanten Akten – was die FBIler als Dossiers bezeichnen – waren im Archiv eingeschlossen, und wenn ich eine brauchte, mußte ich ein Formular ausfüllen, das von Unbekannten bearbeitet und entweder abgelehnt oder mitsamt dem Dossier an mich zurückgeleitet wurde.

Ich bin Geheimnisträger, habe aber nur begrenzten Zugang zu Informationen, daher mußte ich mich mit dem Fall Khalil bescheiden, beziehungsweise den Fällen, zu denen ich abgestellt wurde. Dadurch ist es schwierig festzustellen, ob der eine Fall irgendwas mit einem andern zu tun hat. Aus Sicherheitsgründen, beziehungsweise zur Revierabsicherung, war alles streng unterteilt und voneinander abgeschottet, was meiner bescheidenen Meinung nach eine große Schwäche im nachrichtendienstlichen Gewerbe war. Bei der Polizei kann sich jeder Detective, der einen Verdacht und ein gutes Gedächtnis in bezug auf irgendeinen Fall oder Täter hat, praktisch jede Akte beschaffen.

Aber ich sollte keine negativen Vergleiche anstellen. Nichts zählt soviel wie der Erfolg, und bislang, toi, toi, toi, hatten die FBIler Amerika erfolgreich von den Frontlinien des globalen Terrorismus ferngehalten.

Bis auf einmal. Vielleicht auch zweimal. Möglicherweise sogar dreimal.

Das erste Mal, der Bombenanschlag auf das World Trade Center, war eine große Überraschung gewesen, aber so gut wie alle Beteiligten waren festgenommen, vor Gericht gestellt und lebenslänglich hinter Gitter geschickt worden.

Zwischen den Zwillingstürmen, genau über der Tiefgarage, in der die Bombe hochgegangen war, hatte man ein hübsches Granitdenkmal für die sechs Opfer der Explosion errichtet.

Dann war da die Explosion von TWA 800, die möglicherweise, vielleicht aber auch nicht, auf das Konto ausländischer Besucher ging.

Und dann war da noch der Fall Asad Khalil, bei dem es sich meiner Ansicht nach um einen Terroranschlag handelte, aber den die Regierung als eine Reihe von Morden hinstellte, begangen von einem Mann libyscher Herkunft, der einen persönlichen Rachefeldzug gegen etliche amerikanische Staatsbürger führte.

Das entsprach nicht ganz der Wahrheit, wie ich bestätigen kann, aber wenn ich das sagen würde, verstieße ich gegen das Gesetz, jedenfalls aufgrund einiger Eide und

Gelöbnisse, die ich abgelegt beziehungsweise unterschrieben habe und bei denen es ausnahmlos um die nationale Sicherheit und so weiter ging.

Die Welt der nationalen Sicherheit und der Terrorbekämpfung war wahrlich eine ganz andere Welt als die, die ich gewohnt war, und ich mußte mir jeden Tag aufs neue einreden, daß diese Leute wußten, was sie machten. Irgendwo in meinem ganz und gar unkomplizierten Hinterstübchen hatte ich allerdings gewisse Zweifel.

Ich stand auf, zog meine Jacke an und sagte zu Harry: »Piep mich an, wenn jemand eine Besprechung einberuft.«

»Wo willst du hin?«

»Auf einen gefährlichen Einsatz. Möglicherweise komme ich nicht zurück.«

»Wenn ja, kannst du mir dann ein polnisches Würstchen mit Brötchen mitbringen? Ohne Senf.«

»Ich tu mein Bestes.«

Ich brach rasch auf und warf einen kurzen Blick zu Kate, die auf ihren Computerbildschirm fixiert war. Ich fuhr mit dem Aufzug ins Foyer und ging hinaus auf die Straße.

Auch im Zeitalter der Handys sind noch ein paar Münztelefone übriggeblieben, und ich steuerte eins am Broadway an. Allmählich wurde es warm, und der Himmel bewölkte sich.

Ich nahm mein Handy, suchte Dick Kearns' Handynummer heraus und rief ihn dann per Münztelefon an.

Dick, ein alter Kollege von der New Yorker Mordkommission, war vor ein paar Monaten bei der ATTF ausgestiegen und war jetzt Zivilist, der auf Kontraktbasis Sicherheitsüberprüfungen für das FBI anstellte.

»Hallo«, meldete er sich.

»Sind dort die Kearns Investigative Services?«

»So ist es.«

»Ich glaube, meine Frau geht fremd. Kannst du sie beschatten?«

»Wer ist das? Corey? Du Arschloch.«

»Ich dachte, du machst Ehesachen.«

»Nein, aber in deinem Fall mach ich 'ne Ausnahme.«

»Hey, was machst du heute Mittag?« fragte ich.

»Bin beschäftigt. Was gibt's?«

»Was machst du jetzt?«

»Mit dir reden. Wo bist du?«

»Vor Federal Plaza 26.«

»Brauchst du mich gleich?«

»Jawohl.«

Er stockte kurz, dann sagte er. »Ich bin daheim. In Queens.« Und er fügte hinzu: »Ich arbeite daheim. Klasse Job. Solltest du dir auch überlegen.«

»Dick, ich kann nicht den ganzen Morgen lang quatschen. Können wir uns so schnell wie möglich in dem Laden in Chinatown treffen. Weißt du, in welchem?«

»One Hung Low?«

»Richtig. Neben dem Vietnamesen, der sich Phuc Yu nennt.« Ich hängte ein, entdeckte einen Imbißkarren und besorgte zwei polnische Würstchen mit Brötchen, eins ohne Senf.

Ich kehrte in die Federal Plaza 26 zurück und fuhr hinauf in mein Büro.

Ich gab Harry seine Polnische, ging in die Kaffeebar und holte mir eine Tasse schwarzen Kaffee. An der Wand hingen FBI-Fahndungsplakate in englisch und arabisch, darunter auch zwei mit Mr. Osama Bin Laden – eines wegen dem Anschlag auf die USS *Cole* und eines wegen der Anschläge auf die Botschaften in Kenia und Tansania.

Fünf Millionen Dollar Belohnung waren auf seinen Kopf ausgesetzt, aber bislang hatte sie noch keiner kassiert, was ich sonderbar fand. Für fünf Millionen Kröten würden die meisten Menschen ihren besten Freund und ihre Mutter verpfeifen.

Die andere sonderbare Sache war, daß sich Bin Laden noch nie zu irgendeinem der Anschläge bekannt hatte, die er angeblich angestiftet hatte. Die CIA war es, die auf ihn verwiesen hatte, aber ich fragte mich, woher die das so genau wissen wollten. Tatsache war, wie ich gestern mit Kate besprochen hatte, daß Terrorgruppen wie auch einzelne Terroristen offenbar nicht mehr mit ihrem Werk protzten, und das könnte auch bei der Explosion von TWA 800 der Fall gewesen sein.

Ich schaute mir das Gesicht von Osama Bin Laden auf dem Fahndungsplakat an. Ein unheimlich wirkender Typ. Genaugenommen sahen all diese Gentlemen aus dem Nahen Osten auf den rund ein Dutzend Fahndungspostern ringsum gruslig aus, aber möglicherweise sieht auf einem Fahndungsposter jeder aus wie ein Schwerverbrecher.

Ich starrte auf das Plakat von meinem alten Erzfeind Asad Khalil alias Der Löwe. Dieser Typ war der einzige, der einigermaßen normal wirkte – gepflegt und gutaussehend –, aber wenn man genau auf seine Augen schaute, dann bekam man das Gruseln.

Der Text unter Mr. Khalils Bild war eher vage und besagte lediglich, daß er in diversen Ländern mehrere Morde an Amerikanern und europäischen Staatsbürgern begangen hatte. Die vom Justizministerium ausgelobte Belohnung belief sich auf eine poplige Million, was ich als eine persönliche Beleidigung empfand, wenn man bedachte, daß dieser Drecksack versucht hatte, mich umzubringen, und immer noch auf freiem Fuß war.

Genaugenommen wäre Ted Nash noch mehr beleidigt gewesen, wenn er noch gelebt hätte, denn immerhin war es Asad Khalil, der ihm mit einem Scharfschützengewehr eine Kugel in den Schädel gejagt hatte.

Ich ging wieder an meinen Schreibtisch, setzte mich hin und schaltete den Computer ein. Ich ging ins Internet und tippte »TWA 800«.

Selbstverständlich überprüfen die Leute von der inneren Sicherheit manchmal, was man abruft, aber wenn sie mich überprüften, wußten sie bereits, worauf ich aus war.

Ich sah, daß es gut und gern eine Woche dauern konnte, sämtliche Eintragungen zu TWA 800 durchzugehen, deshalb klickte ich zunächst die Website von FIRO an und las eine halbe Stunde allerlei Verschwörungs- und Vertuschungstheorien.

Ich nahm mir ein paar andere Websites vor, dazu einige gutrecherchierte Artikel aus Zeitungen und Zeitschriften. Die älteren Artikel, so fiel mir auf, die innerhalb von sechs Monaten nach dem Absturz geschrieben worden waren, warfen eine Menge Fragen auf, die in den später geschriebenen Artikeln nicht beantwortet wurden, auch nicht von den Reportern, die diese Fragen zunächst aufgeworfen hatten.

Ich spürte, daß Harry mich anschaute, und blickte zu ihm auf.

»Ißt du die nicht?« fragte er mich.

Ich reichte ihm die Polnische über die niedrige Wand hinweg, die uns trennte, klinkte mich aus dem Internet aus und schaltete den Computer ab.

Ich zog meine Jacke an und sagte: »Ich komme zu spät zum Einführungskurs.«

Er kicherte.

Ich ging zu Kates Arbeitsplatz, worauf sie von ihrem

Computer aufblickte und den Text schloß, den sie gerade las, was darauf hindeutete, daß es sich um irgendwas handelte, das ich nicht lesen durfte, oder um eine E-Mail von ihrem Freund.

»Ich muß mich mit jemand treffen«, sagte ich zu ihr.

Die meisten Frauen würden fragen: »Mit wem?«, aber in diesem Gewerbe stellt man diese Frage nicht, daher fragte sie lediglich: »Wie lange?«

»Knapp eine Stunde. Wenn du wegkannst, können wir uns zum Lunch bei Ecco treffen. Um eins.«

Sie lächelte. »Abgemacht. Ich reserviere uns einen Tisch.«

Öffentlich ausgetauschte Zärtlichkeiten sind im Ministerium der Liebe nicht gern gesehen, daher salutierte ich nur und ging.

Ich verließ das Gebäude, kaufte mir an einem Zeitungsstand die *Daily News* und ging ein paar Straßen in Richtung Norden, nach Chinatown.

Viele Cops, aber auch FBI-Agenten haben Treffpunkte in Chinatown. Warum? Weil es leichter war, Leute zu entdecken, die einen möglicherweise verfolgten, es sei denn, diese Leute waren Chinesen. Außerdem war es billig. Ich hatte keine Ahnung, wo die CIA ihre aushäusigen Treffpunkte hatte, aber ich hatte den Yale Club im Verdacht. Jedenfalls war mir von Federal Plaza 26 aus allem Anschein nach niemand gefolgt.

Ich ging zunächst vorbei und kehrte dann zu dem kleinen chinesischen Restaurant namens Dim Sum Go zurück, das die New Yorker Polizei liebevoll in One Hung Low umgetauft hatte, und nahm in einer leeren Nische im hinteren Teil Platz, so daß ich die Tür im Blick hatte.

Das Restaurant sah aus, als wäre es einst der Hausflur des Mietshauses gewesen, in dem es sich befand. Es war ein Lokal, in dem ausschließlich Einheimische verkehrten, in dem nicht einmal die ahnungslosesten Touristen oder Trendsüchtigen aus Uptown Ausschau nach einem urbanen kulinarischen Abenteuer hielten. Vor allem aber war es vermutlich das einzige Chinarestaurant in New York, in dem es dank der Stammgäste vom NYPD Kaffee gab. Fehlten bloß noch die Donuts.

Es war noch nicht einmal Mittag, und der Laden war ziemlich leer, von ein paar Einheimischen abgesehen, die irgendein Zeug aus Schälchen tranken, das wie So-Long-Tee roch, und munter auf kantonesisch miteinander schnatterten, auch wenn das Pärchen in der Nische nebenan Mandarin sprach.

Ich habe mir das nur ausgedacht.

Eine außerordentlich schöne junge Chinesin bediente die Gäste, und ich betrachtete sie, als sie sich von Tisch zu Tisch begab, als schwebte sie in der Luft.

Sie kam auf mich zugeschwebt, wir lächelten uns an, und sie schwebte hinweg und wurde von einer alten Vettel abgelöst, die Schlafzimmerpantoffeln trug. Ich glaube, Gott treibt mitunter grausamen Schabernack mit verheirateten Männern. Ich bestellte einen Kaffee.

Die Alte schlurfte davon, und ich las den Sportteil der *Daily News*. Die Yankees hatten die Phillies letzten Abend im zwölften Inning vier zu eins geschlagen. Tino Martinez hatte im zwölften einen Lauf zum ersten Mal geschlagen, und Jorge Posada hatte einen doppelten Homerun hingelegt. Zu der Zeit war ich von Kate quer über ganz Long Island geschleift worden. Ich hätte das Spiel einschalten sollen – aber wer hätte schon gedacht, daß es in die Verlängerung ging?

In der Küche wurden die Geheimgerichte des Tages zubereitet, und ich meinte eine Katze, einen Hund und eine

Ente gehört zu haben, unmittelbar darauf dumpfe Schläge, dann Stille. Roch aber gut.

Ich las die Zeitung, trank meinen Kaffee und wartete auf Dick Kearns.

16

Dick Kearns kam durch die Tür, entdeckte mich und schüttelte mir die Hand, als er mir gegenüber in die Sitznische rutschte.

»Danke, daß du gekommen bist«, sagte ich.

»Keine Ursache. Aber ich muß um eins in Midtown sein.«

Dick war um die sechzig, hatte noch sämtliche Haare und Zähne, war immer schnieke gekleidet und machte auch heute keine Ausnahme.

»Hast du letzte Nacht die Yankees spielen sehen?« fragte ich.

»Yeah. Klasse Spiel. Hast du's gesehen?«

»Ich habe gearbeitet.« Ich fragte ihn: »Wie geht's Mo?«

»Der geht's gut. Früher hat sie immer über meine Überstunden bei der Mordkommission gemeckert, dann über die Überstunden bei der ATTF. Jetzt, wo ich daheim arbeite, hat sie was Neues, über das sie meckern kann. Sie hat zu mir gesagt: »In guten wie in schlechten Tagen, habe ich gesagt, Dick, aber von mittags war nicht die Rede.«

Ich lächelte.

»Wie bekommt dir das Eheleben?« fragte er mich.

»Großartig. Ist ganz gut, daß wir in der gleichen Branche sind. Und ich kriege kostenlose Rechtsberatung.«

Er lächelte und sagte: »Du hättest es schlechter treffen können. Sie ist ein Schatz.«

»Ich danke Gott jeden Tag.«

»Apropos Rechtsberatung, hast du was von Robin gehört?«

»Ab und zu. Sie fliegt auf ihrem Besen an meinem Balkon vorbei und winkt.«

Er lachte.

Nachdem wir das Vorgeplänkel hinter uns gebracht hatten, wechselte ich das Thema und fragte ihn: »Macht dir deine Arbeit Spaß?«

Er dachte einen Moment lang nach, dann erwiderte er: »Keine Schinderei. Ich vermisse die Leute, mit denen ich gearbeitet habe, aber im Grunde genommen bestimme ich meine Arbeitszeit selber, und die Bezahlung ist gut. Manchmal allerdings wird's ein bißchen dröge. Weißt du, wir sollten bei mehr Leuten mehr Hintergrundüberprüfungen vornehmen. Da hast du zum Beispiel diese Fuzzis bei der Flughafensicherheit. Die haben einen wichtigen Job, aber sie verdienen einen Scheiß, und die Hälfte von denen ist ein potentielles Sicherheitsrisiko.«

»So spricht ein wahrer ziviler Contract Agent, der zusieht, daß er mehr Stunden in Rechnung stellen kann.«

Er lächelte und sagte: »Ich berechne pro Fall, nicht nach Arbeitsstunden. Und mal ernsthaft, wir müssen hierzulande ein bißchen härter durchgreifen.«

»Wir leben in einem Land, das mit viel Glück und zwei Ozeanen gesegnet ist«, erklärte ich ihm.

»Ich hab 'ne Neuigkeit für dich. Das Glück geht zur Neige, und die Ozeane haben gar nichts mehr zu bedeuten.«

»Da könntest du recht haben.«

Die kleine alte Frau kam her, und Dick bestellte Kaffee und einen Aschenbecher.

Er zündete sich eine Zigarette an und sagte: »Also, was kann ich für dich tun? Willst du etwa in diese Arbeit einsteigen? Ich kann dich mit dem richtigen Typ in Verbindung bringen.«

Wir beide wußten, daß ich ihn nicht kurzfristig um ein Treffen gebeten hatte, um über einen Job zu reden, aber es war keine schlechte Geschichte, falls die Sache später jemals zur Sprache kommen sollte. »Yeah«, erwiderte ich. »Klingt, als ob mir so was gefallen könnte.«

Sein Kaffee kam. Er trank einen Schluck, rauchte und schilderte mir kurz seine Arbeit, damit ich halbwegs schlau klang, falls mich jemand danach fragen sollte, während ich an einen Lügendetektor angeschlossen war.

Unter der Kategorie »Was haben Sie sonst noch beredet?« sagte ich: »Laß mich zur Sache kommen. Ich brauche ein paar Auskünfte zu TWA 800.«

Er ging nicht darauf ein.

Ich fuhr fort: »Ich bin nicht mit dem Fall befaßt, wie du weißt, und war es auch nie. Kate war damit befaßt, wie du weißt, aber sie will nicht mit mir reden. Niemand bei der ATTF will mit mir reden, und ich will nicht mit denen reden. Du bist ein alter Freund und außerdem Zivilist, deshalb möchte ich, daß du mit mir redest.«

Er schwieg eine Weile, dann erwiderte er: »Ich bin von der Bundesregierung abhängig. Ich verdiene dort meine Brötchen.«

»Yeah, ich auch. Also reden wir von Ex-Cop zu Ex-Cop.«

»John, tu mir das nicht an. Beziehungsweise dir.«

»Laß das mal meine Sorge sein, Dick. Und was dich angeht, du weißt doch, daß ich nie aufgebe.«

»Das weiß ich. Aber … ich habe eine Erklärung unterschrieben –«

»Scheiß auf die Erklärung. Die haben den Fall abgeschlossen. Du kannst reden.«

Er erwiderte nichts.

»Schau, Dick, wir kennen uns doch schon lange. Nehmen wir einfach mal an, wir hätten noch wie was vom FBI oder von der Antiterror-Task Force gehört. Ich arbeite in meiner Freizeit an einem Fall, und ich brauche deine Hilfe.« Eigentlich war es heute die von der Regierung bezahlte Arbeitszeit, aber alles gleicht sich irgendwie aus.

Er starrte in seinen Kaffee, dann fragte er: »Was liegt dir denn an diesem Fall?«

»Ich war gestern bei der Gedenkfeier. Ich war sehr bewegt. Außerdem hat sich mir ein Typ vorgestellt – Liam Griffith. Kennst du ihn?«

Er nickte.

»Er hat zu viele Fragen nach dem Grund meiner Anwesenheit gestellt. Deshalb wurde ich neugierig.«

»Das ist kein Grund, deine Nase in diese Sache zu stecken. Schau, dieser Fall hat mehr Leute in mehr Regierungsbehörden fertiggemacht, als du weißt. Die Veteranen, die heil davongekommen sind, wollen nichts mehr damit zu tun haben. Ein paar SNT – scheiß neue Typen, so wie du – meinen, sie müßten feststellen, was das Ganze soll. Du willst dir das nicht antun. Laß die Sache auf sich beruhen.«

»Ich habe mich bereits entschieden, die Sache nicht auf sich beruhen zu lassen. Ich bin schon auf der nächsten Stufe, wo ich Fragen stelle.«

»Yeah, tja, dann hast du etwa eine Woche Zeit, bis die Jungs im achtundzwanzigsten Stock *dir* Fragen stellen.«

»Darüber bin ich mir im klaren. Kein Problem. Trotzdem danke, daß du dir Gedanken machst. Okay, ich dachte, du könntest mir vielleicht ein bißchen weiterhelfen. Aber ich kann dich verstehen.« Ich warf einen Blick auf meine Uhr. »Ich muß mich mit Kate zum Mittagessen treffen.«

Er warf ebenfalls einen Blick auf seine Uhr und zündete sich eine weitere Zigarette an.

Eine Minute lang sprach keiner von uns, dann sagte Dick: »Erstens, laß dir eins gesagt sein – ich glaube *nicht*, daß eine Rakete auf das Flugzeug abgefeuert wurde, und ich glaube auch nicht, daß es sich um ein offizielles Vertuschungsmanöver oder um eine Verschwörung handelt. Tatsache aber ist, daß dieser Fall von Anfang an völlig falsch angepackt wurde. Er war von Anfang an politisch belastet. Die Leute, die Clinton nicht ausstehen konnten, wollten glauben, daß Terroristen dafür verantwortlich waren und daß die Regierung das vertuschen wollte, weil sie nicht den Mumm hatte, eine Sicherheitspanne einzugestehen oder auf den Anschlag zu reagieren.«

»Das weiß ich. Ich war nicht mit dem Fall befaßt, aber ich lese die *Post*.«

Er rang sich ein Lächeln ab und fuhr fort: »Darüber hinaus hat sich das FBI total arrogant aufgeführt – die Leute von der Verkehrssicherheitskommission wurden nur rumgeschubst, sogar die Navy, die Küstenwache und die örtliche Polizei, und das hat zu jeder Menge Unmut und Verstimmung geführt, und zu allerhand Getuschel und Gerüchten über Vertuschungsmanöver, fehlende Beweise, schlechte Untersuchungsmethoden und was sonst noch alles. Dann wurde die CIA eingeschaltet, und ich muß dir wohl nicht sagen, wie viele rote Fahnen da hochgingen. Im Grunde genommen war dieser Fall ein Wettkampf, bei dem jeder gegen jeden war, und zwar auf jeder erdenklichen Ebene. Nimm dazu die Angehörigen der Opfer und die Medien, dann hast du eine Situation, bei der Leute verletzt und sauer werden. Unter dem Strich aber haben alle Beteiligten ihren Scheiß geregelt gekriegt, und die Untersuchung ist zum richtigen Schluß gelangt.« Und er fügte hinzu: »Es war ein Unglück.«

»Meinst du?«

»Jawohl.«

»Und warum ist der Fall dann fünf Jahre später immer noch so heiß, daß man nicht mal drüber reden darf?«

»Ich hab's dir doch gerade gesagt – jeder ist auf jeden stinkig. Jeder hat schwere Vorbehalte hinsichtlich der Methoden, die man angewandt hat, um zu der Schlußfolgerung zu gelangen. Wenn was vertuscht worden ist, dann hat das nur damit was zu tun, daß manche Leute ihren Arsch retten und einen Haufen Fehler vertuschen wollten.«

»Mit anderen Worten also, niemand hatte irgendwas zu verbergen – sie brauchten bloß eine gewisse Zeit, um ihre Geschichten aufeinander abzustimmen.«

Er lächelte und erwiderte: »Yeah, so was Ähnliches.«

»Warum waren so viele CIA-Leute mit dem Fall befaßt?« fragte ich.

Er zuckte die Achseln. »Ich nehme an, weil es zuerst wie ein Anschlag eines ausländischen Feindes aussah. Das ist Sache der CIA. Richtig?«

»Richtig. Warum haben sie den dämlichen Film gemacht?«

»Ich weiß es nicht. Ich habe das nie verstanden. Deute da nicht zuviel rein.«

»Okay. Der Haken dabei, so wie ich das sehe, sind neben dem bereits erwähnten Kompetenzgerangel und dem Murks der Regierung die Augenzeugen. Ich meine, ohne die Augenzeugen wäre all das, was in dem Hangar in Calverton rekonstruiert und in den Labors getestet wurde, das letzte Wort dazu gewesen, wie dieses Flugzeug explodiert und abgestürzt ist. Richtig?«

Dick spielte eine Weile mit seinem Löffel, dann sagte er: »Richtig.«

»Du hast doch Zeugen vernommen. Richtig?«

»Richtig.«

»Wie viele?«

»Zehn.«

»Wie viele haben den Lichtschweif gesehen?«

»Sechs.«

»Und daraus hast du was geschlossen?«

Er schaute mich an und sagte: »Ich habe daraus geschlossen, daß alle sechs glaubten, sie hätten etwas in den Himmel aufsteigen sehen – einen Lichtschweif –, und daß sich dieser Lichtschweif auf das oder in die Nähe des Flugzeuges zubewegte, das anschließend explodierte.«

»Wie paßt das zu einer unglückseligen Explosion des mittleren Treibstofftanks?«

»Schau, John«, erwiderte er, »ich bin das Ganze schon dutzendmal mit den Jungs von FBI und CIA durchgegangen, hundertmal in Gedanken und ...« Er lächelte. »... etwa zehnmal mit meiner Frau. Was soll ich dir denn sagen? Daß die zufällige Explosion Quatsch ist? Das werde ich nicht sagen. Ich glaube wirklich, daß es Hinweise gibt, die auf einen Kurzschluß hindeuten, der die Treibstoffdämpfe entzündet hat.«

»Richtig. Aber wenn du das untermauern willst, was hat dann diesen Kurzschluß verursacht?«

»Ein durchgescheuerter Draht.«

»Oder vielleicht eine kinetische Rakete, die die Klimaanlagen durchschlagen hat.«

»Darauf würde ich nicht mal eingehen.«

»Okay, dann komm auf deine Zeugen zurück. Was haben sie gesehen?«

»Ich weiß es nicht und sie ebensowenig. Aber aufgrund hundertjähriger Ermittlungsarbeit glaube ich, daß sie *irgend etwas* gesehen haben. Irgendein Lichtphänomen am Himmel. Was das war? Verdammt, wenn ich das wüßte. Könnte eine Sternschnuppe gewesen sein oder irgendein Feuerwerkskörper, den irgendein Idiot von einem Boot aus abgeschossen hat. Und was danach passiert ist, ist bloß Zufall. Sie könnten, wie es in dem CIA-Film heißt, den brennenden Treibstoff oder das brennende Flugzeug gesehen haben.«

Ich sagte zu ihm: »Die meisten, wenn nicht alle Zeugen, waren sich in einem einig – die CIA-Animation hatte keine Ähnlichkeit mit dem, was sie sahen.«

»Wie ich sehe, hast du seit gestern ein paar Hausaufgaben gemacht.« Er beugte sich zu mir und sagte: »Schau, ich glaube, meine Vernehmungsmethoden sind ziemlich gut … auch wenn die Scheiß-CIA und das Scheiß-FBI irgendwelchen Mist von wegen schlechter Vernehmungsmethoden abgelassen haben, die der Grund dafür wären, daß diese Leute einen Lichtschweif beschrieben haben. Und sie haben damit nicht sich gemeint. Folglich war es also der Fehler der New Yorker Polizei, daß zwohundert Leute das gleiche gesehen haben. Kannst du diesen Mist fassen?«

»Ja.«

Er lächelte. »Jedenfalls habe ich gleich beim ersten Mal alles aus diesen Zeugen rausgeholt, was zu holen war. Beim zweiten Mal hatten sie schon die Zeitung gelesen und die Nachrichten gesehen, daher reichten ihre Storys von ›Jesses, es ging so schnell, daß ich mir nicht sicher war, was ich gesehen habe‹ bis zu ›Hey, ich hab Ihnen doch gesagt, es war eine Lenkrakete‹, gefolgt von einer genauen Beschreibung eines rötlich-orangen Feuerschweifs und einer weißen Rauchfahne, den Zickzackbewegungen und allem Möglichen, bis auf die Farbe von der Scheißrakete, bevor sie das Flugzeug getroffen hat.« Er schaute mich an. »Wir sind dort gewesen, John. Wir haben das alles mitgemacht. Wie viele Augenzeugen haben wir denn schon im Zeugenstand gehabt, die alles vergessen beziehungsweise sich an allen möglichen Mist erinnert haben, der nie passiert ist?«

»Einwand akzeptiert.« Aber das brachte mich auf einen anderen Gedanken. Viel zu oft schauen wir das an, was vor uns liegt, und untersuchen es zu Tode. Aber manchmal ist es gerade das, was fehlt, das einem etwas sagt, zum Beispiel der Hund, der nachts nicht gebellt hat. Ich sagte zu Dick: »Ich habe mich immer gefragt, warum man keine gerichtliche Untersuchung durchgeführt hat. Du weißt schon, so was wie eine Gerichtsverhandlung von seiten des Justizministeriums mit der entsprechenden Verfügungsgewalt, vor der alle Augenzeugen, Ermittler der Regierung und forensische Sachverständige unter Eid hätten aussagen müssen und bei der unparteiliche Richter in öffentlicher Sitzung hätten Fragen stellen können. Warum hat man das nicht gemacht?«

Er zuckte die Achseln. »Woher, zum Teufel, soll ich das wissen? Frag Janet Reno.«

Ich ging nicht darauf ein.

»Es gab ein paar öffentliche Anhörungen«, sagte er. »Dazu jede Menge Pressekonferenzen.«

»Aber nichts von seiten der Justiz oder des Kongresses.«

Er feixte. »Du meinst, so was wie die Warren-Kommission? Scheiße, ich weiß immer noch nicht, wer Kennedy umgebracht hat.«

»Meine Exfrau ist es gewesen. Sie redet im Schlaf.«

»Yeah. Ich weiß.«

Wir kicherten beide wie zwei dumme Jungs.

Dick zündete sich die nächste Zigarette an und bemerkte: »Ich mußte dienstlich nach L.A. Da drüben darfst du in Bars und Restaurants nicht rauchen. Kannst du das fassen? Ich meine, was zum Geier soll aus diesem Land werden? Irgendwelche Arschlöcher machen Gesetze, und das Volk befolgt sie. Wir werden alle zu Schafen. Demnächst gibt's noch ein Gesetz gegen das Furzen. Du weißt schon, nach dem Motto ›Dies ist ein furzfreier Ort. Furzen führt zu schweren Nasen- und Rachenleiden‹. Ich seh schon das Schild mit 'nem Typ, der sich vornüberbeugt, umgeben von einem roten Kreis und einem Schrägbalken, der mitten durch ihn geht. Und was kommt danach?«

Ich ließ ihn eine Weile weitermachen, dann fragte ich: »Hat man dich jemals aufgefordert, bei einer dieser öffentlichen Anhörungen auszusagen?«

»Nein. Aber –«

»Wurde irgend jemand von den Leuten, die die Vernehmungen durchgeführt haben, oder irgendein Augenzeuge jemals aufgefordert, bei einer öffentlichen Anhörung auszusagen?«

»Nein. Aber –«

»Hat die CIA irgendwelche Zeugen befragt, als sie dieses Video gemacht hat?«

»Nein ... aber sie haben es behauptet. Danach haben viele Augenzeugen deswegen Zeter und Mordio geschrien, und die CIA hat dann zugegeben, daß sie nur schriftliche Aussagen der Augenzeugen verwertet hat, als diese Animation gemacht wurde.«

»Macht dir das zu schaffen?«

»Vom professionellen Standpunkt aus ... schau, man hat eine Menge Fehler gemacht, deshalb schnüffeln ja Leute wie du auch noch rum und machen Ärger. Hier ist meine Schlußfolgerung, von der ich wirklich überzeugt bin – es war ein Scheißunglück. Und hier ist mein Rat an dich – laß die Finger davon.«

»Okay.«

»Ich habe nichts mit einem Vertuschungsmanöver oder einer Verschwörung zu tun, John. Ich bitte dich aus zweierlei Gründen darum, die Finger davon zu lassen. Erstens, weil kein Verbrechen vorliegt, weder eine Verschwörung noch eine Vertuschungsaktion und nichts, was du entdekken könntest, abgesehen von Blödheit. Zweitens, weil wir alte Kumpel sind und ich nicht möchte, daß du für nichts und wieder nichts in die Bredouille gerätst. Willst du dir Ärger einhandeln? Dann mach irgendwas, das die Sache wert ist. Tret Koenig in die Eier.«

»Das habe ich heute morgen schon gemacht.«

Dick lachte, dann schaute er wieder auf seine Uhr und sagte: »Ich muß los. Grüß Kate von mir.«

»Yeah. Und bestell Mo schöne Grüße.«

Er rutschte aus der Nische, und ich sagte: »Ach, eins noch. Bayview Hotel. Wein, Weib und Stranddecke. Klingelt da was?«

Er schaute mich an und sagte: »Ich habe was gehört. Aber ich muß dir eins sagen – dort gingen so viele verfluchte Gerüchte um, daß nicht mal mehr die Presse mitgekommen ist. Vermutlich hast du das gleiche Gerücht gehört wie ich.«

»Erzähl mir von dem Gerücht.«

»Über das Pärchen, das am Strand gebumst hat und die Videokamera laufen ließ – und das möglicherweise die

Explosion gefilmt hat. Ein paar örtliche Cops haben es ein paar von unseren Jungs gesteckt. Das ist alles, was ich gehört habe.«

»Hast du gehört, daß dieses Pärchen möglicherweise im Bayview Hotel abgestiegen sein könnte?«

»Kommt mir bekannt vor. Ich muß los.«

Er stand auf, und ich sagte: »Ich brauche einen Namen.«

»Was für einen Namen?«

»Irgendeinen Namen. Jemand wie du, der an dem Fall mitgearbeitet hat und den das FBI nicht in die Klauen kriegen kann. Jemand, der deiner Meinung nach ein paar Informationen hat, die mir was nützen könnten. Zum Beispiel, was dieses Gerücht angeht. Du weißt doch, wie so was läuft. Du nennst mir einen Namen, ich rede mit dem Typ, und er nennt mir einen weiteren Namen. Und so weiter.«

Er schwieg eine Weile, dann sagte er: »Du hörst ja nie auf gute Ratschläge. Okay, hier ist ein Name. Marie Gubitosi. Kennst du sie?«

»Yeah ... die hat früher bei Manhattan South gearbeitet.«

»Genau die. Sie war ab und zu bei der Task Force, bevor du hingekommen bist. Sie ist glücklich verheiratet und außer Dienst. Sie hat nichts zu verlieren, wenn sie mit dir redet, aber auch nichts zu gewinnen.«

»Wo kann ich sie finden?«

»Weiß ich nicht. Du bist doch Detective. Mach sie ausfindig.«

»Wird gemacht. Danke für den Namen.«

»Erwähn meinen Namen nicht.«

»Versteht sich doch von selbst.«

Er ging zur Tür, dann kam er noch einmal zurück.

»Wir haben uns über Sicherheitsüberprüfungen unterhalten, weil du dich auch dafür interessierst. Ich mache ein paar Anrufe, bloß pro forma. Schick mir deinen Lebenslauf oder irgendwas dergleichen. Möglicherweise wirst du zu einem Gespräch vorgeladen.«

»Was ist, wenn sie mir den Job anbieten?«

»Nimm ihn.«

17

Ich ging zu Fuß zum Ecco an der Chambers Street. Der Oberkellner erkannte mich und sagte: »Guten Tag, Mr. Mayfield. Ihre Frau ist schon hier.«

»Welche?«

»Hier entlang, Sir.« Er geleitete mich zu einem Tisch, an dem Kate saß, Mineralwasser trank und die *Times* las.

Ich gab Kate einen Kuß und nahm ihr gegenüber Platz. »Ich habe dir ein Budweiser bestellt«, sagte sie.

»Gut.« Eigentlich ist es gar nicht schlecht, verheiratet zu sein. Es ist bequem.

Mein Bud kam, und ich stieß mit Kate an.

Das Ecco ist ein angenehmes altes Etablissement, in dem hauptsächlich Leute verkehren, die bei der Stadt oder an den Gerichtshöfen arbeiten, darunter auch Geschworene sowie leider auch Strafverteidiger, wie zum Beispiel meine ehemalige Gemahlin. Bisher war ich ihr und ihrer unwesentlich schlechteren Hälfte hier noch nicht über den Weg gelaufen, aber eines Tages würde es soweit sein.

Der Kellner brachte uns die Speisekarten, aber wir bestellten, ohne einen Blick darauf zu werfen. Salat und gegrillten Thunfisch für Kate, frittierte Calamari und Penne alla vodka für mich.

Ich bin auf der Dr.-Atkinson-Diät. Harvey Atkinson ist ein fetter Zahnarzt aus Brooklyn, dessen Philosophie lautet: »Iß alles, was schmeckt, und putz den Teller leer.«

»Du hast ein bißchen zugenommen«, sagte Kate.

»Das liegt an den Querstreifen auf meinem Schlips.« Was habe ich von wegen Ehe gesagt?

»Du mußt dich richtig ernähren und mehr trainieren.« Sie wechselte das Thema und fragte mich: »Wie war das Treffen?«

»Gut.«

»Hatte es etwas mit gestern zu tun?«

»Kann sein.« Ich fragte sie: »Weißt du, wer Leslie Rosenthal vernommen hat, den Direktor des Bayview Hotel?«

»Ich habe Mr. Rosenthal vor fünf Jahren die gleiche Frage gestellt. Er wurde zunächst von einem der Task Force zugeteilten Detective des NYPD vernommen, einem Mann, dessen Namen er nicht mitbekam. Der Detective, dem klar wurde, daß er womöglich herausgefunden hatte, woher die Decke am Strand stammte, schaltete dann das FBI ein. Drei Mann kreuzten auf und wiesen sich als FBI-Mitarbeiter aus. Ein Typ übernahm die ganze Ansprache, aber Rosenthal bekam seinen Namen nicht mit.«

»Keine Karten?«

»Genau das hat er auch gesagt. Mr. Rosenthal zufolge befragten diese drei und noch ein paar andere das Personal und sahen sich die schriftlichen und im Computer erfaßten Unterlagen an, machten sich Kopien von allen Gästean- und -abmeldungen in jüngster Zeit. Ich nehme an, sie wollten feststellen, ob es sich bei zwei dieser Gäste um diejenigen handelte, die an diesem Abend die Decke zum Strand mitgenommen, ein Video von sich gedreht und dabei unabsichtlich TWA-Flug achthundert gefilmt hatten.«

»Aber wir wissen nicht, ob diese drei Typen das Pärchen ausfindig machen konnten«, erwiderte ich. »Mein Gefühl sagt mir, ja. Selbst wenn wir also dieses Pärchen finden, sind die beiden längst zurechtgestutzt oder haben sich in Luft aufgelöst.«

Kate ging nicht darauf ein.

Ich fuhr fort: »Und das gleiche gilt für das Video, falls es je eins gegeben hat.«

»Na ja … wenn das der Fall ist, dann sollten wir es zumindest feststellen. Schau, John, ich habe nie gedacht, daß wir das Rätsel um TWA 800 lösen können. Ich wollte nur … dieses Paar finden und mit den beiden reden …«

»Warum?«

»Das weiß ich erst, wenn ich mit ihnen rede.«

»Das klingt, als könnte es von mir stammen.«

Sie lächelte. »Du hast eben großen Einfluß auf meine Denkweise.«

»Desgleichen«, sagte ich.

»Ist mir gar nicht aufgefallen.«

Die Vorspeisen kamen, und ich fragte sie: »Meinst du, Mr. Rosenthal ist noch im Bayview Hotel?«

»Ich weiß es. Ich erkundige mich jedes Jahr. Ich habe ihn überprüft und weiß, wo er wohnt und so weiter.« Sie schaute mich an und sagte: »Ich *arbeite* nicht an dem Fall. Aber ich halte die Akten auf dem neuesten Stand.«

»Welche Akten?«

Sie tippte sich an den Kopf. »Die da oben.«

»Sag mir, was sonst noch da oben ist.«

»Das habe ich doch gestern gemacht. Jetzt solltest du

lieber fragen, wenn du irgend etwas brauchst.« Und sie fügte hinzu: »Du mußt erst die richtigen Fragen finden, bevor du an Antworten kommst.«

»Okay, soweit ich das verstanden habe, möchtest du, daß ich an diesen Fall wie ein Detective rangehe, der gerade den Marschbefehl gekriegt hat – soll heißen, der gerade von dem Verbrechen verständigt wurde. Aber das ist ein alter Fall, und mit alten Fällen hatte ich nie was zu tun. Ich habe meine Fälle normalerweise immer übernommen, wenn das Blut an der Leiche noch nicht mal geronnen war.«

»Bitte, ich esse.« Sie schob mir eine Gabel voll Salat zu. »Iß das.«

Ich sperrte den Mund weit auf, und sie stopfte mir das Zeug hinein.

»Stell mir eine andere Frage«, sagte sie.

»Okay. Hast du jemals mit Ted über diese Sache gesprochen?«

»Nicht ein einziges Mal.«

»Nicht mal beim Abendessen oder beim einen oder anderen Glas.«

»Ich hätte nicht mal darüber gesprochen, wenn ich mit ihm im Bett gewesen wäre.«

Ich ging nicht darauf ein, sondern sagte: »Ich rufe ihn an.«

»Er ist tot, John.«

»Ich weiß. Ich höre das einfach immer wieder gern.«

»John, das ist nicht komisch«, hielt sie mir vor. »Auch wenn du ihn vielleicht nicht gemocht hast, aber er war ein guter und engagierter Agent. Sehr klug und tüchtig.«

»Gut. Ich rufe ihn an.«

Der Hauptgang kam, und ich bestellte mir noch ein Bier und machte mich über meine Pasta her. »Nimm dir ein bißchen Gemüse von mir«, sagte Kate.

»Also, Jeffrey Dahmer lädt seine Mutter zum Essen ein, und sie sitzt kauend da und sagt: ›Jeffrey, ich mag deine Freunde nicht.‹ Sagt er: ›Na ja, dann doch nur das Gemüse.‹«

»Das ist ekelhaft.«

»Normalerweise lachen alle.« Ich wurde ernst und sagte: »Demnach nehme ich an, daß du auch mit Liam Griffith nicht darüber gesprochen hast.«

»Ich habe mit niemandem gesprochen. Mit Ausnahme der Typen im achtundzwanzigsten Stock, die mir erklärt haben, daß mich die Sache nichts angeht.«

»Richtig. Deshalb hast du mich drauf angesetzt.«

»Wenn du es so möchtest. Alles läuft darauf hinaus, daß wir dieses Paar finden. Wenn man sie findet und wenn sich herausstellt, daß es eine Sackgasse war – daß sie weder etwas gesehen noch auf Video aufgenommen haben –, dann war es das. Alles weitere – die Augenzeugen, die Spuren und Hinweise – ist schon zigmal durchgehechelt worden. Aber dieses Pärchen ... wer immer sie auch gewesen sein mögen, die den Objektivdeckel einer Videokamera auf der Decke liegenließen ...« Sie schaute mich an und fragte: »Meinst *du*, daß dort ein Video aufgenommen wurde, und meinst du, daß dabei all das auf Film gebannt wurde, was die Augenzeugen ihren Aussagen zufolge gesehen haben?«

»Das hängt selbstverständlich davon ab«, erwiderte ich, »wohin die Kamera gerichtet war und ob sie überhaupt eingeschaltet war. Und dann kommt's immer noch auf die Filmqualität an, und so weiter und so fort. Aber sagen wir mal, daß zufällig alles zusammenkam und daß die letzten Sekunden von TWA-Flug 800 aufgezeichnet wurden. Nehmen wir sogar mal an, daß der Film noch existiert. Na und?«

»Was meinst du damit? Zweihundert Augenzeugen würden sich diesen Film ansehen und –«

»Und desgleichen das FBI und die CIA und deren Filmexperten. Jemand muß diesen Film interpretieren.«

»Den müßte niemand interpretieren. Der spräche für sich.«

»Aha?« Ich sagte zu ihr: »Auf einem Amateurvideo, in der Dämmerung vor dunklem Abendhimmel aufgenommen, vermutlich mit einem Stativ – wenn man davon ausgeht, daß das Pärchen anderweitig beschäftigt war –, ist möglicherweise nicht das zu sehen, was du denkst. Schau, Kate, du bist seit fünf Jahren auf der Suche nach dem Heiligen Gral, und möglicherweise gibt es ihn ja, aber vielleicht findest du ihn nie, und wenn ja, besitzt er womöglich keine Zauberkräfte.«

Sie erwiderte nichts.

Ich fuhr fort: »Hast du schon mal von dem Zapruder-Film gehört?«

Sie nickte.

»Ein gewisser Zapruder hat John Kennedys Fahrzeugkolonne gefilmt, als sie am Texas Book Depository vorbeifuhr. Er hatte eine Acht-Millimeter-Handkamera von Bell & Howell. Der Film war sechsundzwanzig Sekunden lang. Hast du ihn mal gesehen?«

Sie nickte.

»Ich auch. Ich habe sogar eine digitalisierte Version gesehen, in Zeitlupe. Wie viele Schüsse wurden demnach abgegeben? Und aus welcher Richtung kamen sie? Kommt ganz drauf an, wen du fragst.«

Sie schwieg eine Weile, dann sagte sie: » Trotzdem können wir das Video erst interpretieren, wenn wir es finden. Das Wichtige zuerst.«

Der Kellner räumte den Tisch ab, bevor ich mir die letzte Penne in den Mund schieben konnte. Ich trank mein Bier aus, und Kate nippte an ihrem Mineralwasser. Ich sah, daß sie tief in Gedanken versunken war.

Ich hatte so eine Ahnung, daß sie dieses Zeug noch nicht vielen Leuten anvertraut hatte, und diejenigen, denen sie sich anvertraut hatte, waren vermutlich wie sie der Meinung, daß sich der ganze Fall wieder völlig neu aufrollen ließe, wenn ein Video gefunden wurde.

Auftritt John Corey – Skeptiker, Zyniker, Realist und Illusionsräuber. Ich war vierzehn Jahre länger auf der Welt als Kate Mayfield, hatte allerhand gesehen – vielleicht zuviel – und war zu oft enttäuscht worden, als Polizist wie auch als Mann. Ich hatte erlebt, wie Mörder freikamen und Hunderte Verbrechen ungelöst oder ungesühnt blieben. Ich hatte Zeugen erlebt, die unter Eid logen, schlampige Polizeiarbeit, unfähige Ankläger, inkompetente Spurenauswertung, unverschämte Verteidiger, beschränkte Richter und hirnlose Geschworene.

Ich hatte auch allerhand Gutes erlebt – strahlende Momente, wenn das Rechtssystem wie ein geöltes Uhrwerk funktionierte, wenn Wahrheit und Gerechtigkeit vor Gericht triumphierten. Aber so was kam nicht allzuoft vor.

Unser Kaffee kam, und Kate fragte: »Stimmt das wirklich, was man über die blaue Mauer des Schweigens sagt?«

»Nie davon gehört.«

»Kann ein Cop einem anderen Cop wirklich bedingungslos vertrauen, jederzeit und in jedem Fall?«

»In neunzig Prozent aller Fälle, doch das sinkt auf fünfzig Prozent, wenn es um Frauen geht, steigt allerdings auf hundert Prozent, wenn es etwas mit dem FBI zu tun hat.«

Sie lächelte, beugte sich dann über den Tisch und sagte zu mir: »Nach dem Flugzeugabsturz waren über hundert Cops bei der Task Force draußen auf Long Island, und mindestens genauso viele waren hier damit befaßt. Irgend jemand unter diesen Cops weiß irgend etwas.«

»Ich hab's kapiert.«

Sie nahm meine Hand und sagte: »Aber laß die Sache fallen, wenn sie zu heiß wird. Und wenn du Schwierigkeiten kriegst, nehme ich die Schuld auf mich.«

Ich wußte nicht recht, ob ich sauer werden oder sie daran erinnern sollte, daß ich ohne ihre Hilfe und ihren Rat gar nicht in Schwierigkeiten hätte kommen können. »Ich muß dich was fragen«, sagte ich zu ihr. »Aus welchem Grund, von Wahrheit und Gerechtigkeit einmal abgesehen, gehst du diesem Fall weiter nach?«

»Wieso sollte ich dazu weitere Gründe brauchen?« erwiderte sie. »Es geht um Wahrheit und Gerechtigkeit, John. Gerechtigkeit für die Opfer und ihre Angehörigen. Und wenn es ein Anschlag ausländischer Terroristen war, dann geht es auch um Patriotismus. Ist das nicht Grund genug?«

Die richtige Antwort lautete ja, und genau das hätte John Corey vor zwanzig Jahren auch gesagt. Heutzutage murmelte ich bloß irgendwie: »Yeah, vermutlich schon.«

Das gefiel ihr nicht, und sie sagte: »Du mußt an das glauben, was du machst, und wissen, warum du es machst.«

»Okay, dann sag ich dir eins – ich arbeite als Detective, weil es mir gefällt. Es ist interessant, es bewahrt mir einen scharfen Verstand und es gibt mir das Gefühl, schlauer als die Idioten zu sein, für die ich arbeite. Aber das ist auch schon alles, was mein Engagement für Wahrheit, Gerechtigkeit und Vaterland angeht. Ich mache das Richtige aus den falschen Gründen, aber unter dem Strich wird der Wahrheit und der Gerechtigkeit Genüge getan. Wenn du das Richtige aus den richtigen Gründen machen willst, dann nur zu, aber erwarte nicht, daß ich deinen Idealismus teile.«

Sie schwieg eine Zeitlang, dann erwiderte sie: »Ich nehme deine Hilfe zu deinen Bedingungen an. Mit deinem Zynismus können wir uns ein andermal befassen.«

Ich mag es nicht, wenn andere Leute – Frauen vor allem – meinen hart erarbeiteten Zynismus angreifen. Ich weiß, was mich in Schwung hält. Und in den kommenden Tagen und Wochen brauchte ich jede Menge Schwung.

18

Ich ging mit zurück zum Foyer von Federal Plaza 26 und sagte zu ihr: »Ich muß ein paar Anrufe machen. Wir sehen uns später.«

Sie schaute mich an und sagte: »Du hast diesen abwesenden Blick, den du immer kriegst, wenn du irgendwas im Sinn hast.«

»Ich bin bloß ein bißchen träge von der Pasta. Versuch mich bitte nicht zu durchschauen. Das macht mir angst.«

Sie lächelte, gab mir einen Kuß und ging zu den Aufzügen.

Ich ging hinaus zu einer Telefonzelle am Broadway und fischte ein paar Münzen aus meiner Hosentasche. Ich kann mich noch daran erinnern, als man vor einem Münztelefon anstehen mußte, aber jetzt hat jeder ein Handy, sogar die Penner – obdachlose Menschen –, und die Telefonzellen sind so leer wie die Beichtstühle in St. Patrick's.

Ich warf einen Quarter ein und wählte die Handynummer meines Expartners Dom Fanelli, der bei Manhattan South arbeitete.

»Hallo?« meldete er sich.

»Dom.«

»Hey, Paisano! Lang, lang ist's her. Wo steckst du? Laß uns heut abend ein Bier zischen.«

»Bist du im Büro?«

»Yeah, was gibt's? Jeder möchte dich gern sehen. Lieutenant Wolfe vermißt dich. Er hat sich einen neuen Briefbeschwerer besorgt.«

»Du mußt mir einen Gefallen tun.«

»Schon geschehen. Komm vorbei.«

»Ich kann nicht. Was ich brauche –«

»Bist du heute abend frei? Ich hab 'n neuen Laden in Chelsea entdeckt – Tonic. Unglaubliche Ärsche gibt's dort.«

»Ich bin verheiratet.«

»Ohne Scheiß? Seit wann?«

»Du warst bei der Hochzeit.«

»Richtig. Wie geht's Kate?«

»Kate geht's großartig. Sie läßt dir schöne Grüße ausrichten.«

»Sie haßt mich.«

»Sie liebt dich.«

»Egal.«

Schwer zu glauben, daß dieser Mann einen messerscharfen Verstand hatte, wenn es um kriminalistische Arbeit ging. Aber so war es. Genaugenommen hatte ich allerhand von ihm gelernt. Zum Beispiel, wie man sich doof stellt. »Wie geht's Mary?« fragte ich ihn.

»Weiß ich nicht. Was hast du denn gehört?« Er lachte über seinen eigenen Witz, wie so oft, und sagte zu mir: »Mal allen Ernstes, ich hab in meinem ganzen Eheleben noch nie eine Freundin betrogen.«

»Du bist der reinste Prinz. Okay, was –«

»Wie läuft's in der Federal Plaza 26?«

»Klasse. Was mich an was erinnert – ich habe neulich Captain Stein gesehen, und er wartet immer noch darauf, daß du deine Papiere einreichst und rüber zur Task Force kommst. Du kannst den Job haben, wenn du willst.«

»Ich dachte, ich hätte die Papiere geschickt. O Gott! Hoffentlich habe ich nicht die Chance verpaßt, fürs FBI zu arbeiten.«

»Ist ein toller Job. Hast du's denn nicht irgendwann mal satt, daß die Leute sich ständig ermorden?«

»Ich hab's satt, wenn sie es satt haben.«

»Richtig. Kannst du dich noch erinnern –?«

»Ach, eh ich's vergesse. Diese beiden Hispanos, die dir ein paar Löcher verpaßt haben. Ich habe möglicherweise einen Hinweis auf sie.«

»Was für einen Hinweis?«

»Überlaß das mir. Du hast genug am Hals. Ich rufe dich an, wenn wir soweit sind.«

»Wenn du dran denkst.«

Er lachte, dann wurde er ernst. »Jedesmal, wenn ich dran denke, wie du da auf der Straße gelegen hast und beinahe verblutet wärst –«

»Nochmals danke, daß du mir das Leben gerettet hast. Danke auch, daß du mich bei der Antiterror-Task Force untergebracht hast, wo ich Kate kennengelernt habe. Habe ich irgendwas vergessen?«

»Ich glaube nicht. Wir zählen die Gefallen nicht, die wir einander tun, John. Das weißt du doch. Wenn du jemand brauchst, der dir einen Gefallen tun soll, bin ich da, und wenn ich jemanden brauche, bist du für mich da. Also, was kann ich für dich tun?«

»Hab ich vergessen.«

Er lachte und fragte mich: »Irgendwas Neues im Fall Khalil?«

»Nein.«

»Die Arschgeige taucht irgendwann auf, wenn du am wenigsten damit rechnest.«

»Danke. Schau –« Das Telefon klickte, und ich warf einen weiteren Quarter ein. »Kannst du dich noch an Marie Gubitosi erinnern?« fragte ich ihn.

»Yeah. Warum? Klasse Arsch. Dieser Typ, dieser Kulowski oder Kulakowski hat sie gepimpert. Kannst du dich erinnern? Er war verheiratet, und seine Frau hat's rausgekriegt und –«

»Yeah. Hör zu, ich muß sie ausfindig machen. Sie ist inzwischen verheiratet –«

»Ich weiß. Hat irgendeinen Typ geheiratet, der nicht bei uns ist. Sie wohnt in ... ich glaube, auf Staten Island. Warum mußt du sie ausfindig machen?«

»Das weiß ich nicht, bis ich sie gefunden habe.«

»Aha? Und warum brauchst du mich dazu, sie zu finden? Du könntest sie doch in weniger als einer Stunde selber finden. Und warum bist du am Münztelefon. Was ist los, John? Steckst du in Schwierigkeiten?«

»Nein. Ich mache nur was nebenbei.«

»Aha? Für wen oder was?«

Ich schaute auf meine Uhr. Wenn ich die Drei-Uhr-Fähre nach Staten Island erreichen wollte, mußte ich Fanelli das Wort abschneiden, aber das war leichter gesagt als getan. »Dom, ich kann am Telefon nicht drüber reden«, sagte ich. »Wir trinken nächste Woche ein paar Bier. Unterdessen besorgst du mir einen Kontakt zu Marie und rufst mich über mein Handy an.«

»Warte einen Moment. Ich hab 'nen Draht zum Rad.«

Er legte mich in die Warteschleife. Das Rad ist die Personalabteilung in One Police Plaza, aber ich weiß nicht genau, warum sie das Rad genannt wird, und nach zwei Jahrzehnten beim NYPD will ich mich nicht wie ein Anfänger anstellen und danach fragen. Ich hätte vor zwanzig Jahren fragen sollen. Jedenfalls, wenn man dort jemanden kennt – und Dom Fanelli kennt überall jemanden –, kann man den Dienstweg abkürzen und schnell eine Antwort bekommen.

Fanelli meldete sich zurück und sagte: »Marie Gubitosi ist gar nicht aus dem Dienst ausgeschieden. Sie ist im verlängerten Mutterschutzurlaub, seit Januar '97. Heißt jetzt Lentini. Hat einen Itaker geheiratet. Mama war selig. Ich überlege mir immer noch, was mit Kowalski und seiner Frau passiert ist, als die Frau rausgekriegt hat –«

»Dom, gib mir die verfluchte Telefonnummer.«

»Die wollten mir nur 'ne Handynummer geben. Keine Adresse. Bereit?«

Er nannte mir die Nummer, und ich sagte. »Danke. Ich rufe dich nächste Woche an.«

»Yeah. Vielleicht auch früher, wenn du dich tief in die Scheiße geritten hast. Du mußt mir erzählen, worum es geht.«

»Wird gemacht.«

»Paß auf dich auf.«

»Mach ich doch immer.« Ich hängte ein, fütterte das Telefon und wählte die Nummer. Nach dem dritten Klingeln meldete sich eine Frauenstimme. »Hallo?«

»Marie Gubitosi bitte.«

»Am Apparat. Wer ist dran?«

»Marie, hier ist John Corey. Wir haben gemeinsam in South gearbeitet.«

»Oh ... yeah. Was gibt's?«

Im Hintergrund hörte ich mindestens zwei Kinder plärren. »Ich muß mit dir über einen alten Fall reden«, sagte ich. »Können wir uns irgendwo treffen?«

»Yeah, richtig. Besorg mir einen Babysitter, dann saufe ich mit dir die ganze Nacht durch.«

Ich lachte und sagte: »Meine Frau kann sitten.«

»Du meinst, deine Anwaltsgattin macht den Babysitter? Was verlangt sie?«

»Wir sind geschieden. Ich habe eine neue Frau.«

»Ernsthaft? Ich sag dir was – die erste war mir zu aufgeblasen. Kannst du dich noch an das Abschiedsfest für Charlie Cribbs erinnern?«

»Yeah. An dem Abend war sie ein bißchen von der Rolle. Hör mal, ich kann auch einfach rüberkommen, wenn es dir paßt. Staten Island. Richtig?«

»Yeah ... aber die Kids sind völlig durchgedreht –«

»Ich liebe Kinder.«

»Die zwei nicht. Vielleicht kann ich dir am Telefon weiterhelfen.«

»Ich möchte lieber persönlich mit dir sprechen.«

»Na ja ... Joe ... mein Mann, will nicht, daß ich mich wieder auf den Dienst einlasse.«

»Du bist im verlängerten Mutterschutz, Marie. Du bist nicht aus dem Dienst ausgeschieden. Machen wir doch keine große Sache draus.«

»Yeah ... okay ... hey, bist du nicht mit Dreiviertelsold ausgestiegen?«

»So ist es.«

»Und warum bist du dann zurück?«

Darauf wollte ich eigentlich keine Antwort geben, aber

ich mußte. »Ich bin bei der ATTF«, sagte ich. »Contract Agent.«

Kurzes Schweigen, dann sagte sie: »Ich war nur knapp sechs Monate bei der Task Force, und ich habe nur zwei Fälle bearbeitet. Um welchen geht's dir?«

»Den anderen.«

Wieder Schweigen, dann sagte sie: »Ich habe allmählich das Gefühl, daß du nicht im dienstlichen Auftrag unterwegs bist.«

»Bin ich auch nicht. Der Fall ist abgeschlossen. Das weißt du doch. Ich habe deinen Namen von einem anderen Typ im Dienst gekriegt. Ich muß mit dir reden. Inoffiziell.«

»Von welchem Typ.«

»Kann ich nicht sagen. Und deinen Namen werde ich auch nicht nennen. Ich bin an einem Münztelefon, und mir geht das Kleingeld aus. Ich muß nur etwa eine halbe Stunde mit dir reden.«

»Mein Mann ist Auslieferungsfahrer. Kommt manchmal unverhofft heim. Er ist groß und eifersüchtig.«

»Schon okay. Ich kann's erklären. Und wenn nicht, habe ich 'ne Knarre.«

Sie lachte. »Okay. Ich könnte ein bißchen erwachsenere Gesellschaft brauchen.«

Sie nannte mir ihre Adresse auf Staten Island, und ich sagte: »Danke. Ich sehe zu, daß ich die Fähre um drei erwische. Vielleicht kannst du inzwischen schon mal dein Notizbuch rauskramen. Juli 1996.«

Sie ging nicht darauf ein. »Von der Anlegestelle sind es mit dem Taxi zwanzig Minuten bis zu mir. Halt unterwegs an und besorg mir eine Packung Pampers.«

»Äh …«

»Die Packung, auf der Elmo ist.«

»Die –?«

»Unisex Extrapaßform. Größe vier. Du kommst unterwegs an einem Duane Reade vorbei. Bis gleich.«

Ich hängte ein und verließ die Telefonzelle.

Elmo?

Ich hielt am Broadway ein Taxi an, zeigte meine falsche Polizeimarke, die leichter zu erkennen ist als der FBI-Ausweis, und sagte zu dem Gentleman, der einen Turban trug: »Ich muß die Drei-Uhr-Fähre nach Staten Island erwschen. Geben Sie Stoff.«

Der Fahrer, der vermutlich noch nicht allzu viele amerikanische Filme gesehen hatte, erwiderte: »Stoff?«

»Tempo. Polizei.«

»Ah.«

Von so was träumt jeder Taxifahrer in Manhattan, folglich überfuhr der Typ prompt ein paar rote Ampeln am Broadway und hielt um fünf vor drei vor der Fährstation Whitehall. Er wollte kein Fahrgeld nehmen, aber ich gab ihm trotzdem einen Fünfer.

Aus irgendeinem Grund, den wahrscheinlich kein Mensch auf dieser Welt erklären konnte, war die im Besitz der Stadt befindliche Pendlerfähre für Fußgänger mittlerweile umsonst. Vielleicht kostete die Rückfahrt hundert Dollar.

Die Fähre trötete mit ihrem Horn, und ich rannte durch das Terminal und ging an Bord. Ich schnappte mir einen Fährplan und lief durch die untere Kabine. Um diese Zeit waren jede Menge Sitze frei, aber ich stieg die Treppe hinauf und stellte mich auf das Vorderdeck. Sonnenschein, blaues Wasser, ein strahlender Himmel, Hafenschlepper, Möwen, eine salzige Brise, sehr schön.

Als Junge bin ich im Sommer immer mit meinen Freunden auf dieser Fähre gefahren. Fünf Cent kostete es. Wir stiegen auf der anderen Seite aus, kauften uns ein Eis und fuhren wieder zurück nach Manhattan. Gesamtkosten fünfundzwanzig Cent – nicht schlecht für ein großes Abenteuer.

Viele Jahre später lud ich abends meine Freundinnen auf die Fähre ein, und wir schauten uns die Freiheitsstatue an, die von oben bis unten angestrahlt war, die unglaubliche Skyline von Manhattan mit den Zwillingstürmen des neuen World Trade Center, die Jahr für Jahr Stockwerk um Stockwerk höher aufragten, und die Brooklyn Bridge mit ihren Lichterketten. Es war sehr romantisch und billig dazu.

Die Stadt hat sich seither verändert, meiner Meinung nach vor allem zu ihrem Vorteil. Was ich von der übrigen Welt nicht behaupten kann.

Ich schaute mir eine Zeitlang die Freiheitsstatue an und versuchte ein paar längst vergessene patriotische Gefühle aus meiner Kindheit aufzubieten.

Na ja, vergessen vielleicht nicht, aber hellwach waren sie mit Sicherheit auch nicht, wie mir beim Mittagessen mit Kate klargeworden war.

Ich wandte mich der näherrückenden Küste von Staten Island zu und dachte an mein kurzes Gespräch mit Marie Gubitosi. Sie hätte mich einfach abwimmeln können, wenn sie gesagt hätte: »Ich weiß nichts, und was ich weiß, verrate ich dir nicht.«

Aber das hatte sie nicht gesagt, folglich wußte sie etwas, und vielleicht verriet sie es mir. Aber vielleicht wollte sie auch nur Gesellschaft haben und eine Packung Pampers. Oder sie telefonierte vielleicht in diesem Moment schon mit dem OPR, das unser Gespräch aufzeichnen und mich abführen würde. Auf jeden Fall würde ich das früh genug erfahren.

19

Ich stieg am St. George Terminal von der Fähre, ging zum Taxistand und nannte dem Fahrer die Adresse im Ortsteil New Springville.

Ich kenne mich in diesen Außenbezirken nicht allzugut aus, aber als ich in jungen Jahren bei der Polizei anfing, drohte man den Cops, die Mist gebaut hatten, regelmäßig mit einer Verbannung nach Staten Island. Ich hatte früher immer Alpträume, in denen ich durch Wälder und moskitoverseuchte Sümpfe auf Streife ging, mit dem Schlagstock wirbelte und im Dunkeln vor mich hinpfiff.

Aber wie die meisten Orte, bei deren bloßer Erwähnung einem schon das Blut gefriert, wie zum Beispiel Sibirien, das Death Valley oder New Jersey, wurde auch der hier seinem gruseligen Ruf nicht ganz gerecht.

Genaugenommen ist dieser Bezirk von New York City ganz okay, eine Mischung aus Stadt, Stadtrand und Umland, eine gutbürgerliche Gegend mit überwiegend republikanischer Wählerschaft, was die kostenlose Fähre um so unerklärlicher machte.

Außerdem waren hier viele Stadtpolizisten zu Hause, die ursprünglich möglicherweise zur Strafe hierhergeschickt worden und geblieben waren, weil es ihnen gefiel – so ähnlich, wie einst Australien besiedelt wurde.

Auf jeden Fall war hier auch Marie Gubitosi zu Hause, ehemals Detective bei der Antiterror-Task Force und derzeit Ehefrau und Mutter, die jetzt über meinen Besuch nachdachte und, wie ich hoffte, ihr Notizbuch über den fraglichen Zeitraum gefunden hatte. Ich habe noch nie einen Detective kennengelernt, der seine alten Notizbücher wegwarf, mich eingeschlossen, aber manchmal gingen sie verloren oder wurden verlegt. Ich konnte nur hoffen, daß Marie wenigstens ein gutes Gedächtnis hatte. Außerdem hoffte ich, daß sie sich daran erinnerte, zu wem sie halten sollte.

Der Taxifahrer war ein Gentleman namens Slobadan Milkovic – vermutlich ein balkanischer Kriegsverbrecher –, der einen Stadtplan studierte, statt auf die Straße zu gucken. »Irgendwo auf dem Weg befindet sich ein Duane Reade«, sagte ich zu ihm. »Capisce? Eine Drogerie. Apotheke. Ich muß dort anhalten.«

Wir fuhren den Victory Boulevard entlang, und Mr. Milkovic bretterte auf zwei Rädern in ein kleines Einkaufszentrum und zum Duane Reade.

Ich werde nicht näher darauf eingehen, wie ungemein erniedrigend es für John Corey war, Pampers mit Elmos Gesicht auf der Packung zu besorgen, aber es war nicht gerade eines meiner angenehmeren Einkaufserlebnisse.

Binnen zehn Minuten war ich wieder im Taxi, und zehn Minuten später war ich vor dem Wohnhaus der Lentinis.

Die Straße war recht neu, von etwas zurückgesetzten roten Ziegelhäusern mit Fensterrahmen aus weißem Kunststoff gesäumt, und erstreckte sich, soweit das Auge reichte, wie in einem unendlichen Spiegel. Hunde bellten hinter Maschendrahtzäunen, und auf den Gehsteigen spielten Kinder. Wenn man meinen Manhattan-typischen Snobismus mal beiseite ließ, dann war es eine heimelige, wohnliche Gegend, und wenn ich hier leben müßte, würde ich mir die Kugel geben.

Ich wußte nicht genau, wie lange ich hier sein würde und ob es auf Staten Island noch ein anderes Taxi gab, daher sagte ich dem Fahrer, er solle das Taxameter laufenlassen, stieg aus, öffnete ein Maschendrahttor, ging einen kurzen Betonweg hinauf und klingelte an der Tür.

Keine Hunde bellten, keine Kinder plärrten, was mich frohgemut stimmte. Ein paar Sekunden später öffnete Marie Gubitosi, die eine schwarze Hose und ein ärmelloses rotes Top trug, die Haustür. Ich zog die Fliegendrahttür auf, und wir begrüßten uns. »Danke, daß du an die Windeln gedacht hast«, sagte sie. »Komm rein.«

Ich folgte ihr in ein klimatisiertes Wohnzimmer, das so aussah, als würde sich auch eine Carmela Soprano hier wohl fühlen, und in die Küche. Marie hatte tatsächlich einen hübschen Hintern. Fanelli hat ein gutes Gedächtnis für wichtige Details.

So ordentlich das Wohnzimmer auch war, in der Küche herrschte das totale Chaos. In der einen Ecke stand ein Laufstall, in dem ein Kind undefinierbaren Alters lag, an einer Flasche nuckelte und mit seinen oder ihren Zehen spielte. Ich mache das immer noch, und vielleicht kommt es ja daher.

Der Tisch, die Arbeitsflächen und der Boden waren mit zahllosen, wild durcheinandergeworfenen Sachen übersät, die ich nicht einordnen konnte. Es sah aus wie am Tatort eines doppelten Raubmordes, bei dem sich die Opfer heftig gewehrt haben.

»Nimm Platz«, sagte Marie. »Ich mach uns Kaffee.«

»Danke.« Ich setzte mich an einen kleinen Küchentisch und stellte die Plastiktüte mit den Pampers auf die Platte. Neben mir stand ein Kinderstuhl, dessen Abstellbrett klebrig wirkte.

»Tut mir leid«, sagte sie. »Hier sieht's aus wie im Saustall.«

»Hübsch ist es hier.«

Sie goß zwei Tassen Kaffee ein. »Ich versuche aufzuräumen, bevor Seine Majestät heimkommt. Sahne? Zukker?«

»Schwarz.«

Sie brachte die beiden Tassen an den Tisch, und mir fiel zum ersten Mal auf, daß sie im wahrsten Sinne des Wortes barfuß und schwanger war.

Sie setzte sich mir gegenüber und hob ihre Tasse. Wir stießen an, und ich sagte: »Gut siehst du aus.«

»Bist du dienstunfähig wegen Blindheit?«

Ich lächelte. »Nein, ich mein's ernst.«

»Danke.«

Sie linste in die Plastiktüte, und ich sagte: »Elmo.«

Sie lächelte. »Darf ich dir das Geld dafür geben?«

»Nein.« Ich trank einen Schluck Kaffee. Marie Gubitosi war tatsächlich noch immer eine attraktive Frau, und ich nahm an, daß sie sich zurechtgemacht hatte, bevor ich kam. Ich nahm einen Hauch Eau de Soundso über dem Geruch nach Babypuder und warmer Milch wahr.

Sie nickte zu dem Laufstall hin und sagte: »Das ist Joe junior. Er ist elf Monate alt. Melissa, die zweieinhalb ist, schläft Gott sei Dank, und ich habe noch eins in der Röhre.«

»Wann ist es soweit?« fragte ich, wie es sich gehörte.

»In sechzehn Wochen und drei Tagen.«

»Glückwunsch.«

»Yeah. Ich werde nie wieder in den Dienst zurückkehren.«

Sie mußte sich mal darüber klarwerden, was der Grund für diese Schwangerschaften war, aber ich sagte: »Das geht schneller, als du denkst.«

»Yeah. Also, du siehst gut aus. Ein bißchen zugelegt hast du vielleicht. Und du bist geschieden und hast wieder geheiratet. Ich habe gar nichts davon gehört. Ich erfahre gar nichts mehr. Wer ist die Glückliche?«

»Kate Mayfield. FBI-Agentin bei der Task Force.«

»Ich bin mir nicht sicher, ob ich sie kenne.«

»Sie hat kurz vor TWA 800 dort angefangen. Sie war mit dem Fall befaßt.«

Marie ging nicht darauf ein, als ich TWA 800 erwähnte. »Dann hast du also eine FBI-Braut geheiratet«, sagte sie. »Jesses, John, erst eine Strafverteidigerin, dann eine FBI-Agentin. Was ist denn mit dir los?«

»Ich vögle gern mit Anwältinnen.«

Sie lachte so heftig, daß sie sich fast an ihrem Kaffee verschluckt hätte.

Wir plauderten eine Weile, und es war eigentlich ganz angenehm, Klatsch auszutauschen und ein paar komische Vorfälle wiederaufzuwärmen. »Kannst du dich noch dran erinnern«, sagte sie, »wie du und Dom zu der Stadtvilla unten in Gramercy Park gefahren seid, wo die Frau ihren Ehemann erschossen und ausgesagt hat, er hätte sie mit der Knarre bedroht, sie hätten gerangelt, und sie wäre losgegangen? Dann geht Dom rauf ins Schlafzimmer, wo die Leiche allmählich steif wird, kommt zurück und schreit: ›Er lebt! Ruf einen Krankenwagen!‹, schaut dann die Frau an und sagt: ›Er sagt, Sie haben ihn mit der Waffe bedroht und kaltblütig erschossen!‹, worauf die Frau in Ohnmacht fällt.«

Wir lachten beide, und ich sehnte mich ein bißchen nach den alten Zeiten.

Marie füllte Kaffee nach, schaute mich dann an und fragte: »Also, womit kann ich dir helfen?«

Ich blickte sie an, und mein Gefühl sagte mir, daß sie nicht die Leute für interne Angelegenheiten angerufen hatte und es auch nicht tun würde.

Ich stellte meine Tasse ab und sagte: »Folgendermaßen sieht's aus. Ich war gestern bei der Gedenkfeier für die Opfer von Flug 800 und –«

«Yeah. Ich hab's in den Nachrichten gesehen. Dich hab ich aber nicht gesehen. Ist das denn zu fassen, daß es schon fünf Jahre her ist?«

»Die Zeit vergeht wie im Flug. Jedenfalls kommt nach der Feierstunde ein Typ von der Task Force zu mir – ein FBIler –, fängt an, mich auszufragen, und will wissen, warum ich dort bin.«

Ich ging die ganze Chose durch, ließ aber Kates Namen aus, doch Marie, die eine schlaue Kriminalpolizistin war, fragte mich. »Und was *hast* du dort gemacht?«

»Wie schon gesagt, Kate hat an dem Fall mitgearbeitet, und sie geht fast jedes Jahr hin. Ich habe bloß den braven Ehemann gespielt.«

Marie schaute mich an, als ob sie mir das nicht ganz abkaufte. Ich hatte das Gefühl, daß sie es genoß, geistig ein bißchen gefordert zu werden, und lieber Detective spielte, als mit Gummienten zu spielen. »Du arbeitest also bei der ATTF?« sagte sie.

»Yeah. Als Contract Agent.«

»Du hast gesagt, es wäre keine dienstliche Angelegenheit. Und warum bist du dann hier?«

»Tja, dazu komme ich noch.« Ich fuhr fort: »Dieser Fuzzi kommt also irgendwie auf die Idee, daß ich mich für den Fall interessieren könnte, und sagt mir, ich soll es lassen. Ich meine, dieser Typ hat mir gestunken, deshalb –«

»Wer war der Typ?«

»Kann ich nicht sagen.«

»Okay, weil dich irgendein FBIler angefegt hat, bist du also sauer geworden und … was?«

»Und neugierig.«

»Ist bei der ATTF sowenig los?«

»Genaugenommen ja. Schau, Marie, an der Sache ist noch mehr dran, aber je weniger du weißt, desto besser. Ich muß nur wissen, was du weißt, und ich weiß nicht mal, welche Fragen ich stellen soll.«

Sie schwieg eine Weile, dann sagte sie: »Sei nicht sauer, aber woher soll ich wissen, ob du nicht bei Interne Angelegenheiten bist?«

»Würdest du mich jemals für einen Typen von den Internen Angelegenheiten halten?«

»Nicht, als ich dich kannte. Aber du hast seither zwei Anwältinnen geheiratet.«

Ich lächelte, dann sagte ich: »Ich vertraue darauf, daß *du* mich nicht melden wirst. Als vertraue du auch mir.«

Sie schwieg einen Moment, dann sagte sie: »Okay. Ich habe zwei Monate lang an diesem Fall gearbeitet. Ich habe hauptsächlich die Yachthäfen abgeklappert und die Leute nach fremden Booten und fremden Leuten in der Umgebung gefragt. Weißt du was? Man hat vermutet, daß irgendein Terrorist oder ein Spinner mit einem Boot rausgefahren ist und eine Rakete auf das Flugzeug abgefeuert hat. Folglich habe ich den ganzen Sommer in öffentlichen Bootshäfen und privaten Yachtclubs zugebracht. Herrgott, weißt du, wie viele kleine Häfen und Boote es da draußen gibt? Aber es war kein schlechter Job. Ich habe an meinen freien Tagen ein bißchen geangelt ...« Sie stockte einen Moment, dann fuhr sie fort: »Aber keine Krabben ... niemand wollte Krabben essen, weil ... du weißt schon.«

Marie schwieg eine Weile, und ich stellte fest, daß sie trotz ihrer forsch-fröhlichen Art nicht gern an diese Sache zurückdachte.

»Mit wem hast du gearbeitet?« fragte ich.

»Ich nenne keine Namen, John. Ich rede mit dir, aber keine Namen.«

»Soll mir recht sein. Rede mit mir.«

»Du mußt mir einen Anhaltspunkt geben.«

»Bayview Hotel.«

»Yeah ... hab ich mir doch irgendwie gedacht. Deshalb habe ich mir mein Notizbuch vorgenommen, um mein Gedächtnis aufzufrischen, aber da stand nicht allzuviel drin. Ich meine, wir bekamen von den FBIlern gesagt, daß wir uns möglichst wenig Notizen machen sollten, weil wir niemals über diese Sachen aussagen müßten. Sie wollten uns damit zu verstehen geben«, erklärte sie, »daß es ihr Fall war, und wir waren nur als Handlanger mit von der Partie.«

Ich nickte und fügte hinzu: »Außerdem wollten sie euch zu verstehen geben, daß sie nicht zuviel Schriftliches wollten.«

Sie zuckte die Achseln. »Was auch immer. Diese Jungs spielen ein anderes Spiel.«

»So ist es.« Ich fragte: »Du warst also im Bayview Hotel?«

»Yeah. Zwei Tage nach dem Absturz kriege ich einen Anruf, daß ich mich zum Bayview Hotel begeben soll. Das FBI vernimmt dort das Personal wegen irgendwas, und sie brauchen Verstärkung, um festzustellen, wer etwas wissen könnte, das sie interessiert. Ich bin also hingefahren und dort zu drei New Yorker Cops von der Task Force gestoßen, und die FBIler sind bereits da, weisen uns ein und sagen –«

Junior fing wegen irgendwas an zu schreien, und Marie stand auf und ging zum Laufstall. »Was hat denn mein Süßer?« gurrte sie und schob ihm die Flasche wieder in den Mund.

Junior brüllte noch lauter, und Marie nahm ihn hoch und sagte: »Oh, armes Baby hat Aa gemacht.«

Ist das ein Grund zu plärren? Ich meine, wenn ich mir in die Hose geschissen hätte, wäre ich ganz still.

Marie griff sich die Pampers und brachte das Kind irgendwohin, um das Aa zu entsorgen.

Ich zückte mein Handy und checkte meine Voicemail im Büro, aber es waren keine Anrufe eingegangen. Ich rief meinen Kabuffgenossen Harry Muller über sein Handy an, und er meldete sich. »Bist du im Büro?« fragte ich ihn.

»Yeah. Warum?«

»Hat mich jemand gesucht?«

»Nein. Hast du dich verirrt? Ich schicke einen Suchtrupp los. Was war der letzte Orientierungspunkt, den du gesehen hast?«

Jeder ist ein Komiker. »Harry, hat irgend jemand gefragt, wo ich bin?«

»Yeah. Koenig ist vor etwa einer Stunde vorbeigekommen und hat mich gefragt, ob ich weiß, wo du dich versteckst. Ich habe ihm gesagt, daß du essen gegangen bist.«

»Okay.« Komisch, dachte ich, daß Koenig mich nicht über Handy angerufen hatte, wenn er mit mir reden wollte, aber vielleicht wollte er seinem Lieblingsdetective bloß einen neuen Witz erzählen. Ich jedenfalls wollte heute von Jack Koenig weder etwas sehen noch was hören. »Ist Kate da?« fragte ich Harry.

»Yeah ... ich sehe sie an ihrem Schreibtisch sitzen. Warum?«

»Tu mir einen Gefallen. Richte ihr aus, daß sie sich mit mir ...« Ich schaute auf meine Uhr und auf den Fährenfahrplan. Ich könnte die Fähre um halb sechs erreichen, wenn Joe senior nicht unverhofft nach Hause kam. »Richte ihr aus, daß sie sich mit mir um sechs bei Delmonico's auf einen Drink treffen soll«, sagte ich zu Harry.

»Warum rufst du sie nicht einfach an?«

»Warum gehst du nicht einfach hin und richtest es aus?«

»Darf ich denn rübergehen?«

»Yeah. Leer ein paar Papierkörbe aus.«

Er lachte. »Okay. Delmonico's, sechs Uhr.«

»Sieh zu, daß es unter euch bleibt.«

»Aha?«

»Danke.« Ich unterbrach die Verbindung.

Marie kehrte in die Küche zurück, setzte das Kind im Laufstall ab und schob ihm eine Flasche in den Mund. Sie zog ein Mobile mit Grinsegesichtern auf, das sich drehte und »It's a Small World« spielte. Ich hasse dieses Lied.

Sie goß uns frischen Kaffee nach und setzte sich.

»Er ist wirklich ein süßes Kind«, sagte ich.

»Willst du ihn haben?«

Ich lächelte, dann sagte ich: »Ihr seid also eingewiesen worden.«

»Yeah. Dieser FBI-Typ läßt uns alle vier ins Büro vom Hoteldirektor kommen und sagt, daß wir zwei Leute suchen, die Zeugen des Absturzes sein könnten und möglicherweise in diesem Hotel abgestiegen waren – im Bayview. Und woher wir das wissen? Weil eine Decke, möglicherweise aus diesem Hotel, von einheimischen Cops an einem Strand gefunden wurde, von dem aus man den Absturz sehen konnte. Das FBI erfuhr an diesem Morgen in aller Frühe von der Stranddecke, deshalb kam man auf die Idee, die örtlichen Hotels und Motels zu überprüfen und festzustellen, ob die Decke von dort stammt. Sie haben es schließlich auf das Bayview eingegrenzt. Kommst du mit?«

»Bislang schon.«

»Gut. Und was stimmt nicht an der Geschichte, die uns der FBI-Typ vorgesetzt hat?«

»An allem, was man vom FBI zu hören kriegt, stimmt irgendwas nicht«, erwiderte ich.

Sie lächelte. »Komm schon, John. Streng dich ein bißchen an.«

»Okay, warum macht jemand so ein Gewese wegen zwei weiterer Augenzeugen? Das stimmt daran nicht.«

»Richtig. Warum verschwenden wir zum Beispiel unsere Zeit und Arbeitskraft auf zwei Personen, die möglicherweise das Unglück vom Strand aus gesehen haben, wenn die Zeugen an der verfluchten Tür der Küstenwachstation Schlange stehen und das Hotline-Telefon ununterbrochen klingelt. Was ist so besonders an diesen Zeugen? Weißt du das?«

»Nein. Du?«

»Nein. Aber da ging es um noch was anderes.«

Es ging um den Objektivdeckel der Videokamera auf der Stranddecke, aber offenbar hatte das der FBI-Typ bei der Einweisung seiner Truppen nicht erwähnt. Dick Kearns wußte von den einheimischen Cops darüber Bescheid, aber anscheinend hatte Marie das Gerücht nicht gehört. Wenn man, wie bei jeder Ermittlung üblich, mit genügend Leuten gesprochen und die Informationen von allen Seiten durchleuchtet hat, nehmen die Dinge irgendwann Gestalt an. Aber weil Marie schlau war, hatte sie begriffen, daß es um irgend etwas anderes ging. »Wer war dieser FBI-Typ, der euch eingewiesen hat?«

»Ich hab's dir doch gesagt – keine Namen.«

»Hast du den Typ gekannt?«

»Ein bißchen. Ein Hartmann, der sich für einen harten Hund hält.«

»Klingt nach Liam Griffith.«

Sie lächelte. »Kein schlechter Name. Nennen wir ihn doch Liam Griffith.«

»Wer war bei ihm?«

»Zwei andere Typen, wie schon gesagt. FBIler, aber ich habe sie nicht gekannt, und sie wurden auch nicht offiziell vorgestellt. Sie saßen bloß da, während Griffith uns eingewiesen hat.«

Ich beschrieb Marie Mr. Ted Nash, verwendete dabei widerwillig den Ausdruck »gutaussehend«, und sie erwiderte: »Yeah ... ich meine, es ist fünf Jahre her, aber das klingt nach einem von denen. Wer ist das?«

Wider besseres Wissen, aber damit Marie fröhlich und bei der Stange blieb, sagte ich: »CIA.«

»Ohne Scheiß?« Sie schaute mich an und fragte: »Worauf bist du aus?«

»Das willst du nicht wissen.«

»Nein, will ich nicht. Aber ... vielleicht habe ich genug gesagt.«

Ich schaute zu dem Kind im Laufstall, dann wieder zu Marie. »Haben wir vor denen Angst?«

Sie antwortete nicht.

Höchste Zeit für eine kleine Ansprache. »Schau«, sagte ich, »wir leben in den Vereinigten Staaten von Amerika, und jeder Bürger hat das Recht und die Pflicht –«

»Heb dir das für die dienstliche Anhörung auf.«

»Mach ich. Wie wär's damit: Bist du zufrieden mit der offiziellen Abschlußerklärung zu dem Fall?«

»Darauf antworte ich nicht. Aber ich erzähle dir, was an diesem Tag im Bayview passiert ist, wenn du ehrlich zu mir bist.«

»Ich bin ehrlich zu dir. Du willst es nicht wissen.«

Sie dachte darüber nach, dann nickte sie. »Okay ... einer von den vier NYPD-Jungs fragt Griffith, wieso das so wichtig ist, und Griffith wird sauer, weil ihn ein Cop nach so was fragt, und er antwortet: ›Lassen Sie das meine Sorge sein, weshalb wir diese Person oder Personen finden müssen. Ihre Aufgabe ist es, das Personal und die Gäste zu befragen.‹ Und dann erklärt uns Griffith, ein Zimmermädchen im Bayview hätte gemeldet, daß in Zimmer 203 eine Decke fehlt. Man hat dem Zimmermädchen und dem Direktor die Decke gezeigt, und sie haben gesagt, es könnte die fehlende Decke aus dem Zimmer sein, aber sie haben auch gesagt, daß sie etwa sechs verschiedene Synthetikdecken haben, und deshalb wären sie sich nicht sicher, ob es die fehlende aus Zimmer 203 wäre, aber es könnte sein.«

»Okay. Und wer war in Zimmer 203 gemeldet? Oder wissen wir das nicht?«

»Offensichtlich wissen wir das noch nicht, sonst wären wir nicht dort. Wir wissen aber, daß ein Typ am Tag des Absturzes – am Mittwoch, dem 17. Juli 1996 – gegen sechzehn Uhr fünfzehn ohne vorherige Anmeldung zum Bayview Hotel kam und sich nach einem Zimmer erkundigte. Der Angestellte an der Rezeption sagt, sie haben Zimmer frei, und der Typ füllt eine Anmeldekarte aus und zahlt zweihundert Piepen in bar für das Zimmer. Der Angestellte bittet um einen Kreditkartenbeleg, falls irgendwelche Schäden auftreten sollten oder die Minibar benutzt wird und so weiter – aber der Typ sagt, er hält nichts von Kreditkarten, und bietet dem Angestellten fünfhundert Piepen als Sicherheit an, die der Angestellte annimmt. Danach, jedenfalls Griffiths Einweisung zufolge, bittet der Angestellte den Typ um eine Fotokopie von seinem Führerschein, aber der Typ sagt, den hat er in der anderen Hose, oder so was Ähnliches, und er gibt dem Angestellten seine Visitenkarte, die der Angestellte annimmt. Der Angestellte gibt dem Typ eine Quittung über fünfhundert Piepen und händigt ihm den Schlüssel zu Zimmer 203 aus, das im modernen Flügel des Hotels liegt, abseits vom Hauptgebäude, worum der Typ gebeten hat. Der Angestellte hat den Typ also nie wieder ins Foyer kommen sehen, und er hat das Auto von dem Typ nicht gesehen und auch nicht, ob er mit jemand zusammen war. Kommst du mit?«

»Yeah. Ich glaube, ich sehe da ein Problem bei der Identifizierung.«

»Richtig. Aber als Griffith am Freitag morgen dort eintraf, dachte er vermutlich, er wäre fündig geworden. Er läßt die Kfz-Angaben aus der Hotelanmeldung über Computer laufen – Marke, Modell und Kennzeichen –, die sich als falsch erweisen. Außerdem sagt uns Griffith meinen Notizen zufolge, daß es sich laut Visitenkarte um einen gewissen Samuel Reynolds handelt, einen Rechtsanwalt mit Anschrift und Telefonnummer in Manhattan, aber auch das ist natürlich falsch.«

Marie schaute mich an und sagte: »Wir haben es also anscheinend mit dem typischen Don Juan zu tun, der so was schon vorher gemacht hat, und er ist mit einer Frau unterwegs, mit der er nicht zusammensein sollte. Stimmt's?«

»So was weiß ich doch nicht.«

Sie lächelte. »Ich auch nicht. Jedenfalls ist dem Angestellten klar, daß es um eine flotte Nummer geht, aber er hat fünfhundert Piepen als Sicherheit gekriegt und vermutlich noch ein paar Piepen für sich. Kurz und gut, unser Don Juan hat keine Spur hinterlassen, damit ihm das Bayview Hotel weder ein Dankeschön noch irgendwelche Sonderangebote an seine Privatadresse schicken kann.«

»Verheiratete Typen lernen so was schnell.«

»Ich glaube, das ist ein Instinkt.«

»Was auch immer. Wann hat sich unser Don Juan abgemeldet?«

»Hat er nicht. Er ist einfach irgendwann verschwunden, vor elf Uhr morgens am nächsten Tag, was die übliche Abmeldezeit ist. Laut Griffith hat ein Zimmermädchen an diesem Tag gegen Viertel nach elf an die Tür von 203 geklopft, aber niemand hat reagiert. Danach, gegen zwölf Uhr mittags, hat der Angestellte an der Rezeption – ein neuer Mann – im Zimmer angerufen, aber keiner hat sich gemeldet. Also hat das Mädchen das Zimmer betreten und gemeldet, daß keine Spur von den Gästen zu sehen sei, weder Gepäck noch sonstwas, und daß allem Anschein nach eine Bettedecke fehlte. Offenbar war dieser Typ weg und hat auf seine fünfhundert Piepen gepfiffen. Griffith sagt zu uns, das wäre verdächtig.« Sie lachte. »Wir hätten am liebsten gefragt: Wie bist du denn darauf gekommen, Liam?«

Ich lächelte und sagte: »Hey, er ist kein Detective.«

»Ohne Scheiß? Jedenfalls, was anfängt wie ein alltäglicher Ringelpietz mit Anfassen, sieht jetzt nach irgendwas anderem aus. Ein Cop denkt da sofort, daß auf dem Zimmer eine Straftat begangen wurde. Vergewaltigung, Körperverletzung, Mord. Richtig? Aber im Zimmer ist nichts dergleichen zu erkennen. Was aber nicht heißt, daß der Typ seine Begleitung nicht ermordet und in den Kofferraum von seinem Auto geladen hat, bevor er sich davongeschlichen hat. Aber wir müssen auch noch diese andere Sache in Betracht ziehen – die Decke am Strand, die so aussieht, als könnte sie aus dem Hotel stammen. So wie ich die Sache sehe, hatten dieser Typ und seine Holde irgendwas miteinander, was sie nicht haben sollten, und sie waren am Strand, sahen den Absturz und wollten nicht als Zeugen identifiziert werden. Folglich sind sie nach dem Absturz zurück ins Hotel, haben ihr Zeug zusammengerafft und die Biege gemacht. Richtig?«

»Klingt ganz danach.« Ich wußte von Kate, daß zwei Personen auf der Stranddecke gewesen waren, aber mir war nicht klar, weshalb sich Marie und Liam so sicher sein konnten, daß zwei Leute in dem Zimmer gewesen waren. »Woher willst du so genau wissen, daß eine Frau dabei war?«

»Das Zimmermädchen hat gesagt, daß es eindeutige Anzeichen dafür gab, daß zwei Personen in dem Zimmer waren. Ein Mann und eine Frau. Lippenstift an einem Glas zunächst mal. Das FBI hat das ganze Zimmer eingestäubt, nach Fingerabdrücken gesucht und alles nach Haaren und so weiter abgesaugt. Aber das Zimmermädchen hatte das Zimmer geputzt, nachdem das Pärchen abgehauen war, und daher waren die einzigen Fingerabdrücke, die der Typ hinterlassen hat, auf dem Hintern seiner Holden, und die war ebenfalls weg.« Sie dachte einen Moment nach und sagte: »Griffith sagt uns also, wir müssen das Personal und die Gäste befragen, die am Tag des Absturzes dort waren, und feststellen, ob ihnen dieser Typ und/oder seine Holde aufgefallen ist. Wir hatten vom Angestellten an der Rezeption eine Beschreibung von dem Typ – weiß, etwa eins achtundsiebzig groß, durchschnittlich gebaut, braune Haare, braune Augen, heller Typ, kein Bart, keine Brille, keinerlei sichtbare Narben oder Tätowierungen, keine erkennbare Behinderung oder Mißbildung. Der Angestellte beschrieb ihn als gut gekleidet, braune Hose, blauer Blazer … habe ich was ausgelassen?«

»Die Beule in seiner Hose.«

Sie lachte. »Yeah. Er hatte 'ne Taschenrakete. Jedenfalls war der Angestellte mit dem FBI-Zeichner zugange, als wir hingekommen sind, und später haben wir eine Skizze zum Rumzeigen bekommen.« Und sie fügte hinzu: »Gutaussehender Typ.«

»Hast du die Skizze aufgehoben?«

Das Mobile war abgelaufen, und der Kleine wurde quengelig. Er gab Laute von sich, als wollte er das Mobile anbrüllen, damit es sich weiterdrehte.

Marie stand auf, zog das Ding auf und gurrte mir oder Junior zu: »Der kleine Junge liebt seine Grinsegesichter.«

Das Mobile drehte sich wieder und spielte »It's a Small World«. In zwanzig Jahren wurde diese Kind vermutlich ein Serienkiller, der »It's a Small World« summte, wenn er seine Opfer erdrosselte.

Marie warf einen Blick auf ihre Armbanduhr und sagte zu mir: »Ich muß mal nach Melissa gucken. Bin gleich wieder da.«

Sie verließ die Küche, und ich hörte, wie sie die Treppe hinaufstieg.

Ich dachte über das nach, was ich bislang erfahren hatte, und auch über das Pärchen. Sie waren gemeinsam angereist oder auch getrennt und hatten sich das Bayview Hotel aufs Geratewohl ausgesucht oder sich vielleicht schon vorher dafür entschieden. Es ist kein Stundenhotel, in dem kaum Fragen gestellt werden – es kostet immerhin zweihundert Dollar die Nacht, daher stellte ich mir einen Typ mit ein bißchen Kohle vor und eine Frau, die für ihr Liebesleben saubere Laken brauchte. Der Wein am Strand war ebenfalls teuer gewesen. Solche Leute sind normalerweise leicht ausfindig zu machen, aber der Typ wußte, wie man sich bedeckt hält, als er sich anmeldete. Reiner Instinkt.

Nach dem Absturz, vorausgesetzt sie sahen ihn und einer oder beide waren verheiratet, bekamen sie es mit der Angst zu tun, ließen ein paar Sachen am Strand zurück und verzogen sich ins Hotel. Dann kam ihnen der Gedanke, daß man sie möglicherweise gesehen hatte und die Cops herumschnüffeln könnten oder daß ihre Ehegesponse sie wegen des Absturzes vielleicht per Handy anrufen könnten, worauf sie das Hotel verließen, ohne sich abzumelden, was wiederum Verdacht erregte.

Ich stellte mir ein Pärchen vor, das viel zu verlieren hatte, wenn man die beiden ertappte. Ich meine, das trifft auf fast jeden verheirateten Menschen zu, vom Präsidenten der Vereinigten Staaten bis zu Maries Mann, dem Auslieferungsfahrer.

Ich versuchte mir vorzustellen, wie ich mich in dieser Situation verhalten würde. Würde ich mich an die Behörden wenden, wie es sich für einen guten Staatsbürger gehörte? Oder würde ich Beweismaterial für ein mögliches Verbrechen verbergen, um meinen Arsch und meine Ehe zu retten? Und wenn ich entdeckt und zur Rede gestellt werden würde, würde ich dann meine Lage noch verschlimmern, indem ich weiter log?

Ich hatte einmal einen solchen Fall. Die Frau wollte eine Schießerei melden, die sie mit angesehen hatte, und der Typ wollte nicht erklären, was sie zusammen gemacht hatten.

Ich fragte mich, ob das Pärchen im Bayview Hotel eine ähnliche Meinungsverschiedenheit gehabt hatte. Und wenn ja, wie sie die Sache gelöst hatten. Im guten? Oder nicht?

Bevor ich weiter darüber nachdenken konnte, kam Marie in die Küche zurück.

20

Marie setzte sich und fragte mich: »Möchtest du Kinder?«

»Häh?«

»Kinder. Wollen du und deine Frau eine Familie gründen?«

»Ich habe eine Familie. Die sind alle beknackt.«

Sie lachte und fragte mich: »Wo waren wir stehengeblieben?«

»Bei der FBI-Skizze von Don Juan. Hast du sie aufgehoben?«

»Nein. Griffith hat uns vier Fotokopien gegeben, und er hat vier Fotokopien zurückgekriegt.«

»Hast du den Namen von dem Angestellten an der Rezeption erfahren?«

»Nein. Ich habe nie mit ihm gesprochen und ihn auch nicht gesehen.« Sie fügte hinzu: »Der gehörte dem FBI.«

»Richtig. Und dann hast du die Gäste und das Personal befragt.«

»Yeah. Wir mußten feststellen, ob außer dem Angestellten an der Rezeption noch jemand anders diesen Typ gesehen hatte, beziehungsweise sein Auto oder die Frau, die bei ihm war, und sie vielleicht beschreiben konnte. Außerdem mußten wir nachchecken, was sie unternommen haben, feststellen, ob sie in der Hotelbar oder im Restaurant waren, ob sie eine Kreditkarte benutzt haben und all das. Ich meine, Griffith hat uns erklärt, was wir tun sollen, als ob wir so was noch nie gemacht hätten.«

»Sie neigen zu übertriebenen Belehrungen.«

»Wirklich? Aber Tatsache ist, daß ich mir nach wie vor denke: ›Was soll das? Wer schert sich um so was? Ermitteln wir hier wegen Ehebruch oder wegen einem Flugzeugabsturz?‹ Also hab ich ihn gefragt: ›Halten wir Ausschau nach zwei Zeugen oder suchen wir in Wirklichkeit zwei Verdächtige?‹ Ich meine, das Ganze wäre doch nur dann nachvollziehbar gewesen, wenn wir Verdächtige mit einer Rakete im Auto suchen. Richtig?«

Nicht ganz, aber ich sagte: »Klingt ganz so.«

»Deshalb stelle ich diese Frage, und dadurch kommt Griffith anscheinend auf eine schlaue Idee, und er sagt: ›Jeder Zeuge ist ein potentieller Verdächtiger‹, oder irgend so was Ähnliches. Also kriegt jeder von uns eine Liste mit Zimmermädchen, Küchen- und Bedienungspersonal, Bürokräften, Wartungspersonal und so weiter. Rund fünfzig Angestellte, die im fraglichen Zeitraum – ab sechzehn Uhr fünfzehn am Mittwoch, dem 17. Juli, bis mittags um zwölf am nächsten Tag – Dienst hatten. Ich mußte etwa ein Dutzend Mitarbeiter vernehmen.«

»Was für eine Anlage ist das?«

»Ein großes altes Haus, wie eine Art Landherberge, mit etwa zehn Gästezimmern, dazu ein separater moderner Flügel mit etwa dreißig Zimmern und ein paar Cottages an der Bucht. Bar, Restaurant, sogar 'ne Bibliothek. Hübscher Laden.« Sie schaute mich an und sagte: »Du wirst es ja selber sehen, wenn du hinkommst.«

Ich ging nicht darauf ein.

Marie fuhr fort: »Wir sind den ganzen Tag und bis zum späten Abend dortgeblieben, damit wir ein paar

Schichtwechsel mitbekamen. Dazu hatte ich eine Liste mit vierzehn Gästen, die seit dem 17. Juli dort wohnten und immer noch da waren. Außerdem gab es eine Liste mit Gästen, die am 17. da, aber schon ausgezogen waren und denen wir ebenfalls nachgehen sollten, was wir aber nie gemacht haben.«

»Warum nicht?«

»Weiß ich nicht. Vielleicht haben das andere Leute übernommen. Vielleicht sind Griffith und zwei Kumpel in dieser Nacht auch fündig geworden. Erzählen einem diese Typen jemals irgendwas?«

»Sowenig wie möglich.«

»Richtig. Die machen bloß großes Gedöns. Griffith sagt zum Beispiel, wir treffen uns alle gegen elf Uhr nachts, Ort wird noch bekanntgegeben. Aber Griffith und die zwei anderen Bundesheinis sind den ganzen Tag zugange, reden mit uns und sitzen bei manchen Vernehmungen dabei, und dann bedankt sich Griffith bei einem nach dem anderen und sagt uns, wir sollen Schluß machen, und die Besprechung findet nie statt, und ich konnte mit den drei anderen Detectives nicht mal die Notizen vergleichen. Ich glaube nicht, daß jemals eine Besprechung stattfinden sollte.«

Ich hatte den Eindruck, daß Marie Gubitosi die Art und Weise, wie man sie und ihre Kollegen vom NYPD behandelt hatte, alles andere als gut fand. Und deswegen redete Marie mit mir, obwohl man ihr vor fünf Jahren gesagt hatte, sie sollte mit niemandem reden. Ich wollte zum Ergebnis der Ermittlung kommen, aber sie mußte erst ein bißchen Dampf ablassen – und möglicherweise hatte sie mir auch nichts als heiße Luft zu bieten.

»Möchtest du ein Bier?« fragte sie mich.

»Nein danke. Ich bin außer Dienst.«

Sie lachte und sagte: »Herrgott, ich bin schon so lange schwanger oder am Stillen, daß ich gar nicht mehr weiß, wie ein Bier schmeckt.«

»Ich gebe dir eins aus, wenn du soweit bist.«

»Du bist dran. Okay, ich habe mir also meine Liste vorgenommen und das Personal befragt. Erste Vernehmungen, und ich zeige die Skizze rum. Ich habe die Liste durch, bis auf vier Mitarbeiter und zwei Gäste, die in die engere Wahl kommen, und bitte sie, sich zu unterschiedlichen Zeiten in einem Büro hinten im Hotel mit mir zu treffen. Okay, ich vernehme also diese Lucita, ein Zimmermädchen, das grade den Dienst angetreten hat und vermutlich dachte, ich wäre von der Einwanderungsbehörde, und zeige ihr die Zeichnung von unserem Don Juan, und sie sagt, sie kennt ihn nicht, aber ich seh ihr irgendwas an der Miene an. Also bitte ich sie um ihre Sozialversicherungskarte oder einen Nachweis ihrer Staatsbürgerschaft, und sie bricht zusammen und fängt an zu weinen. Dann überschreite ich meine Befugnisse ein bißchen und verspreche, ihr zu einer Aufenthaltserlaubnis zu verhelfen, wenn sie mir hilft. Klingt nach einem guten Angebot für alle Beteiligten, und sie sagt, ja, sie hat gesehen, wie dieser Typ gegen sieben Uhr abends mit einer Frau aus Zimmer 203 gekommen ist. Bingo.«

»Diese Aussage ist doch nicht unter Druck zustande gekommen?«

»Nein. Na ja, schon, aber sie stimmt. Ich weiß, wenn jemand Quatsch erzählt.«

»Okay. Konnte sie die Frau beschreiben?«

»Nicht besonders gut. Lucita war etwa zehn Meter entfernt, als sie das Pärchen aus Zimmer 203 kommen sah, auf der Veranda im ersten Stock, die an den Zimmern vorbeiführt. Sie wandten sich von ihr ab und gingen die

Treppe runter. Lucita mag die beiden nicht allzu genau gesehen haben, aber sie kamen eindeutig aus Zimmer 203. Okay, die Frau war ein bißchen jünger als unser Don Juan, ein bißchen kleiner als er, schlank und trug braune Shorts, eine blaue Bluse und Sandalen. Und sie hatte eine Sonnenbrille und einen Schlapphut auf, so als ob sie vielleicht nicht erkannt werden wollte.«

»Wohin gingen sie?«

»Zweiter Treffer. Sie gingen zum Parkplatz. Der Typ hatte eine Decke dabei, die Lucitas Aussage zufolge so aussah, als ob er sie aus dem Zimmer mitgenommen hätte, deshalb hat Lucita sie beobachtet. Aber sie sagt auch, daß manche Leute das machen und die Decke für gewöhnlich wieder zurückbringen, daher hat sie kein Aufhebens davon gemacht. Folglich ist das unser Paar. Richtig?«

»Richtig.« Ich fragte: »Hatten sie sonst noch was dabei?«

»Zum Beispiel?«

»Zum Beispiel ... irgendwas anderes.«

Sie schaute mich an und erwiderte: »Genau das hat Liam Griffith das Zimmermädchen etwa dreimal gefragt. Wonach suchen wir, John?«

»Nach einer Kühlbox?«

»Nee. Bloß eine Decke.«

Ich dachte darüber nach und kam zu dem Schluß, daß dieses Pärchen, wenn es sich denn um das fragliche handelte – und danach klang es –, die Kühlbox und die Videokamera bereits im Auto verstaut hatte. »Ich hoffe doch, Lucita hat sich Marke, Modell, Baujahr und Kennzeichen des Autos gemerkt, in das sie gestiegen sind«, sagte ich zu Marie.

Sie lächelte. »Soviel Glück haben wir nicht immer. Aber

ihr ist der Wagen aufgefallen, auch wenn sie ihn nicht näher beschreiben konnte. Sie wußte bloß, daß dieses Paar eine Heckklappe geöffnet hat. Also gehe ich mit Lucita auf den Parkplatz und zeige ihr allerlei SUVs, Kombis und Minivans, und wir konnten die Sache bis auf etwa zwanzig Marken und Modelle eingrenzen. Sie verstand nicht viel von Autos, sagte aber, es hätte einen hellen Farbton gehabt. Bräunlich.«

Ich nickte und dachte an den hellen Ford Explorer, den der Cop aus Westhampton unmittelbar nach dem Absturz vom Strand hatte kommen sehen. Alles schien zu passen, wie bei einem Puzzle, das man mit der Vorderseite nach unten zusammensetzt. Jemand mußte es umdrehen und sich das Bild ansehen.

Marie fuhr fort: »Lucita sagte, das Paar sei in das Fahrzeug gestiegen und weggefahren. Ende der Spur.«

»Hast du anhand von Lucitas Beschreibung eine Phantomzeichnung der Frau erhalten?« fragte ich Marie.

»Nein. Ich glaube, es gab da ein Sprachproblem – außerdem hatte die Frau, wie schon gesagt, eine Sonnenbrille und einen breiten Schlapphut auf.« Marie lächelte und sagte: »Lucita erklärte mir, vielleicht wäre sie ein Filmstar.«

Ich lächelte und sagte: »Tja, in gewisser Weise mag sie damit recht gehabt haben.«

»Was soll das heißen?«

»Das sage ich dir später. Wie hieß Lucita mit Namen?«

»Gonzalez Perez, meinen Notizen zufolge.«

Ich merkte mir das und fragte: »Ist jemand auf den Gedanken gekommen, daß die Frau aus Zimmer 203 ihr eigenes Auto irgendwo auf dem Parkplatz stehen haben könnte?«

»Yeah. Zumal es dadurch noch wahrscheinlicher gewesen wäre, daß es sich um ein verheiratetes Liebespaar bei einem Rendezvous handelte. Aber niemand sah sie in einem anderen Wagen oder irgendwas dergleichen. Wir haben die Nummern der Autos überprüft, die noch auf dem Parkplatz standen, um festzustellen, ob eins zurückgelassen worden war, das sich nicht zuordnen ließ. Irgendwie haben wir ja immer noch gedacht, daß die Frau einem Verbrechen zum Opfer gefallen sein könnte und daß der Typ sie am Strand oder vielleicht im Zimmer kaltgemacht, in die Decke gewickelt und hinten in sein Auto geworfen haben könnte. Aber dabei ist nichts rausgekommen – jedenfalls nicht, daß ich wüßte.«

»Hat sie jemand an diesem Abend ins Hotel zurückkehren sehen?«

»Nein. Wie schon gesagt, das erste und einzige Mal wurden sie von Lucita bemerkt, als sie um sieben Uhr aus ihrem Zimmer kamen. Irgendwann danach und bevor ein anderes Zimmermädchen am nächsten Tag gegen Mittag das Zimmer betrat, verschwanden sie, und eine Decke aus dem Zimmer fehlte – offenbar die Decke, die am Strand zurückgelassen wurde.«

»Konntest du mit dem anderen Zimmermädchen sprechen?«

»Nie und nimmer. Griffith und seine Kumpel hatten sie bereits ausgequetscht, und sie stand gar nicht auf unserer Liste. Aber Griffith hat uns erzählt, daß dieses Mädchen sich erinnern konnte, daß Lippenstift an einem Glas war, daß die Dusche benutzt worden war und daß das Bett noch gemacht war, aber die Decke fehlte. Er sagte, in dem Zimmer wäre keine Spur übriggeblieben, weil das Zimmermädchen saubergemacht und alles beseitigt hat, das zur Identifizierung dieses Pärchens hätte nützlich sein können.« Marie stockte, dann fuhr sie fort: »Zumindest hat Griffith das gesagt.«

»Du mußt lernen, daß man Bundesagenten vertraut«, schlug ich vor.

Sie lachte.

Ich dachte über das Ganze nach. Mittlerweile hatte ich zwar eine genauere Vorstellung davon, was vor fünf Jahren im Bayview Hotel gelaufen war, aber bei der Suche nach dem Pärchen war ich noch genauso weit wie gestern. Ich meine, wenn Griffith, Nash und der andere Typ vor fünf Jahren in eine Sackgasse geraten waren, obwohl ihnen alle Möglichkeiten auf der Welt zur Verfügung standen, dann war ich auf eine Ziegelmauer gestoßen.

Andererseits waren sie möglicherweise fündig geworden.

Es ist schon schwer genug, einen fünf Jahre alten, ungeklärten Fall zu lösen; weitaus schwerer aber ist es, einen zu lösen, der schon von jemandem gelöst wurde, der sämtliche Hinweise und Zeugen unterschlagen hat.

Nun ja, ich mußte lediglich ins Büro zurück und die Akte mit dem Zeichen »TWA 800 – Bayview Hotel« beantragen, oder so was Ähnliches. Richtig?

»Fällt dir sonst noch irgendwas ein?« sagte ich zu Marie.

»Nein, aber ich werde drüber nachdenken.«

Ich gab ihr meine Karte und sagte: »Ruf mich über Handy an. Ruf nicht im Büro an.«

Sie nickte.

»Kannst du mir einen Namen nennen?« fragte ich sie.

»Kann ich nicht. Aber ich kann ein paar Anrufe machen und sehen, ob irgendeiner der drei anderen Cops reden möchte.«

»Ich halte dich auf dem laufenden.«

»Worum geht es bei dem Ganzen überhaupt, John?«

»Tja, ich sage dir, was Griffith euch nicht erzählt hat – auf der Decke, die man am Strand fand, lag der Objektivdeckel einer Videokamera.«

Es dauerte zwei Sekunden, bis sie etwas sagen konnte. »Heiliger Bimbam. Meinst du –?«

»Wer weiß?« Ich stand auf und sagte. »Das bleibt unter uns. Denk unterdessen über den Tag im Bayview nach und über das, was du möglicherweise im nachhinein gehört haben könntest. Und danke, Marie, daß du dir die Zeit genommen und mir geholfen hast.«

Ich schlenderte zum Laufstall und zog das Mobile auf, dann sagte ich zu Marie: »Ich finde selber raus.«

Sie umarmte mich und sagte: »Sei vorsichtig.«

21

Slobadan saß im Taxi und sprach in sein Handy, als ich einstieg und sagte: »St. George-Fähre. Flotto.«

Er telefonierte immer noch in einer Sprache, die wie ein Laubhäcksler klang, als er losfuhr.

Wir trafen zehn Minuten vor der Abfahrt um 17.30 Uhr am Fährterminal ein, und ich zahlte den Fahrpreis plus fünf Dollar Trinkgeld. Ich nahm mir vor, Ms. Mayfield meine Ausgaben in Rechnung zu stellen.

In der Nähe des Terminals stand ein Eiscremewagen, und aus schierer Nostalgie kaufte ich mir eine Waffeltüte mit zwei Kugeln Pistazieneis.

Ich ging auf die Fähre, die nach wie vor umsonst war,

stieg auf das Vorderdeck, und keine fünf Minuten später legten wir ab und stachen gen Manhattan in See.

Die Fahrt dauerte etwa zwanzig Minuten, und in dieser Zeit dachte ich über ein paar Sachen nach, die nicht ganz hinhauten. Sachen, die Kate gesagt beziehungsweise nicht gesagt hatte. Bei diesem Job geht es zu fünfzig Prozent um Erkenntnisse beziehungsweise Informationen und zu fünfzig Prozent um Intuition, und meine Intuition sagte mir, daß ich nicht alle Informationen hatte.

Ich schaute auf die Freiheitsstatue, als wir daran vorbeifuhren, und ja, ich war ein bißchen gerührt und hatte auch ein paar patriotische Gefühle beim Gedanken an meinen Diensteid, bei dem ich geschworen hatte, die Verfassung der Vereinigten Staaten zu verteidigen und dergleichen mehr, aber ich war nach wie vor nicht davon überzeugt, daß es sich beim Absturz von TWA 800 um einen Angriff auf mein Vaterland handelte.

Und dann waren da noch die Opfer und ihre Angehörigen. Als Polizist bei der Mordkommission hatte ich immer versucht, mich nicht auf die Angehörigen der Toten einzulassen, aber häufig hatte ich es trotzdem getan. So was motiviert einen, aber nicht immer auf eine Art und Weise, die den Betroffenen oder einem selber guttut.

Ich ließ meine Gedanken in die Ferne schweifen, zu dem großen Augenblick, da ich diesen Fall tatsächlich geknackt haben würde – stell dir den Erfolg vor, so heißt es, und du wirst erfolgreich sein. Ich malte mir aus, wie Koenig, Griffith und mein unmittelbarer Vorgesetzter, Captain David Stein vom NYPD, mir die Hand schüttelten, während meine Kollegen klatschten und jubelten, und anschließend wurde ich zum Abendessen ins Weiße Haus eingeladen.

Aber so würde das nicht unbedingt ablaufen, falls es

mir gelingen sollte, den Fall wiederaufzurollen. Und ich wollte gar nicht daran denken, was tatsächlich passieren würde. Im Grunde genommen konnte bei dieser Sache nichts Angenehmes herauskommen – nur sehr üble Unannehmlichkeiten –, wenn man mal davon absah, daß ich meine egoistischen Bedürfnisse stillen und meine mitunter etwas unausstehliche Art durchsetzen konnte.

Und dann war da natürlich noch Kate, die auf mich zählte. Wie viele Männer haben schon ihr Leben verhunzt, weil sie bei einer Frau Eindruck schinden wollten? Mindestens sechs Milliarden. Wenn nicht noch mehr.

Die Fähre legte an, und ich ging von Bord und schnappte mir ein Taxi zum Delmonico's an der Beaver Street, nicht allzu weit von der Fähre entfernt.

Das Delmonico's gibt es schon seit rund hundertfünfzig Jahren, daher ging ich davon aus, daß es auch neuerdings nicht dichtgemacht hatte, so daß Ms. Mayfield auf der Straße herumstehen mußte. Da es im Financial District lag, wimmelte es von Wall-Street-Typen, aber niemand von der Federal Plaza 26 verkehrte hier, und das war ausschlaggebend.

Ich ging zur Bar, wo Ms. Mayfield mit zwei geilen Wall-Street-Typen ins Gespräch vertieft war. Ich mischte mich einfach ein und fragte sie: »Hat's weh getan?«

»*Was* soll weh getan haben?«

»Als du vom Himmel gefallen bist.«

Sie lächelte und sagte: »Ich kann nur hoffen, daß du diesen Spruch noch nie benutzt hast.«

»Das ist kein Spruch.« Ich bestellte mir einen Dewar's mit Soda und sagte zu ihr: »Du kommst mir bekannt vor.«

Sie lächelte und erwiderte: »Ich bin neu in der Stadt.«

»Ich auch«, sagte ich. »Mein Schiff ist gerade eingelaufen. Eigentlich war's die Staten-Island-Fähre.«

Mein Scotch kam, und wir stießen an. »Wo warst du?« fragte sie.

»Hab ich dir doch grade gesagt. Auf Staten Island.«

»Oh, ich dachte, das wäre ein Witz.«

»Ich mache keine Witze. Ich war auf Staten Island.«

»Weshalb?«

»Nach einem Haus für uns umschauen. Hast du schon mal an Kinder gedacht?«

»Ich … ich habe darüber nachgedacht. Wieso fragst du?«

»Ich bin schwanger.«

Sie tätschelte meinen Bauch und sagte: »Das sehe ich.« Sie fragte: »Was hat es mit dem Haus und den Kindern auf sich?«

»Ich habe mich gerade mit einer Polizistin auf Staten Island unterhalten – sie ist im Mutterschutzurlaub. Sie war '96 bei der ATTF. Sie hat im Bayview Hotel Zeugen vernommen.«

»Wirklich? Wie hast du die denn ausfindig gemacht?«

»Ich mache jeden und alles ausfindig.«

»Du findest nicht mal zwei zusammenpassende Socken. Was hat sie gesagt?«

»Sie hat ein Zimmermädchen vernommen, das den Typ sah, der offenbar die Bettdecke zum Strand mitgenommen hat. Das Zimmermädchen hat auch seine Holde gesehen.«

Kate dachte darüber nach und fragte mich: »Wußte deine Freundin, ob das FBI das Paar identifiziert hat?«

»Ihres Wissens nach nicht. Der Typ hat sich unter falschem Namen angemeldet.« Ich trank einen Schluck.

»Was hast du sonst noch von dieser Frau erfahren?«

»Ich habe erfahren, daß drei Bundesagenten, die diese ganze Chose leiteten, den vier Detectives vom NYPD, die die ganze Laufarbeit machten, nichts anvertrauten. Aber das wußte ich schon vorher.«

Sie ging nicht darauf ein.

Ich schaute sie an und sagte: »Unterdessen kannst du mir erzählen, wie du auf diesen Polizeibericht aus Westhampton zu dem Handtuch am Strand aufmerksam geworden bist.«

Sie schwieg ein paar Sekunden lang, dann erwiderte sie: »Durch reinen Zufall. Ich ging eines Nachts in meinem Hotelzimmer allerlei Berichte durch, und der fiel mir ins Auge.«

»Probier's noch mal.«

»Okay ... Ted und ich waren eines Abends etwas trinken, und er hat die Sache mir gegenüber erwähnt. Ich glaube, er hatte zuviel intus.«

Ich war stinksauer, konnte mich aber halbwegs beherrschen und sagte in liebevollem Tonfall: »Du hast mir doch erzählt, daß du nie mit ihm darüber gesprochen hast.«

»Sorry.«

»Was für Lügen hast du mir sonst noch erzählt?«

»Keine. Ich schwör's.«

»Warum hast du mich angelogen?«

»Ich ... ich dachte nur, es wäre wichtig, daß du weißt, woher ich diese Information habe. Ich weiß doch, wie du bist, wenn nur Ted Nashs Name fällt.«

»Wirklich? Wie denn?«

»Psychotisch.«

»Quatsch.«

Wir erregten mittlerweile ein bißchen Aufsehen, weil ich meine Stimme erhoben hatte und das Bargesäusel übertönte. »Ist alles in Ordnung?« fragte uns der Barkeeper.

»Ja«, erwiderte Kate. Und zu mir sagte sie: »Gehen wir.«

»Nein. Mir gefällt's hier. Erzähl mir, was du mir sonst noch verschwiegen hast. Sofort.«

Kate bewahrte die Ruhe, aber ich sah, daß sie außer sich war. Ich war nicht außer mir – ich schäumte. »Raus mit der Sprache.«

»Herrsch mich nicht so an. Du bist nicht –«

»Raus damit. Und keinen Blödsinn.«

Sie holte tief Luft und sagte: »Okay ... aber es ist nicht das, was du meinst –«

»Scheißegal, was ich meine.«

»Na schön ... Ted hat ebenfalls an dem TWA-Fall mitgearbeitet, wie du ja inzwischen vielleicht weißt ... und ich kannte ihn vom Büro her ... aber wir hatten nie etwas miteinander, was ich dir schon zigmal gesagt habe und was auch stimmt.«

»Und warum hat er dir dann von der Decke am Strand erzählt und von dem Videokameraobjektivdeckel, wenn du damit nichts zu tun hattest?«

»Ich bin mir nicht ganz sicher ... aber wir haben eines Abends in einer Bar dort ein paar Drinks zu uns genommen ... etwa eine Woche nach dem Absturz ... und er trank zuviel ... wie wir alle ... und er hat den Bericht der örtlichen Polizei erwähnt und so was Ähnliches gesagt wie: ›Dieses Pärchen hat sich vermutlich beim Sex am Strand gefilmt und möglicherweise die Explosion auf Video aufgezeichnet.‹ Ich habe ihm ein paar Fragen gestellt, und er hat dichtgemacht. Am nächsten Tag rief er mich an und sagte, sie hätten das Pärchen gefunden, und es handelte sich um ein altes Ehepaar, und der Objektivdeckel stammt von einem gewöhnlichen Fotoapparat, nicht von einer Videokamera, und das Paar hätte nichts gesehen oder fotografiert, was in irgendeinem Zusammenhang mit der Explosion stünde.« Sie rührte ihren Drink um.

»Weiter.«

»Okay, damit ist also ziemlich offensichtlich, daß er es bereut, daß er am Abend zuvor den Mund aufgemacht hat, und ich sage: ›Tja, schade‹, oder so was Ähnliches, und wir belassen es dabei. Aber ich wende mich an die Polizei in Westhampton Village, und die sagen, das FBI war bereits da und hat den schriftlichen Bericht mitgenommen, und sie warten noch darauf, daß sie vom FBI eine Kopie zurückbekommen.« Und sie fügte hinzu: »Vermutlich warten sie immer noch. Aber ich habe den Namen von dem Polizisten erfahren, der am Strand war und den Bericht geschrieben hat, und ich habe mit ihm geredet, obwohl er sich nicht sicher war, ob er mit mir reden sollte, und er klärt mich auf und sagt, daß er das FBI darauf hingewiesen hätte, daß die Decke aus einem Hotel oder Motel stammen könnte. Ich stecke bis über beide Ohren in Zeugenvernehmungen, deshalb habe ich nicht nachgehakt, und ich habe, um ehrlich zu sein, auch keinen Grund dazu gesehen. Dafür waren Ted und die anderen zuständig. Aber etwa eine Woche später bin ich wieder ein paar Tage im Büro und habe, wie schon gesagt, ein paar Hotels und Motels in der Gegend dort angerufen, und dabei bin ich auf dieses gestoßen – das Bayview – und habe mit dem Direktor gesprochen, einem gewissen Leslie Rosenthal, der mir mitteilte, daß das FBI bereits dagewesen sei, die Decke vorgezeigt und mit seinem Personal und den Gästen gesprochen habe. Rosenthal sagt, der verantwortliche FBI-Typ habe ihm nichts gesagt, außer daß er mit niemandem über diese Sache reden sollte.« Sie schaute mich an und sagte: »Das ist alles.«

»Wer war der verantwortliche FBI-Typ?«

»Liam Griffith. Wie du sicher schon von deiner Kontaktperson auf Staten Island erfahren hast.«

»Stimmt genau, aber warum hast du mir das nicht gesagt?«

»Weil ich dir von vornherein eins erklärt habe – keine Namen. Deswegen habe ich dir auch nichts von Ted erzählt.«

»Und was hast du mit dieser Auskunft von Mr. Rosenthal angefangen?«

»Nichts. Was sollte ich denn damit anfangen? Ich habe darüber nachgedacht, aber bevor ich allzu lange darüber nachdenken konnte, wurde ich zum OPR zitiert, wie schon gesagt.« Sie trank ihr Glas aus und sagte: »Ich bin mir sicher, daß Ted sich darüber im klaren war, daß ich herumgeschnüffelt und mir deswegen einen Tadel eingehandelt hatte, aber meinst du, der sagt: ›Hey, tut mir leid, daß ich das dir gegenüber erwähnt habe?‹ Nein, er kehrt mir bloß die kalte Schulter zu.«

»Ach, mein armer Schatz.«

»John, du kannst mich mal. Ich habe nichts zu verbergen, und ich muß mich auch für nichts schämen. Laß es einfach gut sein.«

»Du hast mich angelogen.«

»Richtig. Ich habe dich angelogen, weil ich so eine beschissene Szene wie jetzt vermeiden wollte. Was spielt es denn für eine Rolle, wie ich an diese Information gekommen bin? Neunundneunzig Prozent von dem, was ich dir gesagt habe, stimmen, und das, was ich dir nicht gesagt habe, hatte keinerlei Einfluß darauf, was du gemacht oder gewußt hast. Also freu dich lieber, daß du jetzt weißt, daß Ted Nash genauso blöde ist wie jeder andere, wenn er betrunken ist. Okay?«

Ich ging nicht darauf ein, sondern stand nur da und war immer noch auf hundertachtzig.

Sie legte mir die Hand auf den Arm, rang sich ein Lächeln ab und sagte: »Darf ich dir einen Drink ausgeben?«

Wenn ich zwei mehr intus gehabt hätte, hätte ich mich vielleicht beruhigt, aber ich hatte erst einen halben Drink im Leib und kam nicht darüber hinweg, daß meine Frau mich angelogen hatte. Außerdem war ich mir nicht hundertprozentig sicher, daß sie mir jetzt die ganze Wahrheit erzählte, was das Wo und Wie anging, als Ted Nash sich ihr anvertraut hatte – da ich wußte, wie zugeknöpft Ted Nash für gewöhnlich war, konnte ich mir nicht recht vorstellen, daß er in einer Bar irgendwelches Zeug babbelte, wohl aber in einem Schlafzimmer.

»Komm schon, John. Laß uns einen trinken«, sagte sie.

Ich drehte mich um und ging.

22

Ich wachte mit einem ziemlich schweren Kater auf meiner Couch auf.

Ich konnte mich noch erinnern, daß ich mir vom Delmonico's aus ein Taxi zum Dresner's genommen hatte, einer Kneipe in meiner Gegend, wo mir Aidan, der Barkeeper, ein paar zuviel einschenkte. Danach weiß ich nur noch, daß ich mir irgend etwas vom Gesicht wischen wollte, und es war der Boden.

Ich setzte mich auf, stellte fest, daß ich in Unterwäsche

war, und fragte mich, ob ich so nach Hause gegangen war. Dann sah ich meine Sachen am Boden liegen, was mich beruhigte.

Ich stand ganz langsam auf. Die Morgensonne, die durch meine Balkontür fiel, stach mir mitten in die Augen und ins Hirn.

Ich ging in die Küche, wo es nach Kaffee roch. Neben der Kaffeemaschine lag eine Notiz. *John, ich bin zur Arbeit gegangen. Kate.* Die Digitaluhr an der Kaffeemaschine stand bei 9:17. Dann bei 9:18. Faszinierend.

Die *Times* und die *Post* lagen ungelesen auf dem Küchentisch.

Ich goß mir eine Tasse heißen, schwarzen Kaffee ein und überflog geistesabwesend die *Post*, was übrigens die beste Methode ist, diese Zeitung zu lesen. Ich versuchte den Vorfall im Delmonico's hintanzustellen, bis mein Kopf so weit belastbar war, daß ich meinen leichten Koller als gerechtfertigt vertreten konnte.

Aber als mir alles wieder einfiel, fand ich, daß ich möglicherweise etwas überreagiert hatte. Allmählich wurde ich ein bißchen reumütig, und ich wußte, daß ich die Sache mit Kate ausbügeln mußte, auch wenn eine Entschuldigung nicht in Frage kam.

Ich trank meinen Kaffee aus, ging ins Badezimmer, nahm zwei Aspirin, dann rasierte ich mich und duschte.

Als es mir ein bißchen besser ging, beschloß ich mich krank zu melden, was ich auch tat.

Ich zog ein paar legere Sachen an, eine braune Hose, ein Sporthemd, einen blauen Blazer, Docksider und Knöchelholster.

Ich rief in der Garage an und bestellte mein Auto, fand eine Tüte Kartoffelchips für unterwegs und ging dann nach unten.

Mein Portier begrüßte mich fröhlich, was mich fuchste. Ich stieg in meinen Jeep und fuhr die Second Avenue hinunter und in den Midtown Tunnel, der mich zum Long Island Expressway in Richtung Osten brachte.

Heute war es teilweise bewölkt, feucht, und mein Autothermometer zeigte bereits 78 Grad Fahrenheit an. Ich schaltete den Computer auf Celsius um, worauf die Temperatur auf 26 Grad sank, was für die Jahreszeit ziemlich kühl war.

An diesem Donnerstag im Juli herrschte leichter bis mäßiger Verkehr. Am Freitag, wenn halb Manhattan zum East End von Long Island unterwegs war, dürfte er deutlich dichter sein. Heute war ein guter Tag für einen Besuch im Bayview Hotel.

Ich schaltete einen Country & Western-Sender ein, gute Musik für einen Kater. Tim McGraw schmetterte gerade »Please Remember Me«. Ich aß ein paar Kartoffelchips.

Kate hatte mir also eine kleine Notlüge erzählt, um Ted Nash nicht erwähnen zu müssen, weil sie dachte, der Name brächte mich auf die Palme. Ich glaube, sie hatte den Ausdruck »psychotisch« benutzt. Auf jeden Fall konnte ich nachvollziehen und auch verstehen, warum sie gelogen hatte. Andererseits verhält es sich, wie jeder Cop weiß, mit Lügen genauso wie mit Kakerlaken – wenn man eine sieht, sind noch mehr da.

Davon abgesehen war dieser kleine Krach vielleicht ganz gut; er schuf ein bißchen Abstand zwischen mir und Kate, was bei diesem Fall nicht schaden konnte. Möglicherweise konnte ich ihr das später erklären.

Meiner Meinung nach müßte sie mittlerweile angerufen haben, als sie mich nicht an meinem Arbeitsplatz sah, aber mein Handy blieb stumm.

Manche Strafverfolgungsbehörden, darunter auch das

FBI, arbeiten bei ihren Funktelefonen mit Trägerwellen, durch die sie, wenn sie die Nummer kennen, ein Handy oder einen Pieper orten können, selbst wenn man das Telefon nicht benutzt. Das Handy muß nur eingeschaltet sein und ein Signal an die nächste Antenne senden, durch das dann der Standort des Handys angepeilt werden kann.

Ich bin nicht paranoid – es gibt wirklich Leute, die hinter mir her waren –, deshalb schaltete ich mein Handy und meinen Pieper vorsichtshalber aus, falls die Kontrolleure an der Federal Plaza 26 feststellen wollten, wohin ich an dem Tag, an dem ich krank feierte, unterwegs war. Sowohl das Handy als auch den Piper auszuschalten verstößt gegen sämtliche Vorschriften, aber das könnte das geringste meiner Probleme sein.

Ich verließ Queens und fuhr durch die Vorstadtviertel des Nassau County. Der Sänger am Radio heulte sich die Augen aus wegen einer ungetreuen Frau, seinem besten Freund, ihrem betrügerischen Herz und einsamen Nächten. Ich würde therapeutische Beratung empfehlen, aber Scotch tut's notfalls auch. Ich wechselte den Sender.

Ein Talk-Show-Typ zeterte über irgendwas, während ein anderer Typ, vermutlich ein Anrufer, ein paar Worte einzuwerfen versuchte.

Es dauerte eine Weile, bis ich kapierte, worum es ging; es hatte etwas mit Aden zu tun, und zuerst dachte ich, sie redeten über Aidan Conway, meinen Barkeeper im Dresner's, aber das ergab keinen Sinn. Dann sagte einer der Typen »Jemen«, und ich konnte es mir zusammenreimen.

Anscheinend hatte die Botschafterin im Jemen, eine gewisse Barbara Bodine, John O'Neill die Rückkehr in den Jemen verweigert. Der schillernde und extravagante John

O'Neill, dem ich ein paarmal begegnet war, war der hochangesehene Leiter der FBI-Ermittlungen wegen des Bombenanschlags auf die USS *Cole* im Hafen von Aden, das im Jemen liegt. Alles klar.

Wenn ich den Talk-Show-Typen und seinen glücklosen Gast recht verstand – und ich entsann mich auch, in der *New York Post* etwas darüber gelesen und beim ATTF allerlei Gerede darüber gehört zu haben –, hatte Botschafterin Bodine, da sie Diplomatin war, O'Neills höchst aggressive Ermittlungsmethoden bei der Untersuchung des Bombenanschlags auf die *Cole* nicht gutgeheißen, als O'Neill im Jemen weilte. Und als O'Neill zu einer Besprechung nach Washington zurückkehrte – was möglicherweise eine Falle gewesen war –, wollte ihn Botschafterin Bodine nicht mehr in den Jemen einreisen lassen.

Jedenfalls hatte dieser Talk-Show-Typ regelrecht Schaum vor dem Mund und bezeichnete das Außenministerium als einen Haufen Waschlappen, Feiglinge und gebrauchte sogar das Wort »Verräter«.

Der andere Typ, allem Anschein nach ein Sprecher des Außenministeriums, versuchte ein paar Argumente vorzubringen, aber er schlug diesen salbungsvoll-hinterfotzigen öffentlich-rechtlichen Radiosprechertonfall an, den ich nicht ausstehen kann, und der Talk-Show-Typ, ein Basso profundo, redete ihm regelrecht Löcher in den Bauch.

Der Talk-Show-Typ sagte gerade: »Wir haben siebzehn tote Matrosen auf der *Cole* zu beklagen, und Ihre Leute behindern die Ermittlungen, weil sie vor einem nichtsnutzigen Land klein beigeben, und diese hasenfüßige Botschafterin – auf welcher Seite steht die eigentlich? Auf welcher Seite stehen *Sie*?«

Der Typ vom Außenministerium erwiderte: »Der Außenminister hat sich dahingehend festgelegt, daß Botschafterin Bodine eine vernünftige und wohlüberlegte Entscheidung traf, als sie Mr. O'Neill die Rückkehr in den Jemen verwehrte. Dieser Entschluß basiert im wesentlichen auf der Notwendigkeit, gute Beziehungen zur jemenitischen Regierung zu pflegen, die sich hilfsbereit und kooperativ gegenüber den –«

»*Hilfsbereit?*« brüllte der Talk-Show-Typ. »Machen Sie Witze, oder sind Sie wahnsinnig? Diese Typen *stecken* hinter dem Anschlag auf die *Cole.*«

Und so weiter und so fort. Ich schaltete wieder auf Country & Western, wo sie wenigstens über ihre Probleme sangen.

Im Grunde genommen lief es, wie ich schon sagte, beim internationalen Terrorismus darauf hinaus, daß ihn niemand als Krieg bezeichnen wollte. Verglichen mit dem Kalten Krieg und dem drohenden nuklearen Armageddon war er ja auch eine Mücke auf dem Arsch des Elefanten. Jedenfalls dachte man das in Washington. Und wenn man das in Washington dachte, dachte man auch an der Federal Plaza 26 so – obwohl man es dort besser wußte.

Ich hatte angenommen, daß die neue Regierung die Sache ein bißchen schärfer angehen würde, aber anscheinend kapierten sie es nicht. Was ziemlich beängstigend war, wenn man davon ausgehen konnte, daß es die Talk-Show-Typen kapiert hatten.

Ich verließ das Nassau County und fuhr ins Suffolk Country an dessen Ende sich die Hamptons befanden.

Ich hielt mich weiter in Richtung Osten und kam an der Ausfahrt zum William Floyd Parkway vorbei, auf dem Kate und ich zwei Abende zuvor zu der Gedenkfeier gefahren waren. *William Floyd ist ein Rockstar. Richtig?* Ich lächelte.

Ich kam in eine Gegend, die ganz treffend Pine Barrens hieß, und hielt Ausschau nach der Ausfahrt nach Westhampton. Es gab Ausfahrten zum Brookhaven National Laboratory und nach Calverton, was mich daran erinnerte, warum ich heute den Dienst schwänzte, warum ich mich mit meiner Frau gestritten hatte und warum ich auf dem besten Weg war, mir gewaltigen Ärger einzuhandeln.

An einem Ausfahrtschild, das mir den Weg nach Westhampton wies, bog ich vom Expressway ab.

Ich war jetzt gen Süden unterwegs, in Richtung der Bucht und des Ozeans, und binnen zwanzig Minuten kam ich in die malerische Ortschaft Westhampton Beach. Es war kurz nach ein Uhr mittags.

Ich fuhr eine Weile herum, blickte mich in der Stadt um und versuchte mir vorzustellen, daß Don Juan vor fünf Jahren das gleiche gemacht hatte. Hatte er seine Holde bei sich? Vermutlich nicht, wenn sie verheiratet war. Ich meine, es war nicht unbedingt ratsam, sie auf ein Techtelmechtel daheim abzuholen. Folglich waren sie getrennt angereist und hatten sich irgendwo hier in der Gegend getroffen.

Sie waren nicht in einem der zahllosen Stundenhotels entlang des Expressway abgestiegen, manchmal auch Rast- und Rammelstätten genannt, folglich hatten sie möglicherweise vor, über Nacht zu bleiben – daher das teure Hotel. Und wenn das stimmte – und vorausgesetzt, sie waren beide verheiratet –, dann hatten sie entweder gute Ausreden oder dumme Ehepartner.

Ich konnte mir regelrecht vorstellen, wie die beiden mittags in einem der Restaurants speisten, die ich sah, als ich die Hauptstraße entlangfuhr, die tatsächlich Main Street hieß. Entweder kannten sie das Bayview Hotel, oder sie hatten es sich ausgesucht, als sie herumfuhren. Die Kühlbox verriet mir, daß sie vermutlich vorhatten, zum Strand zu gehen, und die Videokamera hatten sie bestimmt nicht mitgenommen, um Urlaubsfilme für die Kinder zu drehen.

Ich wußte nicht, wo das Bayview Hotel war, aber ich hatte das Gefühl, daß es in der Nähe der Bucht lag, daher hielt ich mich auf einer Straße namens Beach Lane in Richtung Süden. So was lernt man nicht auf der Polizeiakademie.

Wahre Männer fragen nicht nach dem Weg, deshalb hat ein Typ das Global Positioning System erfunden, aber ich hatte kein GPS, und außerdem ging mir das Benzin aus, deshalb hielt ich neben einem jungen Pärchen auf Fahrrädern und erkundigte mich nach dem Bayview Hotel. Sie konnten mir weiterhelfen, und keine fünf Minuten später fuhr ich durch die Einfahrt des Hotels, neben der ein Schild mit der Aufschrift »Zimmer frei« stand.

Ich stieß auf einen kleinen Parkplatz bei der Rezeption und stieg aus.

Im Grunde genommen trug ich die gleichen Sachen, die Marie Gubitosis Aussage zufolge auch Don Juan am 17. Juli 1996 getragen hatte.

Dieser Ort würde sich entweder als Ziegelmauer erweisen oder als magisches Fenster, durch das ich fünf Jahre zurückblicken konnte.

23

Das Bayview Hotel sah genauso aus, wie Marie es beschrieben hatte: ein großes, altes Haus im viktorianischen Stil, das einstmals ein privater Wohnsitz gewesen sein mochte.

Hinter dem Haus stand inmitten alter Bäume ein moderner, einstöckiger Bau, der aussah wie ein Motel, und dahinter konnte ich ein paar kleine Gästecottages sehen. Das Land fiel zur Bucht hin ab, und auf der anderen Seite der Bucht konnte ich die Wallinsel sehen, auf der die Dune Road am Ozean entlangführte. Es war ein hübsches Plätzchen, und ich konnte verstehen, warum sich ein gutbetuchtes Paar mittleren Alters diesen Ort als Liebesnest ausgesucht hatte. Andererseits aber war es auch ein Ort, an dem Mr. und Mrs. Gehobene Mittelschicht auch jemandem über den Weg laufen könnten, den sie kannten. Einer oder auch alle beide waren meiner Meinung nach ein bißchen leichtsinnig. Ich fragte mich, ob sie noch mit ihren Partnern verheiratet waren. Genaugenommen fragte ich mich sogar, ob die Frau noch am Leben war. Aber vielleicht brach da nur der Kriminalpolizist bei mir durch.

Ich ging ein paar Stufen hoch zu einer großen, mit Holzwänden eingefriedeten Veranda und betrat eine kleine, gut ausgestattete und klimatisierte Lobby.

Ich schaute durch die Glastür zurück und stellte fest, daß ich meinen Jeep von der Lobby aus nicht sehen konnte.

Der Angestellte an der Rezeption, ein etwas geckenhafter junger Mann, sagte: »Willkommen im Bayview Hotel, Sir. Womit kann ich Ihnen behilflich sein?«

»Ich habe das Schild an der Einfahrt gesehen«, erwiderte ich. »Ich brauche ein Zimmer, und ich hätte gern eins im Neubau.«

Er fuhrwerkte an seinem Computer herum und sagte: »Wir haben ein Zimmer im Moneybogue Bay Pavillon frei. Für zweihundertfünfzig Dollar die Nacht haben Sie von dort aus einen herrlichen Ausblick auf die Bucht.«

Die Wirtschaft ging den Bach runter, aber die Preise im Bayview stiegen. »Ich nehme es«, sagte ich.

»Sehr schön. Wie lange werden Sie bei uns bleiben?«

»Haben Sie auch Halbtagessätze?«

»Nein, Sir. Nicht im Sommer.« Und er fügte hinzu: »Kommen Sie im Herbst wieder, wenn Sie zum halben Preis mal kurz ins Heu hüpfen wollen.«

Letzteres sagte er genaugenommen nicht, aber es kam so rüber. »Eine Nacht«, sagte ich.

»Aber gern.« Er schob eine Anmeldekarte und einen Stift über den Schalter, und ich sah, daß er lackierte Nägel hatte. Ich füllte die Karte aus, die, wie ich feststellte, eine harte, glänzende Beschichtung hatte, auf der man Fingerabdrücke sichern konnte, wenn sich jemand die Mühe machte, die Karte einzustäuben.

Der Angestellte, dessen Namen dem Messingschild zufolge Peter lautete, fragte mich: »Wie möchten Sie Ihre Rechnung begleichen, Sir?«

»In bar.«

»Sehr schön. Darf ich einen Abzug von Ihrer Kreditkarte machen.«

Ich schob ihm meine Anmeldekarte zu und sagte: »Ich halte nichts von Kreditkarten. Aber ich kann Ihnen fünfhundert Dollar in bar als Sicherheit geben.«

Er warf einen Blick auf die Anmeldekarte, dann auf mich und sagte: »Das wäre bestens, Mr. Corey. Darf ich eine Fotokopie von Ihrem Führerschein machen?«

»Den habe ich nicht bei mir.« Ich legte meine Visitenkarte auf den Schalter und sagte: »Die können Sie behalten.«

Er schaute auf die Karte, auf der das FBI-Emblem prangte, zögerte kurz und fragte dann: »Haben Sie irgendeinen anderen Ausweis?«

Ich hatte natürlich meinen FBI-Ausweis, aber ich wollte sehen, ob ich auf die gleiche Tour wie Don Juan zu einem Zimmer kam. »Meine Name ist in meine Unterwäsche eingenäht«, sagte ich. »Wollen Sie's sehen?«

»Sir?«

»Das ist alles, Peter. Bargeld fürs Zimmer, Sicherheit und meine Visitenkarte. Ich brauche ein Zimmer.« Ich drückte ihm zwei Zwanziger in die Hand und sagte: »Das ist für Ihre Mühe.«

»Ja, Sir ...« Er sackte das Geld ein, holte einen Quittungsblock unter dem Schalter hervor und fing an zu schreiben, schaute dann auf meine Karte, schrieb meinen Namen und sagte: »Sie sind ... beim FBI?«

»Ganz recht. Eigentlich brauche ich gar kein Zimmer. Ich muß mit Mr. Rosenthal sprechen.« Ich hielt meinen Dienstausweis so lange hoch, daß er das Foto erkennen konnte, und sagte: »Es geht um eine dienstliche Angelegenheit.«

»Ja, Sir – darf ich –«

»Mr. Rosenthal. Danke.«

Er wählte eine dreistellige Nummer und sagte ins Telefon: »Susan, hier ist ein Gentleman vom FBI, der Mr. Rosenthal sprechen möchte.« Er hörte einen Moment lang zu und sagte: »Nein ... habe ich nicht ... in Ordnung.« Er legte auf und sagte zu mir: »Ms. Corva, Mr. Rosenthals Assistentin, wird gleich vorbeikommen.«

»Großartig.« Ich nahm meine Visitenkarte und die Anmeldekarte vom Schalter und steckte sie in die Hosentasche, aber da ich nun mal ein Softie bin, ließ ich ihm die vierzig Kröten für die nächste Maniküre. Ich schaute mich in der Lobby um, die jede Menge dunkles Mahagoni, Zimmerpflanzen, wuchtiges Mobiliar und Spitzenstores zu bieten hatte.

Links von mir war eine offene Doppeltür, die in eine Bar samt Restaurant führte, in dem ein paar Mittagsgäste saßen. Essensduft stieg mir in die Nase, und mein Magen knurrte.

Rechts war eine weitere Doppeltür, die in einen Salon und in die Bibliothek führte, die Marie erwähnt hatte. Weiter hinten befand sich eine breite Treppe, deren Stufen eine junge, attraktive Frau herabschritt, die einen dunklen Rock, eine weiße Bluse und vernünftige Schuhe trug. Sie kam auf mich zu und sagte: »Ich bin Susan Corva, Mr. Rosenthals Assistentin. Womit kann ich Ihnen behilflich sein?«

Wie vorgeschrieben hielt ich meinen Ausweis hoch und sagte höflich: »Ich bin Detective Corey vom Federal Bureau of Investigation, Ma'am. Ich würde gern Mr. Leslie Rosenthal sprechen.«

»Darf ich fragen, worum es geht?«

»Es ist eine dienstliche Angelegenheit, Ms. Corva, über die ich keine Auskunft geben darf.«

»Na ja ... er ist im Moment ziemlich beschäftigt, aber ...«

»Ich bin ebenfalls ziemlich beschäftigt.« Und wie immer fügte ich hinzu: »Ich werde ihn nicht lange aufhalten. Ich folge Ihnen einfach.«

Sie nickte, drehte sich um, und wir stiegen gemeinsam die Treppe hoch. »Hübsches Haus«, sagte ich.

»Danke.«

»Wie lange Sind Sie schon hier?«

»Das ist mein zweiter Sommer.«

»Schließt ihr im Winter?«

»Nein, aber nach Labor Day ist es ziemlich ruhig.«

»Was wird aus dem Personal?«

»Na ja ... die meisten Mitarbeiter werden entlassen. Sie wissen das von Anfang an. Wir haben meistens Springer.«

»Springer?«

»Einheimische und auch ein paar Auswärtige, die nur den Sommer über arbeiten. Lehrer, Studenten. Aber auch Fachpersonal, das während der Hauptsaison hierherzieht und nach Labor Day in den Süden geht.«

»Aha. Kriegen Sie jeden Sommer wieder die gleichen Mitarbeiter?«

»Viele von ihnen kommen wieder«, erwiderte sie, als wir am obersten Treppenabsatz angelangt waren. »Sie verdienen gut, und es gefällt ihnen hier, auch an den freien Tagen.« Sie schaute mich an und fragte: »Liegt irgend etwas vor?«

»Nein. Es geht um eine reine Routinesache.« Nur zur Kenntnis – wenn ein Cop etwas von »Routine« sagt, ist es alles andere als das.

Wir gingen einen breiten, von numerierten Gästezimmern gesäumten Flur entlang, bogen in einen schmäleren Seitengang ein, an dem sich eine Tür mit der Aufschrift PRIVAT – ZUGANG NUR FÜR PERSONAL befand, die Ms. Corva öffnete. Wir betraten ein Vorzimmer, in dem vier Frauen an ihren Computern saßen und Anrufe entgegennahmen.

Ms. Corva führte mich zu einer weiteren Tür, klopfte, öffnete sie und winkte mich hinein.

Hinter einem großen Schreibtisch saß ein Mann mittleren Alters, der ein Oberhemd mit offenem Kragen und einen leuchtendbunten, lose herabhängenden Schlips trug. Er stand auf und kam um den Schreibtisch herum, und ich sah, daß er groß und schlank war. Sein Gesicht wirkte einigermaßen intelligent, aber sein Blick war leicht besorgt.

»Mr. Rosenthal«, sagte Ms. Corva, »das ist Mr. Corey vom FBI.«

Wir schüttelten uns die Hand, und ich sagte: »Danke, daß Sie mich so kurzfristig empfangen.«

»Kein Problem.« Er sagte zu Ms. Corva: »Vielen Dank, Susan.« Sie ging und schloß die Tür. Mr. Rosenthal sagte zu mir: »Nehmen Sie Platz, Mr. ...?«

»Corey. John Corey.« Ich bot ihm keine Karte an, zeigte ihm aber meinen Ausweis, damit er in die richtige Stimmung kam.

Ich nahm auf der anderen Seite seines Schreibtisches Platz, und er ging zu seinem großen Armsessel und sagte: »Womit kann ich Ihnen behilflich sein, Mr. Corey?«

Das FBI trimmt einen darauf, höflich zu den eigenen Staatsbürgern zu sein, was durchaus gut ist. Man soll aber auch höflich zu verdächtigen Kriminellen, Spionen, illegalen Ausländern und ausländischen Terroristen sein, was für mich eine stete Herausforderung ist. Aber das FBI hat ein Image zu wahren. Mr. Rosenthal war ein Staatsbürger, der keiner Straftat verdächtigt wurde, außer daß er eine geschmacklose Krawatte besaß – sie war mit kleinen Walen bedruckt. »Ich bin mit ein paar ergänzenden Ermittlungen zum Absturz vom TWA 800 befaßt«, sagte ich zu ihm.

Er schien erleichtert, daß es um nichts anderes ging, zum Beispiel um die Beschäftigung illegaler Ausländer. Er nickte.

»Wie Sie sicher wissen, Sir«, sagte ich, »sind seit dem Unglück genau fünf Jahre vergangen, und dieser Jahrestag wurde von vielen Presseberichten begleitet, was in gewisser Weise dazu führte, daß dieses Ereignis aufs neue ins Bewußtsein und Interesse der Öffentlichkeit gerückt ist.«

Wieder nickte er und sagte: »Ich habe in den letzten paar Tagen selbst daran gedacht.«

»Gut.« Ich schaute mich in Mr. Rosenthals Büro um. Er hatte ein College-Diplom von der Cornell University an der Wand hängen, dazu Dutzende gesellschaftliche und berufliche Auszeichnungen, Plaketten und Belobigungen. Durch das große Fenster hinter seinem Schreibtisch konnte ich die Bucht und den neuen, einstöckigen Moneybogue Bay Pavilion sehen, der nach wie vor wie ein Motel wirkte. Zur Rechten, entlang der Straße, die zum Strand hinunterführte, sah ich den Parkplatz des Motelflügels, der zu dieser Stunde, da am Strand Hochbetrieb herrschte, fast leer war.

Ich wandte mich wieder Mr. Rosenthal zu und fuhr fort: »Um diesem Interesse nachzukommen, nehmen wir uns einige strittige Punkte noch einmal vor.« Klang für mich wie ausgemachter Quatsch, aber Mr. Rosenthal nickte. »Wie Sie sich sicherlich erinnern, waren zwei mögliche Zeugen des Unglücks am 17. Juli 1996, dem Tag des Absturzes, in Ihrem Hotel abgestiegen.«

»Wie könnte ich das vergessen? Haben Sie die beiden jemals gefunden?«

»Nein, Sir, leider nicht.«

»Tja, sind nie wieder hierhergekommen. Jedenfalls nicht, soweit ich weiß. Ich hätte bei Ihnen angerufen.«

»Ja, Sir. Haben Sie eine Kontaktperson und eine Nummer?«

»Nein ... aber ich weiß, wie ich das FBI erreiche.«

»Gut.« Ich sagte zu ihm: »Ich habe die der Akte beiliegenden Berichte der Agenten gelesen, die seinerzeit hier waren, und ich möchte ein paar Sachen mit Ihnen abklären.«

»In Ordnung.«

Mr. Rosenthal schien ganz okay zu sein, aufrecht und hilfsbereit. »Ist der Angestellte an der Rezeption, bei dem sich dieser mögliche Zeuge anmeldete, noch hier?«

»Nein. Er hat uns kurz nach dem Absturz verlassen.«

»Aha. Wie war sein Name?«

»Christopher Brock.«

»Wissen Sie, wo ich ihn finden kann?«

»Nein, aber ich kann Ihnen seine Personalakte holen.«

»Das wäre eine große Hilfe«, sagte ich. »Außerdem war hier ein Zimmermädchen beschäftigt, eine Hispanierin namens Lucita Gonzalez Perez, die die diesen möglichen Zeugen und eine Frau aus ihrem Zimmer kommen sah. Zimmer 203. Ist dieses Zimmermädchen noch bei Ihnen?«

»Ich glaube nicht. Ich habe sie seit jenem Sommer nicht mehr gesehen. Aber ich werde mich erkundigen.«

»Haben Sie auch über sie eine Akte?«

Er wirkte jetzt ein bißchen verlegen und erwiderte: »Wir bewahren Fotokopien ihrer Sozialversicherungskarten auf, wenn es sich um Gastarbeiter handelt. Alle unsere im Ausland geborenen Beschäftigten müssen amerikanische Staatsbürger sein oder ein Arbeitsvisum besitzen – ansonsten beschäftigen wir sie nicht.«

»Davon bin ich überzeugt, Sir. Hier geht es nicht um den rechtlichen Status dieser Frau in unserem Land. Sie ist eine wichtige Zeugin, und wir würden gern noch mal mit ihr sprechen.«

»Ich werde das nachprüfen.«

»Gut. Hier war noch eine andere Putzfrau beschäftigt. Diejenige, die am Mittag des nächsten Tages Zimmer 203 betrat und meldete, daß die Gäste abgereist waren und eine Decke fehlte. Ist sie noch hier?«

»Nein, ich habe sie seit jenem Sommer nicht mehr gesehen.«

Ich meinte hier ein gewisses Muster zu erkennen. »Aber Sie erinnern sich an sie?« fragte ich ihn.

»Ja, durchaus.«

»Haben Sie eine Akte über sie?«

»Dessen bin ich mir sicher. Sie ging noch aufs College. Kam jeden Sommer, um im Hotel zu arbeiten. Hat tüchtig gearbeitet und tüchtig gefeiert.« Er lächelte und fügte hinzu: »Ich glaube, sie hat im letzten Sommer, in dem sie hier war, ihre Diplomarbeit geschrieben.«

»Wie lautet ihr Name?«

»Roxanne Scarangello.«

»Ist sie von hier?«

»Nein. Sie wohnte in der Gegend von Philadelphia. Ging auf die Pennsylvania State University. Vielleicht auch auf die University of Pennsylvania. Es steht in ihrer Bewerbung.«

»Und die bewahren Sie auf?«

»Allerdings. Wegen der Steuer. Außerdem stellen wir die Guten wieder ein, daher rufen wir sie manchmal im Mai an.«

»Richtig.« Roxanne, die College-Studentin, war keine Hauptzeugin, ebensowenig wie Christopher, der Angestellte an der Rezeption, oder Lucita. Was, zum Teufel, machte ich also hier? Manchmal muß man einfach an einem Fall arbeiten, das Terrain abschreiten und Leuten Fragen stellen, die scheinbar nichts wissen. Es ist wie in einem Labyrinth, wo man Fachmann für Irrwege und Sackgassen wird, was wiederum der erste Schritt ist, um einen Ausweg aus dem Labyrinth zu finden.

»Können Sie sich an die Namen der Bundesagenten erinnern, die in Ihr Hotel gekommen sind und sich nach der Person in Zimmer 203 erkundigt haben?« fragte ich Mr. Rosenthal.

»Nein. Ich habe ihre Namen gar nicht erfahren. Ein Mann kam an diesem Morgen ziemlich früh vorbei ... es war der Freitag nach dem Absturz, und er wollte wissen, ob jemand vom Personal eine fehlende Bettdecke gemeldet hätte. Jemand holte die Wirtschaftsleiterin, und sie sagte, ja, in Zimmer 203 fehle eine Decke. Dann suchte er mich auf und bat darum, mit dem Personal sprechen zu dürfen, und ich sagte, klar, aber worum geht es überhaupt. Und er sagte, er würde mich später über alles aufklären. Unterdessen waren diese drei FBI-Typen aufgekreuzt, und einer von ihnen sagte, es hätte etwas mit dem Absturz zu tun, und er hatte die Decke in einem als Beweismittel gekennzeichneten Plastikbeutel und zeigte sie mir, der Wirtschaftsleiterin und ein paar Zimmermädchen, und wir sagten, ja, das könnte die fehlende Decke aus Zimmer 203 sein. Dann wollte er meine Anmeldekarten und Computeraufzeichnungen sehen und mit dem Mann von der Rezeption sprechen, der an diesem Tag Dienst hatte.« Und Mr. Rosenthal fügte hinzu: »Aber das wissen Sie ja schon alles.«

»So ist es. Können Sie sich an den Namen des Agenten erinnern, der zuerst ins Hotel kam und sich nach der fehlenden Decke erkundigte?«

»Nein. Er gab mir seine Karte, nahm sie später aber wieder an sich.«

»Aha. Fahren Sie bitte fort.«

Mr. Rosenthal rekapitulierte die weiteren Ereignisse

dieses Morgens und Nachmittags vor fünf Jahren mit einer Klarheit, als hätte er diese Geschichte seinen Freunden und Verwandten schon hundertmal erzählt – von seinem Gedächtnis gar nicht zu sprechen, wenn man bedachte, daß er es mit Bundesagenten zu tun hatte, die sein hübsches, ruhiges Hotel auf den Kopf stellten.

Er erzählte mir nicht viel Neues, aber ich hörte trotzdem zu, falls etwas dabei sein sollte. Er fuhr fort: »Und dann stellte sich heraus, daß dieser Gast sich unter einem falschen Namen angemeldet hatte ... bei uns ist es Usus, daß wir solche Kunden nicht bedienen –«

»Außer in der Nebensaison.«

»Wie bitte?«

»Fahren Sie fort.«

»Wir müssen wissen, wer unsere Gäste sind. Und Christopher, der an der Rezeption arbeitete, hielt sich bis auf eine Ausnahme an das übliche Procedere ... aber inzwischen bestehen wir auf einer Kreditkarte, einem Führerschein oder irgendeinem Ausweis mit Foto.«

Ich hatte Neuigkeiten für Mr. Rosenthal, aber das war nicht der richtige Zeitpunkt, sie bekanntzugeben. »Warum hat Christopher gekündigt?« fragte ich.

»Nun ja ... wir hatten eine Meinungsverschiedenheit wegen seiner Verhaltensweise bei dieser Gästeanmeldung. Ich habe ihm keine Vorwürfe gemacht, aber ich wollte die Verfahrensweise noch einmal mit ihm durchgehen. Er wirkte nicht besonders aufgebracht, aber ein, zwei Tage später hat er gekündigt.« Und Mr. Rosenthal fügte hinzu: »Hotelpersonal – vor allem das männliche – ist manchmal etwas überempfindlich.«

Ich dachte darüber nach und fragte dann: »Was ist aus den fünfhundert Dollar Sicherheit geworden?«

»Die bewahren wir nach wie vor für den Gast auf.«

Er lächelte. »Abzüglich sechsunddreißig Dollar für zwei halbe Flaschen Wein aus der Minibar und die fehlende Decke.«

Ich erwiderte sein Lächeln und sagte: »Sagen Sie mir Bescheid, falls dieser Gentleman jemals zurückkehren und seine Rücklage abholen sollte.«

»Das werde ich bestimmt tun.«

Don Juan und seine Holde hatten also ein bißchen Wein verkostet, bevor oder nachdem sie am Strand gewesen waren. »Haben Sie auch volle Flaschen im Zimmer?« fragte ich.

»Nein.« Er stockte kurz. »Einer der FBI-Männer hat mich das auch gefragt. Warum ist das so wichtig.?«

»Ist es nicht. Und auf der Visitenkarte dieses Gastes stand also ... was?«

»Ich kann mich nicht mehr an den Namen erinnern. Ich glaube, es war die Karte eines Anwalts.«

»Hat dieser Christopher, der Rezeptionist, gesagt, daß dieser Typ wie ein Anwalt aussah?«

Die Frage schien Mr. Rosenthal ein bißchen aus dem Konzept zu bringen. »Ich ... wie sieht denn ein Anwalt aus?« fragte er.

Nur mit Mühe konnte ich mir eine bissige Pointe zu meiner Suggestivfrage verkneifen. »Fahren Sie fort«, sagte ich.

Er berichtete eine Weile von den vier anderen Bundesagenten, die zu den dreien gestoßen waren, die bereits da waren – drei Männer und eine Frau, bei der es sich um Marie Gubitosi gehandelt haben dürfte. Mr. Rosenthal sagte: »Sie haben jeden befragt – Personal und Gäste, und es war ein bißchen störend, aber jeder wollte so hilfsbereit wie möglich sein, weil es etwas mit dem Absturz zu tun hatte. Alle waren sehr bestürzt über das, was passiert war, und keiner konnte über etwas anderes reden.« Mr. Rosenthal fuhr mit seinen Erinnerungen an diesen Tag fort.

Meinem leichten Kater ging es inzwischen viel besser, und ich konnte sogar ohne Kopfschmerzen nicken. Ich holte mein Handy und den Pieper aus der Hosentasche, schaltete sie an und wartete auf einen Piepton. Man hat etwa zehn Minuten Zeit, bevor das Signal aufgespürt werden kann, normalerweise sogar länger, aber manchmal haben sie Glück und können einen innerhalb von zehn Minuten anpeilen. Ich wartete etwa fünf Minuten, während Mr. Rosenthal sprach, dann schaltete ich die Geräte ab. Mein Ärger darüber, daß Kate mich angelogen hatte, schlug allmählich in Unmut um, weil sie mich weder angerufen noch angepiept hatte. Wie soll man sich streiten, wenn man nicht miteinander redet?

Mir kam der Gedanke, daß Kate womöglich in irgendein Chefbüro oder zum OPR zitiert worden war und in diesem Augenblick ein paar unangenehme Fragen beantworten mußte. Und auch wenn ich Kate nichts von diesem Abstecher erzählt hatte und mir sicher war, daß mir niemand hierhergefolgt war, kam mir überdies der Gedanke, daß die Leute vom OPR vielleicht erraten hatten, wo ich krank feierte. Ich rechnete fast damit, daß Liam Griffith und drei Gorillas durch die Tür gestürmt kamen und mich abführten. Das würde Mr. Rosenthal bestimmt überraschen. Aber mich nicht.

Er sagte gerade: »Viele Gäste sind vorzeitig abgereist, weil sie nicht mehr zum Strand hinuntergehen wollten ... weil ... allerlei Sachen angespült wurden ...« Er holte tief Luft und fuhr fort: »Aber dann stiegen die Schaulustigen hier ab, dazu viele Medienleute und ein paar Politiker. Das FBI bot mir an, dreißig Zimmer für einen Monat fest anzumieten, wenn ich einen Preisnachlaß gewähren würde. Also bin ich darauf eingegangen, und ich bin froh darüber, denn sie verlängerten ihren Aufenthalt, und einige blieben bis weit nach Labor Day.«

»Damit hatten Sie ein gutes Auskommen.«

Er schaute mich an und sagte: »Das hatte jeder hier. Aber wissen Sie was? Ich hätte ihnen die Zimmer sogar umsonst überlassen, wenn es bei der Untersuchung weitergeholfen hätte.« Und er fügte hinzu: »Ich habe jedem, der an der Untersuchung beteiligt war, ein kostenloses Frühstück servieren lassen.«

»Das war sehr großzügig. Ist einer der FBI-Leute, die Sie und Ihr Personal vernommen haben, hier abgestiegen?«

»Ich glaube, mindestens zwei. Aber nach fünf Jahren kann ich mich wirklich nicht mehr so genau daran erinnern. Ich hatte so gut wie nichts mit ihnen zu tun. Steht das nicht alles im offiziellen Bericht?« erkundigte sich Mr. Rosenthal.

»Doch. Hierbei handelt es sich um einen sogenannten Aktenabgleich.« Ich erfand das, aber er nahm es mir anscheinend ab. Ich stieß hier auf die erwarteten Sackgassen, aber ich hatte auch zwei neue Namen, Christopher Brock, den Angestellten an der Rezeption, und Roxanne Scarangello, die putzende Studentin. Aber jetzt brauchte ich mindestens noch einen Namen, falls die Gedankenpolizei aufkreuzte. »Wie hieß Ihre Wirtschaftsleiterin?«

»Anita Morales.«

»Ist sie noch bei Ihnen?«

»Ja. Sie gehört zum Stammpersonal. Eine sehr gute Vorgesetzte.«

»Gut.« Ich wünschte, ich könnte das von meinem Vorgesetzten auch behaupten. »Zurück zu Roxanne – haben Sie mit ihr gesprochen, nachdem sie vom FBI vernommen worden war?«

»Jawohl ... aber man hatte ihr aufgetragen, mit niemandem über ihre Aussage zu sprechen, mich eingeschlossen.«

»Aber sie hat doch gesagt, daß sie an einem Weinglas in dem Zimmer Lippenstiftspuren gesehen hat, daß die Dusche benutzt worden war und die Decke fehlte.«

»Mit mir hat sie nicht darüber gesprochen«, erwiderte er.

»Na schön. Hat das FBI Fingerabdrücke von Ihrem Personal genommen?«

»Ja, das haben sie«, erwiderte er. »Von Christopher, dem Rezeptionisten, und von Roxanne, dem Zimmermädchen. Sie sagten, sie bräuchten die Abdrücke, um sie mit denen zu vergleichen, die man an der Rezeption und in dem Zimmer gefunden hat.«

Von der Anmeldekarte gar nicht zu sprechen. Meiner Meinung nach hatte Don Juan auf dieser Karte ein paar hervorragende Abdrücke hinterlassen, die mit denen übereinstimmten, die man auf dem Weinglas und der Flasche am Strand gefunden hatte, so daß feststand, daß er sich an beiden Örtlichkeiten aufgehalten hatte. Seine Holde hatte ebenfalls Abdrücke auf der Weinflasche und dem Glas hinterlassen, wenn auch vermutlich nicht im Hotelzimmer, falls es gründlich geputzt worden war. Aber wenn man bislang von keinem von beiden Fingerabdrücke genommen hatte, war auch das eine Sackgasse, bis man sie irgendwann auf andere Weise fand und mit den Abdrükken hier konfrontierte.

Mr. Rosenthal unterbrach mich in meinen Gedanken und fragte: »Muß ich eine Aussage unterschreiben?«

»Nein. Möchten Sie das denn?«

»Nein ... aber ich habe mich gewundert ... Sie machen sich keine Notizen.«

»Das muß ich auch nicht. Es handelt sich um ein informelles Gespräch.« Denn wenn ich mir Notizen machte und aufflog, saß ich nur noch tiefer in der Scheiße. »Haben Sie vor fünf Jahren eine Aussage unterschrieben?« fragte ich ihn.

»Jawohl. Haben Sie sie gesehen?«

»Jawohl.« Höchste Zeit, das Thema und den Ort zu wechseln. »Ich würde gern Ihre Personalakten sehen«, sagte ich.

»Selbstverständlich.« Er stand auf und sagte. »Ich zeige sie Ihnen selbst.«

»Danke.«

Wir verließen Mr. Rosenthals Büro und stiegen die Treppe zur Lobby hinab. Ich schaltete mein Handy und den Pieper wieder ein, um festzustellen, ob ich eine Nachricht erhalten hatte. Wie einem die Typen von der Abteilung für innere Angelegenheiten beim NYPD, aber auch das FBI oder die CIA bestätigen können, ist niemand so schwer zu fassen wie jemand aus den eigenen Reihen. Es gibt keine cleveren Kriminellen – die sind alle blöde und hinterlassen mehr Spuren als der Weihnachtsmann am Heiligen Abend. Aber bei Cops, FBI-Agenten und CIA-Leuten sieht die Sache anders aus; die sind schwer zu entdecken, wenn sie Übles im Sinn haben.

Ich sage das, weil ich das Gefühl hatte, daß man mich auf dem Kieker hatte, wie wir Cops sagen. Ich hatte möglicherweise noch vierundzwanzig Stunden Zeit, bis die Kacke am Dampfen war. Vielleicht aber auch nur vierundzwanzig Sekunden.

24

Mr. Rosenthal geleitete mich zu einer Tür unter der großen Treppe, die er mit einem Schlüssel aufsperrte. Wir stiegen in den Keller hinab, der dunkel und dumpfig war. »Weinkeller und Aktenablage«, erklärte er.

»Sehen wir uns zuerst den Weinkeller an.«

Er kicherte über meinen ersten Witz an diesem Nachmittag, was meinen guten Eindruck von ihm noch verstärkte.

Er schloß eine weitere Tür auf und schaltete eine Reihe Neonröhren ein, die einen großen Raum mit niedriger Dekke ausleuchteten, der voller ordentlich in Reih und Glied aufgebauter Regale und Aktenschränke stand. »Sie möchten die Akte von Christopher Brock?« fragte er mich.

»Bitte.«

Er ging zu einer Reihe Aktenschränke und zog eine mit A–D gekennzeichnete Schublade heraus, blätterte dann die Akten durch und sagte: »Hier sind die Akten über alle ehemaligen Büro- und Verwaltungskräfte ... mal sehen ... Ich lege Wert darauf, daß sie streng alphabetisch geordnet sind ... B–R–O ... vielleicht ...«

In der Schublade waren nur etwa zwei Dutzend Akten, und wenn er bislang noch nicht auf Christopher Brock gestoßen war, würde er ihn nie finden.

Mr. Rosenthal trat zurück und sagte: »Das ist ja seltsam.«

Eigentlich nicht. Die gute Nachricht war, daß Christopher Brocks Akte an der Federal Plaza 26 war. Die schlechte war, daß ich sie niemals sehen würde. »Was ist mit Roxanne Scarangello?« fragte ich.

Mr. Rosenthal, der wegen der fehlenden Akte immer noch verdutzt wirkte, ging nicht darauf ein.

»Das studierte Zimmermädchen?« hakte ich nach.

»Oh … ja. Folgen Sie mir.«

Ich folgte ihm zu einer Reihe von Aktenschränken mit der Aufschrift »Ehem. Zeit- und Saisonkräfte«, wo er eine mit S–U gekennzeichnete Schublade aufzog. »Roxanne Scarangello … sollte hier sein …«

Ich half Mr. Rosenthal bei der Durchsicht des dicht vollgepackten Aktenkastens. Zweimal. »Sind Sie sich sicher, daß der Name stimmt?« fragte ich ihn.

»Ja, Sie war zwei oder drei Sommer hier. Nettes Mädchen, klug, hübsch.«

»Tüchtig.«

»Ja. Tja, anscheinend kann ich ihre Akte nicht finden. Verdammt. Ich bin ein Pedant, was Akten angeht. Wenn ich sie nicht selbst ablege, wird das nicht richtig gemacht.«

»Wäre es möglich, daß das FBI die Akten an sich genommen und vergessen hat, sie zurückzugeben?«

»Nun ja, sie haben sie an sich genommen, aber sie haben alles fotokopiert und die Akten zurückgebracht.«

»Zu wem?«

»Ich … ich bin mir nicht ganz sicher. Ich glaube, direkt hierher. Sie müßten die Fotokopien dieser Akten in Ihrer Dienststelle haben«, sagte er zu mir.

»Davon bin ich überzeugt.«

»Können Sie mir die Kopien schicken?«

»Selbstverständlich.« Ich fragte ihn: »Haben Sie irgendwelche Personaldaten auf Ihrem Computer abgespeichert.«

»Inzwischen ja«, erwiderte er, »aber damals noch nicht. Deswegen führen wir diese Archive weiter. Außerdem bin ich der Überzeugung, daß man Akten schwarz auf weiß vorliegen haben sollte, nicht auf Computer gespeichert«, fügte er hinzu.

»Ich auch«, erwiderte ich. »Okay, wie sieht's mit Lucita Gonzalez Perez aus?«

Er ging zu einem E–G gekennzeichneten Aktenschrank, und wir schauten nach, aber Lucita war nicht da. Wir versuchten es unter P, aber da war sie auch nicht.

»Offenbar haben Ihre Kollegen die Akten entweder falsch eingeordnet, oder sie haben vergessen, die Unterlagen über Brock, Scarangello und Gonzalez Perez zurückzubringen.«

»Offenbar. Ich werde das in meiner Dienststelle überprüfen. Ist Mrs. Morales heute da?« fragte ich ihn.

»Jawohl.«

»Können Sie sie hierherbitten?«

»Ja doch.« Er holte ein kleines Funkgerät aus seiner Hosentasche und rief seine Assistentin an. »Susan, schikken Sie Mrs. Morales bitte in den Aktenraum. Danke.«

»Möchten Sie den Weinkeller sehen?« fragte mich Mr. Rosenthal.

»Nein. War bloß ein Witz. Eigentlich trinke ich gar keinen Alkohol.«

»Möchten Sie noch irgendwelche anderen Akten sehen?«

»Klar.« Mr. Rosenthal war ein Aktenfanatiker, was gut für jeden Ordnungshüter war, der hier vorbeischaute. Und er war mir gegenüber hilfsbereit, obwohl meine Kollegen vor fünf Jahren seine Akten geplündert hatten.

Ich zog aufs Geratewohl eine Schublade auf und fand ein paar Akten mit hispanischen Namen, die ich durchsah. Allzuviel enthielten sie nicht, außer Lohnunterlagen und Beurteilungen. Weder Sozialversicherungsnummern noch Fotokopien der Arbeitserlaubnis, vorausgesetzt, es waren Gastarbeiter. Ich sprach Mr. Rosenthal darauf an, worauf er erwiderte: »Ich bin davon überzeugt, daß die Buchhaltung all diese Unterlagen hat.«

»Ganz bestimmt.« Ich war nicht hier, um Mr. Rosenthal hoppzunehmen, weil er illegale Ausländer beschäftigte, aber jetzt hatte ich ein paar seiner kurzen Haare zu fassen bekommen und konnte notfalls dran ziehen.

Ein Großteil der Arbeit, die ich bei der Antiterror-Task Force mache und bei der Mordkommission des NYPD gemacht habe, ist mühseliges Sondieren und Nachforschen, aber das hält den Verstand in Schwung. Außerdem gibt es genügend »Heureka«-Momente, die einen für den Aufwand belohnen. Und ab und zu wird es regelrecht aufregend, wenn zum Beispiel jemand auf einen schießt oder man sich ein Wettrennen mit einem Straftäter liefert, der für gewöhnlich bewaffnet, gefährlich und zum äußersten entschlossen ist. Aber mittlerweile war es über ein Jahr her, daß mich jemand umbringen wollte, und obwohl ich diesen Nervenkitzel nicht vermißte, langweilte ich mich doch ein bißchen. TWA 800 war genau das, was ich brauchte, damit die Säfte wieder in Wallung gerieten. Leider stand ich bei dieser Sache auf der falschen Seite des Gesetzes, wenn auch, wie ich hoffte, auf seiten der Engel.

Eine beeindruckende, hispanisch aussehende Frau mittleren Alters betrat den Aktenraum und sagte mit leichtem Akzent, aber gutem Englisch: »Sie wollten mich sprechen, Mr. Rosenthal?«

»Ja, so ist es, Mrs. Morales.« Er schaute mich an und sagte zu Anita Morales: »Dieser Herr möchte Ihnen ein paar Fragen stellen. Sehen Sie bitte zu, daß Sie ihm helfen können.«

Sie nickte.

Ich wies mich aus und fragte Mrs. Morales: »Können Sie sich an eine Frau namens Lucita Gonzalez Perez erinnern, die vor fünf Jahren hier arbeitete? Das war die Frau, die die Gäste aus Zimmer 203 sah, den Mann und die Frau, für die sich das FBI interessiert hat?«

»Ich kann mich an alles erinnern«, erwiderte sie.

»Gut. Haben Sie mit Lucita gesprochen, nachdem sie vom FBI vernommen wurde?«

»Ja.«

Ich sagte zu Mr. Rosenthal: »Ich muß ein paar Minuten mit Mrs. Morales allein sprechen.«

Er ging und schloß die Tür. »Wie sah es mit Lucitas Aufenthaltserlaubnis aus?« fragte ich die Wirtschaftsleiterin.

Mrs. Morales zögerte einen Moment, dann sagte sie: »Sie hatte ihr Arbeitsvisum überzogen.«

»Und die Polizei versprach, ihr dabei behilflich zu sein?«

»Ja.«

»Und, haben sie es getan?«

»Ich weiß es nicht.« Und sie fügte hinzu: »Sie kam am nächsten Tag nicht zur Arbeit, und ich habe sie nicht mehr wiedergesehen.«

Das werden Sie auch nicht, Mrs. Morales. Und ich auch nicht. »Können Sie sich an eine Putzfrau namens Roxanne Scarangello erinnern?« fragte ich sie. »Eine Studentin?«

Sie nickte und sagte: »Sie war mehrere Sommer bei uns.«

»Haben Sie mit ihr gesprochen, nachdem die Polizei mit ihr gesprochen hatte?«

»Nein.«

»Ist sie am nächsten Tag wieder zur Arbeit erschienen?«

»Nein.«

»Ist sie *jemals* wieder zur Arbeit erschienen?«

»Nein.

Die arme Mrs. Morales fragte sich vermutlich, ob auch *sie* verschwinden würde. Auch ich fragte mich inzwischen, ob ich verschwinden würde. Das Ganze klang allmählich wie eine Episode aus *Akte X*, was ich aber Kate gegenüber nicht erwähnen würde. »Wissen Sie, wo ich Lucita finden könnte?« fragte ich Mrs. Morales.

»Nein. Wie schon gesagt, ich habe sie nicht wiedergesehen und auch nie wieder etwas von ihr gehört.«

»Wie alt war Lucita?«

Sie zuckte die Achseln. »Ein junges Mädchen. Etwa achtzehn, neunzehn.«

»Und aus welchem Land stammte sie?«

»Sie kam aus El Salvador.«

»Und wo wohnte sie in Amerika?«

»Sie lebte bei ihrer Familie.«

»Wo?«

»Das weiß ich nicht genau.«

Ich stellte noch ein paar weitere Fragen, aber Mrs. Morales gab nicht mehr viel her.

»Vielen Dank, Mrs. Morales«, sagte ich. »Erwähnen Sie dieses Gespräch bitte gegenüber niemandem.« Sonst verschwinden sie. »Sagen Sie bitte Mr. Rosenthal, er möchte zu mir kommen.«

Sie nickte und ging.

Mir war jetzt klar, wie und warum Lucita aus dem Bayview Hotel verschwunden war, aber bei Roxanne Scarangello sah die Sache anders aus. Und dann war da noch Christopher Brock, der Angestellte an der Rezeption, der plötzlich gekündigt hatte oder geflogen war. In diesem Haus hatte vor fünf Jahren eine gründliche Säuberungsaktion stattgefunden, der nur Mr. Rosenthal und Mrs. Morales entgangen waren, die man nicht so leicht loswurde; zu viele Zufälle sind schwer zu erklären, wenn es einmal darauf ankommen sollte.

Mr. Rosenthal kehrte in den Aktenraum zurück und sagte: »Konnte Ihnen Mrs. Morales weiterhelfen?«

»Sie schien sich an nichts erinnern zu können.«

»Es ist fünf Jahre her.«

»Richtig. Übrigens, können Sie sich entsinnen, ob Roxanne Scarangello bis zum Ende des Sommers geblieben ist?«

Er dachte einen Moment lang nach, dann erwiderte er: »Für gewöhnlich tun sie das ... aber viele College-Studenten verlassen uns Mitte August und machen zwei Wochen Ferien, bevor der Unterricht wieder beginnt.«

»Aber was war mit Roxanne?«

»Jetzt, da Sie es erwähnt haben, fällt mir ein, daß sie vorzeitig ging. Ich habe sie ein paar Tage später gesucht, und jemand sagte, sie wäre weg.« Und er fügte hinzu: »Ein paar Mitarbeiter gingen nach dem Unglück, wie mir jetzt, da ich darüber nachdenke, wieder einfällt. Sie waren ziemlich betroffen.«

»Wie alt war Christopher Brock?« fragte ich ihn.

Er dachte einen Moment lang nach, dann erwiderte er: »Etwa Ende zwanzig.«

»Sie sagten, Sie haben dreißig Zimmer an das FBI vermietet.«

»Ja.«

»Wie viele Zimmer haben Sie?«

»Zwölf hier im alten Haus und vierundzwanzig im Moneybogue Bay Pavilion, dazu vier Gästecottages.«

»Mußten Sie irgendwelche Gäste verlegen, um Platz für das FBI zu schaffen?«

»Ein paar. Aber in den meisten Fällen haben wir Reservierungen storniert und Leute abgewiesen, die zur Rezeption kamen. Innerhalb einer Woche gingen fast alle Zimmer an das FBI«, schloß er.

»Aha. Haben Sie irgendwelche Unterlagen über die FBI-Leute aufbewahrt, die hier abstiegen?«

»Keine festen Unterlagen.«

»Was heißt das?«

»Nun ja, nur Computerdaten, damit wir Telefongespräche weiterleiten und die Nebenkosten im Auge behalten konnten. Hier herrschte ein ständiges Kommen und Gehen, und manchmal wechselten bei einem Zimmer die Mieter, ohne daß wir etwas davon wußten. Warum fragen Sie?« fragte er mich.

Ich mochte es nicht, wenn Mr. Rosenthal mir solche Fragen stellte, aber da ich nun mal ein Quatschkopf bin, erwiderte ich: »Die Hauptbuchhaltung hat ein paar Fragen wegen der Abrechnungen.«

»Aha ... nun, wir haben getan, was wir konnten. Sie waren nicht ganz einfach im Umgang. Nehmen Sie's mir nicht übel.«

»Keineswegs. Sie haben also sozusagen das ganze Haus übernommen.«

»So ist es.«

»Haben sie Sie zum Beispiel gebeten, die Medienleute rauszuwerfen, die hier abgestiegen waren?«

»Ja, jetzt, wo Sie es erwähnen.« Und mit einem Lächeln fügte er hinzu: »Ich weiß nicht, wer die schlimmeren Gäste waren – das FBI oder die Medienleute. Nehmen Sie's mir nicht übel.«

»Keine Ursache.«

»Die Reporter haben einen Riesenwirbel gemacht«, sagte Mr. Rosenthal zu mir, »aber da es um eine Frage der nationalen Sicherheit ging, mußten sie gehen.«

»Auf jeden Fall. Meinen Sie, Sie könnten mir die Namen der FBI-Agenten abrufen, die von Juli 1996 bis, sagen wir mal, Oktober hier gewohnt haben?«

»Das glaube ich nicht. Am Ende kam jemand vom FBI und hat die Computerdaten gelöscht. Nationale Sicherheit. Deswegen habe ich meine Unterlagen lieber schwarz auf weiß.«

»Ich auch.« Die Ziegelmauer sprang mir förmlich ins Gesicht. Aber ich war auf ein paar interessante und sonderbare Vorkommnisse gestoßen, die weder Kate noch Dick Kearns oder Marie Gubitosi erwähnt hatten. Vermutlich, weil sie nichts davon wußten. Nun ja, zumindest Dick und Marie dürften nichts von den Leuten, den Akten und den Computerdaten wissen, die verschwunden waren. Aber Ms. Mayfield könnte möglicherweise etwas davon wissen. Genaugenommen könnte sie sogar hier gewohnt haben.

»Zeigen Sie mir Zimmer 203«, sagte ich zu Mr. Rosenthal.

Er schaute mich an und fragte: »Warum? Es ist fünf Jahre her.«

»Zimmer sprechen zu mir.«

Er warf mir einen komischen Blick zu, was nach so einer Aussage durchaus verständlich war. Ich glaube, ich benahm mich allmählich ein bißchen verdächtig. »Möglicherweise sind Gäste in dem Zimmer«, sagte er. Und zögernd fügte er hinzu: »Könnten Sie mir vielleicht noch einmal erklären, was der Anlaß Ihres Besuches ist?«

Wenn ich mit einem Partner arbeite, spiele ich normalerweise den bösen Cop, aber wenn ich allein arbeite, muß ich sowohl den guten als auch den bösen Cop spielen, was manchmal für die Person, mit der ich spreche, etwas verwirrend ist. Ich sagte zu ihm: »Der Anlaß meines Besuches ist nicht der rechtliche Status Ihrer Angestellten. Aber dazu könnte es noch kommen. In der Zwischenzeit führe ich diese Ermittlung durch, Mr. Rosenthal, nicht Sie. Bringen Sie mich zu Zimmer 203.«

25

Wir schauten an der Rezeption vorbei, und Mr. Rosenthal fragte Peter: »Ist jemand in Zimmer 203 gemeldet?«

Peter spielte mit seinem Computer und sagte: »Ja, Sir. Mr. und Mrs. Schultz, zwei Nächte, eingetroffen –«

Ich fiel ihm ins Wort und sagte: »Sehen Sie nach, ob sie da sind.«

»Ja, Sir.« Er wählte das Zimmer an, und jemand meldete sich.

Er schaute mich an, worauf ich sagte: »Sagen Sie ihnen, daß sie das Zimmer verlassen sollen. Erzählen Sie ihnen, daß eine Schlange ausgebüchst ist oder so was Ähnliches. In zwanzig Minuten können sie wieder rein.«

Peter räusperte sich und sagte ins Telefon: »Tut mir leid, Mrs. Schultz, Sie und Mr. Schultz müssen das Zimmer für zwanzig Minuten verlassen ... es ... wir haben eine Stromstörung. Ja. Vielen Dank.«

Mr. Rosenthal machte keinen allzu fröhlichen Eindruck, aber er sagte zu Peter: »Geben Sie Mr. Corey den Schlüssel für Zimmer 203.«

Peter öffnete eine Schublade und holte einen Metallschlüssel heraus, den er mir reichte.

»Ich nehme an, Sie brauchen mich nicht«, sagte Mr. Rosenthal zu mir. »Ich bin in meinem Büro, falls Sie noch etwas benötigen.«

Ich wollte diesen Typ im Auge behalten, damit er nicht auf die Idee kam, beim FBI anzurufen, deshalb sagte ich: »Mir wäre es lieber, wenn Sie mitkommen. Gehen Sie vor.«

Ein bißchen widerwillig ging er durch die Tür zur Lobby und dann einen Fußweg entlang, der durch einen landschaftlich gestalteten Garten zum Moneybogue Bay Pavilion führte.

Es war, wie schon gesagt, ein einstöckiger Bau ohne besonderen Reiz, trotz der Kuppel mit einer Wetterfahne auf dem Dach, die mir verriet, daß der Wind von der Bucht her wehte.

Wir stiegen die Außentreppe in den ersten Stock hinauf und gingen die Veranda entlang, die durch das vorspringende Dach geschützt war und um diese Zeit im Schatten lag. Ein älteres Paar verließ gerade in aller Eile ein Zimmer, und ich nahm an, daß es sich um Zimmer 203 mit der elektrischen Schlange handelte.

Sie huschten an uns vorbei, und ich öffnete mit dem Schlüssel die Tür und trat in das Zimmer.

Die Schultzes waren ordentliche Leutchen. Es sah so aus, als ob hier niemand wohnte.

Es war ein geräumiges Zimmer, das im erfrischenden Martha-Stewart-Stil eingerichtet war, der hier draußen weit verbreitet ist.

Ich erkundete das Badezimmer, dessen Duschkabine so groß war, daß man bequem zu zweit hineinpaßte, mit guten Freunden auch zu viert.

Ich kehrte ins Wohnzimmer zurück und schaute mir die Schrankwand an, die einen Fernsehapparat und Regale enthielt, auf denen sich Bargläser, Servietten, Cocktailquirls und ein Korkenzieher befanden. Darunter war das Schränkchen mit der Minibar.

Ich wußte, daß das FBI das ganze Zimmer vom Boden bis zur Decke eingestäubt und Teppiche, Sessel und Bett abgesaugt hatte. Aber Roxanne Scarangello war ihnen zuvorgekommen, und vorausgesetzt, sie hatte ihre Sache gut gemacht, dann hatte man hier nicht einen Fingerabdruck, weder eine Faser noch ein Haar gefunden, und schon gar kein Kondom voller DNA-Spuren, das in der Kloschüssel schwamm. Aber man konnte nie wissen.

Ich ging zurück zum Wandschrank. Der Fernseher stand auf einer Drehscheibe, und ich drehte kurzerhand die Rückseite nach vorn, an der sich die Buchsen für Audio und Video und ein Kabelanschluß befanden.

Wenn ich meine Gedanken frei schweifen ließ, über das hinaus, was ich mit Sicherheit wußte, dann konnte ich mir vorstellen, wie Don Juan und seine Holde nach ihrem Schäferstündchen am Strand zurück in dieses Zimmer geflüchtet waren.

Auf der Rückfahrt vom Strand hatte vermutlich der Beifahrer in den Sucher der Videokamera geblickt, um festzustellen, ob sie das, was sie am Himmel gesehen hatten, aufgenommen hatten. Angenommen, sie sahen die Explosion im Sucher, dann wollten sie sich das Video vermutlich hinterher in aller Deutlichkeit auf dem Fernseher anschauen, um sicherzugehen.

Folglich schlossen sie den Wechselstrom-Transformator an die Videokamera an und stöpselten ihn dann in die Steckdose – die ich rechts vom Wandschrank sah –, nahmen ein langes Überspielkabel und verbanden die Videokamera mit dem Fernseher, drückten auf die Abspieltaste und sahen und hörten sich alles an, was sie am Strand aufgenommen hatten.

Den Wechselstrom-Transformator und das Verbindungskabel hatten sie vermutlich dabeigehabt, wenn man davon ausging, daß sie von Anfang an vorgehabt hatten, ins Hotel zurückzukehren und ihr unanständiges Stranddeckenvideo am Fernseher abzuspielen, während sie sich ein paar Drinks genehmigten und allmählich wieder in Fahrt gerieten.

Natürlich bestand auch die Möglichkeit, daß sich dieses Pärchen gar nicht am Strand verlustiert hatte – daß sie nur den Sonnenuntergang filmen wollten, um später ein bißchen romantische Stimmung zu erzeugen, und dabei unabsichtlich die letzten Augenblicke von TWA 800 aufgenommen hatten.

Eigentlich kam es gar nicht darauf an, was im Vordergrund war – ob sie vögelten oder nur Händchen hielten –, ausschlaggebend war der Hintergrund.

Auf jeden Fall waren sie nicht miteinander verheiratet, sonst hätten sie das Video dem FBI übergeben.

Statt dessen waren sie so schnell aus Westhampton verduftet, daß sie Spuren am Strand hinterlassen hatten – und fünfhundert Dollar Sicherheitsrücklage im Bayview Hotel.

Die große Frage war: Hatten sie das Video vernichtet?

Ich hätte es getan. Andererseits aber vielleicht auch nicht. Sobald es vernichtet ist, ist es unwiederbringlich verloren, und diesen nicht wieder rückgängig zu machenden Schritt tun die Leute nicht allzu häufig – sie neigen eher dazu, Beweise zu verbergen, wie ich bestätigen kann. Ich kenne mindestens zehn Leute im Knast, die nicht dort wären, wenn sie die Beweise ihrer Verbrechen vernichtet hätten, statt sie zu verstecken. Die narzißtische Persönlichkeit macht manchmal dumme Sachen.

Mr. Rosenthal stand schweigend da und wartete vermutlich darauf, daß das Zimmer zu mir sprach, und ich überlegte kurz, ob ich die Hand ans Ohr legen sollte, aber bis vor etwa zehn Minuten war er hilfsbereit gewesen, und ich sah keinen Grund, ihn noch mehr zu ärgern.

»Wurde der Schlüssel in diesem Zimmer zurückgelassen?« fragte ich ihn.

»Ja. Ich kann mich daran erinnern, weil das FBI den Schlüssel behalten hat, um eventuelle Fingerabdrücke zu nehmen, beziehungsweise vom Plastikanhänger. Aber Roxanne hatte ihn bereits an sich genommen, als sie ihn im Zimmer fand, und danach hatte ihn Christopher in der Hand und vielleicht auch noch andere. Dennoch nahmen sie ihn mit und gaben mir eine Quittung dafür.«

»Haben Sie die Quittung noch?«

»Nein. Sie haben mir den Schlüssel ein paar Tage später zurückgebracht, und ich habe ihnen die Quittung gegeben.«

»Okay.« Ich bat ihn, Roxanne Scarangellos Namen zu buchstabieren. Er tat es und war sich seiner Sache ziemlich sicher. Offensichtlich mochte er sie. »Wie alt war sie?« fragte ich.

»Etwa einundzwanzig, zweiundzwanzig.«

»Wissen Sie noch, wann sie Geburtstag hatte?«

»Äh ... ich glaube, das war im Juni. Ich kann mich nicht mehr an das genaue Datum erinnern, aber ich entsinne mich, daß das Personal jeden Juni eine kleine Party für sie in der Cocktail-Lounge gab. Ein sehr beliebtes Mädchen.«

»Richtig. Und Brock buchstabiert sich B-R-O-C-K?«

»Ja.«

»Hat er noch andere Namen benutzt?«

»Nicht, daß ich wüßte. Entschuldigen Sie«, sagte er, »aber steht das nicht alles in Ihren Akten?«

»Yeah. Ich werde die Akten für Sie raussuchen. Erinnern Sie sich noch?«

»Oh, richtig. Danke.«

»Ist mir ein Vergnügen.«

Ich blickte mich ein letztes Mal um, dann ging ich hinaus auf die Veranda. Mr. Rosenthal folgte mir.

Als sie vor fünf Jahren irgendwo auf dieser Veranda stand, hatte Lucita dieses Paar gesehen, als sie aus diesem Zimmer kamen und der Typ eine Hoteldecke mitnahm – so wie ich die Schultzes bei ihrem eiligen Abgang gesehen hatte. Es spielte keine Rolle, ob sie Don Juan anhand der Zeichnung wiedererkannt hatte, oder daß sie die Frau nicht so genau gesehen hatte – es kam nur darauf, daß sie sie aus Zimmer 203 hatte kommen sehen und daß eindeutig eine Frau mit von der Partie war und eine Decke.

Ich konnte den etwa fünfzig Meter entfernten Parkplatz sehen, und demnach konnte Lucita dieses Pärchen deutlich erkennen, als es zu seinem Fahrzeug ging – einem braunen Wagen mit Heckklappe.

Ich wollte bei Mr. Rosenthal einen angenehmen und positiven Eindruck hinterlassen, daher sagte ich so freundlich wie möglich: »Ich bin hier fertig. Danke für Ihre Hilfsbereitschaft, und ich hoffe, ich habe Ihre Zeit nicht zu sehr in Anspruch genommen.«

»Es war mir ein Vergnügen, Ihnen behilflich zu sein«, erwiderte er und fügte dann hinzu: »Sie vergessen doch nicht, mir die Kopien meiner fehlenden Akten zu schikken?«

»Ich kümmere mich gleich darum. Und erwähnen Sie diesen Besuch bitte niemandem gegenüber.«

Er fragte mich: »Haben Sie schon etwas Näheres darüber herausgefunden, was mit diesem Flugzeug passiert ist?«

»Wir wissen, was passiert ist. Es war ein Unglücksfall, eine Explosion des Treibstofftanks.«

»Nein, war es nicht.«

»Doch, so war es. Der Fall ist abgeschlossen, Mr. Rosenthal. Mein Besuch hier diente nur dazu, die Vorgehensweise und die Berichte der Agenten zu überprüfen, die hier tätig waren. Aktenabgleich.«

»Wenn Sie das sagen.«

Er wurde allmählich ein bißchen aufmüpfig, deshalb erinnerte ich ihn: »Sie müssen Fotokopien der Arbeitserlaubnis und Sozialversicherungsnummer von allen Ihren Angestellten machen.«

Er ging nicht darauf ein.

Ich reichte ihm den Schlüssel zu Zimmer 203 und sagte: »Ihr Schlips gefällt mir.«

Ich ließ Mr. Rosenthal auf der Veranda stehen, stieg die Treppe hinab und ging zu meinem Jeep, der auf dem Parkplatz neben der Rezeption stand.

Ich ließ den Motor an und fuhr nach Süden, in Richtung Bucht. Ich überquerte die kleine Brücke und bog auf die Dune Road ein. Keine zehn Minuten später stieß ich auf den Parkplatz des Cupsogue Beach County Park. Ein Parkwächter hockte in einer kleinen Hütte, und ich zückte meinen Dienstausweis und sagte: »Ich muß über den Naturpfad fahren.«

»Das ist nicht erlaubt.«

»Vielen Dank.«

Ich fuhr über den Parkplatz, der an diesem strahlenden Sommertag um diese Zeit fast voll war. Ich schaltete den Jeep auf Allradantrieb und stieß auf den Naturpfad.

Allerhand Leute liefen den Pfad entlang und hielten Zwiesprache mit der Natur, aber sie waren so freundlich und sprangen zur Seite, damit der Jeep durchkam.

Als der Pfad schmaler wurde, bog ich zwischen zwei Sanddünen ab, dort, wo Don Juan und seine Holde vor fünf Jahren zum Strand hinuntergefahren waren.

Ich hielt an der Stelle, an der Kate und ich zwei Abende zuvor angehalten hatten, und stieg aus. Knapp unter zwanzig Minuten hatte ich vom Bayview Hotel bis hierher gebraucht. Demnach müßten Don Juan und seine Holde gegen 19.20 Uhr hiergewesen sein, wenn Lucitas Zeitangabe stimmte.

Danach suchten sie sich ein abgeschiedenes Fleckchen zwischen den Dünen, breiteten die Decke aus, stellten die Kühlbox bereit und bauten die Videokamera auf – oder nahmen zumindest den Objektivdeckel ab –, öffneten die Weinflasche und so weiter und so fort, womit wir etwa bei 19.45 Uhr wären.

Danach ein bißchen Wein, ein bißchen dies und das auf der Decke, und anschließend ein Spaziergang runter zum Strand, nackt oder bekleidet.

Ich zog meine Docksider aus und lief über den Strand, wo etwa hundert Leute auf Decken herumlagen, spazierengingen, joggten, Frisbee spielten und in der sanften Brandung schwammen.

Ich fragte mich, ob Don Juan und seine Holde tatsächlich nackt zum Strand gegangen waren, auch wenn es Nacht war. Vielleicht. Leute, die fremdgehen, sind von Haus aus leichtsinnig. Ich blieb am Rande des Wassers stehen und schaute zur Sanddüne zurück.

Angenommen, sie gingen zum Strand hinunter, dann wollten sie möglicherweise diese romantische Sonnenuntergangsstimmung einfangen, was wiederum hieß, daß die

Videokamera genau auf die Stelle gerichtet war, an der TWA 800 explodierte.

Ich stand da, betrachtete den Ozean und dachte über all das nach.

Ich schaltete mein Handy ein und wartete auf einen Piepton, aber es kam keiner. Meine Handynummer haben nicht allzu viele Leute, und bei denen, die sie haben, bin ich nicht besonders beliebt. Aber normalerweise kriege ich zwei, drei Anrufe am Tag.

Ich schaltete den Pieper ein. Viele Leute haben meine Piepernummer, unter anderem Informanten, Verdächtige, Zeugen, Kollegen und das Personal in meinem Apartmenthaus, um nur rund hundert aufzuzählen. Aber nichts piepte.

Diese Stille war entweder bedeutungslos oder unheilschwanger. Meiner Erfahrung nach hatte Stille normalerweise nichts zu bedeuten, wenn man davon absah, daß sie manchmal bedrohlich war. Genug Zen für einen Tag.

Ich überlegte, ob ich das Risiko eingehen und Kates Handy anrufen sollte, aber ich wußte aus erster Hand, daß schon viele Männer auf der Flucht in die Falle gegangen waren, weil sie Kontakt mit einer Frau aufnehmen wollten. Ich schaltete Telefon und Pieper aus.

Ich schaute auf meine Uhr. Es war kurz vor vier Uhr nachmittags, und die Menschen am Strand brachen allmählich auf.

Ich marschierte zu meinem Fahrzeug zurück und dachte über meinen Besuch im Bayview Hotel nach. Ich war mir sicher, daß ich alles getan hatte, was ich dort tun mußte, aber irgendwie plagen einen immer Zweifel, daß man etwas verpaßt, eine Frage nicht gestellt oder einen Hinweis übersehen haben könnte.

Und ich wußte sogar, daß ich etwas verpaßt hatte – irgend etwas war durch den Kopf gegangen und wieder verschwunden, bevor ich es richtig wahrgenommen hatte.

Lücken im zeitlichen Ablauf sind immer wichtig, weil in dieser Zeit auch etwas passiert. Um halb fünf anmelden, um sieben zum Strand. Demnach hätten sich Don Juan und seine Holde zweieinhalb Stunden im Zimmer aufgehalten, oder außerhalb des Zimmers.

Wenn sie im Zimmer waren, hatten sie sich möglicherweise miteinander verlustiert, aber das hatten sie nicht aufgenommen, weil die Videokamera in ihrem Fahrzeug war. Danach gingen sie mit der Hoteldecke zum Strand, vermutlich, um sich wieder zu verlustieren und es aufzunehmen. Was für ein Typ. Danach hatten sie vor, mit ihrem nicht ganz jugendfreien Video auf ihr Zimmer zurückzukehren und sich bei laufendem Video noch mal miteinander zu verlustieren. Ein Supermann.

Das machte keinen Sinn. Daher hatten sie sich vermutlich nicht verlustiert, als sie um halb fünf dort abstiegen. Was also hatten sie in diesen zweieinhalb Stunden gemacht? Sie hatten geredet. Sie hatten ein Nickerchen gemacht. Sie hatten ferngesehen oder gelesen. Oder sie hatten das Zimmer verlassen und etwas unternommen, bei dem sie eine Spur hinterlassen haben könnten.

Aber das war fünf Jahre her. Die Spur war mittlerweile nicht nur kalt, sondern Ted Nash und Liam Griffith hatten offensichtlich auch sämtliche Fußstapfen verwischt.

Das hier würde eine echte Herausforderung werden.

26

Kurz nach 19 Uhr kam ich in meine Wohnung zurück, und Kate stand in einem winzigen Teddy in der Küche und bereitete meine Leibspeise zu, bestehend aus Steak, echten Pommes frites und Knoblauchbrot. Meine Sachen, die ich auf dem Wohnzimmerboden liegengelassen hatte, waren weggeräumt, und in einem Eiskübel stand ein Budweiser für mich bereit.

Natürlich ist nichts davon wahr, abgesehen von meiner Ankunftszeit und Kates Anwesenheit in unserem trauten Heim. Sie saß in einem Armsessel und las die *Times*.

»Hallo«, sagte ich.

Sie blickte zu mir auf und sagte: »Hallo.«

Ich warf meinen Blazer auf die Couch, womit ich kundtun wollte, daß ich blieb, und fragte: »Und, wie war dein Tag?«

»Gut.« Sie wandte sich wieder ihrer Zeitung zu.

»Ich war heute beim Arzt«, sagte ich. »Ich habe noch knapp einen Monat zu leben.«

»Angefangen ab wann?«

»Gegen Mittag.«

»Ich trag's im Kalender ein.«

»Okay, laß mich eins sagen – ich werde mich nicht für mein Verhalten gestern abend entschuldigen –«

»Das solltest du aber.«

»Okay, ich entschuldige mich. Aber du mußt dich auch entschuldigen, weil du mich angelogen hast.«

»Habe ich doch schon. Etwa dreimal.«

»Ich nehme deine Entschuldigung an. Ich kann verstehen, warum du das getan hast. Außerdem glaube ich, daß das eine positive Erfahrung für uns war, ein Ereignis, das uns bestätigt und voranbringt, und eine befreiende Episode in unserer Beziehung.«

»Du bist ein totaler Wichser.«

»Wie kommst du denn darauf?«

»Lassen wir es einfach gut sein«, sagte sie.

»Okay. Aber du sollst wissen, daß ich dich liebe – deswegen rege ich mich ja auch über dich und Ted Nash auf.«

»John, ich glaube, du haßt Ted Nash mehr, als du mich liebst.«

»Das stimmt nicht. Übrigens, was gibt's Neues in der Welt des Terrorismus?«

»Nicht viel. Was hast du heute gemacht?«

»Ich habe einen Abstecher nach Osten gemacht.«

Sie erwiderte nichts.

»Ich wurde nicht verfolgt«, sagte ich, »und ich habe mein Handy und meinen Pieper ausgeschaltet, so daß ich nicht aufgespürt werden konnte, und deswegen konntest du mich auch nicht erreichen.«

»Ich habe gar nicht versucht, dich zu erreichen. Aber ich habe eine Nachricht für dich.«

»Von wem?«

»Von Captain Stein. Er möchte dich morgen um neun Uhr in seinem Büro sprechen.«

»Hat er gesagt, warum?«

»Nein.«

Captain Stein ist, wie ich schon erwähnte, der ranghöchste NYPD-Typ bei der Antiterror-Task Force. Ihm sind sämtliche Cops im aktiven Dienst unterstellt, während Jack Koenig, der FBI-Typ, der die ganze Chose leitet, verantwortlich für die FBI-Agenten ist, zum Beispiel für Kate. Als Contract Agent bewege ich mich in einer Grauzone – manchmal berichte ich Stein, manchmal Koenig und manchmal beiden. Am liebsten ist es mir, wenn ich keinen von beiden sehen muß. »Warum läßt mir Stein über meine Frau eine Nachricht zukommen?« fragte ich Kate.

»Weiß ich nicht. Vielleicht hat er versucht, dich anzurufen.«

»Er könnte mir eine E-Mail oder ein Fax nach Hause schicken beziehungsweise eine Nachricht auf dem Anrufbeantworter meines Handys hinterlassen. Außerdem habe ich einen Pieper.«

»Tja, vielleicht will er dich sprechen, weil dein Handy und der Pieper abgeschaltet waren. Wie du dich vielleicht erinnerst, verstößt es gegen die Dienstvorschriften, beide Geräte gleichzeitig auszuschalten.«

»Ich erinnere mich durchaus. Aber ich glaube nicht, daß er mich deshalb sprechen will.«

»Ich auch nicht.«

»Meinst du, er ist mir auf die Schliche gekommen?«

»*Sie* sind *uns* auf die Schliche gekommen«, erwiderte Kate. »Jack möchte mich morgen um neun sprechen.«

Ich wollte auf diese Neuigkeit nicht überreagieren, aber es war bestimmt kein Zufall, daß Kate und ich zur gleichen Zeit in die Büros zweier Vorgesetzter zitiert wurden. »Was gibt's zum Abendessen?« fragte ich.

»Wasser und Brot. Gewöhn dich schon mal dran.«

»Ich führe dich zum Essen aus.«

»Ich bin zu aufgeregt, um etwas zu essen.«

»Vielleicht sollten wir uns etwas bringen lassen«, schlug ich vor. »Chinesisch? Pizza?«

»Weder noch.«

»Was ist im Kühlschrank?« fragte ich.

»Gar nichts.«

»Möchtest du etwas trinken?«

»Ich habe eine Flasche Weißwein aufgemacht.«

»Gut.« Ich ging in die Küche. Im Kühlschrank stand eine halbleere Flasche Weißwein und etwas Sodawasser. Ich goß Kate ein Glas Weißwein ein und machte mir einen Scotch mit Soda.

Die Sache war tatsächlich aufgeflogen. Keine achtundvierzig Stunden nach der Gedenkfeier. Ich mußte daran denken, Liam Griffith zu gratulieren und ihm die Hand zu schütteln, wenn ich ihm in die Eier trat.

Ich kehrte ins Wohnzimmer zurück, reichte Kate ihren Wein und stieß mit ihr an. »Auf uns. Wir haben unser Glück versucht.«

Nachdenklich nippte sie an ihrem Wein und sagte: »Wir müssen unsere Geschichten abstimmen.«

»Das ist ganz leicht. Sag die Wahrheit.« Ich setzte mich auf meinen La-Z-Boy und drehte mich zu ihr um. »Mist bauen ist kein Verbrechen, aber ein Meineid ist strafbar. Die Bundesgefängnisse sind voller Leute, die wegen irgend etwas gelogen haben, das nicht mal eine Straftat beziehungsweise höchstens ein leichtes Vergehen war. Denk an das Motto der CIA – Die Wahrheit wird dich befreien.«

»Ich könnte meinen Job verlieren.«

»Du hast dir nichts zuschulden kommen lassen.«

»Man hat mir vor fünf Jahren gesagt, daß ich in diesem Fall nichts unternehmen soll, abgesehen von dem, was man mir aufträgt.«

»Dann hast du's halt vergessen. Hey, Griffith hat mir vor achtundvierzig Stunden gesagt, daß ich nicht in dem Fall rumschnüffeln soll.«

»Er ist nicht dein Boß.«

»Guter Einwand. Schau, das Äußerste, was uns morgen passieren kann, ist ein Anschiß, vielleicht ein offizieller

Verweis und ein klarer Befehl, die Sache seinzulassen. Die wollen daraus keine große Affäre machen, weil das nur Aufsehen erregt. Ich weiß, wie so was läuft. Laß dich bloß nicht bei einer Lüge ertappen, dann bist du fein raus.«

Sie nickte. »Du hast recht ... aber meiner Karriere bekommt das bestimmt nicht gut.«

»Tja, das wird dadurch wieder wettgemacht, daß du mich geheiratet hast.«

»Das ist kein Witz. Für mich ist das wichtig. Mein Vater war beim FBI. Er hat hart gearbeitet, um –«

»Moment. Was ist aus Wahrheit, Gerechtigkeit und Patriotismus geworden? Als du den ersten Schritt über die Grenze getan hast, wurde das Terrain ganz schnell abschüssig und glitschig. Was hast du denn gedacht, was passiert?«

Sie trank ihren Wein aus und sagte. »Entschuldige. Tut mir leid, daß ich dich da reingezogen habe.«

»Die beiden letzten Tage haben mir Spaß gemacht. Schau mich an. Morgen wird gar nichts Schlimmes passieren. Weißt du, warum? Weil *die* etwas zu verbergen haben. *Die* machen sich Sorgen. Und deswegen solltest du dir keine Sorgen machen und nichts verbergen.«

Kate nickte bedächtig, dann lächelte sie zum ersten Mal. »Ältere Männer haben viel Verständnis für den Lauf der Welt«, sagte sie.

»Danke für das Kompliment.«

»Mir geht's schon viel besser. Morgen wird nichts Schlimmes passieren.«

»Genaugenommen«, sagte ich, »könnte sogar etwas Gutes passieren.«

»Zum Beispiel?«

»Ich weiß es nicht. Aber egal, was passiert, es wird höchste Zeit, daß wir unseren Jahresurlaub beantragen.

Wir müssen mal weg. Eine Reise ins Ausland wird uns guttun.«

»Das ist eine großartige Idee. Ich möchte nach Paris. Wo willst du hin?«

Mrs. Corey entwickelte allmählich Sinne für Humor. »Ich würde gern dahin, wo der Dewar's Scotch gemacht wird. Ich schicke dir eine Ansichtskarte.«

Sie stand auf, kam zu mir und setzte sich auf meinen Schoß. Sie schlang die Arme um mich, legte den Kopf an meine Schulter und sagte: »Egal, was morgen passiert, wir kommen damit zurecht, weil wir zusammen sind. Ich fühle mich nicht mehr so allein.«

»Du bist nicht allein.« Aber kaum hatte ich das gesagt, als mir ein beunruhigender Gedanke kam. Wenn ich an Jack Koenigs Stelle wäre, wüßte ich, wie ich mit Mr. und Mrs. Corey umzugehen hätte.

27

Captain Stein ließ mich nicht warten, und um Punkt neun Uhr ging ich in sein Eckbüro.

Er stand nicht auf, aber das macht er nie, es sei denn, man ist der Polizeipräsident oder noch was Höheres, und er winkte mich zu einem Sessel vor seinem Schreibtisch. Er ergriff zuerst das Wort und sagte mit schroffer, grollender Stimme: »Guten Morgen.«

»Guten Morgen.« Seiner Miene konnte ich nichts entnehmen. Ich meine, er wirkte angesäuert, aber so sieht er eigentlich immer aus.

Captain David Stein vom NYPD hat, wie ich vielleicht erwähnen sollte, einen schwierigen Job, weil er die zweite Geige neben Jack Koenig spielen muß, dem Verantwortlichen Special Agent des FBI. Aber Stein ist ein taffer alter Jude, der sich von niemandem etwas bieten läßt, mich eingeschlossen, und schon gar nicht von Jack Koenig.

Stein hat ein Jura-Diplom an der Wand hängen, daher kann er mit den FBI-Leuten in deren Sprache reden, wenn es sein muß. Er war vor der Task Force bei der Nachrichtendienstlichen Einheit des NYPD gewesen, ehemals bekannt als Roter Trupp, aber heutzutage waren nicht mehr allzu viele Rote zugange, daher hatte die NE des NYPD ihr Augenmerk auf nahöstlichen Terrorismus verlagert. Stein hatte mal zu mir gesagt: »Die Scheißkommunisten waren mir lieber. Die haben sich wenigstens an ein paar Spielregeln gehalten.«

Nostalgie ist auch nicht mehr das, was sie mal war.

Jedenfalls mochte mich Stein und vermißte vermutlich das NYPD, aber der Polizeipräsident wollte ihn hier haben, und da war er nun, kurz davor, mir den Arsch aufzureißen. Steins Problem war, daß er genau wie ich in Sachen Loyalität hin- und hergerissen war. Er arbeitete für das FBI, aber wir waren Cops. Ich war mir sicher, daß er mir nicht zu sehr zusetzen würde.

Er schaute mich an und sagte: »Sie stecken tief in der Scheiße, mein Guter.«

Sehen Sie?

Er fuhr fort: »Haben Sie mit der Frau von ’nem Vorgesetzten gevögelt oder so was Ähnliches?«

»In letzter Zeit nicht.«

Er ging nicht darauf ein, sondern sagte: »Wissen Sie überhaupt, was für Scheiße Sie gebaut haben?«

»Nein, Sir. Sie etwa?«

Er zündete einen Zigarrenstumpen an und sagte zu mir: »Jack Koenig will Ihre Eier zum Frühstück haben. Und Sie wissen nicht mal, warum?«

»Na ja ... ich meine, es könnte um alles mögliche gehen. Sie wissen ja, wie die sind.«

Er ging nicht darauf ein und würde es auch nicht tun, aber ich hatte ihn daran erinnert, daß wir Brüder waren.

Er paffte an seiner Zigarre. Rauchen ist in Bundesgebäuden seit etwa fünf Jahren nicht mehr erlaubt, aber dies war nicht der richtige Zeitpunkt, so etwas zur Sprache zu bringen. Genaugenommen stand Steins Aschenbecher auf einem NICHTRAUCHER-Schild.

Er schaute auf eine Notiz auf seinem Schreibtisch und sagte zu mir: »Ich habe gehört, daß Sie gestern niemand erreichen konnte, weder telefonisch noch per Pieper. Wie kommt das?«

»Ich habe mein Handy und den Pieper ausgeschaltet.«

»Sie sollen aber niemals Ihr Handy und den Pieper ausschalten. *Niemals.*« Er fragte mich: »Was ist, wenn es einen Großalarm gibt? Wollen Sie nichts davon erfahren?«

»Doch, durchaus.«

»Und? Warum haben Sie dann Ihr Telefon und den Pieper ausgeschaltet?«

»Dafür gibt's keine Entschuldigung, Sir.«

»Lassen Sie sich eine einfallen.«

»Ich weiß was Besseres. Die Wahrheit ist, daß ich nicht aufgespürt werden wollte.«

»Warum. Haben Sie mit jemand gevögelt?«

»Nein.«

»Was haben Sie gestern gemacht?«

»Ich war draußen in den Hamptons.«

»Ich dachte, Sie waren krank.«

»Ich war nicht krank. Ich habe mir einen Tag freigenommen.«

»Warum?«

Ich erinnerte mich an meinen Ratschlag an Kate und erwiderte: »Ich beschäftige mich ein bißchen mit TWA 800. In meiner Freizeit.«

Ein paar Sekunden lang sagte er nichts, dann fragte er: »Was meinen Sie mit Ihrer Freizeit?«

»Der Fall interessiert mich.«

»Aha? Was ist daran so interessant?«

»Der Quatsch. Quatsch interessiert mich.«

»Yeah, mich auch. Und Sie meinen also, niemand hat Ihnen gesagt, daß Sie sich den Fall vornehmen sollen? Es war Ihre Idee?«

»Ich war am Dienstag bei der Gedenkfeier anläßlich des fünften Jahrestags. Das hat mich nachdenklich gemacht.«

»Waren Sie mit Ihrer Frau dort?«

»So ist es.«

»Und das hat Sie zum Nachdenken über TWA 800 gebracht?«

»Richtig.« Und ich fügte hinzu: »Ich glaube, daß man bei diesem Fall ein paar Sachen übersehen hat.«

»Aha? Und Sie wollen das in Ordnung bringen?«

»Ich will's versuchen. In meiner Freizeit.«

Er dachte eine Weile darüber nach, dann sagte er zu mir: »Koenig wollte mir nicht sagen, warum Sie tief in der Scheiße stecken. Er hat gesagt, ich soll Sie fragen. Ich glaube, diese TWA-Sache ist der Grund dafür. Was meinen Sie?«

»Vermutlich ist es so, Captain. Die werden ganz merkwürdig, wenn's um diesen Fall geht.«

»Corey, warum stecken Sie Ihre Nase in Sachen, die Sie nichts angehen?«

»Ich bin Detective.«

»Yeah, ich ebenfalls. Aber ich befolge Befehle.«

»Was ist, wenn es sich um unberechtigte Befehle handelt?«

»Kommen Sie mir nicht mit diesem John-Jay-Scheiß. Ich bin Jurist. Ich kann mehr Quatsch aus meinem kleinen Finger ablassen, als Sie in Ihrem ganzen verfluchten Körper haben.«

»Ja, Sir. Was ich meine, ist –«

»Hat Ihnen niemand klar und deutlich gesagt, daß Sie nicht in dem Fall rumstochern sollen?«

»Doch, Sir. Liam Griffith. Bei der Gedenkfeier. Er war aus irgendeinem Grund da. Aber ich arbeite nicht für Liam Griffith. Daher ist sein Befehl –«

»Ja, ja. Okay, hören Sie zu. Ich mag Sie, Corey. Wirklich. Aber Sie haben sich in dem einen Jahr, das Sie hier sind, allerhand Ärger eingebrockt. Man hat Ihnen manchen Scheiß durchgehen lassen, weil Sie erstens Contract Agent sind und zweitens in Ausübung Ihres Dienstes verwundet wurden, zweimal sogar. Drittens haben Sie beim Fall Khalil gute Arbeit geleistet. Und viertens, und das meine ich ernst, sind Sie tüchtig. Sogar Koenig mag Sie. Na ja, er mag Sie nicht, aber er achtet Sie. Sie sind eine Bereicherung für das Team. Und Ihre Frau ebenfalls. Die Leute mögen sie, auch wenn sie Sie nicht mögen.«

»Danke.«

»Aber Sie sind ein Störenfried. Für die Karriere Ihrer Frau ist das gar nicht gut. Sie müssen sich allmählich benehmen. Sonst müssen Sie gehen.«

Es sah so aus, als würde ich gut davonkommen, aber ich witterte Unrat, und das lag nicht bloß an Steins Zigarre. Ich sagte: »Nun ja, wenn Sie mich um meine Kündigung bitten –«

»Habe ich das gesagt? Ich habe Ihnen die Wahl gelassen, sich am Riemen zu reißen oder zu kündigen. Ist das so eine schwere Entscheidung? Sagen Sie mir einfach, daß Sie ein braver Junge sein werden. Kommen Sie schon. Sagen Sie's mir.«

»Okay ... ich werde ...« Wechsel das Thema. »Captain, ich kann einfach nicht glauben, daß die Ihnen nicht gesagt haben, worum es geht. Vielleicht gestehe ich ja was Falsches.«

»Was haben Sie denn sonst noch angestellt?«

»Ich spiele auf meinem regierungseigenen Computer Videopoker.«

»Ich auch. Kennen Sie Kaplan Mike Halloran? Sie kennen ihn, richtig? Den Priester.«

»Ja, er –«

»Hier. Er hat mir was beigebracht. Schauen Sie.« Stein hob die Hand samt der Zigarre und wedelte leicht damit. »All Ihre Sünden sind vergeben. Gehen Sie hin und sündigen Sie nicht mehr.«

Und ich dachte, *ich* würde spinnen. »Ist ja klasse«, sagte ich. »Tja, dann werde ich –«

»Ich habe hier noch ein paar Sachen.« Er kramte auf seinem unordentlichen Schreibtisch herum und sagte zu mir: »Ich habe einen Auftrag für Sie. Der kommt direkt von Koenig.«

»Apropos, Kate redet gerade mit ihm.«

»Ja. Das weiß ich.«

»Will er mich auch sprechen?«

»Weiß ich nicht.« Er fand einen braunen Aktenordner und öffnete ihn. Ich hasse das.

»Erinnern Sie sich noch an *Kobra, übernehmen Sie*?«

»Äh ... nicht besonders gut. Ich steh mehr auf *Akte X*.«

»Yeah. Tja, hier geht's eher um *Kobra, übernehmen Sie!* Wie ging das doch? Ihr Auftrag, wenn Sie ihn annehmen ... so ähnlich. Richtig?«

Ich antwortete nicht.

Er blickte auf seine Akte und sagte: »Haben Sie diesen Scheiß wegen Aden mitverfolgt?«

Ich konnte nur hoffen, daß er nicht den Barkeeper im Dresner's meinte.

»Wissen Sie darüber Bescheid?«

»Zufällig ja. Botschafterin Bodine hat John O'Neill die Rückkehr nach Aden untersagt, weil er sich nicht anständig benommen hat. Ich persönlich bin der Meinung –«

»Die hat sie nicht alle. Das ist meine Meinung. Aber das bleibt unter uns. Jedenfalls haben wir ein paar Leute da drüben, wie Sie vermutlich wissen – Task-Force-Leute von NYPD und FBI. Tja, man hat ein paar weitere angefordert.«

»Da drüben sind vermutlich schon genug.«

»Das hat Bodine auch gesagt. Aber O'Neill hat die Erlaubnis erhalten, noch ein paar weitere rüberzuschicken, als Ausgleich dafür, daß er rausgeflogen ist und keinen Wirbel gemacht hat.«

»Schlechter Deal. Er hätte einen Riesenwirbel machen sollen.«

»Karrierebeamte beim FBI tun, was man ihnen sagt. Jedenfalls hat Koenig vorgeschlagen, daß Sie zu dem Team da drüben stoßen sollen.«

»Wo?«

»In Aden. Der Hafenstadt des Jemen.«

»Ist das wahr?«

»Yeah. Hier steht's. Das gilt als schwieriger Auftrag, die gute Nachricht dabei ist also, daß es Ihrer Karriere einen mächtigen Schub geben wird.«

»Das ist eine wirklich gute Nachricht. Aber ich bin mir nicht sicher, ob ich das verdiene.«

»Selbstverständlich.«

»Wie lange dauert dieser Traumauftrag?«

»Zirka zwei Monate. Ich meine, die Gegend ist echt ätzend. Haben Sie schon mal mit jemand gesprochen, der dort gewesen ist«

»Nein.«

»Ich schon. Es hat zum Beispiel um die achtunddreißig Grad im Schatten, aber es gibt keinen Schatten. Das Gute dabei ist, daß hinter jedem Baum 'ne Frau steht. Aber es gibt keine Bäume. Das Hotel ist allerdings hübsch. Wir haben eine ganze Etage in einem hübschen Hotel. Die Bar ist nach Aussage dieser Typen okay. Sie dürfen keine Frauen mit aufs Zimmer nehmen. Aber Sie sind ja verheiratet, daher sollte das kein Problem sein. Außerdem ist außerehelicher Sex ein Kapitalverbrechen, das mit Enthaupten bestraft wird. Oder ist es Steinigen? Ich glaube, sie wird gesteinigt, Ihnen wird der Kopf abgeschlagen. Jedenfalls werden Sie da drüben genau eingewiesen. Sie sollten gut aufpassen.« Und er fügte hinzu: »Beruflich ist das ein Aufstieg.«

»Für wen?«

»Für Sie.«

»So verführerisch das auch klingt«, erwiderte ich, »aber ich muß leider passen.«

Captain Stein schaute mich durch seinen Zigarettenqualm an, dann sagte er: »Wir können Sie nicht dazu zwingen, diesen Auftrag zu übernehmen.«

»Richtig.«

»Das muß freiwillig erfolgen.«

»Gute Vorschrift.«

»Aber ich habe das Gefühl, daß möglicherweise Ihr

Vertrag nicht verlängert wird, wenn Sie ihn nicht annehmen. Ich meine, ich darf das nicht sagen, weil es nach Nötigung klingt.«

»Ich würde es nicht als Nötigung verstehen. Klingt eher wie eine Drohung.«

»Völlig egal. Hey, es könnte Ihnen Spaß machen. Nehmen Sie den Job.«

»Ich unterrichte zwei Kurse am John Jay. Ich muß am Dienstag nach Labor Day dort antreten. Das steht in meinem Vertrag.«

»Wir werden zusehen, daß wir Sie bis dahin zurückholen. Reden Sie mit Ihrer Frau darüber.«

»Ich kann Ihnen gleich sagen, Captain, daß ich nicht in den Scheiß-Jemen gehen werde.«

»Habe ich die Zusatzvergütung schon erwähnt? Und die zehn Tage Sonderurlaub, wenn Sie zurückkommen? Außerdem können Sie da drüben Ihren jährlichen Freizeitanspruch aufstocken, und Sie kriegen einen richtigen Urlaub.«

»Klingt klasse. Mir fallen da ein paar verheiratete Männer mit Kindern ein, die das Geld gut gebrauchen könnten. Wenn sonst nichts weiter vorliegt –«

»Moment. Ich muß Ihnen noch ein paar Sachen sagen, die Ihnen bei Ihrer Entscheidung helfen könnten.«

»Schaun Sie, Captain, wenn Sie sagen wollen, daß die Karriere meiner Frau im Eimer ist, wenn ich den Auftrag nicht annehme, dann wäre das unredlich und möglicherweise auch nicht rechtens.«

»Aha? Tja, dann werde ich das nicht sagen. Aber genauso ist es.«

Ich ging eine Weile nicht darauf ein, aber wir starrten einander an. »Warum will mich Koenig aus der Stadt haben?« sagte ich schließlich.

»Er will Sie nicht aus der Stadt haben. Er will Sie von diesem verfluchten Planeten weghaben. Und es geht nicht nur um die Sache mit dem Pieper, Sportsfreund. Und ich sag Ihnen eins – alles, was er über Sie vorliegen hat, ist hieb- und stichfest. Und das, was er über Ihre Frau vorliegen hat, erst recht. Er war mächtig sauer auf euch, und er will, daß ihr irgendwo hinkommt, wo ihr viel Zeit habt, darüber nachzudenken, warum ihr ihn so sauer gemacht habt.«

»Tja, wissen Sie was? Er kann mich kreuzweise.«

»Nein, Corey, nicht er, ich glaube eher, daß Sie ihn kreuzweise können.«

Ich stand auf, ohne offiziell entlassen zu sein, und sagte: »Sie haben meine Kündigung in spätestens einer Stunde auf dem Schreibtisch liegen.«

»Das ist Ihre Sache. Aber reden Sie vorher mit Ihrer Frau. Sie können nicht einfach kündigen, ohne sich vorher mit Ihrer Frau abzusprechen.«

Ich wollte gehen, aber Captain Stein stand auf und kam um seinen Schreibtisch herum. Er schaute mich an und sagte leise: »Man hat Sie auf dem Kieker, mein Junge. Passen Sie auf sich auf. Das ist ein freundschaftlicher Rat.«

Ich drehte mich um und ging.

28

Kate war nicht an ihrem Schreibtisch, als ich aus Steins Büro kam, daher fragte ich ihre Kabuffgenossin Jennifer Lupo: »Wo ist Kate?«

»Sie ist zu einer Besprechung mit Jack«, erwiderte Ms.

Lupo. »In seinem Büro. Ich habe sie seither nicht gesehen.«

Offenbar hatten Jack Koenig und Kate Mayfield mehr zu bereden als David Stein und John Corey. Ich witterte weiteren Unrat.

Ich ging zu meinem Arbeitsplatz, wo ich vor meiner Besprechung mit Stein noch nicht gewesen war. Auf meinem Schreibtisch war nichts Neues, auf meinem Anrufbeantworter nichts Dringendes. Ich rief meine E-Mails ab. Der übliche Müll, abgesehen von einer Mitteilung des FBI-Reisebüros in Washington, in der stand: *Melden Sie sich bei diesem Büro: ASAP. Wg: Jemen.*

»Was, zum Teufel ...?«

Harry Muller blickte von seinem Computer auf und fragte: »Was ist los?«

»Schlechtes Horoskop.«

»Probier's mit meinem. Ich bin Steinbock. Hey, wo warst du gestern?«

»Ich war krank.«

»Stein hat dich gesucht.«

»Er hat mich gefunden.«

Muller beugte sich zu mir und fragte: »Hast du irgendwelchen Ärger am Hals?«

»Ich habe immer Ärger am Hals. Tu mir einen Gefallen. Kate ist bei Koenig. Sag ihr, wenn sie rauskommt, daß sie sich mit mir in dem griechischen Café ein Stück die Straße runter treffen soll. Parthenon, Akropolis, Sparta – irgend so was Ähnliches.«

»Warum hinterläßt du ihr keine Nachricht auf ihrem Schreibtisch?«

»Warum tust du mir nicht einfach den Gefallen?«

»Jedesmal, wenn du mich um einen Gefallen bittest, komme ich mir vor wie ein Mitwisser bei einer Straftat.«

»Ich bring dir auch ein bißchen Baklave mit.«

»Lieber ein Maismuffin.«

Ich stand auf und sagte zu Harry. »Behalte das für dich.«

»Getoastet, mit Butter.«

Ich verzog mich schleunigst zum Aufzug. Auf der Fahrt nach unten dachte ich über das nach, was mein Instinkt mir einflüsterte. Erstens, verschwinde aus dem Gebäude, falls Koenig dich sprechen will, nachdem er Kate die Hölle heiß gemacht hat. Zweitens, der nächste Mensch, mit dem ich sprechen mußte, war Kate, und zwar allein und fernab vom Ministerium der Liebe. Ein guter Instinkt.

Ich stieg aus dem Aufzug, ging hinaus auf den Broadway und in Richtung Süden, aufs World Trade Center zu.

Das Café – Acropolis hieß es – hatte den Vorteil, daß die Sitznischen hohe Lehnen hatten, so daß die Gäste von der Straße aus nicht gesehen werden konnten. Außerdem übertönte die fürchterliche, blechern dudelnde griechische Musik jedes Gespräch, und alle fünf Minuten erklang das abscheuliche Scheppern von zerschlagenem Geschirr. Auch das kam von der Konserve und sollte komisch sein. Ich nehme an, man mußte Grieche sein, um es zu kapieren.

Ich setzte mich in eine freie Nische im hinteren Teil.

Ich hatte das Gefühl, daß man mir auf die Pelle rückte – daß ich weder mein Handy, noch mein Bürotelefon oder meine E-Mail, ja nicht mal das Telefon in meinem Apartment benutzen sollte. Wenn die FBIler hinter einem her sind, ist man erledigt.

Die Bedienung kam vorbei, und ich bestellte mir einen Kaffee.

»Irgendwas dazu?«

»Einen Toast.«

Ich war bei der dritten Tasse Kaffee und beugte mich gerade in den Gang, um zur Tür zu blicken, als Kate hereinkam. Sie entdeckte mich, kam rasch zur Nische und rutschte gegenüber von mir rein. »Wieso bist du hier?« fragte sie mich.

»Offensichtlich müssen wir reden. Allein.«

»Tja, Jack sucht dich.«

»Deswegen bin ich hier. Worüber habt ihr zwei geredet?«

»Er hat mich gefragt, ob ich mir den TWA-Fall vorgenommen habe«, erwiderte sie. »Ich habe ja gesagt. Er hat mir für meine Offenheit gedankt, dann hat er gefragt, ob du dir den Fall ebenfalls vorgenommen hast.« Sie zögerte einen Moment, dann fuhr sie fort: »Ich habe ja gesagt. Dann wollte er ein paar Einzelheiten hören, deshalb habe ich ihm alles erzählt, was seit dem Abend, an dem der Gedenkgottesdienst stattfand, passiert ist, weil er es vermutlich sowieso schon wußte.« Sie hielt kurz inne und fügte dann hinzu: »Das hast du doch vorgeschlagen. Richtig?«

»Richtig. Wie ist er mit der Wahrheit zurechtgekommen?«

»Nicht allzu gut.«

Die Bedienung kam, und Kate bestellte sich einen Kamillentee, was immer das sein mochte.

»Hast du ihm erzählt, wo ich gestern war?« fragte ich sie.

»Ich habe ihm gesagt, daß du im Osten warst und daß das alles wäre, was ich weiß. Ich habe ihm ganz offen erklärt, daß du mir nicht allzuviel anvertraut hast, damit ich nicht in eine Situation gerate, in der ich lügen muß. Er wußte diese Taktik auf beruflicher Ebene durchaus zu schätzen, aber er war ziemlich sauer.«

»Der wird schon sauer, wenn nur mein Name fällt.«

Kates Tee kam zur gleichen Zeit, als wieder Geschirr zerdeppert wurde, und sie fuhr zusammen. Mir wurde klar, daß sie nach einer Stunde mit Koenig ein bißchen schreckhaft war. »Das war eine Aufnahme«, sagte ich. »Ist alles okay?«

»Ja. Mir geht's bestens.« Sie trank einen Schluck Tee, beugte sich dann über den Tisch und sagte zu mir: »Ich habe ihm in aller Deutlichkeit gesagt, daß ich dich darum gebeten habe, dich des Falls anzunehmen, und daß du erst gezögert hat, aber aus Verbundenheit zu mir hättest du dich bereit erklärt, ein paar Sachen zu überprüfen. Ich habe ihm erklärt, daß ich die volle Verantwortung für jeden Verstoß gegen die Regeln, Vorschriften, Befehle und so weiter übernehme.«

»War er rot im Gesicht? Ich mag es, wenn er rot anläuft. Hast du schon mal erlebt, wie er Bleistifte zwischen den Fingern zerknackt?«

»Das ist kein Witz. Aber ja, er hat sich mühsam beherrscht und war kurz vor dem Ausflippen.«

»Tja, das verrät einem doch schon mal was – nicht wahr? Irgend jemand – die Regierung, das FBI oder die CIA – hat irgend etwas zu verbergen.«

»Nicht unbedingt. Er war sauer, weil man mir schon zum zweiten Mal sagen mußte, daß mich der Fall nichts angeht. Die mögen es nicht, wenn sie einem etwas zweimal sagen müssen, selbst wenn es nur um eine Kleinigkeit geht. Für Heißsporne und Abweichler ist kein Platz im Team. Jacks Unmut hatte nichts mit dem Fall per se zu tun, sondern mit der Sache an sich, weil sich dadurch Verschwörungstheoretiker und die im Schmutz wühlenden Medien unterstützt und bestätigt fühlen könnten.«

»Warum sind wir nicht darauf gekommen?«

»Weil es Quatsch ist.«

»Hoffentlich hast du ihm das auch gesagt.«

»Habe ich nicht. Ich habe ihm gesagt, daß ich dafür vollstes Verständnis hätte.«

Ich war mir nicht ganz sicher, wie Ms. Mayfield jetzt zu diesem Thema stand, daher fragte ich: »Wie seid ihr grundsätzlich verblieben?«

»Er gab mir den klaren Befehl, daß ich mich nicht mehr mit dieser Angelegenheit befassen soll, und wenn ich ihm darauf mein Wort geben würde, dann würde nichts Nachteiliges in meine Dienstakte kommen.«

»Na siehst du. Keine große Sache. Wo wollen wir uns zum Mittagessen treffen?«

Sie ging nicht auf die Frage ein, sondern sagte zu mir: »Was hat Captain Stein zu dir gesagt?«

»Ach, richtig. Koenig hat ihm nicht viel erzählt, außer daß einer von Steins Problemcops – ich – wegen irgend etwas zur Räson gerufen werden müßte. Ich mußte Stein sogar erklären, worum es geht, damit er mich zusammenstauchen konnte. Es war ein bißchen absonderlich.«

»Ist das alles?«

»Sozusagen.« Ich beschloß, die Sache mit dem Jemen jetzt noch nicht zu erwähnen, wenn überhaupt.

»Warum möchte Jack dich dann sprechen?« fragte sie mich.

»Ich weiß es nicht. Du etwa?«

»Nein … vermutlich möchte er dich persönlich zurechtweisen.«

»Nie und nimmer. Er mag mich.«

»Eigentlich eher nicht. Aber er achtet dich.«

»Und ich achte ihn.«

»Aber … er meint, daß du nicht teamfähig bist. Das hat er jedenfalls gesagt. Er befürchtet, daß du die Task Force in Mißkredit bringen könntest.«

»Aha? Der kann mich mal. Im Grunde genommen kann er die Cops in seiner Dienststelle nicht leiden. Sie machen ihn nervös.«

Sie gab keinerlei Kommentar dazu ab.

»Ich muß nicht mehr mit Jack Koenig sprechen«, teilte ich Kate mit. »Ich habe gekündigt.«

Sie blickte zu mir auf. »Was?«

»Stein hat mir die Wahl gelassen, die Nase nicht mehr in TWA 800 zu stecken oder zu kündigen. Ich habe mich fürs Kündigen entschieden.«

»Wieso? Laß doch die Sache einfach fallen, John. Sie ist doch unseren Arbeitsplatz nicht wert.«

»Vielleicht doch. Vielleicht auch nicht. Ich habe aus Prinzip gekündigt. Mit anderen Worten, ich habe diesen Job satt.« Außerdem wollte ich keinen Job, in dem mich jemand in den Jemen schicken und mir das Leben verhunzen konnte. Aber das sagte ich Kate nicht.

Sie sagte: »Wir reden später darüber ...« Sie schwieg eine Weile, dann sagte sie: »Jack hat mir auch ein paar Sachen zur Wahl gestellt.«

Ich wußte, daß wir nicht so leicht davonkommen würden.

Sie sagte: »Das erste Angebot war eine dauerhafte Versetzung irgendwohin ins amerikanische Hinterland, über die noch näher zu sprechen wäre. Angebot Nummer zwei war ein befristeter Auftrag zur Unterstützung des FBI-Rechtsattachés bei der Untersuchung des Bombenanschlags auf die US-Botschaft in Daressalam, Tansania.«

Ich ließ das eine Weile auf mich einwirken und wich Kates Blick aus. Schließlich sagte ich: »Du bist dir natürlich darüber im klaren, daß das eine Bestrafung ist und keineswegs eine Auszeichnung für Eigeninitiative.«

»So wurde mir das nicht dargelegt«, erwiderte sie.
»Was wirst du machen?«
»Was wäre dir denn lieber?«
»Tja ... du magst New York nicht, also laß dich nach Dubuque oder sonstwohin versetzen.«
»Eigentlich mag ich New York.«
»Seit wann?«
»Seit man mir die Möglichkeit geboten hat wegzukommen. Schau, John, wenn ich den befristeten Auftrag in Daressalam annehme, bin ich garantiert noch mindestens zwei Jahre in New York. Die Versetzung ins amerikanische Binnenland hingegen ist von Dauer. Du müßtest ebenfalls eine Versetzung dorthin beantragen, wo ich lande, und es könnte Jahre dauern, bis wir wieder in der gleichen Stadt sind. Wenn überhaupt.«
»Ich hab's dir doch gesagt – ich kündige.«
»Nein, das wirst du nicht. Und selbst wenn du es tust, würdest du New York verlassen und mit mir nach Dallas, Cleveland oder Wichita kommen?«
»Ich würde dir überallhin folgen. Ich bin noch nie westlich der Eleventh Avenue gewesen. Könnte mir Spaß machen.«
Sie schaute mich an, um festzustellen, ob ich das ernst meinte, was nicht der Fall war. »Ich besorge mir einen Wachschutzjob in einem Kaufhaus«, sagte ich. »Aber es gibt auch noch 'ne andere Möglichkeit – bestell König, daß er mich kreuzweise kann.«
»Aus beruflicher Sicht ist das keine gute Entscheidung. Schau, ich könnte eine Beschwerde einreichen oder mich auf eine persönliche Notlage berufen, aber am einfachsten wäre es, wenn ich den befristeten Auftrag in Übersee annehmen würde. Es dauert doch nicht länger als drei Monate. Danach komme ich zurück, alles ist bereinigt und

wir machen hier mit unserem Leben und unserem Job weiter wie gehabt.« Und sie fügte hinzu: »Jack Koenig mußte mir versprechen, daß man deinen Vertrag hier in New York um zwei Jahre verlängert.«

»Verhandle bitte nicht über meinen Vertrag. Dafür habe ich eine Anwältin.«

»Ich bin deine Anwältin.«

»Dann sage ich *dir*, was du machen sollst. Nicht umgekehrt.«

Sie nahm meine Hand und sagte: »John, laß mich den Auftrag in Übersee annehmen. Bitte. Das ist die einzige Möglichkeit, wie wir diese Sache ausbügeln können.«

Ich drückte ihre Hand und sagte: »Was soll ich denn allein in New York machen?«

Sie rang sich ein Lächeln ab und sagte: »Mach, was du willst. Aber denke daran, daß ich dich von zehn Agenten sieben Tage die Woche rund um die Uhr beobachten lasse.«

Ich erwiderte das Lächeln und dachte über diese interessante Entwicklung nach. Im Grunde genommen lief es darauf hinaus, daß Kate Mayfield und John Corey – zwei bloße Sterbliche – die Götter beleidigt hatten, die nun beschlossen hatten, sie aus dem Restaurant Acropolis in die niederen Gefilde Afrikas und des Nahen Ostens zu verbannen. Oder wir konnten uns vor eine Dampfwalze legen. »Warum kündigst *du* nicht?« sagte ich zu Kate.

»Ich werde nicht kündigen. Und du auch nicht.«

»Tja, dann gehe ich freiwillig mit dir nach Tansania.«

»Vergiß es. Ich habe schon angefragt. Dazu kommt es nicht.« Sie schaute mich an und sagte: »John. Bitte. Laß mich gehen und kündige bitte nicht. Warte wenigstens, bis ich zurück bin.«

Ich traf eine ebenso jähe wie dumme Entscheidung und

sagte: »Ich würde mich nicht besonders wohl fühlen, wenn du in Afrika bist, während ich hier in Luxus und Völlerei lebe. Folglich werde ich freiwillig nach Aden gehen. Das ist im Jemen.«

Sie schaute mich eine Zeitlang an, dann sagte sie: »Das ist sehr lieb von dir … sehr …« Sie verlor die Fassung, ließ meine Hand los und tupfte sich die Augen mit einer Papierserviette ab. »Das kann ich nicht zulassen«, sagte sie. »Du hast keinen Grund für … Ich meine, das ist alles meine Schuld.«

»Das stimmt. Aber ich habe gewußt, worauf ich mich einlasse. Ich habe bloß nicht gedacht, daß sie uns so rasch abschießen. Die sollten mal bei Terroristen so durchgreifen.«

Sie ging nicht darauf ein.

»Wir nehmen also unsere Aufträge an, kommen fit und braungebrannt heim und machen da weiter, wo wir aufgehört haben.«

Sie nickte bedächtig, dann fragte sie mich: »Woher willst du wissen, daß sie dein Angebot, in den Jemen zu gehen, annehmen?«

»Die brauchen dort Personal, und sie finden nur schwer Leute, die sich freiwillig melden.«

»Woher weißt du das?«

»Stein hat es mir gegenüber erwähnt.«

»Er … warum …? Hat er dich *gebeten* hinzugehen …?«

»Er hat es vorgeschlagen. Was ein verfluchter Zufall ist.«

»Du Wichser.« Sie trat mir doch tatsächlich unter dem Tisch ans Schienbein und sagte: »Wieso hast du mir das nicht gesagt –?«

»Moment. Steins Angebot, mich in den Jemen zu schikken, ist völlig belanglos. Ich habe es abgelehnt und ihm erklärt, daß ich kündige. Aber, da du vorhast, dich an *deinen* Job zu klammern, gehe ich in den Jemen, und du gehst nach Tansania.«

Kam mir logisch vor, aber ich stellte fest, daß sie immer noch schäumte. Ich griff nach ihrer Hand, aber sie zog sie weg und verschränkte die Arme. Das ist normalerweise kein gutes Zeichen.

Wieder wurde Geschirr zerdeppert, und ein älteres Paar, das sich gerade in die Nische gegenüber von uns gesetzt hatte, fuhr zusammen. Hoffentlich hatten sie im Acropolis einen Defibrillator.

Kate kochte eine Weile vor sich hin, dann beruhigte sie sich wieder und sagte kühl: »Na schön. Das wäre geklärt. Wir nehmen die befristeten Aufträge an – was uns genaugenommen ganz guttun könnte – und bringen die Sache hinter uns.«

»Denk daran, daß sich das für uns beide beruflich positiv auswirken könnte«, sagte ich. »Und du hast recht – zwei, drei Monate Trennung könnten uns ganz guttun.«

»Das habe ich nicht gemeint.«

»Ich auch nicht.«

Wir hielten über dem Tisch Händchen, und sie erinnerte mich: »Du mußt mit Jack sprechen.«

»Ich freue mich schon darauf.«

»Ich muß bis Dienstag meine Angelegenheiten regeln. Wie lange brauchst du?«

»Ich bräuchte etwa zehn Jahre, um meine Angelegenheiten zu regeln. Aber ich versuch's bis Dienstag.«

»Ich brauche eine Reihe von Impfungen. Und ich muß heute noch im Reisebüro anrufen.«

»Ich auch.«

»Als ich noch Single war«, sagte sie, »war es mir egal,

wo ich hingeschickt wurde oder vorübergehend Dienst tun mußte.«

»Mir auch.«

»Du warst Polizist in New York.«

»Richtig. Aber ich mußte mal zwei Wochen Dienst in der Bronx schieben.«

»John, sei ernsthaft.«

»Okay. Ich bin ernsthaft sauer. Die spielen uns gegeneinander aus, um uns loszuwerden und zum Schweigen zu bringen. Das war nur eine Warnung. Das nächste Mal kommen wir nicht so leicht davon.«

»Es wird kein nächstes Mal geben. Der Fall ist abgeschlossen. Schluß und aus.«

»Einverstanden.«

»Sag das noch mal.«

Wenn ich es noch mal sagte, mußte ich es ernst meinen. Was mir an dieser Sache richtig stank, war, daß meine ehelichen Bande von Jack Koenig ausgenutzt wurden, um mir die Hände zu binden. Das war für mich eine neue Erfahrung. »Ich bin ein schlechter Verlierer«, sagte ich.

»Laß den Machomist. Der Fall ist abgeschlossen. Ich habe ihn wieder geöffnet. Ich schließe ihn auch wieder.«

»Okay. Ich werde ihn nie wieder erwähnen.«

Sie wechselte das Thema und fragte mich: »Meinst du, es gibt irgendwas Neues zum Fall *Cole*?«

»Nicht, daß ich wüßte. Ich werde da drüben eingewiesen.«

»Es gibt ein paar neue Spuren zu den Bombenanschlägen auf die Botschaften in Tansania und Kenia. Es gibt keinerlei Zweifel, daß diese Terrororganisation, diese Al-Qaida, dahintersteckt, und wir haben zwei Hauptverdächtige, die reden. Die Al-Qaida war, wie du weißt, auch in den Anschlag auf die *Cole* verwickelt.«

»Richtig.« Ich rief die Bedienung, bestellte ein getoastetes Maismuffin mit Butter zum Mitnehmen und bat um die Rechnung.«

»Diese Aufträge mögen zwar eine Art Strafversetzung sein«, sagte Kate, »aber vielleicht können wir da drüben irgendwas Gutes tun.«

»Richtig. Wir bringen die Sache unter Dach und Fach und kommen vorzeitig zurück. Möchtest du noch einen Tee?«

»Nein. Hörst du mir überhaupt zu?«

»Durchaus.«

»Du mußt da drüben vorsichtig sein. Das ist ein feindseliges Land.«

»Ich werde mich wie zu Hause fühlen. Sei du ebenfalls vorsichtig.«

»Tansania ist ein befreundetes Land. Die haben bei dem Anschlag auf die Botschaft Hunderte von ihren eigenen Staatsbürgern verloren.«

»Richtig. Okay, du brichst zuerst auf. Ich komme zehn Minuten später nach.«

Sie rutschte aus der Nische, stand auf, küßte mich und sagte: »Laß dich auf keine Stänkereien mit Jack ein.«

»Davon würde ich nicht mal träumen.«

Sie ging, und ich trank meinen Kaffee aus, bekam das Maismuffin, bezahlte die Rechnung und erhielt etwas Kleingeld zurück.

Ich war jenseits von sauer – ich war ruhig, gefaßt und auf Rache aus.

29

Draußen am Broadway ging ich zu einer Telefonzelle und rief Dom Fanellis Handy an.

Er meldete sich, und ich fragte: »Kannst du sprechen?«

»Ich habe einen Doppelmord an der West 35th, aber für dich habe ich Zeit. Was gibt's?«

Ich wußte nie, wann mich dieser Typ veräppelte, und er könnte mir das gleiche vorwerfen. »Du mußt drei Leute für mich finden.«

»Für dich finde ich auch vier.«

»Erste Person: weiblich, Nachname Scarangello, Vorname Roxanne. Das buchstabiert sich S–C–A –«

»Hey, ich habe vier Cousinen, die Roxanne Scarangello heißen. Was hast du über sie vorliegen?«

»Collegeabschluß, möglicherweise weiterführendes Studium, University of Pennsylvania oder Penn State –«

»Was ist da der Unterschied?«

»Woher, zum Geier, soll ich das wissen? Hör einfach zu. Ende zwanzig, kam aus der Gegend um Philadelphia und ist möglicherweise noch dort. Im Juni geboren, kein Datum, kein Jahr.«

»Ist das alles?«

Es gab keinerlei Grund dafür, ihm etwas von ihrer Sommerarbeit zu sagen, denn dann stieße er sofort auf das Bayview Hotel, was ich nicht wollte. »Das ist alles«, sagte ich. »Erkundige dich zuerst bei den Universitäten.«

»Ach was. Was denkst du denn?«

»Zweite Person: männlich, Nachname Brock.« Ich buchstabierte ihn. »Vorname Christopher. Er dürfte etwa fünfunddreißig sein. Kein Geburtsdatum. Arbeitet, beziehungsweise hat in der Hotelindustrie gearbeitet. Letzter bekannter Wohnsitz war vor fünf Jahren auf Long Island.«

»Das ist nicht viel.«

»Er hatte ein Tattoo, eine Maus, die ihm aus dem Arschloch guckt.«

»Ach, *der* Christopher Brock.«

»Dritte Person: weiblich, Nachname Gonzalez Perez, Vorname Lucita. Schreibweise weiß ich nicht. Offensichtlich eine Latina, Herkunftsland El Salvador, Einwanderungsstatus unbekannt, etwa dreiundzwanzig, vierundzwanzig Jahre alt, arbeitete in der Hotelindustrie.« Und ich fügte hinzu: »Mit der wirst du nicht viel Glück haben. Konzentrier dich auf die ersten zwei.«

»Okay. Was soll das Ganze?«

»Kann ich dir nicht sagen, Dom.«

»Darf ich raten?«

Ich erwiderte nichts.

Fanelli sagte: »Ich habe also Harry Muller angerufen, bloß um Hallo zu sagen und ihn zu fragen, wie die Arbeit fürs FBI schmeckt. Und wir kommen auf John Corey zu sprechen, und er sagt, du benimmst dich seltsam. Sag ich: ›Was ist denn so seltsam daran, daß sich Corey seltsam benimmt?‹ Und er sagt, du hast die letzten paar Tage blaugemacht, und er muß Nachrichten an deine Frau weitergeben. Und daß du, was noch seltsamer ist, zwei Kielbasa-Sandwiches für dich und ihn besorgt und deins nicht gegessen hast. Dann ruft er mich heute morgen an und sagt, Stein hätte in seinem Büro mit dir gesprochen, und jetzt würdest du schon wieder blaumachen, und er wartet auf sein getoastetes Muffin. Daher –«

»Mußt du nicht zu einem Doppelmord?«

»Nee. Die laufen nicht mehr fort. Also schließe ich aus alldem, daß du deine Nase in TWA 800 gesteckt hast.«

Ich war ein bißchen verblüfft, erwiderte aber ganz ruhig: »Wie kommst du denn auf so was?«

»Ganz einfach. Ich habe bloß eins und eins zusammengezählt.«

»*Was* hast du zusammengezählt?«

»Ach, und außerdem hast du Muller gefragt, ob er den TWA-Fall bearbeitet hat, und du hast ihm erzählt, daß du bei der Gedenkfeier warst, und ich weiß, daß Kate an dem Fall mitgearbeitet hat, und Marie Gubitosi ebenfalls. Und jetzt willst einen Typ namens Brock ausfindig machen, der vor fünf Jahren auf Long Island gewohnt hat. Reiner Zufall? Glaube ich nicht. Ich sehe da gewisse Zusammenhänge, John.«

Manchmal vergesse ich, daß das Blaue Netzwerk in beide Richtungen arbeitet, und ich vergesse mitunter, daß Dom Fanelli ein schlauer Cop ist. »Du solltest Detective werden«, sagte ich zu ihm. »Okay, sieh zu, was du über diese Personen für mich rauskriegen kannst.«

»Wie schnell brauchst du das?«

»In etwa zwei Monaten.«

»In zwei Wochen sollte ich Bescheid wissen. Vielleicht schon in zwei Tagen. Ich ruf dich an.«

»Laß dir Zeit. Ich gehe ein paar Monate in den Jemen.«

»Wo, zum Geier, ist der Jemen?«

»Ist auf der Landkarte.« Und ich fügte hinzu: »Ich werde außer Landes verfrachtet, weil man mir eine Lektion erteilen will, daß man Befehle befolgt.«

»Das ist ätzend. Vielleicht solltest du lieber Befehle befolgen.«

»Mach ich doch. Ich gehe in den Jemen.«

»Ist das so ähnlich wie Staten Island?«

»Yeah, aber die FBIler haben ein größeres Revier. Außerdem geht Kate nach Afrika, um die gleiche Lektion zu lernen.«

»Mama mia. Euch haben sie ja schwer am Arsch. Hey, ich behalte dein Apartment im Auge, während du weg bist.«

»Ich gebe dir einen Schlüssel, damit du's im Auge behalten kannst. Aber benutze es nicht als Liebesnest.«

»Als was? Hey, Paisano, was passiert mit mir, wenn die FBIler dahinterkommen, daß ich diese Leute für dich suche? Krieg ich dann einen Freiflug in den Jemen?«

»Das werden sie nicht erfahren. Du mußt diese Leute weder befragen noch mit ihnen in Verbindung treten. Ich muß bloß wissen, wo sie stecken. Ich kümmere mich darum, wenn ich wieder da hin.«

»Ganz recht. Laß uns ein Bier trinken, bevor du abhaust.«

»Keine gute Idee. Ich bin im Moment zu heiß. Ich hinterlege meinen Wohnungsschlüssel im Büro des Hausverwalters.«

»Okay. Hey, isses das wert?«

Ich verstand die Frage und erwiderte: »Anfangs war ich mir nicht ganz sicher. Aber ich habe grade einen Tritt in die Eier bekommen. Folglich muß ich jetzt zurücktreten.«

Er schwieg eine Weile, was ganz untypisch für ihn ist, dann sagte er: »Yeah. Das kann ich verstehen. Aber manchmal muß man den Schlag einfach wegstecken.«

»Manchmal. Aber diesmal nicht.«

»Hast du irgendwas Neues über den Fall rausgekriegt?«

»Was für einen Fall?«

»Okay. Wann brichst du auf?«

»Vermutlich am Dienstag.«

»Ruf mich an, bevor du abreist.«

»Nein, ich rufe dich an, wenn ich wieder da bin. Setz dich nicht mit mir in Verbindung, während ich dort bin.«

»Ich weiß nicht mal, wo, zum Geier, das überhaupt ist. Bestell Kate bon voyage. Wir sehen uns, wenn du wieder da bist.«

»Danke, Dom.« Ich hängte ein und lief zur Federal Plaza 26 zurück.

Wahnsinn zeichnet sich, wie jemand mal sagte, dadurch aus, daß man jedesmal das gleiche macht und andere Ergebnisse erwartet.

Demnach war ich wirklich verrückt.

30

Ich betrat Mr. Koenigs eindrucksvolle Eckzimmersuite mit ihrem hübschen Ausblick auf das World Trade Center, die Freiheitsstatue, Staten Island und den Hafen.

Ich war schon ein paarmal in diesem Büro gewesen, und besonders freudig war keiner dieser Anlässe gewesen. Heute dürfte es nicht anders werden.

Jack Koenig stand an einem der Fenster, starrte auf den Hafen und kehrte mir den Rücken zu.

Einfach dazustehen und abzuwarten, wie man seine Anwesenheit kundtut, ist eines seiner kleinen Machtspielchen. Ich überlegte, ob ich auf arabisch »Allah akbar!« brüllen und mich auf ihn stürzen sollte, begnügte mich aber mit einem kurzen Räuspern.

Er drehte sich zu mir um und nickte.

Jack Koenig ist ein großer, schlanker Typ mit kurzgestutzten grauen Haaren und grauen Augen, der graue Anzüge trägt. Ich glaube, das soll einen an Stahl erinnern, aber ich denke immer an Bleistiftminen. Vielleicht auch an Beton.

Er schüttelte mir die Hand, winkte mich zu einem runden Tisch und sagte: »Nehmen Sie Platz.«

Ich setzte mich, und er setzte sich mir gegenüber. »Hat Kate Ihnen bestellt, daß ich Sie sprechen will?« sagte er.

»Ja.«

»Wo waren Sie?«

»In Captain Steins Büro.«

»Danach.«

»Ach, ich habe einen kleinen Spaziergang unternommen, um einen klaren Kopf zu kriegen. Seine Zigarre setzt mir immer zu. Ich meine, ich will mich nicht darüber beklagen, daß er in einer Umgebung raucht, in der Rauchen nicht gestattet ist, aber –«

»David hat mir berichtet, daß Sie kündigen wollen.«

»Tja, ich hab's mir anders überlegt. Es sei denn, Sie sind anderer Meinung.«

»Nein. Ich möchte Sie hier behalten.«

Er fügte nicht hinzu: »Wo ich Sie im Auge behalten und Ihnen das Leben schwermachen kann«, aber wir waren uns beide darüber im klaren.

»Ich weiß Ihr Vertrauen in mich zu schätzen«, sagte ich.

»Das habe ich nie gesagt. Genaugenommen habe ich keinerlei Vertrauen in Ihr Urteilsvermögen. Aber ich möchte Ihnen noch eine Chance geben, dem Team und Ihrem Vaterland zu Diensten zu sein.«

»Ausgezeichnet.«

»Verscheißern Sie mich nicht, John. Ich bin nicht in der Stimmung dazu.«

»Ich auch nicht.«

»Gut. Dann können wir ja zur Sache kommen. Sie haben sich mit dem Fall TWA 800 beschäftigt, in Ihrer Dienstzeit und trotz ausdrücklicher Anweisung, es nicht zu tun.«

»Ich nehme von Liam Griffith keine Befehle entgegen.«

»Nein, Sie nehmen Ihre Befehle von mir entgegen, und ich sage Ihnen, wie ich auch schon Kate gesagt habe, daß Sie sich nicht mit diesem Fall befassen sollen. Warum? Vertuschung? Verschwörung? Wenn Sie das meinen, dann *sollten* Sie kündigen und die Sache weiterverfolgen. Und vielleicht machen Sie das ja auch. Aber im Moment möchte ich, daß Sie in den Jemen gehen und ein Gespür dafür kriegen, was wir hinsichtlich der Sicherheit Amerikas rund um den Globus zu erreichen versuchen.«

»Was versuchen wir denn zu erreichen?«

»Das sollen Sie selber herausfinden.«

»Warum im Jemen? Warum nicht dort, wo Kate hingeht?«

»Das ist keine Bestrafung, falls Sie das denken sollten. Es ist eine Ehre, in Übersee zu dienen.«

Wir bewegten uns nicht auf dem gleichen Planeten, daher war es sinnlos, mit ihm zu streiten. »Ich bin dankbar dafür, daß ich die Gelegenheit dazu bekomme.«

»Das weiß ich.«

»Was soll ich dort machen?«

»Sie werden in Aden umfassend unterrichtet.«

»Gut. Ich will nämlich nicht übereifrig vorgehen und von der Botschafterin rausgeworfen werden.«

Er warf mir einen stählernen Blick zu und erwiderte:

»Das ist ein wichtiger Auftrag. Siebzehn amerikanische Seeleute wurden ermordet, und wir *werden* diejenigen, die dafür verantwortlich sind, dingfest machen.«

»Ich brauche keine aufmunternden Reden. Ich tu meine Pflicht.«

»Die tun Sie. Aber Sie werden sich an die Regeln halten.«

»Bestens. Ist das alles?«

»Soweit es um den Jemen geht. Verraten Sie mir, was Sie gestern gemacht haben?«

»Ich bin gen Osten gefahren.«

»Wo waren Sie?«

»Am Strand.«

»Sie sind nicht braun.«

»Ich habe mich in den Schatten gesetzt.«

»Warum waren Ihr Handy und der Pieper abgestellt?«

»Ich mußte einen Tag geistig ausspannen.«

»Gut, daß Sie das einsehen.«

Das war genaugenommen komisch, und ich lächelte auch.

»Aber Sie werden nie wieder Ihren Pieper abstellen«, schob er nach.

»Ja, Sir. Werden mein Pieper und das Handy im Jemen funktionieren?«

»Wir werden dafür sorgen. Lassen Sie mich eine Frage stellen – glauben Sie, daß Sie möglicherweise irgendwelche neuen Erkenntnisse zu Flug 800 erhalten haben?«

Tja, das war eine heikle Frage. »Wenn dem so wäre, wären Sie der erste, der es erfährt«, erwiderte ich.

»Das versteht sich wohl von selbst.« Und er sagte ganz lässig: »Vermutlich haben Sie das Gerücht über dieses Video gehört.«

»So ist es.«

»Das haben viele Leute gehört. Aber damit verhält es sich genauso wie mit allen anderen Gerüchten, Sagen und Legenden – es ist ein Märchen. Wissen Sie, wie so was in die Welt gesetzt wird? Die Menschen haben grundsätzlich das Bedürfnis, das Unerklärliche erklären zu wollen. Sie müssen daran glauben, daß es irgend etwas gibt – für gewöhnlich einen unbelebten Gegenstand wie den Heiligen Gral oder einen geheimen Kodex, beziehungsweise, wie in diesem Fall, ein brisantes Beweisstück – das den Schlüssel zu einem ungelösten Rätsel darstellt. So einfach sollte das Leben sein.«

»Manchmal ist es das.«

»Ergo erfinden Menschen, die eine blühende Phantasie haben, einfach ein, sagen wir mal, überwältigendes Beweisstück, das verschollen oder verborgen war, durch das aber, wenn es gefunden wird, die endgültige Wahrheit aufgedeckt wird. Viele Menschen glauben mit der Zeit an dieses Ding, was immer es auch sein mag, weil es Trost und Hoffnung verspricht. Und bald schon entstehen aus den Gerüchten um dieses Ding Mythen und Legenden.«

»Da komme ich nicht ganz mit.«

Er beugte sich zu mir und sagte: »Es gibt kein verfluchtes Video von einem Pärchen, das am Strand vögelt, und dem im Hintergrund explodierenden Flugzeug.«

»Auch keine Rakete?«

»Auch keine verfluchte Rakete.«

»Ich habe das Gefühl, als ob eine große Last von mir genommen worden wäre. Warum blasen wir die Sache mit dem Jemen und Tansania nicht einfach ab.«

»Kommt nicht in Frage.«

»Tja dann, wenn sonst nichts weiter anliegt, muß ich das Reisebüro anrufen.«

Mr. Koenig blieb sitzen, daher tat ich es ihm gleich. Er

sagte: »Ich weiß, daß Sie wegen dem Fall Khalil frustriert sind, und wir alle teilen Ihre Enttäuschung.«

»Das ist schön. Aber trotzdem ist es *mein* Frust.«

»Und natürlich haben Sie ein persönliches Interesse an dem Fall. Sie sind auf einen Abschluß aus.«

»Auf Rache.«

»Was auch immer. Ich weiß, daß Sie von dem Tod der Männer und Frauen, die mit Ihnen an dem Fall gearbeitet haben, tief betroffen waren. Kate sagte, Sie könnten allem Anschein nicht fassen, daß Ted Nash tatsächlich tot ist.«

»Äh ... was?«

»Sie sagte, Sie wollen es nicht wahrhaben. Das ist ganz normal, wenn ein guter Kollege stirbt – durch dieses Negieren kann man sich dagegen verwahren, daß einem so etwas auch passieren kann. Das ist ein Bewältigungsmechanismus.«

»Yeah ... na ja ... ich ...« – eigentlich ist es mir scheißegal.

»Kate und Ted waren gute Freunde, wie Sie vermutlich wissen, aber sie hat es geschafft, über ihre Trauer hinwegzukommen.«

Allmählich wurde ich ein bißchen stinkig, und da ich den Eindruck hatte, daß das alles völlig belanglos war, wußte ich, daß Koenig mich absichtlich ärgern wollte, weil ich ihn geärgert hatte. Eine kleine Vergeltung vom coolen Jack. »Ehrlich gesagt«, sagte ich zu ihm, »konnte ich Ted Nash überhaupt nicht leiden, und als ich hörte, daß er tot war, war ich mit der Trauerarbeit nach etwa zwei Sekunden fertig. Worauf also wollen Sie hinaus?«

Ein schmales Lächeln spielte um seine Lippen, dann war es wieder verschwunden, und er sagte: »Ich glaube, ich bin etwas abgeschweift. Die Sache ist die – wenn Sie zurückkehren, werden wir das Spezialteam wieder aufstellen und unsere Anstrengungen im Fall Khalil verdoppeln.«

»Okay. Das ist die Karotte. Richtig?«

»Das ist die Karotte. Der Jemen ist der Anschiß. Werden Sie sich darüber klar, John.«

»Ich bin mir darüber im klaren.«

»Bleiben Sie im Team, spielen Sie mit, dann werden Sie einen weiteren Treffer landen. Wenn Sie das Team verlassen, werden Sie nie wieder zum Zug kommen.«

»Guter Vergleich. Und Sie haben recht. Der Fall Khalil ist wichtiger als die Suche nach irgendwelchen Phantombeweisen zu TWA 800.« Und weil es stimmte, fügte ich hinzu: »Ich verstehe, weshalb Sie hier der Verantwortliche sind. Sie sind sehr gut.«

»Das bin ich. Aber so was hört man immer gern.«

Ich wartete darauf, daß er mir sagte, wie klasse ich wäre, aber das tat er nicht. »Haben Sie denn kein Problem damit, wenn Sie die mögliche Existenz eines Videos einfach so ignorieren?« fragte ich ihn.

Er starrte mich eine Zeitlang an, dann sagte er: »Ich habe kein Problem damit. Ich erkläre Ihnen, daß es nicht existiert, aber selbst wenn so wäre, ginge es Sie nichts an. Ich hoffe, das ist Ihnen klar.«

»Durchaus.«

Er stand auf und geleitete mich zur Tür. »Die Arbeit mit den Agenten im Jemen wird Ihnen Spaß machen«, sagte er. »Das ist ein hochklassiges Team.«

»Ich freue mich darauf, meinen Beitrag zum Gelingen dieser Mission leisten zu dürfen. Ich wäre gern bis Labor Day zurück.«

»Die Erfordernisse dieser Mission haben Vorrang. Aber das ließe sich machen.«

»Gut. Ich unterrichte nämlich am John Jay.«

»Das weiß ich. Wir wollen doch keine unnötigen Härtefälle schaffen.«

»Nur die nötigen Härtefälle.«

»Wir alle sind Soldaten im Kampf gegen den globalen Terrorismus.«

»Und auch im Krieg wider den Islamischen Dschihad.«

Ohne auf mein flüssiges Englisch und Arabisch einzugehen, sagte er: »Der Jemen gilt als feindliches Ausland. Sie müssen sehr vorsichtig sein. Sie haben noch eine große Zukunft vor sich, und wir möchten nicht, daß Ihnen irgend etwas zustößt. Kate ebensowenig, dessen bin ich mir sicher. Sie müssen in der Rechtsabteilung wegen Ihres Letzten Willens vorsprechen, bevor Sie aufbrechen. Und Sie müssen Rechtsvollmacht erteilen, für den Fall, daß Sie verschwinden oder entführt werden.«

Jack Koenig und ich starrten einander ein paar Sekunden lang an. Schließlich sagte ich: »Ich habe nicht vor, es dazu kommen zu lassen.«

»Machen Sie keinen Fehler«, teilte er mir mit. »Das ist ein gefährlicher Aufenthaltsort. Im Dezember 1998 wurden zum Beispiel vier entführte westliche Touristen von religiösen Extremisten ermordet.«

»Buddhisten?«

»Nein, Moslems.«

»Ach. Dann ist das also gewissermaßen ein islamisches Land.«

Mr. Koenig verlor allmählich sichtlich die Geduld mit meiner sich dumm stellenden Wenigkeit, aber er fuhr fort: »In den letzten zehn Jahren oder so wurden im Jemen über hundert Reisende aus westlichen Ländern gekidnappt.«

»Allen Ernstes? Was, zum Teufel, haben die dort gemacht?«

»Ich weiß es nicht ... es waren Geschäftsleute, Akademiker, Touristen.«

»Richtig. Aber nachdem die ersten vierzig, fünfzig verschwunden waren, haben sich da die anderen nicht gesagt: ›Was? Vielleicht sollte ich lieber nach Italien fahren oder so was Ähnliches.‹ Sie wissen schon.«

Er schaute mich ein paar Sekunden lang an und sagte dann mit mühsam erzwungener Geduld: »Weshalb Sie im Jemen sind, ist nicht von Belang. Aber nur zu Ihrer Information – unter den Entführten und Vermißten waren keine Amerikaner. Hauptsächlich Europäer. Das sind für gewöhnlich ziemlich abenteuerlustige Reisende.«

»Ahnungslose trifft's eher.«

»Was auch immer. Ein Teil Ihrer Aufgabe wird darin bestehen, Erkenntnisse über diese vermißten Menschen aus Europa und anderen westlichen Ländern zu gewinnen – und aufzupassen, daß es Sie nicht ebenfalls trifft.«

Jack und ich schauten einander an, und ich meinte ein weiteres Lächeln um seine Lippen spielen zu sehen, aber möglicherweise bildete ich mir das auch bloß ein. »Das ist mir klar«, sagte ich.

»Das weiß ich.«

Wir schüttelten uns die Hand, und ich ging.

31

Kate und ich verbrachten den Rest des Tages an der Federal Plaza 26, wo wir Papiere ausfüllten, ein paar Sachen erledigten und uns verabschiedeten.

Wir gingen zum Schwesternzimmer, wo wir gegen Krankheiten geimpft wurden, von denen ich noch nie was gehört hatte, und jeder von uns ein Tablettenfläschchen mit Malariaprophylaxe bekam. Die Schwestern wünschten uns ohne jede Spur von Ironie eine gute Reise, von der wir gesund und wohlbehalten wiederkehren sollten.

Als ich meinen Schreibtisch aufräumte, sagte Harry Muller zu mir: »Ich habe gar nicht gewußt, daß du dich freiwillig in den Jemen gemeldet hast.«

»Ich auch nicht.«

»Hast du jemand geärgert?«

»Koenig denkt, ich hätte was mit seiner Frau.«

»Ohne Scheiß?«

»Sie zieht rum, aber behalte das für dich.«

»Yeah ... und Kate geht nach Afrika?«

»Nach Tansania. Wegen dem Bombenanschlag auf die Botschaft.«

»Wen hat *sie* geärgert?«

»Koenig. Er hat sie angemacht, und sie hat gedroht, sich wegen sexueller Belästigung zu beschweren.«

»Das ist doch alles Quatsch. Richtig?«

»Setz keine Gerüchte in die Welt. Jack mag keine Gerüchte.«

Wir schüttelten uns die Hand, und Harry sagte: »Finde die Mistkerle, die die *Cole* in die Luft gejagt haben.«

»Ich werde mein Bestes tun.«

Mein letzter Besuch, diesmal ohne Kate, galt der Rechtsabteilung eine Etage höher, wo mir eine junge Anwältin – etwa sechzehn Jahre alt – ein paar Papiere zum Ausfüllen und Unterschreiben gab, darunter auch eine rechtliche Vollmacht für den Fall, daß ich entführt oder vermißt werden sollte. »Wenn Sie tot sind«, erklärte sie mir, »hat der von Ihnen in Ihrem Letzten Willen benannte

Vollstrecker die Vollmacht, Ihre Hinterlassenschaften zu regeln. Aber wenn Sie vermißt werden, kann das irgendwie ziemlich nervig werden. Wissen Sie? Denn dann ist unklar, ob sie tot oder lebendig sind. Wer wird dann Ihre Miete bezahlen und dergleichen mehr?«

»Jack Koenig.«

»Wem wollen Sie Rechtsvollmacht erteilen? Es muß sich eigentlich gar nicht um einen Anwalt handeln. Nur um jemanden, dem Sie vertrauen, damit er Ihre Schecks unterschreiben und in Ihrem Namen handeln darf, bis man Sie findet beziehungsweise annimmt, daß Sie tot sind, oder Sie von Rechts wegen für tot erklärt.«

»Wen hat Elvis Presley genommen?«

»Wie wär's mit Ihrer Frau?«

»Die ist vermutlich in Afrika.«

»Ich bin mir sicher, daß man sie nach Hause kommen läßt. Ihre Frau also. Okay.«

»Sie meinen, wenn ich vermißt oder gekidnappt werde, hat meine Frau Zugriff auf mein Scheckheft, mein Sparkonto, meine Kreditkarten und mein Gehalt?«

»Ganz recht.«

»Was ist, wenn ich ein Jahr später wieder auftauche und feststelle, daß ich pleite bin?«

Sie lachte.

Ich bin noch nicht so sehr daran gewöhnt, verheiratet zu sein, und dies war der Augenblick der Wahrheit. »Wen hat meine Frau genommen?« fragte ich die junge Anwältin.

»Sie ist noch nicht hiergewesen.«

»Aha ... na schön, meine Frau.«

Sie trug Kates Namen in das Dokument ein, ich unterschrieb es, und dann wurde es an Ort und Stelle beglaubigt.

Wir ackerten uns noch durch etlichen anderen Krempel, bis sie schließlich sagte: »Das war's in etwa. Eine gute Reise. Schauen Sie bei mir vorbei, wenn Sie zurückkommen.«

»Ich schicke Ihnen eine Ansichtskarte, wenn ich gekidnappt werde.«

Kate und ich beschlossen, nicht gemeinsam zu gehen, deshalb verabredeten wir uns für 18 Uhr im Ecco. Ich war zuerst da, und wie immer war der Laden voller Anwälte, hauptsächlich Strafverteidiger, die einander nur ausstehen können, wenn sie betrunken sind.

Ich bestellte mir einen doppelten Dewar's pur und legte gleich gut los. Am anderen Ende der Bar stand eine hübsche Frau, und es dauerte eine Weile, bis mir klar wurde, daß es meine Ex mit neuer Frisur und Haarfarbe war. Robin und ich gingen auf Blickkontakt, sie lächelte, hob ihr Glas, und wir prosteten uns zu. Tatsache ist, daß wir bei den seltenen Gelegenheiten, wenn wir uns sprechen oder begegnen, nach wie vor gut miteinander auskommen. Sie winkte mich zu sich, aber ich schüttelte den Kopf und bestellte mir noch einen Doppelten.

Ein paar Männer und Frauen von der NYPD-Seite im sechsundzwanzigsten Stock kamen herein, darunter auch Harry Muller, und ich gesellte mich zu ihnen. Dann trafen ein paar FBI-Kumpel von Kate ein, daher vermutete ich, daß das hier eine kleine Abschiedsparty sein sollte.

Kate traf mit zwei Kolleginnen ein, und 18.30 Uhr waren etwa fünf Leute von der ATTF in dem Lokal, darunter auch Jack Koenig, der sich nie die Gelegenheit entgehen läßt zu zeigen, was für ein prima Kerl er gern sein möchte.

Koenig hielt eine kleine Ansprache, die im Lärm der

Bar kaum zu verstehen war, aber ich schnappte die Worte »Pflicht«, »Engagement« und »Opferbereitschaft« auf. Vielleicht übte er für meinen Nachruf.

Robin, die mehr Mumm hat als die meisten Männer, kam her und stellte sich einigen meiner Kollegen vor, dann gesellte sie sich zu mir, und wir warfen uns einen Handkuß zu. »Jemand hat gesagt, daß du in den Jemen gehst«, sagte sie.

»Bist du dir sicher? Mir hat man was von Paris gesagt.«

Sie lachte. »Du hast dich nicht verändert.«

»Warum an etwas Vollkommenem rumpfuschen.«

Kate schlug sich zu mir durch, und ich sagte: »Robin, das ist meine Frau Kate.«

Sie schüttelten sich die Hand, und Kate sagte: »Freut mich sehr, Sie kennenzulernen.«

Robin erwiderte in aller Aufrichtigkeit: »Ich freue mich sehr, Sie kennenzulernen.«

Sie plauschten ein bißchen, und ich wollte eigentlich irgendwo anders sein. Robin fragte Kate: »Haben Sie das Apartment umgestaltet?«

»Noch nicht«, erwiderte Kate. »Ich bin damit beschäftigt, John umzugestalten.«

Beide kicherten tüchtig darüber. Warum konnte ich bloß nicht lachen?

»Wo ist dein Boß?« fragte ich Robin.

Sie warf mir einen kurzen Blick zu und erwiderte: »Macht Überstunden. Er trifft sich mit mir hier zum Abendessen. Habt ihr Lust, uns Gesellschaft zu leisten?«

»Als ihr beide Überstunden gemacht habt, hast du mich nie gefragt, ob ich euch Gesellschaft leisten möchte. Gibt's einen besonderen Anlaß?«

»Du hast ebenfalls Überstunden gemacht«, erwiderte

sie kühl. »Na dann, eine gute Reise und kommt heil wieder.« Sie drehte sich um und ging wieder ans andere Ende der Bar.

»Du hättest nicht gleich so rüde werden müssen«, sagte Kate.

»Ich bin eben nicht allzu kultiviert. Okay, gehen wir.«

»Noch eine Viertelstunde. Das gebietet die Höflichkeit.« Sie ging weg und stürzte sich ins Getümmel.

Koenig brach zuerst auf, wie immer, gefolgt von den meisten FBI-Leuten, die nur wegen Kate erschienen waren und nicht zu lange mit den Cops rumhängen wollten.

David Stein kam zu mir und sagte: »Sie haben die richtige Wahl getroffen.«

»Angesichts meiner Möglichkeiten hatte ich gar keine Wahl.«

»Doch, die hatten Sie, und Sie haben sich entschieden. Wenn Sie zurückkommen, haben Sie eine reine Weste und sogar noch ein paar Sporen in der Tasche. Sie müssen sich wieder um den Fall Khalil kümmern und die andere Sache vergessen. Richtig?«

»Richtig.«

»Ernsthaft.«

»Ich meine es ernst.«

»Ich kenne Sie.« Stein klärte mich auf: »Sie haben es nicht vermasselt. Sie kriegen eine zweite Chance. Kate ist sich darüber im klaren.«

»Ich bin mir auch darüber im klaren, daß einem diese Truppe normalerweise keine zweite Chance gibt. Womit habe ich dieses Glück verdient?«

Er beugte sich dicht zu mir und sagte: »Sie haben ihnen eine Heidenangst eingejagt.« Er drehte sich um und ging.

Anscheinend liefen mir an diesem Abend lauter Leute über den Weg, die ich am wenigsten ausstehen konnte, und dazu paßte es denn auch, daß Liam Griffith hereinkam und sich an die Bar begab. Er bestellte sich einen Drink, kam dann zu mir, hob sein Glas und sagte: »Bon voyage.«

Am liebsten hätte ich ihm gesagt, er könnte mich am Arsch lecken, aber ich fragte ihn: »Haben sie den kleinen Schirm in Ihrem Drink vergessen?«

Er lächelte. Und warum sollte er auch nicht? Er sagte zu mir: »Ich war ein paar Wochen im Jemen. In Tansania und Kenia ebenfalls. Im Jemen war es ein bißchen kitzlig.«

Ich ging nicht darauf ein.

Er fuhr fort: »Ich war auch im Sudan und in Somalia, und an ein paar anderen Unruheherden.«

»Sie müssen ja schweren Mist gebaut haben.«

Er schaute mich eine Zeitlang an, setzte dann zu einer kleinen Ansprache an und sagte: »Da wir das globale Ausmaß unserer Antiterror-Operationen immer mehr ausweiten, wird uns zunehmend klar, daß die Antwort darauf, wer uns an Punkt A angegriffen hat, oftmals an Punkt B zu finden ist. Und unsere Reaktion auf diese Anschläge könnte an Punkt C stattfinden. Können Sie mir folgen?«

»Ich bin schon seit bon voyage nicht mehr mitgekommen.«

»Nein, stimmt nicht. Was ich Ihnen damit sagen will, ist, daß die Terrorbekämpfung eine gewaltige, komplexe Operation gegen ein gleichermaßen gewaltiges globales Netzwerk des Terrors ist. Der Schlüssel zum Erfolg sind Koordination und Kooperation. Und das schließt Heißsporne und Einzelgänger aus, die oftmals mehr Schaden anrichten als Nutzen bringen.«

»Meinen Sie damit mich?«

»Nun ja, ich spreche nicht von *mir*. Falls Sie es bis jetzt noch nicht bemerkt haben sollten, Terrorbekämpfung ist nicht wie eine Mordermittlung.«

»Eigentlich schon.«

Er schob sich näher zu mir und sagte: »Wissen Sie, weshalb ich mit Ihnen rede?«

»Weil sonst niemand mit Ihnen reden will?«

»Ich rede mit Ihnen, weil Jack mich darum gebeten hat, mit Ihnen zu reden und Ihnen klarzumachen, daß die Antwort darauf, was mit TWA 800 passiert sein *könnte*, nicht unbedingt auf Long Island zu finden ist. Möglicherweise findet man sie im Jemen. Oder in Somalia. Beziehungsweise in Kenia oder Tansania.«

»Oder in Paris.«

»Oder in Paris. Aber Sie können schon mal im Jemen damit anfangen.«

Spätestens jetzt hätte ich ihm die Knie in die Eier rammen sollen, aber ich bewahrte die Ruhe und sagte: »Ich verstehe allmählich, warum Sie und Ted Nash immer zusammengegluckt haben. Ihr seid alle beide Arschlöcher.«

Mr. Griffith holte Luft und sagte: »Ted Nash war ein guter Mann.«

»Nein, eigentlich war er ein Arschloch.«

»Ihre Frau fand das nicht, als sie einen Monat zusammen im Bayview Hotel verbrachten.«

Mir wurde klar, daß er mich dazu verleiten wollte, ihm eine zu donnern, damit ich anschließend gefeuert und wegen Körperverletzung verklagt wurde. Für gewöhnlich beiße ich auf so einen Köder an, was zwar Spaß macht, aber nicht klug ist.

Ich packte ihn an der Schulter, was ihn erschreckte, schob mein Gesicht dicht vor seines und sagte: »Gehen Sie mir aus den Augen.«

Er riß sich los, drehte sich um und ging.

Niemand schien unsere kleine Auseinandersetzung bemerkt zu haben, und ich mischte mich wieder unter die anderen.

Kate und ich blieben noch eine Viertelstunde, dann eine weitere. Gegen halb acht war ich angesäuselt und wollte gehen, deshalb winkte ich Kate zu und ging zur Tür.

Draußen auf der Straße hielten Kate und ich ein Taxi an. »Jack hat mir erzählt, daß er das Spezialteam wieder aufstellen will, wenn wir zurückkommen«, sagte ich zu Kate. »Hat er das dir gegenüber auch erwähnt?«

»Nein. Vermutlich wollte er es dir persönlich sagen. Das ist ja eine gute Nachricht.«

»Glaubst du ihm?«

»Wieso sollte ich nicht? Sei nicht so zynisch.«

»Ich bin New Yorker.«

»Nächste Woche bist du Jemenit.«

»Nicht komisch.«

»Worüber hast du mit Liam Griffith geredet?« fragte sie mich.

»Dasselbe wie beim letzten Mal.«

»Ich fand es nett, daß er vorbeikam, um sich von uns zu verabschieden.«

»Das hätte er sich um nichts auf der Welt entgehen lassen wollen.«

Ich beschloß, Kate gegenüber nichts davon zu erwähnen, was er über sie und Ted Nash im Bayview Hotel gesagt hatte, weil es belanglos war, Schnee von gestern. Ted war tot, nichts war zwischen den beiden passiert, und ich wollte keinen Streit vom Zaun brechen, bevor wir uns trennen mußten. Und außerdem war Liam Griffith ein Agent provocateur, um die Ausdrucksweise der FBIler zu gebrauchen, der vermutlich log, um mich zu ärgern. Aber ich fragte mich, woher sowohl er als auch Jack Koenig wußten, daß ich diesbezüglich ein bißchen empfindlich war.

Wir fuhren schweigend heim, weil über den Tag alles gesagt war.

Den nächsten Tag, den Samstag also, brachten wir damit zu, unsere persönlichen Angelegenheiten zu regeln, was schwieriger war, als ich dachte, aber Kate hatte alles im Griff, was erledigt werden mußte.

Am Sonntag tätigten wir allerhand Anrufe und verschickten E-Mails, hauptsächlich an Verwandte und Freunde, die wir über unsere Aufträge in Übersee informierten, verbunden mit dem Versprechen, uns bei unserer Ankunft zu melden.

Am Montag änderte Kate die Ansage auf dem Anrufbeantworter, die jetzt mitteilte, daß wir bis auf weiteres außer Landes seien.

Aus Sicherheitsgründen kann die Post von Agenten in bestimmte Länder nicht nachgeschickt werden – Tansania und Jemen sind zwei dieser Länder –, daher mußte wir dafür sorgen, daß das Postamt unsere Post aufbewahrte, und Kate war schwer betroffen, weil sie lange Zeit keinen Versandhauskatalog sehen würde.

Das moderne Leben ist angenehm und kompliziert zugleich – beides eine Folge der fortschrittlichen Technologie. Kate glaubt zum Beispiel fest daran, daß sie per Internet sämtliche logistischen Probleme lösen, ihre Finanzen regeln, einkaufen, kommunizieren und Geschäfte tätigen kann. Ich hingegen benutze das Internet hauptsächlich, um meine E-Mails zu empfangen, bei denen rund fünf Erklärungen nötig sind, damit ich die hirnlosen, postgrammatischen Mitteilungen begreife.

Nachdem wir uns davon überzeugt hatten, daß wir alles getan hatten, was nötig war, damit wir uns von dem Leben, wie wir es kannten, losreißen konnten, gingen wir auf Einkaufstour für unsere Reise.

Ich wollte zu Banana Republic, was durchaus passend gewesen wäre, aber laut Kate war Eastern Mountain Sports an der West 61st Street die bevorzugte Adresse für Leute mit absonderlichem Reiseziel.

Also ging's zu EMS, wo ich zu dem Verkäufer sagte: »Ich reise an den Arsch der Welt und suche etwas, in dem ich entführt werden kann und das auf den von den Terroristen veröffentlichten Fotos gut aussieht.«

»Sir?«

Kate sagte zu dem jungen Mann: »Wir suchen Khakikleidung für Wüsten- und Tropenklima, und gute Boots.«

Meinetwegen.

Nach dem Einkaufen gingen Kate und ich eine Weile getrennter Wege, und mein letzter Abstecher führte mich in die Bar des Windows on the World im Nordturm des World Trade Center, mit typisch New Yorker Bescheidenheit auch als tollste Bar der Welt bezeichnet.

Es war etwa halb sieben, und in der Bar im 107. Stock, ohrenknackende 396 Meter über Meereshöhe gelegen, tummelte sich eine buntgemischte Schar von Leuten, die es nach einem Drink für zehn bis fünfzehn Dollar und der besten Aussicht von New York, wenn nicht der Welt gelüstete.

Ich war seit letztem September nicht mehr hier gewesen, als Kate mich zur Feier anläßlich des zwanzigsten Jahrestages der Gründung der Antiterror-Task Force hergeschleppt hatte.

Einer der FBI-Bosse, die an diesem Abend sprachen, hatte gesagt: »Ich beglückwünsche Sie alle zu der tollen

Arbeit, die Sie im Laufe der Jahre geleistet haben, und insbesondere zur Festnahme und Verurteilung all derer, die für die Tragödie verantwortlich waren, die sich am 26. Februar 1993 hier zutrug. Wir werden Sie alle zum fünfundzwanzigsten Geburtstag dieses hervorragenden Teams wiedersehen, und dann werden wir noch mehr zu feiern haben.«

Ich war mir nicht sicher, ob ich bei dieser Party dabeisein würde, aber ich hoffte, daß es dann mehr zu feiern gab.

Kate rief mich an und teilte mir mit, daß sie in Kürze zu mir stoßen würde, was auf in etwa einer Stunde hinauslief. Ich bestellte mir einen Dewar's mit Soda, lehnte mich mit dem Rücken an die Bar und schaute durch die vom Boden bis zur Decke reichenden Fenster. Von hier oben sahen sogar die Ölraffinerien in New Jersey gut aus.

Rund um mich waren jede Menge Touristen, dazu Wall-Street-Typen, Aufreißer, Schnepfen, die aufgerissen werden wollten, Vorstadtpärchen, die aus irgendeinem besonderen Anlaß in die Stadt gekommen waren, und vermutlich auch ein paar Leute aus meinem Gewerbe, deren Büros hier im Nordturm waren und die dieses Lokal zu Besprechungen und Diners auf höchster Ebene nutzten.

Es war nicht unbedingt ein Laden nach meinem Geschmack, aber Kate wollte unbedingt hierher, um New York, wie sie sagte, an unserem letzten gemeinsamen Abend vom höchsten Punkt der Welt aus zu sehen – eine Erinnerung, die uns begleiten würde, bis wir wieder zurückkehrten.

Ich hatte eigentlich keine echten Trennungsängste, weil ich Heim, Herd und Weib verlassen mußte, jedenfalls nicht so wie ein Soldat, der zur Front aufbricht. Wenn man es recht betrachtete, war ich nur ein paar Monate weg, ich konnte die Sache abblasen, wann immer ich wollte, und auch wenn es an meinem Bestimmungsort nicht ganz ungefährlich sein mochte, mußte sich ein Soldat, der in den Krieg zog, auf weitaus Schlimmeres gefaßt machen.

Und dennoch war mir ein bißchen mulmig zumute, vielleicht wegen Jacks offenkundiger Besorgnis, seiner Ermahnung, daß ich auf mich aufpassen sollte, damit mir nichts zustieße, und auch wegen der Dokumente, die ich im voraus unterschrieben hatte, falls ich verschwinden, entführt werden oder zu Tode kommen sollte. Und natürlich war mir auch ein bißchen um Kate bange, die sich an einen Ort begab, an dem islamische Terroristen schon einmal einen Anschlag auf Amerikaner verübt hatten. Ich meine, den Terror zu bekämpfen war von Berufs wegen unsere Aufgabe, aber bislang hatten wir das hier gemacht, in Amerika, wo bisher nur ein nachweislicher Terroranschlag verübt worden war – allerdings genau hier.

Kate kam ungewöhnlich früh, und wir umarmten und küßten uns, als ob wir uns nach langer Zeit zum ersten Mal wiedersehen würden, nicht wie vor einer kurz bevorstehenden Trennung.

»Ich habe ein paar Kartons für uns gepackt, die wir morgen per Diplomatengepäck zu den Botschaften schikken lassen«, sagte sie.

»Ich habe alles, was ich brauche.«

»Ich habe einen Sechserpack Budweiser für dich eingepackt.«

»Ich liebe dich.«

Ich bestellte einen Wodka auf Eis für sie, und dann standen wir mit dem Rücken zur Bar, hielten Händchen und sahen zu, wie die Sonne über der Wildnis von New Jersey unterging.

Mittlerweile war es in dem Laden ein bißchen ruhiger geworden, weil viele Leute den Sonnenuntergang genossen, einen Drink in der Hand, fast einen halben Kilometer über dem Erdboden, nur durch eine knapp anderthalb Zentimeter dicke Glasscheibe von der Außenwelt getrennt.

»Wenn wir zurückkommen, gehen wir wieder hierher«, sagte Kate zu mir.

»Klingt nicht schlecht.«

»Du wirst mir fehlen«, sagte sie.

»Du fehlst mir schon jetzt.«

»Wie ist dir jetzt zumute?« fragte sie.

»Ich glaube, in dieser Höhe steigt einem der Alkohol schneller zu Kopf. Ich habe das Gefühl, als ob der Raum schwankt.«

»Er schwankt tatsächlich.«

»Da bin ich aber erleichtert.«

»Mir wird dein Sinn für Humor fehlen.«

»Mir wird mein Publikum fehlen.«

Sie drückte meine Hand und sagte: »Laß uns einander versprechen, daß wir genauso wiederkommen, wie wir abgereist sind. Verstehst du das?«

»Durchaus.«

Es war Diskoabend, und um neun fing die Band an zu spielen. Ich führte Kate auf die kleine Tanzfläche und zeigte ihr ein paar Diskoschritte aus den siebziger Jahren, was sie ziemlich komisch fand.

Die Band spielte »The Peppermint Twist«, den ich in »Jemenitentwist« umtaufte und zu dem ich mir ein paar Tanzfiguren ausdachte, die ich »Kamelritt« und »Kugeln ausweichen« nannte. Ich war offensichtlich betrunken.

Wir begaben uns wieder an der Bar und tranken eine Spezialität des Hauses, die sich Ellis Island Ice Tea nannte und für sechzehn Kröten pro Humpen einen etwas nobleren Namen verdient hätte.

Kate bestellte sich Sushi und Sashimi an der Bar, und obwohl ich normalerweise weder rohen Fisch noch Seetang esse, wenn ich knülle bin, stopfte ich mir Sachen in den Mund, die ich nicht hätte anrühren sollen.

Gegen Mitternacht verließen wir die tollste Bar der Welt, und ich hatte die tollsten Schädelschmerzen seit langem.

Draußen angekommen, stiegen wir in ein Taxi, und Kate legte den Kopf an meine Schulter und schlief ein. Ich schaute aus dem Seitenfenster, als wir nach Hause fuhren.

New York bei Nacht. Davon mußte ich in den kommenden Monaten zehren.

Das Reisebüro des FBI war so aufmerksam gewesen und hatte für uns am JFK zwei Flüge im Abstand von zwei Stunden gebucht. Kate flog mit Delta nach Kairo, und ich mit American Airlines nach London. Von dort aus sollte ich über Amman, Jordanien, nach Aden weiterfliegen, und Kate direkt nach Daressalam in Tansania. Mit etwas Glück trafen unsere Waffen mit dem Diplomatengepäck vor uns ein.

Unser Portier wünschte uns eine gute Reise, und wir nahmen uns eine Limousine zum Flughafen, die uns zunächst zum Delta-Terminal brachte. Wir verabschiedeten uns am Gehsteig, ohne eine Träne oder allzuviel Gesülze. »Komm heil wieder. Ich liebe dich. Bis dann.«

»Komm du heil wieder«, erwiderte sie und fügte hinzu: »Zum Ausgleich für den Urlaub, den wir nicht nehmen konnten, sollten wir zusehen, daß wir uns auf dem Heimweg in Paris treffen.«

»Abgemacht.«

Ein Gepäckträger brachte ihre Koffer ins Terminal, und sie folgte ihm. Wir winkten uns durch die Glastür zu.

Ich stieg wieder in die Limousine und ließ mich zu American Airlines bringen.

Wir hatten beide Diplomatenpässe, was in unserem Gewerbe üblich ist, daher ging das Einchecken für die Business-Klasse relativ mühelos vonstatten. Die Kontrolle war teils großes Getue, teils der pure Witz. Vermutlich hätte ich dem hirnlosen Kontrolleur meine Glock aushändigen und hinter dem Metalldetektor wieder in Empfang nehmen können.

Ich mußte ein paar Stunden Zeit totschlagen, deshalb begab ich mich in die Lounge der Business-Klasse, las die Zeitungen und trank kostenlose Bloody Marys.

Dann klingelte mein Handy, und Kate meldete sich. »Ich begebe mich gerade an Bord«, sagte sie. »Ich wollte mich nur von dir verabschieden und dir sagen, daß ich dich liebe.«

»Ich liebe dich auch«, sagte ich.

»Du haßt mich also nicht, weil ich dich in diese Sache reingezogen habe?«

»Was für eine Sache. Ach, *diese* Sache. Mach dir darüber keine Gedanken. Das ist nur ein weiteres Kapitel in der Sage vom heldenhaften Corey.«

Sie schwieg einen Moment, dann fragte sie: »Sind wir mit TWA 800 fertig?«

»Voll und ganz. Und noch was, Jack, falls du zuhören solltest, es war ein technischer Defekt im mittleren Treibstofftank.«

Wieder schwieg sie eine Weile, dann sagte sie: »Vergiß nicht, mir eine E-Mail zu schicken, wenn du ankommst.«

»Desgleichen.«

Wir versicherten uns noch ein paarmal, daß wir uns liebten, und beendeten dann das Gespräch.

Ein paar Stunden später, als Kate längst über dem Atlantischen Ozean war, wurde mir per Videoschirm mitgeteilt, daß die Passagiere meines Flugs nach London an Bord gebeten wurden, worauf ich mich zum Flugsteig begab.

Seit der Gedenkfeier für die Opfer von TWA-Flug 800 war genau eine Woche vergangen, und in dieser einen Woche hatte ich allerhand Neuigkeiten erfahren, die mir momentan aber gar nichts nützten.

Aber in diesem Spiel muß man langfristig denken. Man redet. Man bohrt nach. Man zermartert sich das Hirn. Dann macht man das Ganze noch einmal.

Zu jedem Rätsel auf dieser Welt gibt es auch eine Lösung. Man muß nur lange genug leben, um sie zu finden.

DRITTES BUCH

September

DAHEIM

Schlußfolgerungen: Die Analysten der CIA glauben nicht, daß TWA-Flug 800 von einer Rakete abgeschossen wurde ... Es gibt keinerlei Hinweise, Spuren oder anderweitige Erkenntnisse, die darauf hindeuten, daß eine Rakete zum Einsatz kam.

Analytische Einschätzung der CIA, 28. März 1997

32

Daheim.

Ohne mir Malaria eingefangen zu haben, verschleppt, gekidnappt oder ermordet worden zu sein, traf ich am Freitag nach Labor Day um 16.05 Uhr mit einem Delta Flug aus London am John F. Kennedy Airport ein, nachdem ich rund vierzig Tage und Nächte in den wilden Wüsteneien des Jemen verbracht hatte.

Fürs Protokoll: Die Gegend ist ätzend.

Kate war noch in Daressalam, sollte aber innerhalb einer Woche heimkommen. Ihr gefiel es anscheinend in Tansania, jedenfalls hatte sie mir in ihren E-Mails von den freundlichen Menschen, dem guten Essen, der interessanten Landschaft und dergleichen mehr berichtet. Reib's ihm rein.

Daß wir mit derart kurzen Auslandstourneen davonkamen, war genaugenommen rätselhafter als der Grund, weshalb man uns ins Exil geschickt hatte – der war überhaupt nicht rätselhaft. Möglicherweise meinten Jack Koenig und seine Kollegen, daß es sich genauso wie mit einer Haftstrafe verhielt – mit einer kurzen wird einem eine Lektion erteilt, eine lange erzeugt nur Unmut und Rachegelüste.

Falsch. Ich war immer noch sauer und kein bißchen dankbar für meine vorzeitige Entlassung.

Ich brachte die Paß- und Einwanderungskontrolle rasch hinter mich, da ich nichts dabeihatte außer meiner Reisetasche, einem Diplomatenpaß und einer heimlichen Wut; meine Safariklamotten hatte ich im Jemen gelassen, wo sie hingehörten, und meine Glock wurde mit dem Diplomatengepäck der Botschaft in die Heimat verfrachtet. Ich trug eine braune Hose, einen blauen Blazer und ein Sporthemd, die gut ausgesehen hatten, als ich sie einen Tag zuvor angezogen hatte.

Es kam mir sonderbar vor, wieder in der Zivilisation zu sein, wenn das denn die richtige Bezeichnung für den JFK International Airport ist. Die Eindrücke, die Geräusche und Gerüche – die ich zuvor nie wahrgenommen hatte – waren geradezu erschütternd.

Aden war, wie sich herausstellte, gar nicht die Hauptstadt des Jemen – das war ein Drecknest namens Sana, und ich mußte ein paarmal dienstlich dorthin, wo ich das Vergnügen hatte, Botschafterin Bodine kennenzulernen. Ich stellte mich als guter Freund von John O'Neill vor, obwohl ich ihm nur ein paarmal begegnet war. Ich wurde nicht rausgeworfen, wie ich eigentlich beabsichtigt hatte, aber ich wurde auch nicht zum Abendessen in die Residenz der Botschafterin eingeladen.

Aden, wo ich stationiert war, war die Hafenstadt, in der die *Cole* in die Luft gejagt worden war, und dort war es ebenfalls ätzend. Das gute dabei war, daß das Sheraton Hotel, in dem das Team wohnte, ein Fitneßstudio (die Marines mußten dem Personal zeigen, wie man die Geräte zusammenbaute) und einen Swimmingpool hatte, daher war ich so braun gebrannt und fit, wie ich es nicht mehr gewesen war, seit ich mir vor vier Jahren in Washington Heights drei Kugeln eingefangen hatte. Ich beschränkte meinen Alkoholkonsum auf ein bloßes Minimum, lernte Fisch zu mögen, statt wie einer zu saufen, und erfuhr die Freuden der Keuschheit. Ich kam mir vor wie ein völlig neuer Mensch, aber der alte brauchte einen Drink, einen Hamburger und Sex.

Ich legte einen Zwischenstopp in der Lounge ein und bestellte mir an der Bar ein Bier und einen Hamburger.

Ich hatte mein Handy dabei, aber die Batterie war momentan genauso nieder wie mein Schwanz, daher bat ich den Barkeeper, mein Ladegerät anzustöpseln, was er gern tat. »Ich war in der arabischen Wüste«, erklärte ich ihm.

»Hübsche Bräune.«

»In einem Land namens Jemen. Arschbillig. Da sollten Sie mal hin. Die Bevölkerung ist klasse.«

»Tja, willkommen daheim.«

»Danke.«

Aus irgendeinem Grund hatte es in Aden einen E-Mail-Service gegeben, via Yahoo!, und auf diese Weise waren Kate und ich miteinander in Verbindung geblieben. Dazu kam ein gelegentliches Auslandsgespräch via Telefon. TWA 800 erwähnten wir nie, aber ich hatte reichlich Zeit, darüber nachzudenken.

Ich hatte dem John Jay College for Criminal Justice eine E-Mail geschickt, in der ich erklärte, daß ich auf einem geheimen und gefährlichen Einsatz im Dienste der Regierung unterwegs sei und möglicherweise ein paar Tage zu spät zum Unterricht käme. Ich schlug vor, daß sie schon mal ohne mich anfangen sollten.

Der Fernseher über der Bar war auf einen Nachrichtensender eingestellt, und ich hatte den Eindruck, daß in meiner Abwesenheit nichts passiert war. Der Wetterfrosch sagte, daß in New York herrliches Spätsommerwetter herrsche, das auch in den kommenden Tagen noch anhalte. Gut. Aden war der reinste Glutofen gewesen. Das Landesinnere des Jemen war die Hölle. Warum leben Menschen in so einer Gegend?

Ich bestellte mir ein weiteres Bier und überflog die *Daily News* auf der Bar. Es gab nicht viel Neues, daher las ich den Sportteil und schlug dann mein Horoskop auf. *Wundern Sie sich nicht, wenn Sie innerhalb eines Tages höchste Glücksgefühle, Eifersucht und Freude empfinden.* Ich würde mich überhaupt nicht wundern.

Jedenfalls habe ich in Aden mit sechs FBI-Agenten zusammengearbeitet, darunter zwei Frauen, sowie mit vier NYPD-Jungs von der Antiterror-Task Force, von denen ich zwei kannte, daher war das in Ordnung. Neben den Ermittlern standen uns rund zwanzig bis zu den Zähnen bewaffnete Marineinfanteristen und ein achtköpfiges Sondereinsatzkommando des FBI zur Verfügung, die allesamt der Reihe nach als Scharfschützen auf dem Dach Dienst taten, was das Hotel, glaube ich, bei seiner Marketingstrategie für die wenigen anderen Gäste ausnutzte.

Zu der Abordnung gehörten ferner ein rundes Dutzend Leute vom Diplomatischen Sicherheitsdienst, ein paar Nachrichtendienstler von Army und Navy und natürlich die CIA, deren Identität und Anzahl ein großes Geheimnis war, aber ich zählte vier Mann. Sämtliche Amerikaner kamen halbwegs gut miteinander zurecht, weil es an diesem gottverlassenen Ort sonst niemanden gab, mit dem man reden konnte.

Meine Aufgabe in Aden bestand darin, mit den korrupten und geradezu atemberaubend dämlichen jemenitischen Geheimdienstleuten zusammenzuarbeiten, um Hinweise auf die Täter zu bekommen, die den Anschlag auf die *Cole* verübt hatten. Ein Großteil dieser Typen sprach irgendwie Englisch, ein Überbleibsel aus britischen Kolonialzeiten, aber wenn meine Teamgenossen und ich zu neugierig oder aggressiv wurden, vergaßen sie sämtliche Fremdsprachenkenntnisse.

Ab und zu trieb der jemenitische Geheimdienst die üblichen Verdächtigen zusammen und schleifte sie in die Polizeizentrale, damit wir gewisse Fortschritte bei der Ermittlung erkennen konnten. Etwa einmal pro Woche wurden fünf, sechs Typen von der Task Force zum Polizeirevier gebracht, wo sie die armen Teufel mit Hilfe von begriffsstutzigen und verlogenen Dolmetschern in einem stinkenden, fensterlosen Vernehmungszimmer befragen konnten. Die Geheimdienstler verdroschen die Verdächtigen uns zuliebe ein bißchen und erklärten uns, daß sie den »ausländischen Terroristen«, die die *Cole* in die Luft gejagt hätten, allmählich auf die Pelle rückten.

Ich persönlich bin der Meinung, daß man die Verdächtigen eigens für diesen Anlaß angeheuert hatte, aber die polizeilichen Vernehmungsmethoden wußte ich zu schätzen. Ist bloß ein Witz.

Und dann waren da noch die »Informanten«, die uns für zwei Kröten nutzlose Hinweise lieferten. Ich schwöre, daß ich ein paar dieser Informanten an den Tagen, an denen sie keine Informanten waren, in Polizeiuniform in der Stadt gesehen habe.

Im Grunde genommen war die ganze Aktion ein Schuß in den Ofen, und unsere Anwesenheit dort hatte nur symbolischen Wert; siebzehn amerikanische Seeleute waren tot, ein amerikanisches Kriegsschiff war aus dem Verkehr gezogen worden, und die Regierung mußte zeigen, daß sie etwas unternahm. Aber als John O'Neill tatsächlich etwas unternehmen wollte, hatte man ihm einen Tritt verpaßt.

Interessanterweise hatte sich vor einer Woche im Jemen herumgesprochen, daß John O'Neill das FBI verlassen hatte und jetzt als Sicherheitsberater für das World Trade Center tätig war. Vielleicht sollte ich wegen eines Jobs bei ihm vorsprechen – je nachdem, wie die TWA-Sache ausging, war ich in absehbarer Zeit entweder schwer beschäftigt oder für immer arbeitslos.

Kate hatte mir in ihren E-Mails mitgeteilt, daß sie in Tansania mehr Glück hatte, wo die Regierung hilfreich war, zum Teil auch deswegen, weil bei dem Anschlag auf die US-Botschaft Hunderte ihrer eigenen Bürger ums Leben gekommen waren.

Die jemenitische Regierung hingegen war nicht nur alles andere als hilfreich, sondern auch tückisch und feindselig, und gegen den Typ, der ihren Geheimdienst leitete, einen Schleimscheißer namens Colonel Anzi, dem wir den Spitznamen Colonel Nazi verpaßt hatten, wirkte Jack Koenig wie Mutter Teresa.

Im Jemen hatten gewisse Gefahren gelauert, daher waren wir immer mit kugelsicheren Westen und in Begleitung von bewaffneten Marines oder Typen vom Sondereinsatzkommando unterwegs gewesen. Wir verkehrten nur wenig mit Einheimischen, und ich schlief jede Nacht mit Mrs. Glock.

Unser Hotel war ein paar Jahre zuvor von irgendeiner Rebellengruppe mit Mörsern und Raketen beschossen worden, aber die Typen waren inzwischen alle tot, und wir mußten uns nur wegen der Terroristen Sorgen machen, die die *Cole* in die Luft gejagt hatten und zweifellos bei der ersten sich bietenden Gelegenheit auch das Sheraton Hotel in die Luft jagen würden.

Unterdessen machte meine geliebte Kate in Daressalam ordentlich einen drauf. Ich bestellte mir ein weiteres Bier, was meine Phantasie beflügelte, und heckte allerlei Geschichten aus, zum Beispiel wie wilde Stammeskrieger hoch zu Roß meinen Jeep auf der Fahrt nach Sana angriffen, wie ich von Assassinen in der Kasbah überfallen wurde und mit knapper Not dem Biß einer tödlichen Kobra entging, die mir jemenitische Geheimdienstler ins Bett gelegt hatten.

Ich meine, all das hätte passieren können. Ich überlegte, ob ich eine dieser Geschichten beim Barkeeper ausprobieren sollte, aber er war beschäftigt, deshalb bat ich ihn bloß um mein Handy.

Ich wählte Dom Fanellis Handynummer, worauf er sich prompt meldete.

»Ich bin wieder da«, sagte ich.

»Hey! Ich habe mir Sorgen um dich gemacht. Ich habe jeden Tag die Nachrichten aus Kuwait verfolgt.«

»Ich war im Jemen.«

»Wirklich? Ist doch derselbe Scheiß. Richtig?«

»Vermutlich. Ich bin am JFK. Kann nicht lange reden, falls sie immer noch hinter mir her sind. Wo bist du?«

»Im Büro. Aber ich kann reden.«

»Gut. Wie geht's meinem Apartment?«

»Klasse … ich hätte geputzt, wenn ich gewußt hätte … jedenfalls, wie war's im Jemen?«

»Das ist ein gutgehütetes Geheimnis.«

»Aha? Wie sind die Mädels?«

»Eins sag ich dir – dort war's wie in Skandinavien, aber mit Sonnenschein.«

»Ohne Scheiß? Gibt's dort Nacktbadestrände?«

»Dort dürfen die Frauen am Strand nicht mal Badeanzüge tragen.« Was stimmte.

»Mama mia! Vielleicht sollte ich mich doch bei der ATTF bewerben.«

»Mach es schnell, bevor sich die Sache rumspricht.«

»Yeah. Richtig. Du willst mich veräppeln. Wie geht's Kate?« fragte er.

»Kommt in ein paar Tagen heim.«

»Ist ja klasse. Laß uns mal zusammen ausgehen.«

»Ich werd's versuchen. Ich habe zehn Tage Sonderurlaub und nehme noch ein paar reguläre Urlaubstage dazu, damit Kate und ich nach Paris fahren können.«

»Großartig. Du hast es verdient. Was machst du heute abend?«

»Sag du's mir.«

»Ach, richtig. Die Namen.«

»Ich muß in ein paar Minuten das Telefon abschalten, Dom. Also rede.«

»Okay. Gonzalez Perez kannst du vergessen. Brock, Christopher, zwei Kandidaten, die in Frage kommen, einer in Daytona Beach, einer in San Francisco. Willst du nähere Einzelheiten?«

»Schieß los.«

Er nannte mir die Adressen und Telefonnummern, und ich schrieb sie auf eine Cocktailserviette.

»Roxanne Scarangello«, sagte er. »Ich glaube, ich habe da die Richtige gefunden. Bereit zum Mitschreiben?«

»Bereit.«

»Okay ... wo hab ich denn bloß den ...?«

»Am Schwarzen Brett?«

»Nein ... hier ist er. Okay, Scarangello, Roxanne, Alter siebenundzwanzig, im dritten Jahr Doktorandin an der University of Pennsylvania – das ist in Philadelphia. Hat einen BA und einen MA von der gleichen Uni – Quatsch, mehr Quatsch und jede Menge Scheiße.«

»Hat sie ein neues Semester angefangen?«

»Yeah. Na ja, sie war jedenfalls eingeschrieben. Eigentlich hätte sie heute anfangen müssen.«

»Derzeitige Adresse?«

»Wohnt mit einem Freund namens Sam Carlson an der Chestnut Street.« Er nannte mir die Adresse, die Apartment- und die Telefonnummer. Und er fügte hinzu: »Ich habe routinemäßig ihre Kreditfähigkeit überprüft – diese Mistkerle von der Kreditauskunft wissen mehr über die Leute als das FBI –, und ich habe rausgefunden, daß sie früher immer den Sommer über im Bayview Hotel in Westhampton Beach gearbeitet hat. Das ist die Kleine, richtig?«

»Richtig.«

»Ich habe sogar ein Foto aus ihrem College-Jahrbuch. Hübscher Käfer. Willst du es haben?«

»Vielleicht. Sonst noch irgendwas? Strafrechtlich? Zivilrechtlich?«

»Nein. Sauber. Aber sie hat, soweit ich das ersehen konnte, keinerlei finanzielle Unterstützung, außer vielleicht durch den Freund, aber der ist Student und sein Kreditrahmen ist ebenfalls ziemlich eng. Und ich habe ihre Eltern überprüft, die auch nicht gerade reich sind.«

»Stipendium?«

»So ist es. Eine Art Stipendium mit einem Taschengeld. Und da ich weiß, worauf du hinauswillst, habe ich weiter nachgecheckt und rausgefunden, daß es sich um ein von der US-Regierung gefördertes Stipendium handelt, aber vielleicht ist das auch nur ein Zufall.«

»Vielleicht. Gute Arbeit.«

»Ein Kinderspiel. Triff dich mit mir auf ein Bier. Du schuldest mir eins.«

»Mach ich, aber ich habe ein bißchen Jetlag.«

»Quatsch. Du willst nach Philadelphia. Gönn dir ’ne Pause, John. Triff dich mit mir im Judson Grill. Dort wimmelt’s vor Mädels aus Hampton, die vom Labor Day zurück sind. Hey, vielleicht kriegst du da ’nen Hinweis.«

Ich lächelte und sagte: »Dom, ich habe meinen Schwanz sechs Wochen lang in der Hose gelassen. Führe mich nicht in Versuchung.«

»Sechs Wochen? Woher willst du wissen, ob er überhaupt noch funktioniert?«

»Putz lieber mein Apartment. Ich komme heute spätabends heim, oder morgen in aller Frühe. Ciao.«

»Ciao, Baby. Willkommen daheim. Überleg dir gut, was du da machst – du willst doch nicht wieder in den Jemen.«

»Danke.« Ich schaltete mein Handy aus, zahlte dann die Rechnung und gab dem Barkeeper einen Fünfer für den Strom.

Ich ging ins Terminal, wo es laut Digitaluhr 17:01 war, und stellte meine Armbanduhr auf Erdzeit um.

Ich litt tatsächlich unter Jetlag, ich steckte seit über einem Tag in den gleichen Klamotten und hätte vermutlich sogar einen jemenitischen Kamelreiter zum Würgen gebracht.

Ich sollte nach Hause gehen, aber ich wollte nach Philadelphia fahren.

Ich ging zum Hertz-Schalter, mietete mir einen mittelgroßen Ford Taurus und war keine halbe Stunde später auf dem Shore Parkway in Richtung Verrazano Bridge unterwegs, ließ das Radio laufen und hatte mein Handy in die Buchse im Auto eingestöpselt.

Ich rief den Anrufbeantworter in meinem Apartment an und nahm ein paar Dutzend Anrufe von Leuten entgegen, die allem Anschein nach überrascht oder verwirrt waren, daß wir außer Landes weilten. Sechs Nachrichten stammten von Dom Fanelli, alle mit dem gleichen Wortlaut: »John, Kate – seid ihr schon daheim? Ich dachte, ich kontrolliere euer Apartment für euch. Okay, wollte mich bloß erkundigen.«

Und dieser Typ sagt *mir*, ich soll vorsichtig sein. Irgendwann hatte Detective Fanelli noch einen Gattenmord am Hals.

Ich schaltete das Handy aus und lud es weiter auf. Mein Pieper hatte im Jemen nicht funktioniert, aber ich hatte Jacks Befehl befolgt und ihn die ganze Zeit angelassen, so daß die Batterie alle war. Aber er war an.

Außerdem fiel mir ein, daß Mr. Koenig mir befohlen hatte, mich nicht mit TWA 800 zu befassen. Ich hätte ihn um eine genaue Erklärung bitten sollen, was ich das nächste Mal, wenn ich ihn sehe, machen werde.

Ich fuhr über die Verrazano Bridge, quer durch Staten Island, über die Goethals Bridge und dann auf dem I-95 in New Jersey in Richtung Süden, nach Philadelphia. In knapp zwei Stunden müßte ich dasein.

Roxanne Scarangello. Möglicherweise wußte sie gar nichts, aber wenn Griffith und Nash mit ihr gesprochen hatten, dann mußte ich mit ihr sprechen.

Ich hinkte bei dieser Sache fünf Jahre und zwei Monate hinter dem Hauptfeld her, ziemlich spät, um einen Fall wiederaufzurollen, aber nicht zu spät.

33

Für einen New Yorker verhält es sich mit Philadelphia – rund zweihundert Meilen südlich von Midtown gelegen – so ähnlich wie mit der Freiheitsstatue: eine historische Stätte, ganz in der Nähe und völlig verzichtbar.

Nichtsdestotrotz war ich ein paarmal zu Polizeikonferenzen in der Stadt der brüderlichen Liebe gewesen, und ein paarmal, um mir ein Spiel der Phillies gegen die Mets anzusehen, daher kannte ich mich dort halbwegs aus. Alles in allem aber gilt, frei nach W. C. Fields: Ich wäre lieber im Jemen. Bloß ein Witz.

Gegen halb acht hielt ich vor einem vierstöckigen Apartmentgebäude an der Chestnut Street 2201, nicht weit vom Rittenhouse Square entfernt.

Ich fand einen Parkplatz am Straßenrand, stieg aus meinem Mietwagen und reckte mich. Ich rief in Roxanne Scarangellos Apartment an, und eine Frau meldete sich. »Hallo?«

»Roxanne Scarangello bitte.«

»Am Apparat.«

»Ms. Scarangello, ich bin Detective John Corey vom FBI. Ich würde gern ein paar Minuten mit Ihnen sprechen?«

Danach herrschte eine Zeitlang Stille, dann fragte sie: »Weswegen?«

»Wegen TWA-Flug 800, Ma'am.«

»Ich habe euch doch schon vor fünf Jahren alles gesagt, was ich weiß. Man hat mir gesagt, daß ich nie wieder angerufen werde.«

»Es hat sich etwas Neues ergeben. Ich stehe vor Ihrem Haus. Darf ich raufkommen.«

»Nein. Ich ... bin nicht angezogen.«

»Warum ziehen Sie sich nicht an?«

»Ich ... ich komme sowieso schon zu spät zum Abendessen.«

»Ich fahre Sie hin.«

»Ich kann laufen.«

»Ich begleite Sie.«

Ich hörte etwas, das wie ein tiefer Seufzer klang, dann sagte sie: »Na schön. Ich bin gleich unten.«

Ich schaltete mein Handy aus und wartete vor dem Apartmenthaus, das allem Anschein nach eine ganz anständige Bleibe war, an einer von Bäumen gesäumten Straße gelegen, in Laufdistanz zur University of Pennsylvania, einer teuren, altehrwürdigen Eliteausbildungsstätte.

Mittlerweile war es fast dunkel, und die Nacht war klar. Der leichte Wind brachte einen ersten Hauch Herbstluft. Man weiß solche Sachen gar nicht richtig zu schätzen, bis sie einem fehlen, und wenn man Glück hat, lernt man sie hinterher mit ganz anderen Augen und Ohren zu schätzen.

Amerika.

Es war wie eine Art Spätzündung, und mir war danach zumute, den Boden zu küssen und »God Bless America« zu singen.

Eine große, attraktive Frau mit langen dunklen Haaren, die schwarze Jeans und einen schwarzen Pulli trug, kam aus dem Apartmenthaus.

»Ms. Scarangello?« sagte ich. »Ich bin John Corey, FBI-Task Force.« Ich hielt meinen Ausweis hoch und sagte: »Danke, daß Sie die Zeit für mich erübrigen können.«

Sie erwiderte: »Ich habe wirklich schon alles gesagt, was ich weiß, was so gut wie gar nichts ist.«

Das denkst du, Roxanne. »Ich begleite Sie«, sagte ich.

Sie zuckte die Achseln, und wir liefen in Richtung Rittenhouse Square. »Ich treffe mich mit meinem Freund zum Abendessen«, sagte sie.

»Ich bin ebenfalls zum Abendessen verabredet. Deshalb werde ich Sie nicht lange aufhalten.«

Während wir unseres Weges gingen, stellte ich ihr ein paar unverfängliche Fragen zu ihrer Universität, ihrem ersten Tag im neuen Semester und über ihr Doktorandenseminar, in dem es, wie sie sagte, um englische Literatur ging.

Ich gähnte, worauf sie mich fragte: »Langweile ich Sie?«

»Überhaupt nicht. Ich komme gerade aus dem Nahen Osten. Sehen Sie meine Bräune? Wollen Sie meinen Flugschein sehen?«

Sie lachte. »Nein. Ich glaube Ihnen. Was haben Sie dort gemacht?«

»Für Sicherheit und Demokratie auf der Welt gesorgt.«

»Da sollten Sie lieber hier anfangen.«

Mir fiel ein, daß ich mit einer Studentin sprach und erwiderte: »Da haben Sie völlig recht.«

Sie ließ sich über die letzten Präsidentschaftswahlen aus, und ich nickte und gab ein paar beifällige Töne von mir.

Wir kamen zu einem Restaurant namens Alma de Cuba, ganz in der Nähe des Rittenhouse Square, und gingen hinein. Es war ein ziemlich nobler, anscheinend schwer angesagter Laden, und ich fragte mich, wie hoch das Stipendium war.

Ms. Scarangello schlug vor, daß wir etwas trinken sollten, während wir auf ihren Freund warteten.

Im hinteren Teil befand sich eine mit Plantagenhausjalousien dekorierte Cocktailbar, an deren weiße Wände

Schwarzweißbilder aus dem alten Kuba projiziert wurden. Wir fanden einen Tisch und bestellten eine Karaffe weiße Sangria für sie und, um beim Thema zu bleiben, eine Cuba libre für mich.

»Lassen Sie mich gleich zur Sache kommen«, sagte ich. »Sie waren die Putzfrau, die am 18. Juli 1996, dem Tag nach dem Absturz von TWA 800, gegen Mittag in das Zimmer 203 des Bayview Hotel in Westhampton gingen. Ist das richtig?«

»Das ist richtig.«

»Keine andere Putzfrau oder ein sonstiger Mitarbeiter war vor Ihnen dort. Richtig?«

»Soweit ich weiß, ja. Die Gäste hatten sich nicht abgemeldet, gingen aber nicht ans Telefon und öffneten auch nicht die Tür, als ich anklopfte. Außerdem hing ein ›Bitte nicht stören‹-Schild an der Tür.«

Das hörte ich zum erstenmal. Aber es war durchaus nachvollziehbar, wenn Don Juan und seine Holde Zeit gewinnen und sich so weit wie möglich absetzen wollten. »Und Sie haben sich mit Ihrem Passepartout Zugang verschafft?« sagte ich.

»Ja, das war nach der Abmeldezeit um elf Uhr so üblich.«

Die Getränke kamen. Ich goß ihr ein Glas Sangria ein und stieß mit ihr an.

»Können Sie sich an die Namen der FBI-Leute erinnern, die Sie zuerst vernahmen?« fragte ich sie.

»Nach fünf Jahren nicht mehr. Sie haben nur ihre Vornamen genannt.«

»Tja, denken Sie mal scharf nach.«

»Ich glaube, einer von ihnen hatte einen irischen Namen«, erwiderte sie.

»Sean? Seamus? Giuseppe?«

Sie lachte. »Das ist nicht irisch.«

Ich lächelte. »Liam vielleicht.«

»Das stimmt. Der andere hieß ... ich kann mich nicht mehr erinnern. Wissen Sie's denn nicht?«

»Yeah. Vermutlich Ted.«

»Ich glaube, das stimmt. Ein gutaussehender Typ.«

Und ein Arschloch.

»Suchen Sie immer noch nach diesem Paar?« fragte sie mich. »Geht es darum?«

»Ja, Ma'am.«

»Weshalb sind die so wichtig?«

»Das wissen wir, wenn wir sie finden.«

»Sie waren vermutlich nicht miteinander verheiratet«, erklärte sie mir. »Die wollen nicht, daß man sie findet.«

»Tja, aber sie brauchen Eheberatung.«

Sie lächelte. »Ja. Richtig.«

»Hat Ihnen das FBI eine Phantomzeichnung des Mannes gezeigt?« fragte ich sie.

»Ja. Aber ich habe ihn nicht erkannt.«

»Was ist mit der Frau, die bei ihm war?«

»Nein. Von der habe ich keine Zeichnung gesehen.«

»Okay, Sie sind also in das Zimmer gegangen, und was dann?« fragte ich sie.

»Na ja ... ich habe laut gerufen, falls sie zum Beispiel im Badezimmer sein sollten, wissen Sie? Aber ich habe gleich gesehen, daß sie weg waren. Nirgendwo lag etwas rum. Also habe ich meine Karre reingeholt und das Bett abgezogen.«

»Okay, sie haben also in dem Bett geschlafen?«

»Na ja ... vermutlich nicht. Es war einfach so, daß die Zudecke am Fußende des Bettes lag, die Überdecke war weg, und vermutlich haben sie sich aufs Laken gelegt, haben vielleicht ein Nickerchen gemacht, ferngesehen oder ... sonst was. Aber es sah nicht so aus, als ob sie über Nacht drin geschlafen hätten.« Sie lachte. »Ich war ziemlich gut, was solche Nuancen in einem Hotelzimmer angeht.«

»Ich habe keinen Englischabschluß. Was ist eine Nuance?«

Wieder lachte sie. »Sie sind komisch.« Sie überraschte mich, als sie sich eine Zigarette anzündete. »Ich rauche nur, wenn ich trinke«, sagte sie. »Wollen Sie eine?«

»Klar.« Ich nahm eine Zigarette, und sie gab mir Feuer. Ich habe früher geraucht, deshalb mußte ich nicht husten.

»Die Überdecke war also weg?« sagte ich.

»Ja. Und ich habe es mir notiert, um der Wirtschaftsleiterin Bescheid zu sagen.«

»Mrs. Morales.«

»Richtig. Ich frage mich, was aus ihr geworden ist.«

»Die ist noch da.«

»Tolle Frau.«

»Das ist sie.« Ich fragte: »Haben Sie Lucita gekannt? Die Putzfrau?«

»Nein.«

»Was ist mit Christopher Brock, dem Angestellten an der Rezeption?«

»Den habe ich gekannt, aber nicht näher.«

»Haben Sie mit ihm gesprochen, nachdem das FBI Sie vernommen hatte?«

»Nein, man hat uns gesagt, daß wir mit niemandem reden sollen. Und die haben das ernst gemeint.«

»Was ist mit dem Direktor, Mr. Rosenthal? Haben Sie mit dem gesprochen?«

»Er wollte mit mir reden«, erwiderte sie, »aber ich habe gesagt, ich darf nicht.«

»Na schön. Und kurz darauf haben Sie das Hotel verlassen?«

Sie erwiderte eine Weile nichts, dann sagte sie. »So ist es.«

»Warum?«

»Wissen Sie das denn nicht?«

»Nein.«

»Na ja ... diese FBI-Typen sagten, es wäre besser, wenn ich meinen Job im Hotel aufgeben würde. Weil ich vielleicht in Versuchung geraten und mit den Presseleuten reden könnte, und vielleicht würde ich durch den Medienrummel und all das unter Druck gesetzt. Also habe ich gesagt, ich könnte es mir nicht leisten, meinen Job aufzugeben, und sie haben gesagt, sie kämen für meinen Lohn auf, wenn ich mich bereit erklären würde zu gehen ... und Stillschweigen zu wahren.«

»Ziemlich gutes Angebot.«

»Das war es. Ich meine, für die Bundesregierung sind das doch Peanuts. Man gibt den Farmern Geld dafür, daß sie kein Getreide anbauen. Stimmt's?«

»Richtig. Mir gibt man Geld dafür, damit ich mich um die Büropflanzen kümmere.«

Sie lächelte.

»Worüber sollten Sie denn auf Wunsch des FBI nicht sprechen?« fragte ich.

»Genau das ist es ja. Ich wußte *gar* nichts. Aber irgendwie gab es einen Riesenwirbel um dieses Paar aus Zimmer 203, das zum Strand gegangen und den Flugzeugabsturz gesehen haben könnte. Meiner Meinung nach war da nichts weiter dabei, aber die haben ein Riesending draus gemacht, und die Presse hat Wind davon bekommen, daß irgendwas vor sich geht. Und eh ich mich versehe, habe ich gekündigt und bin weg.«

Ich nickte. Die FBIler rollen an wie eine Schlägerbande, bringen die Kacke zum Dampfen und versuchen sie hinterher mit Geld wieder wegzuwischen.

»Ist man Ihnen bei Ihrem Stipendium behilflich gewesen?« fragte ich sie.

»Irgendwie. Glaube ich jedenfalls. Wissen Sie das denn nicht?«

»Das war nicht meine Abteilung.«

Ms. Scarangellos Handy klingelte, und sie meldete sich. Ich erkannte, daß sie mit ihrem Freund redete, dem sie sagte: »Ja, ich bin hier. Aber laß dir Zeit. Ich bin in der Bar, und ich bin einem meiner alten Profs über den Weg gelaufen. Mir geht's bestens. Bis später.« Sie beendete das Gespräch und sagte zu mir: »Das war Sam – mein Freund. Er ist jetzt im Apartment.« Und sie fügte hinzu: »Ich soll TWA 800 nie wieder erwähnen. Stimmt's?«

»Richtig.«

»Also, sehen Sie, war das nicht gut?«

»Ausgezeichnet. Sehe ich denn wie ein Professor aus?«

Sie lachte. »Nein. Aber Sie sind einer, wenn Sam kommt.«

Karaffe Nummer zwei, Cuba libre Nummer zwei.

»Also«, sagte ich, »gehen Sie mit mir alles durch, was Sie in diesem Zimmer gesehen und getan haben, Sachen, die Sie möglicherweise gerochen oder berührt haben, die Ihnen ungewöhnlich vorkamen oder auch völlig gewöhnlich.«

»Ach, Jesses ... das ist fünf Jahre her.«

»Ich weiß. Aber wenn Sie anfangen zu reden, dann fällt es Ihnen wieder ein.«

»Das bezweifle ich. Aber, okay ... danach bin ich ins Badezimmer gegangen, weil das der unangenehmste Teil von dem Job ist, und ich wollte ihn hinter mich bringen. Ich habe mit der Dusche angefangen –«

»War die Dusche benutzt worden?«

»Ja, aber nicht an diesem Morgen. Ich konnte erkennen daß sie benutzt worden war, vielleicht am Abend vorher. Seife und Duschkabine waren trocken, desgleichen die benutzten Handtücher. Ich kann mich erinnern, daß ich einem der FBI-Typen gesagt habe, daß das Bad kaum benutzt worden war. Nur eine kurze Dusche und fertig.«

»War Sand am Boden? Im Bett?«

»Im Badezimmer war Sand vom Strand. Das habe ich dem FBI-Typ gesagt.«

»Okay, dann sind Sie wieder ins Schlafzimmer gegangen.«

»Ja. Ich habe erst die Papierkörbe und die Aschenbecher ausgeleert –«

»Haben sie geraucht?«

»Nein ... ich glaube nicht. Aber das mache ich normalerweise so.«

»Versuchen Sie dieses Zimmer an diesem Tag mal von den Hunderten anderer Zimmer auseinanderzuhalten, die Sie geputzt haben.«

Sie lachte. »Klar. Mehr als zweitausend im Laufe der drei Sommer, die ich da draußen war.«

»Ich weiß, aber Sie wurden eine ganze Zeitlang wegen diesem einen Zimmer vernommen. Folglich können Sie sich erinnern, was Sie den FBI-Typen erzählt haben. Richtig?«

»Eigentlich wurde ich gar nicht so lange vernommen«, erwiderte sie. »Die haben mich bloß gefragt, was ich in dem Zimmer gemacht und gesehen habe, dann haben sie mir gedankt.«

Ich nickte. Weder Liam Griffith, der vermutlich OPR-Typ war, noch Ted Nash von der CIA wußten, wie man einen Zeugen ausquetscht. Sie waren keine Detectives. Ich schon. »Hat dieses Paar ein Trinkgeld hinterlassen?« fragte ich Roxanne.

»Nein.«

»Sehen Sie? Daran erinnern Sie sich.«

Sie lächelte. »Geizige Bande.«

»Heute abend spendiere ich die Getränke.«

»Schön.«

»Okay, was war in den Papierkörben?«

»Daran kann ich mich wirklich nicht mehr erinnern. Halt das Übliche. Taschentücher. Alles mögliche.«

»Wie wär's mit der Hülle einer Videokassette?«

»Nein ... meinen Sie, sie haben sich gefilmt ... zum Beispiel, als sie's miteinander getrieben haben?«

»Ich weiß es nicht. Was ist mit Zellophan, Kaugummipapieren, Preisschildern, Quittungen für irgendwas?«

»Nein ... aber im Aschenbecher lag ein Heftpflasterpapier.« Sie zuckte die Achseln.

»Irgendeine Blutspur?«

»Nein.«

»Okay, schildern Sie mir, wie Sie ein Zimmer normalerweise geputzt haben. Irgendein Zimmer.«

»Manchmal habe ich es ein bißchen anders gemacht, weil es so stumpfsinnig war, aber ich hatte eine feste Vorgehensweise.« Anschließend erteilte sie mir eine Lektion im Zimmerputzen, die ich vielleicht mal gebrauchen konnte, falls meine Putzfrau sterben sollte.

»Und am Weinglas war eindeutig Lippenstift?« fragte ich sie.

»Ja. Ich glaube, dadurch wurde mir erst bewußt, daß eine Frau in dem Zimmer gewesen war.«

»Irgendein anderer Hinweis auf eine Frau? Körperpuder? Make-up? Lange Haare?«

»Nein. Aber man konnte erkennen, daß zwei Personen

dagewesen waren. Beide Kissen waren zerdrückt. Allerhand benutzte Handtücher.« Sie lächelte und sagte: »Männer benutzen ein Handtuch, Frauen benutzen sie alle und verlangen noch mehr.«

»Auf diese sexistische Bemerkung gehe ich nicht ein.«

Wieder lächelte sie und verpaßte sich eine leichte Ohrfeige. Entweder war sie sehr süß, oder ich war zu lange in der Wüste gewesen.

Sie fuhr fort, und ihr Gedächtnis wurde mit jedem Schluck Wein und jeder Zigarette besser.

Als sie fertig war, fragte ich sie: »Ist das mehr oder weniger das gleiche, was Sie den FBI-Typen erzählt haben?«

»Eher weniger. Wieso ist das so wichtig?«

»Das wissen wir nie, bevor wir fragen.«

Sie zündete sich eine weitere Zigarette an und bot mir eine an, aber ich lehnte ab.

Mir wurde klar, daß meine Zeit mit Roxanne allmählich ablief, wenn man davon ausging, daß der Fußmarsch von ihrem Apartment etwa fünfzehn Minuten dauerte, den ich allerdings, wenn ich ihr Freund wäre, in zehn Minuten schaffen würde.

Sie spürte, daß ich die Sache allmählich zu Ende bringen wollte, und sagte zu mir: »Bleiben Sie doch und lernen Sie Sam kennen.«

»Warum?«

»Sie würden ihn mögen.«

»Würde er auch mich mögen?«

»Nein. Darum geht's doch.«

»Markieren Sie nicht das Miststück.«

Sie lachte, dann sagte sie: »Wirklich, gehen Sie noch nicht.«

»Na ja … ich brauche eine Tasse Kaffee, bevor ich nach New York zurückfahre.«

»Wohnen Sie in New York?«

»So ist es. In Manhattan.«

»Dort möchte ich auch wohnen, wenn ich mit dem Studium fertig bin.«

»Guter Vorsatz.« Ich winkte einer Bedienung und bestellte Kaffee.

Roxanne und ich plauschten noch ein bißchen miteinander, was ich immer kann, während ich in Gedanken woanders bin. Ich war schließlich nicht eigens vom Jemen nach Philadelphia gereist, nur um mit einer Studentin zu flirten. Oder doch?

34

Der Freund verspätete sich, Roxanne war allmählich angeheitert, und die eine Hälfte meines Hirns war noch immer auf dreitausend Fuß, während die andere Hälfte in Rum getränkt war.

Ich wollte aufbrechen, aber irgend etwas hielt mich fest. Müdigkeit vermutlich, vielleicht auch Roxanne oder irgendein unterschwelliges Gefühl, daß sich noch irgend etwas ergeben würde, wenn ich nur lange genug sitzen blieb beziehungsweise die richtige Frage stellte oder genauer zuhörte.

Man brachte mir einen großen Pott Kaffee, und ich schüttete ihn rein und bestellte mir noch einen. Ich plauderte mit Roxanne, während ich darüber nachdachte, was mir entgangen sein könnte.

»War der Fernseher eingeschaltet, als Sie das Zimmer

betreten haben?« fragte ich sie. »Manche Leute lassen ihn zum Beispiel an, wenn sie wollen, daß es so aussieht, als wären sie im Zimmer.«

Sie drückte ihre Zigarette aus und fragte: »Sind wir wieder bei dem Zimmer?«

»Nur einen Moment lang.«

»Nein, er war nicht angeschaltet.« Und sie fügte hinzu. »Genaugenommen habe *ich* ihn angeschaltet.«

»Warum?«

»Na ja, wir sollten bei der Arbeit nicht fernsehen, aber ich wollte mir die Nachrichten über TWA 800 anschauen.«

»Ich werde es nicht verraten. Und, was kam in den Nachrichten?«

»Das weiß ich nicht mehr genau.« Sie schüttelte den Kopf und sagte: »Es war wirklich furchtbar.«

»Das war es.« Ich sagte zu Roxanne: »Vielleicht können Sie mir mit etwas weiterhelfen. Dieses Paar ist gegen halb fünf abgestiegen. Okay? Der Typ war allein an der Rezeption. Das nächste Mal wurden sie gegen sieben gesehen, als Lucita, das Zimmermädchen, sie mit der Bettdecke zum Auto gehen sah. In den zweieinhalb Stunden, die dazwischen liegen, hat sie anscheinend niemand gesehen. Daher frage ich mich, was sie in dieser Zeit gemacht haben. Ich meine, was machen die Leute da draußen am späten Nachmittag?«

»Das fragen Sie *mich*? Ich weiß es nicht. Ich nehme an, sie gehen einkaufen, trinken irgendwas. Fahren rum.« Und sie fügte hinzu: »Vielleicht sind sie auch in ihrem Zimmer geblieben. Deswegen hat sie keiner gesehen.«

»Richtig … aber das ist eine ziemlich lange Zeit, um an einem schönen Tag in einem Hotelzimmer rumzusitzen.«

Sie lächelte mich an und sagte: »Vielleicht haben sie sich der Lust und Liebe hingegeben. Dazu waren sie schließlich dort. Sie haben miteinander geschlafen, sind eingenickt, haben ferngesehen oder eine Kassette eingelegt.«

»Richtig.« Der Haken daran war, daß ich mir wünschte, sie wären zur Hotelbar gegangen und hätten ihre Getränke mit einer Kreditkarte bezahlt oder eine Rechnung aus einem dortigen Laden im Papierkorb hinterlassen. Aber das hatten sie nicht getan.

Ich lehnte mich zurück und gähnte. Allem Anschein nach kam ich nicht weiter, was diese fehlenden zweieinhalb Stunden anging, aber vielleicht war das auch nicht so wichtig. Für diese Zeitspanne gab es allerhand Erklärungen – ein Nickerchen, Nachmittagsfernsehen, eine flotte Nummer vor dem Strandbesuch, nichts, mit dem sie irgendwelche Spuren oder belastende Unterlagen hinterließen ... »Was meinen Sie mit ›eine Kassette eingelegt‹?« fragte ich sie.

»Eine Videokassette.«

»In dem Zimmer war kein Videorecorder.«

»Früher schon.«

Ich nickte. Damals war es üblich, daß in Hotelzimmern ein Videorecorder stand, aber mittlerweile gab es Satelliten- und Kabelfernsehen, auf Wunsch auch Pornos und dergleichen mehr, und viele Hotels hatten ihre Videorecorder ausrangiert. In Zimmer 203 gab es zum Beispiel keinen Videorecorder mehr, aber einstmals war dort offenbar einer gewesen. »Können Sie sich noch erinnern, ob der Videorecorder eingeschaltet war?« fragte ich Roxanne.

»Ich glaube schon. Ja ... ich habe ihn ausgeschaltet.«

»Haben Sie nachgesehen, ob ein Video im Recorder war?« fragte ich sie.

»Ja. Ich habe auf die Auswurftaste gedrückt, aber nichts kam raus.« Und sie fügte hinzu: »Das haben wir grundsätzlich gemacht. Videofilme, die die Gäste mitgebracht und vergessen haben, mußten an der Rezeption abgegeben werden, falls sich jemand deswegen meldete. Ausgeliehene Videos wurden entweder in der Bibliothek oder an der Rezeption abgegeben.«

»In *welcher* Bibliothek?«

»Der Hotelbibliothek. Dort gibt's eine Bibliothek, in der man Videokassetten ausleihen kann.«

»*Wo?*«

»Im Bayview Hotel. Passen Sie doch auf.«

Ich setzte mich auf. »Erzählen Sie mir etwas über diese Bibliothek, in der man Videokassetten leihen konnte.«

»Sie sind doch in dem Hotel gewesen?«

»Ja.«

»Na ja, wenn Sie reinkommen, gibt es dort so eine Art Bibliotheksraum. Dort werden Zeitschriften und Zeitungen verkauft und Bücher und Videokassetten verliehen.«

»Man kann sich dort also ein Video ausleihen?«

»Das habe ich Ihnen doch gerade gesagt.«

»Ist das auch zur Sprache gekommen, als Sie mit dem FBI geredet haben?«

»Nein.«

Ich lehnte mich zurück und starrte ins Leere. Es war einfach unmöglich, daß das Liam Griffith und/oder Ted Nash entgangen war. Oder doch? Ich meine, selbst mir, John Corey, war die Bedeutung dieser Bibliothek entgangen, als ich sie gesehen hatte, und ich bin ein Detective.

Aber vielleicht war ich auch nur überdreht und zu optimistisch. »Wurde eine Gebühr für ein Video verlangt? Eine Sicherheit?«

»Nein. Man mußte sich nur eintragen. Bei den Büchern genauso.« Sie dachte einen Moment lang nach, dann fragte sie mich: »Hey, meinen Sie, der Typ hat sich eine Kassette geliehen … und vielleicht seinen Namen hinterlassen?«

»Sie sollten Kriminalistin werden.«

Sie war jetzt in Fahrt und sagte: »Genau das haben sie an diesem Nachmittag im Zimmer gemacht. Einen Film angesehen. Deshalb war der Videorecorder eingeschaltet.« Sie dachte einen Moment lang nach und sagte: »Sie hatten sogar zwei Kissen ans Kopfteil des Bettes gelehnt, so als ob sie ferngesehen hätten.«

Ich nickte. Wenn Don Juan eine Kassette ausgeliehen hatte, hatte er wahrscheinlich nicht mit seinem richtigen Namen unterschrieben. Aber vielleicht die *Frau*, falls sie eine ausgeliehen hatte.

»Mußte man sich irgendwie ausweisen, um ein Buch oder eine Videokassette auszuleihen?« fragte ich Roxanne.

»Ich glaube nicht. Ich glaube, man mußte nur seinen Namen und die Zimmernummer angeben.« Und sie fügte hinzu: »Sie sollten das im Hotel nachchecken.«

Ich nickte und fragte: »Wo hat sich der Gast eingetragen? In einem Buch? Auf einer Karte?«

Sie zündete sich eine weitere Zigarette an und erwiderte: »Es war eine Art Quittungsheft mit rosa Durchschlagpapier. Der Gast hat den Titel des Buches oder Films auf den Beleg geschrieben, hat ihn unterzeichnet und seine Zimmernummer angegeben. Dann, wenn der Gast – beziehungsweise das Zimmermädchen – das Buch oder die Videokassette zurückgebracht hat, hat er den rosa Durchschlag mit dem Vermerk ›Zurückgegeben‹ erhalten. Ganz einfach.«

Ich dachte an Mr. Rosenthal und seine Archive, mit denen er die Kongreßbibliothek hätte beschämen können. Der Typ war der reinste Hamster und warf vermutlich nicht mal seine Kaugummipapiere weg. Ich sagte zu ihr: »Mr. Rosenthal, den ich zu meinem Vergnügen kennenlernen durfte, scheint alles aufzubewahren.«

Sie lächelte und sagte: »Er war ein bißchen anal.«

»Kannten Sie ihn?«

»Er mochte mich.«

»Hat er Sie mal mit in den Keller genommen und Ihnen seine Archive gezeigt?«

Sie lachte, dachte dann einen Moment lang nach und sagte: »Diese Bibliotheksquittungshefte könnten da unten sein.«

»Behalten Sie das bitte alles für sich«, sagte ich zu ihr.

»Ich habe fünf Jahre lang darüber den Mund gehalten.«

»Gut.«

Ich dachte einen Moment lang nach. Wie groß war die Chance, daß Don Juan oder seine Holde eine Videokassette ausgeliehen hatten? Der Videorecorder in Zimmer 203 war eingeschaltet gewesen, aber aller Wahrscheinlichkeit nach deswegen, weil sie die Videokamera an den Recorder angeschlossen hatten, um die Minikassette aus der Kamera abzuspielen. Sie wollten sich auf dem Fernseher anschauen, was sie an diesem Abend am Strand zu sehen gemeint hatten.

Andererseits waren sie an diesem Nachmittag offenbar zweieinhalb Stunden lang in ihrem Zimmer gewesen, also war vielleicht einer von ihnen in die Bibliothek gegangen und hatte sich einen Film ausgeliehen. Aber würde einer der beiden mit seinem richtigen Namen unterschreiben?

Ich hatte das mulmige Gefühl, daß ich allmählich nach jedem Strohhalm griff. Aber wenn man nichts als Strohhalme hat, greift man eben danach.

Der Freund traf ein, etwas außer Atem, wie ich fand, beugte sich zu Roxanne herab und küßte sie auf die Wange. »Sam«, sagte sie zu dem Freund, »das ist Professor Corey. Ich war in einem seiner Philosophieseminare.«

Ich stand auf, und wir schüttelten uns die Hand. Sein Handschlag war weich, genaugenommen sogar ein bißchen schlaff, aber er sah einigermaßen gut aus. »Sie lehren Philosophie?« fragte er.

»So ist es. Cogito ergo sum.«

Er lächelte und erklärte mir: »Ich studiere Physik. Bei der Philosophie komme ich nicht mit.«

»Ich auch nicht.« Es wurde Zeit, daß ich aufbrach, aber ich war mit Roxanne noch nicht fertig, deshalb setzte ich mich wieder.

Sam setzte sich ebenfalls, und einen Moment lang herrschte Schweigen. Dann sagte ich zu Roxanne: »Wann hatte die Bibliothek geöffnet?«

Sie warf einen kurzen Blick zu Sam, wandte sich dann wieder mir zu und erwiderte: »Ich glaube, von acht bis acht.«

»Was war, wenn ein Gast vor oder nach dieser Öffnungszeit ausziehen und ein Buch oder eine Videokassette zurückgegeben wollte?«

Sie wirkte ein bißchen beklommen, lächelte Sam kurz zu und sagte dann zu mir: »Sie haben es dem Rezeptionisten gegeben, der das Quittungsheft verwahrte, wenn die Bibliothek geschlossen war.«

Ich nickte. »Richtig. Wäre sinnvoll.« Ich sagte zu Sam: »Möchten Sie was trinken?«

Sam erwiderte: »Äh ... vielleicht sollten wir an den Tisch gehen. Sie halten ihn frei ... möchten Sie uns Gesellschaft leisten.«

»Nein, danke.« Ich wandte mich an Roxanne. »Können Sie sich erinnern, welche Taste am Videorecorder gedrückt war? Zum Beispiel Wiedergabe, Aufnahme, Rückspulen?«

»Äh ... nein. Kann ich nicht.«

»Ich komme überhaupt nicht mehr mit«, sagte Sam.

Ich schaute Sam an und fragte: »Existiert diese Welt, oder gibt es sie nur in unserer Vorstellung?«

»Natürlich. Es gibt Tausende Instrumente, mit denen man die physikalischen Gesetzmäßigkeiten dieser Welt erfassen und ihre Existenz nachweisen kann, und zwar besser, als es der menschliche Verstand vermag.«

»Wie mit einer Kamera.«

»Richtig.«

Ich stand auf und sagte zu Roxanne: »Danke, daß Sie mir Gesellschaft geleistet haben.«

Sie stand ebenfalls auf, schüttelte mir die Hand und sagte: »Danke für die Drinks, Professor.«

Ich tätschelte Sam den Rücken und sagte: »Sie sind ein glücklicher Mann.« Ich ging mit Roxanne auf Blickkontakt, deutete mit dem Kopf zur Bar und ging hin, um zu bezahlen.

Als ich die Rechnung beglich, stieß Roxanne zu mir, und ich sagte: »Danke für Ihre Hilfe.« Ich gab ihr meine Karte und sagte: »Rufen Sie *mich* an, wenn sich *irgend jemand* anders wegen dieser Sache bei Ihnen meldet.«

»Mach ich. Sie können mich auch anrufen, wenn Sie noch irgendwas brauchen. Wollen Sie meine Handynummer?«

»Klar.« Ich ließ mir die Nummer geben. »Danke«, sagte ich und fügte hinzu: »Sam ist ein netter Typ.«

Ich verließ die Alma de Cuba und lief zurück zu meinem Wagen an der Chestnut Street.

Mir hing der Hintern durch, aber in Gedanken war ich bereits im Bayview Hotel.

35

Ich fuhr auf dem New Jersey Turnpike nach New York zurück, eine landschaftlich sehr reizvolle Strecke, wenn man die Augen schließt und sich vorstellt, man wäre irgendwo anders.

Ich drückte ein bißchen auf die Tube, obwohl eigentlich keine besondere Eile geboten war, wenn man einem Hinweis zu einem Fall nachgehen will, der fünf Jahre alt und abgeschlossen war; die Eile hatte eher etwas mit dem Office of Professional Responsibility des FBI zu tun, wo man mich vermutlich nicht vergessen hatte und zweifellos den Tag meiner Rückkehr aus Übersee rot im Kalender eingetragen hatte. Falls sie sich wunderten, wo John Corey heute nacht war, mußten sie mich morgen fragen.

Ich schaltete einen Nachrichtensender ein und hörte mir die neuesten Neuigkeiten an. Anscheinend hatte sich an dem Tag nicht viel getan. Genaugenommen war es ein ziemlicher ruhiger Sommer an der Terrorfront gewesen.

Andererseits hatte die National Security Agency in einem geheimen Hinweis an alle Stellen mitgeteilt, daß in diesem Sommer außergewöhnlich starker Funkverkehr unter unseren islamischen Freunden geherrscht habe, was kein gutes Zeichen war.

Ich wandte mich dringenderen Angelegenheiten zu und dachte über mein Gespräch mit Roxanne Scarangello nach. Mir wurde klar, daß die Unterhaltung auch ganz anders hätte verlaufen können, wie das bei den meisten Zeugenvernehmungen der Fall ist – hier ein Wort, dort eine zufällige Bemerkung, die richtige Frage, die falsche Antwort und so weiter und so fort.

Wenn man so etwas zwanzig Jahre lang gemacht hat, bekommt man einen sechsten Sinn dafür. Daher war es nicht nur das Glück des Dummen, daß ich auf die Leihbibliothek gestoßen war; nein, es kam daher, weil John Corey hartnäckig war, blitzgescheit, aufmerksam, clever, charmant und motiviert. Motiviert vor allem.

Ich meine, ich wurde für diese Sache nicht bezahlt, folglich brauchte ich eine andere Entschädigung. Genaugenommen wollte ich Jack Koenig diese Sache so tief in den Arsch schieben, daß die Brillantine in seinen Haaren Falten warf. Liam Griffith ebenfalls. Und einen Moment lang wünschte ich mir, Ted Nash wäre noch am Leben, damit ich sie ihm auch gleich mit in den Hintern rammen konnte.

Auf der Uhr an meinem Armaturenbrett war es 21:10, und ich fragte mich, wie spät es in Daressalam war. Eigentlich genauso spät wie im Jemen, also früh am Morgen. Ich stellte mir vor, wie mein Engel in einem Drei-Sterne-Hotel mit Blick auf den Indischen Ozean schlief. »Hier ist es so herrlich, John. Ich wünschte, du wärst bei mir«, hatte sie mir mal per E-Mail geschrieben. Als ob es meine Idee gewesen wäre, in den Jemen zu gehen.

Und mir wurde klar, daß sie mir mehr fehlte, als ich gedacht hatte. Ich war von Herzen froh, daß man sie an einen halbwegs anständigen Ort geschickt hatte und nicht in den Jemen, wo es, falls ich es noch nicht erwähnt haben sollte, echt ätzend war.

Ja, es hatte ein paar hartherzige Momente gegeben, in denen ich mir wünschte, sie wäre im Jemen und ich auf den Bahamas, aber die gingen rasch vorüber, gefolgt von liebevollen Gedanken an unsere Wiedervereinigung.

Mit flotten 85 Meilen pro Stunde fuhr ich auf dem New Jersey Turnpike weiter in Richtung Norden. Ich war müde, aber wachsam.

Ich war mir darüber im klaren, daß ich in den Archiven des Bayview Hotels möglicherweise nichts weiter vorfinden würde als Mr. Rosenthal, der sich den Kopf kratzte und sagte: »Was ist mit den Bibliotheksbelegen passiert?«

Ich war jetzt auf dem Montauk Highway auf Long Island und näherte mich Westhampton Beach. Es war nachts um halb eins, und ein leichter Nebel zog vom Ozean und aus den Buchten landeinwärts.

Mein Radio empfing hier draußen Signale aus Connecticut, und irgendein öffentlich-rechtlicher Sender spielte *La Traviata*. Ich erzähle das nicht vielen Leuten, aber ich bin mit Dom Fanelli, der Karten umsonst kriegt, in der Oper gewesen. Meiner Schätzung nach müßte ich etwa zu der Zeit am Bayview Hotel sein, wenn die fette Frau sang.

Die fette Frau sang »Parigi, o cara«, als ich auf den Gästeparkplatz bei der Rezeption fuhr. Ich wartete darauf, daß sie zum Ende kam und tot umfiel, was sie auch tat, stellte den Motor ab und ging ins Hotel.

Der Labor Day war vorüber, und in der Lobby war es an einem Werktag um diese Stunde ruhig. Die Doppeltür zur Bar war geschlossen, was mich sehr enttäuschte.

Peter, mein Lieblingsrezeptionist, hatte Dienst, deshalb schenkte ich mir sämtliche Förmlichkeiten und sagte zu ihm: »Ich muß mit Mr. Rosenthal sprechen.«

Er schaute auf seine Uhr, wie es die Leute immer machen, wenn sie irgendeiner albernen Bemerkung über die Uhrzeit Nachdruck verleihen wollen, und sagte: »Sir, es ist fast ein Uhr morgens.«

»Wollen Sie wissen, wie spät es im Jemen ist? Ich sag's Ihnen. Es ist acht Uhr. Höchste Zeit, daß man zur Arbeit geht. Rufen Sie ihn an.«

»Aber … ist es dringend?«

»Warum bin ich wohl hier? Rufen Sie ihn an.«

»Ja, Sir.« Er griff zum Telefon und wählte Leslie Rosenthal an.

»Haben Sie die Schlüssel zum Keller?« fragte ich Peter.

»Nein, Sir. Die hat nur Mr. Rosenthal.« Jemand meldete sich am Telefon, worauf Peter sagte: »Mr. Rosenthal? Tut mir leid, daß ich Sie um diese Uhrzeit störe – Nein, nichts ist passiert – aber Mr. …«

»Corey.«

»Mr. Corey vom FBI ist wieder hier, und er möchte Sie sprechen – Ja, Sir, ich glaube, er weiß, wie spät es ist.«

»Es ist fünf nach eins«, warf ich ein. »Geben Sie mir das Telefon.«

Ich übernahm den Hörer von Peter und sagte zu Mr. Rosenthal: »Ich entschuldige mich aufrichtig, daß ich Sie um diese Uhrzeit anrufe, aber etwas Dringendes hat sich ergeben.«

»*Was* hat sich ergeben?« erwiderte er mit einer Mischung aus Benommenheit und mühsam beherrschtem Unmut.

»Ich muß die Archive sehen. Bringen Sie bitte Ihre Schlüssel mit.«

Einen Moment lang herrschte Schweigen, dann sagte er: »Kann das nicht bis morgen früh warten?«

»Leider nein.« Und zu seiner Beruhigung fügte ich hinzu: »Es geht nicht um illegal beschäftigte Einwanderer.«

Wieder kehrte kurzes Schweigen ein, dann sagte er: »Na schön … ich brauche etwa zwanzig Minuten bis zum Hotel … Ich muß mich erst anziehen …«

»Ich danke Ihnen für Ihr Entgegenkommen«, sagte ich. Ich legte auf und wandte mich an Peter: »Ich könnte eine Cola gebrauchen.«

»Ich kann Ihnen eine von der Bar besorgen«, erwiderte er.

»Danke. Kippen Sie einen Schuß Scotch ins Glas und lassen Sie die Cola weg.«

»Sir?«

»Dewar's, pur.«

»Ja, Sir.«

Er schloß die Tür zur Bar auf und verschwand.

Ich ging zu der Doppeltür, die in die Bibliothek führte, und spähte durch die Glasscheibe. Drinnen war es dunkel, so daß ich nicht viel sehen konnte.

Peter kehrte mit einem Glas Scotch auf einem Tablett zurück. Ich nahm es und sagte: »Schreiben Sie es auf meine Zimmerrechnung.«

»Bleiben Sie heute nacht bei uns?« fragte er.

»Ich habe es vor. Zimmer 203.«

Er ging hinter den Schalter, spielte an seinem Computer herum und sagte: »Sie haben Glück. Es ist nicht belegt.«

Peter kapierte es anscheinend nicht, daher klärte ich ihn auf. »*Sie* haben Glück. Sie müssen niemand rausschmeißen.«

»Ja, Sir.«

Ich ließ den Scotch ein paarmal im Glas kreisen und trank einen Schluck. Nachdem ich fast einen Monat auf dem Trockenen gesessen hatte, schmeckte er wie Jod. Hat diese Zeug schon immer so geschmeckt? Ich stellte ihn am Rande des Schalters ab und fragte Peter: »Wie lange arbeiten Sie schon hier?«

»Das ist mein zweites Jahr.«

»Leihen Sie sich Videokassetten aus der Bibliothek aus?«

»Nein, Sir. In den Zimmern sind keine Videorecorder.«

»Waren Sie schon hier, als es in der Bibliothek Videokassetten gab?«

»Nein, Sir.«

»Okay, wie leihen Sie Bücher an die Gäste aus?«

»Der Gast sucht sich ein Buch aus und trägt sich ein.«

»Schauen wir's uns mal an.« Ich deutete zur Bibliothek, worauf Peter seinen Passepartout nahm, die Doppeltür aufschloß und das Licht einschaltete.

Es war ein großer, mit Mahagoni getäfelter und wie ein Wohnzimmer eingerichteter Raum, dessen Wände von Büchern gesäumt waren.

In der hinteren linken Ecke stand ein Schreibtisch mit einem Telefon, einer Registrierkasse und einem Computer, und hinter dem Schreibtisch befand sich ein Glasschrank mit allerlei Krimskram. Rechts neben dem Schreibtisch stand ein Regal für Zeitschriften und Zeitungen, alles typisch für ein kleines Hotel, das nur begrenzten Platz für Dienstleistungen bot.

Allem Anschein nach gelangte man nur von der Lobby aus in diesen Raum, es sei denn, man stieg durchs Fenster.

Wenn ich Marie Gubitosi recht verstand, hatte Christopher Brock, der Angestellte an der Rezeption, Don Juan nicht mehr gesehen, nachdem er sich angemeldet hatte. Aber vielleicht war seine Holde hiergewesen, um sich eine Zeitung oder irgendeine Kleinigkeit zu kaufen, beziehungsweise weil sie sich ein Buch oder eine Videokassette ausleihen wollte, um sich die Zeit zu vertreiben, bevor sie zum Strand zogen, um der Liebe unter dem Sternenzelt zu frönen.

Ich hätte genauer auf diesen Raum achten sollen, als ich das letzte Mal hier war. Aber selbst große Kriminalisten können bei der ersten Ortsbegehung nicht an alles denken.

»Wo tragen sich die Gäste ein, wenn sie ein Buch ausleihen?« fragte ich ihn.

»In einem Quittungsheft.«

»Das Sie hinter Ihrem Schalter aufbewahren.«

»Ja, damit die Bücher jederzeit zurückgegeben werden können.«

»Lassen Sie das Quittungsheft mal sehen.«

Wir gingen in die Lobby zurück, und Peter holte das Heft hinter seinem Schalter hervor, während ich mir meinen Scotch holte.

»Bewahren Sie diese Hefte auf, wenn Sie voll sind?« fragte ich Peter.

»Ich glaube ja.« Und er fügte hinzu: »Mr. Rosenthal bewahrt sämtliche Unterlagen sieben Jahre auf. Manchmal länger.«

»Gute Praxis.« Ich schlug das Quittungsheft auf, das genauso aussah, wie Roxanne es beschrieben hatte. Ein einfaches Quittungsheft, wie man es in jedem Schreibwarenladen kaufen kann, mit drei Belegen und einem rosa Durchschlagpapier pro Seite. Eine Zeile für das Datum, eine Zeile, in der »Erhalten« stand, ein paar Leerzeilen und eine Zeile für die Unterschrift. Jeder Beleg war mit einer fortlaufenden roten Nummer bedruckt.

Ich nahm mir aufs Geratewohl einen Eintrag vor, in dem stand: »22. August, Erhalten: ›Gold Coast‹«, gefolgt von einer kaum lesbaren Unterschrift und einer Zimmernummer, in diesem Fall 105. Ein handschriftlicher Vermerk lautete: »Zurückgegeben«.

»Müssen die Gäste einen Ausweis vorlegen?« fragte ich Peter.

»Normalerweise nicht. Bei allen anfallenden Unkosten, sei es an der Bar, im Restaurant und so weiter, genügt es, wenn der Name und die Zimmernummer, die man angibt, mit den Eintragungen im Computer übereinstimmen. Das ist in den meisten guten Hotels so üblich«, teilte er mir mit.

»Okay ...« Nachdem ich in den letzten sechs Wochen in einem schlechten Hotel gewohnt hatte, konnte ich das nicht wissen. Ich dachte an Don Juans Holde, die möglicherweise nicht wußte, unter welchem Namen er sich angemeldet hatte. »Und angenommen, sie stimmen nicht überein?« fragte ich Peter.

»Nun ja, manchmal ist das nicht der Fall, weil eine zweite Person in dem Zimmer nicht den gleichen Familiennamen hat wie der gemeldete Gast. Dann genügt es für gewöhnlich, wenn man den Zimmerschlüssel vorzeigt oder einfach den Namen des Gastes nennt, auf den das Zimmer eingetragen ist.«

»Okay, wenn ich meinen Zimmerschlüssel vergessen habe und mich nicht an den Namen der Person erinnern kann, mit der ich schlafe, würden Sie mir dann ein Buch ausleihen?«

Das war Peters Chance, sich zu revanchieren, und er schaute mich eingehend an und sagte: »Nein.«

Ich blätterte das Quittungsheft durch, sah aber keinerlei weitere Hinweise auf die Gäste, von der Unterschrift und der Zimmernummer mal abgesehen. Hier und da stand ein zweiter Name auf dem Beleg, vermutlich der Name des angemeldeten Gastes, wie ich anhand von Peters Auskunft annahm, der nicht mit dem des Ausleihers übereinstimmte.

»War seit meinem letzten Besuch jemand vom FBI hier?« fragte ich Peter.

»Nicht, daß ich wüßte.«

»Okay, tragen Sie mich für Zimmer 203 ein.«

Peter tat das, was er am besten kann, und innerhalb

von fünf Minuten war ich mittels meiner American-Express-Karte, die im Jemen kaum zum Einsatz gekommen war, in Zimmer 203 angemeldet. In der Nachsaison war der Preis auf hundertfünfzig Kröten gesunken, was ziemlich billig war, wenn ich hier fündig wurde, und falls ich belastende Spuren für das OPR hinterließ, eher nicht.

Mr. Rosenthal ließ sich Zeit, und da ich sowohl ein Mann der Tat als auch überaus ungeduldig bin, überlegte ich, ob ich ein paar Türen eintreten sollte, genau wie im Kino. Aber das könnte Peter womöglich unnötig aufregen.

Ich setzte mich in einen Ohrensessel in der Lobby und wartete auf Mr. Rosenthal, der die Schlüssel zu den Archiven hatte, und möglicherweise auch den Schlüssel zu der Tür, die auf kürzestem Weg durch den ganzen Quatsch führte.

36

Mr. Leslie Rosenthal kam in einer legeren Hose samt Sporthemd, aber ohne Walschlips, in die Lobby.

Ich stand auf und sagte: »Guten Abend.«

»Guten Morgen trifft es eher«, erwiderte er und fragte mich: »Sind Sie wieder zu einem weiteren Aktenabgleich hier?«

»So ist es.«

»Um halb zwei Uhr morgens?«

»Das FBI schläft nie, Sir.«

»Ich schon. Ich habe das Gefühl, daß Sie nicht in einem Routineauftrag hier sind«, stellte er fest.

»Was war Ihr erster Anhaltspunkt?«

»Die Uhrzeit zum einen. Was soll das Ganze überhaupt?«

»Das darf ich leider nicht sagen. Haben Sie Ihre Schlüssel mitgebracht?«

»Jawohl. Haben Sie meine fehlenden Akten mitgebracht?«

»Ehrlich gesagt, bin ich im Nahen Osten gewesen, seit wir uns das letzte Mal gesehen haben. Sehen Sie meine Bräune? Möchten Sie meinen Flugschein sehen?«

Er ging nicht darauf ein, sondern fragte mich: »Was wollen Sie denn sehen?«

»Ihre Quittungshefte für den Videoverleih.«

Ich sah, wie er darüber nachdachte. Dann sagte er: »Wir haben den Videoverleih vor drei Jahren aufgelöst und sämtliche Kassetten einem Krankenhaus gespendet.«

»Das ist sehr lobenswert. Aber Sie haben selbstverständlich die Quittungshefte aufbewahrt.«

»Ich glaube, ja. Es sei denn, irgendein Trottel hat sie weggeworfen.«

»Wer außer Ihnen hat denn Schlüssel zum Aktenraum?«

»Niemand.«

»Tja, sehen Sie. Schauen wir uns doch mal da unten um.«

Ich folgte ihm zur Kellertür, die er aufschloß. Er schaltete das Licht ein, dann stiegen wir die Treppe hinab.

Er schloß die Tür zum Archivraum auf und ging sofort in den hinteren Teil, wo eine Reihe Pappkartons auf Metallregalen standen. Jeder Karton war gekennzeichnet und datiert, und innerhalb einer Minute fanden wir den Karton mit der Aufschrift »Videoverleihbelege – Feb. '96 – März '97«.

Ich starrte auf den Karton und fragte Mr. Rosenthal: »Hat das FBI 1996 nach diesen Belegen gefragt?«

»Ich habe ihnen gezeigt, wie die Aktenschränke geordnet sind, und sie dann allein gelassen«, erwiderte er. »Ich weiß nicht, was sie sich sonst noch angeguckt haben.«

Daraufhin holte ich den Karton aus dem Regal und stellte ihn auf den Boden.

»Ich nehme an, Sie glauben, daß dieses Paar eine Videokassette ausgeliehen haben könnte«, sagte Mr. Rosenthal.

Mit einem Mal war jeder ein Kriminalist. »Genau dieser Gedanke kam mir«, erwiderte ich. Ich öffnete den Karton, der voller Quittungshefte war. Wahrhaftig das Werk eines zwanghaft Analfixierten.

Ich holte ein paar Quittungshefte aus dem Karton, stellte fest, daß auf jedem Einband die Anfangs- und Enddaten vermerkt waren, und rechnete fast damit, auf ein fehlendes Heft zu stoßen, ersetzt durch eine Notiz von Liam Griffith, die da lautete: »Leck mich, Corey.«

»Warum heben Sie die auf?« fragte ich ihn.

»Ich habe es mir zum Grundsatz gemacht, sämtliche Unterlagen sieben Jahre lang aufzubewahren«, erwiderte er. »Man kann nie wissen, was die Finanzbehörde oder manchmal auch die Hotelbesitzer sehen möchten.« Er dachte einen Moment lang nach, dann sagte er: »Oder das FBI. Sieben Jahre sind ein sicherer Zeitraum.«

»Sicher dich ab, sag ich immer.«

Ich stieß auf ein Quittungsheft, datiert vom »12. Juni – 25. Juli '96«.

Ich ging unter eine Neonlampe und blätterte die Seiten mit den Videobelegen durch. Meine Hände zitterten sogar ein bißchen, als ich den 17. Juli aufschlug.

Der erste Beleg für diesen Tag befand sich oben auf

der Seite und war auf einen Kevin Mabry, Zimmer 109, ausgestellt. Kevin hatte sich *Zwei Banditen* ausgeliehen. Der nächste Beleg war von Alice Young, Gästecottage 3, unterzeichnet, die sich *Der letzte Tango in Paris* ausgeliehen hatte. Nur zu, Alice. Dann eine nicht entzifferbare Unterschrift von Zimmer 8, das in diesem Gebäude sein mußte und dessen Bewohner *Der Pate* geliehen hatte. Ich blätterte die Seite um und las zwei weitere Einträge und Filmtitel für den 17. Juli, aber die Zimmernummer 203 war nicht dabei. Danach kam der letzte Beleg, ganz unten auf der Seite, der vom 18. Juli stammte, dem Tag darauf.

Ich stand da und starrte auf das offene Quittungsheft.

»Glück gehabt?« fragte Mr. Rosenthal.

Ich ging nicht darauf ein.

Ich blätterte eine Seite zurück und schaute auf die vorgedruckten roten Belegnummern, dann blätterte ich weiter. Drei aufeinanderfolgende Zahlen fehlten.

Ich bog das Heft auseinander und sah, daß eine Seite feinsäuberlich mit einer Rasierklinge herausgetrennt war. »Mistkerle.«

»Wie bitte?«

Ich warf das Heft in den Karton und sagte: »Ich würde gern die Belege für die ausgeliehenen Bücher sehen.«

Mr. Rosenthal holte den entsprechenden Karton, und ich suchte das Quittungsheft für den fraglichen Zeitraum heraus. Ich blätterte die Belege durch und dachte, daß sich Don Juan oder seine Holde vielleicht ein Buch besorgt hatten, aber am 17. Juli 1996 hatte niemand aus Zimmer 203 ein Buch ausgeliehen. Ich ließ das Heft in den Karton fallen und sagte: »Gehen wir.«

Mr. Rosenthal warf einen kurzen Blick zurück auf das Chaos am Boden, als wir zur Tür gingen.

Irgendwo in meinem Hinterkopf – aber nicht zu weit

hinten – war mir klargewesen, daß sich das FBI unmöglich zwei Monate lang in diesem Hotel aufgehalten haben konnte, ohne an die Leihbibliothek zu denken. Ich meine, das waren zwar keine richtigen Detectives, aber ganz hirnlos waren sie auch nicht. *Verdammt.*

Aber immerhin *hatte* ich etwas bewiesen – irgend jemand aus Zimmer 203 hatte sich eine Videokassette geliehen, daher die fehlende Seite. Eine wahrhaft großartige Schlußfolgerung, die zu einem weiteren fehlenden Beweisstück führte. *Mistkerle.*

Mr. Rosenthal wollte gerade die Tür zum Archivraum abschließen, als mir etwas einfiel, das Roxanne gesagt hatte. Ich blieb stehen und sagte zu ihm: »Ich habe gar keine rosa Durchschläge in den Quittungsheften gesehen.«

»Die bekommen die Gäste, wenn das Buch oder die Videokassette zurückgegeben wird.«

»Und wenn sie nicht zurückgegeben werden?«

»Dann bleiben sie im Quittungsheft, bis der Gast abgereist ist und man feststellt, daß die Leihgabe fehlt. Dann wird er zu einer monatlichen Bestandsaufnahme der fehlenden Sachen herangezogen.«

»Okay ... die Gäste aus Zimmer 203 sind also am 17. Juli hier abgestiegen, und am 18. Juli gegen Mittag hat man festgestellt, daß sie abgereist waren, ohne sich abzumelden. Am Morgen des 19. Juli traf das FBI hier ein und erkundigte sich nach einer fehlenden Bettdecke. Etwas später tauchten weitere FBI-Leute auf, die nach den Gästen aus Zimmer 203 fragten. Wäre es möglich, daß irgendeiner Ihrer Mitarbeiter den rosa Beleg aus dem Quittungsheft genommen und darauf vermerkt hat, daß der ausgeliehene Gegenstand fehlt?«

»Die Bibliothekarin wartet immer, ob das Zimmermädchen oder jemand anders die Leihgabe zurückbringt«, erwiderte er. »Wenn nicht, wird der rosa Durchschlag irgendwann am gleichen oder am nächsten Tag an den Buchhalter geschickt, der dem Gast die fehlende Leihgabe in Rechnung stellt oder seine Kreditkarte belastet. Manchmal wird der Gegenstand auch per Post ans Hotel zurückgesandt oder taucht später wieder auf, aber wenn er nach wie vor fehlt oder nicht bezahlt wurde, landet der rosa Durchschlag als absetzbarer Verlust in den Steuerunterlagen.«

»Und danach?«

»Die rosa Durchschläge werden wie alle anderen Steuerunterlagen sieben Jahre lang aufbewahrt.«

»Führen Sie mich hin.«

Mr. Rosenthal führte mich zu einem Schrank mit der Aufschrift »Steuerunterlagen 1996«, suchte einen braunen Umschlag heraus, der mit »Bibliotheksbelege – fehlend, verlorengegangen oder gestohlen« gekennzeichnet war, und reichte ihn mir.

Ich öffnete den Umschlag. In ihm steckte ein Packen rosa Belege, die von einem Gummiband zusammengehalten waren. Ich löste ihn und blätterte die rund zwei Dutzend Belege für fehlende Bücher und Videokassetten durch.

Mr. Rosenthal fragte: »Kann ich Ihnen behilflich –?«

»Nein.« Sie waren nicht streng chronologisch geordnet, deshalb ging ich sie langsam durch. Jeder war mit »Nicht zurückgegeben« gekennzeichnet. Etwa in der Mitte des Packens hielt ich bei einem Beleg vom 17. Juli inne. Die Zimmernummer lautete 203. Der ausgeliehene Gegenstand war eine Videokassette – *Ein Mann und eine Frau*.

Die Unterschrift war krakelig, und die betreffende Person hatte nicht fest genug aufgedrückt, so daß der Abdruck auf dem Durchschlag nur undeutlich zu erkennen war.

In unterschiedlicher Handschrift waren in Druckbuchstaben »Nicht zurückgegeben« und der Name Reynolds vermerkt, was nach Aussage von Marie Gubitosi der Name war, den Don Juan bei der Anmeldung angegeben hatte.

Ich fragte Mr. Rosenthal danach, worauf er erwiderte: »Offenbar hatte die Person, die die Videokassette auslieh, keinen Zimmerschlüssel dabei, deshalb hat die Bibliothekarin in ihrem Computer nachgesehen und festgestellt, daß der auf dem Beleg angegebene Name nicht mit dem Namen des Gastes in Zimmer 203 übereinstimmte. Sie erkundigte sich bei der Person, die die Videokassette ausleihen wollte, und diese Person nannte daraufhin den Namen des angemeldeten Gastes, der wiederum mit dem Namen auf dem Computer übereinstimmte.«

»Richtig.« Dann wußte die Frau also, welchen Namen Don Juan an diesem Tag benutzte, folglich hatten sie so was offenbar schon vorher gemacht, was möglicherweise hieß, daß es sich nicht um ein einmaliges Techtelmechtel handelte.

Ich schaute wieder auf die Unterschrift, aber das Licht war nicht gut, doch die Handschrift wirkte weiblich. »Gehen wir nach oben«, sagte ich.

Wir verließen den Archivraum, und wieder warf Mr. Rosenthal einen verstohlenen Blick auf die Unordnung, die ich hinterlassen hatte.

Oben in der Lobby legte ich den rosa Durchschlag unter die helle Schreibtischlampe an der Rezeption und fragte Peter: »Haben Sie ein Vergrößerungsglas?«

Er holte eine viereckige Lupe unter dem Schalter hervor, und ich musterte den schwachen Abdruck der Unterschrift. *Jill Winslow.* Ich schaute ihn mir ganz genau an, konzentrierte mich auf jeden einzelnen Buchstaben. *Jill Winslow.*

Peter versuchte einen verstohlenen Blick auf den rosa Durchschlag zu werfen, deshalb steckte ich ihn mitsamt der Lupe in meine Hosentasche. Ich winkte Mr. Rosenthal zur Bibliothek, und wir betraten den dunklen Raum. »Da Sie sich mit so was auskennen und, wie ich vermute, seit vielen Jahren im Hotelgewerbe tätig sind – glauben Sie, daß der weibliche Gast aus Zimmer 203 den Bibliotheksbeleg für ein Video mit seinem richtigen Namen unterschrieben haben könnte?«

Er dachte einen Moment lang darüber nach und erwiderte dann: »Ich glaube, ja.«

»Warum glauben Sie das?«

»Nun ja ... das ist genauso wie an der Bar, im Restaurant oder am Verkaufsstand ... Man wird gebeten, seinen Namen und seine Zimmernummer anzugeben, und man unterschreibt wahrheitsgemäß, weil das Personal sofort im Computer nachsehen könnte, während man noch da ist – oder man wird möglicherweise gebeten, seinen Zimmerschlüssel vorzuzeigen oder sogar den Führerschein.« Und er fügte hinzu: »Außerdem unterschreibt man unwillkürlich mit seinem richtigen Namen, wenn man darum gebeten wird.«

»Es sei denn, man ist inkognito unterwegs. Sie wissen schon, wenn man eine Affäre hat. Der Typ hat sich auch nicht unter seinem richtigen Namen angemeldet.«

»Ja, aber das ist etwas anderes. Eine Unterschrift für ein Buch oder eine Videokassette zu leisten, ist mehr oder weniger belanglos. Da gibt man lieber seinen richtigen Namen und die Zimmernummer an, statt Gefahr zu laufen, daß man sich in eine peinliche Situation bringt.«

»Ihre Denkweise gefällt mir, Mr. Rosenthal.«

»Das ist ziemlich beängstigend.«

Mr. Rosenthal hatte einen trockenen, beinahe sarkastischen Humor. Ich hole immer das Beste aus den Leuten raus.

Ich verließ die Bibliothek, und Mr. Rosenthal folgte mir.

»Brauchen Sie diesen Beleg?« fragte er mich.

»Ja.«

Er machte einen kleinen Witz und sagte: »Dann brauche ich einen Beleg für den Beleg.«

Ich kicherte höflich und sagte: »Setzen Sie ihn auf meine Zimmerrechnung.«

Wir waren jetzt an der Rezeption, und er fragte mich: »Bleiben Sie heute nacht bei uns, Mr. Corey?«

»Ganz recht. Ich habe einen guten Nebensaisonpreis bekommen.«

»Welches Zimmer haben Sie Mr. Corey gegeben?« fragte Mr. Rosenthal Peter.

»Zimmer 203.«

»Natürlich.« Mr. Rosenthal fragte mich: »Meinen Sie, das Zimmer spricht zu Ihnen?«

»Das hat es schon getan«, erwiderte ich. Und zu Peter sagte ich: »Sie müssen mich um sieben Uhr wecken.«

Peter notierte es sich in seinem Buch und fragte: »Brauchen Sie irgendwelche Hilfe beim Gepäck oder eine Wegbeschreibung zum Moneybogue Bay Pavillion?«

»Nein. Danke für Ihre Hilfe, meine Herren.«

Ich verließ die Lobby und trat hinaus in die kühle, neblige Nacht.

Ich stieg in meinen Mietwagen, fuhr zum Parkplatz des Moneybogue Bay Pavillion, nahm meine Reisetasche, stieg die Treppe hinauf und betrat Zimmer 203.

Eine Stimme in meinem Kopf, aber vielleicht auch im Zimmer, sagte *Heureka!*

37

Ich setzte mich an den Schreibtisch und schaltete die Lampe an. Dann legte ich den rosa Beleg auf die Tischplatte und schaute ihn mir unter der Lupe an.

Die Handschrift, mit der »Ein Mann und eine Frau« eingetragen war, stammte eindeutig von einer Frau, und Datum, Zimmernummer und Unterschrift stammten von der gleichen Hand. Jemand anders, vermutlich die Bibliothekarin, hatte »Reynolds« und »Nicht zurückgegeben« hinzugeschrieben.

Ich habe am John Jay College mal einen Kursus über Handschriftenuntersuchung belegt, bei dem ich allerhand gelernt hatte. Leider konnte mich nicht mehr an allzuviel erinnern. Aber ich wußte noch, daß man deutlich unterscheiden kann, ob jemand mit seinem richtigen Namen unterschreibt, sich einen Namen ausdenkt oder eine falsche Unterschrift leistet. Diese Unterschrift wirkte echt. Vielleicht, weil ich wollte, daß sie echt war. Vielleicht reimte ich mir das nur zusammen.

Ich stand auf, schaltete sämtliche Lampen an und ging zum Wandschrank. Unter dem Fernseher befand sich ein leeres Regal, und jetzt, im Lampenschein, bemerkte ich, daß auf dem Regalbrett vier kleine Kreise waren – genaugenommen Verfärbungen auf dem weiß lackierten Holz. Sie waren etwa groschengroß und bildeten ein Rechteck.

Offensichtlich hatte hier bis vor etwa drei Jahren der Videorecorder mit seinen Gummifüßen gestanden.

Es war nicht unbedingt eine großartige Entdeckung, aber ich habe immer ein gutes Gefühl, wenn ich mich von etwas überzeugen kann, das mir jemand erzählt hat.

Ich setzte mich wieder an den kleinen Schreibtisch und wählte die Handynummer von Dom Fanelli. Ich hatte keine Ahnung, wo er um diese Uhrzeit war, aber das Gute an Handys ist, daß es keine Rolle spielt.

»Hallo?« meldete er sich.

Ich hörte laute Musik im Hintergrund. »Dein Partner ist dran.«

»Hey, Compare! Was soll dieser Scheiß von wegen Bayview Hotel auf meiner Anrufkennung? Was, zum Teufel, machst du dort?«

»Ich bin im Urlaub. Wo bist du?«

»Mein Telefon hat vibriert, und ich dachte, es wäre Sally. Sarah. Wer auch immer. Sarah, sag hallo zu –«

»Dom, ich kann dich kaum hören.«

»Moment.« Kurz darauf sagte er: »Ich bin draußen. Ich habe einen Mordverdächtigen verfolgt, der in diesen Club an der Varick Street gegangen ist. Das ist ein harter Job. Was gibt's?«

»Du mußt mir mit einem Namen weiterhelfen.«

»Schon wieder. Was ist mit den Namen, die ich für dich ausgecheckt habe? Bist du in Philadelphia gewesen?«

»War ich. Was ich jetzt brauche –«

»Du bist jetzt in Westhampton Beach. Warum gehst du nicht heim?«

»Warum gehst *du* nicht heim? Okay, der Name lautet –«

»Ich habe dein Apartment aufgeräumt. Die Putzfrau kommt morgen. Freitags, richtig?«

»Wenn sie nicht stirbt. Hör zu – Jill Winslow.« Ich buchstabierte es. »Meiner Meinung nach ist sie etwa Mitte dreißig, Anfang vierzig –«

»Das grenzt die Sache etwas ein.«

»Ich weiß nichts Näheres über sie, aber sie ist an einem Werktag im Sommer 1996 mit einem Typ hier abgestiegen, mit dem sie vermutlich ins Heu gehen wollte – am 17. Juli 1996 genauer gesagt.«

»Das Datum kommt mir bekannt vor.«

»Yeah. Der Typ hat einen falschen Namen angegeben, folglich ist er vermutlich verheiratet, und sie möglicherweise auch, aber vielleicht auch nicht. Aber ich glaube, sie ist –«

»Verheiratete Frauen sind am ungefährlichsten, wenn man verheiratet ist.«

»Das behauptet deine Frau auch von ihren Freunden. Okay, ich glaube, sie wohnt auf Long Island, aber vielleicht auch in Manhattan. Wie weit würdest du denn für eine Liebesnacht fahren?«

»Ich bin mal zum Vögeln nach Seattle gefahren. Aber da war ich neunzehn. Was ist bei dir die weiteste Strecke, die du zum Vögeln gefahren bist?«

»Nach Toronto. Okay, also –«

»Was ist mit der FBI-Braut in Washington? Was ist weiter? Toronto oder D.C.?«

»Völlig egal. Mit Seattle hast du eh gewonnen. Okay, *hör zu*. Erstens, frag bei der Verkehrszulassungsstelle nach – es geht um einen braunen Ford Explorer, mindestens fünf Jahre alt, aber möglicherweise ist es seiner, nicht ihrer, und er könnte mittlerweile verkauft worden sein. Danach zapfst du ChoicePoint und LexisNexis an und suchst nach Grundbucheintragungen, Scheidungsunterlagen und dergleichen mehr. Ich glaube, sie wohnt in einer nobleren Gegend auf Long Island, deshalb solltest du dich bei der Long Island Power Authority nach Stromrechnungen für eine Familie Winslow erkundigen. Aber sie könnte auch in Manhattan wohnen, check also auch bei Con ed nach. Du nimmst dir selbstverständlich das Telefonbuch vor, aber vermutlich sind sie nicht eingetragen. Und denk dran, daß dieses ganze Zeug möglicherweise nicht auf *ihren* Namen läuft, sondern auf ihren Mann, also –«

»Da haben wir's. Jill Winslow, Maple Lane Nummer 8, Locust Valley, Long Island, New York, 1996er Ford Explorer, braun, Name des Ehemannes Roger. Ist bloß ein Witz. Du solltest auch mal ein bißchen mit deinem Computer rumspielen. Ich muß ein paar Mordfälle aufklären.«

»Das ist womöglich der größte Mordfall, bei dessen Aufklärung du jemals mitgeholfen hast.«

Einen Moment lang herrschte Schweigen, dann sagte Dom Fanelli: »Verstehe.«

»Gut. Und check auch die Sterberegister ab.«

»Meinst du, sie ist tot? Hat man sie etwa kaltgemacht?«

»Hoffentlich nicht.«

»Worauf bist du gestoßen? Sag's mir, falls du umgebracht wirst.«

»Ich hinterlasse dir eine Notiz.«

»Keine Witze, John –«

»Ruf mich morgen unter dieser Nummer an. Zimmer 203. Hinterlaß eine Nachricht, falls ich nicht da bin. Du bist Mr. Verdi.«

Er lachte und sagte: »Hey, ich habe noch nie jemanden so leiden sehen wie dich in der Oper.«

»Quatsch. Ich bin hin und weg, wenn die fette Frau

am Schluß von *La Traviata* losquäkt. Wir sprechen uns morgen.«

»Ciao.«

Ich legte auf, zog mich aus und warf meine Klamotten halbwegs ordentlich auf einen Sessel. Dann nahm ich meine Reisetasche und ging ins Bad.

Ich rasierte mich, putzte mir die Zähne und ging unter die Dusche.

Liam Griffith, Ted Nash und wer sonst noch dabeigewesen war, hatten also das Heft mit den Videobelegen entdeckt und eine Seite herausgetrennt. Aber sie hatten den Durchschlag vergessen. Wie dumm ist so was?

Na ja, wir alle machen Fehler. Selbst ich mache hin und wieder einen.

Weit wichtiger aber war, ob Jill Winslow ihr richtiger Name war und ob sie sie gefunden hatten? Ich glaube, ja, sowohl was das eine, als auch das andere anging. Was wiederum hieß, daß sie über sie auch Don Juan gefunden hatten. Oder sie hatten Don Juan anhand seiner Fingerabdrücke zuerst gefunden. Auf jeden Fall hatten sie beide ausfindig gemacht.

Ich konnte mir lebhaft vorstellen wie Nash und/oder Griffith mit ihnen redeten, sich nach einer Videoaufnahme am Strand und ihrer Beziehung zueinander erkundigten.

Was könnte bei diesem Gespräch herausgekommen sein? Es gab drei Möglichkeiten: Erstens, das Pärchen hatte die Explosion von TWA 800 gar nicht aufgenommen; zweitens, sie hatten sie gefilmt, aber das Video vernichtet; drittens, sie hatten die Explosion aufgenommen und das Video aufbewahrt, das sie Nash, Griffith und Konsorten übergaben, wenn die ihnen ihrerseits versprachen, ihre Affäre geheimzuhalten – immer vorausgesetzt, daß die beiden verheiratet waren und es auch bleiben wollten.

Auf jeden Fall hatte dieses Paar eine ganze Zeitlang am Lügendetektor zugebracht, als sie diese Fragen beantworteten.

Ich hatte keinerlei Zweifel, daß ich oder Dom Fanelli Jill Winslow ausfindig machen würden, wenn sie noch lebte.

Und ich würde mit ihr sprechen, und sie würde mir alles erzählen, was sie vor fünf Jahren auch dem FBI erzählt hatte, weil ich ein FBI-Mann war, der ein paar Nachforschungen anstellte.

Aber damit kam ich nicht an das Video ran, selbst wenn es jemals eins gegeben hatte.

Folglich war das ebenfalls eine Sackgasse, aber ich würde zumindest die Wahrheit über dieses Video erfahren, und vielleicht konnte ich mich mit dieser Erkenntnis an eine höhere Instanz wenden. Vielleicht verschwand ich auch einfach.

Mir ging noch ein Gedanke durch den Kopf, und dabei ging es um *Ein Mann und eine Frau.* Warum hatte Jill Winslow – oder vielleicht auch Don Juan – diese Kassette mitgehen lassen? Wenn man überstürzt aufbricht, den Schlüssel im Zimmer hinterläßt und sich nicht einmal an der Rezeption abmeldet, warum sollte man dann eine Videokassette in die Handtasche oder ins Reisegepäck stekken?

Ich dachte darüber nach, und mir fiel etwas ein, das mir Roxanne gesagt hatte, und ich meinte zu wissen, warum Don Juan oder Jill Winslow diese Videokassette mitgenommen hatten. Wenn ich mit Jill Winslow sprach, wollte ich sie fragen, ob ich recht hatte.

38

Peter rief mich um sieben Uhr morgens an, und ich meinte, einen boshaften Unterton feststellen zu können, als er die Zeit ansagte.

Ich wälzte mich aus dem Bett und tastete unwillkürlich unter dem Kopfkissen nach meiner Glock, aber dann fiel mir ein, daß wir vorübergehend voneinander getrennt waren.

Ich duschte, zog mich an und ging zum Frühstücken ins Hauptgebäude.

Peter begrüßte mich mit einem verhaltenen »Guten Morgen«, und ich ging ins Restaurant. Es war Samstag morgen, und am Vorabend waren möglicherweise ein paar Wochenendgäste eingetroffen, aber die Lounge war so gut wie leer.

Die Bedienung brachte mir einen Kaffee und die Frühstückskarte. Da ich vierzig Tage in einem islamischen Land zugebracht hatte, litt ich unter Schweinefleischentzug, und so bestellte ich mir Speck, Schinken und dazu einen Extraschlag Bratensoße.

»Atkins?« fragte die Bedienung.

»Nein, Katholik«, erwiderte ich.

Nach dem Frühstück ging ich in die Bibliothek. Ein paar Leute saßen in den Clubsesseln am Fenster, genossen den Sonnenschein und lasen Zeitungen und Zeitschriften.

Ich suchte die Regale ab und stieß auf ein Buch von Stephen King mit dem Titel *Sara*. Ich ging zu dem Tisch im hinteren Teil des Raums und sagte zu der Bibliothekarin bzw. Krimskramsverkäuferin: »Ich möchte dieses Buch ausleihen.«

Sie lächelte und sagte: »Das hält Sie die ganze Nacht lang wach.«

»Das ist gut. Ich habe nämlich Durchfall.«

Sie schob mir das Quittungsheft zu und sagte: »Füllen Sie das bitte aus.«

Ich trug das Datum, den Titel des Buches sowie Zimmernummer 203 ein und unterschrieb den Beleg mit »Giuseppe Verdi«.

»Haben Sie einen Zimmerschlüssel dabei?« sagte die gute Frau.

»Nein, Ma'am.«

Sie gab Zimmernummer 203 in ihren Computer ein und sagte: »Soweit ich das ersehen kann, ist ein anderer Gast in diesem Zimmer gemeldet.«

»Das ist mein Freund. John Corey.«

»Äh ... okay ...« Sie schrieb ›Corey‹ auf den Beleg und sagte: »Vielen Dank, Mr. Verdi. Viel Spaß mit dem Buch. Geben Sie es zurück, bevor Sie ausziehen.«

»Krieg ich einen Beleg?«

»Sie bekommen den rosa Durchschlag, wenn Sie das Buch zurückgeben. Aber Sie können das Buch auch in Ihrem Zimmer hinterlassen, wenn Sie ausziehen, falls Sie keinen Rückgabebeleg benötigen.«

»Okay. Kann ich das Buch auch kaufen, wenn es mir gefällt?«

»Nein, tut mir leid.«

Ich ging nach oben, zu den Büroräumen des Hotels, und entdeckte Susan Corva, Mr. Rosenthals Assistentin. Sie erinnerte sich anscheinend an mich und schenkte mir ein verkniffenes Lächeln. »Guten Morgen«, sagte ich. »Ist Mr. Rosenthal da?«

»Für gewöhnlich ist er sonnabends da«, erwiderte sie, »aber heute morgen kommt er etwas später.«

»Vermutlich hat er verschlafen«, sagte ich. »Darf ich einen Ihrer Computer benutzen?«

Sie deutete auf einen freien Schreibtisch.

Ich checkte meine E-Mail, die ein paar belanglose Mitteilungen enthielt, dazu eine Nachricht von Kate, die da lautete: »Ich habe versucht, dich daheim zu erreichen. Sag mir bitte Bescheid, ob du heil angekommen bist. Ich komme am Montag heim :) Gleiche Fluginfo. Ich nehme mir am Flughafen ein Taxi. Du *fehlst* mir :(, und ich kann es kaum erwarten, dich wiederzusehen. Alles Liebe, Kate.«

Ich lächelte. :)

Ich tippte meinerseits: »Liebe Kate – bin wohlbehalten angekommen. Ich bin zur Zeit nicht daheim. Mache ein paar Tage Fronturlaub am Strand.«

Ich dachte einen Moment lang nach. Mit diesem Schmus tu ich mich immer schwer, daher hielt ich mich einfach an ihre Vorgabe und tippte: »*Du* fehlst mir :(, und ich kann's kaum abwarten, *dich* wiederzusehen :) Ich seh zu, daß ich dich am Flughafen abhole. Alles Liebe, John.«

Ich schickte den Text in den Cyberspace, bedankte mich bei Susan und verließ das Büro. Unten fragte ich Peter, wo er sich die Haare stylen ließ, und er nannte mir einen Salon in Westhampton Beach.

Ich fuhr in die Ortschaft, fand Peters Friseursalon und ließ mir den ersten anständigen Haarschnitt seit mehr als einem Monat verpassen. »Kennen Sie Peter?« fragte ich Tiffany, die junge Frau, die mir die Haare schnitt. »Den Rezeptionisten im Bayview Hotel?«

»Klar. Der hat tolle Haare.« Und sie fügte hinzu. »Tolle Haut ebenfalls.«

»Was ist mit mir?«

»Sie haben eine hübsche Bräune.«

»Ich war im Jemen.«

»Wo is'n das?«

»Auf der arabischen Halbinsel.«

»Ehrlich? Wo is 'n das?«

»Weiß ich nicht genau.«

»Im Urlaub?«

»Nein. Ich war in einem gefährlichen und streng geheimen Einsatz im Auftrag der Regierung dort.«

»Ehrlich? Möchten Sie ein bißchen Haarspray?«

»Nein, danke.«

Ich bezahlte Tiffany und erkundigte mich, wo ich mir eine Badehose kaufen könnte. Sie verwies mich an ein Sportartikelgeschäft, eine Querstraße weiter.

Ich ging zu dem Laden und kaufte mir eine weite, grüne Badehose, ein schwarzes T-Shirt und Strandsandalen. Trés Hamptons.

Anschließend fuhr ich zum Hotel zurück und ging in die Lobby, um mich zu erkundigen, ob irgendwelche Nachrichten für mich eingetroffen waren, und weil ich feststellen wollte, ob Peter meine neue Friseur auffiel, aber der war nicht im Dienst. Für mich lag keine Nachricht vor, daher ging ich in mein Zimmer und zog meine neuen Badesachen an, und ich dachte sogar daran, die Preisschilder abzuschneiden.

Ich hörte die Mitteilungen auf meinem Handy ab, aber niemand hatte angerufen, und mein Pieper war nach wie vor nicht geladen.

Ich dachte an Roxanne und ließ ein paar Dollar für die Putzfrau da, dann verließ ich mein Zimmer.

Ich fuhr zum Cupsogue Beach County Park, stellte mein Auto am Parkplatz ab und lief zum Strand. Es war ein warmer, strahlender Sonnentag, an dem ein sanfter Wind wehte.

Ich verbrachte den Vormittag mit Schwimmen, bekam ein paar Septembersonnenstrahlen ab, rannte barfuß am Strand entlang und summte die Filmmusik von *Die Stunde des Siegers*.

Bis Mittag waren ein paar Leute am Strand, hauptsächlich Familien, die das möglicherweise letzte schöne Wochenende des ausklingenden Sommers genossen.

Ich war so gut in Form wie seit Jahren nicht mehr und nahm mir vor, auch so zu bleiben, damit Kate meine goldene Bräune und meinen Surferknabenkörper bewundern konnte, wenn sie heimkam. Ich fragte mich, ob sie in Daressalam in Topform geblieben war. Ich konnte nur hoffen, daß ich nicht irgend so was Ähnliches wie »Du hast ein bißchen zugelegt, meine Süße« sagen mußte.

Vermutlich sollte ich das nicht sagen, bis wir miteinander geschlafen hatten.

Ich rannte zur Westspitze des Parks, wo die Meerenge diese Wallinsel von Fire Island trennt, auf der sich der Smith Point County Park befindet, in dem die Gedenkfeier stattgefunden hatte. Durch diese Meerenge war Captain Spruck am Abend des 17. Juli 1996 hinaus auf den Ozean gesegelt und hatte etwas gesehen, das ihm seither zu schaffen machte.

Es war einer dieser goldenen Sommertage, an denen man über den Lauf der Jahreszeiten nachdenkt, aber auch über den ewigen Kreislauf von Leben und Tod, darüber, was wir auf diesem Planeten machen und warum wir es machen.

Seltsame Vögel kreisten am Himmel, stürzten sich auf nichts Böses ahnende Fische herab, die im nächsten Augenblick dem Meer entrissen und in einen Vogelmagen befördert wurden.

Da draußen, auf dem Ozean, hatten 230 Menschen eine

Reise nach Paris angetreten, waren aber plötzlich fünftausend Meter durch den Nachthimmel ins Meer gestürzt. Einfach so.

Man kann eine Gesellschaft anhand ihrer Reaktion auf einen vorzeitigen Tod beurteilen – sei es durch Unfall oder durch Mord –, und die Gesellschaft, in der wir lebten, wandte viel Zeit, Geld und Mühe auf, um Unfälle und Morde zu untersuchen. Es war ein wesentlicher Bestandteil unserer Kultur, daß kein Mord unbestraft blieb und kein Unfall als unvermeidlich hingenommen wurde.

Und doch hatte man auch fünf Jahre, nachdem TWA 800 mitten in der Luft explodiert war – offenbar und nach offizieller Darstellung infolge eines Zündfunkens im mittleren Treibstofftank –, nicht viel unternommen, um diese potentielle Gefahrenquelle auszuschalten.

Was hieß das? Es hieß möglicherweise, daß die andere Theorie – eine Rakete – nach wie vor das Denken und die Entscheidungsprozesse einiger Menschen beeinflußte.

Als mehrere Jahre vergingen und kein einziges ähnliches Problem mehr auftrat – auch ohne daß man Änderungen an den Treibstofftanks vornahm –, wurde die offizielle Schlußfolgerung noch ein bißchen zweifelhafter.

Ich joggte am Strand entlang, wandte mich dann in Richtung Inland, rannte ein paar Dünen rauf und runter und hoffte, die Schwanzflosse einer kinetischen Rakete zu entdecken, die aus dem Sand ragte, aber soviel Glück hatte ich nicht.

Ich stieß auf die kleine geschützte Senke zwischen den Dünen, in der Don Juan und seine Holde, die mittlerweile Jill Winslow hieß, eine Decke ausgebreitet und eine zärtliche und vermutlich von Rechts wegen nicht ganz statthafte Stunde am Strand verbracht hatten. Ich fragte mich, ob sie die Sache, die hier passiert war, nach wie vor verfolgte.

Ich zog mein T-Shirt aus und legte mich an der Stelle hin, an der sie vermutlich gelegen hatten, benutzte das T-Shirt als Kissen und schlief im warmen Sand.

Ich hatte einen erotischen Traum, in dem ich in einer Oase in der jemenitischen Wüste war, und mein Harem bestand aus Kate, Marie, Roxanne und Jill Winslow, die einen Schleier trug, so daß ich ihr Gesicht nicht sehen konnte. Es war kein sonderlich ausgefallener Traum, daher gab es auch nicht viel zu analysieren, von dem Teil vielleicht mal abgesehen, als Ted Nash auf einem Kamel auftauchte.

Als ich wieder im Hotel war, blinkte das Mitteilungslämpchen an meinem Telefon, und ich rief die Rezeption an. »Mr. Verdi hat angerufen«, sagte der Angestellte zu mir. »Er hat um einen Rückruf gebeten. Er hat keine Nummer hinterlassen.«

»Danke.«

Ich rief vom Zimmertelefon aus Dom Fanellis Handy an.

Er meldete sich, worauf ich sagte: »Mr. Corey meldet sich auf Mr. Verdis Anruf hin.«

»Hey, Giovanni, hast du meine Nachricht erhalten?«

»Jawohl. Wie ist es dir ergangen?«

»Ich habe deinetwegen den ganzen Tag am Computer gehockt. Es ist Sonnabend. Ich möchte ein paar schöne Stunden mit meiner Frau verbringen.«

»Sag Mary, es ist meine Schuld.«

»Kein Problem. Außerdem ist sie mit ihrer Schwester nach Jersey gefahren. Zu einem Factory Outlet. Bist du schon mal in so ’nem Laden gewesen? Mama mia! Die

Bräute ziehen sich praktisch auf den Gängen um. Je mehr du da ausgibst, desto mehr sparst du. Falsch. Je mehr du ausgibst, desto mehr gibst du aus. Richtig?«

»Richtig.« Inzwischen war mir klar, daß er einen Treffer gelandet hatte.

»Jedenfalls«, sagte er, »habe ich ein paar Winslows für dich ausfindig gemacht, und ich glaube, ich habe die Sache auf eine Jill Winslow eingegrenzt, die passen könnte. Willst du's wissen?«

»Klar.«

»Erst sagst du mir aber, worum es geht.«

»Dom, ich kann mir den gleichen Scheiß besorgen, den du grade rausgekriegt hast. Du willst etwas wissen, was du lieber nicht wissen solltest. Vertrau mir.«

»Ich will's aber wissen. Mir geht's auch nicht um ein Tauschgeschäft – ich verrate dir sowieso alles, was ich rausgefunden habe –, ich will bloß wissen, weswegen du dir den Kopf zermarterst und dein Leben verhunzt.«

»Ich kann am Telefon nicht darüber reden. Aber ich sag's dir morgen, persönlich.«

»Was ist, wenn du vorher umgebracht wirst?«

»Ich hinterlasse dir eine Nachricht. Komm schon, ich habe nicht viel Zeit.«

»Okay, hier ist die einzige Jill Winslow, die vom Alter und vom Wohnort her paßt. Bereit?«

»Bereit.«

»Jill Penelope Winslow, verheiratet mit Mark Randall Winslow – woher nehmen diese hochwohlgeborenen Angelsachsen bloß diese Namen? Sie ist neununddreißig Jahre alt, offenbar nicht berufstätig. Er ist fünfundvierzig, Investmentbanker bei Morgan Stanley, arbeitet in Manhattan. Sie wohnen an der Quail Hollow Lane Nummer 12, Old Brookville, Long Island, New York. Kein weiterer Grundbesitz. Laut Verkehrszulassungsstelle haben sie drei Autos – ein Lexus SUV, eine Mercedeslimousine und einen BMW Z3. Willst du Näheres wissen?«

»Ja.« Er nannte mir die Modelle, die Farbe und die Kennzeichen, und ich schrieb mir alles auf.

»Der BMW ist auf ihren Namen zugelassen«, sagte er.

»Okay.«

»Was die Telefonnummern angeht, habe ich verschiedene Quellen ausprobiert«, fuhr er fort, »hatte aber kein Glück. Vermutlich kann ich dir bis Montag eine Nummer besorgen. Ich habe zivil- und strafrechtlich nachgecheckt, aber sie sind sauber. Keine Jill Penelope Winslow im Scheidungs- oder Sterberegister, aber deine Jill Winslow und diejenige, auf die ich mich konzentriert habe, sind möglicherweise nicht die gleiche Person. Daher kann ich ohne Mädchenname, Geburtsdatum oder Sozialversicherungsnummer –«

»Ich weiß, wie das geht. Danke.«

»Bloß damit du's weißt. Ich habe mich am Sonntag morgen trotz eines leichten Katers schwer dahintergeklemmt. Du hättest letzte Nacht in dem Club sein sollen. Dieses Schätzchen, Sally –«

»Sarah. Okay, tu mir einen Gefallen und schick mir per E-Mail die anderen Winslows, die in Frage kommen könnten. Ich ziehe hier aus und bin heute nicht per Handy zu erreichen, aber du kannst eine Nachricht hinterlassen. Ich müßte heute abend wieder in meinem Apartment sein.«

»Ich habe eine Flasche Sekt für dich und Kate dagelassen.«

»Das ist sehr aufmerksam.«

»Genaugenommen ist es ein halber Karton, den ich nicht gebraucht habe. Wann kommt sie heim?«

»Am Montag.«

»Klasse. Du mußt doch inzwischen schon fast blind sein.« Er lachte.

»Okay, ich muß los.«

»Fährst du nach Old Brookville?«

»Yeah.«

»Sag mir Bescheid, ob ich die richtige Jill Winslow hatte. Okay?«

»Du bist der erste, der es erfährt, gleich nach mir.«

»Yeah. Bist du dicht dran?«

»Ich glaube, ja.«

»Die letzten zehn Meter sind die Pest.«

»Ich weiß, Ciao.«

»Ciao.«

Ich legte auf, ging unter die Dusche und wusch das Salz ab. Als ich mich abtrocknete, klingelte das Telefon. Nur ein Mensch auf der Welt wußte, wo ich war, und mit dem hatte ich gerade gesprochen, folglich mußte es jemand vom Hotel sein. Ich nahm den Hörer ab und sagte »Hallo«.

»Mr. Corey?« sagte eine Frauenstimme.

»Ich bin gerade am Ausziehen«, sagte ich. »Machen Sie meine Rechnung fertig.«

»Ich bin nicht vom Hotel«, sagte sie. »Ich möchte mit Ihnen sprechen.«

Ich ließ mein Handtuch fallen und fragte: »Worüber?«

»Über TWA 800.«

»Was ist mit TWA 800?«

»Ich kann am Telefon nicht sprechen. Können wir uns treffen?«

»Nein, es sei denn, Sie verraten mir, worum es geht und wer Sie sind.«

»Ich kann am Telefon nicht sprechen. Können wir uns

heute abend treffen? Ich habe das, was Sie meiner Meinung nach suchen.«

»Was suche ich denn?«

»Auskünfte. Vielleicht auch eine Videokassette.«

Ich antwortete ein paar Sekunden lang nicht, dann sagte ich: »Ich habe alles, was ich brauche. Aber trotzdem danke.«

Sie ging nicht darauf ein, was ich schon vorher gewußt hatte, sondern sagte: »Heute abend um acht, im Cupsogue Beach County Park, bei der Meerenge. Ich rufe nicht noch mal an.« Sie legte auf.

Ich versuchte es mit der Rückruftaste. Eine Bandaufnahme teilte mir mit, daß die Nummer, die ich erreichen wollte, auf diese Weise nicht angewählt werden könnte.

Ich schaute auf die Uhr am Nachtkästchen – 15:18. Nicht genügend Zeit, um nach Old Brookville und wieder zurück zum Cupsogue Beach zu fahren.

Besser gesagt, warum sollte ich mich mit jemandem nach Einbruch der Dunkelheit an einem einsamen Ort treffen? Wenn es sein muß, muß es sein, aber dann *muß* man mit Mikro und Sender ausgestattet sein, einen Unterstützungstrupp haben und dran denken, daß man seine Knarre mitnimmt.

In diesem Fall jedoch waren das müßige Überlegungen, da ich auf eigene Faust handelte, und meine Glock war im Diplomatengepäck irgendwo zwischen dem Jemen und New York.

Und es war auch belanglos, weil ich *nicht* vorhatte, zu diesem Treffen zu gehen.

39

Ich überlegte es mir anders.

Bei heimlichen Treffen gilt Folgendes: Sei immer eine Stunde vorher da und begebe dich niemals auf direktem Weg dorthin. Statt also meinen Wagen um sieben Uhr abends am Cupsogue Beach County Park abzustellen, fuhr ich über die Dune Road und entdeckte zwischen zwei Häusern einen Zugang zum Strand.

Mit Badehose und schwarzem T-Shirt bekleidet, lief ich barfuß am Ozean entlang. Ein Schild am Strand wies mich darauf hin, daß ich die Parkanlage betrat.

Sonnenuntergang war um 19.17 Uhr, und die Sonne war jetzt halb im Meer versunken. Das Wasser funkelte rot und golden.

Die wenigen verbliebenen Menschen am Strand packten ihre Sachen zusammen und kehrten zu ihren Autos zurück.

Als ich die Meerenge an der äußersten Spitze der Wallinsel sehen konnte, war ich die einzige Person am Strand, von einem Parkwächter in einem Geländewagen einmal abgesehen, der mit einem Megaphon am Strand entlang patrouillierte und bekanntgab, daß der Park geschlossen sei.

Er fuhr an mir vorbei und rief: »Der Park ist geschlossen. Bitte verlassen Sie den Park.«

Ich wandte mich landeinwärts und stieg auf eine Düne. Von oben konnte ich den Naturpfad sehen, der sich zwischen den Dünen hinzog. Zwei Leute, die Strandausrüstung schleppten, trotteten in Richtung Parkplatz. Es war Viertel nach sieben. Ich hatte noch fünfundvierzig Minuten Zeit, um zur Vernunft zu kommen. Eigentlich hatte ich schon fünfundvierzig Jahre dafür Zeit, und es war mir immer noch nicht geglückt.

Die Sonne ging unter, und der Himmel verfärbte sich von lila-rot zu schwarz, während die nautische Dämmerung noch eine Weile den Horizont erhellte und dann erlosch. Sterne tauchten auf, und das hohe Gras rundum raschelte im Seewind. Mit sanftem, rhythmischem Geräusch lief die Brandung über den Strand. Hier und da klatschte ein kleiner Brecher auf den Sand.

Ich ging langsam zwischen den mit Gras überwucherten Dünen hindurch, bis ich zur letzten kam, von der aus ich die etwa fünfzig Meter entfernte Meerenge sehen konnte.

Rechts von der Landzunge lag die Moriches Bay, links der Ozean, beide durch die kurze Fahrrinne miteinander verbunden. Ein paar Vergnügungsboote mit brennenden Positionslichtern fuhren in die Bucht ein, und Hummerkutter nahmen Kurs aufs tiefere Gewässer. Auf der anderen Seite der Bucht konnte ich die Lichter des Stützpunkts der Küstenwache sehen.

Ich hatte keine Ahnung, wie meine sogenannte Informantin zu dem Treffpunkt an der Spitze der Insel gelangen wollte, aber ich war zuerst da, konnte das Gelände erkunden und mir die höher gelegene Stellung sichern. Trotzdem wäre mir noch wohler gewesen, wenn ich meine Knarre dabeigehabt hätte.

Als die Sonne noch am Himmel stand, war mir die Sache gar nicht so übel vorgekommen.

Auf meiner Digitaluhr war es 20:05, aber noch immer wartete niemand an der sandigen Landspitze auf mich. Meine Informantin verspätete sich oder wartete irgendwo in den mit Gras überwucherten Dünen darauf, daß ich zuerst zu der Spitze ging.

Um Viertel nach acht überlegte ich, ob ich den ersten Schritt tun sollte, aber das könnte womöglich auch mein letzter sein.

Ich horchte unverwandt auf irgendwelche Geräusche rundum, aber es war so nahezu unmöglich, jemanden zu hören, der durch den weichen Sand lief, obwohl ich meinte, das Seegras rascheln zu hören, als kein Wind ging.

Ich drehte langsam den Kopf um und versuchte in der Dunkelheit etwas zu erkennen, aber nichts rührte sich.

Der Mond ging jetzt auf – ein heller Vollmond, der Strand und Meer in Licht tauchte. Das Seegras an meinem Standort bot im Mondschein nicht viel Deckung, und ich kam mir ein bißchen ungeschützt vor, als ich, nur von ein paar dünnen Grashalmen umgeben, auf der Düne hockte. Wenigstens waren meine Kleidung und meine Haut dunkel.

Um zwanzig nach acht wurde mir klar, daß ich eine Entscheidung treffen mußte. Am schlauesten wäre es, wenn ich mich davonmachte, aber wegzukommen war nicht so leicht wie hinzukommen. Ich beschloß, die Sache auszusitzen. Derjenige, der sich mit mir hatte treffen wollen, mußte den ersten Zug machen. Das ist die Regel.

Fünf Minuten später hörte ich ein Geräusch, das wie ein kurzes Husten klang, aber es hätte auch ein Hund sein können. Ein paar Sekunden später hörte ich es wieder, und allem Anschein nach kam es aus der Richtung der Sanddüne hinter mir.

Ich drehte mich langsam nach dem Geräusch um, konnte aber nicht das geringste sehen. Ich wartete.

Wieder hörte ich das Geräusch, und diesmal klang es nicht wie ein Hund. Es war ein Mensch, und er bewegte sich, umkreiste mich. Aber da draußen könnte auch mehr als eine Person sein, alle mit automatischen Pistolen bewaffnet, die mit Schalldämpfern bestückt waren. Ich hörte ein weiteres Husten, diesmal an einer anderen Stelle.

Irgend jemand versuchte offensichtlich, seine oder ihre Anwesenheit kundzutun, und wartete auf eine Antwort, daher beschloß ich, das Spiel mitzumachen, hustete ebenfalls und wechselte dann meine Position, falls man mich gerade ins Visier genommen hatte.

Im nächsten Moment sagte eine Männerstimme, die nicht allzu weit entfernt war: »Wo sind Sie?«

Die Stimme kam von der Sanddüne rechts von mir, und ich drehte mich in die Richtung. Ich duckte mich und sagte: »Stehen Sie auf, damit ich Sie sehen kann. Langsam.«

Ein Gestalt erhob sich hinter der Düne, knapp zehn Meter entfernt, so daß ich den Kopf und die Schulter eines offenbar großen Mannes sehen konnte, doch sein Gesicht konnte ich nicht erkennen.

»Kommen Sie näher«, sagte ich, »aber so, daß ich die Hände sehen kann.«

Die Gestalt richtete sich weiter auf, dann erklomm der Typ die Spitze der Düne und lief den Hang herab in die dunkle Senke. »Bleiben Sie da stehen«, sagte ich.

Etwa zehn Meter vor mir blieb er stehen.

»Okay«, sagte ich, »drehen Sie sich um und legen Sie sich auf den Boden.«

Er befolgte meine Anweisung nicht, was mich immer wurmt. Mit meinem besten Polizistentonfall sagte ich: »Hey, Freundchen, ich rede mit Ihnen. Umdrehen und hinlegen. Sofort!«

Er blieb an Ort und Stelle stehen, blickte zu mir auf und zündete sich eine Zigarette an. Im Lichtschein des Feuerzeugs konnte ich kurz sein Gesicht sehen, und einen Moment lang meinte ich, es wäre jemand, den ich kannte, aber das konnte nicht sein. »Hey, du Arschloch«, sagte ich, »ich habe eine Waffe auf dich gerichtet, die du in etwa drei Sekunden hören wirst. Dreh dich um. *Sofort.* Und leg dich hin, verflucht noch mal. Eins, zwei –«

»Ihre Waffe ist im Diplomatengepäck«, erwiderte er. »Und wenn Sie keine andere haben, dann gibt's hier heute abend nur eine Waffe, und zwar meine.«

Die Stimme wie auch das Gesicht kamen mir erschreckend bekannt vor. Und tatsächlich, es war Ted Nash, wiedererstanden von den Toten.

40

Es dauerte ein paar Sekunden, bis ich meine Überraschung überwunden hatte; ich wußte, daß ich niemals über meine Enttäuschung wegkommen würde. »Sind Sie nicht tot oder so was Ähnliches?« fragte ich.

»Offiziell tot. Aber eigentlich geht's mir bestens.«

»Vielleicht kann ich das regeln.«

Er ging nicht darauf ein, sondern warf seine Zigarette weg und stieg den sandigen Hang herauf. Als er näher kam, sah ich, daß er Jeans, ein dunkles T-Shirt und eine Windjacke trug, unter der vermutlich seine Waffe steckte.

Er näherte sich im schrägen Winkel, so daß ich ihm weder Sand ins Gesicht kicken noch mit der Hacke zwischen die Augen treten konnte.

Etwa zehn Meter von mir entfernt kam er auf die Düne und blieb stehen.

Wir schaute einander an und versuchten uns gegenseitig in Grund und Boden zu starren.

Ted Nash von der Central Intelligence Agency war ein hoch aufgeschossener Mann, fast so groß wie ich, aber nicht so muskulös. Im Mondschein konnte ich seine tadellos frisierten, graumelierten Haare und seine Gesichtszüge sehen, die die Frauen aus irgendeinem Grund attraktiv fanden. Ich fragte mich oft, ob eine gebrochene Nase seinem Aussahen zugute käme oder eher abträglich wäre.

Als wir seinerzeit an dem Fall auf Plum Island zusammengearbeitet hatten, hatten wir augenblicklich eine tiefe Abneigung füreinander entwickelt, teils wegen seiner Arroganz, hauptsächlich aber, weil er einer Kriminalpolizistin hinterherstieg, was ich für unangebracht und unprofessionell hielt, ganz davon zu schweigen, daß er damit meinen Avancen mit besagter Dame in die Quere kam. Später kam dann die Sache mit Kate, die ich ihm vergeben konnte, weil er tot war. Jetzt war der einzige Grund, aus dem ich ihn tolerierte, allem Anschein nach hinfällig.

Abgesehen davon, daß wir den gleichen Geschmack hatten, was Frauen anging, hatten wir nicht viel miteinander gemein.

Er musterte mich von oben bis unten und sagte dann, auf meine Badehose und das T-Shirt gemünzt: »Störe ich Sie in Ihrer Freizeit?«

Ich erwiderte nichts, sondern starrte ihn nur an und ging in Gedanken sämtliche Gründe durch, aus denen ich ihn von Anfang an nicht hatte leiden können. Warum ich Euer Gnaden hasse? Laß mich kurz aufzählen. Zum einen, weil er ständig diesen rotzigen Tonfall anschlug. Zum andern, weil er einen immerzu hämisch-süffisant angrinste.

Er warf einen Blick auf seine Uhr und fragte mich:

»Wollten wir uns nicht um acht Uhr an der Meerenge treffen?«

»Lassen Sie den Scheiß.«

»Ich habe mit jemandem gewettet, daß Sie aufkreuzen. Nur ein Idiot würde unbewaffnet zu einem nächtlichen Treffen mit jemandem, den er nicht kennt, an einen abgelegenen Ort kommen.«

»Nur ein Idiot würde sich mit *mir* allein treffen. Ich hoffe doch, Sie haben Unterstützung.«

Er ging nicht darauf ein, sondern fragte: »Wie war's im Jemen?«

Ich antwortete nicht.

»Ich habe gehört, daß Kate eine schöne Zeit in Tansania hatte«, sagte er.

Wieder ging ich nicht darauf ein. Meiner Meinung nach war er jetzt so nah, daß ich ihn niederschlagen konnte, bevor er an seine Knarre kam, und er mußte es gespürt haben, denn er ging ein paar Schritte weg. Er blickte sich um und sagte: »Herrliche Nacht. Es ist großartig, am Leben zu sein.« Er lachte.

»Gewöhnen Sie sich nicht daran«, sagte ich.

Er schaute mich an und fragte: »Sind Sie gar kein bißchen überrascht, daß ich lebe?«

»Ich bin eher stinkig als überrascht.«

Er lächelte und sagte: »Deswegen bezeichnet man uns auch als Schatten.«

»Wie lange mußten Sie warten, bis Sie diesen Spruch anbringen konnten?«

Er schien ein bißchen eingeschnappt zu sein, weil ich seine einstudierten Sprüche nicht recht zu würdigen wußte, zog aber seinen Text weiter durch und sagte: »Ich habe Ihnen noch gar nicht zu Ihrer Hochzeit gratuliert.«

»Sie waren tot. Wissen Sie noch?«

»Hätten Sie mich zu Ihrer Hochzeit eingeladen?«

»Wahrscheinlich, wenn ich gewußt hätte, wo Sie begraben sind.«

Er schmollte ein bißchen, drehte sich um und stieg den Hang hinab in Richtung Ozean. Er bedeutete mir, ihm zu folgen. »Kommen Sie, ich möchte ein bißchen am Strand entlanglaufen.«

Ich ging hinter ihm her und versuchte den Abstand zwischen uns zu verringern, aber er rief mir über die Schulter zu: »Kommen Sie mir nicht zu nahe. Zehn Schritte.«

Arschloch. Ich folgte ihm zum Strand, wo wir uns in Richtung Westen hielten, auf die Meerenge zu. Er zog seine Docksider aus, lief am Wasser entlang und ließ sich die Brandung über die Füße spülen. »Nasse Sache«, sagte er.

Was im CIA-Jargon soviel heißt wie jemand umbringen. »Ach, bitte«, sagte ich, »tun Sie nicht so schlau.«

»Sie haben meine Klugheit nie zu würdigen gewußt. Aber Kate.«

»Sie können mich mal.«

»Können wir vielleicht ein halbwegs intelligentes Gespräch führen, ohne daß Sie sagen, ›Sie können mich mal‹?«

»Tut mir leid. Ficken Sie sich meinetwegen ins Knie.«

»Sie machen mich wütend.«

»Ich mache *Sie* wütend. Was glauben Sie, wie sauer *ich* bin, daß Sie am Leben sind?«

»Mir geht es mit Ihnen genauso«, erwiderte er.

Wir gingen am Meer entlang, nebeneinander, zehn Schritte voneinander entfernt, aber ich zog nach links und schloß zu ihm auf. Er bemerkte es und sagte: »Sie kommen mir zu nahe.«

»Bei der Brandung kann ich Sie nicht hören.«

»Noch einen Schritt mehr, Corey, und Sie werden sehen, was für eine Waffe ich bei mir habe.«

»Früher oder später seh ich das sowieso.«

Er blieb stehen, wandte sich an mich und kehrte dem Ozean den Rücken zu. »Nur damit das klar ist. Ich bin bewaffnet, Sie nicht. Sie sind hierhergekommen, weil Sie ein paar Erklärungen haben wollten. Ich werde Ihnen diese Erklärungen liefern. Was danach geschieht, liegt teilweise auch an Ihnen. Unterdessen aber habe ich das Sagen.«

Ich verlor allmählich die Ruhe. »Sie haben nicht das Sagen, Teddy«, sagte ich zu ihm. »Selbst wenn Sie eine Scheiß-Uzi hätten, hätten Sie nicht das Sagen. Sie sind ein arroganter, herablassender, von sich selbst eingenommener, narzißtischer –«

»Schauen Sie aufs Wasser, Corey. Was sehen Sie da?«

»Ich werde Sie bäuchlings darin treiben sehen, bevor die Nacht vorbei ist.«

»Dazu wird es nicht kommen. Jedenfalls nicht mit *mir*.«

Wir standen am Strand, etwa fünf Schritte voneinander entfernt, während die Brandung immer stärker wurde und immer lauter an den Strand klatschte. Über den Lärm hinweg sagte Nash: »Sie glauben, ich hätte mit Kate geschlafen, wollen mich aber nicht danach fragen, weil Sie die Antwort nicht hören wollen.«

Ich holte tief Luft, ging aber nicht darauf ein. Am liebsten hätte ich ihm die feixende Fresse eingeschlagen, aber ich riß mich zusammen.

»Ich würde es Ihnen ohnehin nicht sagen«, fuhr er fort. »Ein Gentleman genießt und schweigt, nicht so wie Sie und Ihre Kumpel vom NYPD, wenn Sie betrunken sind und sich über sämtliche Frauen auslassen, mit denen Sie gevögelt haben, samt Namen und Ortsbeschreibung. Wie zum Beispiel Ihr dummer Freund Fanelli.«

Ich ließ es ihm vorerst durchgehen und fragte ihn: »Warum wollten Sie sich mit mir treffen? Um Ihre wundersame Auferstehung kundzutun? Damit ich mir Ihre kindischen Witze anhöre? Das ist sehr grausam, Ted. Geben Sie mir Ihre Knarre, damit ich mich umbringen kann.«

Ted Nash schwieg eine Weile, dann zündete er sich eine weitere Zigarette an und blies den Rauch in den Wind. »Ich habe Sie hierherbestellt«, sagte er, »weil Sie sowohl meinem als auch Ihrem Dienst Schwierigkeiten bereiten. Sie stecken Ihre Nase in Sachen, die Sie nichts angehen, und offenbar haben Sie im Jemen nichts dazugelernt.«

»Was sollte ich denn lernen, Meister?«

»Daß man Befehlen Folge leistet.«

»Wie sieht's mit Ihnen aus?«

Ohne darauf einzugehen, fragte er mich: »Was machen Sie hier im Bayview Hotel?«

»Ich bin im Urlaub, Blödmann.«

»Nein, das sind Sie nicht. Und lassen Sie das dumme Zeug. Versuchen Sie's noch mal.«

»Ich bin im Urlaub, Arschloch.«

Die Anrede schien ihm auch nicht zu gefallen, aber er bat mich nicht darum, es noch mal zu versuchen. Er schaute mich an, deutete zum Himmel und sagte: »*Das* war mein Fall. Nicht Ihrer. Nicht Kates. Nicht der von Dick Kearns und auch nicht der von Marie Gubitosi. *Mein* Fall. Er ist abgeschlossen, Sie sollten es dabei belassen, sonst, Mr. Corey, könnten Sie, ganz offen gesagt, ein unseliges Ende nehmen.«

Ich war ein bißchen überrascht und beunruhigt, daß er über Dick und Marie Bescheid wußte. »Wollen Sie mir drohen?« fragte ich. »Das haben Sie schon mal gemacht, und das war einmal mehr, als ich es jedem anderen hätte durchgehen lassen.«

Er schnippte seine Zigarette in die Brandung, schlüpfte in seine Schuhe, zog dann seine Windjacke aus und ließ mich sein Schulterholster sehen, in dem eine Glock steckte. Er band sich die Ärmel um die Taille und sagte: »Laufen wir ein Stück.«

»Sie laufen. Und zwar immer weiter.«

»Ich glaube, Sie haben vergessen, wer bei diesem Treffen das Sagen hat.«

Ich drehte mich um und ging den Strand entlang zu der Stelle, wo ich mein Auto hatte stehenlassen.

»Wollen Sie nicht wissen, was aus diesem Paar geworden ist?« rief er mir hinterher.

Ich zeigte ihm über die Schulter den Vogel. Wenn er schießen wollte, hätte er es meiner Meinung nach schon getan. Nicht daß ich glaubte, er wäre nicht dazu fähig, mir eine Kugel in den Rücken zu jagen, aber ich hatte das Gefühl, daß er nicht dazu befugt war, und falls doch, mußte er vorher feststellen, was ich wußte.

Im Rauschen der Brandung konnte ich ihn nicht hören, aber mit einem kurzen Blick aus dem linken Augenwinkel sah ich, daß er neben mir herging, etwa zehn Schritte entfernt. »Wir müssen reden«, sagte er.

Ich ging weiter. Vor mir sah ich die ersten Strandhäuser außerhalb des Parks.

Er versuchte es noch mal. »Es ist besser, wenn wir hier reden, inoffiziell. Entweder das, oder man wird Sie bei einer Anhörung vernehmen.« Und er fügte hinzu: »Möglicherweise droht Ihnen ein Strafverfahren. Und Kate ebenfalls.«

Ich drehte mich um und ging auf ihn zu.

»Halten Sie Abstand«, sagte er.

»Sie haben doch die Knarre.«

»Ganz recht, und ich möchte sie nicht benutzen müssen.«

Ich kam bis auf anderthalb Meter an ihn ran, dann wich er zurück und zog seine Glock. »Zwingen Sie mich nicht dazu, sie zu benutzen.«

Ich blieb stehen und sagte: »Nehmen Sie das Magazin aus der Knarre, Ted, laden Sie einmal durch und stecken Sie die Knarre wieder ins Holster.«

Er tat nicht, wie ihm geheißen, aber, was noch besser war, er schoß auch nicht. »Männer, die Mumm haben, brauchen keine Knarren, wenn sie mit andern Männern reden wollen. Entladen Sie sie, dann können wir reden.«

Er schien hin- und hergerissen zu sein, dann hob er die Waffe, nahm das Magazin heraus und steckte es in die Hosentasche. Anschließend zog er den Schlitten zurück und warf eine Patrone aus, die in den Sand fiel. Er steckte die Glock ins Holster, stand da und funkelte mich an.

»Werfen Sie mir das Magazin zu«, sagte ich.

»Holen Sie es sich doch.«

Ich ging auf Nahdistanz. Ich hatte nicht den geringsten Zweifel, daß er mir einen ordentlichen Kampf liefern würde, falls es dazu kommen sollte. »Das Magazin«, erinnerte ich ihn.

Wieder sagte er: »Holen Sie es sich doch, Sie taffer Typ.«

»Kommen Sie, Ted. Zwingen Sie mich nicht dazu, daß ich Sie windelweich schlage. Ich habe seit vierzig Tagen nicht mehr gevögelt und bin schwer geladen.«

»Freut mich, daß Ihnen der Jemen wenigstens ein bißchen gutgetan hat. Einer meiner Kollegen hat mir berichtet, daß Sie fett wurden und zuviel gesoffen haben.«

Er hatte keine geladene Knarre, daher mußte ich ihm zumindest ein bißchen Mut zugestehen. Aber vielleicht hatte er auch Unterstützung, und ich war im Fadenkreuz eines Scharfschützengewehrs. Ich blickte zur Düne zurück, sah aber nirgendwo den unverkennbaren grünen Schimmer eines Nachtsichtgeräts. Ein paar hundert Meter vor der Küste war ein Fischerboot, aber vielleicht waren das gar keine Fischer. »Ich weiß, daß Sie ohne Knarre nicht den Mumm haben, so mit mir zu reden«, sagte ich zu ihm, »folglich müssen Sie Ihre Helferlein da draußen haben, feige Scheißer, die ihr seid.«

Er überraschte mich mit einem linken Haken, den ich nicht kommen sah, aber ich konnte noch rechtzeitig den Kopf zurückreißen, so daß er nur meine Kinnlade streifte. Ich fiel rücklings in den Sand, und er machte den Fehler und hechtete auf mich. Ich trat ihm mit beiden Füßen in den Solarplexus und stieß ihn über mir in die Luft. Dann drehte ich mich um und stürmte durch den Sand auf ihn zu, aber er war schon wieder auf den Beinen und wich mit ein paar raschen Trippelschritten zurück, zog seine Waffe aus dem Holster und das Magazin aus der Hosentasche. Bevor er Teil A in Schlitz B schieben und peng-peng machen konnte, beugte ich mich vornüber wie ein Sprinter und sprang vorwärts. Aber der verdammte Sand war zu weich, so daß ich den Halt verlor und ihn nicht erreichte, ehe er die Glock geladen hatte. Er zog gerade den Schlitten zurück und lud durch, als ich ihn am Knöchel zu fassen bekam und mit aller Kraft das Bein wegriß.

Er fiel in den Sand, und ich warf mich auf ihn, packte mit der linken Hand den Lauf seiner Knarre und verpaßte ihm mit der rechten einen Schwinger an die Schädeldekke.

Das betäubte ihn ein bißchen, genügte aber noch nicht

und hielt ihn auch nicht davon ab, mir das Knie in den Unterleib zu rammen, was mir die Luft verschlug.

Gemeinsam rollten wir den abschüssigen Strand hinab und in die Brandung. Ein paar Brecher schlugen über uns zusammen, während wir miteinander rangen und uns umklammerten, und die Unterströmung trug uns weiter hinaus.

Jeder von uns versuchte am Meeresboden Halt zu finden, damit wir einen guten Treffer landen konnten, aber ich ließ die Waffe in Teds Hand nicht los, und so waren wir eng umschlungen, während uns Flut und ablaufende Wellen weiter hinaustrugen.

Jedesmal, wenn ich an ihn und Kate in trauter Zweisamkeit dachte, verpaßte ich ihm einen Kopfstoß, und allmählich wurden wir beide benommen. Inzwischen mußte ihm klargeworden sein, daß ich vor lauter Haß auf ihn schier durchdrehte und mich nicht darum scherte, ob wir beide ertranken.

Nachdem wir etwa eine Minute lang miteinander gerungen und jede Menge Salzwasser geschluckt hatten, wurde Ted von seinen schwereren Klamotten nach unten gezogen. Ich war in hervorragender Verfassung – dank dem Jemen – und wußte, daß ich ihn ertränken konnte, wenn ich wollte. Er wußte es auch, und plötzlich hörte er auf zu kämpfen. Wir schauten uns aus nächster Nähe an, und er sagte: »Okay …« Er ließ die Glock los und schwamm ein paar Meter, bis er wieder festen Boden unter den Füßen hatte, dann torkelte er an den Strand, ging noch ein paar Meter weiter, drehte sich um und ließ sich in den Sand fallen. Er hatte seine Schuhe verloren, war barfuß und voller Sand.

Ich schleppte mich an den Strand und blieb schwer atmend ein paar Meter vor ihm stehen. Das Salzwasser brannte an meiner Kinnlade, wo mich seine Faust gestreift hatte, meine Eier schmerzten vom Kniekontakt, und von den Kopfstößen brummte mir der Schädel. Ansonsten ging es mir großartig.

Es dauerte etwa eine Minute, bis er auf die Beine kam, vornübergebeugt stehenblieb, tief durchatmete und Salzwasser hustete. Schließlich richtete er sich auf, und ich sah Blut, das ihm aus der Nase lief. Mit einem »Arschloch« beglückwünschte er mich zu meinem Sieg.

»Kommen Sie, Ted. Seien Sie ein guter Verlierer. Hat man Ihnen auf der Eliteuni, auf die Sie gegangen sind, keinen Sportsgeist beigebracht?«

»Lecken Sie mich.« Er wischte sich mit der Hand über die Nase. »Arschloch.«

»Vermutlich nicht.« Ich warf das Magazin aus und steckte es in die Hosentasche, dann zog ich den Schlitten zurück und sah, daß er tatsächlich durchgeladen hatte, obwohl er nicht abgedrückt hatte, als wir uns darüber gestritten hatten, wer die Waffe halten sollte. Ich warf die Patrone aus und steckte die Glock in meinen Hosenbund.

»Ich hätte Ihnen sechsmal den Kopf wegballern können«, sagte er.

»Ich glaube, einmal hätte gereicht.«

Er lachte doch tatsächlich, wodurch er prompt wieder husten mußte, wischte sich dann das Salz aus den Augen und sagte: »Geben Sie mir meine Waffe.«

»Holen Sie sie doch.«

Er torkelte auf mich zu und streckte die Hand nach der Knarre aus. Ich nahm seine Hand und sagte: »Guter Kampf.«

Er zog seine Hand weg und gab mir einen Schubs.

Er hatte immer noch ein bißchen Kampfgeist, was ich bewunderte, aber allmählich hatte ich sein Benehmen satt.

Ich versetzte ihm einen heftigen Stoß und sagte: »Mach das nicht noch mal, Arschloch.«

Er drehte sich um und ging weg. Ich stand da und schaute ihm hinterher, als er auf die Dünen zulief. Er drehte sich zu mir um und sagte: »Folgen Sie mir, Sie Blödmann.«

Wie sollte ich so einer Einladung widerstehen? Ich folgte ihm, und wir stiegen gemeinsam die Düne hoch, die Kate und ich im Juli erklommen hatten.

Wir blieben oben stehen, und er sagte zu mir: »Ich werde Ihnen erklären, was sich hier am Abend des 17. Juli 1996 zugetragen hat.«

Das hätte er schon vor einer halben Stunde tun und uns ein Bad im Ozean ersparen können. Aber erst mußten ein paar andere Sachen geklärt werden, die noch immer nicht ganz geklärt waren. »Keine Lügen«, sagte ich zu ihm.

»Die Wahrheit«, sagte Mr. Nash, der das Motto seiner Firma zitierte, »wird dich befreien.«

»Klingt nicht schlecht.«

»Klingt besser, als ich wollte. Aber ich befolge meine Befehle.«

»Seit wann?«

»Guck mal, wer da spricht.« Er starrte mich an und sagte: »Wir haben etwas gemeinsam, Corey – wir sind Einzelgänger. Aber wir machen unsere Sache besser als die Teamworker, mit denen wir arbeiten, und die Waschlappen von Politiker, für die wir arbeiten. Sie und ich sagen nicht immer die Wahrheit, aber wir wissen die Wahrheit und wir wollen die Wahrheit zutage fördern. Und ich bin der einzige, der Ihnen die Wahrheit sagen wird, und vielleicht bin ich auch der einzige, dem Sie glauben.«

»Einen Moment lang haben Sie sich ganz gut gehalten.«

»Ich werde Ihre Intelligenz nicht mit weiterem Quatsch beleidigen.«

»Ted, vom ersten Moment an, in dem wir uns begegnet sind, und im Verlauf von zwei großen Fällen, sind Sie mir mit nichts als Quatsch gekommen.«

Er lächelte und sagte: »Lassen Sie es mich noch mal versuchen.«

Ich meinte, eine gewisse Zweideutigkeit herauszuhören, aber ich sagte: »Reden Sie.«

41

Ted Nash, der immer noch um Atem rang, schwieg eine Weile, dann sagte er: »Okay, dieses Paar hat das Bayview Hotel gegen sieben Uhr abends mit einer hoteleigenen Decke verlassen. In ihrem SUV befanden sich eine Kühlbox mit Wein und eine Videokamera mit Stativ.«

»Yeah, das weiß ich doch alles.«

»Ganz recht«, sagte er, »Sie haben ja mit Kate gesprochen und auf eigene Faust ein bißchen herumgeschnüffelt. Was wissen Sie sonst noch?«

»Ich bin nicht hier, um Fragen zu beantworten.«

»Kate steckt ebenfalls in gewissen Schwierigkeiten, weil sie Ihnen davon erzählt hat«, sagte er.

»Und was ist mit Ihnen? Stecken Sie inzwischen auch in Schwierigkeiten, weil Sie vor fünf Jahren mit ihr darüber gequatscht haben? Sind Sie deshalb wiederbelebt und abgestaubt worden? Damit Sie Ihren Patzer ausbügeln?«

Er starrte mich eine Weile an, dann erwiderte er: »Sagen wir einfach mal, daß ich der beste Mann bin, der sich dieses Vertrauensbruchs annehmen und die Sache geradebiegen kann.«

»Was auch immer.« Ich warf einen Blick auf meine Uhr, die nach wie vor funktionierte, und sagte: »Sagen Sie, was es zu sagen gibt. Ich habe eine lange Rückfahrt nach Manhattan vor mir.«

Ted wirkte angesäuert, weil ich mich für seinen Quatsch nicht zu interessieren schien. »Sie wissen aber nicht«, sagte er zu mir, »daß sie, nachdem sie dort auf der Decke miteinander geschlafen hatten« – er deutete in die schmale Senke zwischen den Dünen – »nackt baden gehen und das Ganze aufnehmen wollten. Daher brachten sie Kamera und Stativ hier hoch, stellten sie auf unendlich ein und richteten sie auf den Strand, wobei sie aus dieser Höhe auch einen Gutteil des Himmels erfaßte.«

»Woher wissen Sie das?«

»Ich habe mit ihnen gesprochen. Woher, zum Teufel, sollte ich es sonst wissen?«

Dann hatte man also, wenn ich ihm soweit glauben wollte, das Pärchen gefunden, und sie waren am Leben – seinerzeit zumindest. »Fahren Sie fort«, sagte ich.

»Na schön, sie rannten also zum Strand hinab, während die Kamera sie aufnahm, und badeten nackt, kehrten dann an den Strand zurück und schliefen wieder miteinander, am Meeressaum.« Er lächelt andeutungsweise und sagte: »Sie dürfen zu Recht davon ausgehen, daß sie nicht miteinander verheiratet waren.«

»Und wenn der Typ zwei Erektionen an einem Abend hatte, war er auch nicht bei der CIA.«

Ted ließ es durchgehen und deutete zum Strand. »Als sie am Strand miteinander schliefen, achteten sie vermutlich nicht auf den Himmel, aber sie *hörten* die Explosion, deren Schallwellen sie etwa vierzig Sekunden, nachdem sie sich ereignet hatte, erreicht haben dürften. Als sie sich nach dem Explosionsknall umdrehten, war das Flugzeug bereits auseinandergebrochen, der Bug bereits im Ozean, während der Rumpf noch aufstieg und dann herabstürzte. Interessanterweise meinten sie zu *diesem* Zeitpunkt einen Lichtschweif zu sehen, der zu dem Flugzeug aufstieg – *nach* der Zerstörung der Maschine. Aber ihnen wurde klar, daß es sich um einen Strom aus brennendem Treibstoff handelte, der sich auf dem glasigen Ozean spiegelte, was sich später auch bestätigte, als sie sich das Video ansahen.« Er schaute mich an. »Verstehen Sie?«

»Klar. Rauch und Trugbilder. Darum dreht sich bei euch doch alles.«

»Nicht in diesem Fall.« Er fuhr mit seiner Geschichte fort. »Na schön, nachdem ihnen klar wurde, daß innerhalb weniger Minuten Menschen zum Strand eilen würden, rannten sie zu dieser Düne zurück, zogen sich rasch an und schnappten sich Kamera und Stativ, bevor sie zu ihrem Fahrzeug liefen, einem Ford Explorer, und zum Bayview Hotel zurückfuhren.« Und er fügte hinzu: »Leider vergaßen sie die Hoteldecke und den Objektivdeckel der Videokamera, was uns zweierlei verriet – wo sie abgestiegen waren und was sie hier gemacht hatten. Außerdem ließen sie die Kühlbox, die Weinflasche und Gläser zurück, auf denen wir makellose Fingerabdrücke von zwei Personen sichern konnten.«

Ich dachte darüber nach und konnte keine Löcher in Nashs Geschichte entdecken. Genaugenommen war es genau so, wie Kate und alle anderen vermutet hatten, wenn auch mit ein paar weiteren Einzelheiten, da Ted mit diesem Paar persönlich gesprochen hatte. »Was war auf dem Video?« fragte ich.

»Nicht das, was Sie gern auf dem Video sehen würden.«

»Schauen Sie, Ted, ich habe diesbezüglich keinerlei Wünsche oder Vorlieben. Mit Verschwörungstheorien habe ich nichts am Hut, und ich bin auch nicht von Berufs wegen an die offizielle Darstellung gebunden, so wie Sie. Ich bin bloß ein aufgeschlossener Typ auf der Suche nach der Wahrheit. Und nach Gerechtigkeit.«

Er verzog den Mund zu einem leicht höhnischen Grinsen, was ich nicht ausstehen kann, und sagte: »Das weiß ich, John. Deswegen sind wir hier. Deshalb habe ich meinen Samstag abend dafür geopfert.«

»Hey, ab und zu können Sie das Bingospiel in der Kirche auch mal sausen lassen. Was war auf dem Video?«

»Die Frau sah sich die Aufnahme auf der Rückfahrt zum Hotel im Sucher an«, erwiderte er. »Sie konnte nicht viel sehen, aber sie *hat* etwas gesehen, das sie nicht gesehen hatten, als sie miteinander schliefen – sie sah das Flugzeug im Augenblick der Explosion auf Video. Sie sagte zu mir, es sei mehr als seltsam, daß in der oberen rechten Seite der Aufnahme das Flugzeug explodiert sei, während sie und ihr Begleiter links unten miteinander schliefen, ohne auch nur einmal aufzublicken. Natürlich war der Schall da noch nicht zu ihnen gedrungen, und sie verkehrten weiter miteinander, als das Flugzeug in einem riesigen Feuerball explodierte, auseinanderbrach und sich ein paar Momente lang in der Luft hielt.« Er hielt inne, dachte nach und sagte: »Der Mann sagte zu mir, als er sich mit ihr das Video angesehen habe, hätte er ihr den großen Unterschied zwischen Schall- und Lichtgeschwindigkeit erklären müssen, und daß dies der Grund gewesen sei, daß sie noch miteinander schliefen, als das Flugzeug explodierte.«

»Gott sei Dank, daß es physikalische Gesetze gibt, sonst hättet ihr euch ziemlich schwergetan mit dem Anfertigen einer Animation, bei der keiner der Augenzeugen das wiedererkannt hat, was er mit eigenen Augen gesehen hat.«

Er wirkte ein bißchen eingeschnappt und sagte: »Die Animation war sehr sorgfältig und genau, basierend auf den Gesetzen der Physik, den Vernehmungen der Augenzeugen, den Radarbeobachtungen, der Flugdynamik und dem Wissen darum, wie sich ein Flugzeug verhält, wenn sich eine verheerende Explosion an Bord ereignet hat.«

»Richtig. Kann ich das Video sehen?«

»Lassen Sie mich ausreden.«

»Sie haben ausgeredet. Ich will das Video sehen und mit dem Pärchen reden.«

»Erst rede ich aus.« Er fuhr fort: »Das Paar fuhr zum Bayview Hotel zurück, schloß die Videokamera an den Videorecorder an und sah sich die Aufnahme am Fernseher an. Die beiden sahen das, was sie im Sucher gesehen hatten. Es war eine Tonaufnahme, und jetzt konnten sie die Explosion deutlich hören, etwa vierzig Sekunden, nachdem sie sie auf dem Video gesehen hatten.« Er schaute mich an und sagte: »Das ganze Unglück war auf Videofilm festgehalten, von Anfang bis Ende, in Farbe, mit Ton, in guter Bildqualität von einer auf Dämmerungsverhältnisse eingestellten Kamera aufgenommen. Auf dem Video konnte man sogar die blinkenden Lichter der 747 *vor* der Explosion sehen.« Er starrte mich eindringlich an und sagte: »Es zeigte keinen Lichtschweif, der vor der Explosion zu dem Flugzeug aufstieg.«

Warum wußte ich, daß das kam? »Das sind ja gute Nachrichten«, sagte ich. »Ich muß das Video sehen und mit dem Pärchen reden.«

Er ging nicht direkt darauf ein, sondern sagte: »Ich

möchte Ihnen eine Frage stellen: Wenn Sie an der Stelle dieses Paars wären, eine Affäre hätten und sich bei mehreren eindeutig sexuellen Handlungen gefilmt hätten, was würden Sie mit diesem Video machen?«

»Ins Internet stellen.«

»*Sie* vielleicht. Das Paar hat es selbstverständlich vernichtet.«

»Aha? Wann? Wie?«

»An diesem Abend. Sobald sie ihr Hotelzimmer verlassen hatten. Sie hielten am Straßenrand, der Mann fuhr über die Kassette und verbrannte dann das Video.«

»Woher hatte er die Streichhölzer oder das Feuerzeug?«

»Keine Ahnung. Vielleicht hat einer der beiden geraucht.«

Nach Aussage von Roxanne hatten sie nicht geraucht, aber das sagte ich Nash nicht. Außerdem war es für Nash auch sehr praktisch, wenn er einfach sagte, der Typ hätte das Video vernichtet, statt es zu *löschen*, denn ein gelöschtes Video kann man im Labor wiederherstellen, und Ted wollte nicht, daß ich diesen Gedanken weiterverfolgte.

»Okay«, sagte ich, »sie haben das Video also verbrannt. Was dann?«

»Sie fuhren nach Westhampton, wo sie ihren Wagen abgestellt hatten. Inzwischen klingelten die Handys der beiden, da sich alle möglichen Leute wegen des Unglücks mit ihnen in Verbindung setzen wollten. Sie erzählten ihren Ehepartnern, daß sie draußen in den Hamptons wären – er war angeln, sie war in East Hampton zum Einkaufen, aß anschließend mit einer Freundin zu Abend und blieb über Nacht dort.«

»Seine Geschichte war nicht schlecht. Bei ihrer könnte der Ehemann mißtrauisch werden.«

»Die meisten Ehepartner vertrauen einander«, klärte mich Mr. Nash auf. »Vertrauen Sie Kate etwa nicht, wenn sie in Tansania ist?«

»Ted, wenn Sie noch einmal Kates Namen erwähnen, schiebe ich Ihnen Ihre Knarre in den Arsch, und zwar mit dem Kolben voran.«

Er lächelte, ging aber nicht darauf ein. Warum geht mir dieser Typ so auf den Sack?

Er kam wieder aufs Thema zurück und sagte: »Jeder fuhr mit seinem Wagen nach Hause, brachte dann den übrigen Abend mit seinem Ehepartner zu und sah sich die Berichte über den Absturz im Fernsehen an.«

»Das muß ja ein interessanter Abend daheim gewesen sein«, bemerkte ich.

Er schaute mich an und sagte: »Das ist alles. Wie viele Menschen angenommen und vermutet haben, *war* ein Paar am *Strand*, die beiden *hatten* eine Affäre und sie *nahmen* das Unglück unabsichtlich auf. Aber auf dem Video war nichts Verdächtiges zu sehen, auch keine Rakete.«

»Das sagen Sie, weil die Ihnen das angeblich erzählt haben.«

»Nun ja, selbstverständlich haben wir die beiden um einen Lügendetektortest gebeten, und sie haben sich hervorragend gehalten.«

»Klasse. Dann muß ich die Ergebnisse des Lügendetektortests sehen, dazu ihre schriftlichen oder auf Kassette aufgenommenen Aussagen, bevor ich mit ihnen spreche.«

Ted von der CIA setzte sich offensichtlich nicht gern mit einem Polizeidetective auseinander, weil ein Detective immer eine Beweiskette aufbauen will, während sich die CIA in erster Linie mit Abstraktionen, Mutmaßungen und

Analysen befaßte, was der Hauptgrund dafür ist, daß nur Quatsch dabei herauskommt.

»Die beiden sagten die volle Wahrheit, was ihre sexuellen Aktivitäten am Strand anging«, erklärte mir Ted geduldig, »und gerade dabei erwartet man doch, daß der Polygraph sie der Lüge überführen würde, weil den meisten Menschen so etwas peinlich ist – aber sie haben uns ganz genau erzählt, was sie am Strand trieben. Als wir sie dann fragten, was sie mit eigenen Augen am Strand und anschließend auf dem Video gesehen hätten, sagten sie wieder wahrheitsgemäß aus. Kein Lichtschweif.« Und er fügte hinzu: »Diese Befragung per Lügendetektor war fast so gut, als hätte uns das Video vorgelegen.«

Das kaufte ich ihm zwar nicht ganz ab, aber ich sagte: »Okay. Ich nehme an, das war's.«

Er kannte mich aus seinem ersten Leben noch zu gut, daher sagte er: »Ich glaube, Sie sind nicht ganz überzeugt.«

»Bin ich aber. Übrigens, wie habt ihr dieses Pärchen gefunden?«

»Das fiel mir leichter als Ihnen«, erwiderte er. »Der Mann hatte einmal aus beruflichen Gründen seine Fingerabdrücke nehmen lassen, und wir hatten die Abdrücke auf der Weinflasche und dem Glas. Wir ließen sie über die FBI-Datei laufen, und am Montag morgen suchten wir ihn im Büro auf. Er wiederum nannte uns den Namen seiner verheirateten Freundin.«

»Das war einfach. Ich hoffe doch, ihr habt auch die Fingerabdrücke auf der Anmeldekarte des Bayview gesichert, damit ihr nachweisen könnt, daß er sowohl am Strand als auch im Hotel war.«

»Genaugenommen … nein, das haben wir nicht getan. Aber wir wollten ihn ja nicht strafrechtlich belangen.«

»Die Vernichtung von Beweisen ist eine Straftat, soweit ich weiß.«

»Im Zusammenhang mit TWA lag keine *Straftat* vor, daher waren die Beweismittel ... Tatsache ist, daß dieses Paar zur falschen Zeit am falschen Ort war. Sie sahen nicht das, was zweihundert andere Menschen gesehen haben, und auf ihrem Video war nichts zu sehen, was für die CIA oder das FBI von Interesse gewesen wäre. Der Polygraph bestätigte das. Ich habe sie eingehend befragt«, sagte er abschließend, »und andere haben sie ebenfalls befragt, unter anderem auch Ihr FBI-Kollege Liam Griffith. Alle sind der Meinung, daß sie die Wahrheit sagen.« Und er fügte hinzu: »Sie können ja mit Liam Griffith sprechen, der wird Ihnen alles bestätigen, was ich Ihnen gesagt habe.«

»Davon bin ich überzeugt. Aber ganz sicher weiß ich das nur, wenn *ich* das Pärchen befragt habe. Haben Sie einen Stift und ein Blatt Papier dabei?«

»Sie *können* nicht mit ihnen sprechen.«

»Warum nicht? Haben Sie bedauerlicherweise einen Unfall gehabt?«

»Werden Sie nicht melodramatisch. Sie können nicht mit ihnen sprechen, weil wir ihnen für ihre Hilfsbereitschaft und ihre Aufrichtigkeit für alle Zeiten Anonymität zugesichert haben.«

»Okay, ich mache das gleiche.«

Ted Nash schien nachzudenken, vermutlich über seine Anweisungen, was meine Wenigkeit anging. »Das ist doch ganz einfach, Ted«, sagte ich zu ihm. »Sie nennen mir die Namen, ich treffe mich mit ihnen, rede mit ihnen, und dann legen wir die ganze Sache ein für alle Male bei. Was ist denn daran so schwierig?«

»Das muß ich erst abklären.«

»Okay. Rufen Sie mich morgen über mein Handy an. Hinterlassen Sie eine Nachricht.«

»Es könnte bis Montag dauern.«

»Dann sprechen wir uns eben am Montag.«

»Ich sage Ihnen Bescheid.« Er griff in die oberste Tasche seiner Windjacke und wollte seine Zigaretten herausholen, dann wurde ihm klar, daß sie naß waren, und er beschloß, keine zu rauchen.

»Deswegen sind Sie so kurzatmig«, sagte ich. »Rauchen kann tödlich sein.«

»Wie fühlt sich Ihr Unterkiefer an?«

»Gut. Ich habe ihn in Salzwasser getaucht, zusammen mit Ihrem Kopf.«

»Als ich Ihnen das Knie in die Eier gerammt habe, bin ich auf nichts gestoßen.«

Ted war ziemlich gut, aber ich bin besser. »Ich glaube, es war Ihre Slipeinlage, die Sie so runtergezogen hat.«

»Lecken Sie mich.«

Das war zwar lustig, brachte aber nichts. Daher wechselte ich das Thema und sagte: »Rufen Sie mich an, dann verabreden wir uns miteinander – diesmal aber an einem öffentlichen Ort. Ich suche ihn aus. Sie können meinetwegen jemand mitbringen, wenn Sie wollen. Aber ich möchte die Namen dieses Pärchens erfahren, bevor wir uns auch nur hallo sagen.«

Er schaute mich an und sagte: »Bereiten Sie sich lieber darauf vor, daß Sie ein paar Fragen beantworten müssen, sonst springt bei diesem Treffen für Sie allenfalls eine Verfügung von seiten der Bundesgerichtsbarkeit heraus.« Und er fügte hinzu: »Sie haben nicht soviel Macht, wie Sie meinen, Corey. Wir haben nichts zu verbergen, weil an dieser Sache nicht mehr dran ist als das, was ich Ihnen gerade gesagt habe. Und ich will Ihnen noch etwas sagen, auf das

Sie auch schon selber hätten kommen können – wenn es etwas zu verbergen *gäbe*, wären Sie bereits tot.«

»Sie drohen mir schon wieder. Jetzt sage ich *Ihnen* mal was – egal, wie dieser Fall ausgeht, Sie und ich werden uns noch mal begegnen, damit wir diese Sache mit Ihrem Tod klären können.«

»Ich freue mich schon auf diese Begegnung.«

»Nicht so sehr wie ich.« Er streckte wieder die Hand aus, aber für einen Handschlag waren wir nicht nah genug beisammen, daher nahm ich an, daß er seine Knarre wiederhaben wollte. »Sie haben gerade gedroht, mich umzubringen«, sagte ich, »und jetzt wollen Sie, daß ich Ihnen Ihre Knarre zurückgebe? Ist mir hier irgendwas entgangen?«

»Ich habe es Ihnen doch gesagt – wenn ich Sie hätte umbringen wollen, wären Sie bereits tot. Aber da Sie das, was ich Ihnen gerade mitgeteilt habe, offensichtlich glauben, muß ich Sie nicht töten. Aber ich muß meine Waffe wiederhaben.«

»Okay, aber Sie müssen mir versprechen, daß Sie sie nicht auf mich richten und mich dazu zwingen, Ihnen zu sagen, was ich über den Fall weiß.«

»Ich verspreche es.«

»Hand aufs Herz?«

»Geben Sie mir die verfluchte Waffe.«

Ich zog die Glock aus dem Hosenbund und ließ sie in den Sand fallen. Das Magazin behielt ich. »Wenn wir uns das nächste Mal begegnen, brauchen Sie Ihren Tod nicht mehr vorzutäuschen«, sagte ich. Dann drehte ich mich um und ging.

»Wenn Sie Kate am Fughafen abholen«, rief er mir hinterher, »dann vergessen Sie nicht, ihr auszurichten, daß ich am Leben bin und mich bald bei ihr melden werde.«

Ted Nash wollte unbedingt, daß ich ihn auf der Stelle umbrachte, aber ich wollte etwas haben, auf das ich mich freuen konnte.

42

Ich war jetzt weit weniger paranoid, nachdem ich festgestellt hatte, daß man mich tatsächlich verfolgte und umbringen wollte. Das war eine große Erleichterung.

Ich kehrte ins Bayview Hotel zurück, wusch mir unter der Dusche das Salzwasser und den Schlick vom Leib, zog meine Reiseklamotten an und räumte dann mein Zimmer.

Mittlerweile, um fünf nach zehn, war ich an diesem Samstag abend mit meinem gemieteten Ford Taurus auf dem Long Island Expressway unterwegs. Ich hatte den örtlichen UKW-Sender eingestellt, der ein paar Sachen von Billy Joel und Harry Chapin dudelte, die, wie der hektische DJ seinen Zuhörern in einem fort mitteilte, Jungs aus Long Island waren. Das galt auch für Joey Buttafucco und den Serienkiller Joel Rifkin, aber davon sagte der DJ nichts.

Der Verkehr war mäßig bis dicht, und ich machte ein paar unberechenbare Manöver, um zu sehen, ob ich verfolgt wurde, aber da sämtliche Fahrer auf dem Long Island Expressway eine Macke haben, konnte ich nicht feststellen, ob ich einen Bundesagenten im Schlepptau hatte oder nur einen typischen Spinner aus Long Island.

Ich bog von der Schnellstraße ab und fuhr wieder drauf,

um mich davon zu überzeugen, daß mir niemand folgte. Und da ich immer noch unter leichten Nachwirkungen meiner Paranoia litt, blickte ich durch das Sonnendach nach oben und hielt Ausschau nach dem sagenumwobenen Schwarzen Hubschrauber, den die Staatssicherheitsorgane in Amerika zur Überwachung ihrer Bürger einsetzen, aber da war nichts außer dem Mond und den Sternen.

Ich schaltete mein Handy fünf Minuten ein, aber ich hatte keine Nachrichten.

Ich dachte ein bißchen über mein Treffen und den Ringkampf mit Mr. Ted Nash nach. Der Typ war so arrogant und unausstehlich wie eh und je, und daß er eine Zeitlang tot gewesen war, hatte ihn kein bißchen gebessert. Das nächste Mal mußte ich das selbst erledigen und an der Beerdigung teilnehmen. Aber unterdessen saß er mir wieder auf der Pelle und versuchte meine edelmütigen Bemühungen zu hintertreiben, der Wahrheit und Gerechtigkeit zum Sieg zu verhelfen, wie auch meine weniger edelmütigen Ziele, nämlich ein paar Leuten die ganze Sache in den Hintern zu schieben, wenn ich schon mal dabei war.

Meine Kinnlade tat noch immer weh, und im Bayview Hotel hatte ich bei einem kurzen Blick in den Spiegel festgestellt, daß ein Stück Haut fehlte und sich ein blauschwarzer Bluterguß über den Unterkiefer zog. Außerdem hatte ich Kopfschmerzen, die ich immer kriege, wenn ich Ted Nash begegne, egal ob ich ihm die Stirn ins Gesicht ramme oder nicht. Außerdem war ich um meine besten Teile herum ein bißchen empfindlich, was für mich Grund genug war, ihn umzubringen.

In den zwanzig Jahren, die ich bei der New Yorker Polizei gewesen war, hatte ich nur zwei Männer töten müssen, beide in Notwehr. Meine persönliche und berufliche Beziehung zu Ted Nash war komplizierter als die eher kurzfristige mit den beiden mir völlig fremden Menschen. Ich hatte schießen müssen, und daher waren die Gründe, aus denen ich Ted umbringen wollte, wie auch die Rechtfertigung dafür eine genauere Überprüfung wert.

Die Prügelei am Strand hätte für uns beide läuternd sein müssen, in Wahrheit aber war keiner von uns damit zufrieden, und wir brauchten eine Revanche.

Andererseits waren wir, wie Kate sagen würde, beide Bundesagenten, die unserem Land den gleichen Dienst erweisen wollten, daher sollten wir die Animositäten begreifen, die uns zu gegenseitiger Vernichtung, verbalem Schlagabtausch und körperlicher Gewalt trieben. Wir sollten über unsere Meinungsverschiedenheiten reden und erkennen, daß wir die gleichen Ziele und Hoffnungen hatten und sogar die gleichen Charakterzüge, was eher ein Grund zur Einigkeit als zur Auseinandersetzung sein sollte. Wir mußten uns eingestehen, daß wir uns gegenseitig einen Tort antaten, und einen konstruktiven und ehrlichen Beitrag dazu leisten, die Gefühle des anderen zu verstehen.

Beziehungsweise, um es kurz und einfach auszudrücken, ich hätte den Mistkerl ersäufen sollen wie eine Ratte oder ihn wenigstens mit seiner eigenen Knarre erschießen.

Ein Schild wies mich darauf hin, daß ich ins Nassau County kam, und der irre DJ gab bekannt, daß auf dem herrlichen Long Island wieder eine herrliche Samtstag nacht angebrochen sei. »Von den Hamptons bis zur Gold Coast, von Plum Island bis Fire Island, vom Ozean bis zum Sund – überall rocken und rollen wir, lassen wir's krachen und feiern wir Feten. Wir haben unsern Spaß!«

Leck mich.

Was Mr. Nashs Enthüllungen mir gegenüber anging, so hatte er eine sehr gute Geschichte parat, und möglicherweise sagte er sogar die Wahrheit – auf dem Video war keine Rakete zu sehen. Das war gut, wenn es denn stimmte. Ich würde gern glauben, daß es ein Unglück war. Allerdings wäre ich sehr sauer, wenn ich herausfinden sollte, daß dem nicht so war.

Ich hatte in diesem Spiel vielleicht noch eine Karte, und das war Jill Winslow – aber ich wußte nicht genau, ob es sich bei der richtigen Jill Winslow um die in Old Brookville handelte, wohin ich zur Zeit unterwegs war. Die richtige Jill Winslow könnte ebenso wie ihr Geliebter tot sein. Und wenn ich weiter rumschnüffelte, könnte auch ich bald tot sein, auch wenn es kein Vertuschungsmanöver und keine Verschwörung gab – ich glaube, Ted Nash wollte mich am liebsten tot sehen, und nach dem heutigen Abend würden ihm seine Bosse freie Hand lassen.

Ich bog vom Expressway ab und fuhr auf der Cedar Swamp Road nach Norden. Ich sah weder Zedern noch Sümpfe, was gut war. Ich werde immer nervös, wenn ich Manhattan verlasse, aber nach dem Jemen könnte ich sogar in New Jersey Urlaub machen.

Ich kannte mich in dieser Gegend des Nassau County ein bißchen aus, weil bei der Antiterror-Task Force ein paar Detectives aus dem Nassau County waren. Mit denen hatte ich ein paar Salami-Salami-Gestalten observiert, die hier draußen lebten, arbeiteten und nichts Gutes im Sinn hatten.

Ich fuhr die Cedar Swamp Road entlang, die von großen Häusern, einem Country Club und ein paar verbliebenen Anwesen von Long Islands Gold Coast flankiert wurde.

Dann bog ich auf die Route 25A ab, die Hauptverbindungsstraße von Ost nach West, und hielt mich in Richtung Osten.

Ich mußte davon ausgehen, daß Ted Nash spätestens morgen im Bayview Hotel aufkreuzen und mit Mr. Rosenthal über meinen Besuch und über Jill Winslow reden würde. Folglich mußte ich mich sputen, aber wenn ich noch heute nacht mit Mrs. Winslow sprach, könnte es – von der späten Stunde einmal abgesehen – Schwierigkeiten mit Mr. Winslow geben, der höchstwahrscheinlich keine Ahnung hatte, daß Mrs. Winslow in Sex, Lügen und Videos verstrickt war. Normalerweise würde ich einfach abwarten, bis Mr. Winslow am Montag zur Arbeit ging – aber da Ted Nash auf der Pirsch war, hatte ich keine Zeit bis Montag.

Die Ortschaft Old Brookville, in der weniger Leute wohnen als in meinem Apartmenthaus, hat ihre eigene Polizeitruppe, die an der Kreuzung der Wolver Hollow Road und der Route 25A stationiert ist. Ein kleines weißes Gebäude an der nordwestlichen Ecke der Kreuzung – nicht zu übersehen, jedenfalls nach Aussage von Sergeant Roberts, dem Diensttuenden, mit dem ich gesprochen hatte.

An der Ampel bog ich links in die Wolver Hollow Road ein und stieß auf den kleinen Parkplatz des Gebäudes, auf dessen Schild OLD BROOKVILLE POLICE DEPARTMENT stand. Auf der Uhr am Armaturenbrett war es 12:17.

Auf dem Parkplatz standen zwei Autos, und ich nahm an, daß eines dem diensttuenden Sergeant gehörte und das andere Ms. Wilson, der Zivilangestellten, mit der ich zuerst gesprochen hatte, als ich anrief.

Wenn Ted Nash von der CIA oder Liam Griffith vom FBI mich verfolgt oder einen Peilsender in mein Auto montiert hatten, dann waren sie bereits auf dem Weg hierher.

In diesem Spiel war die Uhr bereits abgelaufen, und die Verlängerung ebenfalls. Jetzt konnte ich nur noch ein bißchen Zeit rausschinden.

43

Ich ging in den kleinen Warteraum; links befand sich eine vom Boden bis zur Decke reichende Plexiglaswand. Hinter dem Plexiglas stand ein erhöher Schreibtisch, und hinter dem Schreibtisch saß eine junge, gähnende Zivilangestellte, auf deren Schreibtischschild ISABEL CELESTE WILSON stand. »Kann ich Ihnen behilflich sein?« fragte mich Ms. Wilson.

»Ich bin Detective John Corey vom FBI«, sagte ich. Ich hielt meinen Ausweis ans Glas. »Ich habe vorhin angerufen und mit Ihnen und Sergeant Roberts gesprochen.«

»Oh, richtig. Einen Moment.« Sie sagte etwas in die Gegensprechanlage, und innerhalb einer Minute kam ein Sergeant in Uniform durch die Tür hinter ihr.

Ich sagte meinen Spruch noch einmal auf, und Sergeant Roberts, ein muskulöser Mann mittleren Alters, schaute sich meinen FBI-Ausweis samt Foto an, und ich zeigte ihm außerdem das Duplikat meiner Dienstmarke vom NYPD samt meiner Ruhestandsausweiskarte, denn, wie wir beide wußten, einmal ein Cop, immer ein Cop.

Er summte mich durch eine Tür in der Plexiglaswand und geleitete mich in sein Büro im hinteren Teil des Reviers. Er bot mir einen Stuhl an und setzte sich an seinen Schreibtisch.

»Sie sind also beim FBI?« fragte er mich.

»Ja. Ich arbeite an einem Mordfall, der unter die Bundesgerichtsbarkeit fällt, und brauche ein paar Auskünfte über eine Einheimische.«

Sergeant Roberts war sichtlich überrascht. »Wir haben hier nicht viele Mordfälle. Wer ist die Einwohnerin?«

Ich ging nicht darauf ein, sondern fragte ihn: »Steht hier ein Detective zur Verfügung?«

Er wirkte ein bißchen unwillig, aber in der Welt der Ordnungshüter sprechen Detectives nur mit Detectives und der Chef der Detectives spricht nur mit Gott.

»Wir haben vier Detectives«, erwiderte Sergeant Roberts. »Einer ist mit einem Fall befaßt, einer hat dienstfrei, einer ist im Urlaub, und der Detective Sergeant steht daheim auf Abruf bereit. Wie wichtig ist die Sache?«

»Wichtig, aber nicht so wichtig, daß man den Detective Sergeant bei der Nachtruhe stören muß.« Und ich fügte hinzu: »Ich bin davon überzeugt, daß auch Sie mir weiterhelfen können.«

»Was brauchen Sie denn?«

Sergeant Roberts schien der typische Ortspolizist zu sein, der die von Berufs wegen gebotene Höflichkeit großzügig auslegte, wenn man ihn richtig behandelte. Hoffentlich hatte er keine schlechten Erfahrungen mit dem FBI gemacht, denn das war manchmal ein Problem. »Der Mord ereignete sich in einem anderen Zuständigkeitsbereich«, erwiderte ich. »Es handelt sich um einen internationalen Fall unter möglicher terroristischer Beteiligung.«

Er starrte mich an und fragte dann: »Ist die Einwohnerin eine Tatverdächtige?«

»Nein. Eine Zeugin.«

»Das ist gut. Wir verlieren nämlich ungern einen Steuerzahler. Und wer ist die Einwohnerin?«

»Mrs. Jill Winslow.«

»Ernsthaft?«

»Kennen Sie sie?«

»Ein bißchen. Ihren Mann kenne ich besser. Mark Winslow. Er ist im Gemeindeplanungsausschuß. Ich habe bei den Sitzungen ein paarmal mit ihm gesprochen.«

»Und sie?« fragte ich.

»Ich bin ihr ein paarmal begegnet. Eine nette Frau.« Er lächelte. »Ich habe sie einmal wegen Geschwindigkeitsübertretung angehalten. Sie hat mir den Strafzettel ausgeredet und es so hingestellt, als ob sie *mir* einen Gefallen tut.«

Ich lächelte höflich und fragte: »Wissen Sie, ob sie berufstätig ist?«

»Ist sie nicht.«

Ich fragte mich, woher er das wußte, erkundigte mich aber nicht danach. »Mr. Winslow ist also im Planungsausschuß«, sagte ich. »Aber in meiner Akte steht, daß er bei Morgan Stanley arbeitet.«

Sergeant Roberts lachte. »Ja. Damit verdient er den Großteil seines Geldes. Für die Gemeindejobs gibt's einen Dollar im Jahr.«

»Wirklich? Wie kommen Sie mit einem Dollar im Jahr zurecht?«

Er lachte wieder. »Ich hab einen richtigen Job. Der Großteil der Gemeindeverwaltung besteht aus Ehrenamtlichen.«

»Ehrlich?« Hier ging es zu wie in Mayberry, North Carolina, nur daß die meisten Einwohner reich waren.

»Und was ist mit Mrs. Winslow?« fragte Sergeant Roberts. »Wo hat sie diesen Mord gesehen?«

»Ich darf nicht über die näheren Einzelheiten sprechen. Genaugenommen bin ich mir nicht mal sicher, ob es sich um die Richtige handelt, deshalb möchte ich erst ein paar Fakten abklären. Wie alt ist sie in etwa?«

Er dachte einen Moment lang nach. »Etwa Mitte bis Ende dreißig.« Er fragte mich: »Hat sich dieser Mord in Übersee ereignet?«

Sergeant Roberts stellte zu viele Fragen, aber ich glaube nicht, daß er mißtrauisch war, nur neugierig, und außerdem hatte ich das Gefühl, daß Klatsch und Tratsch der wichtigste Gewerbezweig von Old Brookville waren. Da ich keine Ahnung hatte, ob Mrs. Winslow nach Übersee reiste, beziehungsweise, ob Sergeant Roberts es wußte, falls dem so sein sollte, erwiderte ich: »Der Vorfall ereignete sich auf dem Boden der Vereinigten Staaten.« Und ich fragte ihn: »Haben die Winslows Kinder?«

Er antwortete nicht, sondern drehte seinen Stuhl zum Computer um, tippte auf ein paar Tasten und sagte dann: »Zwei Jungs, James, dreizehn Jahre alt, und Mark junior, fünfzehn. Hatte nie Schwierigkeiten mit ihnen.« Und er fügte hinzu: »Sie sind beide auf einem auswärtigen Internat.«

Ich warf einen Blick auf seinen Computerbildschirm und fragte ihn: »Haben Sie das alles in Ihrem Computer?«

»Wir führen ungefähr jedes Jahr eine Einwohnerbefragung durch.«

»Eine Einwohnerbefragung?«

»Ja. Jeder Polizist bekommt eine Gegend zum Erfassen zugeteilt – Fragebögen werden ausgeteilt und Gespräche geführt, und wir erfassen die Antworten in einer Datei. Wir haben über jeden eine Akte.«

»Hey, so ist das in Deutschland und Rußland auch gelaufen.«

Er warf mir einen säuerlichen Blick zu und teilte mir mit: »Alles geschieht freiwillig.«

»Das ist ein guter erster Schritt.«

»Außerdem profitiert jeder davon«, teilte er mir des weiteren mit. »Wir wissen zum Beispiel, ob Behinderte im Haus sind, ob Hunde auf dem Grundstück sind, wir wissen, wer in der Stadt arbeitet, und wir haben von jedem Telefonnummern, unter denen wir die Leute erreichen können. Alle diese Erkenntnisse sind in jedem Polizeifahrzeug über ein mobiles Datenterminal abrufbar. Wir haben eine niedrige Kriminalitätsrate«, stellte er fest, »und wir wollen, daß es dabei bleibt.«

»Richtig. Okay, können Sie mir sagen, ob es noch eine andere Jill Winslow in der Gegend gibt?«

Er wandte sich wieder seinem Computer zu und sagte. »Wir haben ein paar Winslows in der Gegend aufgelistet, als Verwandte und Ansprechpartner, aber ich sehe keine andere Jill Winslow.«

»Irgendwelche familiären Auseinandersetzungen?«

Er drückte ein paar Tasten und sagte: »Nichts gemeldet.«

Die ganze Sache hier war zwar ein bißchen gruslig, kam mir aber sehr gelegen. Ich sollte diese computerisierte Bürgerbefragung in meinem Apartmenthaus einführen. »Wie lange machen Sie diesen Job schon?« fragte ich Sergeant Roberts.

»Elf Jahre«, erwiderte er, ohne seinen Computer zu Rate zu ziehen. »Warum?«

»Ich frage mich, ob Sie sich an irgendeinen ungewöhnlichen Vorfall erinnern können, der sich im Zusammenhang mit den Winslows vor etwa fünf Jahren zugetragen haben könnte?«

Er dachte darüber nach, dann erwiderte er: »Ich kann mich an nichts entsinnen, worauf die Ortspolizei aufmerksam geworden ist.«

»Irgendwelche Gerüchte oder Klatsch über sie?«

»Sie meinen ...?«

»Yeah. Daß sie rumvögelt.«

Er schüttelte den Kopf. »Nicht, daß ich wüßte. Aber ich wohne nicht hier. Warum fragen Sie?«

»Was können Sie mir über die beiden mitteilen?« sagte ich, ohne auf seine Frage einzugehen. »Ich meine, was Herkunft, Lebensstil und dergleichen mehr angeht.«

Sergeant Roberts dachte einen Moment lang nach, dann erwiderte er: »Mark Winslow stammt aus einer alteingesessenen Familie aus Long Island. Sie ist laut Einwohnerbefragung eine geborene Halley, ebenfalls eine alteingesessene Familie. Sie sind gut betucht, aber nicht stinkreich. Er arbeitet bei Morgan Stanley in der City, wie Sie wissen, und ist geschäftlich viel unterwegs. Sie verständigt uns jedesmal, wenn er, sie oder alle beide weg sind. Sie sind im Country Club, und er hat noch einen Club in der City« – er warf einen Blick auf seinen Computer – »Union League Club. Sehr konservativ. Was wollen Sie sonst noch wissen?«

Ich wollte wissen, ob dies die Jill Winslow war, die an dem Abend, an dem TWA 800 abgestürzt war, am Strand gevögelt hatte, aber vielleicht sollte ich das lieber sie fragen. »Ich glaube, ich bin jetzt ganz gut im Bild«, sagte ich.

»Was hat das damit zu tun, daß sie Zeugin bei einem Mord war?« fragte er mich.

Gute Frage. Sergeant Roger war schlauer, als ich erwartet hatte – eine Lektion, die ich mir merken sollte. »Hier geht es selbstverständlich um mehr«, erwiderte ich. »Aber aus Gründen der nationalen Sicherheit darf ich Ihnen nicht sagen, worum es geht.«

Wir blieben auf Blickkontakt, und er sagte: »Na schön.«

Mir war aufgefallen, daß sein Funkgerät keinen Mucks von sich gegeben hatte, aber jetzt summte sein Telefon, worauf er den Hörer abnahm und mit Ms. Wilson im Vorzimmer sprach.

Am liebsten hätte ich zu ihm gesagt: »Wenn es die CIA ist, bin ich nicht da.« Ich horchte auf irgendwelche Hinweise, daß es Ärger geben könnte, aber er sagte zu seiner Zivilangestellten: »Stellen Sie sie durch. Ich kümmer mich drum.« Und zu mir sagte er: »Laute Gartenparty.« Er nahm den Anruf entgegen und plauderte mit irgend jemandem über die laute Gartenparty.

In diesem Revier herrschten wahrhaftig andere Sitten, und ich versuchte mir ein Bild von der Welt zu machen, in der Jill Winslow lebte. Wie ich vermutet hatte, gehörte sie der oberen Mittelschicht an und hatte viel zu verlieren, wenn ihr Mann herausfand, daß sie nicht immer Kleider einkaufen ging, wenn sie aushäusig war.

Ich vermutete, daß Mr. Mark Winslow, Investmentbanker bei Morgan Stanley, ein bißchen langweilig war, vermutlich gern einen oder zwei Cocktails trank, im hiesigen Country Club golfte und viel Zeit in der Stadt verbrachte, bei der Arbeit oder mit Kunden. Vielleicht hatte er eine Holde in der Stadt. Langweilige, vielbeschäftigte und reiche Männer haben eine Vorliebe für Freundinnen, die immer für sie da sind und sie attraktiv finden.

Ich wußte von Sergeant Roberts, daß Mr. Winslow ein gewisses Pflichtgefühl gegenüber seiner Gemeinde hatte und im Planungsausschuß saß. Das war sehr uneigennützig und hatte zudem den Vorteil, daß er zumindest einmal mehr im Monat aus dem Haus kam, abgesehen davon, daß er dadurch das Seine dazu beitragen konnte, um das Gesocks fernzuhalten.

Kurzum, Mrs. Winslow langweilte sich höchstwahrscheinlich. Vermutlich übernahm sie ehrenamtliche Tätigkeiten, fuhr in die Stadt, um ins Theater, in Museen oder einkaufen zu gehen oder mit anderen Frauen zu speisen, wenn sie keinen Ehebruch beging.

Ich versuchte mir ein Bild von ihrem Liebhaber zu machen, aber da ich außer Nashs Bestätigung, daß er verheiratet war, nichts weiter über ihn wußte, konnte ich lediglich schlußfolgern, daß er mit Mrs. Winslow vögelte.

Don Juan besaß offenbar einen braunen Ford Explorer, und einer der beiden besaß eine Videokamera, mit der sie ein Schäferstündchen am Strand aufgenommen hatten, und vielleicht auch noch andere Szenen dieser Art. Daher vertrauten sie einander offensichtlich, sonst hätten sie keine Videokamera mitgenommen, um ihren möglicherweise verhängnisvollen Seitensprung zu filmen. Wahrscheinlich stammten sie aus den gleichen gesellschaftlichen Kreisen, und diese Affäre hatte mit einem harmlosen Flirt bei einer Cocktailparty oder einem Clubtanz angefangen, war zu gemeinsamen Mittag- und Abendessen gediehen und dann zum Fickifacki.

Ein weiterer Gedanke: Obwohl sie sich reichlich leichtsinnig verhielten, waren sie an sich keine leichtsinnigen Leute. Sie hatten diese Beziehung gut im Griff beziehungsweise gut im Griff gehabt, waren ein wohlkalkuliertes Risiko eingegangen, dessen Vorzüge – was immer sie auch sein mochten – das Risiko wert waren.

Ein letzter Gedanke: Die Liebenden waren nicht verliebt. Wenn sie es gewesen wären, hätten sie am Abend des 17. Juli 1997, als sie das Flugzeug explodieren sahen, eine Offenbarung gehabt – es wäre für sie ein Hinweis gewesen, daß das Leben kurz war, daß sie zusammensein mußten, ohne Rücksicht auf Ehepartner, Familie oder wohlgeordnetes Leben. Und Jill Winslow würde nicht mehr mit

Mark Winslow an der Quail Hollow Lane Nummer 12 wohnen.

Trotz alledem könnte es auch gut sein, daß Mr. Mark Winslow ein interessanter und attraktiver Mann war, ein liebevoller und aufmerksamer Ehepartner, während Jill Winslow eine stadtbekannte Schlampe war und ihr Liebhaber der Typ, der den Swimmingpool saubermachte.

Wenn ich Zugang zu Mrs. Winslow und ihrer Welt bekommen wollte, mußte ich feststellen, ob ich sie dazu überreden konnte, mir genau zu erzählen, was an diesem Abend geschehen war, was sie gesehen und auf Video aufgenommen hatte. Wenn sie Nash die Wahrheit gesagt hatte, dann war die Sache hier zu Ende und ich konnte heimfahren und mich auf meinen La-Z-Boy fläzen. Wenn mehr dran war, als Nash mir gesagt hatte, oder ich irgendwas erfuhr, das sie Nash nicht erzählt hatte, dann war sie noch nicht zu Ende – dann war das der Anfang eines wiederaufgerollten Falles. Ich war mir nicht ganz sicher, was mir mehr zusagte.

Sergeant Roberts legte auf und sagte: »Typisch Samstagabend. Jede Menge Hauspartys – für gewöhnlich Kids, deren Eltern weg sind.« Er rief über Polizeifunk einen Streifenwagen und schickte ihn zu dem Haus, in dem zu laut gefeiert wurde. »Ich habe heute nacht vier Wagen im Einsatz«, sagte er zu mir. »Manchmal melden mir die zentralen Überwachungsunternehmen einen Einbruchalarm, dann hab ich einen Verkehrsunfall, dann die alten Damen, die einen Rumtreiber melden – immer dieselben beiden alten Damen.«

Er ließ sich eine Zeitlang über die Schwierigkeiten der Polizei in einer Kleinstadt aus, wo die Einwohner meinten, die Cops gehörten zum Hauspersonal. Es war nicht spannend, aber ich bekam einen ganz guten Eindruck.

»Wissen Sie, ob die Winslows verreist sind?« fragte ich Sergeant Roberts.

Er spielte mit seinem Computer und sagte: »Ich habe keinerlei Hinweise, daß sie verreist sind.«

»Haben Sie vielleicht auch ihre Telefonnummer?«

Er drückte ein paar Tasten und sagte: »Ich habe die meisten nicht eingetragenen Telefonnummern, aber nicht alle …« Er schaute auf den Bildschirm und sagte: »Ihre hab ich. Brauchen Sie sie?«

»Danke.«

Er kritzelte die Nummer auf ein Blatt Papier und gab es mir. Ich mußt unbedingt dran denken, daß ich Dom Fanelli von der hiesigen Ortspolizei und ihrer Orwellschen Datei berichtete.

Sergeant Roberts sagte zu mir: »Wenn Sie sie anrufen oder ihrem Haus einen Besuch abstatten wollen, sollten Sie wissen, daß Mark Winslow ein Typ ist, der beim Fernsehquiz nicht eine Frage beantwortet, ohne daß sein Anwalt zugegen ist. Wenn Sie also mit ihr reden wollen, müssen Sie *ihn* außen vor halten, es sei denn, Sie wollen seinen Anwalt dabeihaben. Aber das haben Sie nicht von mir gehört. Okay?«

»Verstanden.« Genaugenommen gab es zwingendere Gründe, weshalb ich ihn nicht dabeihaben wollte. »Tun Sie mir einen Gefallen und rufen Sie sie an«, sagte ich zu Sergeant Roberts.

»Jetzt?«

»Ja. Ich muß sichergehen, daß sie daheim sind.«

»Okay … wollen Sie, daß ich irgendwas sage? Ich meine, auf ihrer Anruferkennung taucht ›Polizeirevier Brookville‹ auf.«

»Sagen Sie Mr. Winslow, eine außerordentliche Sitzung des Planungsausschusses wäre einberufen worden. Sie hätten grade erfahren, daß an der Main Street ein spanischer Nachbarschaftsclub eröffnet werden soll.«

Er lachte. »Genau. Das bringt die ganze Stadt auf die Straße.«

Ich lächelte über unseren politisch ein bißchen unkorrekten Witz und schlug vor: »Wie wär's, wenn Sie ihm sagen, daß sich jemand in der Gegend rumtreibt. Die zentral überwachte Alarmanlage von jemandem wäre gerade losgegangen.«

»Okay ...«

Er wählte die Nummer, und ich sagte zu ihm: »Schalten Sie den Lautsprecher ein.«

Er drückte die Lautsprechertaste, und ich hörte das Telefon klingeln. Beim vierten Läuten meldete sich eine Männerstimme. »Hallo?«

»Mr. Winslow?« fragte Sergeant Roberts.

»Ja?«

»Mr. Winslow, hier ist Sergeant Roberts von der Polizeidienststelle Old Brookville. Tut mir leid, daß ich Sie um diese Uhrzeit störe, aber uns wurde ein Rumtreiber gemeldet, und in Ihrer Gegend ist eine Alarmanlage losgegangen, und wir haben uns gefragt, ob Sie irgendwas gesehen oder gehört haben.«

Mark Winslow räusperte sich, versuchte offenbar klaren Kopf zu bekommen und erwiderte: »Nein ... ich bin erst seit ... mal sehen ... etwa zwei Stunden da ...«

»In Ordnung. Machen Sie sich keine Sorgen. Wir haben einen Wagen in Ihrer Gegend. Sorgen Sie dafür, daß Ihre Türen und Fenster verschlossen sind und Ihre Alarmanlage eingeschaltet ist. Und rufen Sie uns an, wenn Sie irgendwas sehen oder hören.«

»Okay ... ja, wird gemacht ...«

Ich fand, daß Mr. Winslow so ähnlich wie Mr. Rosenthal um ein Uhr morgens klang. Ich gab Sergeant Roberts ein Zeichen, daß er mich sprechen lassen sollte. Er sagte zu Mr. Winslow: »Hier ist …«

»Bezirkspolizei«, soufflierte ich.

»Hier ist jemand von der Bezirkspolizei, der mit Ihnen sprechen möchte.«

»Entschuldigen Sie die Störung«, sagte ich zu Mr. Winslow, »aber wir ermitteln wegen einer Reihe von Einbrüchen in dieser Gegend.« Ich mußte sofort zur Sache kommen, bevor er wach wurde und das Ganze ein bißchen bescheuert fand, daher fragte ich ihn: »Sind Sie morgen daheim, falls ich vorbeikommen sollte?«

»Äh … nein … beim Golf …«

»Wann geht's los?«

»Um acht.« Und er fügte hinzu. »Frühstück um sieben. Im Club.«

»Aha. Ist Ihre Frau daheim?«

»Sie geht um zehn zur Kirche.«

»Und Ihre Kinder?«

»Die sind auf der Schule. Gibt es irgendein Grund zur Besorgnis?«

»Nein, Sir. Ich muß nur bei Tageslicht die Umgebung und die Gärten überprüfen, also bestellen Sie Ihrer Frau bitte, sie soll nicht erschrecken, wenn ich vorbeikomme. Hier ist Sergeant Roberts noch mal.«

»Tut mir leid, daß ich so spät anrufe«, sagte er zu Mr. Winslow, »aber ich wollte sichergehen, daß alles in Ordnung ist.«

»Sie brauchen sich nicht zu entschuldigen. Ich danke für Ihren Anruf.«

Sergeant Roberts unterbrach die Verbindung und sagte für den Fall, daß ich nicht aufgepaßt hatte, zu mir: »Okay, er ist morgen beim Golfen.«

»Richtig. Rufen Sie ihn morgens um halb sieben an und sagen Sie ihm, Sie hätten den Einbrecher gefaßt, und die Bezirkspolizei würde nach Sonnenaufgang nach Beweisen suchen.«

Sergeant Roberts machte sich eine Notiz und fragte mich: »Wollen Sie morgen hingehen und mit ihr reden?«

»So ist es.«

»Ist das eine Festnahme?« fragte er mich.

»Nein. Bloß eine Zeugenvernehmung.«

»Klingt aber, als ging's um mehr.«

Ich beugte mich zu ihm und sagte: »Ich werde Ihnen etwas anvertrauen, aber das muß unter uns bleiben.«

Er nickte und wartete darauf, daß ich fortfuhr.

»Jill Winslow könnte wegen dem, was sie gesehen hat, in Gefahr schweben«, sagte ich.

»Wirklich?«

»Wirklich. Deshalb werde ich das Haus der Winslows heute nacht überwachen. Sagen Sie Ihren Polizeistreifen, daß sie sich keine Sorgen machen sollen, wenn ein grauer Ford Taurus an der Quail Hollow Lane parkt. Okay? Wir beide bleiben über Nacht in Verbindung, falls ich Unterstützung brauchen sollte. Haben Sie ein Funkgerät übrig?«

»Ich hab ein tragbares, das Sie benutzen können.«

Ich hätte ihn am liebsten gefragt, ob er auch noch eine Knarre übrig hatte, aber damit würde ich seine Gastfreundschaft womöglich überstrapazieren. »Wann machen Sie Dienstschluß?« fragte ich ihn.

»Um acht. Von Mitternacht bis acht.«

»Okay. Ich rufe Sie an, falls Mr. Winslow nicht rechtzeitig zum Frühstück in den Club geht – dann müssen Sie ihn irgendwie aus dem Haus locken. Okay?«

»Okay …«

Ich stand auf und fragte: »Wie komme ich zur Quail Hollow Lane Nummer 12?«

Sergeant Roberts gab mir eine Realtor-Karte von Old Brookville und zeichnete mit einem Textmarker den Weg ein. Er lieh mir ein tragbares Funkgerät und sagte: »Frequenz ist eingestellt. Ich bin das Hauptquartier – Sie sind Wagen Zero.« Er lächelte.

»Roger«, sagte ich und fügte hinzu: »Wenn irgendein anderer Bundesagent anruft oder vorbeikommt, sagen Sie mir über Funk Bescheid.«

»Wird gemacht.«

Wir schüttelten uns die Hand, und ich sagte: »Ich werde dafür sorgen, daß Sie wegen Ihrer Hilfsbereitschaft eine Anerkennung bekommen. Ich liefere das Funkgerät später ab.«

Ich verließ die kleine Polizeidienststelle von Old Brookville. Herrgott, bin ich völlig bescheuert oder was? Vielleicht könnte ich Sergeant Roberts sogar dazu kriegen, daß er Ted Nash festnahm, falls er aufkreuzen sollte.

Es war eine kühle, klare Nacht, und hier draußen konnte ich die Sterne sehen, aber keine Schwarzen Hubschrauber. Ein paar Autos fuhren auf der Route 25A vorbei, doch ansonsten war alles ruhig, von ein paar quakenden Baumfröschen einmal abgesehen.

Ich stieg in meinen Mietwagen, fuhr zur Cedar Swamp Road zurück und hielt mich dann in Richtung Norden, wie es mir Sergeant Roberts erklärt hatte.

Vorausgesetzt, daß Ted Nash noch nicht mit Mr. Rosenthal gesprochen und herausgefunden hatte, daß ich Jill Winslows Namen erfahren hatte, und vorausgesetzt, daß es die richtige Jill Winslow war, dann würde ich irgendwann nach Mr. Winslows erstem Abschlag die Antworten auf die Fragen bekommen, von denen ich noch keine

Ahnung hatte, bevor Kate so freundlich gewesen war und sie mir anvertraut hatte. Seither war ich mit einer Reise in den Jemen, Ted Nashs Wiederauferstehung und dem Evangelium des Ted belohnt worden. Wie gut ist das?

Wenn ich Kate am Montag vom Flughafen abholte – vorausgesetzt, ich war bis dahin nicht wieder im Jemen, im Knast oder tot –, konnte ich zu ihr sagen: »Willkommen daheim. Ich habe gute und schlechte Nachrichten. Die gute Nachricht lautet, daß ich die Frau am Strand gefunden habe. Die schlechte lautet, daß Ted Nash am Leben ist und mich umbringen will.«

44

Ich fuhr durch das Eisentor von Banfi Vintners, folgte dann Sergeant Roberts'‹ Anweisung und bog auf die Chikken Valley Road ein. Die Straße war dunkel, und ich fuhr langsamer und tippte die Bremse an, falls Hühner auf der Straße sein sollten. Nach ein paar Minuten entdeckte ich ein Straßenschild mit der Aufschrift Quail Hollow Lane. Ich bog rechts ab und folgte der schmalen, kurvigen Straße.

Ich konnte kaum die Häuser sehen, geschweige denn die Hausnummern, aber am Straßenrand standen Briefkästen auf Pfosten, und ich entdeckte die Nummer 12. Ich fuhr aufs Bankett, schaltete die Scheinwerfer aus, stellte den Motor ab und stieg aus.

Oberhalb einer langen, von Bäumen gesäumten Auffahrt konnte ich ein eindrucksvolles rotes Ziegelhaus im georgianischen Stil erkennen, das an einem Hang stand. An einem Fenster im Obergeschoß brannte Licht, das ausging, während ich noch hinschaute.

Ich stieg wieder in mein Auto, steckte den Zündschlüssel ins Schloß und schaltete das Radio ein. Auf der Uhr am Armaturenbrett war es 2:17, und ich richtete mich auf eine lange, ungemütliche Nacht ein.

Der behämmerte DJ, der sich Werewolf Jack nannte, knurrte und heulte, und ich fragte mich, ob das vielleicht Jack Koenig sein könnte, der sich ein bißchen was dazuverdiente.

Werewolf Jack nahm Anrufe von Zuhörern entgegen, die, wie ich vermutete, größtenteils vom Bezirksirrenhaus aus anriefen. Ein Typ schrie: »Hey, Werewolf, hier ist Dave aus Garden City!«

»Hey, Dave!« schrie Werewolf Jack zurück. »Was kann ich für dich tun, mein Guter?«

»Ich will ›All I Want Is You‹ von U2 hören«, erwiderte Dave ebenso lautstark, »und ich will's meiner Frau Liz widmen, die sauer auf mich is.«

»Wird gemacht, Dave! Liz, hörst du zu? Das ist von deinem dich liebenden Mann Dave, nur für dich, mein Schatz.«

U2 sülzte mit »All I Want is You« los.

Ich war versucht, den Sender zu wechseln, aber dann wurde mir klar, daß Werewolf Jack genau das war, was ich heute nacht brauchte.

Ab und zu knisterte mein Polizeifunkgerät, und einer der vier Streifenwagen meldete sich bei der Zivilangestellten, oder sie meldete sich bei ihnen. Ich machte einen Kontrollanruf bei Roberts und erinnerte ihn daran, daß er mich verständigen sollte, falls irgendein anderer Bundesagent aufkreuzte, obwohl ich es für unwahrscheinlich hielt, daß ich jemals Rückmeldung erhalten würde, falls Nash und Konsorten tatsächlich meinten, ich wäre bei der Polizeidienststelle Old Brookville gewesen. Höchstwahrscheinlich kreuzten sie dann hier auf und führten mich ab.

Ich gähnte, döste ein, wachte wieder auf und döste erneut ein. Werewolf Jack verabschiedete sich um drei Uhr, versprach aber, nächste Nacht wiederzukommen und seinen Zuhörern die Kehle aufzuschlitzen. Der Sender verabschiedete sich mit der Nationalhymne, und ich setzte mich aufrecht hin, bis sie zu Ende war. Danach schaltete ich auf einen Nachrichtensender um. Gegen vier Uhr früh fuhr ein Streifenwagen der Polizei von Old Brookville langsam an mir vorbei, und wir winkten uns zu.

Ich döste wieder weg, und als ich aufwachte, zeigte sich im Südosten die erste schwache Dämmerung. Es war 5:29. Ich meldete mich über Funk bei Sergeant Roberts und sagte zu ihm: »Rufen Sie Mr. Winslow um halb sieben an, und teilen Sie ihm mit, daß der Rumtreiber gefaßt wurde. Alles ist wieder bestens in Heilewelt. Es ist ein guter Tag zum Golfen.«

Sergeant Roberts kicherte und erwiderte: »Viel Glück mit Mrs. Winslow.«

»Danke.«

Um 6:45 glitt ein automatisches Tor an der Dreifachgarage der Winslows auf, und ein grauer Mercedes kam heraus und fuhr die lange Auffahrt herunter. Am Ende der Auffahrt bog der Wagen in meine Richtung, und ich konnte einen kurzen Blick auf Mark Winslow werfen, der selbst durch die Windschutzscheibe eine geradezu blendende Stumpfheit ausstrahlte. Ich rutschte tief in meinen Sitz, bis er vorbeigefahren war.

Ich wollte Jill Winslow nicht zu früh aus dem Bett scheuchen, deshalb wartete ich noch eine Weile.

Leichter Dunst stieg von den weitläufigen Rasenflächen der großen Häuser rund um mich auf, Vögel sangen, und über einer Reihe von Bäumen in der Ferne ging die Sonne auf. Ein seltsames Tier überquerte die Straße. Vielleicht ein Fuchs. Ich hielt Ausschau nach einer Wachtel, wußte aber nicht genau, wie eine Wachtel aussah oder wie man feststellen konnte, daß sie hohl war. Kaum zu glauben, daß Midtown Manhattan nur dreißig Meilen von diesem Urwald entfernt war; ich konnte es kaum abwarten, wieder Beton unter den Füßen zu spüren.

Ich schaute zum Haus der Winslows. Ich hoffte regelrecht, daß sich Mrs. Winslow gegenüber Nash und Griffith nicht gänzlich offenbart hatte – trotz Nashs Quatsch von wegen dem Lügendetektor –, und daß sie bereit war, ihre Seele und ihr Gewissen zu erleichtern, auch wenn das hieß, daß sie all das hier aufgeben mußte. Unwahrscheinlich. Aber man kann nie wissen, solange man nicht danach fragt.

Ein paar Autos fuhren vorbei, und Menschen schauten mich an. Daher ließ ich den Motor an, bevor sie die Cops riefen, und stieß auf die lange Auffahrt. Ich hielt auf einem mit Kopfsteinen gepflasterten Parkplatz vor dem Haus. Es war 7:32. Ich nahm mein Polizeifunkgerät, stieg die Treppe empor und klingelte an der Tür.

Wie oft hatte ich das als Polizist bei der Mordkommission schon gemacht? An wie vielen Türen hatte ich schon geklingelt, um jemandem eine schreckliche Nachricht zu überbringen, beziehungsweise gefragt, ob ich einen Moment reinkommen und ein paar Routinefragen stellen dürfte? Wie viele Durchsuchungsbefehle hatte ich schon überreicht, wie viele Haftbefehle vollstreckt?

Ab und zu hatte ich einen Kondolenzbesuch abgestattet, und manchmal hatte ich gute Nachrichten überbracht.

Zur Gewohnheit wurde es nie, aber es wurde auch nicht besser.

Ich hatte keine Ahnung, was hier geschehen würde, aber ich war mir sicher, daß in der nächsten Stunde ein paar Leben einen anderen Lauf nehmen würden.

45

Ich hörte ein elektronisches Quäken, dann drang etwas, das sich wie eine Frauenstimme anhörte, aus dem Lautsprecher über mir, dessen Tonqualität noch etwas schlechter war als die der Lautsprecher im Jack in the Box. »Wer ist da?« fragte sie.

Ich blickte auf und sah eine auf mich gerichtete Überwachungskamera. »Detective Corey, Mrs. Winslow«, antwortete ich. Ich hielt meinen Ausweis vor die Kamera und hätte fast gesagt »Jumbo Jack mit Käse«, beherrschte mich aber und sagte statt dessen: »Ich habe letzte Nacht mit Ihrem Mann telefoniert.«

»Oh ... ja. Tut mir leid, er ist nicht da.«

Mir tat es nicht leid. Ich sagte: »Ich muß ein paar Minuten wegen diesem Rumtreiber mit Ihnen sprechen.«

»Nun ... in Ordnung ... einen Moment.«

Ich wartete, und ein paar Minuten später wurde die wuchtige Haustür geöffnet.

Jill Winslow war in der Tat eine attraktive Frau. Sie war Ende dreißig, hatte braune Haare und einen Pagenschnitt, wie man das, glaube ich, nennt. Sie hatte große braune Augen, ein hübsches Gesicht, das sehr fotogen war, und sie hatte eine schöne Bräune, aber meine war besser.

Mrs. Winslow trug einen züchtigen, knöchellangen weißen Morgenmantel, und mittels Röntgenblick und meiner nicht ganz jugendfreien Phantasie erkannte ich gleich, daß sie einen gutgebauten Körper hatte. Sie lächelte nicht, machte aber auch keine finstere Miene, daher lächelte ich, worauf auch sie sich ein Lächeln abrang. Ich hielt meinen Bundesausweis noch mal hoch und sagte: »Tut mir leid, daß ich Sie so früh besuche, aber ich werde Sie nicht lange aufhalten.«

Sie nickte und winkte mich rein.

Ich folgte ihr durch das große, sehr formell wirkende Foyer in eine geräumige, rustikale Küche. Sie deutete auf einen runden Tisch, der in der Frühstücksecke neben einem sonnigen Erkerfenster stand, und sagte: »Ich will gerade Kaffee machen. Möchten Sie auch einen?«

»Ja, danke.« Ich setzte mich und legte mein Funkgerät auf den Tisch.

Sie ging zum Arbeitsbereich und braute Kaffee.

Soweit ich das erkennen konnte, sah dieses Haus nach altem Geld aus – jede Menge antiquarische Möbel, die ich persönlich für wurmstichige, mit Ungeziefer verseuchte alte Holzkloben halte, die nur noch von Schwamm und Schimmel zusammengehalten werden. Aber was weiß ich schon?

Als sie die Kaffeekanne aufsetzte, sagte Jill Winslow zu mir: »Ed Roberts von der Polizei von Old Brookville hat vorhin angerufen und gesagt, sie hätten den Rumtreiber gefaßt.«

»Das ist richtig.«

»Was kann ich also für Sie tun, Mr. …?«

»Corey. Ich stelle nur ein paar Nachforschungen an.«

Sie holte zwei Kaffeetassen aus dem Hängeschrank, stellte sie auf ein Tablett, wandte sich zu mir um und fragte: »Und Sie sind von der Bezirkspolizei?«

»Nicht ganz.«

Sie ging nicht darauf ein.

»Ich bin beim FBI.«

Sie nickte, und ich sah, daß sie weder überrascht noch verdutzt war. Wir schauten einander ein paar Sekunden lang an, und ich hatte nicht den geringsten Zweifel, daß ich mit der Jill Winslow sprach, die vor fünf Jahren *Ein Mann und eine Frau* aus dem Bayview Hotel hatte mitgehen lassen.

»Haben in letzter Zeit irgendwelche anderen Bundesagenten angerufen oder Sie besucht?« fragte ich sie.

Sie schüttelte den Kopf.

Ich sagte zu ihr: »Sie wissen, warum ich hier bin.«

Sie nickte.

»Etwas Neues hat sich ergeben, und ich dachte, Sie könnten mir vielleicht weiterhelfen«, sagte ich.

»Wir sind doch schon alles durchgegangen«, erwiderte sie.

Sie hatte einen ausgesprochen vornehmen Tonfall, sanft, aber klar wie eine Glocke. Und mit ihren großen Augen schien sie mitten in mich hineinzublicken. »Wir müssen es noch mal durchgehen«, sagte ich.

Sie schaute mich unverwandt an, und das einzige, das sich bewegte, war ihr Kopf. Sie schüttelte ihn, aber nicht verneinend; es wirkte eher schwermütig.

Mrs. Jill Winslow hielt sich gut, und selbst zu dieser Uhrzeit, ohne Make-up und Kleidung, wirkte sie wie eine wohlerzogene Frau, die in dieses Haus gehörte.

Und dennoch – vielleicht weil ich wußte, daß sie in Sex, Lügen und Videos verwickelt war – hatte sie irgend etwas an sich, das bei aller Patrizierhaftigkeit auf einen wilderen Zug hindeutete.

Sie wandte sich ab und stellte Kaffeesahne und Zucker auf das Tablett, dazu Servietten und weiteres Zubehör.

Ich konnte ihr Gesicht nicht sehen, aber ihre Hände wirkten einigermaßen ruhig. Sie hatte mir den Rücken zugekehrt und sagte: »Vor ein paar Monaten … im Juli … habe ich die Gedenkfeier im Fernsehen gesehen. Kaum zu glauben, daß es schon fünf Jahre her ist.«

»So ist es.« Ich blies meine Hände an, um meinen Mundgeruch zu überprüfen, der mittlerweile jenseits von schlecht war, und schnüffelte unauffällig an meinem Hemd.

Mrs. Winslow drehte sich um, trug das Tablett mit einer Karaffe Kaffee zum Tisch und stellte es ab, als ich aufstand. »Bitte bedienen Sie sich«, sagte sie.

»Danke.«

Wir setzten uns beide, und ich sagte: »Ich bin gerade aus dem Jemen zurückgekommen, deshalb bin ich ein bißchen … zerknautscht.«

Ich sah, daß sie den Schorf und den blauen Fleck an meinem Kinn bemerkte, dann fragte sie: »Was haben Sie im Jemen gemacht? Oder dürfen Sie das nicht sagen?«

»Ich habe den Bombenanschlag auf die USS *Cole* untersucht.« Und ich fügte hinzu: »Ich bin mit Terrorbekämpfung befaßt.«

Sie erwiderte nichts, wußte aber, worauf es hinauslief.

Ich goß zwei Tassen Kaffee aus der Karaffe ein, und sie sagte: »Danke.«

Ich schaltete das Polizeifunkgerät aus, trank dann einen Schluck Kaffee. Nicht schlecht.

»Mein Mann ist heute morgen golfen«, sagte sie zu mir. »Ich gehe um zehn in die Kirche.«

»Das weiß ich«, erwiderte ich. »Wir sollten das hier hinter uns gebracht haben, bevor Sie sich für die Kirche fertigmachen müssen. Was Mr. Winslow angeht, so wird ihn diese Sache nicht betreffen, wie man Ihnen schon vor fünf Jahren versprochen hat.«

Sie nickte und sagte: »Danke.«

Ich goß mir eine weitere Tasse Kaffee ein, und Mrs. Winslow nippte an ihrer. »Gestern abend«, sagte ich, »habe ich mit dem Mann gesprochen, der ursprünglich mit diesem Fall betraut war – Ted Nash. Können Sie sich an ihn erinnern?«

Sie nickte.

»Und vor ein paar Wochen«, fuhr ich fort, »habe ich mit Liam Griffith gesprochen. Können Sie sich an den erinnern?«

Wieder nickte sie.

»Wer hat Sie seinerzeit noch vernommen?« fragte ich.

»Ein Mann, der sich als Mr. Brown von der nationalen Verkehrssicherheitskommission vorstellte«, erwiderte sie.

Ich beschrieb Jack Koenig und erklärte ihr auch, daß er den Eindruck vermittelte, er hätte eine Stahlrute im Hintern stecken. »Ich bin mir nicht sicher«, erwiderte sie. »Wissen Sie das denn nicht?«

»Sonst noch jemand?« erkundigte ich mich, ohne auf ihre Frage einzugehen.

»Nein.«

»Haben Sie eine Aussage unterschrieben?«

»Nein.«

»Wurde eine Video- oder Kassettenaufnahme von Ihrer Aussage gemacht?«

»Nein ... meines Wissens nicht. Aber der Mann, der sich Griffith nannte, machte sich ein paar Notizen.«

»Wo fand diese Vernehmung statt?«

»Hier.«

»Hier im Haus?«

»Ja. Als mein Mann zur Arbeit war.«

»Aha.« Ungewöhnlich, aber nicht einmalig bei einem hilfsbereiten und geheimen Zeugen. Offensichtlich wollte man sie nicht in eine Einrichtung des Bundes vorladen. »Und der Gentleman, mit dem Sie seinerzeit zusammen waren?« fragte ich.

»Was ist mit ihm?«

»Wo wurde der vernommen?«

»Ich glaube, seine Vernehmung fand in seinem Büro statt. Warum fragen Sie?«

»Ich überprüfe die Verfahrensweise und die Richtlinien.«

Ohne darauf einzugehen, fragte sie mich: »Was für neue Erkenntnisse sind denn aufgetaucht, und was wollen Sie von mir wissen?«

»Ich darf nicht darüber sprechen, welche neuen Erkenntnisse aufgetaucht sind. Und von Ihnen brauche ich ein paar Klarstellungen.«

»Als da wären?«

»Nun ja, ich muß zum Beispiel den neuesten Stand der Dinge wissen, was Ihre Beziehung zu Ihrem Freund angeht.« Und seinen Namen.

Sie wirkte ein bißchen unleidlich oder verärgert und erwiderte: »Ich weiß nicht, inwieweit das jetzt noch relevant sein soll, aber wenn Sie es denn unbedingt wissen müssen: Ich habe mich seither nicht mehr mit Bud eingelassen.«

Bud. »Aber Sie sehen ihn noch und sprechen mit ihm.«

»Ab und zu. Wenn wir uns bei Partys über den Weg laufen, oder im Club. Es ist unvermeidlich und peinlich.«

»Ach, das weiß ich. Ich laufe in Manhattan ständig meiner Exfrau und ehemaligen Freundinnen über den Weg.« Ich lächelte, und sie lächelte ebenfalls.

»Haben Sie mit ihm gesprochen?« fragte sie.

»Nein. Ich wollte erst mit Ihnen sprechen. Ist er immer noch unter der gleichen Adresse zu erreichen?«

»Ja. Gleiche Adresse. Gleiche Frau.«

»Gleicher Job?«

»Gleicher Job.«

»Wissen Sie vielleicht, ob er in der Stadt ist?«

»Ich glaube, ja. Ich habe ihn beim Grillfest am Labor Day gesehen ...« Sie schaute mich an und sagte: »Wenn ich ihn sehe ... weiß ich nicht, warum ...«

»Sie wissen nicht, was Sie in ihm gesehen haben.«

Sie nickte. »Es war die Sache nicht wert.«

»Hinterher scheint es die Sache nie wert gewesen zu sein. Aber seinerzeit fand man es gut.«

Sie lächelte. »Vermutlich.«

»Sie sind wahrscheinlich enttäuscht, weil er dem FBI Ihren Namen genannt hat. Sie meinen, er hätte Sie decken müssen.«

Sie zuckte die Achseln und sagte: »Ich glaube nicht, daß er das hätte tun können. Sie waren sehr überzeugend – beinahe drohend ... aber ein stärkerer Mann hätte vielleicht ...« Sie lachte und sagte: »Ich glaube, er hat etwa drei Minuten lang standgehalten.«

Ich lächelte und sagte: »Na ja, wir wollen nicht zu hart zu Bud sein. Als guter Staatsbürger hat er das Richtige getan.«

»Bud tut das, was für Bud richtig ist.« Sie dachte einen Moment lang nach, dann sagte sie: »Wenn das FBI zuerst zu mir gekommen wäre und ihn gesucht hätte, hätte ich mich vielleicht genauso verhalten. Aber bei dem, was hinterher geschah, wurde mir klar, daß er ein ...«

»Ein Waschlappen.«

Sie lachte. »Ja, ein Waschlappen. Und ein Feigling – und ganz und gar kein Gentleman.«

»Warum?«

»Nun ja ... ich wollte zum Beispiel, daß wir uns melden und uns wegen dem, was wir gesehen und auf Video aufgenommen haben, mit dem FBI in Verbindung setzen. Er nicht. Nachdem man ihn ausfindig gemacht hatte, hat er dann dem FBI erklärt, daß *ich* diejenige gewesen sei, die sich nicht melden wollte. Es war einfach furchtbar ... er war nicht gerade ermutigend, und er dachte nur an sich selbst.«

»Er muß Anwalt sein.«

Wieder lachte sie, ein sanfter, kehliger Laut. Ich glaube, ich baute gerade eine Beziehung zu ihr auf, was möglicherweise die richtige Vorgehensweise war. Die andere ist Einschüchterung, aber die hatte Jill Winslow zweifellos schon vor fünf Jahren über sich ergehen lassen müssen, und seither hatte sie vermutlich gewisse Vorbehalte dagegen.

Ich berührte den Schorf an meinem Kinn, und Jill Winslow sagte: »Das sieht schmerzhaft aus. Wollen Sie etwas dafür haben?«

»Nein, danke, ich habe es in Salzwasser getaucht.«

»Oh ... wie ist das passiert?«

»Ich wurde in der Kasbah von Aden von Assassinen überfallen. Das ist im Jemen.« Und ich fügte hinzu: »Nur ein Witz. Wenn ich's recht bedenke, haben Sie Heftpflaster da?«

»Ja. Einen Moment.« Sie stand auf, ging zu einem Hängeschrank, holte einen Erste-Hilfe-Kasten heraus, kam mit Heftpflaster und einer antibiotischen Salbe zum Tisch zurück und gab sie mir.

»Danke«, sagte ich, schmierte ein bißchen Salbe auf den Schorf und wickelte dann das Heftpflaster aus. Sie stand da, als überlegte sie, ob sie mir helfen sollte, aber ich kriegte es allein hin.

Sie setzte sich wieder und sagte: »Sie müssen das sauberhalten.«

Sie war eine nette Frau, und ich mochte sie. Leider würde sie mich in etwa zehn Minuten nicht mehr mögen. Ich legte das Pflasterpapier auf den Tisch, und sie warf einen kurzen Blick darauf.

Ich schwieg eine Weile, und schließlich fragte sie mich: »Warum wollen Sie über Bud Bescheid wissen und über mein Verhältnis zu ihm?«

»Es gibt ein paar Ungereimtheiten zwischen Ihrer Geschichte und seiner damaligen Aussage. Erklären Sie mir zum Beispiel, was aus dem Video geworden ist, nachdem Sie es sich in Ihrem Zimmer im Bayview Hotel angesehen hatten.«

»Was hat *er* gesagt?«

»Sagen Sie es mir.«

»Na schön ... nachdem wir uns das Video angesehen hatten, bestand *er* darauf, daß wir es löschen sollten. Also haben wir die Aufnahme gelöscht und das Hotel verlassen.«

Das stimmte nicht mit dem überein, was mir der gute alte Ted erzählt hatte. Aber jetzt kam eins zum anderen. »Ich möchte, daß Sie die Sache mit mir etwas genauer durchgehen. Okay?« sagte ich zu ihr. »Sie haben also den Strand verlassen und waren auf der Rückfahrt zum Hotel. Was haben Sie da gemacht?«

»Nun ja ... ich habe in den Sucher der Videokamera geblickt und gesehen, was wir aufgenommen hatten ... das explodierende Flugzeug ...« Sie schloß die Augen und holte tief Luft. »Es war einfach furchtbar. Schrecklich. Ich möchte so etwas nie wieder erleben.«

Ich nickte und schaute sie an, während sie in ihre Kaffeetasse starrte. Ich hatte das Gefühl, daß sie vor fünf Jahren möglicherweise eine andere Frau gewesen war. Vielleicht ein bißchen fröhlicher und lebhafter. Was am 17. Juli 1996 geschehen war, hatte sie traumatisiert, und das, was hinterher passiert war, hatte sie enttäuscht, verbittert und vielleicht auch verängstigt. Und dann war da noch Mark Winslow, dessen Gesicht ich durch die Windschutzscheibe seines Mercedes' gesehen hatte. Und sie war immer noch hier, fünf Jahre später, und sie wußte, daß sie noch lange hier sein würde. Das Leben war eine ständige Abfolge von Kompromissen, Enttäuschungen, Vertrauensbrüchen, Fragen und Selbstzweifeln. Ab und zu kriegt man es auf Anhieb richtig hin, und manchmal, seltener allerdings, bekommt man die Gelegenheit, es noch einmal zu versuchen und vielleicht beim zweiten Mal hinzukriegen. Ich wollte Jill Winslow eine weitere Möglichkeit bieten, und ich konnte nur hoffen, daß sie sie annahm.

Sie wirkte wieder gefaßt, und ich sagte zu ihr: »Sie haben also die Explosion im Sucher gesehen.«

Sie nickte.

»Und Bud ist gefahren.«

»Ja. Ich habe zu ihm gesagt: ›Halt an. Das mußt du dir anschauen‹, oder so was Ähnliches …«

»Und was hat er gesagt?«

»Nichts. Ich habe zu ihm gesagt: ›Wir haben die ganze Sache auf Video.‹«

Ich saß eine ganze Weile da und wollte sie weiter ausfragen. Gleichzeitig aber auch nicht. Aber ich war hier, um Fragen zu stellen, deshalb sagte ich: »Haben Sie auch den Lichtschweif auf dem Video gesehen?«

Sie schaute mich an. »Natürlich«, erwiderte sie.

Ich schaute aus dem Erkerfenster, durch das man den Innenhof sah. Dort befanden sich ein mit Schieferplatten ausgelegter Patio, ein Swimmingpool und schließlich ein knapp einen halben Hektar großer Garten. Die Rosen sahen immer noch gut aus. *Natürlich.*

Ich goß mir noch eine Tasse Kaffee ein, räusperte mich und fragte sie dann: »Und dieser Lichtschweif war nicht die Spiegelung des brennenden Treibstoffs auf dem Wasser?«

»Nein.« Und sie fügte hinzu: »Ich sah die ... was immer es auch sein mag, aus dem Ozean aufsteigen ... Ich meine, ich habe es *persönlich* gesehen, bevor ich es auf dem Video sah.«

»Sie standen am Strand?«

Sie antwortete ein paar Sekunden lang nicht, dann sagte sie: »Ich saß am Strand und ... ich sah, wie dieser Lichtschweif zum Himmel aufstieg ... Ich sagte irgendwas zu Bud, und er setzte sich auf und drehte sich danach um. Wir beide haben zugesehen, wie er aufstieg, und ein paar Sekunden später gab es dann eine gewaltige Explosion am Himmel ... und brennende Trümmer oder irgend etwas Ähnliches regneten herab ... dann stürzte dieser riesige Feuerball herunter ... danach, etwa eine Minute später, *hörten* wir auch die Explosion ...«

Das war nicht ganz das, was mir Mr. Quatschkopf erzählt hatte. Aber ich war auch nicht unbedingt erschüttert, weil ich auf einen erheblichen Widerspruch gestoßen war. Ich sagte zu ihr: »In dem Bericht, den ich gelesen habe, stand, daß Sie am Strand miteinander schliefen, *als* die Maschine explodierte, und erst durch das *Geräusch* der Explosion, etwa vierzig Sekunden später, wären Sie darauf aufmerksam geworden.«

Sie schüttelte den Kopf und sagte: »Wir waren schon fertig. Ich saß« – sie lief rot an – »auf ihm und habe hinaus aufs Meer geblickt.«

»Danke. Ich weiß, daß Ihnen das sehr unangenehm sein muß, daher werde ich nur nach den Einzelheiten fragen, die ich wissen muß.«

Sie nickte und sagte dann: »Es war sehr peinlich, als ich vor fünf Jahren diese Fragen beantworten und alles schildern mußte, aber mittlerweile bin ich darüber weg ... es ist fast so, als wäre es nie geschehen beziehungsweise jemand anderem widerfahren.«

»Ich verstehe. Okay, und was haben Sie gemacht, nachdem das Flugzeug explodierte?«

»Wir rannten zurück zu den Sanddünen, wo unsere Sachen waren.«

»Warum?«

»Weil uns klar war, daß aufgrund der Explosion Menschen an den Strand kommen würden, beziehungsweise zur Dune Road ... Wir waren nackt, deshalb rannten wir zu den Dünen, zogen uns an, schnappten unsere Kamera samt Stativ und rannten zum Wagen.«

»Zu Buds Ford Explorer.«

»Ja.« Sie dachte einen Moment nach, dann sagte sie: »Im nachhinein sage ich mir, wenn wir uns nur ein paar Minuten mehr Zeit gelassen und die Decke, die Kühlbox und alles andere mitgenommen hätten ... und uns war auch nicht klar, daß wir den Objektivdeckel auf der Decke liegengelassen hatten ... wir haben an überhaupt nichts anderes gedacht, als möglichst schnell von dort wegzukommen.«

»Ich bin mir sicher, daß Bud seither oftmals darüber nachgedacht hat«, erwiderte ich.

Sie lächelte und nickte.

Meine wenig schmeichelhaften Bemerkungen über Bud heiterten Jill offenbar ein bißchen auf, daher fügte ich hinzu: »Er hätte genausogut seine Visitenkarte hinterlassen können.«

Sie lachte.

Und was noch wichtiger war, ich mußte nicht teilen und herrschen; Jill und Bud waren bereits auseinander, daher mußte ich mir keine Gedanken über alte Verbundenheiten und Treuepflichten machen, was die Sache für mich vereinfachte. »Was haben Sie sich gedacht, als Sie in den Sucher geschaut haben und Ihnen klar wurde, daß Sie alles aufgenommen haben, was Sie gesehen hatten?« fragte ich sie.

Sie schwieg einen Moment lang, dann erwiderte sie: »Nun ja, ich war wie vom Donner gerührt, als ... als ich alles auf Video sah. Anschließend ... ich weiß, das klingt nach einer Schutzbehauptung, aber ich wollte zurückkehren und sehen, ob wir helfen könnten ...«

»Sie waren sich einigermaßen sicher, daß Sie ein explodierendes Flugzeug gesehen hatten?«

»Ja ... nicht hundertprozentig, aber ich wollte zurück, doch Bud sagte nein. Als ich mir dann die Aufnahme im Sucher ansah, sagte ich, das sei ein Beweismittel, und daß jemand, womit ich die Behörden meinte, es sehen müßte. Und er sagte nein. Niemand muß ein Video sehen, auf dem wir miteinander schlafen. Er wollte, daß ich es lösche, aber wir haben beschlossen, es erst auf dem Fernseher im Hotelzimmer anzuschauen und uns dann zu entscheiden.«

»Okay. Sie sind also zu Ihrem Zimmer zurückgekehrt.«

»Ja. Und wir haben das Video abgespielt –«

»Von der Videokamera über den Videorecorder?«

»Ja. Wir hatten das Kabel dafür mitgenommen ... für später, wenn wir nach dem Strand auf unser Zimmer zurückkehrten ... also spielten wir das Video ab, und wir konnten auf dem Bildschirm alles ganz deutlich sehen, mit Ton ...«

»Und Sie haben wieder diesen Lichtschweif gesehen?«

»Ja. Und wir sahen uns am Strand, wie wir den Lichtschweif betrachteten, als er emporstieg ... dann die Explosion ... und wir sprangen auf und sahen zu, wie dieser mächtige Feuerball höherstieg, dann stürzten der Feuerball und einzelne Teile herab ... dann hörten wir die Explosion, und wir wandten uns der Kamera zu und rannten zu der Sanddüne zurück. Auf dem Fernseher konnten wir im Hintergrund etwas sehen, das wir nicht gesehen hatten, als wir wegrannten ... die Flammen, die sich auf dem Wasser ausbreiteten ...« Wieder schloß sie die Augen und saß reglos da. »Man kann sehen, wie Bud auf die Kamera zurennt«, sagte sie, immer noch mit geschlossenen Augen, »dann huscht das Bild hin und her.« Sie schlug die Augen auf und rang sich ein Lächeln ab. »Er war so in Panik, daß er die Kamera nicht ausgeschaltet hat, als er zum Wagen rannte und Kamera und Stativ auf den Rücksitz warf. Man kann uns auf der Aufnahme hören, und wir klingen ziemlich erschrocken.«

»Dann lief die Kamera also auf dem Rücksitz des Explorers weiter.«

»Ja.«

»Und sie hat dieses Gespräch aufgezeichnet?«

»Ja. Das war, als ich ihn überreden wollte, zurückzufahren und nachzusehen, ob wir helfen konnten.« Und sie fügte hinzu: »Manchmal wünschte ich, wir hätten die Aufnahme nicht gelöscht.«

»Ich auch.«

Ich spielte mit dem Pflasterpapier, und wir schauten uns ein paar Sekunden lang an. »Sie haben sich die Aufnahme also am Fernseher angesehen und sie dann gelöscht«, sagte ich.

Sie nickte und sagte: »Bud hat mich überredet ... und er hatte recht ... daß Dutzende anderer Menschen diese Sache gesehen hatten ... die Rakete und die Explosion ... und daß unsere Aufnahme nicht als Beweismittel benötigt wurde ... weshalb also sollten wir das Video den Behörden geben ...?« Sie stockte. »Es ist sehr drastisch. Ich meine, selbst wenn wir nicht verheiratet wären und eine Affäre hätten ... selbst wenn wir ledig oder miteinander verheiratet wären ... wieso sollte jemand diese Aufnahme sehen?« Und sie fragte mich: »Was hätten Sie denn getan?«

Ich wußte, daß diese Frage kommen würde, daher sagte ich: »Ich hätte es nicht am gleichen Abend gelöscht. Ich hätte gewartet, ich hätte mit meinem Partner darüber gesprochen. Ich hätte nachgeprüft, wie es um meine Ehe bestellt ist, und mich gefragt, warum ich mich auf eine Affäre eingelassen habe, und ich hätte die Untersuchung verfolgt, um festzustellen, ob meine Aufnahme möglicherweise ein wichtiges Beweisstück bei einem abscheulichen Verbrechen ist. Dann hätte ich eine Entscheidung getroffen.«

Jill Winslow saß da und starrte aus dem Fenster, dann holte sie ein Taschentuch aus der Tasche ihres Morgenmantels und tupfte sich die Augen ab. Sie holte tief Luft und sagte: »Genau das wollte ich tun.« Sie schaute mich an und sagte: »Wirklich wahr ... all diese Menschen ... mein Gott ... und ich habe die Untersuchung verfolgt, und Hunderte von Menschen meldeten sich und sagten, sie hätten diesen Lichtschweif gesehen, und jeder dachte, es wäre ein Raketenanschlag … und dann … nahm alles einen anderen Lauf.«

»Zu diesem Zeitpunkt«, sagte ich, »als man erklärte, es handle sich um ein Unglück, hätten Sie da die Aufnahme an die Behörden übergeben, wenn Sie sie noch gehabt hätten?«

Sie schaute auf ihre Hände, die das Taschentuch zerfaserten, und sagte: »Ich weiß es nicht. Aber ich hoffe es.«

»*Ich* glaube, Sie hätten es getan.«

Sie erwiderte nichts.

Ich ließ ein paar Sekunden verstreichen, dann fragte ich sie: »Wessen Videokamera war das?«

»Meine«, erwiderte sie. »Warum?«

»Kannten Sie sich damals mit der Videotechnologie aus?«

»Das Wesentliche war mir klar.«

»Was ist mit Bud?«

»Ich habe ihm beigebracht, wie man die Kamera bedient. Weshalb fragen Sie?«

»Na ja, in dem Bericht steht, daß Bud die Minikassette vernichtet hat. Stimmt das?«

»Was meinen Sie damit?«

»Nachdem Sie das Bayview Hotel verlassen hatten, hielten Sie am Straßenrand, und Bud fuhr über die Kassette und zerstörte sie, danach zündete er das Band an.«

Sie schüttelte den Kopf. »Nein. Er hat es im Hotelzimmer gelöscht.« Und sie fügte hinzu. »Das habe ich dem FBI erklärt, und das hat auch Bud ihnen erklärt. Niemand hat etwas davon gesagt, daß wir das Band vernichtet haben.«

Na ja, jemand schon. Mr. Nash, genauer gesagt. »Hat das FBI Sie oder Bud um das gelöschte Video gebeten?«

»Ja. Sie baten mich darum, und ich habe es ihnen gegeben.« Sie schaute mich an und sagte: »Ich habe hinterher erfahren, daß man ein magnetisches Videoband, das gelöscht wurde, wieder ... das man die Bilder irgendwie wiederherstellen kann ... Ich weiß nicht, ob sie dazu in der Lage waren ... Ich meine, vermutlich nein, denn wenn sie es geschafft hätten, hätten sie sehen können, was Bud und ich gesehen haben ... und sie wären zu einer anderen Schlußfolgerung gelangt ...« Sie schaute mich an. »Wissen Sie, ob man die Aufnahme wiederherstellen konnte?«

»Nein, weiß ich nicht.« Genaugenommen wußte ich es. Es gab nicht den geringsten Zweifel, daß das FBI-Labor die Bilder aus einem Magnetband, das jemand für alle Zeiten gelöscht zu haben meinte, rausziehen konnte, vorausgesetzt, es war mit nichts anderem überspielt worden. »War die Kassette leer, als Sie sie ihnen gegeben haben?« fragte ich.

Sie nickte. »Sie war noch in der Videokamera. Das war das erste, wonach sie mich fragten, als sie hierherkamen. Ich ging ins Wohnzimmer, holte die Videokamera und brachte sie ihnen. Sie saßen an diesem Tisch hier.«

»Aha. Und sie haben Sie also vernommen. Und was haben Sie ihnen gesagt?«

»Ich habe ihnen die Wahrheit gesagt. Darüber, was Bud und ich gesehen hatten. Sie hatten bereits mit Bud gesprochen, aber ich wußte nicht, was er ihnen gesagt hatte, weil sie ihm aufgetragen hatten, daß er sich nicht mit mir in Verbindung setzen und keine Anrufe von mir entgegennehmen sollte.« Und mit einem reumütigen Lächeln fügte sie hinzu: »Und er hat es auch nicht getan, der Waschlappen. Das FBI tauchte hier am Montag nach dem Absturz auf, und sie sagten, sie wollten mich vernehmen, und es wäre besser, wenn meine Geschichte nicht von seiner abwiche. Nun ja, wie sich herausstellte, log er über ein paar Sachen, unter anderem darüber, was wir am Strand miteinander getrieben hatten – er sagte, wir wären nur spazierengegangen und hätten uns unterhalten –, aber ich habe die Wahrheit gesagt, von Anfang bis Ende.«

»Und sie haben Ihnen versprochen, daß Ihr Mann nichts erfährt, wenn Sie die Wahrheit sagen?«

»So ist es.«

»Sind sie noch mal wiedergekommen?« fragte ich.

»Ja. Sie haben mir weitere Fragen gestellt, so als wüßten sie mehr darüber, was auf dem Video war. Ich habe sie sogar gefragt, ob die Aufnahme restlos gelöscht war, und sie sagten ja, das wäre sie, und ich hätte eine Straftat begangen, weil ich Beweismaterial vernichtet hätte.« Und sie fügte hinzu: »Ich hatte fürchterliche Angst ... Ich weinte ... Ich wußte nicht, an wen ich mich wenden sollte. Bud nahm meine Anrufe nicht an, mit meinem Mann konnte ich nicht reden ... Ich überlegte, ob ich meinen Anwalt anrufen sollte, aber sie hatten mich davor gewarnt, einen Anwalt anzurufen, wenn ich wollte, daß über diese Sache Stillschweigen gewahrt würde. Ich war ihnen auf Gedeih und Verderb ausgeliefert.«

»Die Wahrheit wird dich befreien«, sagte ich.

Sie schluchzte und lachte gleichzeitig und sagte dann: »Die Wahrheit würde mir eine Scheidung bescheren mit dem schlimmsten Ehevertrag, der jemals im Staat New York unterzeichnet wurde.« Sie schaute mich an und sagte: »Und ich habe zwei Söhne, die seinerzeit acht und zehn waren.« Sie fragte mich: »Sind Sie verheiratet?«

Ich hielt die Hand mit meinem Ehering hoch.

»Haben Sie Kinder?«

»Nicht, daß ich wüßte.«

Sie lächelte und trocknete sich mit dem zerfledderten

Taschentuch wieder die Augen. »Mit Kindern ist das alles sehr schwierig«, sagte sie.

»Das ist mir klar. Hat man Sie darum gebeten, sich einem Lügendetektortest zu unterziehen?« fragte ich sie.

»Beim ersten Besuch fragten sie mich, ob ich dazu bereit wäre«, erwiderte sie, »und ich sagte, ja, ich sage die volle Wahrheit. Sie sagten, sie würden das nächste Mal einen Lügendetektorspezialisten mitbringen. Aber als sie wiederkamen, hatten sie keinen Lügendetektor dabei. Ich habe sie danach gefragt, aber sie sagten, das wäre nicht nötig.«

Ich nickte. Es war nicht nötig, weil sie diesmal die Aufnahme wiederhergestellt hatten und alles, was sie wissen wollten, auf dem Video war. Was sie nicht wollten, waren unterschriebene Aussagen von Jill Winslow oder Bud, beziehungsweise aufgezeichnete Vernehmungen oder einen Lügendetektortest – all das hätte später ans Licht kommen können, falls Mrs. Winslow oder Bud sich gemeldet hätten oder von jemand anderem ausfindig gemacht worden wären – zum Beispiel von mir.

Im Endeffekt wollten Nash, Griffith und wer sonst noch beteiligt war gar keine hieb- und stichfesten Beweise für einen Raketenanschlag auf TWA 800 finden; sie wollten die Beweise unterschlagen und vernichten – genau das, was sie Jill Winslow vorgeworfen hatten.

»Haben diese Gentlemen vom FBI Sie zum Stillschweigen verpflichtet?« fragte ich Mrs. Winslow.

Sie nickte.

»Aber nachdem die offizielle Erklärung über die Absturzursache bekanntgegeben wurde – daß es ein Unglück war –, haben Sie sich da nicht gefragt, warum Ihre und Buds Aussage nicht berücksichtigt wurde?«

»Doch ... aber dann rief dieser Mann, dieser Nash an,

und wir trafen uns hier noch einmal, und er erklärte mir, daß meine und Buds Aussage ohne das Video nicht mehr Gewicht hätten als die Aussagen Hunderter anderer Augenzeugen.« Sie holte tief Luft und sagte: »Nash erklärte mir, daß ich mich glücklich schätzen sollte, weiterleben wie bisher und nie wieder darüber nachdenken sollte.«

»Aber das war nicht der Fall.«

»Nein, ich konnte nicht ... Ich sehe immer noch die Rakete ...«

»Haben Sie auch die CIA-Animation von dem Unglück gesehen?«

»Ja. Sie war völlig falsch.«

»Es wäre schön, wenn man Ihr Video gehabt hätte.«

Sie ging nicht darauf ein.

Wir saßen eine Zeitlang schweigend da. Dann stand sie auf, holte sich ein Taschentuch von der Ablage und schneuzte sich. Sie öffnete den Kühlschrank und fragte mich: »Möchten Sie einen Schluck Mineralwasser?«

»Nein danke, ich trinke kein reines Wasser.«

Sie holte eine Wasserflasche heraus und goß sich ein Glas voll. Eine echte Dame.

Ich verarbeitete alles, was sie bislang gesagt hatte, und destillierte es auf ein paar wenige Fakten: Bud hatte das Video nicht vernichtet; das FBI und die CIA hatten die gelöschte Aufnahme zweifellos wiederhergestellt und genau das gesehen, was auch zweihundert Augenzeugen ihren Aussagen zufolge gesehen hatten – einen aufsteigenden Lichtschweif.

Daher, was? Mir fielen dazu nur zwei Worte ein: Verschwörung und Vertuschung.

Aber warum? Dafür gab es allerhand Gründe. Aber ich versuchte gar nicht zu ergründen, wie die Leute in Washington dachten, was ihre geheimen Absichten und Motive waren und was sie mit einer Vertuschung erreichen wollten. Ich war davon überzeugt, daß es aus der Sicht der Sicherheitsorgane gute Gründe dafür gab, etwas zu vertuschen, bei dem es sich um einen sogenannten Kollateralschaden durch freundliches Feuer, eine experimentelle Waffe oder einen Terroranschlag handeln könnte – aber ich war auch davon überzeugt, daß diese Gründe schlecht waren.

Jill Winslow wirkte erschöpft, bedrückt und beunruhigt, so als ginge ihr etwas durch den Kopf. Ich meinte zu wissen, was ihr durch den Kopf ging, und wollte ihr dabei helfen, es loszuwerden.

Sie stand immer noch da, als sie mich fragte: »Wollen Sie Bud heute noch aufsuchen?«

»Heute oder morgen.«

Sie lächelte und sagte: »Er ist einer der vier, mit denen mein Mann heute unterwegs ist.«

»Sind sie Freunde?«

»Bekannte.« Sie setzte sich mit ihrem Wasserglas hin, schlug die Beine übereinander und sagte: »Seinen Mann zu betrügen ist schon schlimm genug, aber wenn Mark jemals herausfände, daß es mit Bud geschah, würde er sich vorkommen wie der letzte Dummkopf.«

»Warum?«

»Mark hält *Bud* für einen Dummkopf. Und ausnahmsweise hat Mark recht. Mark sagte mal zu mir: ›Jill, wenn du mich jemals betrügst, dann such dir jemanden aus, bei dem es dir nicht peinlich sein muß, wenn es herauskommt.‹ Ich hätte auf ihn hören sollen.«

Ich dachte über diesen Rat nach und pflichtete ihm bei. Ich meine, ich möchte auch nicht erwischt werden, wenn ich eine Affäre mit jemandem hätte, den jeder für einen Versager oder Sonderling hält, oder der häßlich ist und ein paar Pfund zuviel auf die Waage bringt. »Sieht er gut aus?« fragte ich Jill Winslow.

»Ja. Aber das ist auch alles. Es war rein körperlich.« Sie lächelte. »Ich bin so oberflächlich.«

Genaugenommen war es nicht rein körperlich gewesen – es hatte viel mit Mark Winslow zu tun und mit Jill Winslows bedürfnis, nicht immer die perfekte Ehefrau sein zu wollen, auch wenn Mark das nicht wußte. Aber ich ging nicht darauf ein. Wie lautet doch der Spruch? »Ein reiches Mädchen, das auf einer Yacht Champagner trinkt, kann man nicht bedauern.« Aber in gewisser Weise tat mir Jill Winslow leid.

Was Bud betraf, so ging ich davon aus, daß er Mitglied im gleichen Country Club war wie die Winslows, und wenn ich wollte, war ich in zehn Minuten dort und konnte mich nach Bud erkundigen. Aber meiner Meinung nach brauchte ich Bud nicht. Das, was ich wollte, war hier.

»Gibt es sonst noch irgendwas?« fragte sie.

»Das wär's in etwa«, erwiderte ich. »Bis auf ein paar genauere Angaben dazu, wie lange Sie im Hotelzimmer waren, nachdem Sie vom Strand zurückgekommen sind. Sie haben sich das Video angesehen. Gehen Sie das mit mir durch.«

»Nun ja ... wir haben es uns angesehen ... wir haben den Teil, als wir auf der Decke in den Dünen waren, schnell vorlaufen lassen ... und angefangen, als wir zum Strand rannten ... dann haben wir diesen Teil von dem Zeitpunkt, als wir am Strand miteinander geschlafen haben, bis zu der Stelle abgespielt, als wir den Lichtschweif sahen ... wir haben das zurückgespult und noch einmal in Zeitlupe ablaufen lassen ... man konnte so einen Schimmer am Horizont sehen ... dann dieses emporsteigende Licht ... in Zeitlupe kann man die Rauchfahne sehen, und uns wurde klar, daß wir auch die Blinklichter des Flugzeugs sahen, das gerade …«

»Wie lange war die Aufnahme?«

»Die Szene am Strand dauerte etwa fünfzehn Minuten, angefangen damit, als wir hinuntergingen, bis zu der Stelle, als Bud zurückrannte und sich die Kamera schnappte. Danach kamen fünfzehn Minuten Dunkelheit, als die Kamera auf dem Rücksitz lag und man uns reden hörte.«

»Okay. Und der Teil auf der Decke, als Sie mit der Aufnahme anfingen?«

Sie zuckte die Achseln. »Ich weiß es nicht. Ich wollte das gar nicht sehen. Es gab keinen Grund dazu.«

»Richtig. Sie haben das Video also abgespielt, auf Pause gedrückt, zurückgespult, es in Zeitlupe durchlaufen lassen und so weiter?«

»Ja. Es war … unglaublich.«

»Hypnotisch. Faszinierend.«

»Ja.«

»Was haben Sie gemacht, nachdem Sie sich die Aufnahme angesehen hatten?«

»Bud hat sie gelöscht.«

»Einfach so? Sie sagten doch, Sie wollten sie nicht löschen.«

»Ich wollte nicht … wir haben uns gestritten, aber … er wollte sie löschen. Er wollte auch so schnell wie möglich aus dem Zimmer weg, falls uns jemand vom Strand hatte kommen sehen. Ich hielt das nicht für wahrscheinlich, aber er wollte aufbrechen und nach Hause fahren. Unsere Handys klingelten jetzt, weil inzwischen alles im Fernsehen kam, und die Leute, die wußten, daß wir da draußen waren, versuchten uns zu erreichen, aber wir nahmen keine Anrufe entgegen. Dann ging Bud ins Badezimmer, um seine Frau anzurufen – er war angeblich mit Freunden angeln.«

»Vielleicht hat er mit dem Wasser in der Badewanne rumgeplanscht und gebrüllt: ›Schlagt euch zur Küste durch, Kameraden‹«, bemerkte ich.

Sie lächelte und sagte: »So clever ist er nicht. Aber er *war* paranoid.«

»Auf Nummer Sicher zu gehen ist nicht paranoid«, sagte ich.

Sie zuckte die Achseln und sagte: »Zu der Zeit dachte ich, wir würden schon den einen oder anderen Ausweg finden. Es war einfach Pech, daß wir beide unter einem Vorwand drüben im Osten waren, als es passiert ist. Mark hat mich einmal über Handy zu erreichen versucht, aber ich bin nicht rangegangen. Als ich in meinem Auto saß und heimfahren wollte, habe ich die Nachricht abgehört, die da lautete: ›Jill, hast du von dem Flugzeugabsturz da draußen gehört? Ruf mich an.‹ Ich habe erst meine Freundin in East Hampton angerufen, bei der ich angeblich war, aber sie hatte nichts von ihm gehört. Also rief ich Mark zurück und erklärte ihm, daß ich völlig erschüttert sei und heimkäme.« Sie lächelte und sagte: »Es war nicht einmal knapp.«

»Wenn ich mich ein bißchen in Küchenpsychologie ergehen darf«, sagte ich, »dann wollten Sie ertappt werden. Oder Sie haben sich zumindest nicht um die Folgen geschert.«

»Selbstverständlich habe ich das.«

»Ich spreche aus Erfahrung, wenn ich sage, daß ertappt zu werden leichter ist, als Schluß zu machen. Es läuft auf das gleiche hinaus, aber wenn man ertappt werden will, genügt der unterbewußte Wunsch. Schluß zu machen dagegen erfordert jede Menge Courage.«

Sie verfiel wieder in ihren Hausdamentonfall und fragte kurz und knapp: »Was hat das mit Ihrem Besuch zu tun?«

»Möglicherweise alles.«

Sie warf einen Blick zur Wanduhr und sagte: »Ich sollte mich allmählich für die Kirche fertigmachen.«

»Sie haben noch Zeit. Ich möchte Sie etwas fragen – ich nehme an, nachdem Sie und Bud sich das Video angesehen haben, haben Sie geduscht, bevor Sie heimgefahren sind?« Und ich fügte hinzu. »Sie waren voller Sand und Salz.« Von den Körpersäften gar nicht zu sprechen.

»Wir haben geduscht.«

»Und er hat zuerst geduscht?«

»Ich ... ich glaube, ja.«

»Und Sie haben sich das Video noch einmal angesehen, als er unter der Dusche war?«

»Ich glaube, ja ... es ist fünf Jahre her. Wieso?«

Ich glaubte, sie wußte, warum ich fragte, deshalb hakte ich nach, um es ihr leichter zu machen: »Was haben Sie an diesem Nachmittag gemacht, nachdem Sie um halb fünf dort abgestiegen sind und bevor Sie um sieben zum Strand fuhren?«

»Wir haben ferngesehen«, erwiderte sie.

»Was haben Sie sich angesehen?«

»Das weiß ich nicht mehr.«

Ich schaute sie an und sagte: »Mrs. Winslow, Sie haben mich bislang noch nicht angelogen.«

Sie wandte den Blick ab, tat so, als dächte sie nach, und sagte dann: »Jetzt fällt's mir wieder ein. Wir haben uns einen Film angesehen.«

»Eine Videokassette?«

»Ja ...«

»*Ein Mann und eine Frau.*«

Sie schaute mich an, ohne etwas zu erwidern.

»Sie haben sie in der Leihbücherei im Hotel geholt.«

»Oh ... ja ...« Wir schauten einander unverwandt an,

dann, so als wollte sie das Schweigen beenden, sagte sie leichthin: »Sehr romantisch. Aber ich glaube, Bud hat sich gelangweilt.« Und sie fragte: »Haben Sie den Film mal gesehen?«

»Nein. Aber ich würde ihn gern von Ihnen ausleihen, wenn ich darf.«

Danach herrschte eine ganze Zeitlang Schweigen, während sie die Tischplatte anstarrte und ich sie anschaute. Sie kämpfte offensichtlich mit sich, und ich ließ sie den Kampf austragen. Das hier war einer der Momente im Leben, in dem alles auf eine simple Entscheidung hinauslief, und auf ein paar wenige Worte. Ich hatte das schon oft erlebt, mit einem Zeugen oder einem Mordverdächtigen, aber sie müssen die Entscheidung selbst treffen – ich versuchte sie ihnen mit allem, was ich bis zu diesem Moment gesagt hatte, lediglich leichter zu machen.

Ich wußte, was ihr durch den Kopf ging – Scheidung, Schande, öffentliche Demütigung, Kinder, Freunde, Familie, vielleicht sogar Bud. Und wenn ihre Gedanken weiter in die Zukunft schweiften, dann dachte sie vielleicht auch an eine öffentliche Aussage, an Anwälte, das landesweite Medienecho und vielleicht sogar an gewisse Gefahren.

Als sie wieder das Wort ergriff, brachte sie kaum mehr als ein Flüstern zustande. »Ich weiß nicht, wovon Sie reden.«

»Mrs. Winslow«, erwiderte ich, »es gibt nur zwei Menschen auf der Welt, die wissen, wovon ich rede. Ich bin der eine, Sie sind der andere.«

Sie erwiderte nichts.

Ich nahm das Heftpflasterpapier, schnippte es ihr über den Tisch zu. »So eins haben wir in Zimmer 203 gefunden«, sagte ich. »Haben Sie sich geschnitten?«

Sie antwortete nicht.

»Oder haben Sie das Pflaster dazu benutzt, um den fehlenden Plastikstreifen an der ausgeliehenen Videokassette zu überkleben? Auf diese Weise haben Sie Ihr Video auf *Ein Mann und eine Frau* überspielt. Während Bud unter der Dusche war.« Ich ließ ein paar Sekunden verstreichen und sagte dann: »Nun, Sie können mir natürlich erklären, daß das nicht stimmt, aber dann muß ich mich fragen, warum Sie das Video behalten haben, das Sie sich aus der Hotelbibliothek geholt haben. Oder Sie könnten mir erklären, daß es zwar stimmt, daß Sie den Film mit Ihrem Video überspielt haben, aber die Kassette später vernichtet haben. Aber das haben Sie nicht getan.«

Jill Winslow holte tief Luft, und ich sah, daß ihr die Tränen übers Gesicht rannen. Sie schaute mich an und sagte: »Ich glaube ... ich glaube, ich sollte Ihnen die Wahrheit sagen ...«

»Ich kenne die Wahrheit bereits. Aber ja, ich würde Sie gern von Ihnen hören.«

»Eigentlich gibt es gar nichts zu sagen.«

Sie stand auf, und ich dachte schon, sie wollte mich zur Tür bringen, statt dessen aber atmete sie tief durch und fragte: »Möchten Sie die Aufnahme sehen?«

Ich stand auf und spürte, wie mein Herz einen Takt schneller schlug. »Ja«, erwiderte ich. »Ich würde mir die Aufnahme gern ansehen.«

»Na schön ... aber ... wenn Sie sie gesehen haben ... verstehen Sie hoffentlich, warum ich sie niemandem zeigen ... oder geben konnte ... Ich habe darüber nachgedacht ... oft sogar ... Ich habe erst im Juli darüber nachgedacht, als ich die Gedenkfeier im Fernsehen sah ... all diese Menschen ... aber spielt es denn eine Rolle, wie sie gestorben sind?«

»Ja, durchaus.«

Sie nickte, dann sagte sie: »Wenn ich Ihnen dieses Video gebe, könnten Sie dann vielleicht weiter Stillschweigen über diese Sache wahren ... wäre das möglich?«

»Ich könnte Ihnen natürlich sagen, daß es möglich ist, aber das ist es nicht. Sie wissen das, und ich weiß es auch.«

Wieder nickte sie, stand eine Weile reglos da, schaute mich dann an und sagte: »Kommen Sie mit.«

46

Jill Winslow führte mich in ein großes Wohnzimmer im hinteren Teil des Hauses und sagte: »Nehmen Sie Platz.«

Ich setzte mich auf einen Ledersessel vor dem Plasmafernseher. »Ich bin gleich wieder da«, sagte sie.

Sie verließ das Zimmer und ging offenbar zu irgendeinem Geheimversteck. Vielleicht sollte ich ihr sagen, daß es in einem Haus keine Geheimverstecke gibt – in meinen zwanzig Dienstjahren als Cop ist mir noch nie eins entgangen. Aber Mark Winslow war kein Cop; er war ein ahnungsloser Ehemann. Wie lautet doch der alte Witz? »Wenn du vor deinem Ehemann etwas verbergen willst, dann leg es aufs Bügelbrett.«

Ich stand auf und ging in dem vom Sonnenschein durchfluteten Zimmer umher. An der einen Wand hingen allerlei gerahmte Fotos, und ich sah ihre zwei Söhne, hübsche, anständig wirkende junge Männer. Daneben hingen Fotos von Familienurlauben in aller Welt, dazu eine Reihe Schwarzweißfotos von einer anderen Generation, Leuten, die vor Limousinen, Pferden und Yachten standen und offenbar schon damals viel Geld hatten.

Ich musterte ein jüngeres Fotos von Mark und Jill Winslow, aufgenommen bei irgendeinem offiziösen Anlaß – man hätte nicht erkannt, daß sie ein Ehepaar waren.

Mark Winslow sah gar nicht übel aus, hatte aber so wenig Ausstrahlung, daß ich mich wunderte, wie die Kamera ihn überhaupt erfaßt hatte.

An einer anderen Wand hingen einige dämliche Golfplaketten, Ehrenpreise, berufliche Auszeichnungen und andere Hinweise auf Mr. Winslows zahlreiche Verdienste.

Auf den Bücherregalen standen einige populäre Romane und die obligatorischen Klassiker, aber hauptsächlich Bücher über Golf und Wirtschaft. Zwischen den Büchern befanden sich allerlei Golftrophäen. Ich schloß daraus, daß der Mann Golf spielte. Mir fiel auf, daß es keinerlei Hinweise auf etwas ruppigere Betätigungen gab, wie zum Beispiel Hochseeangeln, Jagen oder Militärdienst. In der einen Ecke stand allerdings eine Mahagonibar, und ich konnte mir vorstellen, daß sich Mr. Winslow jeden Abend ein paar Martinis mixte und damit zudröhnte.

Ich meine, ich hatte nichts gegen den Typ – ich kannte ihn ja nicht mal –, und ich lehne die Reichen nicht automatisch ab. Aber ich hatte das Gefühl, wenn ich Mark Winslow begegnete, würde ich ihn nicht auf ein Bier mit mir und Dom Fanelli einladen.

Auf jeden Fall hatte Jill Winslow ihre Entscheidung getroffen, was Mark Winslow anging, und ich konnte nur hoffen, daß sie ihre Meinung nicht geändert hatte, während sie das Video suchte.

An einer getäfelten Wand hing eine weitere Trophäe – ein Ölporträt von Jill, vor etwa zehn Jahren gemalt. Der Künstler hatte die großen, wäßrig braunen Augen gut getroffen, desgleichen den Mund, der sowohl spröde als auch sinnlich wirkte, je nachdem, wie man ihn deutete oder was man im Sinn hatte.

»Gefällt es Ihnen? Mir nicht.«

Ich drehte mich um, und sie stand unter der Tür, nach wie vor im Morgenmantel, aber ihre Haare waren ordentlich gekämmt, und sie hatte einen Hauch Lippenstift und Lidschatten aufgelegt. In ihrer Hand war eine Videokassette.

Auf ihre Frage gab es keine richtige Antwort, daher sagte ich: »Ich kann Kunst nur schlecht beurteilen.« Und ich fügte hinzu: »Ihre Söhne sind sehr hübsch.«

Sie nahm eine Fernbedienung vom Kaffeetisch, schaltete Fernseher und Videorecorder ein, zog die Kassette aus der Hülle und schob sie in den Recorder. Dann reichte sie mir die Hülle.

Ich schaute sie mir an. Dort stand: »Mit zwei Oscars ausgezeichnet. *Ein Mann und eine Frau.*« Und darunter: »*Un Homme et une Femme.* Ein Film von Claude Lelouch.«

Auf einem Aufkleber stand: »Eigentum des Bayview Hotel – bitte zurückgeben.«

Sie setzte sich auf die Couch und winkte mich zu dem Ledersessel neben ihr. Ich nahm Platz.

»Dieser Mann, Jean-Louis«, sagte sie, »wird von Jean-Louis Trintignant gespielt – er ist ein Rennfahrer, der einen kleinen Sohn hat. Die Frau, Anne, wird von Anouk Aimée gespielt, und sie ist Scriptgirl beim Film und hat eine kleine Tochter. Sie lernen einander kennen, als sie ihre Kinder im Internat besuchen. Es ist eine wunderbare Liebesgeschichte, aber auch eine traurige. Sie erinnert mich ein bißchen an *Casablanca.*« Und sie fügte hinzu. »Das ist eine englisch synchronisierte Version.«

»Äh …« Ich dachte schon, mir wäre in unserem Gespräch vorhin etwas entgangen und ich bekäme jetzt einen französischen Film zu sehen, doch dann sagte sie: »Aber das werden wir nicht sehen. Jedenfalls nicht während der ersten vierzig Minuten oder so, die ich überspielt habe. Wir sehen *Das Schwein und die Schlampe*, mit Bud Mitchell und Jill Winslow. Regie Jill Winslow.«

Ich wußte nicht, was ich sagen sollte, deshalb hielt ich den Mund. *Bud Mitchell.*

Ich warf ihr einen kurzen Blick zu und erkannte an ihrer Miene wie auch an ihrem Tonfall, daß sie sich während ihrer kurzen Abwesenheit grundsätzlich gesagt hatte: »Es wird höchste Zeit, daß ich reinen Tisch mache, und pfeif auf die Folgen.« Sie wirkte beinahe ruhig und irgendwie erleichtert, als wäre eine schwere Last von ihr genommen worden. Aber ich sah auch, daß sie ein bißchen nervös war, was durchaus verständlich war, wenn man bedachte, daß sie im Begriff war, sich mit einem Mann, den sie erst vor knapp einer Stunde kennengelernt hatte, einen nicht jugendfreien Film anzuschauen, in dem sie selbst auftrat.

Sie spürte, daß ich sie anschaute, ging auf Blickkontakt und sagte: »Das ist keine Liebesgeschichte. Aber wenn Sie es durchstehen, können Sie sich die letzte Stunde von *Ein Mann und eine Frau* ansehen. Der ist wirklich besser als der Film, den ich gemacht habe.«

Ich dachte, ich sollte etwas sagen, daher sagte ich: »Schauen Sie, Mrs. Winslow, ich bin nicht hier, um über Sie zu urteilen, und Sie sollten nicht zu hart zu sich selber sein. Eigentlich brauchen Sie gar nicht hier zu sitzen, wenn ich mir das –«

»Ich möchte aber hier sitzen.« Sie drückte auf einen Knopf am Beistelltisch, und die Vorhänge gingen zu. Klasse.

Wir saßen in dem abgedunkelten Zimmer, und Jill Winslow drückte auf ein paar Knöpfe an der Fernbedienung, worauf die Kassette anlief. Zuerst kam ein bißchen Musik, dann der Titel des Films in beiden Sprachen, dann der Vorspann. Etwa auf halber Länge des Vorspanns tauchte plötzlich ein anderes, unschärferes Bild mit schlechtem Ton auf, und es dauerte einen Moment, bis ich Jill Winslow erkannte, die im Schneidersitz auf einer dunklen Dekke hockte und braune Shorts und ein blaues Top trug. Auf der Decke stand eine Kühlbox, und während ich zusah, entkorkte sie eine Weinflasche.

In der unteren rechten Ecke des Videos war das Datum eingeblendet, 17. Juli 1996, und die Zeit, 19:33. Die zweite Ziffernfolge lief rasch durch, und dann war es 19:34.

Ich erkannte natürlich den Ort – es war die Senke zwischen den Sanddünen, die ich am Abend der Gedenkfeier zum ersten Mal mit Kate gesehen hatte und anschließend allein, als ich dort geschlafen und einen erotischen Traum mit Kate, Marie, Roxanne und einer verschleierten Jill Winslow gehabt hatte; der Schleier war jetzt weg. Und schließlich gestern abend, beim Rendezvous mit Ted Nash.

»Das ist im Cupsogue Beach County Park«, sagte Jill zu mir. »Aber ich nehme an, das wissen Sie.«

»Ja.«

Die Szene war bei schwindendem Sonnenlicht aufgenommen, aber es war noch so hell, daß man alles deutlich sehen konnte. Viel Ton gab es nicht, aber ich hörte den Wind, der vom Mikrofon der Kamera erfaßt worden war.

Dann sah ich den Rücken eines Mannes, der eine braune Hose und ein Sporthemd trug, ins Bild kommen.

»Das ist selbstverständlich Bud«, sagte Jill zu mir.

Bud holte zwei Weingläser aus der Kühlbox, setzte sich neben Jill, und sie goß ihnen Wein ein.

Jetzt, als sie miteinander anstießen, konnte ich Buds Gesicht sehen, und er sagte: »Auf die Sommerabende und auf uns beide.«

»Ach, bitte«, sagte Jill zu mir oder auch zu sich selber.

Ich schaute mir den Typ genau an. Er sah gut aus, aber seine Stimme und sein Gehabe wirkten etwas waschlappig. Ich war ein bißchen enttäuscht von Jill.

Sie mußte meine Gedanken gelesen haben, denn sie fragte: »Was habe ich an ihm bloß attraktiv gefunden?«

Ich ging nicht darauf ein.

In dem Video schaute Jill Bud an und sagte: »Kommst du öfter hierher?«

Bud lächelte und erwiderte: »Zum ersten Mal. Was ist mit dir?«

Sie lächelten einander an, und ich stellte fest, daß sie ein bißchen kamerascheu waren.

Jill sagte zu mir: »Ich weiß noch, daß ich bei mir gedacht habe: ›Warum schlafe ich mit einem Mann, von dem ich nicht viel halte?‹«

»Weil es ungefährlich war«, erwiderte ich.

»Es war ungefährlich«, pflichtete sie bei.

Sie genehmigten sich ein zweites Glas Wein, dann stand Jill auf und zog ihr Top aus. Anschließend stand Bud auf und streifte sein Hemd ab.

Jill ließ ihre Khakishorts fallen und kickte sie weg, stand in BH und Höschen da und sah zu, wie Bud sich auszog.

Sie sagte zu mir: »Ich habe mir die Szene am Strand angesehen, in der das Flugzeug explodiert, zweimal sogar ... aber diesen Teil habe ich mir fünf Jahre lang nicht angeschaut.«

Ich erwiderte nichts.

Am Bildschirm nahm Jill ihren BH ab und schlüpfte aus ihrem Höschen. Sie wandte sich der Kamera zu, riß die Arme hoch, ließ ein paarmal das Becken kreisen und rief: »Ta da!«, dann verbeugte sie sich vor der Kamera.

Ich griff zu der Fernbedienung am Kaffeetisch, aber sie schnappte sie sich und sagte: »Ich möchte das sehen.«

»Nein. *Ich* jedenfalls nicht. Spulen Sie vor.«

»Seien Sie still.« Sie behielt die Fernbedienung bei sich.

Sie umarmten, küßten und streichelten einander.

»Ich habe nicht viel Zeit, Mrs. Winslow«, sagte ich. »Können Sie zu der Szene am Strand vorspulen?«

»Nein. Sie müssen das sehen – damit Sie begreifen, weshalb ich das der Polizei nicht geben konnte.«

»Ich glaube, ich hab's kapiert. Vorspulen.«

»Es wird noch besser.«

»Müssen Sie nicht zur Kirche?«

Sie antwortete nicht.

Am Bildschirm drehte Jill Bud quer zur Kamera, schaute dann ins Objektiv und sagte: »Blowjob. Erster Take.« Sie ging in die Knie und nahm ihn in den Mund.

Tja. Ich schaute auf meine Uhr, aber mein Hirn nahm die Zeit nicht wahr. Ich blickte wieder zum Bildschirm und auf den dämlichen Bud, der dastand, von dieser hinreißenden Frau einen geblasen bekam und dabei aussah, als wollte er die Hände in die Hosentaschen stecken, dann aber begriff, daß er keine Hose anhatte, die Hände auf ihren Kopf legte und ihr mit den Fingern durch die Haare fuhr.

»Wie würde sich das als Beweismaterial machen?« fragte mich Jill.

Ich räusperte mich und erwiderte: »Ich glaube, wir könnten diesen Teil rausschneiden –«

»Die würden aber die ganze Aufnahme wollen. Sehen

Sie die Zeit und das Datum in der unteren rechten Ecke? Ist das nicht wichtig, damit man sieht, wann das geschah?«

»Vermutlich ... aber ich glaube, man könnte Ihre Gesichter und die Körper unkenntlich machen –«

»Versprechen Sie nichts, das Sie nicht halten können. Davon habe ich genug.«

Auf dem Bildschirm ging Jill in die Hocke, lehnte sich zurück und schaute in die Kamera. Sie winkte und sagte: »Das hätten wir im Kasten. Szene zwei. Wein bitte.«

Als Detective weiß ich, daß man anhand der Arbeitszimmer und Büros, der Bücher im Regal, der Fotos an den Wänden, dem Filmarchiv und dergleichen mehr allerhand über Menschen erfahren kann. Das hier jedoch war mehr, als ich wissen mußte.

Ich schaute wieder auf den Bildschirm und sah, daß Jill auf dem Rücken lag, während Bud hinter sich nach der Weinflasche griff. Jill streckte die Beine in die Luft und sagte: »Eine Frauenverkostung.« Sie spreizte die Beine und sagte: »Gieß aus.«

Bud goß aus und beugte sich dann über sie. Ich hörte ihre lauten Atemzüge im Rauschen des Windes, dann sagte sie: »Ich hoffe, du hast die Kamera richtig eingestellt.«

Er hob den Kopf, schaute in die Kamera und sagte: »Ja.«

Sie nahm ihm die Flasche ab, goß sich den restlichen Wein über den Körper und befahl ihm: »Leck ab.«

Bud fing an, ihren Körper abzulecken.

Mrs. Jill Winslow schien mir die klassische Passiv-Aggressive zu sein, was Sex anging; einerseits kommandierte sie Bud herum, dann aber nahm sie sexuelle Handlungen vor, die unterwürfig und vielleicht sogar erniedrigend waren, wenn man den Zusammenhang bedachte.

Man konnte es aber auch so sehen, daß sie Macht über

einen Mann ausübte, während sie ihm gleichzeitig sämtlich Wünsche erfüllte und sich ebenfalls – wobei es bei ihr sowohl der Wunsch nach sexueller Erniedrigung als auch nach sexueller Beherrschung war. Und Bud war dabei sowohl Diener als auch Bedienter. Das Ganze war ein bißchen kompliziert, und ich bezweifelte, daß Bud irgendwas kapierte, was über die Länge seines Ständers hinausging, den ich wirklich nicht sehen wollte.

Ich sprach sie mit Vornamen an und sagte: »Jill. Ernsthaft. Spulen wir vor.«

Sie ging nicht darauf ein, sondern kickte ihre Hausschuhe weg und legte die Füße auf den Kaffeetisch.

Ich lehnte mich in den Sessel zurück und schaute demonstrativ nicht auf den Bildschirm.

»Ist Ihnen dabei unwohl?« fragte sie.

»Ich glaube, das habe ich schon gesagt.«

»Nun ja, mir ist dabei auch unwohl. Und wenn ich Ihnen dieses Video gebe, wie viele Menschen werden es sehen?«

»Sowenig wie möglich.« Und ich fügte hinzu: »Es werden lauter Profis sein, ausgebildete Ordnungshüter und Ermittler des Justizministeriums – Männer und Frauen, die schon alles mögliche gesehen haben.«

»Sie haben *mich* noch nicht beim Sex auf Video gesehen.«

»Ich glaube, die interessieren sich nicht für Sex. Die interessieren sich für die Szene mit dem explodierenden Flugzeug, und ich interessiere mich ebenfalls dafür. Wenn Sie vielleicht vorspulen könnten, würde ich sie mir gern ansehen. Sofort.«

»Wollen Sie mich denn nicht beim Sex sehen?«

»Schauen Sie, Jill –«

»Für Sie Mrs. Winslow.«

»Äh … tut mir leid. Mrs. Winslow –«

»Jill ist okay.«

Allmählich wurde mir wirklich unwohl, und ich überlegte, ob ich es womöglich mit einer Irren zu tun hatte, aber dann sagte sie: »Verstehen Sie, weshalb ich das mache?«

»Durchaus. Ich verstehe vollkommen, warum Sie das Video nicht rausrücken wollten. Offen gestanden, hätte ich's mir an Ihrer Stelle auch zweimal überlegt. Aber wir können und werden die Aufnahme überarbeiten, die Gesichter unkenntlich machen und uns nach besten Kräften darum bemühen, Ihre Privatsphäre zu schützen. Wir werden uns auf das Geschehen rund um das Flugzeug konzentrieren –«

»Dazu kommen wir noch. Passen Sie auf.«

Ich hörte, wie Jill am Bildschirm sagte: »Ich bin klebrig. Los, wir gehen baden.«

Ich blickte wieder zum Bildschirm und sah, wie sie sich aufsetzte. Buds Gesicht tauchte zwischen Mrs. Winslows Schenkeln auf, und er sagte: »Ich glaube, wir sollten lieber gehen. Wir duschen im Hotel.«

»Ich wünschte, ich hätte auf ihn gehört«, sagte Jill zu mir.

Am Bildschirm stand sie auf der Decke und blickte zu der Düne hinauf, die aus der Senke aufragte. Sie hielt das Bild an, nahm die Füße vom Kaffeetisch und beugte sich zu dem großen Bildschirm vor. »Ich sehe jünger aus«, sagte sie. »Vielleicht auch ein bißchen dünner. Was meinen Sie?«

Ich schaute auf ihren prachtvollen nackten Körper, der von den letzten Sonnenstrahlen in goldenes Licht getaucht wurde.

»Tja, was meinen Sie?« fragte sie noch mal.

Ich hatte es allmählich ein bißchen satt, daß sie nicht auf meinen ritterlichen Vorschlag einging, die kleine Bumserei zu überspringen und zum großen Bums vorzuspulen, daher versuchte ich es anders rum und sagte: »Ich glaube, Ihr Gesicht ist überhaupt nicht gealtert, und außerdem sind Sie eine sehr schöne Frau. Was Ihren Körper angeht, der sieht auf Video klasse aus, und ich bin mir sicher, daß er nach wie vor klasse ist.«

Sie ging nicht darauf ein, sondern starrte weiter auf den Bildschirm. Schließlich sagte sie: »Das war das erste und letzte Mal, daß wir uns gefilmt haben. Ich habe mich noch nie nackt auf einem Foto oder Film gesehen. Und ich habe mich ganz bestimmt noch nie beim Sex auf Film gesehen. Haben Sie so was schon mal gemacht?«

»Nicht im Freien.«

Sie lachte. »Haben Sie töricht ausgesehen?«

»Ja.«

»Wie habe *ich* ausgesehen?«

»Kein Kommentar.«

»Möchten Sie diese Kassette?«

»Ja.«

»Dann beantworten Sie meine Frage. Habe ich beim Sex auf Video dämlich ausgesehen?«

»Ich glaube, jeder sieht ein bißchen albern aus, wenn er beim Sex gefilmt wird, die Profis ausgenommen.« Und ich fügte hinzu: »Fürs erste Mal war das gar nicht schlecht. Bud allerdings hat sich sichtlich unwohl gefühlt. Darf ich jetzt die Fernbedienung haben?«

Sie reichte sie mir und sagte: »Wir wollten die Aufnahme ins Hotel mitnehmen und sie abspielen, um uns wieder anzumachen. Aber ich glaube, das hätte mich eher abgetörnt.«

Das hier war möglicherweise das erste Mal in meiner

zwanzigjährigen Dienstzeit als Ordnungshüter, daß ich das Gefühl hatte, ich bräuchte einen Anstandswauwau beim Sichten von Beweismaterial. Ich drückte auf die Abspieltaste und Jill Winslows prachtvoller nackter Körper erwachte wieder zum Leben. Sie kletterte die Düne hinauf und verschwand dann aus dem Bild, aber ich konnte ihre Stimme hören. »Komm schon. Stell die Kamera hier auf und laß uns baden gehen.«

Bud erwiderte nichts, ging aber auf die Kamera zu und verschwand dann. Der Bildschirm wurde einen Moment lang schwarz, dann war der herrliche, lila-rote Himmel bei Abenddämmerung zu sehen, der weiße Sandstrand und der rot-golden funkelnde Ozean im Schein der untergehenden Sonne. Ich hörte Jills Stimme aus dem Off: »Das ist so herrlich.«

Bud erwiderte ebenfalls aus dem Off: »Vielleicht sollten wir lieber nicht nackt runter zum Strand gehen. Dort könnten Leute sein.«

»Na und?« sagte Jill. »Wen kümmert's, solange wir keinen kennen.«

Bud entgegnete: »Yeah, aber wir sollten lieber was zum Anziehen –«, worauf sie ihn unterbrach: »Das Leben ist gefährlich, Bud.«

Undwillkürlich sagte ich: »Bud ist ein Waschlappen.«

Jill lachte und pflichtete mir bei: »Ein Waschlappen.«

Ein paar Sekunden lang war weder ein Ton zu hören noch jemand zu sehen, dann kam sie von links außen ins Bild und rannte über den Strand zum Wasser. Noch immer kein Bud. Dann drehte sie sich beim Laufen um und rief: »Komm schon!« Aber sie war so weit von der Kamera entfernt, daß ich sie wegen der Hintergrundgeräusche von Wind und Brandung kaum hören konnte.

Ein paar Sekunden später tauchte er am Bildschirm auf

und rannte hinter ihr her. Sein Hintern war ein bißchen schlaff und wabblig.

Er holte sie kurz vor dem Meer ein, und sie blieb stehen, wandte sich um und drehte dann Bud zu der Kamera auf der Düne herum. Jill rief irgendwas, aber ich konnte es nicht verstehen.

»Was haben Sie gesagt?« fragte ich.

»Oh ... irgendwas von wegen mit den Haien schwimmen. Ziemlich dämlich.«

Sie nahm seine Hand und watete mit ihm ins Wasser.

Bud ließ sich meiner Meinung nach an seinem Schwanz herumführen. Im Grunde genommen ging von ihm keinerlei Initiative aus, und die Sache schien ihm auch nicht soviel Spaß zu machen wie, sagen wir mal mir, wenn ich in dieser Situation gewesen wäre. »Wie lange ging diese Affäre?« fragte ich Jill.

»Zu lange. Rund zwei Jahre.« Und sie fügte hinzu: »Wegen der Sexszene auf Video schäme ich mich nicht so sehr wie darüber, mit wem ich es getrieben habe.«

»Er sieht sehr gut aus.«

»Ich auch.«

Guter Einwand.

Sie tollten jetzt in der ruhigen See herum, wuschen sich einander Bauch und Rücken ab und schauten dann hinaus auf Meer und Himmel. Sie schien irgendwas zu sagen, aber es war völlig unverständlich. »Was haben Sie da gesagt?« fragte ich sie.

»Ich weiß es nicht mehr. Nichts Wichtiges.«

Ich schaute auf die mitlaufende Zeit in der rechten unteren Bildschirmecke. Es war 20:19. TWA-Flug 800 hob gerade am Kennedy-Flughafen ab und setzte zum Steigflug über dem Ozean an.

Jill und Bud redeten miteinander, während sie bis zur

Hüfte im Wasser standen, und ich sah an Buds Miene, daß er sich über irgend etwas ärgerte, das sie gesagt hatte. Bevor ich fragen konnte, sagte sie zu mir: »Ich glaube, ich habe ihm endlich gesagt, daß er immer viel zu vorsichtig ist, und er wurde sauer auf mich. In ein paar Sekunden greife ich ihm an den Hintern ... da ... er war immer noch sauer und wollte gehen, aber ich wollte es am Strand treiben, wie in *Verdammt in alle Ewigkeit*, also ...«

Sie ergriff seine Zauberrute und sagte irgendwas. Er sah nicht so glücklich aus, wie er in diesem Moment hätte sein sollen, und schaute sich um, als wollte er feststellen, ob sie allein waren. Sie führte ihn nicht buchstäblich an seinem Schwanz herum, aber im übertragenen Sinne schon, obwohl sie jetzt seine Hand hielt, als sie ihn zurück zum Strand führte.

Auf der mitlaufenden Zeitanzeige war es 20:23. TWA-Flug 800 war jetzt seit etwa drei, vier Minuten in der Luft und legte sich in eine Linkskurve in Richtung Osten, nach Europa.

Jill und Bud standen jetzt am Strand, beide splitterfasernackt, aber anscheinend hatten sie die Kamera vergessen, denn keiner schaute hinauf zu der etwa fünfzig Meter entfernten Düne, auf der sie aufgebaut war. Die Sonne war jetzt untergegangen, aber am Horizont war noch ein schmaler heller Streifen, und ich konnte ihre nackten Körper sehen, die sich vor See und Himmel abzeichneten.

Jill sagte etwas zu Bud, worauf er sich gehorsam rücklings in den Sand legte. Sie stieg über ihn, und ich sah, wie sie mit der Hand nach unten griff und ihm hineinhalf.

»Bekommt mein Mann das jemals zu sehen?« fragte mich Jill.

Ich hielt das Bild bei 20:27 und 15 Sekunden an. Ich betrachtete den Himmel auf der rechten Seite, um festzustellen, ob ich die Lichter eines Flugzeugs erkennen konnte, aber ich sah nichts. Ich suchte den Horizont nach Fischerbooten ab, aber dort war nichts.

»Mr. Corey? Bekommt mein Mann das jemals zu sehen?«

Ich schaute sie an und erwiderte: »Nur, wenn Sie wollen.«

Sie erwiderte nichts.

Ich drückte auf die Abspieltaste und blickte auf den unteren Teil des Bildschirms, wo es das Liebespaar am Strand miteinander trieb, während die Brandung über sie hinwegspülte. Ich schaute zum Himmel, aber noch immer waren keine Flugzeuglichter zu sehen. Fürs Protokoll: Es war 20:29, als Mrs. Winslow zum Höhepunkt kam. Ich konnte es sehen, hörte aber nichts.

Jill Winslow lag auf Bud Mitchell, und ich konnte erkennen, daß beide schwer atmeten, dann setzte sie sich auf, kniete rittlings über ihm und schaute nach Südwesten. Ich sah jetzt die fernen Lichter eines Flugzeugs weit draußen über dem Ozean – acht Meilen genau und etwa dreieinhalbtausend Meter über dem Wasser.

»Stop!«, sagte sie zu mir. »Halten Sie an!«

Ich drückte auf Pause und schaute sie an. Sie stand auf und sagte: »Ich kann mir das nicht noch einmal ansehen. Ich bin in der Küche.« Barfuß ging sie aus dem Wohnzimmer.

Ich saß eine ganze Minute lang da und schaute auf das stehende Bild – Jill Winslow, die auf Bud Mitchell saß, die mitten in der Bewegung erstarrte Brandung, die Sterne, die nicht mehr funkelten, ein schmaler Wolkenfetzen, hingetupft wie ein Farbspritzer an einer schwarzen Decke. Und beinahe gegenüber vom Smith Point County

Park waren zwei Lichter – ein rotes und ein weißes – auf Film gebannt. Man hätte meinen können, es wären nichts weiter als Sterne auf einem Standfoto, aber bei laufendem Film hätte man sie blinken und sich von West nach Ost bewegen sehen.

Ich stand aus dem Sessel auf, setzte mich auf den Kaffeetisch und beugte mich zu dem großen Plasmabildschirm vor. Ich drückte auf die Zeitlupentaste und schaute genau hin.

Um 20:29 und 19 Sekunden sah ich rechts einen Lichtschein am Horizont und hielt das Bild an. Die Videokamera auf der Düne befand sich in rund sechs Meter Höhe, einschließlich Stativ. Von diesem Standort aus sah man ein bißchen mehr als die meisten Augenzeugen, die das hier von einem Boot oder von ebener Erde aus gesehen hatten, was an der Südküste von Long Island knapp drei Meter über Meereshöhe ist, wenn überhaupt. Ich schaute mir den Lichtschein eine Weile an und kam dann zu dem Schluß, daß es eventuell ein Raketenstart sein könnte.

Von der Stelle, an der ich den Lichtschimmer gesehen hatte, sah ich jetzt eine helle, rot-orange Lichtzunge zum Himmel aufsteigen. Sie stieg rasch empor, selbst in Zeitlupe, und ich konnte eine weiße Wolke erkennen, die aussah wie eine hinterherziehende Rauchfahne. Ich warf einen kurzen Blick auf Jill und Bud, aber sie hatten es noch nicht gesehen. Es war 20:30 und 5 Sekunden, und ich drückte auf Pause, rutschte vom Kaffeetisch, kniete mich vor den Fernsehschirm und starrte auf den Lichtpunkt, bis er mir vor den Augen verschwamm. Ich ging in die Hocke, beugte mich etwas zurück und ließ die Aufnahme in Zeitlupe weiterlaufen.

Jetzt gab es kein Vertun mehr bei dem, was ich sah und was über zweihundert andere Menschen ebenfalls gesehen hatten, darunter auch Captain Spruck, an dessen Aussage ich, um ehrlich zu sein, gezweifelt hatte. Jetzt, da ich es mit eigenen Augen sah, verstand ich auch, warum es ihn nicht losließ, und ich wußte, daß er eine Entschuldigung verdient hatte. Noch wichtiger aber war, daß das amerikanische Volk eine Entschuldigung verdiente, aber ich wußte nicht, von wem.

Ich dachte an mein Gespräch mit Jack Koenig in dessen Büro, als er mir in die Augen geschaut und gesagt hatte: »Es gibt kein verfluchtes Video von einem Pärchen, das am Strand vögelt, und dem im Hintergrund explodierenden Flugzeug«, und anschließend: »Auch keine verfluchte Rakete.«

Tja, ich scheiß auf dich, Jack. Und Liam Griffith und Ted Nash können mich auch kreuzweise. Verlogene Mistbande.

Der Lichtschweif, der eine weiße Rauchfahne hinter sich herzog, stieg höher, bis er etwa in der Mitte des Bildschirms war. In diesem Moment sah ich, wie Jill den Kopf in Richtung des Lichts drehte und zum Himmel aufblickte, dann setzte sich Bud rasch auf, drehte sich um und blickte über die Schulter zu der Stelle, auf die sie starrte. Das Licht wirkte auf dem Fernsehschirm beinahe weißglühend, und ich sah, wie es schneller wurde. Ich warf einen Blick auf die Lichter des Flugzeugs, dann wieder auf den aufsteigenden Lichtschweif. Ich war zu dicht vor dem Fernseher, um den ganzen Bildschirm sehen zu können, dashalb stand ich rasch auf, ging zurück zum Kaffeetisch und setzte mich.

In Zeitlupe lief kein Ton, aber es gab sowieso nichts zu hören, und so starrte ich wie gebannt auf das, was ich da sah, denn ich wußte genau, was gleich passieren würde.

Das glühende Licht schien jäh den Kurs zu ändern und

hielt auf die blinkenden Lichter zu, aber ein deutlicherer Hinweis darauf, daß es beidrehte, war die sich verwindende Rauchfahne.

Ein paar Sekunden später war ein heller Lichtblitz am Himmel zu sehen, der in Zeitlupe sonderbar aussah: wie ein aufflackerndes Bengalisches Feuer. Ein paar Sekunden danach breitete sich ein riesiger Feuerball am schwarzen Himmel aus – wie eine hellrote Blume, die im Zeitraffer aufblüht. Ich hielt das Bild bei 20:31 und 14 Sekunden an und starrte darauf.

Jill und Bud standen fast aufrecht da, wie erstarrt, und hatten sich der roten Glut am Himmel zugewandt. Ich drückte auf Zeitlupe und sah zu, wie der Feuerball größer wurde. Ich konnte sehen, daß das brennende Flugzeug tatsächlich weiter stieg, dann sah ich zwei Ströme aus brennendem Treibstoff in Richtung Ozean sinken, und als sie sich dem Meer näherten, bemerkte ich auch, daß sich der brennende Treibstoff auf dem glatten, glasigen Wasser spiegelte, und ja, das Spiegelbild wirkte wie zwei *aufwärts* steigende Lichtstreifen, aber es handelte sich unverkennbar um brennendes Kerosin, das vom Himmel *abwärts* strömte, einem eigenen Spiegelbild entgegen. *Das ist oben. Richtig?*

Ich schaute auf den Sekundenzähler, und etwa dreißig Sekunden nach Beginn der Abfolge von Ereignissen drückte ich auf die Abspieltaste und schaltete den Ton wieder hinzu.

Am Bildschirm bewegte sich jetzt wieder alles in Normaltempo, auch Jill und Bud, die sich eigentlich überhaupt nicht bewegten, sondern nur wie gebannt auf das Feuer am Himmel starrten.

Ich sah jetzt brennende Trümmer vom Himmel fallen. Dann hörte ich die erste Explosion, als die Schallwelle das

Mikrofon der Kamera erreichte, ein dumpfer, gedämpfer Knall, auf den ein, zwei Sekunden später eine zweite, viel lautere Explosion folgte. Ich sah, wie Jill und Bud etwa eine halbe Sekunde, bevor ich die heftigere Explosion hörte, zusammenzuckten, weil der Schall sie eher erreichte als das Mikrofon.

Ich ging wieder auf Zeitlupe und schaute mir die Nachwirkungen der Katastrophe an – der Hauptteil des Flugzeuges, der tatsächlich noch dreihundert Meter weiter gestiegen war, bis der Treibstoff in den Triebwerken verbraucht war, kreiselte jetzt abwärts. Ich konnte weder alles sehen noch verstehen, was da vor sich ging, nicht einmal in Zeitlupe, und den herabstürzenden Bug der Maschine sah ich überhaupt nicht, aber ich meinte zu sehen, wie die linke Tragfläche abbrach, und ich sah, wie der mächtige Rumpf der 747 vom Himmel fiel und ins Meer stürzte.

Der Himmel war jetzt wieder klar, abgesehen von dem Qualm, der vom Feuerschein auf dem glatten Ozean erleuchtet wurde.

Das Pärchen am Strand stand wie erstarrt da, als hätte jemand die Pausentaste der Welt gedrückt, nur daß die Brandung in Zeitlupe an den Strand schwappte und ein orange-rotes Feuer am Horizont glühte.

Ich drückte auf die Abspieltaste, worauf die Brandung wieder schneller wurde und Flammen auf dem Wasser tanzten.

Jetzt ergriff Bud zum ersten Mal an diesem Abend die Initiative. Er nahm Jill am Arm und sagt irgend etwas, worauf sie sich umdrehten und zu der Kamera auf der Düne rannten. Er war schneller als sie, hielt auch ihretwegen nicht inne oder warf einen Blick zurück, um festzustellen, ob sie mitkam. Der Mann war ein ausgemachtes

Arschloch, aber das war das Unwichtigste, was man diesem Video entnehmen konnte.

Ich starrte auf den brennenden Treibstoff am Horizont. Weder Jill noch Bud konnten es zu dem Zeitpunkt wissen, aber dort waren binnen eines Wimpernschlags 230 Männer, Frauen und Kinder umgekommen. Doch ich wußte es, und ich spürte, wie sich mein Magen zusammenkrampfte, wie mein Mund trocken wurde und mir das Wasser in die Augen stieg.

Bud und Jill verschwanden am Fuß der Düne, dann tauchten ihre Köpfe und Schultern wieder auf, als sie den sandigen Hang hinaufstürmten, erst Bud, dann Jill.

Die Kamera war auf maximale Brennweite eingestellt, daher waren ihre Gesichter verschwommen, aber ich konnte ihre Züge erkennen. Ich hielt das Bild an und schaute ihn an, als er die Hände nach der Kamera ausstreckte Der Mann sah aus, als wäre er außer sich vor Angst. Ich schaute auf sie, und auch sie wirkte verschreckt, hatte die Augen weit aufgerissen, aber ich bemerkte auch, daß sie zu ihm blickte, als wollte sie, daß er etwas sagte, ihr erklärte, was vorgefallen war und was sie tun sollten. Ich ließ die nächsten paar Sekunden in Zeitlupe ablaufen und sah sein dämliches Gesicht unmittelbar vor der Kamera, so daß es den ganzen Bildschirm ausfüllte. Dieses Gesicht, dachte ich, könnte man auf einem Fahndungsplakat abdrucken, dazu die Überschrift »Haben Sie diesen nichtsnutzigen, selbstsüchtigen Scheißkerl gesehen? Sachdienliche Hinweise unter 1-800-ARSCHLOCH«.

Bud hatte jetzt die Kamera im Griff, nicht aber seine Nerven, so daß auf dem Fernsehschirm ein irres Kaleidoskop aus Bildern zu sehen war, denen ich nur schwer folgen konnte, als unser Held die Düne hinabrannte und die Kamera fallenließ. Ich hörte Bud sagen: »Zieh dich an! Zieh dich an!«

Dann hob jemand die Kamera auf, und ich sah kurz den Nachthimmel vorüberhuschen. Ich konnte sie schwer atmen hören, als sie rannten, und sah undeutlich tanzende Bilder. Eine Autotür wurde geöffnet, dann zugeschlagen, gefolgt von zwei weiteren Autotüren, die geöffnet und wieder geschlossen wurden, dann hörte ich, wie der Motor angelassen wurde, sah etwas über den fast schwarzen Bildschirm tanzen, dann wieder schwere Atemzüge, aber keiner von beiden sagte ein Wort. Sie stand vermutlich unter Schock, und er versuchte nicht in die Hose zu pinkeln. Am liebsten hätte ich ihn angeschrien: »Sag was zu ihr, du nichtsnutziger Scheißkerl.«

Ich wartete etwa fünf Minuten lang, in denen nur Schwärze und Schweigen herrschten, und wollte bereits den Fernseher ausschalten und die Kassette zurückspulen, dann hörte ich ihre Stimme. »Bud, ich glaube, da ist ein Flugzeug explodiert.«

Er erwiderte: »Vielleicht ... vielleicht war es auch eine riesige Feuerwerksrakete ... von einem Frachtkahn aus abgeschossen. Vielleicht haben die ... du weißt schon ... ein Feuerwerk abgebrannt.«

»Feuerwerksraketen explodieren nicht so. Feuerwerksraketen brennen nicht auf dem Wasser.« Kurze Pause, dann: »Irgendwas Großes ist in der Luft explodiert und ins Meer gestürzt. Es war ein Flugzeug.«

Er erwiderte nichts, und sie sagte: »Vielleicht sollten wir zurückfahren.«

»Warum?«

»Vielleicht ... sind ... Menschen davongekommen. Sie haben Schwimmwesten, Rettungsflöße. Vielleicht können wir helfen.«

»Du bist eine tüchtige Frau«, murmelte ich vor mich hin. Bud sagte: »Das Ding hat sich einfach in seine Einzelteile aufgelöst. Es muß in ein paar tausend Meter Höhe gewesen sein.« Pause. »Außerdem sind die Cops schon dort. Die brauchen uns nicht.«

»Die Passagiere brauchen dich nicht«, dachte ich, »aber die Cops brauchen dein Video, du Blödmann.«

Danach herrschte lange Stille, dann sagte Jill: »Dieser Lichtschweif – das war eine Rakete. Ein Geschoß.«

Keine Antwort.

»Es sah aus, als ob eine Rakete vom Wasser aus abgeschossen wurde und ein Flugzeug getroffen hat«, fuhr sie fort.

Bud erwiderte: »Na ja ... wir erfahren es bestimmt in den Nachrichten.«

Wieder herrschte Schweigen, dann bewegte sich etwas auf dem dunklen Bildschirm, danach schwarze Stille, und ich wußte, daß Jill die Kamera vom Rücksitz geholt hatte und die Kassette zurückspulte, damit sie sich die Aufnahme im Sucher ansehen konnte.

Das war das Ende des Videos, aber dann tauchte wieder ein Bild auf, und Hindergrundmusik drang aus den Lautsprechern. Jean-Louis Trintignant sagte etwas in synchronisiertem Englisch, aber ich hörte nicht hin.

Ich hielt die Kassette an und drückte auf Rückspulen. Dann saß ich eine Weile auf dem Kaffeetisch und starrte auf den dunklen Bildschirm.

Ich war völlig überwältigt von dem, was ich gerade gesehen hatte, und mir klar, daß es eine Weile dauern würde, bis ich diese Bilder verarbeitet hatte, die jedes normale Wahrnehmungsvermögen überstiegen.

Ich stand ein paar Sekunden lang reglos da, ging dann zur Bar, fand ein Glas und griff mir aufs Geratewohl eine

Flasche Scotch. Ich goß mir ein paar Fingerbreit ein und starrte auf das Glas. Es war früher Sonntag morgen, aber ich brauchte irgendwas, um mich zu beruhigen und meinen Mund zu befeuchten. Ich kippte den Scotch hinunter, stellte das Glas ab und ging in die Küche.

47

Jill Winslow war nicht in der Küche, aber ich sah sie hinter einer doppelten Glastür auf einer Chaiselongue auf dem Patio sitzen. Sie trug nach wie vor ihren Morgenmantel, saß aufrecht da und starrte mit offenen Augen vor sich hin, als ginge ihr irgend etwas durch den Kopf.

Ich ging hinaus auf den Patio und setzte mich in den Sessel neben ihr. Zwischen uns war ein Tisch, auf dem eine Wasserflasche und zwei Gläser standen. Ich goß mir etwas Wasser ein und schaute hinaus auf den weitläufigen Garten und den großen Swimmingpool.

Nach etwa einer Minute fragte sie mich: »Haben Sie das Video an sich genommen?«

»Nein«, erwiderte ich. »Ich möchte, daß Sie es mir geben.«

»Bleibt mir etwas anderes übrig?« fragte sie.

»Nein. Das ist Beweismaterial zu einem mutmaßlichen Verbrechen. Ich kann Sie auch von Rechts wegen zur Herausgabe zwingen. Aber ich möchte, daß Sie es mir freiwillig geben.«

»Sie können es haben.« Sie lächelte. »Eigentlich gehört es ja dem Bayview Hotel.«

»Bud hat fünfhundert Dollar Sicherheitsrücklage hinterlassen«, erwiderte ich. »Das ist bezahlt.«

»Gut. Das hat mir immer zu schaffen gemacht. Daß ich die Kassette gestohlen habe.«

Mir machte das nicht zu schaffen – deswegen war ich schließlich hier.

Sie schwieg eine Weile, dann sagte sie: »Sie sind ein cleverer Mann. Sie sind darauf gekommen.«

»Das war nicht schwer«, sagte ich bescheiden, wie ich war. Genaugenommen *bin* ich clever, und es *war* schwer.

»Ich war völlig verängstigt, als das FBI hierherkam«, sagte sie. »Ich dachte, sie fragen mich, ob ich eine Kopie von dem Video gemacht habe, bevor Bud es gelöscht hat ... aber weshalb sollten sie auf die Idee kommen? Und woher sollten sie etwas von dem Videofilm wissen ...«

Tatsächlich *wußten* sie, daß sich Jill Winslow ein Video aus der Hotelbibliothek ausgeliehen hatte, aber sie hatten sich darauf konzentriert, jeden Hinweis zu vernichten, daß sie dort gewesen war, und dabei war ihnen offenbar gar nicht in den Sinn gekommen, daß das weinerliche reiche Mädchen ihre Minikassette auf das geliehene Video überspielt hatte.

»Ich war damals noch nicht bereit, jemandem das Video zu zeigen«, fuhr sie fort.

»Das verstehe ich.«

»Armer Mark. Armer Bud.« Sie trank einen Schluck Wasser und sagte: »Die werden sehr wütend auf mich sein. Aus unterschiedlichen Gründen.«

»Um die geht es hier nicht mehr«, erklärte ich ihr, »wenn es jemals der Fall war. Es geht um Sie, darum, daß Sie das Richtige tun, und um Wahrheit und Gerechtigkeit.«

»Ich weiß ... aber Bud fühlt sich wohl in seiner Ehe.

Und Mark ... nun ja, der fühlt sich ebenfalls wohl.« Sie stockte kurz, dann sagte sie: »Er wird am Boden zerstört sein ... blamiert ...«

»Vielleicht können Sie das alles wieder hinkriegen.«

Sie lachte. »Meinen Sie das ernst?«

»Nein.«

Sie trank einen Schluck Wasser, dann sagte sie: »Und dann sind da noch Mark jr. und James. Meine Kinder.«

»Wie alt sind sie?«

»Dreizehn und fünfzehn. Vielleicht werden sie es eines Tages verstehen«, sagte sie.

»Eines Tages bestimmt. Vielleicht früher, als Sie meinen.«

Sie schaute mich an und fragte: »Komme ich ins Gefängnis.«

»Nein.«

»Habe ich keine Beweismittel unterschlagen –?«

»Machen Sie sich darüber keine Gedanken. Man will Ihre Kooperation.«

Sie nickte, dann fragte sie mich: »Und Bud? Bekommt er Scherereien, weil er die Aufnahme gelöscht hat?«

»Vielleicht. Aber Sie beide können ein paar Zugeständnisse aushandeln.« Und ich fügte hinzu: »Ich nehme an, die größten Schwierigkeiten wird er mit Mrs. Mitchell bekommen.«

»Arlene wird ihm das Leben zur Hölle machen«, sagte Jill.

»Hören Sie auf, sich über andere Leute den Kopf zu zerbrechen«, sagte ich zu ihr.

Sie ging nicht darauf ein. Jill Winslow setzte sich auf und schaute zu ihrem Haus, dann über den angelegten Garten und den Pool. »Das hier war ein Gefängnis, in dem ich lebenslänglich einsaß«, sagte sie.

Ich erwiderte nichts. Wie schon gesagt, es fällt einem schwer, Mitleid mit einem reichen Mädchen zu haben, das auf einer Yacht sitzt und Champagner trinkt – beziehungsweise am Pool. Aber von schlechten Ehen verstand ich etwas und wußte, daß es keine Rolle spielte, wieviel Geld man hatte oder wie berühmt man war – eine schlechte Ehe ist der große Gleichmacher über alle Klassenschranken hinweg.

»Was soll ich jetzt machen?« fragte sie eher sich selbst als mich. Dann schaute sie mich an und fragte lächelnd: »Glauben Sie, ich kann beim Film Karriere machen?«

Ich erwiderte ihr Lächeln, antwortete aber nicht. Ich schaute auf meine Uhr. Ich mußte von hier weg, bevor der Schwarze Helikopter auf dem Rasen der Winslows landete oder ein Wagen mit Ted Nash und Freunden vorfuhr. Aber ich mußte Jill Winslow auch eine Dekompressionspause lassen.

Sie schien nachzudenken, dann fragte sie mich: »Wieso hat es fünf Jahre gedauert?«

»Ich bin gerade auf den Fall gestoßen.«

Sie nickte und sagte: »Als ich hörte, daß der Fall abgeschlossen ist, war ich etwas erleichtert – aber ich hatte auch ein schlechtes Gewissen. Wann wurde der Fall wiederaufgenommen?«

Genaugenommen vor etwa einer Stunde, aber ich sagte: »Durch den fünften Jahrestag im Juli ist wieder ein gewisses Interesse daran erwacht.«

»Ich verstehe. Hätten Sie Lust, mit mir in die Kirche zu gehen?« fragte sie.

»Äh ... eigentlich gern. Aber leider muß ich mich auf den Weg machen. Können Sie das Video auf irgendeine Weise kopieren?« fragte ich sie.

»Genauso, wie ich es beim ersten Mal kopiert habe –

aber umgekehrt«, erwiderte sie. »Vom Videorecorder auf die Videokamera. Sind Sie technisch unbedarft?«

»Schlimmer als das.« Ich stand auf und sagte: »Machen wir eine Kopie.«

Sie stand ebenfalls auf, und wir gingen in die Küche, wo ich mir das Polizeifunkgerät schnappte, und kehrten dann ins Wohnzimmer zurück.

Sie ging in eine große Abstellkammer voller Brettspiele und anderer Gegenstände zum Zeitvertreib und kam mit einer Videokamera zurück, die sie zum Fernseher trug und auf den Boden legte.

Ich bot ihr meine Hilfe an, aber sie sagte: »Nehmen Sie einfach Platz, wenn Sie wollen, daß es etwas wird.«

Ich hatte nicht die Absicht, Platz zu nehmen, während sie mit dem Beweismaterial des Jahrhunderts herummurkste, deshalb kniete ich mich vor Fernseher und Videorecorder. Ich sah zu und stellte Fragen, als sie Videorecorder und Kamera durch ein langes Kabel miteinander verband, das, wie sie erklärte, zur Ton- und Bildübertragung diente. Sie sah, daß ich *Ein Mann und eine Frau* zurückgespult hatte, drückte auf den Aufnahmeknopf der Kamera, dann auf die Wiedergabetaste des Videorecorders und sagte: »Das Video im Videorecorder wird jetzt auf die Minikassette in der Kamera überspielt.«

»Sind Sie sicher?«

»Ich bin mir sicher. Soll ich Ihnen die Minikassette auf dem Fernseher abspielen?«

»Nein. Ich vertraue Ihnen.«

Sie kniete immer noch neben mir und sagte: »Das sollten Sie auch. Ich hätte das schon vor fünf Jahren löschen können. Ich hätte Ihnen sagen können, daß es nicht existiert. Ich habe es Ihnen vorgespielt.« Und sie fügte hinzu: »Und ich vertraue Ihnen.«

»Gut. Wie lange dauert das?« fragte ich sie.

»Genauso lange wie die Originalaufnahme selbstverständlich, rund vierzig Minuten. Möchten Sie frühstükken?«

»Nein, danke.« Allmählich wurde ich wieder paranoid, und ich stellte mir vor, daß Nash und Konsorten jeden Moment vor dem Haus vorfuhren. Brauchte ich wirklich eine Kopie von dem Video? »Können wir die Strandszenen vorspulen, bis wir zur Explosion des Flugzeugs kommen?« fragte ich sie.

»Haben Sie es eilig?« fragte sie.

»Genaugenommen ja.«

Sie schaltete den Fernseher ein, worauf das Video auf dem Bildschirm auftauchte. Wir waren bei der Szene, als Mrs. Winslow bei Mr. Mitchell oral zugange war. Ich glaube, ich bin tatsächlich errötet, als ich neben der Dame des Hauses kniete. Aber sie wirkte sonderbar gleichgültig und fragte mich: »Sind Sie sicher, daß ich diesen Teil nicht kopieren soll?«

»Ich bin mir sicher.«

Sie drückte auf Vorlauf, und die Action wurde flotter. Nach der Frauenverkostung drückte sie auf Wiedergabe, und das Video lief wieder mit normaler Geschwindigkeit: Man sah Jill Winslow, die sich aufsetzte und sagte: »Ich bin klebrig. Los, wir gehen baden.«

Sie schaute mich an und fragte: »Ab hier?«

»Ja.«

Sie stand auf, und ich erhob mich ebenfalls und warf einen Blick auf meine Uhr, dann auf den Bildschirm, auf dem noch immer das Video zu sehen war. Das Kopieren sollte ab dieser Stelle etwa fünfzehn Minuten dauern.

»Wieso brauchen Sie zwei Aufnahmen?« fragte sie mich.

»Ich verliere manchmal Sachen«, erwiderte ich.

Sie blickte mich an, sagte aber nichts. Sie reichte mir die Fernbedienung und sagte: »Ich möchte mir das Flugzeug nicht ansehen. Sie können sich hinsetzen und es noch mal ansehen, wenn Sie wollen, und wenn es fertig ist – wenn *Ein Mann und eine Frau* kommen –, drücken Sie auf die Stoptaste hier, dann auf Eject. Ich bin auf dem Patio. Rufen Sie mich, wenn ich Ihnen helfen soll, die Kassette aus der Videokamera zu nehmen.«

»Ich möchte, daß Sie sich anziehen und mit mir kommen«, erwiderte ich.

Sie schaute mich an und fragte: »Bin ich festgenommen?«

»Nein.« Ich warf einen Blick auf den Bildschirm und die laufende Zeitanzeige, die auf dem Video eingeblendet war. Noch zwölf Minuten bis zu der Explosion um 20:31, danach ein paar weitere Aufnahmen von den Nachwirkungen, dann Bud und Jill, die zur Sanddüne zurückrannten und so weiter und so fort.

Ich nahm Jill am Arm und führte sie in die Küche. »Ich will ganz ehrlich zu Ihnen sein«, sagte ich zu ihr. »Sie schweben möglicherweise in Gefahr, und ich muß Sie von hier wegbringen.«

Sie starrte mich an und sagte: »In Gefahr …?«

»Ich erklär's Ihnen ganz schnell. Die Bundesagenten, die vor fünf Jahren hierherkamen und Ihre gelöschte Kassette mitnahmen, haben das Video so gut wie sicher wiederhergestellt –«

»Aber wieso –?«

»Hören Sie zu. Die *wissen*, was auf der Kassette war. Sie wollen nicht, daß es jemand *anders* erfährt –«

»Warum –?«

»Ich weiß nicht, warum. Das *Warum* spielt auch keine

Rolle. Worauf es ankommt, ist ... es gibt zwei verschiedene Gruppen, die dieses Unglück untersuchen. Die erste Gruppe, Nash, Griffith und die anderen, versuchen sämtliches Beweismaterial, das auf einen Raketenangriff hindeutet, zu unterdrücken und zu vernichten. Die zweite Gruppe, ich und noch ein paar andere, versuchen das Gegenteil. Das ist alles, was Sie im Moment wissen müssen, abgesehen davon, daß die erste Gruppe hierher unterwegs sein könnte, und wenn sie herkommen, werden sie die Aufnahme vernichten und ... wir müssen von hier weg, und zwar sofort und mit diesen Kassetten. Deshalb müssen Sie sich schleunigst anziehen und mit mir kommen.«

Sie stand da und starrte mich an, dann schaute sie aus dem Fenster, als könnten da draußen Leute sein. Ich wollte, daß sie sich beeilte, ließ sie das Ganze aber erst mal verdauen. Schließlich sagte sie zu mir: »Ich rufe die Polizei.«

»Nein. Diese Leute sind Bundesagenten, genau wie ich, und sie sind offiziell und von Amts wegen mit den Ermittlungen betraut. Aber sie haben eine Verschwörung angezettelt.« Selbst als ich das sagte, war mir klar, daß es für sie keinerlei Grund gab, mir zu glauben, und dementsprechend zweifelnd schaute sie mich auch an.

»Was ist vor fünf Jahren passiert?« sagte ich zu ihr. »Haben Sie mir nicht gesagt, Sie hätten erfahren, daß man ein gelöschtes Video wiederherstellen kann? Haben Sie jemals wieder was von diesen Leuten gehört? Wurden Sie oder Bud jemals in eine Dienststelle der Regierung zitiert? Haben Sie außer Nash, Griffith und dem dritten Mann jemals jemanden zu Gesicht bekommen? Sie sind doch eine kluge Frau«, sagte ich. »Denken Sie mal drüber nach.«

Sie stand da und blickte auf ihre Füße, dann schaute sie

mich an und sagte. »Alles, was Sie sagen, hat Hand und Fuß, aber …«

»Jill, wenn ich diese Aufnahme wollte, könnte ich sie mir jetzt nehmen und gehen. Wenn ich Ihnen etwas antun wollte, hätte ich es längst machen können. Sie müssen mir vertrauen und mitkommen.«

Wir schauten uns an, und schließlich nickte sie. »In Ordnung.«

»Danke. Ziehen Sie sich an. Keine Dusche. Und gehen Sie nicht ans Telefon.« Und ich fügte hinzu: »Packen Sie eine Reisetasche und nehmen Sie soviel Bargeld mit, wie Sie im Haus haben.«

»Wohin –?«

»Darüber reden wir später. Haben Sie eine Schußwaffe im Haus?« fragte ich sie.

»Nein. Haben Sie keine –?«

»Sie müssen sich ranhalten.«

Sie drehte sich um und verließ die Küche. Als ich wieder ins Wohnzimmer ging, hörte ich ihre Schritte auf der Treppe.

Ich nahm die Fernbedienung, setzte mich auf den Kaffeetisch und sah zu, wie Jill Winslow und Bud Mitchell am Strand miteinander schliefen. Die Zeitanzeige auf dem Video stand auf 20:27.

Das Telefon auf dem Beistelltisch klingelte, und ich hörte, wie es fünfmal läutete, dann schaltete sich der Anrufbeantworter ein. Auf der Anruferkennung stand »Privat«.

Ich ging rasch zur Vorderseite des Hauses und schaute aus dem Fenster, aber im Moment standen außer meinem keinerlei Autos auf der Auffahrt oder dem Parkplatz. Von der Straße konnte ich von hier aus nicht viel sehen.

Als ich wieder ins Wohnzimmer kam, stieg gerade der

Lichtschweif am Horizont auf und zog eine Rauchfahne hinter sich her. Ich schaute es mir bei normaler Geschwindigkeit an, und es bestand keinerlei Zweifel, was das war. Die zweihundert Augenzeugen, die den Lichtschweif gesehen hatten, dachte ich, würden diese Videoaufnahme wesentlich besser wiedererkennen als die animierte Darstellung der CIA.

Ich sah, wie der erste Lichtblitz auftauchte, gefolgt von dem riesigen Feuerball. Ich warf einen Blick auf Jill, die rittlings auf Bud kniete, der sich jetzt aufsetzte und nach hinten schaute. Ich zählte bis vierzig und hörte ein Dröhnen aus den Lautsprechern – ein lauter, dumpfer Explosionsknall, der verhallte, und danach war Stille.

Wieder klingelte das Telefon, und wieder stand auf der Anruferkennung »Privat«, und wieder schaltete sich nach dem fünften Läuten der Anrufbeantworter an.

Es war Viertel nach neun, nicht zu früh für einen Anruf von Freunden der Familie, aber dennoch ein bißchen zu zeitig für zwei Anrufe kurz hintereinander.

Jill und Bud rannten jetzt über den Strand, und ich sah, wie sie sich der Kamera näherten, und diesmal fiel mir auch auf, daß sie zu ihm schaute, als er ihr davonlief. Was dachte sich der Idiot dabei? Wollte er sie am Strand zurücklassen, wenn sie nicht schnell genug lief, sich nicht schnell genug anzog oder ins Fahrzeug stieg, wenn er fertig war? Der Mann war nicht cool und alles andere als tapfer.

Ich meine, Freunde und Liebhaber schwimmen gemeinsam oder gehen zusammen unter. Ich kannte Jill Winslow nicht mal, und trotzdem saß ich jetzt hier und wartete auf sie, obwohl Ted Nash und Konsorten in den nächsten fünf Sekunden an die Tür klopfen konnten. Sie waren bewaffnet, ich nicht. Und ich hatte nicht den geringsten Zweifel daran, daß sie, wenn sie sahen oder begriffen, was hier vor sich ging, so von Sinnen waren – von stinkig und zum äußersten entschlossen ganz zu schweigen – , daß sie das Beweismaterial ebenso beseitigen würden wie die beiden Zeugen, die etwas davon wußten. Aber hier saß ich, selbst jetzt noch, da ich den entscheidenden Teil des Videos kopiert hatte, und ich blieb auch sitzen. Es gibt ein Weiterleben nach tödlicher Gefahr, wie ich als Cop erfahren hatte, aber man muß dafür sorgen, daß nicht nur der Körper, sondern auch die Seele überlebt. Wenn nicht, dann ist das Leben, das man fortan führt, nicht lebenswert.

Ich hörte eine Autotür zuknallen, dann noch eine, und zweimal stockte mir fast das Herz, bis mir klar wurde, daß es aus dem Fernseher kam. Der Bildschirm war jetzt schwarz, und es dürfte noch ungefähr fünf Minuten dauern, bis Jill sagte: »Bud, ich glaube, da ist ein Flugzeug explodiert.« Ich hörte ihre Schritte draußen im Foyer und hielt den Videorecorder an, kniete mich dann neben die Kamera und schaltete sie aus. Ich war selbst überrascht, daß ich dahinterkam, wie man die Minikassette auswarf, die ich in die Hosentasche steckte.

Jill kam mit einer Reisetasche ins Wohnzimmer und hatte eine schwarze Hose und eine weiße Bluse an. »Ich bin soweit«, sagte sie.

»Okay. Legen wir wieder alles dahin, wo es war.« Ich reichte ihr die Videokamera, die sie in die Abstellkammer brachte, während ich *Ein Mann und eine Frau* aus dem Videorecorder nahm und ihn ausschaltete. Ich musterte die Reihe Lämpchen und Tasten, bis ich sicher war, daß niemand feststellen konnte, daß das Gerät benutzt worden war. Ich stand auf, und Jill kam zu mir und reichte mir die Hülle von *Ein Mann und eine Frau*, die ich über die Videokassette schob und in die Seitentasche meines

Blazers steckte. Ich drückte auf den Knopf am Beistelltisch, und die Vorhänge gingen wieder auf.

»Konnten Sie feststellen, wer gerade angerufen hat?«

»Es kam von einem Privatanschluß, und es wurde keine Nachricht hinterlassen.«

»Okay ... ich habe Folgendes vor. Mein Auto ist heiß – es wurde verfolgt. Wir müssen Ihren Wagen nehmen.«

»Er steht in der Garage. Aber ich muß eine Nachricht für Mark hinterlassen.«

»Nein. Keine Nachrichten. Sie können ihn später anrufen.«

Sie rang sich ein Lächeln ab und sagte: »Seit zehn Jahren will ich ihm eine Nachricht auf dem Küchentisch hinterlassen, und jetzt, da ich ihn wirklich verlasse, sagen Sie mir, daß ich ihm keine Nachricht hinterlassen darf?«

»Schreiben Sie ihm eine E-Mail«, sagte ich. »Gehen wir.«

Ich nahm ihre Reisetasche und folgte ihr hinaus in einen Flur neben der Küche, wo sie eine Tür öffnete, die in eine Dreifachgarage führte. Zwei Autos standen drin: ein Lexus SUV und ein BMW Z3, ein Kabrio mit offenem Verdeck. »Welchen möchten Sie nehmen?« fragte sie mich.

Ich erinnerte mich, daß Dom Fanelli gesagt hatte, der BMW wäre auf ihren Namen zugelassen, was wichtig werden könnte, falls Mr. Winslow eine Vermißtenanzeige stellte und wir von der Polizei angehalten werden sollten. »Den BMW«, sagte ich.

Ich stellte ihre Reisetasche in den Kofferraum des BMW, und sie fragte: »Möchten Sie fahren?«

»Erst muß ich mein Auto loswerden. Wo kann ich es hier in der Gegend abstellen?«

»Wohin fahren wir?« fragte sie.

»Nach Manhattan.«

»In Ordnung. Folgen Sie mir einfach. Auf der Cedar Swamp etwa fünf Meilen in südlicher Richtung. Dann sehen Sie auf der rechten Seite ein Hinweisschild auf das SUNY College von Old Westbury. Dort können Sie Ihren Wagen abstellen.«

»Gut. Lassen Sie den Motor an, aber öffnen Sie das Tor nicht per Fernbedienung.« Ich ging zum Garagentor und schaute durch die Fenster. Ich sah keinerlei Fahrzeuge draußen und drückte auf den Knopf des Garagentors. Als es aufging, trat ich hinaus, und sie stieß rückwärts heraus und schloß mit ihrer Fernbedienung das Tor. Ich reichte ihr die Minikassette aus der Videokamera und sagte: »Die nehmen Sie an sich. Wenn wir getrennt werden, müssen Sie sich mit dem Video an einen sicheren Ort begeben. Zu Freunden, Verwandten, in ein Hotel. Gehen Sie *nicht* nach Hause. Rufen Sie Ihren Anwalt an, dann die Polizei. Verstanden?«

Sie nickte, und ich schaute sie an, aber sie wirkte weder ängstlich noch durcheinander, was mich ein bißchen beruhigte. »Klappen Sie das Verdeck hoch, und schließen Sie die Fenster«, sagte ich.

Sie klappte das Verdeck hoch, als ich in den Ford Taurus stieg und den Motor anließ.

Ich fuhr hinter ihr die Auffahrt hinab und auf die Quail Hollow Lane.

So weit, so gut. Aber die Situation konnte jeden Moment kippen, und ich ging die diversen Möglichkeiten und Eventualitäten samt der entsprechenden Notfallpläne durch, falls die Kacke am Dampfen sein sollte.

Es sah Ted Nash nicht ähnlich, daß er mir viel Spielraum ließ oder am Sonntag freimachte. Aber vielleicht hatte ich ihn härter am Kopf erwischt, als ich dachte, und er lag mit einem Fläschchen Aspirin in einem dunklen Zimmer und versuchte die Sache zu durchschauen. Unwahrscheinlich, aber egal, was er im Moment machte, hier war er jedenfalls nicht.

Wenn ich gewußt hätte, daß ich Jill Winslow und eine Kopie der Videokassette finden würde, das muß ich im nachhinein zugeben, hätte ich nicht gezögert, ihn am Strand umzubringen, um genau diese Situation zu vermeiden. Präventivschläge sind okay, wenn man genau weiß, wem oder was man zuvorkommen will.

Wenn ich Nash und Konsorten jetzt über den Weg lief, hatte ich meiner Meinung nach keine Chance, meinen Fehler wieder auszubügeln, aber ich war mir ziemlich sicher, daß er die Gelegenheit nutzen würde, um seinen auszubügeln.

48

Binnen weniger Minuten waren wir auf der Cedar Swamp Road, und ich behielt ständig den Rückspiegel im Auge, aber allem Anschein nach verfolgte uns niemand.

Allmählich glaubte ich selber, daß ich es geschafft hatte – ich hatte Jill Winslow, das Video, ich hatte den Namen von Bud Mitchell erfahren, und mit etwas Glück hatte ich freie Fahrt nach Manhattan.

Ich hakte das Polizeifunkgerät von meinem Gürtel, schaltete es ein und hörte eine Weile zu, aber es war so gut wie nichts los, und das, was ich hörte, hatte nichts mit mir zu tun. Ich stellte das Funkgerät wieder ab und nahm mir vor, es Sergeant Roberts bei erstbester Gelegenheit zurückzugeben, was eine Weile dauern konnte.

Vor mir sah ich den Wegweiser zum College von Old Westbury, bei dem Jill rechts abbog. Ich folgte ihr eine von Bäumen gesäumte Straße entlang auf den Campus des kleinen College, der am Sonntag nahezu menschenleer war. Sie fuhr auf einen Parkplatz, und ich stellte meinen Ford Taurus auf einer freien Bucht ab. Ich holte meine Reisetasche heraus und warf sie in den Kofferraum ihres Autos. »Ich fahre«, sagte ich.

Sie stieg aus und kam zur Beifahrerseite, während ich mich ans Steuer setzte.

Der BMW hatte eine Fünfgangschaltung, und mit so was war ich eine ganze Weile nicht mehr gefahren. Mit einem leichten Knirschen, bei dem Mrs. Winslow kurz zusammenzuckte, legte ich den ersten Gang ein.

Wir stießen wieder auf die Cedar Swamp Road und hielten uns in Richtung Süden. Der BMW fuhr sich traumhaft, und was noch besser war: Er konnte alles abhängen, was sich Nash und Konsorten aus dem Fuhrpark der Regierung besorgt hatten.

Keine fünf Minuten später sah ich den Wegweiser zum Long Island Expressway, und Jill sagte: »Hier können Sie in Richtung City abbiegen.«

»Festhalten.«

Ich fuhr bis auf knapp zehn Meter an die Abzweigung ran, trat auf die Bremse und zog mit quietschenden Reifen und pulsierendem Antiblockiersystem scharf nach rechts auf die Auffahrt. Ich warf einen Blick in den Rückspiegel, schaltete runter und gab Gas. Innerhalb von Sekunden war ich auf dem Expressway, schaltete in den fünften Gang, scherte über zwei Spuren hinweg aus und trat das Pedal bis aufs Metall durch. Die Karre flog regelrecht.

Ich blieb bei steten achtzig Meilen pro Stunde auf der äußeren linken Spur und schaute wieder in den Spiegel. Wenn mir irgend jemand folgte, war er jetzt etwa eine halbe Meile weiter hinten.

Es herrschte nur mäßiger Verkehr, und die Sonntagsfahrer, die zu langsam auf der äußeren Spur unterwegs waren, konnte ich locker umkurven.

Jill hatte eine Weile nicht gesprochen, aber jetzt fragte sie mich: »Werden wir verfolgt?«

»Nein. Ich genieße bloß die Fahrt.«

»Ich nicht.«

Ich nahm etwas Gas weg und ging auf die mittlere Spur. Schweigend fuhren wir dahin, dann fragte sie mich: »Wie heißen Sie mit Vornamen?«

»John.«

»Darf ich Sie John nennen?«

»Selbstverständlich. Darf ich Sie Jill nennen?« fragte ich.

»Das haben Sie doch schon getan.«

»Richtig.«

Ich schaltete mein Handy an und wartete fünf Minuten, aber es gab keinen Piepton von sich, und so stellte ich es wieder ab. »Wie geht's Ihnen?« fragte ich Jill.

»Prima. Wie geht es Ihnen?«

»Ziemlich gut. Ist Ihnen klar, was vor sich geht?«

»Ein bißchen. Ich nehme an, *Sie* wissen, was vor sich geht.«

»Weitestgehend.« Ich warf ihr einen kurzen Blick zu und sagte: »Sie sollten sich darüber im klaren sein, daß Sie jetzt auf der richtigen Seite stehen – auf seiten von Wahrheit und Gerechtigkeit, und auf der Seite der Opfer von TWA 800, ihren Angehörigen und dem amerikanischen Volk.«

»Und wer ist dann hinter uns her?«

»Vielleicht niemand. Aber vielleicht auch ein paar faule Eier.«

»Warum können wir dann nicht die Polizei verständigen?«

»Na ja, vielleicht mehr als nur ein paar faule Eier, und ich bin mir nicht ganz sicher, wer gut und wer schlecht ist.«

»Was machen wir, bis Sie das herausgefunden haben?«

»Haben Sie ein Hotel in der Stadt, in dem Sie normalerweise absteigen?«

»Das Waldorf oder den Union League Club.«

»Dann meiden wir die. Wir suchen uns irgendwas in Midtown aus.«

Sie dachte einen Moment lang nach, dann sagte sie: »Das Plaza.«

»Rufen Sie dort an und reservieren Sie. Sie brauchen zwei aneinandergrenzende Zimmer.«

»Bleiben Sie bei mir?«

»Ja. Bitte benutzen Sie Ihre Kreditkarte zur Reservierung der Zimmer, und ich sehe zu, daß Sie dafür entschädigt werden.«

Sie nahm ihr Handy, rief im Plaza Hotel an und ließ sich eine Suite mit zwei Schlafzimmern reservieren.

»Mir wäre es lieber, wenn Sie Ihr Handy abstellen«, sagte ich zu ihr.

»Wieso?«

»Man kann durch eine Dreieckspeilung über die Handyantennen geortet werden«, erklärte ich.

Sie stellte ihr Handy ab, ohne eine weitere Erklärung zu verlangen.

Wir überquerten die Grenze des Nassau County und kamen nach Queens. In einer halben Stunde sollten wir im Plaza Hotel sein.

»Wie lange werde ich im Hotel wohnen?« fragte Jill.

»Etwa zwei Tage.«

»Was dann?«

»Dann wechseln Sie das Hotel. Oder ich finde ein sicheres Haus. Ich brauche etwa achtundvierzig Stunden, um die Armee der Engel auf die Beine zu stellen. Danach sind Sie in Sicherheit.«

»Muß ich meinen Anwalt anrufen?«

»Wenn Sie wollen. Aber es wäre besser, wenn Sie zwei Tage damit warten würden.«

Sie nickte.

»Wann wollen Sie mit Bud sprechen?« fragte sie mich, als wir auf dem Expressway durch Queens fuhren.

»Ich oder jemand anders wird ihn innerhalb der nächsten achtundvierzig Stunden aufsuchen«, sagte ich und fügte hinzu: »Rufen Sie ihn bitte nicht an.«

»Ich habe nicht die Absicht, ihn anzurufen.« Sie stieß mich an und sagte: »Wieso nehmen Sie ihn nicht fest? Ich möchte ihn im Gefängnis besuchen.«

Ich unterdrückte ein Lachen, aber dann lachte sie, und ich lachte ebenfalls. »Ich glaube, wir brauchen seine Mithilfe«, sagte ich.

»Muß ich ihn wiedersehen?«

»Vielleicht. Aber wir versuchen Zeugen immer voneinander zu trennen.«

»Gut. Wo wohnen Sie?« fragte sie mich.

»In Manhattan.«

»Ich habe nach dem College in Manhattan gewohnt, und bevor ich geheiratet habe.« Sie stockte kurz. »Ich habe zu jung geheiratet. Was ist mit Ihnen?«

»Ich bin zum zweiten Mal verheiratet. Sie werden meine Frau kennenlernen. Sie ist FBI-Agentin, derzeit in Übersee. Morgen soll sie heimkommen, wenn alles gutgeht.«

»Wie heißt sie?«

»Kate. Kate Mayfield.«

»Hat sie ihren Mädchennamen behalten?«

»Nicht für sich allein. Sie hat ihn auch mir angeboten.«

Jill lächelte, dann fragte sie: »Haben Sie sie so kennengelernt? Im Dienst?«

»Ja.«

»Führen Sie ein interessantes Leben?«

»Im Moment ja.«

»Ist es sehr gefährlich?«

»Es besteht die Gefahr, daß man sich zu Tode langweilt.«

»Ich glaube, Sie sind nur bescheiden und untertreiben. Langweilen Sie sich jetzt?«

»Nein.«

»Wie lange ist sie schon weg?«

»Etwa anderthalb Monate«, sagte ich.

»Und Sie waren im Jemen?«

»So ist es.«

»Was ist daran langweilig?«

»Fahren Sie in den Jemen und finden Sie's raus.«

»Wo war sie?«

»In Tansania. Afrika.«

»Ich weiß, wo Tansania ist. Was hat sie dort gemacht?«

»Sie können sie fragen, wenn Sie sie kennenlernen.«

Ich hatte den Eindruck, daß Mrs. Winslow im Club oder bei den diversen Mittag- und Abendessen nicht allzu vielen interessanten Leuten begegnete. Außerdem hatte ich den Eindruck, daß sie meinte, irgendwann nach dem College etwas verpaßt zu haben, und diese Riesenkatastrophe in ihrem Leben eher als eine Chance denn als ein

Problem sah. Das war die richtige Einstellung, und ich hoffte, die Sache ging gut für sie aus.

Der Midtown Tunnel war etwa eine Meile vor uns. Ich warf einen kurzen Blick zu Jill, die neben mir saß. Sie wirkte ziemlich ruhig und gefaßt, möglicherweise eine Folge ihrer Erziehung, aber vielleicht hatte sie auch die unmittelbare Gefahr, in der wir schwebten, noch nicht ganz erkannt. Oder vielleicht doch, dachte aber, daß eine gewisse Gefahr besser war als Langeweile. Ich war der gleichen Meinung, wenn ich mich langweilte, aber wenn ich in Gefahr war, kam mir die Langeweile verlockend vor. »Ich glaube, Sie werden Kate mögen«, sagte ich zu ihr. »Sie und ich werden auf Sie aufpassen.«

»Ich kann selbst auf mich aufpassen.«

»Davon bin ich überzeugt. Aber Sie werden eine Weile Hilfe brauchen.«

Wir näherten uns der Mautstelle des Midtown Tunnel, und ich griff nach oben und nahm Jills E-Z-Paß weg, durch den Autonummer, Ort und Zeit verzeichnet wurden, denn ich wollte nicht, daß irgendwas aufgezeichnet wurde. Ich zahlte am Mauthaus bar und fuhr in den langen Tunnel unter dem East River.

»Was soll ich wegen Mark unternehmen?« fragte Jill.

»Rufen Sie ihn später mit Ihrem Handy an.«

»Und was soll ich sagen?«

»Sagen Sie, daß es Ihnen gutgeht und daß Sie ein bißchen Zeit für sich brauchen. Ich instruiere Sie später.«

»Gut. Ich bin noch nie instruiert worden.«

Ich lächelte.

»Irgendwann möchte ich ihm alles sagen«, sagte sie.

»Das sollten Sie auch … bevor er es rausfindet. Sie sind sich doch darüber im klaren, daß die ganze Sache an die Öffentlichkeit kommen wird.«

Sie schwieg eine Weile, und wir betrachteten die schmuddligen weißen Fliesen, die vorüberhuschten. Dann sagte sie zu mir: »Ich habe so viele Abende erlebt … wenn wir im Wohnzimmer saßen, und er war am Telefon oder las die Zeitung oder sagte mir, was ich am nächsten Tag alles machen sollte, und ich hätte am liebsten das Video eingelegt …« Sie lachte und fragte mich: »Meinen Sie, er hätte es bemerkt?«

»Davon bin ich überzeugt.«

Wir kamen aus dem Tunnel, und ich war wieder in Manhattan, woran ich im Jemen oft gedacht hatte, wenn auch nicht unter diesen Umständen. Ich schnupperte die Auspuffgase, bewunderte die Milliarden Tonnen Beton und Asphalt und sah, wie ein Taxi eine rote Ampel überfuhr. Es war Sonntag, daher herrschte nur leichter Verkehr und wenige Fußgänger waren unterwegs, und innerhalb von fünf Minuten fuhr ich auf der 42nd Street quer durch die Stadt.

»Haben Sie noch irgendwelche Fragen?« sagte ich zu Jill.

»Zum Beispiel?«

»Zum Beispiel, was demnächst passiert. Was Sie erwartet. Solche Sachen.«

»Wenn ich etwas wissen muß, werden Sie es mir schon sagen. Stimmt's?«

»Stimmt.«

»Darf ich etwas bemerken?«

»Selbstverständlich«, sagte ich.

»Sie fahren zu lange im ersten Gang.«

»Tut mir leid.«

Ich bog rechts auf die Sixth Avenue ab, fuhr zur Central Park South und achtete darauf, daß ich öfter schaltete. Wenige Minuten später waren wir vor dem Plaza Hotel, und ich überließ jemandem vom Parkservice den Wagen. Ich trug unsere Reisetaschen in die feudale Lobby und folgte Jill zur Rezeption.

Ich wollte nicht, daß sie mit ihrer Kreditkarte bezahlte, weil man die aufspüren konnte, daher erklärte sie, daß sie per Scheck bezahlen wollte, und hinterlegte als Sicherheit einen Abdruck ihrer Kreditkarte. Ich zeigte dem Angestellten an der Rezeption meinen Bundesausweis und fragte nach dem Direktor. Er kam wenige Minuten später, und ich sagte zu ihm und dem Angestellten: »Wir sind inkognito im Auftrag der Regierung unterwegs. Sie werden niemandem sagen, daß Mrs. Winslow hier abgestiegen ist. Falls sich jemand danach erkundigt, rufen Sie in der Suite an. Verstanden?« Sie hatten verstanden und vermerkten es im Computer.

Keine zehn Minuten später waren wir im Wohnzimmer einer Suite mit zwei Schlafzimmern. Sie entdeckte das größere Schlafzimmer, das sie wortlos für sich beanspruchte.

»Ich rufe den Zimmerservice an«, sagte sie, als wir im Wohnzimmer standen. »Was möchten Sie?«

Alles, was ich wollte, war in der Minibar, aber ich sagte: »Bloß Kaffee.«

Sie griff zum Telefon und bestellte Kaffee und etwas Gebäck.

»Ist Ihr Mann schon daheim?« fragte ich sie.

Sie schaute auf ihre Uhr und sagte: »Vermutlich noch nicht.«

»Okay, Sie müssen zu Hause anrufen und eine Nachricht für Mark hinterlassen. Sagen Sie irgendwas, mit dem Sie andeuten, daß Sie eine Weile von zu Hause wegmüßten, daß Sie mit einer Freundin aufs Land gefahren wären oder irgend so was Ähnliches. Ich möchte nicht, daß er beunruhigt ist und die Polizei anruft. Verstanden?«

Sie lächelte und sagte: »Er wird nicht beunruhigt sein – er wird schockiert sein. Ich war noch nie von zu Hause weg … na ja, nicht ohne eine vorher zurechtgelegte Geschichte. Und er wird auch nicht die Polizei anrufen, weil es ihm zu peinlich ist.«

»Gut. Benutzen Sie Ihr Handy.«

»Sie sagten doch –«

»Sie können es etwa fünf Minuten anlassen – höchstens zehn.«

Sie nickte, holte ihr Handy aus der Handtasche, schaltete es ein und wählte. »Mark, hier ist Jill«, sagte sie. »Ich habe mich heute gelangweilt, und deshalb habe ich beschlossen, in die Hamptons zu fahren und eine Freundin zu besuchen. Kann sein, daß ich über Nacht bleibe. Ruf mich über mein Handy an, wenn du möchtest, und hinterlasse eine Nachricht, aber ich nehme keine Anrufe entgegen.« Und sie fügte hinzu: »Ich hoffe, du hattest einen schönen Morgen beim Golfen mit den Jungs und Bud hat dich nicht wieder genervt.« Sie schaute mich an, lächelte und zwinkerte mir zu. »Tschüß.«

Mrs. Winslow amüsierte sich eindeutig.

»War das alles richtig?« fragte sie mich.

»Bestens.«

Andererseits, wenn Nash eins und eins zusammenzählte, dann war er jetzt, bald oder später beim Haus der Winslows, und Mr. Winslow bekam eine andere Geschichte zu hören. Und man würde ihn bitten, den Behörden bei der Suche nach seiner abgängigen Frau behilflich zu sein. Aber darüber konnte ich mir jetzt nicht den Kopf zerbrechen. Ich sagte zu Jill: »Stellen Sie bitte Ihr Handy ab und vergessen Sie nicht, es jedesmal auszuschalten, wenn Sie es benutzt haben.«

Sie stellte es ab und steckte es in ihre Handtasche.

Mrs. Winslow ging in ihr Schlafzimmer, um sich frisch zu machen.

Es klingelte an der Tür, ich ließ den Typ vom Zimmerservice ein und zeichnete die Rechnung ab. Ich ging ans Fenster und schaute hinaus auf den Central Park.

Ich kam mir vor wie ein Mann auf der Flucht, was nicht weiter überraschend war, da ich auf der Flucht war. Komischerweise hatte mein ganzes Berufsleben darin bestanden, daß ich andere Leute jagte, die auf der Flucht waren, auch wenn die meisten von ihnen so blöde waren, daß ich nicht viel von ihnen lernen konnte, und schon gar nicht, wie man sich nicht erwischen läßt.

Aber *etwas* hatte ich doch gelernt, und ich war nicht blöde, daher standen die Chancen, daß die Herren Nash und Griffith oder irgend jemand anders mich bald fanden, ganz und gar nicht günstig für sie.

Jill sah aus, als hätte sie sich frisch angemalt und gepudert, als sie wieder ins Wohnzimmer kam, und wir setzten uns an den Eßtisch und genehmigten uns Kaffee und Gebäck. Ich hatte Hunger, aber ich verputzte nicht den ganzen Teller mit Süßigkeiten.

»Ihre Frau kommt morgen zurück?« fragte sie mich.

»So ist es jedenfalls vorgesehen. Gegen vier Uhr nachmittags.«

»Wollen Sie sie am Flughafen abholen?«

»Nein. Ich darf mich nicht an einem vorher vereinbarten Ort blicken lassen.«

Sie fragte nicht, warum nicht, und ich erkannte, daß sie allmählich kapierte. »Ich lasse sie abholen und hierherbringen«, sagte ich. »Weder sie noch ich können in unser Apartment zurück.«

Sie nickte, schaute mich an und sagte schließlich: »John, ich habe Angst.«

»Das brauchen Sie nicht.«

»Haben Sie eine Waffe?«

»Nein.«

»Warum nicht?«

Ich erklärte es ihr und fügte dann hinzu: »Ich brauche keine Waffe.«

Wir plauderten eine Weile, und dann sagte ich zu ihr: »Nehmen Sie die Kassette, die ich Ihnen gegeben habe, und lassen Sie sie in den Hotelsafe einschließen.«

»In Ordnung. Was haben Sie mit *Ein Mann und eine Frau* vor?«

»Ich passe darauf auf.«

Sie nickte, dann sagte sie: »Ich würde gern zur Kirche gehen. Und anschließend einen Spaziergang machen. Ist das in Ordnung?«

»Um ehrlich zu sein«, sagte ich zu ihr, »wenn diese Leute irgendwie rausfinden, wo wir sind, dann spielt es keine Rolle, was Sie machen.«

Ich speicherte ihre Handnummer auf meinem Handy, und sie speicherte meine. »Denken Sie dran«, sagte ich, »lassen Sie es nicht länger als fünf Minuten an.«

Genaugenommen konnte es in Manhattan, wo ständig Hunderttausende von Handys in Betrieb waren, fünfzehn Minuten oder länger dauern, ein Handy anzupeilen, aber lieber auf Nummer Sicher gehen als auffliegen. »Und benutzen Sie weder Ihre Kreditkarten noch einen Geldautomaten«, fuhr ich fort. »Haben Sie Bargeld?«

Sie nickte und fragte mich: »Möchten Sie mitkommen?«

Ich stand auf und sagte: »Ich muß hierbleiben und ein paar Anrufe machen. Ich rufe Sie ein paarmal an, also achten Sie jede halbe Stunde auf Nachrichten, und rufen Sie mich so bald wie möglich zurück, wenn Sie meine Nachricht erhalten.«

»Sie sind ja schlimmer als mein Mann«, sagte sie.

Ich lächelte und sagte: »Wenn Sie hier anrufen müssen, dann wählen Sie das Zimmertelefon an. Wenn ich nicht ans Zimmertelefon gehe, versuchen Sie's über mein Handy. Und kommen Sie nicht aufs Zimmer zurück, wenn ich nicht ans Telefon gehe. Verstanden?«

Sie nickte.

»Vergessen Sie nicht, die Videokassette im Hotelsafe zu deponieren, wenn Sie rausgehen«, sagte ich. »Anschließend stecken Sie den Beleg in einen Hotelbriefumschlag und lassen ihn in dieses Zimmer bringen.«

Wieder nickte sie.

»Sehen Sie zu, daß Sie bis spätestens fünf wieder hier sind«, sagte ich zu ihr.

»Ich glaube, ich kehre zu Mark zurück.«

Ich lächelte. »Bis später.«

Ich ging ins Schlafzimmer, setzte mich aufs Bett und wählte Dom Fanellis Handynummer. Er meldete sich, und ich sagte: »Tut mir leid, daß ich dich am Sonntag störe.«

»Hey. Du rufst aus dem Plaza an?«

»So ist es. Wo steckst du?«

»Ich bin im Waldorf. Was machst du im Plaza?«

»Kannst du reden?«

»Yeah. Ich bin bei einem Familiengrillfest. Hol mich hier raus.«

»Hast du was zu trinken in der Hand?« fragte ich ihn.

»Ist der Papst katholisch? Was gibt's?«

»Du wolltest doch wissen, worum es geht. Richtig?«

»Richtig.«

»Es ist ein großer, hungriger, feuerspeiender Drachen, und er kann dich fressen.«

Danach herrschte kurzes Schweigen, dann sagte er: »Schieß los.«

»Okay. Es geht um TWA 800, was du ja schon weißt, und es geht um eine Videoaufnahme von dem Absturz. Und es geht um Jill Winslow, die Frau, die du für mich ausfindig gemacht hast.« Ich weihte ihn volle fünfzehn Minuten lang in alles ein. Er schwieg die ganze Zeit, was ganz und gar ungewöhnlich für ihn war, und ich mußte ihn ein paarmal fragen, ob er noch dran war.

Als ich fertig war, sagte er: »Allmächtiger Herr im Himmel. Jesus Maria.« Dann fragte er: »Verscheißerst du mich?«

»Nein.«

»Heiliger Bimbam.«

»Willst du einsteigen?«

Ich konnte laute Menschen im Hintergrund hören, und laute Musik, folglich mußte er den Standort gewechselt haben. Ich wartete, dann wurde es still, und er sagte: »Ich bin jetzt auf der Toilette. Scheiße, ich brauche noch was zu trinken.«

»Spül erst. Dom, ich brauche deine Hilfe.«

»Yeah. Yeah. Jederzeit. Was brauchst du denn?«

»Ich brauche einen Streifenwagen und zwei Polizisten in Uniform, die mich begleiten, wenn ich Kate morgen am Flughafen abhole.«

»Aha? Warum?«

»Möglicherweise wartet jemand auf sie.«

»Wer?«

»Die FBIler. Okay, also hol mich hier im Plaza ab –«

»Moment. Wenn jemand auf sie wartet, dann warten sie garantiert auch auf dich, Sportsfreund.«

»Ich weiß, aber ich muß dort sein, wenn sie –«

»Nein, mußt du nicht. Du bleibst, wo du bist. Du mußt eine Zeugin beschützen.«

»Du kannst jemand herschicken, der sie beschützt –«

»Hey, Paisano, tapfer und dämlich kannst du meinetwegen in deiner Freizeit sein. Wir machen das auf meine Weise.«

Ich dachte darüber nach. Da ich ein Mann der Tat war, gefiel mir die Vorstellung, rumzusitzen und zu warten, während jemand anders die gefährlichen Sachen für mich erledigte, ganz und gar nicht. Dom hatte natürlich recht, aber ich sagte: »Ich sitze hier nicht rum, während du zum JFK fährst –«

»Yeah, okay. Ich ruf dich an, wenn ich dich brauche. Ende der Debatte. Sonst noch was?«

»Na schön ... tja, bereite dich darauf vor, daß dich ein paar Bundesheinis mit ihrem Quatsch drangsalieren. Du mußt eine gewisse Stärke zeigen. Okay? Mir ist es wurscht, ob die ganze beschissene FBI-Außenstelle New York aufkreuzt. Du bist ein New Yorker Cop, und das hier ist *deine* Stadt, nicht ihre.«

»Yeah. Kein Problem.«

»Sorg dafür, daß dir vom Flughafen aus niemand folgt –«

»Warum hab ich bloß nicht dran gedacht?«

»Und wenn du zum Plaza kommst, läßt du Kate zur Winslow-Suite eskortieren.« Ich nannte ihm die Nummer der Suite und fragte: »Kommst du damit klar?«

»Yeah ... bei dieser Sache platzt einem schier der Schädel.«

»Okay, hier sind Kates Flugdaten.« Ich gab sie ihm durch, ließ ihn sie wiederholen und fragte ihn dann: »Bist du jetzt zufrieden, nachdem ich dich ins Vertrauen gezogen habe?«

»O ja. Hin und weg vor Begeisterung.«

»Du hast darum gebeten.«

»Yeah, danke fürs Einweihen.« Er schwieg einen Moment, dann sagte er: »Tja, hey, Glückwunsch. Ich hab schon immer gesagt, du bist ein Genie, selbst als Lieutenant Wolfe gesagt hat, du wärst ein Idiot.«

»Danke. Mußt du sonst noch irgendwas wissen?«

»Yeah ... zum Beispiel, hinter wem du genau her bist.«

»Tja, hinter diesem CIA-Typ, diesem Nash mit Sicherheit. Vielleicht auch Liam Griffith vom FBI. Ich habe keine Ahnung, wer sonst noch in diese Vertuschungsaktion verwickelt ist, daher weiß ich nicht, an wen ich mich innerhalb oder außerhalb meiner Dienststelle wenden kann. Deshalb habe ich die Cops angerufen.«

Er schwieg ein paar Sekunden, dann sagte er: »Und Kate ... der kannst du doch vertrauen. Richtig?«

»Das kann ich, Dom. Sie hat mich auf diese Sache angesetzt.«

»Okay. Wollte mich ja bloß erkundigen.«

Ich erwiderte nichts.

»Brauchst du in der Zwischenzeit irgendwelche Unterstützung im Plaza?« sagte er.

»Einen Tag oder so komme ich hier klar. Ich sag dir Bescheid.«

»Okay. Wenn dich diese Typen holen wollen, jagst du ihnen ein paar Kugeln in den Arsch und rufst Detective Fanelli von der Mordkommission an. Ich schicke den Fleischwagen vorbei und lass' sie ins Leichenschauhaus bringen.«

»Klingt vernünftig, aber meine Wumme ist irgendwo im Diplomatengepäck«, sagte ich.

»Was? Du bist nicht bewaffnet?«

»Nein, aber –«

»Ich geh in dein Apartment, hol deine Privatwumme und bring sie –«

»Geh *nicht* in mein Apartment. Dort wimmelt's von denen. Du könntest mit ihnen aneinandergeraten, oder man könnte dich hierherverfolgen.«

»Die FBIler können nicht mal ihren eigenen Schatten verfolgen, wenn die Sonne hinter ihnen steht.«

»Richtig. Aber das Risiko werden wir heute nicht eingehen. Du mußt morgen einen Auftrag erledigen.«

»Ich bring dir meine Privatwumme.«

»Dom, halte dich heute vom Plaza fern. Ich komme schon klar.«

»Okay, wie du willst. Hey, soll ich dich in Schutzhaft nehmen?« fragte er.

Ich dachte darüber nach, aber ich glaubte nicht, daß Mrs. Winslow die Nacht im Kahn verbringen wollte. Vor allem aber konnte ich mir vorstellen, daß die FBIler dahinterkamen, wenn sie sich beim NYPD erkundigten, ob ich tatsächlich in Schutzhaft war. Und ich hatte nicht den geringsten Zweifel, daß sie mich und Jill binnen weniger Stunden rauspauken und in ihren Gewahrsam nehmen konnten.

»John? Hallo?«

»Ich möchte keine Spuren in irgendwelchen öffentlich zugänglichen Akten hinterlassen. Morgen vielleicht. Im Moment bin ich im Einsatz vermißt. Ich rufe dich an, wenn ich der Meinung bin, daß ich festgenommen werden muß.«

»Okay. Ich nehme an, im Plaza ist es gemütlicher als in der städtischen Strafanstalt. Ruf mich an, wenn du irgendwas brauchst.«

»Danke, Dom. Ich decke dich, wenn die Kacke am Dampfen ist.«

»Hey, wenn die Kacke am Dampfen ist, sind wir nicht diejenigen, die sie abkriegen.«

»Hoffentlich hast du recht. Genieße dein Grillfest. Ciao.«

Jill hatte mir eine Nachricht auf dem Schreibtisch im Wohnzimmer hinterlassen: »Bin um 12.15 gegangen – Komme gegen 5 zurück. Darf ich Sie zum Abendessen einladen? Jill.«

Ich rasierte mich, putzte mir zweimal die Zähne, duschte und wusch meine Boxershorts aus.

Ein Hotelpage stellte mir den Umschlag mit dem Safebeleg zu, und ich vertraute die Nummer des Belegs meinem Gedächtnis an und verbrannte ihn im Klo.

Ich las die *Times* vom Sonntag und sah fern. Ich schaltete mehrmals mein Handy ein, um festzustellen, ob der tote Ted wegen eines Termins für unser Treffen angerufen hatte, aber offenbar hatte er sich einen Tag freigenommen. Hoffentlich. Jetzt war es halb sechs, und Jill war noch nicht zurück, daher rief ich ihr Handy an, hinterließ eine Nachricht und genehmigte mir ein Bier.

Um 17.48 Uhr rief sie in der Suite an und sagte: »Tut mir leid. Ich habe nicht auf die Zeit geachtet. Ich komme gegen halb sieben.«

»Ich bin hier.«

Es ging eher auf sieben zu, als sie endlich eintraf. Was ist bloß los mit Frauen und ihrem Zeitgefühl? Ich wollte schon etwas über die Bedeutung der Zeit sagen, aber dann überreichte sie mir eine Barneys-Tüte und sagte: »Bitte öffnen.«

Ich öffnete die Tüte und holte ein Männerhemd heraus. In Anbetracht meines drei Tage alten Hemdes war es, glaube ich, eher ein Geschenk für sie als für mich. Aber liebenswürdig wie eh und je sagte ich: »Danke. Das ist sehr aufmerksam.«

Sie lächelte und sagte: »Ich weiß, daß Sie mit diesem Hemd auf Reisen waren, und es sah tatsächlich ein bißchen zerknautscht aus.«

Genaugenommen stank es. Ich wickelte das Hemd aus dem Seidenpapier und schaute es an. Es war ... irgendwie rosa.

»Halten Sie es mal ran«, sagte sie.

Ich hielt es an die Brust.

»Die Farbe steht Ihnen gut«, sagte sie. »Sie bringt Ihre Bräune zur Geltung.«

Es war eine gute Farbe, wenn ich die Seiten wechselte. Ich sagte: »Das war wirklich nicht ... danke.«

Sie nahm mir das Hemd ab, entfernte in etwa fünf Sekunden sämtliche hundert Nadeln, schüttelte es dann auf und sagte: »Das müßte passen. Probieren Sie es an.« Es war kurzärmlig und fühlte sich seidig an. Ich zog mein anstößiges Hemd aus und schlüpfte in das rosa Seidenteil.

»Das steht Ihnen sehr gut«, sagte sie.

»Fühlt sich klasse an. Haben Sie eine telefonische Nachricht von Ihrem Mann erhalten?« fragte ich sie.

Sie nickte.

»Was hat er gesagt?«

Sie holte ihr Handy aus der Tasche, rief ihre Voicemail ab und reichte mir das Telefon. Ich hörte, wie eine Stimme vom Tonband sagte: »Nachricht eingegangen um fünfzehn Uhr dreiundzwanzig.« Dann sagte Mark Winslow: »Jill, hier ist Mark. Ich habe deine Nachricht erhalten.«

Seine Stimme verriet so gut wie keinerlei Regung, und wie schon bei seinem Foto wunderte ich mich, daß sie von dem digitalen Aufnahmegerät überhaupt erfaßt wurde. Er sagte: »Ich bin sehr besorgt, Jill. Sehr besorgt. Ich möchte, daß du zurückrufst, sobald du diese Nachricht erhältst. Du mußt mich anrufen und mir mitteilen, wo du bist. Das war sehr eigensinnig von deiner Seite. Die Jungs haben deinen sonntäglichen Anruf vermißt, und sie haben hier angerufen, und ich habe ihnen gesagt, daß du mit Freunden unterwegs bist, aber ich meine, sie haben mir eine gewisse Betroffenheit angehört, und ich glaube, sie sind beunruhigt. Deshalb solltest du sie anrufen und beruhigen. Und ruf auch mich an. Ich mache mir allmählich Sorgen. Ich spreche mit dir, wenn du diese Nachricht erhältst.«

Ich wartete, daß er sagte: »Ich liebe dich«, oder »Alles Gute«, aber die Nachricht war zu Ende, und ich stellte das Handy ab und gab es ihr zurück.

Einen Moment lang schwiegen wir beide, dann sagte sie: »Ich habe natürlich nicht zurückgerufen.«

»Wie konnten Sie diesem Herzenswunsch widerstehen?« erwiderte ich.

Sie lächelte, dann wurde sie ernst und sagte: »Ich möchte ihm wirklich nicht weh tun.«

»Wenn ich das mal so sagen darf«, erwiderte ich, »dann klang er nicht so, als ob es ihm sehr weh täte. Aber Sie kennen ihn besser als ich.«

»Er hat noch dreimal angerufen und kürzere Nachrichten hinterlassen«, sagte sie. »Sie lauteten einfach: ›Ruf mich an.‹«

Ich dachte über Mark Winslows Nachricht nach und kam zu dem Schluß, daß Ted Nash noch nicht bei Mr. Winslow zu Hause gewesen war und nach Mrs. Winslow gesucht hatte. Dann dachte ich noch mal darüber nach und kam zu dem Schluß, daß Ted Nash möglicherweise neben Mark Winslow gestanden haben könnte, als er seine Frau anrief. Ich fragte Jill: »Klang Ihr Mann … normal?«

»Ja. Das ist bei ihm normal.«

»Ich meine damit, ob Sie glauben, daß ihm jemand souffliert haben könnte? Die Polizei oder jemand anders?«

Sie dachte darüber nach und erwiderte: »Möglich wäre es vermutlich schon ... normalerweise würde er die Jungs nicht erwähnen ... aber ...« Sie schaute mich an und sagte: »Ich weiß, was Sie meinen, aber ich kann es nicht mit letzter Gewißheit sagen.«

»Okay.« Bloß ein weiterer paranoider Gedanke, aber ein guter. Grundsätzlich spielte es keine Rolle, ob Ted Nash einen Schritt hinter mir war, solange er mir nicht einen Schritt voraus war. »Wie wär's mit einem Drink?« sagte ich zu ihr.

Wir genehmigten uns einen Drink, und sie erwähnte, daß sie mich zum Abendessen ausführen wollte, aber ich schlug den Zimmerservice vor, teils, weil ich immer den falschen Leuten über den Weg laufe, wenn ich ausgehe, teils, weil ich der Meinung war, je mehr Türen zwischen mir, Mrs. Winslow und all denen waren, die uns suchten, desto besser.

Wir plauderten eine Weile, und sie bestätigte mir, daß sie die Kassette aus der Videokamera im Hotelsafe hatte einschließen lassen, und ich sagte, daß ich den Beleg erhalten hätte. Außerdem sagte sie, daß sie ihr Handy den ganzen Tag lang abgestellt habe, keine Kreditkarten benutzt habe und nicht am Geldautomaten gewesen sei.

Sie berichtete mir, daß sie in St. Thomas an der Fifth Avenue gewesen sei und dann am Park entlang zum Metropolitan Museum spaziert sei. Sie war bei Barney's gewesen, hatte dann einen Schaufensterbummel auf der Madison Avenue gemacht und war anschließend zu Fuß zum Plaza gelaufen. Ein typischer Sonntag in New York, aber ein sehr denkwürdiger für Jill Winslow.

Wir riefen den Zimmerservice an, der um acht eintraf.

Bei gedämpftem Licht, brennenden Kerzen und leiser Musik aus den Lautsprechern setzten wir uns an den Eßtisch.

Trotz alledem versuchte keiner von uns, den anderen zu verführen, was vermutlich für uns beide eine Erleichterung war. Ich meine, sie sah sehr gut aus, aber für alles und jedes gibt es eine bestimmte Zeit und einen bestimmten Ort. Für mich war diese Zeit vorbei, seit ich geheiratet hatte; für sie fing diese Zeit gerade erst an. Außerdem sollte Kate am nächsten Tag um fünf Uhr nachmittags hier eintreffen.

Wir tranken Wein zum Essen, und sie wurde leicht beschwipst und erzählte mir von Mark und auch ein bißchen was von ihrer zweijährigen Affäre mit Bud. »Selbst als ich mir vorgenommen hatte, ein bißchen über die Stränge zu schlagen, habe ich es mit einem Mann getan, von dem ich wußte, daß ich mich nicht in ihn verlieben würde«, sagte sie. »Sicherer Sex. Ein sicherer Mann. Eine sichere Ehe. Eine sichere Wohngegend. Ein sicherer Urlaub. Sichere Freunde.«

»Daran ist wahrhaftig nichts auszusetzen.«

Sie zuckte die Achseln.

Später vertraute sie mir an: »Ich hatte nach Bud noch eine kurze Affäre. Vor drei Jahren. Sie dauerte rund zwei Monate.«

Ich wollte keine Einzelheiten wissen, und sie bot mir auch keine an.

Ich hatte mir ein Steak bestellt, nicht etwa, weil ich ein Steak wollte, sondern weil ich ein Steakmesser wollte. Als Jill sich irgendwann entschuldigte und kurz in ihr Schlafzimmer ging, brachte ich das Steakmesser in mein Zimmer.

Gegen zehn Uhr abends entschuldigte ich mich und verwies auf meinen Jetlag, das schwere Essen und den Wein, den ich nach dem Jemen nicht gewohnt sei.

Sie stand auf, und wir schüttelten uns die Hand. Dann beugte ich mich vor, gab ihr einen Kuß auf die Wange und sagte: »Sie sind eine prima Gefährtin. Das hier wird gut ausgehen.«

Sie lächelte und nickte.

»Vielen Dank noch mal für das Hemd. Gute Nacht.«

»Gute Nacht«, erwiderte sie.

Ich überprüfte mein Handy auf irgendwelche Nachrichten, aber es lagen keine vor. Ich bestellte einen Weckruf für Viertel vor sieben, sah mir dann eine Weile die Nachrichten an und legte anschließend die Videokassette mit *Ein Mann und eine Frau* ein. Ich spulte die Szene auf der Stranddecke vor und ließ die letzten paar Minuten in Zeitlupe ablaufen, von dem Augenblick, als ich den Glutschein am Horizont sah, bis zu dem aufsteigenden Lichtschweif. Ich versuchte kritisch zu sein und die Bilder anders zu interpretieren, aber die Kamera log nicht. Ich ließ alles rückwärts ablaufen, um festzustellen, ob irgend etwas zum Vorschein kam, das man auch anders deuten könnte – aber egal, ob vorwärts, rückwärts, in Zeitlupe oder normaler Geschwindigkeit, es war das, was es zu sein schien: eine Rakete mit einem Feuerschweif und einer Rauchfahne, die zu den Lichtern des Flugzeugs aufstieg. Vor allem die leichte Zickzackbewegung von Licht und Rauch kurz vor der Explosion überzeugten mich – die Scheißrakete korrigierte ihren Kurs, erfaßte das Ziel und traf es. Rätsel gelöst.

Ich nahm die Kassette aus dem Videorecorder, steckte sie unter die Matratze und legte das Steakmesser auf meinen Nachttisch.

Ich sank in einen unruhigen Schlaf und spielte im Traum

ständig die Videokassette ab, nur daß ich am Strand war, nicht Bud, und daß nicht Jill, sondern Kate nackt neben mir stand und sagte: »Ich habe dir doch *gesagt*, daß es eine Rakete war. Kannst du sie sehen?«

49

Mein Weckruf kam um 6.45 Uhr, und ich wälzte mich aus dem Bett, griff unter die Matratze, holte *Ein Mann und eine Frau* hervor und starrte die Kassette eine Weile an.

Ich schaute aus dem Fenster in Richtung Central Park. Ich bin kein Montagsmensch, und das Wetter draußen besserte meine Stimmung auch nicht; es war wolkig und regnerisch, etwas, das ich im Jemen vierzig Tage lang nicht gesehen hatte. Nicht daß ich wieder in den Jemen wollte.

Nachdem ich geduscht hatte, zog ich meine zusehends bequemer werdende braune Hose an und schlüpfte in das rosa Hemd. Wenn ich Ted Nash heute sah und er gab irgendeinen Kommentar zu dem Hemd ab, mußte ich ihn umbringen.

Abgesehen davon, war heute das, was man einen großen Tag nennt. Heute würde ich mit Nash sprechen, und wenn er seine Sache mit Washington geregelt hatte, würden wir uns im Beisein der entsprechenden Parteien treffen. Ich mußte darüber nachdenken, wer an dem Treffen teilnehmen sollte, wo es stattfinden und ob ich eins der Videos mitnehmen sollte. Ich halte normalerweise nicht viel von Zusammenkünften, aber auf die hier freute ich mich.

Vor allem aber war dies ein großer Tag, weil Kate nach Hause kam.

Ich dachte über das Empfangskomitee am Flughafen nach, dem möglicherweise Männer angehörten, die unterschiedlicher Meinung darüber waren, wer Kate zu einem bereitstehenden Wagen bringen sollte. Es könnte ziemlich heikel werden, aber Dom konnte wunderbar durchdrehen, wenn ihm jemand dumm kam. Und Kate war auch nicht ohne, wenn es darum ging, ihren Kopf durchzusetzen.

Inzwischen war sie in der Luft, und vielleicht hätte ich ihr gestern abend eine E-Mail schicken oder sie anrufen und auf eine mögliche Auseinandersetzung am Flughafen vorbereiten sollen. Aber wenn sie unter Beobachtung stand – und das war nach meiner Begegnung mit Nash vermutlich der Fall –, dann waren weder ihre E-Mail noch ihre Telefone sicher.

Ich überprüfte mich in dem mannshohen Spiegel. Die rosa Farbe brachte meine Bräune wirklich gut zur Geltung.

Ich ging ins Wohnzimmer, wo Jill in einem weißen Bademantel des Plaza am Eßtisch saß, Kaffee trank und die *New York Times* las. »Guten Morgen«, sagte ich.

Sie blickte auf. »Guten Morgen.« Und sie fügte hinzu: »Das Hemd steht Ihnen gut.«

»Es wird eins meiner Lieblingshemden werden. Haben Sie gut geschlafen?«

»Nein.«

Ich setzte mich an den Tisch, goß mir eine Tasse Kaffee ein und sagte: »Der gestrige Tag war sehr anstrengend für Sie.«

»Das ist eine Untertreibung.«

Ich trank einen Schluck Kaffee und betrachtete sie über

den Rand der Tasse hinweg. Sie wirkte gelöst, aber meiner Meinung nach wurde ihr allmählich der Ernst der Lage klar. »Haben Sie irgendwelche Bedenken wegen irgendwas?«

»Nein. Genaugenommen bin ich mehr denn je überzeugt, daß ich das Richtige getan habe.«

»Daran gibt's überhaupt keinen Zweifel.«

Sie bestand darauf, daß ich frühstücken müßte, worauf wir einen Blick in die Speisekarte des Zimmerservice warfen. Jill sagte, sie wollte das Fitneß-Frühstück nehmen, und schlug vor, daß ich das gleiche bestellen sollte.

Wir plauderten, lasen die Zeitung und schauten uns *Today* mit Katie und Matt an.

Das Frühstück kam, und ich bekam von dem Fitneßzeug Sodbrennen.

Nach dem Frühstück wollte Jill einen Spaziergang mit mir machen, aber ich sagte: »Ich muß hierbleiben. Möglicherweise muß ich zu einem Treffen. Und Sie müssen möglicherweise mitkommen. Rufen Sie mich jede Stunde an, und überprüfen Sie jede halbe Stunde Ihr Handy.«

»In Ordnung ... was für ein Treffen?«

»Eins, zu dem Sie schon vor fünf Jahren hätten gehen sollen.«

Sie nickte.

»Sie müssen gar nichts sagen«, sagte ich zu ihr. »Sie müssen nur dabeisein. Ich übernehme das Reden.«

»Ich kann für mich selbst sprechen«, erwiderte sie.

Ich lächelte sie an. »Davon bin ich überzeugt.«

Sie ging in ihr Schlafzimmer, zog sich an und kam dann wieder ins Wohnzimmer. »Brauchen Sie etwas, wenn ich schon mal unterwegs bin?« fragte sie mich.

Ich brauchte meine Glock, aber ich sagte: »Meine Zahnpasta geht zur Neige.« Stimmte zwar nicht, aber sie mußte irgendwas zu tun haben. »Crest. Und sehen Sie zu, ob Sie noch eine Kassette mit *Ein Mann und eine Frau* finden. Und vergessen Sie nicht, hier anzurufen, bevor Sie ins Plaza zurückkommen.« Ich nahm einen Stift vom Schreibtisch, schrieb Dom Fanellis Handynummer auf meine Visitenkarte und gab sie ihr. »Wenn Sie mich telefonisch nicht erreichen können oder das Gefühl haben, daß es Unannehmlichkeiten geben könnte, dann rufen Sie Detective Fanelli unter dieser Nummer an«, sagte ich. »Er wird Ihnen erklären, was Sie machen sollen.«

Sie schaute mich an und fragte: »Ist das Ihre Armee der Engel?«

Ich würde Dom Fanelli nicht unbedingt als Engel bezeichnen, aber ich erwiderte: »Ja«, und fügte hinzu: »Er ist Ihr Schutzengel, falls mir irgendwas zustoßen sollte.«

»Ihnen wird nichts zustoßen«, sagte sie.

»Nein. Einen schönen Tag.«

Sie wünschte mir ebenfalls einen schönen Tag und brach auf.

Vielleicht hätte sie hierbleiben sollen, wo es ein wenig sicherer war als draußen. Aber ich habe genügend Zeugen gesittet, um zu wissen, daß sie unleidig, ja sogar feindselig werden, wenn man sie zu lange einsperrt. Außerdem war es in diesem Fall für Nash schwieriger, uns beide zu schnappen, wenn wir getrennt waren.

Ich checkte mein Handy, hatte aber keine Nachrichten von Ted Nash oder sonst jemandem.

Ich hörte meinen Anrufbeantworter ab, auf dem ein paar Nachrichten waren, aber keine von Nash.

Ich rief Dom Fanellis Handy an, und er meldete sich. »Wie kommst du mit deiner VIP-Eskorte vom Flughafen voran?«

»Ich glaube, ich habe sie beisammen. Ich mußte allerhand Gefallen einfordern, mir haufenweise Quatsch ausdenken und Gott und die Welt versprechen. Ich habe zwei Uniformierte und einen geborgten Streifenwagen. Ich treffe mich mit ihnen um drei auf der Straße, und wir müßten am Flugsteig sein, bevor Kates Maschine landet.«

»Klingt gut. Noch eine weitere Überlegung – wenn die FBIler dort auf sie warten, könnten sie sie möglicherweise vor der Paßkontrolle in Empfang nehmen. Du mußte also da sein und das im Notfall verhindern.«

»Ich versuch's ... Ich kenne ein paar Cops von der Port Authority ... Mal sehen, was sich machen läßt.«

»Du mußt es schaffen. Außerdem solltest du nicht zu früh vor Ort sein, sonst verrätst du dich, und die holen Verstärkung. Außerdem gerätst du in eine Auseinandersetzung, die du möglicherweise verlierst. Es muß wie ein schneller Zugriff sein. Rein und raus, bevor sie reagieren können.«

»Du machst eine schwere Sache noch schwerer.«

»Du schaffst das. Wenn sie keinen Haftbefehl von seiten des Bundes haben, wird sie von sich aus mit dir gehen, weil sie dich kennt.«

Er lachte. »Aha? Sie haßt mich.«

»Sie liebt dich. Okay, wenn einer von ihren Bossen dort ist, könnte es noch ein bißchen heikler werden.« Und falls Ted Nash dort sein sollte, dachte ich, könnte es ganz schräg werden, wenn Kate einen lebenden Toten sieht. Ich sagte zu Dom: »Aber ich weiß, daß du Kate davon überzeugen kannst, daß dich ihr sie liebender Gatte geschickt hat.«

»Richtig. Aber eins muß ich dir sagen, John – sie mag zwar deine Frau sein, aber sie ist beim FBI. Was kommt zuerst?«

Gute Frage. Ich sagte zu ihm: »Mach ihr klar, worum es

geht, ohne daß du im Beisein von jemand anderem zuviel sagst. Okay? Ruf mich an, wenn's sein muß, dann rede ich mit ihr. Wenn alles andere schiefgeht, drohst du ihnen damit, sie wegen Behinderung eines Polizisten in Ausübung seines Dienstes festzunehmen. Okay?«

»Yeah, aber du und ich wissen, daß das Quatsch ist. Von Rechts wegen haben wir dort nichts verloren.«

»Willst du, daß ich mitkomme?«

»Nein. Überlaß das mir.« Er schwieg ein paar Sekunden, dann sagte er: »Egal, wie es am Flughafen ausgeht, ich bringe Kate auf jeden Fall ins Plaza Hotel.«

»Das weiß ich. Und sorg dafür, daß ihr nicht verfolgt werdet.«

»Die FBIler können nicht mal einen angeleinten Hund verfolgen.«

»Richtig«, sagte ich. »Ist dir klar, warum das so wichtig ist?«

»Durchaus. Du willst spätestens um halb sieben vögeln.«

»Richtig. Vermassel's mir nicht.«

Er lachte, dann fragte er mich: »Hey, wie kommst du mit Mrs. Winslow klar? Wie sieht sie aus?«

»Eine nette alte Dame.«

»Sie ist neuunddreißig. Wie sieht sie aus?«

»Hübsch.«

»Was habt ihr letzte Nacht im Plaza gemacht?«

»Zu Abend gegessen.«

»Ist das alles?«

»Wir sind beide verheiratet und haben kein Interesse.«

»Das ist 'ne Einstellung. Hey, wenn ich Kate ins Plaza bringe, wie soll das laufen, wenn sie sieht, daß du mit dem Star von *Stranddeckenluder* die Hütte teilst?«

»Dom ... laß die schmutzigen Gedanken.«

»Du verstehst keinen Spaß mehr. Wo ist deine Zeugin jetzt?«

»Einen Spaziergang machen. Ich habe ihr deine Handynummer gegeben, falls es im Plaza zu heiß wird.«

»Bist du sicher, daß du keine Unterstützung im Plaza willst?«

»Ja. Wir sind inkognito hier, und niemand ist uns gefolgt oder hat uns mit elektronischen Hilfsmitteln aufgespürt, sonst wären wir schon aufgeflogen.« Und ich fügte hinzu: »Die FBIler finden sich doch nicht mal selber im Spiegel. Aber ich brauche heute oder morgen eine Polizeieskorte von hier zu einem Treffen mit den FBIlern.«

»Sag mir einfach eine Stunde vorher Bescheid. Diesmal hast du dich richtig tief in die Scheiße geritten, Partner«, sagte er zu mir.

»Meinst du?«

»Halt die Ohren steif.«

»Mach ich doch immer. Ruf mich an, wenn Kate bei dir im Auto ist.«

»Wird gemacht. Ciao.«

Ich checkte wieder mein Handy, hatte aber keine Nachrichten.

Es hatte aufgehört zu regnen, aber der Himmel war noch immer bedeckt. Ich richtete mich auf einen langen Morgen ein.

Die Putzfrau kam und ging, und ich bestellte mir beim Zimmerservice mehr Kaffee.

Jede Stunde rief Jill wie versprochen an, und ich wiederholte, daß es nichts Neues gab, und sie teilte mir mit, was sie machte, nämlich sich hauptsächlich in Galerien rumtreiben. Sie hatte eine Tube Crest besorgt und in einem Videoladen eine Kassette mit *Ein Mann und eine Frau* gefunden. »Mark hat noch etwa fünfmal angerufen und Nachrichten hinterlassen«, sagte sie. »Soll ich ihn zurückrufen?«

»Ja. Versuchen Sie festzustellen, ob ihn irgendein Bundesagent angerufen oder aufgesucht hat. Mit anderen Worten, sehen Sie zu, was er weiß und ob er Ihnen abnimmt, daß Sie einfach eine Zeitlang allein sein müssen. Okay?«

»In Ordnung.«

»Stellen Sie fest, ob er in der Arbeit ist. Er arbeitet doch in der City, richtig?«

»Ja. In Downtown.«

»Rufen Sie ihn dort an. Und lassen Sie sich von ihm keine weiteren Auskünfte abpressen. Okay?«

Sie überrascht mich mit den Worten: »Der kann mich mal.«

Ich lächelte und sagte: »Rufen Sie zurück. Und vergessen Sie nicht – maximal fünf Minuten am Handy, und benutzen Sie kein öffentliches Telefon, weil er dann anhand der Anruferkennung feststellen kann, daß Sie in Manhattan sind. Okay?«

»Ich habe verstanden.« Und sie fügte hinzu: »Sie denken aber auch an alles.«

»Ich versuch's.« Hoffentlich.

Gegen halb eins schaltete ich mein Handy ein und wartete ein paar Minuten. Es piepte, und ich nahm eine Nachricht in Empfang. Die Stimme sagte: »John, hier ist Ted Nash. Ich muß mit Ihnen sprechen. Rufen Sie mich an.« Er nannte mir seine Handynummer.

Ich setzte mich in einen Sessel, legte die Füße auf ein Kissen und rief Mr. Ted Nash an.

»Nash«, meldete er sich.

»Corey«, erwiderte ich.

Eine halbe Sekunde lang herrschte Stille, dann sagte er:

»Ich habe Ihnen versprochen, mich wegen eines Treffens bei Ihnen zu melden.«

»Treffen …? Ach, richtig. Wie sieht Ihr Terminkalender aus?«

»Morgen ist noch was frei.«

»Wie wär's mit heute?«

»Morgen sieht's besser aus. Wollen Sie Kate heute nachmittag nicht am Flughafen abholen?«

»Ist das heute?«

»Ich dachte, ja«, erwiderte Nash.

Ted und ich führten unseren kleinen Tanz auf, und jeder versuchte dahinterzukommen, was der andere wußte und wer wen vorführte. »Okay, meinetwegen morgen«, sagte ich.

»Gut. Morgen geht's am besten.«

»Prima. Sie müssen dieses Paar zu dem Treffen mitbringen«, sagte ich zu ihm.

Er zögerte zirka zwei Sekunden, dann sagte er: »Ich kann den Mann beibringen.«

»Wo ist die Frau?«

»Ich glaube, ich weiß, wo sie ist«, erwiderte er. »Möglicherweise ist sie also auch bei dem Treffen dabei. Der Mann ist auf jeden Fall dort, und er kann alles bestätigen, was ich Ihnen gesagt habe.«

»Der Mann könnte meines Erachtens auch von der CIA sein. Ein weiterer schlechter Schauspieler.«

»Wenn die Frau zu dem Treffen mitkommt«, erwiderte er, »kann sie die Identität ihres Liebhabers bestätigen.«

»Woher soll ich wissen, ob die Frau nicht ebenfalls ein falscher Fuffziger ist?«

Er ließ ein paar Sekunden verstreichen, dann sagte er: »Ich glaube, Sie wissen, ob die Frau echt ist oder nicht.«

»Woher sollte ich das wissen?«

»Weil ... ich glaube, Sie haben Sie kennengelernt.«

»Kennengelernt? Ich weiß nicht mal, wie sie heißt.«

Er ging nicht darauf ein, sondern fragte mich: »Wo sind Sie im Moment?«

»Daheim.« Er wußte, daß ich dort nicht war, weil er vermutlich einen Greiftrupp in meinem Apartment postiert hatte, der auf mich wartete.

»Ich habe ein paarmal in Ihrem Apartment angerufen, und niemand hat sich gemeldet«, sagte er.

»Ich nehme keine Anrufe entgegen. Wo sind *Sie*?«

»Ich bin am Broadway 290. In meinem Büro.«

»Sind Sie vom Strand heil nach Hause gekommen?« fragte ich ihn. »Mit so einer Kopfverletzung sollten Sie nicht Auto fahren.«

Er sagte nicht »Sie können mich mal« oder »Leck mich«, aber ich wußte, daß er sich auf die Lippe biß und Bleistifte zerbrach. Außerdem war er nicht allein, deshalb war unser Gespräch ein bißchen gestelzt und sehr vorsichtig. »Wie geht es *Ihnen*?« fragte er mich.

»Klasse. Aber ich muß Schluß machen, falls jemand versucht, mein Handysignal anzupeilen.«

»Wer sollte so was tun?«

»Terroristen. Meine Mutter. Ehemalige Freundinnen. Man kann nie wissen.«

»Dann rufen Sie mich doch vom Telefon in Ihrem Apartment aus zurück.«

»Das ist auf der anderen Seite vom Zimmer. Legen wir lieber einen Zeitpunkt und einen Ort fest.«

»Okay. Wer kommt von *Ihrer* Seite mit?« fragte er.

»Ich.«

»Sonst noch jemand?«

»Ich brauche niemand weiter. Aber ich möchte natürlich, daß Sie da sind und Liam Griffith, und der Typ, der in dem Video auftritt, und die Frau, wenn Sie sie finden können. Außerdem möchte ich, daß Sie Jack Koenig anrufen und ihm dringend dazu raten, daß er dabei ist. Und sagen Sie ihm, daß er Captain Stein mitbringen soll. Und sehen Sie zu, daß auch Mr. Brown abkömmlich ist.«

»Wer?«

»Sie wissen schon, wer. Und sorgen Sie dafür, daß jemand vom Justizministerium da ist.«

»Warum?«

»Sie wissen, warum.«

Ted Nash machte einen kleinen Witz und sagte: »Wir wollen doch keinen Fall für die Bundesbehörden daraus machen. Hierbei handelt es sich nur um ein informelles Sondierungsgespräch, um festzustellen, wie wir weiter verfahren wollen. Aber hauptsächlich, um Ihre Neugier zu stillen und Ihnen zu versichern, daß an der Sache nicht mehr dran ist als das, was ich Ihnen bereits gesagt habe. Dies ist ein Entgegenkommen Ihnen gegenüber, John, kein großer Showdown.«

»Ach. Okay. Ich habe mich ein bißchen reingesteigert.«

»Das war schon immer Ihr Problem. Haben Sie vor, Kate zu der Besprechung mitzunehmen?« fragte er mich.

»Nein. Sie hat nichts damit zu tun.«

»Das stimmt zwar nicht ganz, aber wenn Sie sie aus dem weiteren Verlauf dieser Sache raushalten wollen, ist das nur verständlich – aber möglicherweise möchte sie dabeisein. Fragen Sie sie, wenn Sie sie am Flughafen abholen.«

»Ted, könnte es sein, daß dieses Gespräch aufgezeichnet wird?«

»Ohne Ihres oder mein Wissen dürfte es von Rechts wegen nicht aufgezeichnet werden.«

»Ach, richtig. Warum vergeß ich so was immer? Sie

klingen bloß so gestelzt – gar nicht so wie der gute alte Teddy, den ich kenne.«

Er schwieg ein paar Sekunden lang, dann sagte er: »Sie sind ein Arschloch.«

»Gott sei Dank. Ich habe mir schon Sorgen um Sie gemacht. Und Sie sind ebenfalls ein Arschloch. Okay, Arschloch, welche Zeit paßt Ihnen morgen?«

»In aller Frühe. Sagen wir um halb neun. Wir können uns hier, am Broadway 290, treffen.«

»Ja, klar. Dort sind schon mehr Leute reingegangen, als wieder rausgekommen sind.«

»Werden Sie nicht melodramatisch. Wie wär's mit Ihrem ATTF-Büro?« schlug Nash vor. »Ist Ihnen das sicher genug? Oder fällt das auch unter Ihre Paranoia?«

Ich ging nicht darauf ein, sondern dachte über einen Treffpunkt nach. Jetzt, da Kate nach Hause kam, war mir klar, daß sie darauf bestehen würde mitzukommen, auch wenn ich sie nicht weiter in diese Sache reinziehen wollte. Aber ich könnte ein bißchen Unterstützung brauchen, und da ich Jill zu dem Treffen mitnehmen wollte, wäre mir wohler zumute, wenn auch Kate dabei war. Ich erinnerte mich an meinen letzten Abend in New York, bevor Kate und ich uns voneinander trennten, und sagte zu Nash: »Das Windows on the World. Kraftfrühstück.«

»Ist dort nicht ein bißchen zuviel Publikum für das, was wir zu besprechen haben?« erwiderte Nash.

»Ich habe gesagt, an einem öffentlichen Ort, und Sie haben gesagt, es geht um ein informelles Sondierungsgespräch – und um ein Entgegenkommen mir gegenüber. Was ist also das Problem?«

»Ich habe es Ihnen doch gesagt. Zuviel Publikum.«

»Sie machen mich mißtrauisch, Ted.«

»Paranoid trifft's eher.«

»Hey, bin ich Ihnen nicht abends allein am Strand begegnet? Das ist nicht paranoid – das ist bloß dumm. Aber diesmal möchte ich schlau sein.« Und ich fügte hinzu: »Die Aussicht ist klasse.«

»Ich möchte das wirklich lieber in einem Büro machen. In irgendeinem Büro. Bei Koenig. Stein. Suchen Sie sich eins aus.«

»Versuchen Sie mich am Telefon hinzuhalten? Wir sehen uns morgen um halb neun. Im Windows on the World. Sie spendieren das Frühstück.« Ich beendete das Gespräch. *Arschloch.*

Es war ein langer Nachmittag. Meine Frau sollte am Kennedy-Flughafen eintreffen, wo sie von einem, möglicherweise auch von zwei Empfangskomitees erwartet wurde, und meine Starzeugin war draußen auf der Straße.

Jill rief mich an und sagte: »Ich habe mit Mark gesprochen. Er hat gesagt, das FBI sei heute in sein Büro gekommen und habe sich nach meinem Verbleib erkundigt.«

»Wann war das?«

»Das hat er nicht gesagt.«

Ich vermutete, daß sie gestern schon bei ihm zu Hause gewesen waren, was ihn zu diesem seltsamen Anruf veranlaßt hatte. Außerdem war ich mir nicht sicher, ob ihn das FBI aufgesucht hatte – wahrscheinlich eher die CIA mit FBI-Ausweisen.

Jill fuhr fort: »Sie wollten ihm nicht sagen, worum es geht – nur, daß ich Zeugin bei etwas gewesen sei und sie mit mir sprechen müßten.«

»Hat er Sie gefragt, bei was Sie Zeugin gewesen sind?«

»Hat er. Und ich habe ihm alles erzählt. Von Bud, unserem Schäferstündchen am Strand und dem Video.«

»Wie hat er es aufgenommen?«

»Nicht allzu gut. Aber seine fünf Minuten waren vorbei, und ich habe die Verbindung einfach unterbrochen.«

»Ich möchte, daß Sie zurückkommen, sofort«, sagte ich zu ihr. »Stellen Sie Ihr Handy ab.«

»In Ordnung. Ich bin in rund fünfzehn Minuten da.«

Die Dinge kamen ein bißchen früher als vorgesehen in Bewegung, aber es war gar nicht so schlecht, wenn Ted Nash wußte, daß John Corey Jill Winslow gefunden hatte, allerdings nur solange er nicht wußte, wo wir waren. Im wesentlichen lief es darauf hinaus, daß Mr. Winslow einen sehr schlechten Tag hatte. Ich mochte mir die Telefonanrufe zwischen Nash und dem- oder denjenigen, die vor fünf Jahren beschlossen hatten, sich auf eine Verschwörungs- und Vertuschungsaktion einzulassen, nicht vorstellen.

Aber Ted Nash meinte, er hätte eine Chance, diese Sache noch umzubiegen – entweder am Flughafen, indem er mich und Kate schnappte, oder morgen bei dem Treffen.

Unterdessen belog und betrog er jeden, der in diese Sache verwickelt war, versuchte sich in Schadensbegrenzung, versuchte mich zu finden und ging oft aufs Klo. Und wenn er rausfand, daß ich eine Kopie des Videos hatte, würde er sich wünschen, er wäre wieder tot.

Ich hörte mein Handy ab, auf dem eine Nachricht vom Objekt meiner Überlegungen war, von Mr. Nash. Ich rief ihn zurück, und er sagte: »Ich habe mit ein paar Leuten gesprochen und wollte nur bestätigen, daß das Treffen morgen stattfindet.«

Er klang ein bißchen besorgter als beim letzten Mal, als ich mit ihm gesprochen hatte. Offensichtlich hatte er mit beunruhigten Menschen konferiert. »Ich werde dasein«, sagte ich.

»Was … was wollen Sie besprechen?« fragte er.

»Alles mögliche.«

»Ich möchte Sie eins fragen – haben Sie irgendwelche handfesten Beweise, die dazu führen könnten, daß dieser Fall wiederaufgerollt wird?«

»Zum Beispiel?«

»Ich frage *Sie*.«

»Oh … na ja, möglicherweise habe ich da etwas. Warum?«

»Werden Sie diesen Beweis morgen mitbringen?«

»Wenn Sie möchten.«

»Das wäre gut.« Und er fragte: »Haben Sie irgendwelche Zeugen, die Sie bei der Zusammenkunft dabeihaben wollen?«

»Schon möglich.«

»Sämtliche Zeugen, die Sie haben, wären bei der Zusammenkunft willkommen.«

»Lesen Sie von einem Text ab?«

»Nein. Ich will Ihnen nur sagen, daß Sie mitbringen können, wen Sie wollen.«

»Dann kann ich also einen Frühstücksgast mitbringen? Sie zahlen?«

Ich konnte regelrecht sehen, wie er einen Bleistift zerbrach. »Ja«, sagte er, »Sie sollten jegliches Beweismaterial mitbringen, und jede Person, mit der Sie sprechen möchten.« Und er fügte hinzu: »Im Nordturm stehen Büros zur Verfügung, fall wir uns an einen nichtöffentlichen Ort zurückziehen wollen.«

Ich beschloß, ihm den Tag vollends zu verhunzen, und sagte: »Möglicherweise möchte ich eine audiovisuelle Präsentation durchführen. Können wir ein paar Geräte zur Verfügung gestellt bekommen?« Ich bedauerte, daß ich sein Gesicht nicht sehen konnte.

Er ließ eine ganze Sekunde verstreichen, dann sagte er: »Ich glaube, Sie bluffen.«

»Lassen Sie's drauf ankommen. Halten Sie einen Videorecorder und einen Fernseher bereit.«

Er schwieg eine Weile, dann sagte er: »Ich habe Ihnen doch gesagt, daß die Kassette vernichtet wurde.«

»Tja, Sie haben gelogen. Sie wurde nur gelöscht.«

»Woher wissen Sie das?«

»Sie wissen genau, woher ich es weiß.«

»Sie wollen mich nur aufs Glatteis führen«, sagte er.

»Haben Sie diesen französischen Film gesehen«, sagte ich zu ihm, »*Ein Mann und eine Frau*?«

Ich wartete auf eine Antwort, während sämtliche Räder in seinem Kopf einrasteten und rotierten, aber er sagte nichts, daher sagte ich: »Denken Sie drüber nach.« Und ich fügte hinzu: »Sie und Griffith sind echte Stümper.«

Ich konnte mir vorstellen, daß er mit ein paar Leuten in einem Zimmer war, die ihn alle anschauten. Wenn Griffith oder Mr. Brown ebenfalls zugegen waren, deuteten sie vermutlich alle mit dem Finger aufeinander.

»Entweder ist die Frau sehr schlau, oder Sie haben sie schlauer gemacht, als sie an jenem Abend war«, sagte Nash.

»Tja, wir wissen, daß *ich* schlau bin. Ich wiederum halte *sie* für schlau. Aber bei Ihnen weiß ich es nicht mehr so recht, Ted. Beziehungsweise bei Ihren Freunden.«

Er kehrte wieder den altbekannten Rüpel raus und sagte: »Wenn wir einen Fehler machen, müssen wir manchmal dafür sorgen, daß Gras drüber wächst.«

»Apropos, wann darf ich mit Ihrem nächsten Ableben rechnen. Kommt das alljährlich vor?«

Er überraschte mich mit den Worten: »Amüsieren Sie sich?«

»Durchaus.«

»Genießen Sie es, solange Sie können.«

»Mach ich. Sie auch. Ich muß Schluß machen.«

»Moment. Erklären Sie mir, was Ihrer Meinung nach bei dieser Zusammenkunft herauskommen soll. Was versprechen Sie sich davon?«

»Wahrheit. Gerechtigkeit.«

»Und für Sie und Kate?«

»Ich wittere einen Bestechungsversuch?«

»Wären Sie bereit, einen Kompromiß in Betracht zu ziehen? Eine gute Lösung für alle Beteiligten?«

»Nein.«

»Was wäre, wenn wir Ihnen erklären, worum es bei dem Ganzen geht? Warum wir ein paar der Dinge tun mußten, die wir getan haben? Wären Sie willens, das Gesamte einzusehen und die übergeordneten Interessen zu bedenken, um die es ging?«

»Wissen Sie was? Mir ist es scheißegal, worum es bei der ganzen Sache ging, und meinetwegen können Sie Ihre Doppelmoral nehmen und Sie sich in den Arsch stecken. Sie und Ihre Freunde können mir nicht erzählen, daß auch nur eins der Scheißdinger, die ihr gedreht habt, legal, rechtmäßig oder richtig war. Ein versehentlicher Treffer durch eine eigene Rakete? Ein Terroranschlag? Ein von Außerirdischen abgefeuerter Todesstrahl aus dem All? Oder vielleicht wissen Sie's selber nicht. Egal, was es war, die Regierung schuldet dem amerikanischen Volk eine umfassende und ehrliche Erklärung. Das verspreche ich mir von der Zusammenkunft.«

»Sie sitzen tief in der Tinte, Mr. Corey«, teilte mir Ted Nash mit.

»Und Sie stecken bis zum Arsch in der Scheiße«, sagte ich. »Ich habe das Gefühl, daß ich angepeilt werde. Bis morgen.« Ich unterbrach die Verbindung, ging zur Bar und holte mir ein kaltes Bier.

Ted Nash verstand sich meisterhaft darauf, einem abwechselnd mit Todesdrohungen, Kompromißvorschlägen und Bestechungsversuchen zu kommen, um sein Ziel zu erreichen. In diesem Fall ging es ihm letztendlich darum, sämtliche Beweise aus der Welt zu schaffen, und wenn er schon mal dabei war, auch mich, Jill Winslow und möglicherweise Kate.

Und das war der Typ, den Kate mochte. Ich weiß ja, daß Frauen auf schlimme Jungs stehen, aber Ted Nash war jenseits von schlimm; er war, wenn man überhaupt einen Vergleich anstellen mochte, wie ein Vampir – manchmal charmant, meistens gruselig und immer böse. Und jetzt war er aus dem Grab wiedererstanden, um jeden umzubringen, der seine dunklen Geheimnisse aufzudecken drohte.

Und daher würde dieser Typ, egal, was morgen geschah, niemals Ruhe geben oder sich sicher fühlen, bis er mich umgebracht hatte.

Mir ging es mit ihm genauso.

50

Jill kehrte mit ein paar Einkaufstüten zurück, die unter anderem eine Tube Zahnpasta und eine weitere Videokassette mit *Ein Mann und eine Frau* enthielten.

Sie setzte sich, zog ihre Schuhe aus und legte die Füße auf ein Kissen. »Ich bin es nicht gewohnt, soviel zu laufen«, stellte sie fest.

»Wenn Sie in Manhattan wohnen, müssen Sie viel laufen.«

Sie lächelte und erwiderte: »Meinen Sie, Mark wird mir einen Wagen samt Chauffeur zur Verfügung stellen, wenn wir uns auf eine Scheidung einigen?«

»Fragen Sie ihn doch, das kann nicht schaden.« Ich war froh, daß sie nach wie vor guter Dinge war. Ein neues Leben anzufangen ist aufregend, aber irgendwann bekommt man auch Angst vor der eigenen Courage. Es wurde Zeit, daß ich Mrs. Winslow instruierte, daher zog ich mir einen Sessel zurecht, setzte mich ihr gegenüber und sagte: »Ich habe morgen um halb neun eine Besprechung – dabei geht es um Sie, das Video und alles, was damit zusammenhängt.«

Sie nickte.

»Bud Mitchell ist voraussichtlich mit von der Partie.«

»Aha. Und Sie möchten, daß ich ebenfalls dabei bin.«

»Ja.«

Sie dachte einen Moment lang nach, dann sagte sie: »Wenn Sie das möchten, bin ich dabei. Wer ist sonst noch da?« fragte sie.

»Ich natürlich und vermutlich Kate«, erwiderte ich. »Von der anderen Seite werden Ted Nash und Liam Griffith vertreten sein, die Sie vor fünf Jahren kennengelernt haben. Der dritte Mann, mit dem Sie es seinerzeit zu tun hatten, dieser Mr. Brown, ist vielleicht dabei, vielleicht aber auch nicht.«

Sie nickte und sagte: »Ted Nash mochte ich nicht besonders.«

»Das geht den meisten Leuten so – mich eingeschlossen.« Kate mochte ihn, aber nicht mehr lange. »Ich habe darum gebeten«, fuhr ich fort, »daß auch mein Boß, Jack Koenig, dabei ist, und möglicherweise auch ein Captain der Polizei namens David Stein.«

»Auf welcher Seite stehen die?«

»Das ist eine sehr gute Frage«, sagte ich. »Meiner Meinung nach treffen hier zwei Mannschaften aufeinander – die Engel und die Dämonen. Die Spieler suchen sich im Moment die Seite aus, auf der sie stehen, und es könnte unter Umständen ein paar Überläufer von der einen Mannschaft zur anderen geben. Der Mannschaftskapitän der Dämonen ist Ted Nash, und der wird nicht die Seiten wechseln. Alle anderen warten ab, was bei dieser Besprechung passiert.«

»Wer ist der Mannschaftskapitän der Engel?«

»Ich.«

Sie lächelte und sagte: »Ich bin in Ihrer Mannschaft. Und natürlich auch Ihre Frau.«

»Natürlich«, sagte ich und fügte hinzu: »Ich habe darum gebeten, daß ein Vertreter des Justizministeriums teilnimmt – er oder sie wird der Schiedsrichter sein. Womöglich sind auch Leute da, die, um bei dem Vergleich zu bleiben, nur Zuschauer sind, sich aber eventuell ins Spiel einschalten wollen. Und das Video«, ergänzte ich, »ist der Ball.«

Ein paar Sekunden lang erwiderte sie nichts, dann sagte sie zu mir: »Ich begreife immer noch nicht, wieso das so problematisch ist. Das Flugzeug wurde abgeschossen. Die Leute, die die gelöschte Videokassette mitgenommen und wiederhergestellt haben, wissen das doch. Wer will diese Sache geheimhalten? Und weshalb?«

»Ich weiß es nicht.«

»Werden wir es morgen erfahren?«

»Sie verraten es uns möglicherweise, aber das Warum spielt keine Rolle. Und sie werden uns niemals sagen, wer dahintersteckt. Und darauf kommt es auch nicht an. Das einzige, worauf es ankommt, ist, daß dieses Video, Ihre Aussage und Buds Aussage an die Öffentlichkeit gelangen. Alles Weitere, das kann ich Ihnen versichern, wird sich von selbst ergeben.«

Sie nickte, dann fragte sie: »Haben die Bud tatsächlich dazu gebracht, Farbe zu bekennen?«

»Wenn sie etwas wollen, dann wird Bud das tun, was sie wollen.«

»Aber was ist mit dem Versprechen, das sie vor fünf Jahren gegeben haben – daß sie niemals unsere Namen preisgeben oder verraten, was an diesem Abend vorgefallen ist, wenn Bud und ich ihre Fragen beantworten?«

»Seither ist allerhand passiert. Machen Sie sich um Bud keine Sorgen – er macht sich auch keine um Sie.«

»Ich weiß.«

»Und seien Sie weder schuldbewußt noch peinlich berührt, wenn Sie Bud begegnen. Sie müssen mit der richtigen Einstellung in dieses Spiel gehen.«

Sie schaute auf ihre Füße und fragte mich: »Wird das Video gezeigt werden?«

»Vermutlich, aber weder Sie noch Bud müssen dabei zugegen sein.«

Sie nickte.

»Diese Besprechung wird an einem öffentlichen Ort stattfinden – im Windows on the World«, sagte ich. »Möglicherweise ziehen wir in ein bundeseigenes Büro um, wenn das Video abgespielt wird.« Ich schaute sie mir genau an. Bislang hatte sie sich nur mit den möglichen Begleiterscheinungen auseinandergesetzt – Scheidung, öffentliche Bloßstellung und dergleichen mehr –, aber als wir zum Wesentlichen kamen – Windows on the World, acht Uhr dreißig, anwesende Parteien und so weiter und so fort –, wirkte sie etwas beklommen. »Egal, wie schlimm das werden wird«, sagte ich zu ihr, »letzten Endes wird etwas Gutes dabei rauskommen.«

»Ich weiß.«

»Sie sollten sich über noch was im klaren sein«, sagte ich. »Die erste Zusammenkunft ist, offen gesagt, auch die gefährlichste.«

Sie schaute mich an.

»Ich glaube, daß diese Leute verzweifelt und zu allem entschlossen sind«, sagte ich, »und daher auch gefährlich. Wenn sie irgendeine Chance haben, das Ganze zu unterbinden, bevor es ihnen über den Kopf wächst und außer Kontrolle gerät, dann morgen und bei dieser Gelegenheit, vor, während und nach der Zusammenkunft. Ist Ihnen das klar?«

Sie nickte.

»Ich habe ein paar Vorsichtsmaßnahmen getroffen«, sagte ich, »aber Sie müssen sich bewußt sein, daß alles mögliche passieren könnte. Seien Sie wachsam, bleiben Sie in meiner Nähe, oder halten Sie sich an Kate und Dom Fanelli. Gehen Sie nicht mal aufs Damenklo, ohne daß Kate mitkommt. Okay?«

»Ich habe verstanden ... Aber wieso wenden wir uns nicht an die Medien?« fragte sie mich.

»Nach dem morgigen Tag müssen wir uns nicht mehr an sie wenden – sie werden sich an uns wenden. Aber bis dahin ... in meinem Gewerbe gibt es ein ungeschriebenes Gesetz, was den Umgang mit den Medien angeht. Wir machen so was nicht. Niemals.« Ich lächelte und sagte: »Das ist schlimmer als Verrat und Verschwörung.«

»Aber –«

»Vertrauen Sie mir. Bis Ende der Woche haben Sie so viele Medien am Hals, daß Sie bis ans Ende Ihrer Tage damit beschäftigt sind.«

»Na schön.«

»Irgendwann, morgen oder übermorgen«, sagte ich,

»werden Kate und ich mit Ihnen über Zeugenschutz und eine neue Identität sprechen, falls Sie daran Interesse haben.«

Sie antwortete nicht.

Ich stand auf und sagte: »Ich muß einen Anruf erledigen. Sie dürfen zuhören.« Ich schaltete mein Handy ein, löschte »Keine Anruferkennung« und wählte. »Mein Boß, Jack Koenig«, sagte ich zu Jill.

Koenig meldete sich an seinem Handy. »Corey?«

»Ich bin wieder da.«

»Tja ... wie geht es Ihnen? Wie war's im Jemen?«

»Es war klasse, Jack. Ich wollte mich bei Ihnen bedanken.«

»Keine Ursache. Ich habe gehört, daß Sie dort gute Arbeit geleistet haben.«

»Tja, dann haben Sie was Falsches gehört. Dort darf keiner gute Arbeit leisten.«

»Soviel Ehrlichkeit bin ich gar nicht gewohnt«, sagte er.

»Schade. Wenn wir uns alle ehrlich eingestehen würden, woran es hapert, ließe sich vielleicht eine Lösung finden.«

»Wir tun alle unser Bestes.«

»Nein, keineswegs. Aber deswegen rufe ich nicht an.«

»Was kann ich für Sie tun?«

»Hat sich Ted Nash bei Ihnen gemeldet?«

»Nein ... Ich ... was reden Sie da? Er ist tot.«

»Ist er nicht, und das wissen Sie auch.«

Eine paar Sekunden lang herrschte Schweigen, dann fragte mich Koenig: »Wo sind Sie?«

»Jack, ich kann fünf Minuten lang telefonieren, ohne daß man mich anpeilt, also verschwenden Sie keine Zeit mit Fragen, die ich nicht beantworten werde. Beantworten Sie lieber meine Frage – hat sich Nash bei Ihnen gemeldet?«

»Ja.«

»Sind Sie morgen dabei?«

Er ging nicht darauf ein, sondern sagte: »Zunächst einmal gefällt mir Ihr Tonfall nicht. Und zum zweiten haben Sie sich beruflich nicht nur ins Abseits manövriert, sondern ins Aus. Drittens habe ich Ihnen den ausdrücklichen Befehl erteilt, nicht –«

»Beantworten Sie meine Frage – stecken Sie in dieser Sache mit drin oder nicht?«

»Nein.«

»Im Moment schon.«

»Was, zum Teufel, bilden Sie sich –«

»Jack, noch können Sie die Sache bereinigen, denn sonst, das schwöre ich Ihnen bei Gott, werden Sie im Gefängnis landen.«

»Ich ... ich weiß überhaupt nicht, wovon Sie reden.«

»Okay, entweder stecken Sie so tief drin, daß Sie nicht mehr rauskommen, oder Sie wollen abwarten, wie die Sache läuft. Wenn Sie länger warten als bis morgen um halb neun, ist der Zug abgefahren, und danach geht's geradewegs in den Knast.«

»Haben Sie den Verstand verloren?«

»Schauen Sie, ich gebe Ihnen eine Chance, weil ich Sie grundsätzlich mag und schätze. Aber Sie müssen sich mit Ihren Vorgesetzten in New York und Washington beraten. Legen Sie alles dar und treffen Sie eine vernünftige Entscheidung. Ich möchte Sie bei der Zusammenkunft morgen sehen, und mir wäre es lieber, wenn Sie einen Heiligenschein hätten.«

Er dachte offenbar schnell und scharf nach, was ziemlich schwierig ist, wenn man ein paar Minuten zuvor in

Gedanken noch ganz woanders war. »Ich werde dasein«, sagte er.

»Gut. Vergessen Sie den Heiligenschein nicht. Und bringen Sie David Stein mit.«

»Sind Sie sich darüber im klaren, John«, sagte er zu mir, »daß Sie jederzeit damit rechnen müssen, daß Sie nicht heil zu der Zusammenkunft kommen, und selbst wenn Sie es schaffen, stehen die Chancen, daß Sie heil zu Ihrem nächsten Ziel kommen, auch nur bei fünfzig Prozent.«

»Ich wette zehn zu eins, daß meine Chancen wesentlich besser stehen.«

»Ich will Ihnen ja gar nicht drohen, ich will Sie nur warnen. Sie wissen ja, daß ich immer große Hochachtung vor Ihnen hatte, weil Sie ehrlich sind und wegen Ihrer Arbeit ... und auch auf persönlicher Ebene mag ich Sie.«

Genaugenommen war mir das nie aufgefallen, aber ich meinte zu spüren, daß der Wind ein bißchen die Richtung gewechselt hatte, was letztlich der Zweck meines Anrufs war. »Das gilt auch meinerseits, Jack. Treffen Sie die richtige Entscheidung. Es ist nie zu spät.«

Er ging nicht darauf ein.

»Ich muß Schluß machen«, sagte ich. »Aber eins noch ...«

»Ja?«

»Es *gab* ein verfluchtes Video, und es *gab* auch eine verfluchte Rakete.«

Darauf ging er auch nicht ein, sondern sagte: »Willkommen daheim.«

»Danke. Aber jetzt wird's höchste Zeit, daß Sie heimkommen.« Damit unterbrach ich die Verbindung.

»Reden Sie immer so mit Ihrem Vorgesetzten?« sagte Jill zu mir.

»Nur, wenn ich ihn an den Eiern habe.«
Sie lachte.

Mittlerweile war es gegen drei Uhr nachmittags, und Jill und ich saßen beim Tee in unserem Zimmer. Irgendwie, ohne daß ich es in Wort fassen konnte, paßten der Tee und die Sandwichhäppchen gut zu dem rosa Hemd.

Jill checkte ihr Handy, auf dem zwei Nachrichten waren. Sie hörte eine Zeitlang zu, rief sie dann nochmals ab und reichte mir das Telefon. Die erste Nachricht lautete: »Hallo, Mrs. Winslow? Hier ist Ted Nash, an den Sie sich sicher von unseren Gesprächen vor fünf Jahren erinnern. Soweit ich weiß, gab es ein paar neue Entwicklungen bezüglich der Angelegenheit, die wir seinerzeit besprochen haben. Sie sollten sich unbedingt darüber im klaren sein, daß die Vereinbarung, die wir damals trafen, insofern hinfällig ist, als Sie mit einer Person gesprochen haben, die von Rechts wegen nicht befugt ist, sich mit dieser Angelegenheit zu befassen. Es ist äußerst wichtig, daß Sie mich so bald wie möglich anrufen, damit wir das besprechen können, bevor Sie etwas tun oder sagen, das Sie, Ihren Freund, Ihr persönliches Leben und Ihre rechtlichen Sicherheitsgarantien gefährdet.« Er gab Mrs. Winslow seine Handynummer durch und sagte: »Bitte rufen Sie mich noch heute an, damit wir diese dringende Angelegenheit besprechen können.«

Ich warf einen kurzen Blick zu Jill, die mich anschaute. »Ich bin davon überzeugt, daß er diesmal höflicher klingt als vor fünf Jahren«, sagte ich zu ihr.

Sie rang sich ein Lächeln ab.

Die nächste Nachricht lautete: »Jill, hier ist Bud. Ich habe wegen der Sache, die vor fünf Jahren passiert ist, einen sehr unangenehmen Anruf hier in meinem Büro erhalten. Du erinnerst dich doch sicher, Jill, daß wir beide uns und anderen Leuten versprochen haben, die Sache für uns zu behalten, und daß sie es genauso halten. Jetzt sagt mir jemand, daß du mit anderen Leuten darüber reden willst. Das darfst du nicht machen, Jill, und du weißt auch, warum du das nicht machen darfst. Wenn es dir egal ist, was das für dich bedeutet oder auch für mich, dann denk an deine Jungs und an Mark, und auch an Arlene, die du magst, wie ich weiß, und auch an meine Kinder. Es wäre für viele Menschen eine absolute Katastrophe, Jill. Was geschehen ist, ist geschehen. Das ist vergessen und vorbei. Egal, was du zu irgend jemand sagst, beziehungsweise zu den Medien, ich muß erklären, daß du nicht die Wahrheit sagst. Jill, wenn du eine Kopie von dem Video gemacht hast, solltest du sie vernichten.«

Bud machte noch eine Weile weiter, und seine Stimme klang manchmal schrill, manchmal panisch und dann ein bißchen weinerlich. Dieser Typ *war* ein absolutes Arschloch. Aber fairerweise muß man ihm zugestehen, daß sein ganzes Leben in die Brüche zu gehen drohte, und wie die meisten Typen, die fremdgegangen sind, war er der Meinung, daß der Preis, den er für sein Fremdgehen zahlen mußte, nicht so hoch sein sollte. Kurzum, Buds schlimmster Alptraum war gerade Wirklichkeit geworden.

Bud endete mit: »Bitte ruf mich an, Jill. Ruf mich an, mir und unseren Familien zuliebe.« Wie schon bei Mr. Winslow wartete ich auf irgend etwas wie »Paß auf dich auf« oder »Ich denke immer noch an dich«, aber das war wirklich alles, was Bud zu bieten hatte, der nur noch »Tschüß« sagte.

Ich stellte das Handy ab und schaute Jill an. Mir kam der Gedanke, daß die zwei wichtigsten Männer in ihrem

Leben echte Pfeifen waren. »Typisch Mann«, sagte ich zu ihr. »Ruft nur an, wenn er was will.«

Sie lächelte, stand auf und sagte: »Ich lege mich ein Weilchen hin.«

Ich stand ebenfalls auf und sagte: »Eins kann ich Ihnen versprechen – der Druck, den Sie von anderen Leuten kriegen, damit Sie stillhalten, wird vergehen, sobald Sie Ihre erste öffentliche Aussage machen.«

»Ich fühle mich nicht unter Druck gesetzt«, erwiderte sie. »Ich bin nur sehr enttäuscht ... von Mark und von Bud. Aber damit habe ich gerechnet.«

»Vielleicht sehen sie irgendwann beide ein, daß es nicht um sie geht.«

»Darauf würde ich mich nicht verlassen.« Sie lächelte. »Bis später.« Sie ging in ihr Schlafzimmer.

Ich ging zum Fenster und schaute in den Park hinab. Der Himmel hatte ein bißchen aufgeklart, und im Park waren Leute.

Ich hatte den Drachen losgelassen und auf Ted Nash und seine Freunde gehetzt, die jetzt versuchten, ihn wieder in den Käfig zu schaffen, umzubringen oder auf mich zu hetzen.

Unterdessen tat sich der Drachen an Bud, Mark und ihren Familien gütlich – aber mit Kollateralschäden konnte ich mich nicht beschäftigen.

Ich hatte nie gedacht, daß es einfach oder angenehm werden würde – aber anfangs war es nur ein abstraktes Problem gewesen. Jetzt, da alle Spieler beisammen waren – Kate, Griffith, Nash, Koenig und jede Menge Ersatzspieler wie Dom Fanelli, Marie Gubitosi, Dick Kearns und andere –, war es persönlich und sehr real geworden.

Für die Menschen von Flug 800 und ihre Angehörigen war es schon immer real gewesen.

51

Es war 16.32 Uhr und ich saß im Wohnzimmer unserer Suite im Plaza und wartete auf einen Anruf von Dom Fanelli, der mir mitteilte: »Auftrag erledigt« oder etwas in der Richtung.

Kates Delta-Flug aus Kairo war laut Tonbandansage der Fluglinie pünktlich um 16.10 Uhr gelandet. Daher dachte ich, ich hätte mittlerweile etwas von ihr hören müssen. Aber das Zimmertelefon gab keinen Laut von sich. Ich hörte mein Handy ab, hatte aber keine Nachrichten.

»Warum rufen Sie ihn nicht an?« sagte Jill zu mir.

»Er wird mich anrufen«, erwiderte ich.

»Was ist, wenn es Schwierigkeiten gibt?«

»Er wird mich anrufen.«

»Sie wirken *zu* ruhig«, sagte sie.

»Mir geht's bestens.«

»Möchten Sie einen Drink?«

»Durchaus, aber ich warte erst auf den Anruf, damit ich weiß, ob ich einen oder zwei brauche.«

»Ich freue mich darauf, Kate kennenzulernen«, sagte sie.

»Ich auch. Ich meine, sie wiederzusehen.« Und ich fügte hinzu: »Ich glaube, Sie werden sie mögen.«

»Wird sie auch mich mögen?«

»Warum denn nicht? Sie sind sehr nett.«

Sie erwiderte nichts.

Um 16.36 Uhr nahm ich mir vor, bis Viertel vor fünf zu warten und dann Fanelli anzurufen.

Um 16.45 Uhr stellte ich mir vor, daß Fanelli im Gewahrsam der Bundesbehörden war, Kate mit Nash in einem Auto saß und Nash mir telefonisch mitteilte, daß er Kate gegen Jill und das Video tauschen würde. Ich meinte fast seine Stimme zu hören, wie er sagte: »John, Kate und ich verbringen ein paar angenehme Stunden in einem sicheren Haus, bis Sie Mrs. Winslow und ihren Privatfilm herausrücken.«

Zum ersten Mal seit vielen Jahren spürte ich regelrecht, wie mich die Angst an der Kehle packte.

Ich dachte über meine Antwort auf eine Lösegeldforderung von Ted Nash nach, obwohl ich wußte, daß sich der Mistkerl nicht an die Regeln hielt. Sein Endziel war der komplette Sieg – er wollte Jill, das Video, Kate und mich. Egal, wie ich also auf seine Forderungen reagierte, er würde lügen und betrügen, daher würde es nicht zu einem Gefangenenaustausch kommen, sondern nur zu einem Massaker. Daher konnte meine einzig mögliche Reaktion nur »Leck mich« lauten.

Ich schaute zu Jill. Ich würde sie Ted Nash nicht überlassen.

Ich dachte an Kate. Sie würde es verstehen.

»Sie sehen gar nicht gut aus«, sagte Jill zu mir.

»Mir geht's bestens. Wirklich.«

Sie nahm ihr Handy und sagte: »Ich rufe Detective Fanelli an.«

»Nein«, sagte ich. »Ich rufe an.« Ich schaltete mein Handy ein und wartete auf einen Nachrichtenpiepton, aber es kam keiner. Ich stellte das Handy wieder ab und wollte gerade zum Zimmertelefon greifen, als es klingelte. Ich ließ es zweimal läuten, dann meldete ich mich. »Corey.«

»Der's im Arsch«, sagte Dom Fanelli.

»Dom –«

»Was für ein Sack! Woher kennst du dieses Arschloch? Hier ist Kate.«

Mein Herz fing wieder an zu schlagen, und Kate sagte: »John. Mit mir ist alles in Ordnung. Aber was für eine Szene. Ted –«

»Wo bist du im Moment?«

»Hinten in einem Polizeiwagen, mit Dom.«

Ich schaute zu Jill und reckte den Daumen hoch, worauf sie lächelte.

»John, Ted Nash *lebt*«, sagte Kate. »Er war am Flughafen –«

»Yeah. Ich weiß. Aber ich habe auch ein paar gute Nachrichten.«

»Wieso meinst du, es wäre eine schlechte Nachricht, daß er lebt? Was, zum Teufel, geht hier vor?«

»Hat dir Dom nicht alles erzählt?« fragte ich.

»Nein, aber ich konnte mir einiges zusammenreimen. Dom sagt, er weiß nichts, außer, daß du ihm gesagt hast, er soll mich abholen und mich zu dir bringen. Wieso bist du nicht hier? *Was* ist los?«

»Ich sag's dir, wenn wir uns sehen.«

»Wo bist du?« fragte sie.

»Das wirst du sehen, wenn du hier bist. Wir sollten am Telefon lieber nicht drüber reden«, sagte ich. »Du hast mir gefehlt.«

»Du hast mir auch gefehlt. Mit so einem Empfang hatte ich nicht ganz gerechnet. Was, zum Teufel, wollte Ted –?«

»Das ist eine lange Geschichte, die wir uns für später aufheben sollten.«

»Hast du etwas –?«

»Später.«

»Ist mit *dir* alles in Ordnung?«

»Ja. Aber die Situation ist ein bißchen kitzlig.«

»Was soviel wie kritisch heißen muß. Bist du sicher, daß mit dir alles in Ordnung ist?«

»Mir fehlt nichts. Dir fehlt nichts. Gib mir Dom noch mal. Bis gleich. Ich liebe dich«, sagte ich.

»Ich liebe dich.«

Fanelli meldete sich wieder und sagte: »Wie kannst du mit solchen Leuten arbeiten? Die haben keinerlei Respekt vor dem Gesetz oder der Polizei –«

»Dom, wirst du verfolgt?«

»Werden wir. Aber ich habe noch ein paar Streifenwagen gerufen, und in ein paar Minuten wird das Arschloch hinter uns rausgezogen, weil er eine rote Ampel überfahren hat.«

»Gute Arbeit. Ich bin dir einen Gefallen schuldig.«

»*Einen?* Du schuldest mir mucho. Hey, Kate sieht klasse aus. Hübsche Bräune. Hast du da drüben viel trainiert? Du hast ein bißchen abgenommen. Ich meine, du hast schon immer klasse ausgesehen, aber mir fällt auf, daß du abgenommen hast.«

Mir war natürlich klar, daß er mit ihr redete, nicht mit mir. »Was für eine Truppe haben sie aufgeboten?« fragte ich ihn.

»Hä? Ach, bloß vier Typen, aber die haben Krach für vierzig gemacht. Ein Typ hat ständig rumgebrüllt: ›FBI! FBI! Sie behindern blah, blah, blah!‹ Und ich sage: ›Polizei! Polizei! Aus dem Weg! Zurückbleiben!‹, und dergleichen mehr. Und ich habe zwei Cops von der Port Authority dabei, und die biegen das Ganze von wegen der Zuständigkeit um.« Und er fügte hinzu: »Es hat Spaß gemacht, aber eine Weile war's ein bißchen haarig. Kate hat es endgültig umgebogen, als sie gesagt hat: ›Wenn Sie keinen Bundeshaftbefehl oder eine rechtliche Verfügung des Bundes für mich vorliegen haben, dann *verlange* ich –‹, kapierst du? ›Dann *verlange* ich, daß Sie mich durchlassen.‹ Tja, und inzwischen sind ein paar Leute vom Zoll da und ein paar Cops von der Flughafensicherheit und weiß der Geier – 'tschuldigung –, wer sonst noch alles? Also, dann –«

»Okay. Ich hab's kapiert. Wie viele Autos sind hinter euch?«

Er erwiderte ein paar Sekunden lang nichts, dann sagte er: »Es waren zwei ... aber jetzt seh ich keins mehr. Man muß blinken, wenn man die Spur wechselt. Manchmal *denken* die Leute, sie hätten geblinkt, aber –«

»Okay. Wann bist du voraussichtlich hier?«

»Weiß ich nicht. Berufsverkehr ... Anfänger am Steuer –«

Ich hörte eine Männerstimme sagen: »Anfänger? Wer ist hier ein Anfänger? Willst du fahren?«

Ich hörte ein paar Frotzeleien von drei Männern, die es in der hohen Kunst der Beleidigung zur Perfektion gebracht hatten, und konnte mir vorstellen, wie Kate die Augen verdrehte. »Wir sehen uns, wenn du hier bist«, sagte ich. Ich nannte ihm noch mal die Nummer der Suite und sagte: »Sag Kate, sie soll ihr Handy und ihren Pieper abstellen, falls sie an sind.«

»Klaro. Bis später, Partner.«

»Danke noch mal.« Ich legte auf.

Jill kam zu mir und schloß mich in die Arme. »Sie müssen ja so erleichtert sein«, sagte sie.

Ich umarmte sie ebenfalls und sagte: »Eine Sorge weniger.«

Sie nahm meine Hände und schaute mich an. »Ich bin mir darüber im klaren, was hätte passieren können, wenn es am Flughafen nicht gutgegangen wäre«, sagte sie.

Ich erwiderte nichts.

»Ich werde Sie allein lassen, damit Sie Ihre Frau begrüßen können, ohne daß Ihnen jemand Gesellschaft leistet.«

»Nein. Bleiben Sie da. Ich möchte, daß Sie Dom Fanelli kennenlernen –«

»Ein andermal. Unterdessen brauchen Sie etwas zu trinken.«

Sie ging in ihr Schlafzimmer.

Ich betrachtete ein paar Sekunden lang die Bar, nahm mir dann einen Scotch und ging damit ans Fenster.

Eine niedrige Wolkendecke hing über der Stadt, aber der Fernsehwetterbericht hatte für morgen früh strahlenden Sonnenschein angekündigt.

Schon komisch, dachte ich, daß sich etwas, das mit einem halben freien Tag im Juli angefangen hatte, als ich meine Frau zu einer Gedenkfeier begleitet hatte, zu dieser Sache ausgewachsen hatte.

Kate hatte immer einen leisen Verdacht gehabt, worauf es hinauslaufen könnte, aber ich war ahnungslos gewesen. Nahezu ahnungslos.

Und was Jill Winslow und Bud Mitchell anging – was einst als Techtelmechtel am Strand angefangen hatte, war zu einem klassischen Beispiel dafür geworden, wie man zur falschen Zeit am falschen Ort etwas Falsches machen kann.

Und jetzt, etwas mehr als fünf Jahre später, waren all diese Wege zusammengelaufen, und morgen würden sie sich im Windows on the World kreuzen.

52

Es klingelte an der Tür.

Ich spähte durch den Spion und sah Kate davorstehen, die, wie ich fand, ein bißchen angespannt wirkte. Ich öffnete die Tür, und sie grinste übers ganze Gesicht. Sie schmiß ihre Reisetasche in den Flur und schlang dann die Arme um mich. Wir küßten und umarmten uns und sagten allerlei dummes Zeug.

Nach etwa einer Minute hob ich sie hoch und trug sie ins Wohnzimmer.

Sie blickte sich um und fragte mich: »Hast du im Lotto gewonnen, während ich weg war?«

»Genaugenommen ja.«

Wir küßten und umarmten uns wieder, und der gute alte Willie Johannes versuchte aus seinem Tipi auszubrechen.

Sie nahm meine Hand und zog mich über sich auf die Couch. Vermutlich war es ganz gut, daß Jill in ihrem Zimmer war.

Nachdem wir ein paar Minuten auf der Couch herumgetollt waren, sagte ich: »Du brauchst bestimmt was zu trinken.«

»Nein. Ich möchte, daß du mit mir schläfst. Auf der Stelle. Kannst du dich noch dran erinnern, wie wir's das erste Mal auf der Couch gemacht haben?« Sie fing an, ihre Bluse aufzuknöpfen.

»Moment«, sagte ich. »Ich teile mir die Suite mit jemand.«

Sie hob den Kopf und blickte sich um. »Mit wem?«

»Das dort ist mein Schlafzimmer«, sagte ich. »Und diese Tür führt in ein anderes Schlafzimmer.«

»Oh …« Sie setzte sich auf, und ich erhob mich. »Sie knöpfte ihre Bluse zu und fragte: »Wessen Schlafzimmer ist das?«

»Laß dir erst einen Drink bringen.« Ich ging zur Bar und fragte: »Nach wie vor Wodka?«

»Ja. John, was ist los? Wieso bist du hier?«

»Mit Tonic?«

»Ja.« Sie stand auf und kam zur Bar. Ich reichte ihr ihren Drink, nahm meinen und sagte: »Willkommen daheim.«

Wir stießen an, und sie blickte sich erneut im Zimmer um. »Ist jemand in diesem Schlafzimmer?« fragte sie mich.

»Ja. Nimm Platz.«

»Ich stehe lieber. Was geht hier vor? Was sollte das Ganze am Flughafen?«

»Ich war schwer beschäftigt, seit ich heimgekommen bin«, sagte ich.

»Du hast gesagt, du wolltest Fronturlaub am Strand machen.«

»Habe ich auch. In Westhampton Beach.«

Sie starrte mich an und sagte: »Du hast dir den Fall vorgenommen.«

»Habe ich.«

»Ich habe doch gesagt, wir sollten es sein lassen.«

Sie schaute mich eine ganze Zeitlang an, und ich sagte: »Du scheinst ja nicht allzu gespannt zu sein.«

»Ich dachte, wir waren uns einig, daß wir die Sache auf sich beruhen lassen und weiterleben wie bisher.«

»Ich habe dir versprochen, daß ich dieses Pärchen finde, und das habe ich auch getan«, erwiderte ich.

Sie setzte sich auf die Couch und sagte: »Du hast sie *gefunden*?«

»Ja.« Ich zog mir einen Sessel her und setzte mich ihr gegenüber. »Zunächst mal«, sagte ich, »mußt du dir darüber klarwerden, daß wir möglicherweise – genaugenommen *sind* wir in Gefahr.«

»Das habe ich mir schon irgendwie gedacht«, sagte sie. »Am Flughafen. Und das nächste Mal schwante mir so was, als Dom einen 38er in meine Handtasche steckte.«

»Ich hoffe, du hast ihn nicht zurückgegeben.«

»Nein. Schlafe ich heute nacht hier?«

»Meine Süße, wenn du die Knarre hast, darfst du hier mit mir schlafen.«

Sie lächelte. »Du bist ja so romantisch.«

»Wo sind Dom Fanelli und die beiden anderen Cops?« fragte ich sie.

»Dom ist weggefahren. Er hat gesagt, er wollte uns bei unserm Wiedersehen nicht dazwischenfunken. Die beiden Cops sind bei den Aufzügen in dieser Etage. Sie haben gesagt, daß mindestens einer von ihnen über Nacht dableibt.«

»Gut.«

»Verrate mir, weshalb wir sie brauchen?«

»Weil dein Freund Nash mich, dich und Jill Winslow loswerden will.«

»Was willst du –? Wer ist Jill Winslow?«

»Der Star auf dem Video.«

Sie nickte. »Wieso sollte Ted …? Na ja, ich glaube, ich kann's mir denken.« Sie schaute mich an und sagte: »Tut mir leid, daß ich das alles nicht so schnell kapiert habe, wie ich sollte …«

»Du machst das prima.«

»Ich habe Jetlag, aber das ist noch das wenigste – ich hatte etwas anderes erwartet, wenn ich heimkomme. Ich hatte erwartet, daß du am Flughafen bist und daß wir anschließend in unser Apartment gehen. Statt dessen war plötzlich der Teufel los, als ich aus der Fluggastbrücke kam … und jetzt sagst du mir, daß wir in Gefahr schweben und du daß –«

»Kate, laß mich von vorn anfangen –«

»Wie hast du sie gefunden? Hat sie eine Videoaufnahme von –?«

»Laß mich der Reihe nach erzählen.«

Sie zog die Beine auf die Couch. »Ich werde dich nicht unterbrechen.«

Ich schaute sie an und sagte: »Erstens, ich liebe dich. Zweitens, du hast eine hübsche Bräune, und drittens hast du mir gefehlt.« Viertens, du hast ein bißchen abgenommen.

Sie lächelte und sagte: »*Du* hast eine hübsche Bräune, und du hast ganz schön abgenommen. Woher hast du das Hemd?«

»Das gehört zu der Geschichte.«

»Dann erzähle sie mir.«

Ich begann am Kennedy-Flughafen und mit meiner Rückkehr aus dem Jemen, kam dann zu Dom Fanelli, Philadelphia und Roxanne Scarangello.

Kate saß reglos da und führte nur gelegentlich ihr Glas an den Mund. Sie blieb auf Blickkontakt mit mir, aber ich konnte nicht feststellen, ob sie beeindruckt, ungläubig oder vom Flug so groggy war, daß sie gar nicht alles mitbekam. Hin und wieder nickte sie oder riß die Augen weit auf, aber sie sagte kein Wort.

Ich fuhr mit meiner mitternächtlichen Fahrt zum Bayview Hotel fort, mit Mr. Rosenthals Archiven und der Entdeckung von Jill Winslows Namen.

An dieser Stelle fragte sie mich: »Hast du den Typ gefunden?«

»Ich weiß, wer er ist – ein gewisser Bud Mitchell –, aber ich habe keinen Zugriff auf ihn.«

»Wo ist er?«

»Ted hat ihn. Vorerst wird ihm nichts passieren, aber wenn Ted feststellt, daß er eher eine Belastung als ein Trumpf ist, dann verschwindet er.«

»Wohin?«

»Dahin, wo Ted herkommt.«

Sie ging nicht darauf ein.

Ich berichtete von meiner Begegnung mit Ted Nash am Strand, spielte die Auseinandersetzung aber ein bißchen herunter und sagte lediglich: »Wir haben uns ein bißchen rumgeschubst.« Sie schaute auf das Pflaster an meinem Kinn, sagte aber nichts.

Ich erzählte ihr Teds Version von der Geschichte – wie er Bud Mitchell durch dessen Fingerabdrücke gefunden hatte und anschließend Jill Winslow durch Bud, und wie Ted, Liam Griffith und der geheimnisvolle Mr. Brown die beiden aufgesucht und erfahren hatten, daß das Video vernichtet worden war. Ich gab Teds Geschichte über den Lügendetektortest wieder und seine Behauptung, er sei überzeugt, daß auf dem Video nichts zu sehen wäre, das auf einen Raketenangriff hindeutete. »So schockierend das klingen mag«, sagte ich zu Kate, »aber ich glaube, Ted hat mich angelogen.«

Sie ging nicht auf meinen Spott ein, sondern fragte: »Hat Ted gesagt, daß es die beiden auf dem Video tatsächlich miteinander getrieben haben?«

»Das haben sie. Was einer der Gründe war, weshalb sie sich nicht melden wollten.«

Sie schaute mich an und fragte: »Und du hast Jill Winslow also ausfindig gemacht?«

»So ist es.«

»Und wo ist sie jetzt?«

»Hinter dieser Tür.«

Sie schaute zu der Tür, sagte aber nichts.

»Da ich wußte, daß mir Ted Nash im Nacken saß«, erzählte ich weiter, »bin ich noch in dieser Nacht nach Old Brookville gefahren, wo nach Doms Auskunft eine Jill Winslow lebte.«

Ich fuhr mit dem Bericht fort, versuchte mich an die Fakten zu halten und ihr gleichzeitig einen kleinen Einblick in meine Gedankengänge zu geben, die in diese Sache einflossen. Ich meine, ich wollte mich nicht groß aufblasen, aber als ich die Geschichte erzählte, war sogar ich von meiner Detektivarbeit beeindruckt.

Ich kam zu dem Teil, als ich Jill Winslow nach *Ein Mann und eine Frau* fragte. Ich sagte zu Kate, die inzwischen kerzengerade dasaß: »In dieser Nacht im Hotel hat sie die Aufnahme vom Strand auf die Videokassette mit *Ein Mann und eine Frau* kopiert, die sie sich aus der Hotelbibliothek ausgeliehen hatte.« Und ich fügte hinzu: »Sie hat den Schlitz mit Heftpflaster überklebt. Clevere Frau.« Cleverer John.

Sie starrte mich an, dann sagte sie: »Hatte sie die Kassette noch?«

»Jawohl.«

»Hast du sie gesehen? Hast du sie?«

»Ich habe sie gesehen, und ich habe sie.«

»Wo ist sie?«

»In meinem Zimmer.«

Sie stand auf. »Ich will sie sehen. Sofort.«

»Später. Laß mich erst zu Ende erzählen.«

»Was ist darauf zu sehen?«

»Man sieht eine verfluchte Rakete, die die 747 vom Himmel holt.«

»Mein Gott ...«

Sie setzte sich wieder und sagte zu mir: »Ich verstehe immer noch nicht, weshalb sich Jill Winslow nach all den Jahren dazu durchgerungen hat, sich dir anzuvertrauen und zuzugeben, daß sie die Aufnahme kopiert hat und die Kopie noch besitzt.«

Ich dachte über die Frage nach und sagte: »Ich glaube, ich habe ihr Vertrauen gewonnen ... aber was noch wichtiger ist, sie ist ein anständiger Mensch, der von diesem Ereignis verfolgt wurde. Ich glaube, Sie hat nur auf eine Gelegenheit oder ein Zeichen gewartet, daß der richtige Zeitpunkt gekommen ist.«

Kate nickte. »Ist mir klar. Aber ist *sie* sich darüber im klaren, was passieren wird? Ich meine, ihre Ehe, ihr ganzes Leben, ihr Freund Bud ...?«

»Sie ist sich darüber klar. Bud ist derjenige, der sich damit schwertut.«

»Aber sie ist eine zuverlässige Zeugin?«

»Das ist sie.« Ich fuhr fort und erzählte Kate, wie wir zum Plaza gekommen waren, von meinen diversen Telefonaten mit dem toten Ted, von den Anrufen, die Jill von ihrem Mann, von Bud Mitchell und von Ted erhalten hatte.

»Die arme Frau«, warf Kate ein. »Wie hält sie sich?«

»Ziemlich gut. Nachdem du jetzt da bist, wird's ihr noch besser gehen. Sie braucht eine andere Frau, mit der sie reden kann.«

»Das ist ungewöhnlich verständnisvoll für deine Verhältnisse. Hat das neue Hemd irgendwas mit deiner neuen Art zu tun?«

»Nein.« Ich sagte zu ihr: »Ich habe auch deinen Boß angerufen, und ich muß dir sagen, Kate, daß Jack Koenig irgend etwas über diese Sache weiß, und er hockt zwischen den Stühlen.«

Sie schien überrascht zu sein, wirkte dann etwas ungläubig und fragte: »Bist du dir sicher?«

»Ich bin mir sicher, daß dort irgendwas nicht mit rechten Dingen zugeht.«

Sie ging nicht darauf ein, sondern fragte mich: »Na schön, was passiert jetzt mit Mrs. Winslow und dem Video?«

»Ich habe für morgen früh ein Treffen mit Ted Nash, Liam Griffith, jemand vom Justizministerium, Jill Winslow und anderen angesetzt, zum Beispiel David Stein und Jack Koenig, der sich zuerst drücken wollte. Aber ich konnte ihn davon überzeugen, daß es besser wäre, wenn er dabei ist.«

»Wo findet dieses Treffen statt?« fragte sie.

»Ich dachte an dich und unseren letzten gemeinsamen Abend in New York«, erwiderte ich. »Deshalb habe ich uns für halb neun zum Frühstück im Windows on the World verabredet.«

Sie dachte darüber nach und sagte: »Ich glaube, das ist ein guter Ort ... viel Öffentlichkeit ...«

»Und wir hatten doch gesagt, daß wir da mal wieder hinwollen.«

»Ich glaube nicht, daß wir uns so amüsieren werden wie beim letzten Mal«, sagte sie und fragte mich: »Bist du dir sicher, daß du das richtig angehst?«

»Wie würdest du es denn angehen?«

»Ich würde mich direkt an die oberste Spitze wenden. An die FBI-Zentrale in Washington.«

»Ich kenne niemand in Washington.«

»Ich schon.«

»Du weißt nicht, wem du dort trauen kannst.«

»Das ist ein bißchen paranoid.«

»Völlig egal. Washington ist weit weg. Stellen wir uns

den Teufeln, die wir kennen, lieber in unserem Revier, statt uns mit Teufeln, die wir nicht kennen, in Washington zu treffen.«

Sie dachte darüber nach, dann fragte sie mich: »Wer könnte deiner Meinung nach in eine Vertuschungsaktion verwickelt sein? Und weshalb?«

»Ich weiß es nicht. Darum geht's mir im Moment auch nicht. Aber wenn die Kacke ins Dampfen gerät, werden wir sehen, wer in Deckung geht.«

Sie verarbeitete das alles und sagte dann: »Hoffentlich nicht Jack.«

»Kate, mir ist es scheißegal, wer mit drinsteckt. Die müssen alle einfahren.«

Sie schaute mich an und sagte: »Diese … ich glaube, man kann es als Verschwörung bezeichnen … geht möglicherweise von ganz oben aus.«

»Geht mich nichts an.«

»Könnte es aber. Darauf will ich ja hinaus. Diese Sache könnte so groß sein und so hoch hinaufreichen, daß sie nicht auffliegt. *Wir* könnten einfahren.«

»Du mußt ja nicht mitmachen.«

Sie warf mir einen wütenden Blick zu und sagte: »Sag das nicht noch mal.« Sie umarmte mich und sagte: »Ich habe es ins Rollen gebracht. Wir bringen es gemeinsam zu Ende.«

»Machen wir.« Kate steckte genau wie ich schon so tief in der Sache drin, daß wir da nur wieder rauskamen, wenn wir weitergruben, bis wir auf der anderen Seite das Tageslicht sahen.

»Zeig mir das Video«, sagte sie zu mir.

»Vielleicht solltest du erst Jill Winslow kennenlernen.«

»Tja … was meinst du?«

Wenn man sowohl das Beweismaterial als auch einen

Zeugen hat, sichtet man normalerweise erst die Beweise, bevor man mit dem Zeugen spricht, aber diese Situation war ein bißchen komplizierter. Ich beschloß, die Reihenfolge einzuhalten, in der ich rangekommen war – erst Jill, dann das Video. Oder sollte ich etwa Kate die Aufnahme zeigen und ihr dann den Star des Videos vorstellen, mit dem ich mir die Suite teilte?

»John?«

»Äh ... tja, ich glaube, du solltest erst Jill Winslow kennenlernen, damit du die Aufnahme entsprechend einschätzen kannst. Nüchtern und sachlich.«

»Na schön. Ist sie in ihrem Zimmer?«

»Ja. Es sei denn, sie ist wieder zur Kirche gegangen.« Ich ging zu ihrer Tür und klopfte. »Jill? Mrs. Winslow?«

»Ha?« hörte ich sie sagen.

»Sind Sie zu sprechen –?«

Sie öffnete die Tür, und ich sagte: »Jill, ich möchte Ihnen Kate vorstellen, meine Frau.«

Jill lächelte, ging zu Kate und schüttelte ihr die Hand. »Ich freue mich, Sie kennenzulernen. John war ein bißchen besorgt um Sie, als Sie am Flughafen ankamen.«

»Und mit gutem Grund, wie sich herausstellte«, erwiderte Kate. Sie lächelte. »Ich freue mich, Sie kennenzulernen.«

Ich checkte die Situation kurz ab und hatte den Eindruck, daß alles cool war. Kate war nicht der eifersüchtige Typ, und außerdem war sie Profi, und Jill Winslow war in jeglicher Hinsicht eine Dame – von ihren Eskapaden am Strand einmal abgesehen. Aber das war lange her.

»John hat mir ein bißchen erzählt, was in den letzten Tagen vorgefallen ist. Wie geht es Ihnen?«

»Sehr gut, danke. Ihr Mann ist wie ein Fels in der Brandung.«

Vielleicht nicht die beste Wortwahl, jedenfalls in Anbetracht der Umstände und der gemeinsamen Suite, aber Kate erwiderte so freundlich wie eh und je: »Auf ihn kann man sich verlassen.« Und sie fügte hinzu: »Ich möchte mich bei Ihnen dafür bedanken, daß Sie auf uns zugekommen sind und sich allem so ehrlich stellen. Ich darf gar nicht darüber nachdenken, wie schlimm das für Sie sein muß.«

»Eigentlich geht es mir so gut wie seit fünf Jahren nicht mehr«, erwiderte Jill.

»Wie wär's mit ein bißchen Blubberwasser?« schlug ich vor.

Ich öffnete eine Flasche Sekt, schenkte ein, und wir stießen miteinander an. »Auf Kates Heimkehr«, sagte ich, »und darauf, daß Jill bei uns ist.«

»Und auf einen großen Kriminalisten«, fügte Kate hinzu.

Jill sagte: »Und darauf ... daß all denen Gerechtigkeit widerfahren möge, die ihr Leben verloren haben ...«

Schweigend tranken wir den ersten Schluck, dann sagte Jill: »Ich habe das Gefühl, daß ich Sie bei Ihrem Wiedersehen störe.«

»Ganz und gar nicht«, erwiderte Kate rasch. »John und ich haben uns bereits geknuddelt und geküßt. Die Kriegsgeschichten können wir uns für später aufheben.«

Jill sagte: »Das ist sehr nett von Ihnen, aber –«

»Nein«, fiel Kate ihr ins Wort. »Sie *müssen* dableiben. Ich habe so viele Fragen an Sie, daß ich gar nicht weiß, womit ich anfangen soll.«

»Eigentlich ist es eine ziemlich kurze Geschichte, und sie läuft darauf hinaus, daß ich etwas getan habe, was ich nicht hätte tun sollen – und damit meine ich nicht die Affäre. Ich meine vielmehr, daß ich schon vor fünf Jahren den Mut hätte aufbringen und damit rausrücken sollen. Wenn ich das getan hätte, hätte ich zwar etlichen Menschen das Leben ruiniert, aber weit mehr Menschen, mich eingeschlossen, wäre es besser ergangen.«

Kate schaute Jill eine Weile an, und ich sah, daß sie von Mrs. Winslow genauso beeindruckt war wie ich, als wir uns am Sonntag morgen kennengelernt hatten. »Manchmal fällt es uns schwer, eine Entscheidung dann zu treffen, wenn sie fällig wäre«, sagte Kate zu ihr. »Manchmal können wir sie erst treffen, wenn wir tief in uns gegangen sind.«

»Als Ihr Mann vor meiner Tür stand, war das für mich ein Zeichen, daß der Zeitpunkt gekommen war«, erwiderte Jill. Sie warf mir einen kurzen Blick zu, lächelte und sagte: »Außerdem ist er sehr überzeugend. Trotzdem habe ich nach wie vor das Gefühl, daß ich von mir aus hätte reinen Tisch machen sollen.«

»Sie hätten mir auch die Tür weisen können«, sagte ich. »Aber das haben Sie nicht getan. Und ich will Ihnen mal was anderes sagen – hätten Sie das Video vor fünf Jahren rausgerückt, dann wäre es wahrscheinlich vernichtet worden. In gewisser Weise, sei es durch Schicksal oder pures Glück, ist doch alles bestens gelaufen.«

Wir saßen eine Weile da und plauderten miteinander. Den Zeugen hüten, nennt man das – ihn beruhigen, sein Vertrauen gewinnen und ihn davon überzeugen, daß er richtig handelt.

Außerdem hoffte ich, daß Jill und Kate sich verstanden, was sie allem Anschein nach auch taten. Ich konnte mir Kate gut als Jills »Händchenhalterin« vorstellen. Die Nachwehen dieser ganzen Sache würden noch lange anhalten, und ich war froh, daß die beiden gut miteinander auskamen.

Irgendwann fragte Kate Jill: »Haben Sie das Hemd für John ausgesucht?«

»Ja. Er konnte das Hotelzimmer nicht verlassen, aber ich hatte Ausgang, also habe ich ein Hemd für ihn besorgt.«

»Koralle steht ihm gut«, sagte Kate zu Jill. »Es bringt seine Bräune zur Geltung. Er trägt normalerweise nie irgendwas Buntes oder Modisches. Wo haben Sie das gefunden?«

»Bei Barney's. Die haben wunderbare Männersachen.«

Ich hatte das Gefühl, daß ich aus dem Gespräch ausgeschlossen war, daher stand ich auf und sagte: »Ich rede mal ein paar Takte mit dem Polizisten beim Fahrstuhl. Ich bin in etwa einer Stunde zurück. Wenn ihr wollt, könnt ihr euch unterdessen ja das Video ansehen. Es steckt unter meiner Matratze.«

Ich verließ die Suite und ging den Flur entlang zu den Aufzügen.

Der Cop in Uniform saß auf einem der ungepolsterten Stühle in dem kleinen Foyer vor den Fahrstühlen und las die *Daily News*. Ich stellte mich vor und zeigte ihm meinen FBI-Ausweis und die Karte vom NYPD, die mich als Detective im Ruhestand auswies.

Ich setzte mich auf den freien Stuhl und fragte ihn: »Ab wann haben Sie dienstfrei?«

Der junge Polizist, der dem Namensschild zufolge Alvarez hieß, erwiderte: »Seit drei Stunden. Hey, wer ist dieser Fanelli? Der hat ja mehr Vitamin B als der Polizeipräsident.«

»Er handelt mit Gefälligkeiten. Das ist die harte Währung bei der Polizei. Geld darf man nicht nehmen, folglich tut man jemand einen Gefallen und kann seinerseits einen Gefallen einfordern. So wird das geregelt, so kommt man weiter, und nur so verbrennt man sich auch nicht den Arsch.«

»Aha?«

»Ich will Ihnen noch was dazu sagen.«

Ich saß neben dem Streifenpolizisten Alvarez und erklärte ihm, wie es wirklich zuging auf der Welt.

Zuerst schien er sich bloß zu langweilen, aber dann wurde er zusehends aufmerksamer, als ihm klar wurde, daß ihn ein Meister beehrte. Nach etwa einer halben Stunde kamen seine Fragen schneller, als ich sie beantworten konnte. Ich dachte, er würde jeden Moment neben meiner rechten Hand niederknien, aber statt dessen zog er seinen Stuhl herum, so daß er mir gegenübersaß und ich den Aufzug im Auge behalten mußte.

Er holte allerhand aus seinen Überstunden heraus, aber ich hatte, ehrlich gesagt, noch mehr davon.

Nach einer Stunde stand ich auf und fragte ihn: »Wann werden Sie abgelöst?«

»Um Mitternacht.«

»Okay, ich möchte, daß Sie mir einen Gefallen tun und morgen früh um halb acht wieder hier sind.«

»Da ist ein anderer –«

»Ich möchte *Sie* haben.«

Ich gab ihm meine Karte und sagte: »Seien Sie wachsam und vorsichtig. Die Typen, die möglicherweise aus diesen Aufzügen kommen, sind kein gewöhnliches Gesindel. Das sind bestens ausgebildete Profis, und ich sag Ihnen noch was, nur damit Sie im Bilde sind – die erschießen Sie im Handumdrehen, wenn es sein muß. Nehmen Sie also ihre Wumme aus dem Holster, stecken Sie sie in den Gürtel und legen Sie ihre Zeitung auf den Schoß. Ziehen Sie sie, wenn Sie Unrat wittern. Und schießen Sie, wenn Sie müssen.«

Streifenpolizist Alvarez hatte die Augen weit aufgerissen.

Ich klopfte ihm auf die Schulter, lächelte und sagte: »Schießen Sie nicht auf zahlende Gäste.«

Ich kehrte in die Suite zurück, in der es dunkel war, weil sich Kate und Jill die letzten Minuten des Videos ansahen.

Ich ging zur Bar, goß mir ein Clubsoda ein und wartete.

Das Licht ging an, aber niemand sagte etwas.

»Wollen wir uns was beim Zimmerservice bestellen?« schlug ich vor.

Kate, Jill und ich saßen am Eßtisch und nahmen ein leichtes Abendessen zu uns. Ich sprach sie nicht auf das Video an, und sie sagten auch nichts dazu.

Ich schlug vor, daß keiner sein Handy abhörte, denn selbst wenn irgendwer anrufen sollte, hatte er meines Erachtens nichts zu sagen, das irgendwas ändern könnte. Die einzige Person, von der ich etwas hören wollte, war Dom Fanelli, und der würde sich über das Zimmertelefon melden.

Wir redeten hauptsächlich über den Jemen, über Tansania und Old Brookville. Gott sei Dank hatte keiner Dias dabei.

Jill interessierte sich für Kates Auftrag in Tansania und ihre Arbeit im Zusammenhang mit dem Bombenanschlag auf die Botschaft. Sie interessierte sich aber auch für meine Aufgabe im Jemen und den Anschlag auf die USS *Cole*. In unserem Gewerbe neigt man eher zu Untertreibungen, so wie man es uns beigebracht hat, und man achtet darauf, daß man nicht gegen die Sicherheitsvorschriften verstößt, aber dadurch werden die Leute normalerweise nur noch neugieriger. Ich überlegte, ob ich die Geschichte von den berittenen Stammeskriegern aus den wilden Wüsteneien erzählen sollte, die mich und meinen Land Rover auf der Fahrt nach Sana angegriffen hatten, aber mir war noch kein guter Schluß dazu eingefallen.

Kate schien sich allen Ernstes für das Leben an der Gold Coast von Long Island zu interessieren, aber Jill untertrieb nicht minder als Kate und ich und sagte: »Es ist nicht so interessant oder gar glamourös, wie Sie vielleicht meinen. Ich hatte die Wohltätigkeitsbälle, die Partys, die Designermodenschauen, den Country Club und den offen zu Schau gestellten Wohlstand einfach satt. Ich hatte sogar den schmutzigen Klatsch satt.«

»Ich liebe Klatsch«, sagte ich, »und an Wohlstand könnte ich mich gewöhnen.«

Nach außen hin wirkte es wie eine angenehme Gesprächsrunde beim Abendessen, aber über uns hing die Zukunft, die am nächsten Morgen um halb neun anbrach.

Gegen zehn Uhr abends klingelte das Zimmertelefon. Ich nahm ab und sagte: »Hallo.«

»Hey, hab ich dich im Sattel erwischt?« fragte Dom Fanelli.

»Nein. Was gibt's?«

»Tja, zum einen ein bißchen Gewese wegen meinem Zugriff heute nachmittag. Es ist, als ob ich in ein Hornissennest gepißt hätte oder so was. Diese Typen haben irgendwelche Freunde hoch oben.«

»Nicht mehr lange.«

»Richtig. Wenn du sie nicht schlagen und dich nicht mit ihnen zusammentun kannst, mußt du sie kaltmachen, sag ich. Richtig? Jedenfalls, so sieht's für morgen aus – ich habe drei Streifenwagen, jeder mit zwei Cops in Uniform, darunter auch ein Sergeant. Detectives und Zivilfahnder könnte ich auch kriegen, aber meiner Meinung nach sollten wir Uniformierte nehmen. Richtig?«

»Richtig.«

»Du mußt um halb neun am Nordturm vom WTC sein, folglich treten die Jungs um acht zum Dienst an, müßten dann gegen Viertel nach acht bei dir sein und treffen sich mit dir am Hoteleingang an der Central Park South. Okay?«

»Okay.«

»Du suchst dir aus, wie du fahren willst – getrennte Wagen, alle in einem mit einem Auto als Vorhut oder Nachhut – was auch immer. Deine Sache. Wenn ich an deiner Stelle wäre und drei Autos hätte, würde ich sie aufteilen. Du willst doch nicht alle Cannolis in einer Kuchenschachtel haben.«

Ich warf einen Blick zu Jill und Kate und sagte zu Dom: »Richtig.«

»Okay, morgen ist Vorwahltag. Der zweite Dienstag im September. Hast du das gewußt? Vergiß nicht zu wählen. Verkehrstechnisch könnte es morgen früh also ein bißchen anders aussehen als sonst, weil die Leute ein bißchen später kommen, nachdem sie ihrer Bürgerpflicht nachgekommen sind. Aber du kannst ruhig ein bißchen später dort eintreffen, weil du ja weißt, daß sie ohne dich nicht anfangen.«

»Richtig.«

»Okay, du willst also, daß die Jungs bis rauf in den 107. Stock bei euch bleiben. Richtig?«

»Richtig.«

»Du willst auch, daß sie euch hinterher woanders hinbringen. Richtig?«

»Yeah. Wahrscheinlich zurück zum Plaza, und ich

brauche morgen den ganzen Tag und auch den Abend über Leute an den Aufzügen, bis wir wissen, wie die Sache ausgeht.«

»Das könnte schwierig werden. Ich sag dir auch, warum – jemand vom Büro des Polizeipräsidenten hat mich heute abend angerufen und sich höflich erkundigt, was, zum Geier, ich eigentlich treibe. Ich habe natürlich gesagt, ich wüßte nicht, was er meint. Jedenfalls haben wir anscheinend ein Problem, und zwar geht das von Washington aus, zumindest nach Aussage von dem Typ, der keine Ahnung hatte, warum er einen Anruf von jemand aus Washington gekriegt hat, dessen Namen er mir nicht nennen wollte. Kurzum, Partner, ich weiß nicht, wie lange ich für dich Stadtpolizisten abstellen kann, wenn die mir sagen, es geht um eine Bundeszeugenschutzkiste. Capisce?«

»Capisco.«

»Ich meine, wir wollen den Bundesheinis ja nicht auf die Zehen treten oder so, und ich tu dir ja bloß einen Gefallen, aber die FBIler sagen, sie stellen dir gern Leute zur Verfügung, die sich um deine Zeugin kümmern.«

»Yeah, davon bin ich überzeugt.«

»Also damit mußt du dich bei deinem Treffen befassen. Aber was morgen früh angeht, sind wir da, schaffen euch zum Nordturm vom WTC, bringen euch wieder raus und zum Hotel zurück. Das ist alles, was ich dir versprechen kann. Wie es danach weitergeht, weiß ich nicht. Das mußt du bei deiner Besprechung geregelt kriegen.«

Wieder warf ich einen kurzen Blick zu Kate und Jill, die mich genau beobachteten. »Bring uns einfach wieder hierher«, sagte ich zu Dom, »oder irgendwo anders hin, wenn mir was einfällt. Um alles Weitere kümmere ich mich.«

»Vielleicht solltest du dich an die Presse wenden«, sagte er zu mir. »Wir können euch zum Beispiel vom Trade Center aus direkt zur *Times* bringen. Ich rufe vorher an und sorge dafür, daß ein neugieriger Reporter auf euch wartet.«

»Ich werde drüber nachdenken.«

»Denk nicht zu lange nach. Eins muß ich dir sagen, mein Guter – diese Mistbande wird mit harten Bandagen spielen. Wenn ich an deren Stelle wäre, würde ich der Frau eine richterliche Verfügung vorlegen, sobald ich sie sehe, und als wichtige Zeugin in Gewahrsam nehmen.«

Ich warf einen Blick zu Jill und sagte zu Dom: »Eine Verfügung vorlegen ist die eine Sache – sie zu vollstrecken ist was anderes.«

»Ich weiß. Wir haben starke Jungs dabei. Aber warum läßt du dich überhaupt drauf ein?«

Ich erwiderte nichts.

»Schau«, sagte er, »du mußt dich mit dieser Sache an die richtigen Leute wenden, und ich bin mir nicht sicher, ob die Leute im WTC die richtigen sind. Verstanden?«

»Ist mir klar. Aber für den Anfang ist das ein guter Ort.« Genaugenommen ging es eher um eine persönliche Auseinandersetzung zwischen mir, Nash, Griffith und vielleicht auch Koenig. Wenn man den Löwen stellen will, muß man sich in die Höhle des Löwen begeben. »Es ist ein öffentlicher Ort, Dom«, sagte ich. »Das Windows on the World. Viel mehr Publikum kann man kaum haben. Ich möchte sehen, wer aufkreuzt und was sie zu sagen haben.«

»Okay. Das ist deine Sache, Partner. Wenn ich an deiner Stelle wäre, würde ich mit einem Dutzend Reporter reden, bevor ich auch nur mit einem Typ von der Regierung spreche. Aber das ist nicht deine Art. Vielleicht sollte ich mit Kate reden.«

»Sie ist der gleichen Meinung wie ich.«

»Okay«, sagte er. »Ich bin gegen acht im Windows und frühstücke mit ein paar Jungs an einem anderen Tisch. Okay?«

»Danke.«

»Das ist teuer.«

»Ich zahle.«

»Ohne Scheiß? Paßt Kate gut auf meine Knarre auf? Ich will sie sauber zurückkriegen. Ohne Make-up oder sonstigen Mist, den sie in ihrer Handtasche hat.«

Ich lächelte. »Das kannst du ihr selber sagen. Übrigens«, sagte ich, »ist Streifenpolizist Alvarez, der vor meiner Tür Wache schiebt, ein Typ, den du vielleicht unter deine Fittiche nehmen solltest. Ich möchte, daß er morgen früh wieder da ist.«

»Aha? Mal sehen, wie er sich macht, wenn er dir den Arsch decken muß. Hey, wie lief's mit Kate und deiner Zimmergenossin?«

»Prima.«

»Keine Szene? Keine ausgefahrenen Krallen?«

»Nein.«

»Du führst ja ein reizendes Leben.«

»Meinst du?«

»Ich *weiß* es. Mach dir wegen morgen keine Gedanken. Es ist alles klar.«

»Gut. Wir sehen uns im Windows.« Ich legte auf.

»Ist alles klar?« fragte mich Kate.

»Ja.«

»Gibt es irgendwelche Schwierigkeiten?« fragte Jill.

»Nein.« Ich lächelte sie an und sagte:« Wir haben eine Polizeieskorte mit drei Autos und sechs Mann, die uns zum World Trade Center bringt. Das ist mehr, als der Polizeipräsident und der Bürgermeister kriegen.«

Sie lächelte.

»Tja, wir müssen morgen früh raus«, sagte ich. Und außerdem bin ich geil. »Daher sollten wir uns meiner Meinung nach zurückziehen und uns ein bißchen Ruhe gönnen.« Sex.

Alle standen auf, und Jill sagte: »Ihr zwei habt sicher allerhand nachzuholen. Gute Nacht.«

Sie ging in ihr Zimmer, und Kate sagte zu mir: »Sie ist sehr nett.«

»Sie gibt eine gute Zeugin ab.«

»Ich glaube, sie ist ein bißchen in dich verschossen.«

»Das glaube ich nicht.«

»Sie hat dir ständig an den Lippen gehangen und fortwährend verstohlene Blicke zugeworfen.«

»Ist mir nicht aufgefallen.« Ich nahm die Videokassette aus dem Recorder und sagte: »Laß uns ins Bett gehen.«

Ich nahm Kates Reisetasche, sie nahm ihre Handtasche mit der Knarre, und wir gingen in mein Schlafzimmer. Ich schloß die Tür und sagte: »Ich bin *unheimlich* geil.«

»Das könnte passen.« Sie legte die Knarre auf den Nachttisch, fing dann an, sich auszuziehen und sagte: »Ich habe nicht mal ein Nachthemd dabei. Mein Gepäck ist irgendwo am Flughafen.«

»Du brauchst kein Nachthemd, meine Süße.«

Sie schlüpfte gerade aus ihrer Bluse, als ich schon nackt im Bett lag. Sie schaute mich an und lachte. »Das ist ein Rekord.«

Sie zog sich aus und kroch neben mir ins Bett. Sie rollte sich auf die Seite und schaute mich an, zog dann das Pflaster von meinem Kinn ab und fragte: »Wie ist das passiert?«

»Dein Freund Nash hat mir unverhofft eine verpaßt.«

»Er sah am Flughafen auch nicht allzu gut aus«, sagte sie. »Sein Gesicht war völlig blau und verschwollen.«

Das war die beste Nachricht, die ich seit langem erhalten hatte. »Tja, wir haben uns ausgetobt«, sagte ich.

»Das glaube ich nicht.«

Ich wechselte das Thema und sagte: »Sex.«

Aber bevor ich den ersten Zug machen konnte, sagte sie: »Das Video war sehr anschaulich.«

»Yeah. Jetzt weißt du, warum Bud es gelöscht hat und warum Jill die Kopie nicht rausrücken wollte.«

»Durchaus ... es dürfte nicht leicht für sie gewesen sein, als sie es dir gezeigt hat.«

»Ich habe versucht, es ihr leichtzumachen.« Und ich fügte hinzu: »Wenn du auf dem gleichen Video Sex und einen Mord hast, ist der Mord wichtiger. Das wußte sie.«

»Tja, *wir* wissen das in der Theorie. Aber wenn man selber auf dem Video ist ... jedenfalls konnte ich kaum glauben, daß es sich um dieselbe Frau handelt.«

»Die Menschen sind sehr komplizierte Wesen.«

»Du nicht. Genau das mag ich ja an dir.«

»Danke. Ich denke nach.«

Kate schwieg ein paar Sekunden lang, dann sagte sie: »Wird es morgen irgendwelche Schwierigkeiten geben?«

»Ich glaube nicht.« Ich erzählte ihr ein paar Sachen, die Dom mir gesagt hatte, und schloß: »Bei einer Auseinandersetzung vor Ort sticht das NYPD das FBI aus.«

»Und was soll ich als FBI-Agentin machen?« erwiderte sie. »Dastehen und verdutzt aus der Wäsche schauen?«

»Tu, was du deiner Meinung nach tun mußt«, sagte ich zu ihr. »Und wenn du meinst, du solltest lieber gehen, dann geh. Ich kann das verstehen.«

Sie blickte eine ganze Zeitlang zur Decke, dann sagte sie: »Wieso habe ich nur einen Cop geheiratet?«

»Hey, warum habe ich nur eine FBI-Anwältin geheiratet?«

Sie sagte eine Weile nichts, dann lachte sie. »Durch dich wird das Leben interessant.« Und sie fragte mich: »Also, ist das meine Waffe unter der Zudecke, oder bist du das?«

»Liebling, das ist mein achtunddreißiger Police Special mit achtzölligem Lauf.«

53

Ich stand vor dem Eingang zum Plaza an der Central Park South und schaute die Straße entlang. Es war elf Minuten nach acht, und weit und breit war kein Streifenwagen zu sehen.

Ich warf einen Blick zurück durch die Glastür und sah Kate und Jill in der Nähe des Eingangs zur Oak Bar stehen, wo sie auf ein Zeichen von mir warteten, daß sie rauskommen sollten. Streifenpolizist Alvarez war bei ihnen.

Auf der anderen Straßenseite stand eine Reihe Einspänner, die auf Kunden warteten. »Darf ich Ihnen ein Taxi besorgen, Sir?« sagte der Portier. »Oder warten Sie auf einen Wagen?«

»Ich warte auf ein Pferd.«

»Ja, Sir.«

Es war ein herrlicher Tag, und mir wurde klar, daß ich seit Sonntag morgen nicht mehr in der Sonne und an der frischen Luft gewesen war.

Es war jetzt dreizehn Minuten nach acht, und die Streifenwagen von Midtown North müßten mittlerweile hier sein, wenn sie sich ranhielten. Das ist der heikelste Moment bei einer Abholaktion – wenn man den sicheren Unterschlupf verlassen hat und am Straßenrand darauf wartet, daß die eigenen Leute eintreffen.

Um Viertel nach acht tauchten eine Querstraße weiter drei Polizeiwagen ohne Blaulicht und Sirene auf. Ich gab Kate ein Zeichen, trat an die Bordsteinkante und hob die Hand. Der vorderste Wagen blinkte auf, beschleunigte und blieb kurz darauf vor mir stehen. Die anderen beiden Wagen hielten dicht hintereinander. Ich zeigte den beiden Cops im vorderen Wagen meine Ausweise und sagte: »World Trade Center, Nordturm, wie angewiesen, ohne Klingeln oder Pfeifen. Lockere Formation. Wir sehen zu, daß wir zwischen halb neun bis zwanzig vor neun da sind.« Und ich fügte hinzu. »Achten Sie darauf, ob wir Gesellschaft haben, und lassen Sie sich durch nichts aufhalten, außer von einer roten Ampel.«

Sie nickten beide, und die Polizistin auf dem Beifahrersitz sagte: »Wir wissen alle Bescheid.«

»Gut.«

Kate, Jill und Streifenpolizist Alvarez waren jetzt auf dem Gehsteig, und ich sagte zu Jill: »Ihr Wagen ist hier, Madam.«

Sie lächelte und sagte: »Ich bin noch nie in einem Polizeiwagen gefahren.«

Ich wollte nicht sagen: »Sie werden sich dran gewöhnen«, aber ich sagte: »Wie besprochen, treffen wir uns alle in der Lobby vom Windows on the World. Sie haben die ganze Zeit mindestens zwei Streifenpolizisten bei sich.«

»Wir sehen uns dort«, sagte Jill zu Kate und mir.

Jill wirkte gefaßt, fand ich, und ich hoffte, daß sie das auch blieb, falls es später ekelhaft wurde. Ich gab Alvarez ein Zeichen, worauf er Jill Winslow zum Rücksitz des mittleren Wagens geleitete und dann wie abgemacht zu mir zurückkehrte.

Kate und ich schauten uns an. In dem Moment gab es nicht mehr viel zu bereden, daher küßten wir uns, und sie sagte: »Bis später.« Sie stieg in den vorderen Wagen.

Ich stand mit Streifenpolizist Alvarez da und fragte ihn: »Sind Sie heute morgen mies drauf?«

Er lächelte. »Ja, Sir.«

Ich holte das Video mit *Ein Mann und eine Frau* aus meiner Jackentasche. Es war die Kassette, die Jill überspielt hatte, aber sie hatte keine Hülle. Ich reichte sie Alvarez und sagte zu ihm: »Bewachen Sie das unter Einsatz Ihres Lebens. Und ich meine das wortwörtlich.«

Er steckte die Kassette in die überdimensionale Gesäßtasche seiner Hose, die für seinen Notizblock bestimmt war, und sagte zu mir: »Haben Sie schon mal gehört, daß jemand einem New Yorker Stadtpolizisten irgendwas weggenommen hat?«

Ich schlug ihm auf die Schulter und sagte: »Wir sehen uns dort.«

Alvarez setzte sich neben Jill auf den Rücksitz des mittleren Wagens.

Ich ging zum dritten Wagen und stieg ein. Vom hinteren Fahrzeug aus konnte ich sehen, was vor sich ging, und Kate konnte vom vorderen Wagen aus jederzeit unsere Pläne ändern, falls notwendig. Jill, die mit Alvarez und zwei anderen Cops im mittleren Wagen saß, war gut abgesichert.

Der Cop auf dem Beifahrersitz meines Wagens war ein Sergeant, und er sagte ein paar Worte in sein tragbares Funkgerät. Der vordere Wagen wendete auf der Central Park South, was nicht viele Leute ungestraft machen, und unser Konvoi setzte sich in Bewegung.

»Welche Route?« fragte ich den Sergeant.

»Wir machen rüber zur West Side, es sei denn, Sie haben einen bestimmten Wunsch.«

»Klingt gut. Sind Sie sich darüber im klaren, daß sich möglicherweise ein paar Leute mit uns anlegen wollen?«

»Yeah. Die können sich mit uns anlegen, soviel sie wollen.«

»Jeder im Trupp weiß, was er zu tun hat?«

»Jo.«

»Und was halten Sie vom FBI?«

Er lachte und sagte: »Kein Kommentar.«

»Was ist mit der CIA?«

»Bin noch nie einem begegnet.«

Glückspilz. Ich lehnte mich zurück und schaute auf meine Uhr. Es war 8.21 Uhr, und je nach Verkehrslage kamen wir etwa fünfzehn Minuten zu spät, was mir nur recht war. Nash, der Kontrollfreak, und sein Frühstücksclub waren sowieso mindestens eine Viertelstunde vorher angerückt, weil sie dachten, wir kämen früher. Meinetwegen sollten sie rumsitzen und in ihre Caffè latte schwitzen.

Die meisten Besprechungen sind Psychospielchen, bei denen jeder jeden aufs Kreuz legen will, und in der Hinsicht würde das hier die reinste Orgie werden.

Wir kamen trotz des Verkehrs gut voran, und binnen weniger Minuten waren wir in Richtung Süden auf dem Joe DiMaggio Highway unterwegs, auch bekannt als Twelfth Avenue beziehungsweise West Street. Völlig egal, er führte jedenfalls am Hudson River entlang, und an einem sonnigen Tag war das eine hübsche Strecke. Unser Konvoi fädelte sich durch den Verkehr und kam schneller voran als die Zivilisten, die einen Strafzettel bekommen hätten, wenn sie so gefahren wären.

Bis zum Trade Center, dessen Zwillingstürme ich, lange

bevor wir hinkamen, sehen konnte, waren es noch etwa fünf Meilen.

In meiner Jacke steckte die aus dem Videoladen stammende Kassette mit *Ein Mann und eine Frau*, die ich in die Papphülle von Jills Kassette geschoben hatte, auf der »Eigentum des Bayview Hotel – bitte zurückgeben« stand. Falls die FBIler irgendeine Verfügung hatten, wenn ich dort einlief, konnten sie den Wisch mir, Kate oder Jill vorlegen und versuchen, die Kassette oder uns – beziehungsweise die Kassette *und* uns – an einen anderen Ort zu bringen. Aber Streifenpolizist Alvarez konnten sie keine Verfügung vorlegen, selbst wenn sie ahnen sollten, daß er die scharfe Version des Videos hatte.

Auf jeden Fall glaubte ich nicht, daß Nash in einem öffentlichen Restaurant, in dem rund dreihundert Leute beim Frühstück saßen, eine große Szene machen wollte. Aber wenn mich eine meiner verqueren Launen packte, gab ich ihnen vielleicht meine jugendfreie Version von *Ein Mann und eine Frau*.

Ich schaute durch die Windschutzscheibe und sah den Streifenwagen mit Jill und Alvarez, aber den vorderen Wagen mit Kate konnte ich nicht sehen. Der Verkehr floß, geriet aber manchmal ins Stocken, und an diesem Morgen waren allerland Laster unterwegs, die miserabel fuhren.

Ich schaute auf meine Uhr. 8.31 Uhr. Wir kamen gerade am Heliport an der 30th Street vorbei und näherten uns den Chelsea Piers. Noch etwa drei Meilen bei diesem Tempo, dann müßten wir gegen Viertel vor neun am Eingang des Nordturms an der Vesey Street vorfahren.

Eigentlich rechnete ich mit keinerlei Schwierigkeiten bei der Anfahrt, während des Marsches in die Lobby oder im Aufzug, der direkt zum Windows on the World im 107. Stock fuhr. Genaugenommen rechnete ich mit gar keinen Schwierigkeiten bei dem Frühstückstreffen, das im wesentlichen nur ein gegenseitiges Abtasten und Erklären werden dürfte, bei dem man feststellen wollte, wer den größeren Schwanz und die schwereren Eier hatte.

Ich wußte, wie Nash im Kopf tickte – der Typ war geduldig, verschlagen und manchmal auch schlau. Er wollte sehen, mit wem ich aufkreuzte. Er wollte hören, was ich zu sagen hatte. Er wollte sich einen Eindruck von Jill Winslow verschaffen, und er wollte feststellen, ob wir das Video tatsächlich dabeihatten. Nash würde niemanden zu dem Treffen mitbringen, der nicht an der Verschwörung beteiligt war, folglich würde auch niemand vom Justizministerium dasein, es sei denn, er steckte auch mit drin oder war ein Hochstapler, was bei der CIA alltäglich ist. Ich meine, Ted Nash gibt sich oft als FBI-Agent aus, und als ich ihn kennenlernte, sagte er, er wäre im Landwirtschaftsministerium angestellt. Dann ließ er mich eine Weile glauben, er wäre tot. Und manchmal gibt er sich auch als möglicher Exlover von Kate Mayfield aus. Er spielt einem nur dann nichts vor, wenn er das Arschloch gibt.

Vielleicht, weil Nash eben ein abartiger Arsch war, hatte er auch Mark Winslow zum Frühstück eingeladen, weil er Jill aus der Fassung bringen wollte. Das gleiche galt für Bud, der meiner Meinung nach ziemlich sicher mit von der Partie war.

Auf jeden Fall war das Frühstückstreffen für Nash ein *voir dire* – ein Aushorchen und Abschätzen. Heikel könnte es nach dem Treffen werden, denn dann, davon war ich überzeugt, würde Nash zuschlagen. Beziehungsweise, um es mal anders zu formulieren, es war wie bei dem Bankett, zu dem man seine Feinde einlädt, mit ihnen beisammensitzt, redet, speist und sie dann hinterher umbringt. Genaugenommen war dieses Frühstück ja meine Idee gewesen, aber damit mußte man rechnen.

Wenn Nash auch nur halbwegs bei Verstand war, mußte er sich darüber im klaren sein, daß ich ein paar starke Jungs mobilisieren würde und daß diese Jungs vom NYPD waren. Daher hatte er seinerseits seine Truppen in der Kulisse bereitstehen. Aber wie der Sergeant vor mir gesagt hatte: »Die können sich mit uns anlegen, soviel sie wollen.«

Mir war natürlich klar, daß ich ein persönliches Problem mit Mr. Ted Nash hatte und daß es dabei teilweise auch darum ging. Aber selbst wenn ich den Typ gar nicht kennen würde oder selbst wenn ich ihn leiden könnte (was nicht der Fall war), hätte ich diese Sache meiner Ansicht nach nicht anders angehen können.

Der Sergeant vor mir sagte: »Meine Anweisungen lauten, daß ich warten soll, bis Ihre Besprechung vorbei ist, und Sie und Ihre Begleitung dann aus dem Gebäude und in die Streifenwagen bringen soll. Richtig?«

»Richtig. Dabei könnten Sie auf ein paar Bundesfuzzies stoßen, die was anderes vorhaben.«

»Ich hatte mal so 'ne ähnliche Situation«, sagte er zu mir. »Die FBIler wollten einen Typen wegen 'ner Drogensache, und ich hatte aus dem gleichen Grund einen Haftbefehl für denselben Typ.«

»Wer hat ihn gekriegt?«

»Wir. Aber die FBIler haben ihn später gekriegt.« Und er fügte hinzu: »Letzten Endes setzen die immer ihren Kopf durch. Sie wissen schon, das FBI kriegt seinen Mann immer, blah, blah, blah. Aber am Anfang, vor Ort, mahlen wir zuerst.«

»Richtig.«

»Wohin geht's hinterher?« fragte er mich.

»Weiß ich noch nicht genau. Jedenfalls nicht in die Bundeshaftanstalt.«

Er lachte.

Ich schaute aus dem Fenster auf den Fluß und den Ufersaum von Jersey. Ich rechnete damit, daß ich morgen oder vielleicht auch schon heute nachmittag in der Dienststelle der ATTF an der Federal Plaza Nummer 26 sitzen würde und die Füße auf Jack Koenigs Schreibtisch liegen hatte, dessen Büro voller guter Typen war. Trotz der persönlichen Probleme, die ich mit ihnen hatte, waren beim FBI anständige und rechtschaffene Leute, Profis allesamt, Männer und Frauen, die sich buchstabengetreu an die Gesetze hielten. Sobald dieser Fall, der bislang John Coreys Freizeitbeschäftigung gewesen war, dem FBI übertragen wurde, konnte ich mit Kate in Urlaub fahren. Vielleicht wollte sie sehen, wo ich meine anderthalb Monate im Jemen verbracht hatte.

Rund um den Holland Tunnel geriet der Verkehr ins Stocken, und ich sagte zu den Jungs auf den Vordersitzen: »Habt ihr den mittleren Wagen im Blick?«

»Nicht mehr«, erwiderte der Fahrer. »Soll ich sie rufen?«

»Ja.«

Er funkte beide Wagen an, und das Führungsfahrzeug mit Kate meldete sich. »Wir sind da. Parken an der Vesey und gehen in den Nordturm des WTC.«

»Zehn-vier.«

Der zweite Wagen antwortete: »Biegen von der West ab. Treffen in etwa zwei Minuten ein.«

»Zehn-vier.«

Ich schaute auf meine Uhr. Es war 8.39 Uhr. Wir waren noch etwa fünf Minuten von der an der Vesey Street gelegenen Seite der großen, nur für Fußgänger zugelassenen

Plaza entfernt, die den Komplex des Trade Center umgab. Ein paar Minuten zu Fuß bis zur Lobby des Nordturms, dann mit dem Expreßaufzug hinauf in die Lobby des Windows on the World. »Ihr beide müßt mit mir kommen«, sagte ich zu dem Sergeant.

Er nickte und sagte: »Einer der Jungs aus dem Führungsfahrzeug paßt auf die Autos auf. Wir begleiten Sie.«

»Gut.«

Wir bogen in die Vesey Street ein, und um 8.44 Uhr hielten wir neben zwei in zweiter Reihe parkenden Streifenwagen. Ich stieg aus, und die beiden Cops, mit denen ich gefahren war, folgten mir. Sie sprachen mit dem Polizisten, der auf die Fahrzeuge aufpaßte und gerade eine Durchsage über sein tragbares Funkgerät entgegengenommen hatte. »Zwei Zivilisten« – womit er Kate und Jill meinte –«und vier Kollegen sind drin«, ließ er uns wissen.

Ich stieg die Treppe vom Gehsteig zu der erhöhten Plaza hinauf und ging auf den Eingang des Nordturms zu. Es war 8.45 Uhr.

Als ich die belebte Plaza überquerte, hörte ich ein Geräusch, das wie ein tiefes Grollen in der Ferne klang, und ich sah, wie ein paar Menschen um mich nach oben schauten. Die beiden Cops, die bei mir waren, blickten ebenfalls auf, und einer von ihnen sagte: »Klingt wie ein zu tief fliegendes Flugzeug im Anflug auf Newark.«

Wir gingen weiter, dann blieb ich stehen, um festzustellen, worauf alle schauten.

Von Norden kam eine große, zweistrahlige Passagiermaschine, die viel zu tief direkt über den Broadway anflog und auf mich zuhielt. Die Triebwerke wurden höllisch laut, und das Flugzeug beschleunigte, so als ob der Pilot vollen Schub gegeben hätte.

Ich warf einen Blick nach hinten, zum Nordturm des

World Trade Center, und stellte fest, daß der Turm höher war als das Flugzeug und daß die Maschine auf den Turm zusteuerte.

Die Menschen rund um mich schrien jetzt, und etliche Leute warfen sich zu Boden.

Eine Frau neben mir: »O mein Gott ...«

54

Die Sonne war vor über einer Stunde aufgegangen, aber ihre Strahlen wurden vom Qualm der Feuersbrünste verschluckt.

Vom Balkon meines Apartments aus, mit Blick nach Süden, konnte ich die mächtigen Rauchwolken aufsteigen sehen, und ich konnte auch den Schein der Strahler sehen, mit denen die Rettungsmannschaften die Schwärze dort unten ausleuchteten, wo bis gestern morgen die Zwillingstürme gestanden hatten.

Irgendwann im Lauf der Nacht hatte ich bei der Such- und Rettungsaktion meine Jacke verloren, und meine übrige Kleidung wie auch die Haut waren mit schwarzem, öligem Ruß überzogen, der meines Wissens furchtbar stank, aber ich nahm den Geruch nicht mehr wahr.

Ich schaute auf meine Uhr, rieb den Ruß vom Glas und sah, daß es 7.32 Uhr war. Kaum zu fassen, daß fast vierundzwanzig Stunden vergangen waren. Im Lauf des Tages war es mir streckenweise so vorgekommen, als ob die Zeit viel zu schnell dahinraste, daß viele Stunden verstrichen waren, wenn ich meinte, gerade eine wäre vergangen;

aber im Laufe der Nacht, die nicht enden wollte, selbst nachdem die Sonne aufgegangen war, schien die Zeit stehenzubleiben.

Ich hustete einen schwarzen Klumpen in mein geschwärztes Taschentuch und steckte es wieder in die Hosentasche.

Noch bevor es tatsächlich passiert war, war mit klargeworden, was da vor sich ging. Das bringt der Beruf so mit sich. Aber die meisten Menschen rund um mich herum, das Personal vom Notdienst ebenso wie die beiden Cops, die mich begleiteten, meinten, es wäre ein Unglück. Als das zweite Flugzeug um 9.03 Uhr in den Südturm raste, begriff jeder das Unfaßbare.

Ich hatte die ersten Stunden nach dem Anschlag mit der Suche nach Kate zugebracht, aber als das ungeheure Ausmaß der Tragödie und der Blutzoll offenkundig wurden, suchte ich nur noch irgend jemandem, der in den schwelenden Trümmern überlebt haben könnte.

Ich erinnerte mich an die letzte Funkdurchsage eines der Cops – »Zwei Zivilisten und vier Kollegen sind drin.«

Ich hatte Kate über mein Handy zu erreichen versucht, aber sämtliche Handys waren ausgefallen, und sie funktionierten immer noch nicht.

Als ich heute morgen um halb sieben die Überreste des Nordturms verlassen hatte, hatte man noch keine Überlebenden gefunden und man rechnete auch nicht damit, noch viele zu finden.

So surreal es vor Ort gewesen war, die Rückfahrt nach Hause war noch surrealer gewesen. Die Straßen in Downtown waren nahezu menschenleer, und die Menschen, die ich sah, wirkten wie betäubt. Etwa zwanzig Blocks weiter nördlich hatte ich ein Taxi gefunden, und der Fahrer, ein Mann namens Mohammed, weinte, als er mich sah, und er weinte auch während der ganzen Fahrt zur East 72nd Street. Alfred, mein Portier, weinte ebenfalls, als ich aus dem Taxi stieg.

Ich schaute zurück zu den aufsteigenden Qualmwolken, und zum ersten Mal spürte ich, wie mir die Tränen über das rußverschmierte Gesicht liefen.

Ich konnte mich nur noch undeutlich erinnern, wie ich mit Alfred, der einen Passepartout hatte, im Aufzug nach oben gefahren und mein Apartment betreten hatte. Nachdem ich fast zwei Monate weggewesen war, kam es mir fremd vor, und ich stand ein paar Sekunden lang da und versuchte mir darüber klarzuwerden, warum ich hier war und was ich als nächstes tun sollte. Dann ging ich zur Balkontür, weil ich den schwarzen Rauch draußen sehen konnte, zu dem es mich hinzog, weil er mir vertrauter war als mein Zuhause.

Als ich durch das Wohnzimmer ging, fiel mein Blick auf etwas, das auf der Couch lag – eine Decke –, und ich ging hin. Ich kniete mich neben Kate, die schlief, in eine Dekke eingewickelt, die alles bis auf ihr geschwärztes Gesicht und einen Arm bedeckte, der auf ihrer Brust lag. Sie hatte ihr Handy in der Hand.

Ich weckte sie nicht, betrachtete sie aber eine ganze Zeitlang.

Ich ließ sie weiterschlafen und ging wieder hinaus auf den Balkon, wo ich mich hinstellte und den Qualm betrachtete, der endlos aufzusteigen schien.

Hinter mir glitt die Tür auf, und ich drehte mich um. Wir schauten uns ein paar Sekunden lang an, gingen dann zaghaft ein paar Schritte aufeinander zu, fielen uns in die Arme und weinten.

Halb schlafend setzten wir uns auf zwei Sessel auf dem Balkon und starrten hinaus in die Dunkelheit, die das südliche Manhattan, den Hafen und die Freiheitsstatue verhüllte. Kein Flugzeug flog, kein Telefon klingelte, kein Auto hupte, und auf den Straßen unten war kaum eine Menschenseele.

Zu diesem Zeitpunkt war es schwer, das ganze Ausmaß der Katastrophe zu erfassen, und keiner von uns hatte irgendwelche Nachrichten gesehen oder gehört, weil wir mitten im Geschehen gewesen waren. Daher wußten wir, von ein paar Radiodurchsagen vor Ort und zu vielen Gerüchten einmal abgesehen, weniger als die Menschen in Duluth, Missouri.

»Was ist mit Jill?« fragte ich Kate schließlich, obwohl ich die Antwort bereits wußte.

Kate antwortete ein paar Sekunden lang nichts, dann sagte sie: »Ich war zuerst beim Expreßaufzug zum Windows und beschloß, auf dich zu warten ... sie kam mit Alvarez und einem weiteren Streifenpolizisten in die Lobby ... Ich habe sie in den Aufzug gebracht... dann wollte ich auf dich warten ...«

Ich erwiderte nichts, und Kate fuhr nicht fort. Ein paar Minuten später sagte sie: »Bevor ich Jill in den Aufzug brachte, sagte sie zu mir: ›Sollte ich nicht mit Ihnen warten, bis John hier ist?‹ Und ich habe zu ihr gesagt: ›Nein, Sie sind bei den Polizisten in guten Händen. Ich bin in ein paar Minuten oben.‹« Kate sagte zu mir: »Es tut mir so leid.«

»Nein, das braucht dir nicht leid zu tun«, sagte ich.

Ich fragte mich natürlich, wer sonst noch in den 107. Stock gelangt war, bevor die Maschine einschlug. Was ich mit Sicherheit wußte, weil ich gut hundert Cops und Feuerwehrmänner gefragt hatte, war, daß so gut wie niemand aus den oberen Stockwerken nach unten entkommen war, bevor der Nordturm um 10.30 Uhr einstürzte.

»Ich bin in der Lobby geblieben, um zu helfen«, sagte Kate. »Dann haben uns die Feuerwehrmänner rausgeschickt, und ich habe nach dir gesucht ... dann ist das Gebäude eingestürzt ... Ich weiß noch, daß ich weggerannt bin ... dann muß ich von dem Qualm ohnmächtig geworden sein ... Ich bin in einer Rettungsstation wieder zu mir gekommen ... gegen Mitternacht bin ich zurück, um nach dir zu suchen, aber ich hatte meinen Dienstausweis verloren, und man ließ mich nicht durch den Kordon.« Sie wischte sich die Augen und sagte: »Ich habe mich in den Krankenhäusern und Erste-Hilfe-Stationen erkundigt ... Ich habe ständig dein Handy angerufen und im Apartment ... dann bin ich nach Hause gegangen, und du warst nicht da ...« Sie schluchzte und sagte: »Ich dachte, du wärst tot.«

Ich nahm ihre geschwärzte Hand und sagte: »Ich dachte, du wärst ... da drin ...«

Ich schloß die Augen und sah wieder die riesige Passagiermaschine den Broadway entlangkommen, und mir wurde klar, daß sie genau zwischen dem Federal Building am Broadway 290 und unserem auf der anderen Straßenseite gelegenen Bürogebäude an der Federal Plaza 26 hindurchgeflogen sein mußte. Jeder, der sich in diesen Büros aufhielt, mußte sie gesehen haben, und ich fragte mich, ob sie begriffen hatten, daß sie die erste Kampfhandlung in einem langen Krieg sahen, der uns für immer verändern würde.

»Willst du zurück?« fragte mich Kate.

Ich nickte.

»Ich auch«, sagte sie.

Wir standen beide auf, und ich sagte: »Du duschst zuerst.«

Sie strich mit den Fingern über mein neues Hemd und sagte: »Ich sehe zu, daß ich das wieder sauber kriege.«

Sie trat durch die Tür ins Wohnzimmer, und ich schaute ihr hinterher, als sie fast wie in Trance ins Schlafzimmer ging.

Ich drehte mich wieder um und schaute auf die leere Skyline, und ich dachte an Jill Winslow, an meinen Freund und Partner Dom Fanelli, an Alvarez und die anderen Polizisten, die bei ihnen gewesen waren. Ich dachte auch an Ted Nash, der diesmal wirklich tot war, auch wenn er nicht den Tod gefunden hatte, den ich ihm gewünscht hatte, und an David Stein, Jack Koenig, Liam Griffith, Bud Mitchell und all die anderen, die da oben gewesen waren. Und ich dachte auch an all die Menschen, die ich kannte, Menschen, die da oben gearbeitet hatten, und an die, die ich nicht kannte und die gestern morgen dort gewesen waren. Ich umfaßte das Balkongeländer, und zum erstenmal packte mich die Wut. *»Ihr Mistkerle.«*

Ich kehrte erst am Freitag ins Plaza Hotel zurück, holte unsere Sachen in der Suite ab und ließ dann den Safe aufschließen, um mir Mrs. Winslows Päckchen aushändigen zu lassen.

Der stellvertretende Direktor war sehr zuvorkommend, teilte mir aber mit, daß sich nichts von Mrs. Winslow im Safe befinde.

Danksagung

Zuallererst möchte ich mich bei Sandy Dillingham, der dieses Buch gewidmet ist, für ihre Ermutigung, Begeisterung, Geduld und bedingungslose Liebe bedanken.

Dieses Buch hätte ohne die Unterstützung von Kenny Hieb, Detective (i. R.) des NYPD bei der Joint Terrorist Task Force, nicht glaubwürdig und überzeugend geschrieben werden können. Ich danke Detective Hieb dafür, daß er sein Wissen und seine Erfahrung auf dem Gebiet sensibler Informationen mit mir geteilt hat.

In diesem Zusammenhang möchte ich anmerken, daß eine ganze Reihe von Menschen – Leute, die im Polizeidienst oder bei den Strafverfolgungsbehörden tätig sind sowie Augenzeugen des Absturzes – aufgrund der Informationen, die sie mir zukommen ließen, anonym bleiben möchten. Ich respektiere ihren Wunsch, möchte mich aber trotzdem bei ihnen bedanken.

Wie schon bei früheren Romanen möchte ich Thomas Block, einem Freund aus Kindertagen, Kapitän (i. R.) der US Airways, Autor und Kolumnist bei vielen Zeitschriften über Luftfahrt und Fliegerei, Koautor (mit mir) von *May-*

day und Autor von sechs weiteren Romanen, für seine unschätzbare Hilfe bei technischen Details und seine redaktionellen Vorschläge danken. Wo Kunst und Technologie zusammenkommen, findet man auch Thomas Block, der in den Fußstapfen eines Leonardo da Vinci wandelt.

Außerdem danke ich Tom Block für seine Frau Sharon Block, ehemals Flugbegleiterin bei Braniff International und US Airways. Sharon war eine frühe und aufmerksame Leserin des Manuskripts, der nicht ein Rechtschreib- oder Interpunktionsfehler entging.

Wie schon bei meinen letzten drei Romanen, *Plum Island*, *Das Spiel des Löwen* und *Die Mission*, möchte ich meinem langjährigen Freund John Kennedy, Deputy Police Commissioner (i. R.), Nassau County Police Department, Schlichter bei Arbeitskämpfen und Mitglied der New York State Bar, dafür danken, daß er mich an seinem Fachwissen über Polizeiarbeit teilhaben ließ, sowie für seine kostenlose Rechtsberatung.

Darüber hinaus möchte ich Phil Keith, Autor, Vietnamveteran, East Ender, Professor for Business am Southampton College (Long Island University) und guter Freund, für seine Hilfe bei der Recherche nach einigen Augenzeugenberichten zum Absturz von TWA 800 danken sowie für seine Nachforschungen und seine Detektivarbeit, was andere Aspekte dieser Tragödie angeht.

Großer Dank auch an Jamie Raab, Verleger von Warner Books und Lektor meines letzten Romans *Die Mission*. Alles, was wir bei unserer gemeinsamen Fahrt in den Norden Vietnams erlebten, erleichterte uns beiden die Reise in *Night Fall*.

Ich schreibe meine Romane in Langschrift (ich kann nicht mit Maschine schreiben), aber jemand muß mein Gekrakel abtippen, bevor es an den Verlag geht. Ich bin mit zwei Frauen gesegnet, die meine Handschrift (und meine Gedanken) lesen können, sich mit Rechtschreibung und Interpunktion auskennen, recherchieren können und mir Anmerkungen zu Stil und Inhalt liefern. Es sind dies meine beiden ausgezeichneten Assistentinnen Dianne Francis und Patricia Chichester, die mir unendlich viel Streß abnehmen. Vielen Dank dafür.

Außerdem möchte ich mich herzlich bei meinem Freund Bob Whiting bedanken, Police Commissioner von Old Brookfield, der mich mit der Arbeit seiner örtlichen Polizeidienststelle vertraut machte.

Darüber hinaus bin ich Stanley M. Ulanoff, Brigadier General (i. R.), U.S. Army, dankbar dafür, daß er mich mit zahlreichen Artikeln und Originalmaterial zu den Nachforschungen bezüglich des Absturzes von TWA 800 versorgt hat.

Mein herzlicher Dank gilt ferner Marcus Wilhelm, Chief Executive Officer von Bookspan, für seine Beratung und Unterstützung über viele Jahre hinweg. Seit wir uns zum ersten Mal begegnet sind, pflegen wir eine Freundschaft, die weit über jede geschäftliche Beziehung hinausreicht.

Last but not least möchte ich mich bei meinem Sohn Alex DeMille bedanken. Als ich 1977 mit dem Schreiben anfing, konnte er noch nicht lesen, was vor allem daran lag, daß er noch nicht geboren war. Aber er hat die verlorene Zeit gutgemacht und gibt mir mittlerweile kreative Ratschläge. Alex war es, dem der ideale Schluß zu diesem Buch einfiel und der mir aus einer Klemme half, in die ich mich hineinmanövriert hatte. Alex, der über die ganze Kraft und Energie eines Vierundzwanzigjährigen verfügt, schreibt an einem eigenen Roman, verfaßt Drehbücher, schneidet Filme, macht Filme und arbeitet in der Filmproduktion. Ich wünsche ihm alles Gute sowie viel Glück und Erfolg bei all seinen kreativen Unternehmungen.

Die nachfolgend aufgeführten Personen haben großzügige Spenden an gemeinnützige Einrichtungen überwiesen, damit Figuren in diesem Roman nach ihnen benannt werden. Falls Sie sich gefragt haben, warum in diesem Roman so viele italienische Frauennamen auftauchen – hier ist die Antwort: Susan Corva spendete für die Long Island Lutheran Middle & High School; Marie Gubitosi – Long Island Philharmonic; Jennifer Lupo – Touro Law Center; Roxanne Scarangello – Muscular Dystrophy Association, im Gedenken an ihren Freund Mike Beier, der an ALS starb (Lou-Gehrig-Krankheit). Vielen Dank auch an Dick und Mo Kearns, die für die Chaminade High School spendeten; Liam Griffith – Garden City Fund-Family Relief Fund für die Opfer des Anschlags auf das World Trade Center, gespendet von Roberth Griffith; Leslie Rosenthal – Cantor Fitzgerald Relief Fund für die Angehörigen der Opfer des Anschlags auf das World Trade Center; Sidney R. Siben – Long Island Children's Museum, gespendet im Gedenken an die Familie Siben; Tom Spruck – diverse Wohlfahrtseinrichtungen und gute Taten für andere: und Isabel Celeste Wilson – Roslyn Trinity Cooperative Day School.

Mein herzlicher Dank gilt all diesen fürsorglichen Menschen, denen das Wohl der Allgemeinheit am Herzen liegt. Ich hoffe, sie haben Spaß an ihren Alter egos und spenden auch weiterhin für Zwecke, die jede Unterstützung wert sind.

Titel der amerikanischen Originalausgabe:
NIGHT FALL

Amerikanische Originalausgabe 2004 by
Warner Books, New York

2. Auflage 2005

ISBN-13: 978-3-550-08621-2
ISBN-10: 3-550-08621-0

Gesetzt aus der Sabon
Satz: Pinkuin Satz und Datentechnik, Berlin
Druck und Bindearbeiten: GGP Media GmbH, Pößneck
Printed in Germany

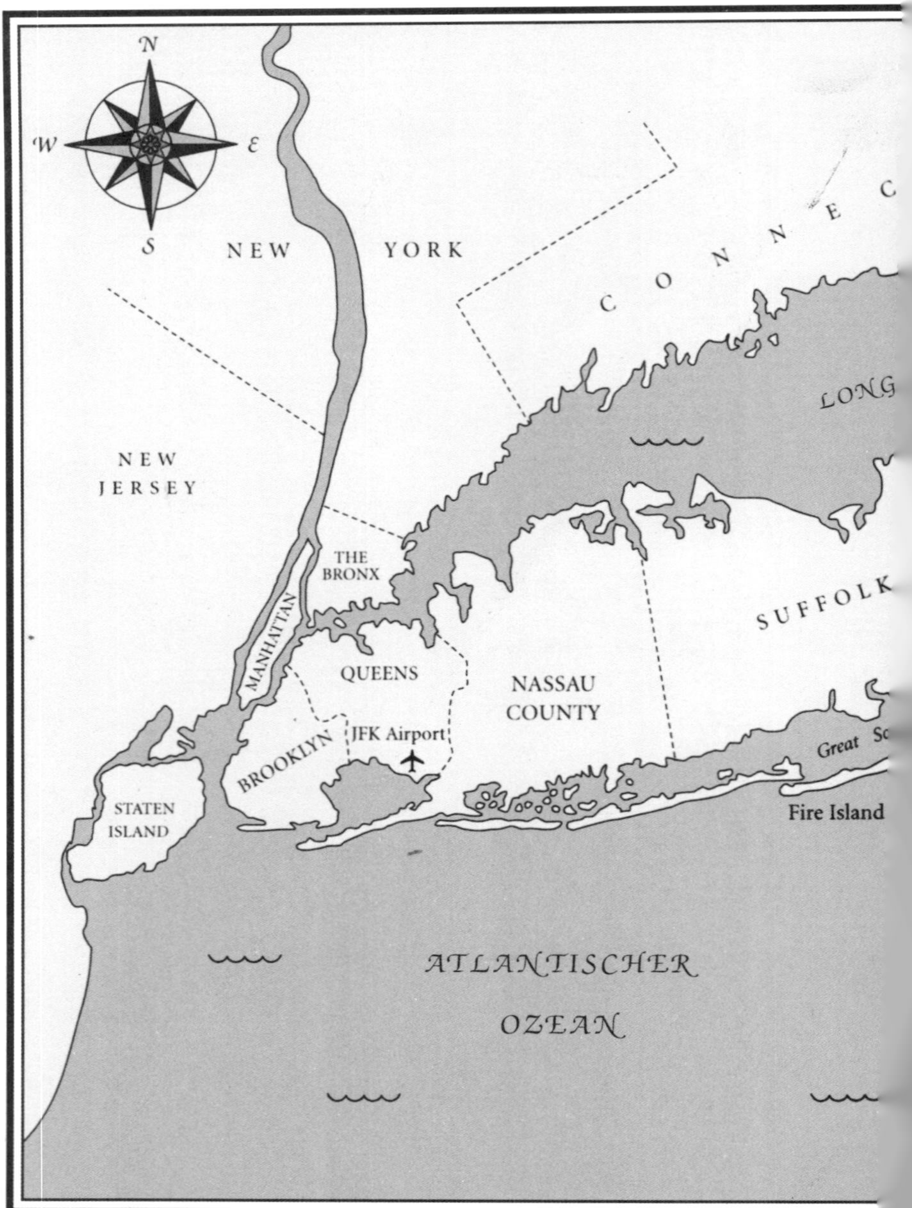
N
W
E
S
NEW YORK
CONNEC
LONG
NEW JERSEY
THE BRONX
MANHATTAN
SUFFOLK
QUEENS
NASSAU COUNTY
JFK Airport
BROOKLYN
STATEN ISLAND
Great Sc
Fire Island
ATLANTISCHER OZEAN